Catherine Gaskin

Die Stürme des Lebens

Roman

Deutsch von Susanne Lepsius

Deutscher Taschenbuch Verlag

Ungekürzte Ausgabe
November 1999
Deutscher Taschenbuch Verlag GmbH & Co. KG,
München
© 1988 Catherine Gaskin Cornberg
Titel der englischen Originalausgabe: ›The Charmed Circle‹
Einzig berechtigte Übersetzung aus dem Englischen
von Susanne Lepsius
© 1989 der deutschsprachigen Ausgabe:
Scherz Verlag, Bern und München
Umschlagkonzept: Balk & Brumshagen
Umschlaggestaltung unter Verwendung eine Gemäldes
von John Constable
Satz: IBV, Satz- und Datentechnik GmbH, Berlin
Gesetzt aus der Sabon 10/11,5′ (TEX)
Druck und Bindung: C. H. Beck'sche Buchdruckerei,
Nördlingen
Gedruckt auf säurefreiem, chlorfrei gebleichtem Papier
Printed in Germany · ISBN 3-423-20282-3

I

An einem milden Nachmittag im August 1940 versuchte Julia in der englischen Grafschaft Kent, ihren Text auswendig zu lernen. Mit halbem Ohr hörte sie, wie ihre Mutter im Atelierhaus zum x-ten Mal eine kleine Passage einer Mozart-Sonate übte. Julia seufzte. Es war schwierig genug, die Erwartungen ihres Vaters zu erfüllen, der ein berühmter Schauspieler war, aber doppelt schwierig, eine Mutter zu haben, die zu den besten Pianistinnen ihrer Zeit gehörte.

Ihre Mutter, Ginette Maslowa, würde bald auf Tournee nach Amerika gehen, offiziell für die Flüchtlingshilfe, inoffiziell, um die Amerikaner auf Großbritanniens schwierige Lage aufmerksam zu machen. Sie war eine redegewandte, sehr schöne Frau in den Vierzigern, und es war geplant, daß sie nach jedem Konzert eine kurze Ansprache hielt, bei der sie mit ihrem feinen französischen Akzent um finanzielle Unterstützung für die Flüchtlinge bitten würde. England hätte keine bessere Propagandistin in die Vereinigten Staaten schicken können, deren Hilfe so dringend gebraucht wurde.

Der Sitzkrieg war endlich vorbei. Die britischen Streitkräfte waren zwar fast vollzählig aus Dünkirchen zurückgekehrt, aber ohne Waffen und damit ohne die Möglichkeit, ihr Land zu verteidigen, geschweige denn einen Angriffskrieg zu führen. Göring hatte beschlossen, seine Luftwaffe über England einzusetzen, um Großbritannien so zur Kapitulation zu zwingen. Die Luftschlacht tobte jetzt am Himmel über Südostengland, aber Julias Mutter schien nur die eine Sorge zu haben, ihre Mozart-Passage zu perfektionieren.

Julia konzentrierte sich wieder auf ihren Text für die Königliche Schauspielakademie. Ihr war nur zu bewußt, daß man sie wegen ihres berühmten Vaters kritischer beurteilen würde als die anderen.

Ihre Mutter, vielleicht irritiert, weil sie die angestrebte Vollkommenheit nicht erreicht hatte oder weil das Dröhnen über ihrem Kopf sie störte, hatte aufgehört zu spielen.

Die Deutschen bombardierten die Flugplätze in dieser Ecke Englands pausenlos, und das elfte Jagdfliegergeschwader der Royal Air Force verteidigte mit wilder Entschlossenheit die heimatlichen Basen, denn falls sie zerstört würden, wären die Städte den feindlichen Bombern hilflos preisgegeben. Und so kämpften die Geschwader Tag für Tag, die Piloten waren wertvoller als die Flugzeuge, denn die konnten, obwohl mit Schwierigkeiten, ersetzt werden, die ausgebildeten Flieger dagegen nicht.

Julia hörte das dumpfe Aufprallen von Bomben hinter dem Anscombe-Wald. Die Deutschen ließen auf ihrem Rückflug nach Frankreich ihre Bomben oft wahllos fallen. Aber jetzt vernahm sie in nächster Nähe das Dröhnen und Aufheulen von Jagdflugzeugen, die in einen tödlichen Kampf verwickelt waren. Sie ging zur Terrassentür und musterte den Himmel, konnte aber nichts sehen. Sie öffnete einen Flügel der Tür, dessen Fensterglas wegen Splittergefahr mit Papierstreifen kreuzweise verklebt war, und trat auf den Rasen. Jenseits der gepflegten Grünfläche lag das Darrhaus, in dem früher Malz und Getreide getrocknet worden waren und das vor langer Zeit, als ihre Mutter nach England zog, zu einem Atelierhaus mit einer Bibliothek umgebaut wurde. Julia hörte, daß ihre Mutter jetzt weiterübte. Sie spielte gerade die donnernden Akkorde am Ende des dritten Satzes der Mozart-Sonate. Julia vermeinte zuerst, nur das laute Spiel ihrer Mutter zu hören, aber dann horchte sie auf, und eine dunkle Vorahnung bemächtigte sich ihrer. Irgend etwas geschah, nicht in ihrer Sichtweite, aber dennoch ganz in der Nähe. Ein Motor heulte auf, und plötzlich kam ein loderndes, torkelndes Flugzeug in ihr Blickfeld. Der Lärm war ohrenbetäubend. Julia wich unwillkürlich zurück. Das Flugzeug streifte die Wipfel der Obstbäume – es kam aus der Richtung des Anscombe-Waldes; erst schien es kurz an Höhe zu gewinnen, aber dann stürzte es in die Tiefe, und Feuer zischte im Atelierhaus hoch; der Geruch von brennendem, morschem Holz erfüllte die Luft. Die Wucht des Aufpralls warf sie nach hinten über, ihr Kopf schlug auf die Kante eines Fußschemels auf. Als sie wieder zu sich kam, stand das ehemalige Darrhaus in Flammen, und das Flugzeug war in der brodelnden Feuersbrunst kaum mehr zu erkennen.

Julia lief auf das Atelierhaus zu, aber die Hitze verschlug ihr den Atem, sie konnte keinen Schritt weitergehen und mußte untätig mit ansehen, wie ihre Mutter, der Flügel und die Bücher ein Opfer der Flammen wurden. Vom Schock fast um den Verstand gebracht, registrierte sie dennoch am Flugzeugrumpf, der der Zerstörung einige Minuten länger standhielt, die wohlbekannten drei Ringe der Royal Air Force.

Es war also ein Engländer gewesen, der ihre Mutter getötet hatte.

Ihr Vater, Sir Michael Seymour, erreichte Anscombe erst mehrere Stunden, nachdem Julia ihn im Theater telefonisch benachrichtigt hatte. Er stand neben Julia, als die Feuerwehrleute die Trümmer inspizierten. Gelegentlich legte er seine bloßen Hände auf die noch schwelenden Balken, während die Suche nach seiner Frau ihren Fortgang nahm. Als die kläglichen Überreste der Einrichtung zum Vorschein kamen, schlug er die Hände vors Gesicht, wandte sich ab und hielt sich schwankend an Julias Schulter fest. Die eine Terrassentür stand noch offen, das Glas war trotz der Klebstreifen zersplittert, der Rahmen hing schief. Die Möbel des Wohnzimmers und die Teppiche waren durchnäßt worden, als die Feuerwehr das von den Flammen bedrohte Holzdach des Haupthauses, dieses Kleinods in der Landschaft von Kent, mit Wasser bespritzt hatte.

Julia führte ihren Vater ins Eßzimmer, fort vom Anblick

des Atelierhauses. Stella, die von ihrer Position als Kinderschwester zur Haushälterin aufgerückt war, brachte Tee und belegte Brötchen. Sie und die Köchin waren die einzigen Hausangestellten, die geblieben waren, die anderen arbeiteten in Munitionsfabriken. Stellas Augen waren vom Weinen rot und geschwollen. »Essen Sie!« befahl sie Sir Michael. Er schien sie nicht zu hören. Julia holte eine Flasche Kognak. Die Flasche klirrte in seiner zitternden Hand, als er sich ein Glas einschenkte. Er leerte es in einem Zug, goß sich nach und setzte sich. Das nächste Glas trank er langsamer und starrte blicklos auf den ehemaligen Rosengarten, wo jetzt Gemüse wuchs.

»Sie haben es in den Sechs-Uhr-Nachrichten gemeldet«, bemerkte Stella. »Als sei sie eine Königin...«

»Sie war eine Königin!« schrie Michael. »Sie war unvergleichbar!« Er leerte sein Glas. Das Telefon klingelte.

»Es fängt an«, sagte Stella. »Soll ich hingehen?« Sie blickte Julia an.

»Nein, ich geh.«

Die Anrufe rissen den ganzen Abend über nicht ab, und Julia dachte bedrückt an ihre zwei Schwestern, die sicher verzweifelt versuchten, sie und ihren Vater zu erreichen.

Kurz nach elf Uhr fuhr ein offizieller Royal-Air-Force-Wagen vor, und kein Geringerer als ein Oberstleutnant entstieg ihm. Stella führte ihn ins Eßzimmer. Als Michael Seymour sich erhob, um den Offizier zu begrüßen, schwankte er. Er hatte den ganzen Abend jegliches Essen abgelehnt, dafür aber kräftig getrunken.

»Ich fühlte mich verpflichtet zu kommen, Sir Michael. Simmon ist mein Name. Mein Standort ist Hawkinge. Es war einer unserer Männer, dessen Flugzeug hier abstürzte. Ich bin sein Kommandeur. Er ist einer unserer besten Piloten, er hat viele deutsche Flugzeuge abgeschossen. Aber heute ist seine Maschine stark beschädigt worden. Es gelang ihm abzuspringen, aber er wurde schwer verletzt bei der Landung. Überdies hat er Brandwunden an den Händen. Sie haben ihn so gut wie möglich zusammengeflickt. Der letzte Bericht lautete, daß er überleben wird, aber es wird noch eine lange Zeit dauern, bis er wieder fliegen kann – wenn überhaupt.«

Michael reichte ihm die Hand. »Es war ungemein anständig von Ihnen, persönlich zu kommen, besonders in dieser schweren Zeit. Aber ich will nichts über den Mann wissen, ich wünsche ihm alles Gute, aber ich will nichts Näheres erfahren. Ich bin mir durchaus bewußt, daß unsere Jungs jeden Tag kämpfen und sterben, und falls wir überleben, haben wir das ihnen zu verdanken. Daß die Kämpfe über unseren Köpfen stattfinden, gehört zu den Gefahren des Krieges. Es war nicht seine Schuld...«

Julia merkte, daß ihr Vater betrunken war, aber er hatte seine sonore Stimme trotz Trunkenheit und Gram voll in der Gewalt. Der Oberstleutnant saß leicht verlegen auf der Stuhlkante und nahm einen Schluck von dem Kognak, den Julia ihm eingeschenkt hatte. Er hörte ihrem Vater zu, so wie alle ihm immer zuhörten, aber sein berühmtes Gesicht mit den markanten Zügen und den dunklen Augen wies bereits Furchen auf, die Julia nie zuvor gesehen hatte.

Er sprach liebevoll von ihrer Mutter, und man spürte die Aufrichtigkeit seiner Worte. Es schien jetzt unwichtig, daß er mehrere Affären mit anderen Frauen gehabt hatte. Im Verlauf der Zeit hatte auch Julia gelernt, wie zuvor ihre Mutter und ihre Schwestern, daß diese Affären bedeutungslos waren. Ihr Vater liebte Frauen, er bewunderte und begehrte sie. Die langen Tourneen, während denen entweder er oder Ginette allein zurückblieben, waren der Grund für diese Seitensprünge gewesen. Andere Frauen waren vielleicht begehrenswert, aber seine Frau war noch viel mehr. Er liebte sie. All dies schwang jetzt in seiner Stimme – Selbstvorwürfe, Wut, Verzweiflung. »Ich habe sie sehr geliebt«, sagte er zu dem Oberstleutnant. Die Verdunklungsvorhänge waren zugezogen, der Raum wurde von einer einzigen Lampe erhellt. Michael Seymours Miene verriet seine grenzenlose Verzweiflung, seine Augen standen voller Tränen, seine Stimme brach.

In der Halle klingelte wieder das Telefon. Julia stand auf, und der Oberstleutnant benutzte die Gelegenheit, um sich zu verabschieden. Er schüttelte Sir Michaels Hand. »Ich werde dem jungen Mann sagen ...«

»Ja, sagen Sie ihm, es war ein schicksalhafter Tod. Wir alle müssen Opfer bringen ... vielen Dank für Ihr Kommen.«

Alexandra war endlich am Telefon. »Ich habe Stunden gebraucht, um euch zu erreichen.« Die Stimme von Julias ältester Schwester klang spröde, aber gefaßt. »Man hat mir gesagt, Vater hätte schon vor Stunden das Theater verlassen. Sie haben mir hier netterweise ein Auto zur Verfügung gestellt, ich bin noch vor Morgengrauen bei euch.« Das Auto war sicher ein Dienstwagen von »The Record«, der Zeitung, für die ihre Schwester arbeitete. »Wie nimmt Vater es auf? Ja ... das habe ich befürchtet.« Sie senkte ihre Stimme: »Hast ... hast du gesehen, wie es passierte? Mein Gott – auf diese Weise! Und dich hätte es auch treffen können! Ich mußte hier warten, bis die Zeitung in Druck ging. Ich habe keine Ahnung, wo Greg ist, aber er wird schon auftauchen. Die Nachricht steht auf der ersten Seite der Morgenausgabe. Ich wollte es zuerst nicht glauben ... aber als ich ihr Foto sah, wußte ich, daß es wahr ist.«

Julia entnahm dem plötzlichen Schweigen am anderen Ende der Leitung, daß Alexandra weinte, daß Tränen ihr die Stimme verschlugen, Tränen, die sie zurückgehalten hatte, bis sie ihre Arbeit an der Zeitung beendet hatte. Es war typisch für sie, daß sie bis zur Drucklegung gewartet hatte, bevor sie von dem großzügigen Angebot Lord Wolvertons, dem Pressezar, dem »The Record« gehörte, Gebrauch machte. Andere Frauen wären zusammengebrochen und hätten ihren Schreibtisch sogleich verlassen. Nicht so Alexandra.

Es war diese Eigenschaft mehr noch als ihre Schönheit, die ihren Ehemann Greg Mathieson für sie eingenommen hatte; er war einer der bekanntesten und geachtetsten Korrespondenten des Wolverton-Zeitungssyndikats, ein geschiedener Mann, der ein Kind hatte und vierzehn Jahre älter war als

Alexandra. Wie die meisten Journalisten schien er ständig pleite zu sein. Er war nicht die Sorte Ehemann, die Alexandras Eltern sich für ihre Tochter gewünscht hatten. Sie hatten ihr geraten abzuwarten, sich jedoch jeder Billigung oder Mißbilligung enthalten. Alexandra hatte ein Jahr gewartet, bis Greg, der als Kriegsberichterstatter in Dünkirchen gewesen war, mit den letzten Truppen nach England zurückkehrte. Sie hatte ihn im Juni geheiratet, ohne ihren Eltern ein Wort zu sagen. Diese hatten sich dann wohl oder übel mit der Ehe abgefunden. Alexandra war sechsundzwanzig und hatte lange genug gezögert, sich zu binden.

Später am Abend hatte Julia das Gefühl, daß sie nie mehr im Leben ans Telefon gehen wollte. Ihr Vater war schließlich eingeschlafen in dem großen Schlafzimmer, das er mit Ginette geteilt hatte. Im Arm hielt er ein abgenütztes graues Kaninchen, den Glücksbringer seiner Frau, den sie auf jedes Konzert mitgenommen hatte. Selbst Stella war schon zu Bett gegangen. Und dann klingelte wieder das Telefon. Diesmal war es Connie. Die vertraute Stimme klang traurig, aber beherrscht. Sie war in Bentley Priory, dem Hauptquartier des Dowdings-Jagdgeschwaders, wo sie als Auswerterin in der Führungsabteilung arbeitete. »Ich habe gerade Dienstschluß. Es ging ziemlich hektisch zu. Sie haben es mir erst jetzt gesagt. Ein Jeep fährt nach Hawkinge und setzt mich in Anscombe ab. Ich habe zweiundsiebzig Stunden Sonderurlaub bekommen. Ich werde bald bei euch sein.«

Connie! Sie würde Wärme und Umsicht verbreiten. Sie lag altersmäßig zwischen Julia und Alexandra und war den beiden Schwestern immer eine Stütze gewesen mit ihrer praktischen, unerschütterlichen Art. Aufgewachsen in einer verwirrenden Buntheit von Talenten und Temperamenten, hatte Connie stets wie ein Fixstern gewirkt, ohne jeglichen Ehrgeiz, selber zu glänzen. Sie würde ihnen Halt geben, wie sie es unbewußt immer getan hatte, seit sie erwachsen war.

Julia hörte Kies unter Rädern knirschen. Alexandra hatte

sicher den Fahrer angewiesen, an der Eingangstür vorbei zur Hinterfront zu fahren. Bei dem spärlichen Licht der bis auf einen engen Schlitz geschwärzten Scheinwerfer war das zerstörte Darrhaus kaum sichtbar. Julia knipste die Küchenlampe aus, bevor sie den Verdunklungsvorhang vor der Tür zurückzog. Die Schwestern umarmten sich schweigend und gingen in die Küche, wo sie dicht beieinander an dem großen Küchentisch saßen, als versuchten sie, aus der gegenseitigen körperlichen Nähe Trost und Stärke zu schöpfen. Julia berichtete kurz, was geschehen war.

Das Geräusch der Bomber und Jagdflugzeuge verlor sich in der Ferne. Ein Vogel hatte seinen ersten Schrei des Tages ausgestoßen. Es war ein milder, herrlicher englischer Morgen, der nach Rasen und Tau hätte duften sollen, statt dessen hing der Geruch von verkohltem Holz in der Luft und der schmerzlich kalte Hauch des Todes.

Dann hörten Julia und Alexandra endlich das Nahen eines Wagens. Connie stieg vom Vordersitz eines verbeulten Militärfahrzeuges. Die Seymour-Schwestern waren bei den Presseleuten und in der Theaterwelt für ihre Schönheit bekannt. Sie hatten von ihren Eltern die schlanke Figur, den langen Hals, die makellose Kinnpartie geerbt, und sie bewegten sich mit einer Art fließender Grazie. »Die sensationellen Seymours« nannte man sie. Connie allerdings war sich ihrer Schönheit nicht bewußt, sie schien das Aufsehen, das sie erregte, nicht zu bemerken. Und dabei hatte gerade sie das Beste von ihrem Vater und ihrer Mutter geerbt. Sie war das mittlere Kind und das schönste.

Sie nahm ihre Mütze ab, ihr Gesicht war ungeschminkt, ihre blaue Uniform vom Nachtdienst und der langen Fahrt zerknittert.

Sie breitete die Arme aus, und ihre Schwestern liefen auf sie zu. Dann klammerten sich die hartgesottene Journalistin Alexandra und die angehende Schauspielerin Julia an ihr fest. Connies Arme umfaßten beide. Sie senkten die Köpfe und weinten.

2

Zwei Tage später wurde Ginette Maslowa auf dem Friedhof hinter der frühgotischen Kirche von Anscombe begraben. Greg Mathieson war unterdessen ebenfalls eingetroffen. Und es war hauptsächlich ihm zu verdanken, daß die Reste des ehemaligen Darrhauses abgerissen wurden. Sein Schwiegervater hatte sich zuerst dagegen gewehrt. »Die Ruine soll ihr Denkmal sein...«, sagte Michael, aber sein Gutsverwalter, Harry Whitehand, hatte mit der Bestimmtheit eines langjährigen Faktotums gesagt:

»Das ist keine gute Idee, Sir Michael, sie stellt eine Gefahr für jeden Vorbeikommenden dar. Wollen Sie etwa, daß irgendein Kind getötet wird, wenn die letzte Mauer zusammenfällt? Aber wir werden etwas Hübsches dort anpflanzen, später, wenn wir wieder Zeit haben.«

Michael hatte nachgegeben und sich wieder ins Eßzimmer zu seiner Kognakflasche zurückgezogen.

Am Tag der Beerdigung gingen sie alle zu Fuß die lange, staubige Landstraße entlang, die zur Kirche führte. Es war ein so schöner Tag wie der, an dem Ginette Maslowa gestorben war. Michael hielt Connies Hand, Julia ging an seiner anderen Seite. Alexandra und Greg, Stella, die Köchin, Harry Whitehand und die Landarbeiter mit ihren Frauen folgten ihnen. Als sie den Dorfanger erreichten, blieben alle erstaunt stehen. Rings um die Wiese parkten Traktoren und Pferdewagen; die Dorfbewohner warteten in einer schweigenden Gruppe. Blumen aus ihren eigenen Gärten oder auf den Feldern gepflückt, türmten sich auf dem Sarg. Freunde aus London waren gekommen, die einen, die kostbare Benzinscheine hatten, mit dem Auto, die anderen per Zug, was bei dem unregelmäßigen Verkehr Stunden gedauert haben mußte. Einige große Namen aus der Musik- und Theaterwelt und aus der Fleet Street waren anwesend und senkten schweigend die Köpfe, als die Trauernden an ihnen vorbeigingen. Julia hielt nach David Ausschau, David Davidoff, Produzent, Impresario und der engste Freund der Familie. Sie entdeckte ihn am Friedhofstor, Tränen liefen über sein breites, osteuropäisches Gesicht. Neben ihm stand Lord Wolverton – Woolfie, wie sie ihn seit ihrer Kindheit nannten, auch er ein alter Freund der Familie und seit neuestem Alexandras Chef.

Die Geschichte von Ginette Maslowa mußte vielen Trauergästen während des Gottesdienstes gegenwärtig sein, denn ein Großteil der Dorfbewohner erinnerte sich noch an den fernen Tag, als Ginette Maslowa zu Beginn des Ersten Weltkriegs als Braut des jungen Michael Seymour nach Anscombe gekommen war. Die beiden waren sich in Frankreich begegnet und hatten – wie manche sagten – Hals über Kopf geheiratet. Nach den Flitterwochen waren Michael und die bereits schwangere Ginette zusammen mit ihren Eltern vor den Deutschen nach Anscombe geflohen, wo sie Michaels Vater, Guy Seymour, mit liebenswürdigem Erstaunen empfangen hatte. Die Seymours besaßen seit vielen Generationen das Gut Anscombe, und es war für Guy Seymour eine bittere Enttäuschung gewesen, daß sein einziges Kind, Michael, nicht gewillt war, ihm nachzufolgen, sondern sich während seiner Studienzeit in Oxford dazu entschlossen hatte, Schauspieler zu werden – ein Beruf, den niemand in seiner Familie je ergriffen hatte. Aber sein Sohn hatte bereits angefangen, sich in London und in der Provinz einen gewissen Namen zu machen, doch dann war der Krieg ausgebrochen. Michael hatte sich sofort freiwillig gemeldet und war nach Frankreich geschickt worden. Wie er genügend Zeit und die Gelegenheit gefunden hatte, seiner Braut den Hof zu machen, hatte niemand je verstanden, aber daß der Vater die Wahl seines Sohnes nicht guthieß, war jedem klar.

Igor Maslow war bei Kriegsbeginn bereits weltweit als umstrittener, aber beliebter Dirigent bekannt. Er hatte Rußland mit seiner Frau Swetlana und seiner zehnjährigen Tochter nach der Revolution 1905 verlassen. Igor war von Diaghilew protegiert worden und hatte die damals noch unbekannten Partituren von Strawinsky, Ravel und de Falla dirigiert. Er war auf dem Podium gestanden, als seine Tochter Ginette mit zwölf Jahren ihr Debüt mit Mozarts 21. Klavierkonzert gab. Er und seine Tochter hatten in Amerika Triumphe gefeiert, aber Maslow hatte das amerikanische Publikum als »provinziell« abgetan, vielleicht weil er merkte, daß seine schöne, kleine Tochter ihm die Schau stahl.

Nach der Rückkehr hatte er sie ins Pariser Konservatorium zurückgeschickt mit der Begründung, sie spiele noch wie ein Kind und müsse erst musikalische Reife erlangen. Mit siebzehn war Ginette wieder öffentlich aufgetreten und hatte mit einer Intensität und einer Ausdruckskraft gespielt, die über ihr Alter weit hinausging. Ihr Vater war eifersüchtig geworden, als er die Zeilen »ein einzigartiges Talent, das nur zu noch größerer Schönheit erblühen kann« von einem bekannten Kritiker gelesen hatte. Und er war vor Wut fast geplatzt, als sie diesen unbemittelten englischen Offizier heiratete, der Schauspieler werden wollte. Doch als die deutsche Armee die französische Grenze überschritt, war er dem Ratschlag seines Schwiegersohns gefolgt und nach England geflohen. Er und seine Frau hatten zwei ungemütliche Wochen in Anscombe verbracht und die großzügig gewährte Gastfreundschaft von Ginettes neuem Schwiegervater als selbstverständlich hingenommen.

Aber die Eltern Maslow waren keine Landmenschen, und als Igor ein Angebot aus London erhielt, hatten sie es erleichtert angenommen. Sie hatten ihre Tochter gefühlvoll zum Abschied geküßt und ihr vage versprochen, zur Geburt des Kindes zurück zu sein.

Die heimwehkranke, gehemmte und schüchterne Ginette blieb allein zurück mit ihrem Schwiegervater. Sie hatte erwartet, daß er sich englisch steif und förmlich verhalten würde, statt dessen war er freundlich und besorgt um sie gewesen, ohne je aufdringlich zu wirken. Seine Enttäuschung über die Berufswahl und die Heirat seines Sohnes ließ er sich nie anmerken.

Während der Monate von Ginettes Schwangerschaft gab ihr Vater Konzerte in London. Er und Swetlana statteten Anscombe noch einen Besuch ab und erklärten ihrer Tochter unter Tränen, daß sie noch vor der Geburt des Babys nach Amerika abreisen müßten. Ihr Vater sagte: »Ich habe einen guten Vertrag bekommen, man muß schließlich Geld verdienen.« Und er gab ihr mit russischer Großzügigkeit den Rest seiner Londoner Gage. »Du darfst dem netten Guy Seymour nicht finanziell zur Last fallen«, sagte er, obwohl er ihn im stillen tödlich langweilig fand. Er bat sie, ihre Musik nicht zu vernachlässigen, war aber taktvoll genug, nicht zu erwähnen, daß es in Anscombe kein Klavier gab. Ginette hatte sich noch nie im Leben so einsam gefühlt wie in dem Augenblick, als sie sich von ihnen am Bahnhof verabschiedete. Ihre Eltern dagegen waren offensichtlich erleichtert, daß sie ihre Pflicht getan hatten und nunmehr Musik und Amerika vor ihnen lagen.

Guy Seymour spürte ihre Einsamkeit, ihr Verlorensein. Er selbst war völlig unmusikalisch, aber ihm wurde klar, daß sie sich nach Musik sehnte. Nach der Abreise ihrer Eltern sagte er: »Meine Liebe, wie konnte ich nur so blind sein? Du brauchst doch deine Musik. Ich werde sehen, was ich tun kann...«

Trotz der kriegsbedingten Knappheit hatte er das notwendige Material und einen Handwerker aufgetrieben, um das Darrhaus, wo früher der Hopfen getrocknet wurde, wieder instand zu setzen. Er möblierte es so gut wie möglich und lieh sich von einem Freund ein Klavier aus. Danach verbrachte er drei Tage in London auf der für ihn befremdlichen Suche nach Musikpartituren. Er war erstaunt über die Menge von Noten, die seine Schwiegertochter brauchte.

Sie war gerührt über seine Freundlichkeit und fand seine Besorgnis herzerwärmend, und um seinetwillen hoffte sie, einen Knaben zu gebären, der weder Schauspieler noch Musiker werden wollte, sondern Anscombe übernehmen und die Familientradition fortsetzen würde.

Eines Tages kurz vor der Geburt des Kindes kam er mit einem Glas Sherry zu ihr ins Darrhaus, und sie spielte eine Mozart-Sonate für ihn. Zu ihrem Erstaunen sah sie nachher Tränen in seinen Augen. »Habe ich dich traurig gemacht?« fragte sie.

»Nein, sehr glücklich.« Dieses schöne Mädchen, in Rußland geboren und ihm so fern und fremd, war plötzlich zu der Tochter geworden, die er nie gehabt hatte, zu der Schwester, die er nie gesehen hatte, zu der Mutter, die er geliebt hatte, zu der Frau, die bei der Geburt ihres einzigen Kindes gestorben war.

Sie sah ihn über das Klavier hinweg an. »Du hast mir so viel gegeben, Ruhe und Frieden, die mein Kind braucht, um zu wachsen. Es wird bestimmt ein gesunder Sohn werden, der Anscombe bewirtschaften und über die Felder schreiten wird, wie du es tust. Er wird in der Kirche von Anscombe getauft werden, und wir werden ihn Guy Michael nennen.«

Aber das Telegramm, das Michael in Frankreich erhielt, lautete: *Tochter Alexandra geboren, Ginette und Baby wohlauf. Vater.*

»Tut mir leid, Vater. Das nächste Mal wird es ein Junge. Sobald Michael nach Hause kommt, machen wir ein neues Baby – einen Jungen, für dich.«

»Es ist mir völlig unwichtig«, sagte er und blickte beglückt auf seine Enkelin.

Eine alte, hölzerne Wiege war neben den Kamin ins Darrhaus gestellt worden. Ginette spielte Bach, Beethoven und Mozart, und einmal in der Woche fuhr sie nach London zum Klavierunterricht. Alexandra wuchs heran und lernte auf einem alten Pony reiten. Ihr Großvater gab ihr Unterricht, und sie brach in zornige Tränen aus, wenn sie ihn bei seinen Inspektionsritten nicht begleiten durfte.

Und dann eines Tages endete der Krieg, nicht in Glanz und Glorie, sondern aus Erschöpfung. Die großen Armeen hatten sich gegenseitig aufgerieben. Michael kehrte ordengeschmückt als Major zurück und suchte wie viele andere Arbeit. Er war nicht mehr ganz jung, aber die Grausamkeiten der Schlachten hatten sein gutgeschnittenes Gesicht veredelt und durchgeistigt. Er spielte kleinere Shakespeare-Rollen, und die Kritiker erwähnten ihn öfters voll Lob. Er ging auf Tourneen durch die Provinz und ertrug die Unbequemlichkeiten und die Trennung von seiner Familie, ohne zu murren. Ginette bereitete sich auf ihren ersten Londoner Auftritt vor und teilte ihm eines Tages mit, daß sie wieder schwanger war. Im Gegensatz zu Michaels kleinen Erfolgen war ihr Konzert ein rauschender Triumph. Die Kritiker und Impresarios stellten fest, daß Igor Maslows Tochter nicht nur ein Wunderkind gewesen war, sondern sich zu einem reifen Talent entwickelt hatte.

Constance kam Ende 1919 zur Welt. Ihr Großvater Maslow war mit seiner Frau für eine Reihe von Konzerten nach England zurückgekehrt. Er hörte sich Ginettes Spiel mit ernsthafter Aufmerksamkeit an. »Du bist besser geworden, als ich zu hoffen gewagt habe.« Er zuckte die Achseln und hob die Hände. »Wie du das allerdings in dieser bürgerlichen Umgebung geschafft hast, ist mir völlig schleierhaft, obwohl ich zugeben muß, daß Peter Danilowitsch kein schlechter Lehrer ist.«

Peter Danilowitsch war in Petersburg *der* Lehrer des Konservatoriums gewesen. Er war zwei Jahre vor Maslow nach Paris gezogen, hatte sich aber dann in London niedergelassen, und Ginette hatte ihn mit gutem Spürsinn als ihren Lehrer ausgesucht. »Aber jetzt brauchst du neue Anregungen.«

»Ich habe ein größeres Kind und ein Baby. Meine Zeit ist begrenzt.«

Er hob die Schultern. »Was soll das heißen? Frauen haben unentwegt Babys. Clara Schumann hat acht Kinder gehabt und war nach Liszt die größte Pianistin ihrer Epoche. Sobald das Baby alt genug ist, um zu reisen, und ich meine Tournee beendet habe, kommst du mit uns nach New York. Ich werde mich nach einem Lehrer für dich umsehen.«

»Ich habe einen Mann, Vater.«

Er hob wieder die Schultern. »Na und? Finde ihm Arbeit für ein Jahr in New York, oder laß ihn zu Hause, er kann die Kinder versorgen. Wen interessiert's? Diese Ehe war von Anfang an ein Fehler. Obwohl ich zugeben muß, daß der alte Mann« – er sprach von Guy Seymour, der gleichaltrig mit ihm war – »sehr nett zu dir gewesen ist.«

Michael brachte sie, ihre Eltern, ihre zwei Kinder und eine Kinderschwester, für die Guy Seymour zahlte, aufs Schiff nach Amerika. »Ich komme bald nach«, versprach Michael. Er hatte ein vages Angebot von einem Broadway-Theater ausstehen.

Es dauerte fast sechs Monate, bevor sie sich wiedersahen. Er war einer der Hauptdarsteller in einer Theatertruppe, die am Broadway Shakespeare spielte und dann durch die Staaten auf Tournee gehen sollte. Er wohnte bei Ginettes Eltern in deren großer Wohnung am Central Park und ertrug während der Monate, die er in New York arbeitete, stumm und geduldig die Mißachtung seines Schwiegervaters, obwohl er ihm die Pest an den Hals wünschte. Er atmete erst wieder auf, als die Truppe sich auf Tournee begab.

Am Nachmittag vor Michaels Premiere als Hamlet in Chicago – es war das erste Mal, daß er diese Rolle spielte – rief Ginette ihn an, um ihm viel Glück zu wünschen, und rief noch in das knackende Telefon, daß sie wieder schwanger sei. »Bald fahren wir nach Hause, Liebling. Ich werde nur mein Debüt hier geben, und danach, wenn deine Tournee vorbei ist, kehren wir heim. Unser Baby soll in Anscombe zur Welt kommen.«

Der Plan wurde ausgeführt. Michael hatte großen Erfolg auf der Tournee gehabt und strahlte eine neue Selbstsicherheit aus, die ihm auf der Bühne zugute kam.

Ginettes drittes Kind wurde 1921 in Anscombe geboren. Es war wieder ein Mädchen, und sie nannten es Julia Swetlana nach Guy Seymours und Ginettes Mutter. Ginette gab drei Monate nach der Geburt in London und Manchester Konzerte. Ihr Vater kam nach England, um fünf Beethoven-Konzerte und eine Reihe anderer Konzerte zu dirigieren, bei denen sie als Solistin auftrat. Michael spielte vier Monate lang den Hamlet, und die Kritiker reihten ihn in die lange Tradition der großen Shakespeare-Darsteller ein.

Ginette und Michael traten häufig in Europa, aber auch in Amerika auf und genossen ihr Leben in vollen Zügen, so wie es nur zwei jungen Menschen vergönnt ist, die wissen, daß sie außergewöhnlich talentiert sind. Zwischen ihren Auftritten kehrten sie eilends nach Anscombe zurück, wo Guy Seymour sie jedesmal hocherfreut empfing. Die Kinder verbrachten fast alle Zeit bei ihm, eine Gouvernante und Stella kümmerten sich um ihr geistiges und körperliches Wohl.

Ginette nahm ein Angebot an, in der Albert Hall in London zwei Brahms-Konzerte zu spielen. Guy Seymour begleitete sie voll Stolz und umklammerte das abgenutzte, graue Kaninchen, das Ginette seit ihrem ersten Auftritt mit ihrem Vater in Paris immer als Glücksbringer mit sich nahm. Michael schickte ihr zu beiden Vorstellungen einen riesigen Blumenkorb und telegrafierte: BALD ZURÜCK, HAB MEINE ROLLE EINEM KOLLEGEN ÜBERGEBEN.

Aber er kam nicht früh genug zurück. Ginette, die bei den Kindern in Anscombe war, während Michael am Broadway spielte, aß eines Abends mit Guy Seymour allein zu Abend, als er plötzlich vornüberfiel. Der Arzt erschien eine halbe Stunde später. »Es tut mir leid, Mrs. Seymour, aber er ist tot. Ich bin froh, daß Sie in seiner letzten Stunde bei ihm waren, er hat Sie sehr gern gehabt. Er hatte mir verboten,

Ihnen zu sagen, wie schlecht sein Gesundheitszustand seit einiger Zeit war.«

Als Michael nach Anscombe zurückkehrte, war sein Vater bereits beerdigt und Ginette in tiefer Trauer. Er versuchte, so gut er konnte, sie zu trösten, und blieb einige Wochen mit ihr in Anscombe. Doch dann bemerkte sie, daß er unruhig wurde. »Ich muß Geld für uns verdienen, Liebling, ich kann nicht von deinem Einkommen leben. Vielleicht sollte ich Anscombe verkaufen und für uns alle ein großes Haus in London erwerben.«

»Du darfst Anscombe nicht verkaufen, das würde ich nie erlauben. Ich habe deinem Vater versprochen, daß wir eines Tages einen Sohn haben werden.«

Er sah sie ungläubig an. »Es ist doch wohl nicht dein Ernst, daß du Anscombe aus *diesem* Grund behalten willst. Vielleicht bekommen wir nie einen Sohn, und ich kann Anscombe nicht bewirtschaften und gleichzeitig Theater spielen. Wir könnten von dem Verkauf bequem leben...«, er unterbrach sich, als er ihren trotzigen Ausdruck bemerkte. »Nun, dann laß uns wenigstens eine Wohnung in London nehmen. In Untermiete und in Hotels zu leben, ist nicht das Wahre.« Er beugte sich über sie. »Vielleicht bekommen wir doch noch einen Sohn...«

Aber zu Ginettes großer Enttäuschung gebar sie keine weiteren Kinder. Sie führten das Wanderleben eines Schauspielers und einer Musikerin. Ginette war häufiger auf Tournee als Michael, der jetzt lange Verträge an den Londoner Bühnen bekam und oft Angebote von Broadway-Theatern ausschlug, um nicht so weit weg von seiner Familie zu sein. Die Londoner Wohnung erwies sich als sehr bequem und nützlich, aber wirkliche Ruhe und Entspannung fand Ginette nur in Anscombe. Sie und Michael wurden immer berühmter. Einige Male im Jahr trat Ginette mit ihrem Vater auf. Sie hatten Frieden geschlossen, und seitdem Michael erfolgreich war, hatte er sich, wenn auch widerstrebend, sogar mit der Ehe abgefunden. Die Hypotheken, die auf Anscombe lagen, waren nach einiger Zeit auch getilgt, und sie ließen das Haus renovieren und setzten Harry Whitehand als Verwalter ein.

Auf die frenetischen zwanziger Jahre folgten die düsteren dreißiger Jahre. Die Kinder wuchsen heran und vertrugen sich meist gut. Ginette sorgte dafür, daß sie möglichst selten getrennt waren, und schickte sie auf dieselbe Schule. Sie behielt Stella in ihren Diensten, die jetzt den Haushalt führte; die Ferien verbrachten sie alle in Anscombe. Die drei Mädchen gewöhnten sich daran, daß ihr Vater nur sonntags zu Besuch kam, und fanden sich wohl oder übel mit der Boheme-Existenz ihrer Eltern ab. Ihnen war nur sehr vage bewußt, daß sie eine recht ungewöhnliche Kindheit hatten. Sie gingen oft ins Theater, wenn ihr Vater spielte, und besuchten die Londoner Konzerte ihrer Mutter. Zuweilen wurde ihnen erlaubt, an den Partys ihrer Eltern teilzunehmen, auf denen sich die Welten des Theaters und der Musik mischten. Berühmte Männer und mondäne Frauen zu treffen, wurde ihnen zur Selbstverständlichkeit. Alex studierte unterdessen in Cambridge.

Ginette war zufrieden mit ihrem Leben und übersah geflissentlich Michaels gelegentliche Affären; für sie gab es nur einen Mann in ihrem Leben, und sie war fest entschlossen, ihn zu behalten.

Sie war dankbar für die felsengleiche Sicherheit, die ihr die Ehe mit Michael gab, als sie ein Telegramm erhielt, das ihr den Tod ihrer Eltern mitteilte. Igor und Swetlana Maslow waren bei einem Zugunglück umgekommen. Zusammen mit Michael und Alexandra nahm sie den ersten verfügbaren Ozeandampfer. Bei der Beisetzung in New York war die ganze Musik- und Michaels wegen auch die Theaterprominenz anwesend.

Michael ließ sich hauptsächlich aus finanziellen Gründen, aber auch weil er sich ein größeres Publikum versprach, dazu überreden, in Hollywood zwei Filme zu drehen. Doch er kehrte eiligst zu Ginette zurück, als sich der Klatsch über sein Verhältnis mit dem weiblichen Star in Windeseile über die Kontinente verbreitete. Diesmal hatte er ehrlich Angst, daß er der unverbrüchlichen Loyalität seiner Frau verlustig gehen würde.

Im darauffolgenden Jahr spielte er zum ersten Mal den King Lear. Ginette beobachtete ihn, während er sich auf diese anspruchsvolle Rolle vorbereitete, und erkannte, daß er an Reife gewonnen hatte, als wären die Grundfesten seiner Existenz erschüttert worden, als hätte er wirklich Angst gehabt, sie zu verlieren. Er hatte enormen Erfolg und wurde in den Ritterstand erhoben. Ginette war jetzt beides: Madame Maslowa und Lady Seymour. Das Fest, das sie am Tag seiner Ehrung gaben, war ein Höhepunkt der Saison. Doch trotz des Trubels standen die Leute in Ecken zusammen und führten ernste Reden; ein Schatten schien über dem Jahr 1939 zu liegen. Alle befürchteten, es käme zum Krieg, und alle hofften, es würde nicht soweit kommen.

Der Krieg brach im September aus, aber es dauerte fast noch ein Jahr, bis die Schlacht am Himmel über Kent begann. Zwei Wochen nach Ginette Maslowas Tod fingen die Angriffe auf London an. Das hatte niemand vorausgesehen an dem Tag, als Michael, seine Töchter, sein Schwiegersohn und die Trauergäste von Anscombe zur Kirche gegangen waren.

Nach der Beerdigung hatte Julia den Eindruck, daß Horden von Menschen ihnen nach Anscombe folgten, wo ihnen Tee gereicht wurde. Michael war bei diesen Vorbereitungen nicht zu Rat gezogen worden; seit Ginettes Tod kreisten seine Gedanken nur um sie, und er wäre nie auf die Idee gekommen, daß außer ihm und seiner Familie noch andere Menschen an ihrem Grab stehen würden.

Zu Hause angekommen, griff er sofort zur Whiskyflasche, goß sich großzügig ein und leerte das Glas in einem Zug und schenkte sich gleich nach. Es war für ihn die einzige Möglichkeit, die Gegenwart der Trauergäste zu ertragen.

»Wir müssen eine Gedächtnisfeier in London veranstalten«, sagte David Davidoff zu Michael, und als er das ablehnende Kopfschütteln sah, fügte er hinzu: »Das bist du ihr und ihren Freunden schuldig.«

Sechs Wochen später, als jede Nacht die Bomben auf London niederprasselten, drängten sich in der St.-Margarets-Kirche in Westminster Freunde und Bekannte, um den Reden über Ginette und Michael zu lauschen, über ihre Talente, ihre glückliche Ehe, ihre Liebe. Es war unmöglich, über den einen ohne den anderen zu sprechen.

Am Schluß des Gottesdienstes schritt Michael mit versteinerten Zügen durch den Mittelgang zum Ausgang, gefolgt von seinen drei Töchtern. Er wartete nicht, um den übrigen Anwesenden die Hand zu schütteln; es war offensichtlich, daß er der Menge entkommen wollte.

David hatte seinen Rolls-Royce und genug Benzin zur Verfügung gestellt, um sie in Anscombe abzuholen und wieder zurückzubringen. Connie hatte zwei Tage Urlaub bekommen, und Alexandra fuhr ebenfalls mit ihnen zurück. Michael saß neben Davids Chauffeur; plötzlich drehte er sich nach seinen drei Töchtern im Rücksitz um und sagte mit verzweifelter Stimme: »Was soll ich nur tun? In Gottes Namen, wie soll es nur weitergehen?«

Alexandra gab ihm unumwunden Antwort. »Du wirst tun, was du immer getan hast. Du wirst auf der Bühne stehen und deine Rollen spielen. Es ist deine Pflicht, Vater, und das einzige, was dir zu tun übrigbleibt.«

3

Michael nahm seine Arbeit nicht wieder auf, wie Alexandra ihm geraten hatte, er überließ sich vollständig seinem Kummer und Schmerz und verfiel in eine tiefe Depression, aus der niemand ihn herausreißen konnte. Mit Einbruch des Winters verkürzten sich die Tage, und er saß vor dem Kaminfeuer im Eßzimmer, der einzige Raum außer der Küche, der geheizt war. Auf seinen Knien lag ein geöffnetes Buch, in das er jedoch nur selten hineinblickte, neben ihm stand griffbereit ein Whiskyglas. Julia wünschte, sie hätten sich bei Kriegsbeginn nicht so gut mit Getränken eingedeckt. Sie und Stella führten den Haushalt. Julia war nicht an die Schauspielakademie zurückgekehrt. Sie wußte, daß es unverantwortlich wäre, ihren Vater in diesem Zustand allein zu lassen. Sie arbeitete tagsüber auf dem Gut, mistete die Ställe aus, wo die Pferde standen, die wieder wie früher die Pflüge und Wagen zogen. Sie versorgte die Schweine und fütterte die Hühner, zog Kaninchen groß, lernte Traktor fahren und freundete sich mit zwei Mädchen an, die zur Landhilfe abkommandiert waren. Aber ihre Hauptaufgabe war es, ihrem Vater über diese schrecklichen Monate hinwegzuhelfen, während denen er seinen Lebenswillen verloren zu haben schien.

Weihnachten erweckte keine festlichen Gefühle. Julias 21. Geburtstag Anfang 1941 ging fast unbemerkt vorüber. Abends saß sie mit Stella und ihrem Vater zusammen und versuchte Konversation zu machen, aber es gab wenig, über das es sich lohnte zu reden außer über die Bomben, die auf die Städte fielen, und über die versenkten Schiffe, die aber in den Zeitungen nur kurz erwähnt wurden, um die Stimmung im Volk nicht noch mehr zu unterminieren.

In diesem Winter der Düsterkeit kehrte Michael zu der Lektüre von Ibsen, Strindberg und Tschechow zurück, lernte die Rollen und bat Julia, ihm die Stichworte zu geben. Sie hörte ihm zu und begriff, warum ihr Vater zu den großen Schauspielern seiner Zeit zählte; zuweilen lernte sie auch eine Rolle, um für ihn eine, wenn auch unzulängliche, Partnerin abzugeben. Im übrigen versuchte sie, möglichst viele von Michaels Theaterfreunden nach Anscombe zu locken, ihre Gegenwart heiterte ihn stets etwas auf.

David kam, sooft er sich freimachen konnte, desgleichen Lord Wolverton mit seiner Frau. Julia half der Köchin und Stella, aus den knappen Lebensmitteln ein festliches Essen zuzubereiten, wissend, daß ihre Bemühungen zumindest von Spitzenweinen unterstützt wurden. Während dieser Besuche gewann Michael etwas von seiner Lebensfreude zurück, manchmal gelang es sogar jemandem, ihn zum Lachen zu bringen. Aber keiner wagte es, ihn zur Rückkehr auf die Bühne zu bewegen, es gab kaum noch Theater im zerbombten London. Das Informationsministerium zeigte ein gewisses Interesse an den Plänen der Produzenten, Propagandafilme herzustellen, aber in dieser Kriegsphase hatte England keine großen Siege vorzuweisen, und daher mangelte es an geeigneten Themen. Jemand schlug historische Stoffe vor. Drehbücher über Wellington, Nelson und Drake wurden Michael zugeschickt und blieben ungelesen.

Nur eine Sache lenkte ihn während dieser Monate von seinem Kummer ab. Mit einem Pferdewagen und manchmal sogar nur mit einem Schubkarren räumte er die Trümmer des Atelierhauses fort. Die noch verwendbaren Ziegel stapelte er in einer Scheune auf, die wenigen nichtverkohlten Balken legte er daneben. Niemand fragte ihn, was er damit vorhatte. Als er fertig war, borgte er sich von Harry Whitehand einen Handrotor aus und schleppte zahllose Schubkarrenladungen von Dünger vom Kuhstall heran. Nachdem er auf diese Weise die Stelle, wo Ginette gestorben war, aufs sorgfältigste präpariert hatte, fuhr er zu den Nachbarn und bat sie um Ableger ihrer Rosen. Manchmal grub er sogar ganze Rosensträucher aus, wo noch welche übriggeblieben waren. Die meisten Rosengärten, auch der von Anscombe, waren zu Gemüsebeeten umgewandelt worden. Mit Hilfe von Harry Whitehand zimmerte Michael aus den alten, rauchgeschwärzten Balken ein Staket für die Kletterrosen. »Später, wenn der Krieg vorbei ist, bauen wir aus den alten Ziegeln eine Schutzmauer.« Alexandra, die in London lebte, kam zu Besuch und drängte ihn, die Stelle mit Gras bewachsen zu lassen.

»Ach, laß ihn doch die Rosen pflanzen, wenn er das unbedingt will«, sagte Connie während einem ihrer seltenen Urlaubstage. »Das Grab auf dem Friedhof sagt ihm nichts.« Michael las sämtliche Bücher über Rosen, die er auftreiben konnte – ein Thema, das ihn bislang nie interessiert hatte.

»Ich kann es gar nicht fassen, daß Vaters Horizont sich so verengt hat«, sagte Alexandra. »Rosen züchten und Whisky trinken ist alles, was er noch tut.«

»Laß ihm Zeit«, riet Connie. »Es gibt verschiedene Arten zu trauern. Laß ihm seine Trauer.«

»Vielleicht hast du recht«, gab Alexandra mißmutig zu. »Aber ich möchte, daß er etwas für die Lebenden tut und sich nicht mit den Toten vergräbt. Und du, Julia? Wie lange willst du noch hier versauern? Wann entschließt du dich endlich, etwas zu tun?«

Julia blickte auf ihre abgebrochenen Nägel und schwieligen Hände. »Ich bin nicht gerade, was man unbeschäftigt nennt.«

Greg Mathieson mischte sich mit ruhiger Stimme ein – es war eines der seltenen Male, wo sie alle gemeinsam in Anscombe waren: »Also bitte, fangt nicht an zu streiten. Das ist das letzte, was euer Vater braucht. Connie hat recht.« Er sah seine Schwägerin an. »Vermutlich sollte ich hinzufügen ›wie immer‹. Aber so meine ich es nicht. Jedem muß Zeit zum

Trauern gelassen werden, und jeder tut es zu seiner Zeit.« Er wandte sich an seine Frau: »Wenn ich getötet werde...«

»Untersteh dich, getötet zu werden«, sagte sie scharf, »oder ich bring dich um.« Wie blendend schön sie aussieht, dachte Julia, mit ihren vor Erregung geröteten Wangen. Sie war dunkelhaarig wie ihr Vater und hatte seine strahlenden Augen. Connie saß neben ihr, sie sah müde aus, da sie direkt vom Nachtdienst gekommen war. Sie trug einen alten Pullover und Kordhosen und war auch so eine Schönheit. Sie hatte als einzige die blauen Augen und das hellblonde Haar ihrer Mutter geerbt. Nach allgemeinem Urteil war sie die Bestaussehende der drei Schwestern. Julia wußte nicht recht, was sie von sich halten sollte. Ihre Züge waren noch nicht klar geformt, sie hatten noch etwas Kindliches. Sie besaß die dunklen Augen ihres Vaters, ihr Haar war nicht so blond wie Connies und ihr Gesicht oval. Mein Aussehen, dachte sie, ist völlig ungeeignet, allenfalls für naive Rollen, aber vielleicht bekomme ich Nebenrollen, bis ich alt genug bin, Charakterrollen zu spielen. Sie sann über die nächtlichen Bombenangriffe der Luftwaffe nach und überlegte traurig, daß es für sie vielleicht nie eine Karriere geben würde, daß womöglich das Ende Großbritanniens gekommen war.

Sie sammelte die Becher vom Küchentisch ein und stellte sie in die Spüle. Ihr Vater hatte sich vor einer Stunde nach oben zu seiner Whiskyflasche zurückgezogen. Sie wußte, daß er sich nach Schlaf sehnte, ihn aber nur selten finden konnte. Sie hörte ihn oft des Nachts durchs Haus gehen, es war, als suche er nach seiner Frau, wohl wissend, daß die Suche vergeblich war. Zuweilen, wenn er so herumirrte, stand sie auf und machte ihm einen Kakao. Dann war sie immer dankbar, daß sie auf dem Lande lebten und daher stets Milch hatten. Manchmal saß er nur schweigend in seinem Sessel oder sprach über die ersten Jahre seiner Ehe. »Deine Mutter und ich liebten und stritten uns, aber wir wußten beide, unsere Streitereien waren bedeutungslos. Ich hoffe, du erfährst eines

Tages eine Liebe wie die unsrige, eine Liebe, zu der du nicht nein sagen kannst, und ich hoffe, sie endet nicht in Kummer. Ich wünsche dir, daß du so glücklich wirst, wie ich es einst war.« Dann starrte er sie jeweils lange an. »Du ähnelst deiner Mutter mehr als die anderen... deine Bewegungen, dein Gesichtsausdruck...« Er sah in solchen Momenten abgehärmt aus, sein dunkles Haar zerzaust, sein Morgenrock zerschlissen, sein Pullover alt und speckig. Nichts an ihm erinnerte mehr an den einstmals gefeierten Schauspieler. Er war noch nicht fünfzig Jahre alt, aber er wirkte wie ein ausgebrannter Mann, der nach dem Tod seiner Frau keinen Sinn mehr in seinem Leben fand.

Julia riß sich von diesen trüben Gedanken los und musterte ihre Schwestern und besonders Greg, den einzigen Mann unter ihnen. Auch er trug abgetragene, bequeme Kleidung, und sie entdeckte tiefe Falten und graue Strähnen in seinem Haar, die noch nicht dagewesen waren, als Alexandra und er geheiratet hatten. In seiner Kriegsberichterstatter-Uniform sah er adretter und jünger aus. Über seine Arbeit sprach er nur selten. Sie alle wußten, daß er in Nordafrika gewesen und von Lord Wolverton nach London zurückbeordert worden war. Es war unvermeidlich, daß er auf einen anderen Kriegsschauplatz geschickt werden würde, und Julia erriet aus den schnellen Blicken, die Greg und Alexandra gelegentlich austauschten, daß diese erneute Trennung beide bedrückte.

Am nächsten Nachmittag, einem Sonntag, als sie unter einer unerwartet warmen Märzsonne im Garten Tee tranken, erzählte Greg ihnen, daß er nach New York führe, um Roosevelt zu interviewen. Er sagte nicht, ob er mit einem Militärflugzeug nach Washington fliegen oder die sehr viel langwierigere und gefährlichere Schiffsfahrt unternehmen würde. Alexandras Gesicht zeigte keine Gemütsregung, als fürchtete sie sich, an die Reise zu denken, aber sie sprach nicht über ihre Ängste.

Ein kühler Wind strich über den Garten und erinnerte sie daran, daß es erst März war. Alexandra fröstelte, stand auf und reichte Greg die Hand, um ihn hochzuziehen. »Es ist zu kalt hier draußen.«

Michael kam auf sie zu, er hatte den Rosengarten inspiziert. Sein Gang war schleppend, er wirkte fast wie ein alter Mann. Connie stellte das Teegeschirr aufs Tablett. »Aber bald kommt der Frühling«, sagte sie. »Wie lange wirst du in Washington bleiben, Greg?«

»So lange, wie es nützlich für mich ist und meine Vorgesetzten es für richtig halten«, sagte er kurz angebunden, dann legte er den Arm um die Schulter seiner Frau, und beide schlenderten über den Rasen zum Haus. Er beugte sich zu ihr herab und gab ihr einen Kuß auf die Wange, als wollte er ihr Mut zusprechen.

»Er will sie darauf vorbereiten, daß er womöglich für eine lange Zeit fort sein wird«, murmelte Connie zu Julia.

»Sie weiß es schon«, erwiderte Julia schnell.

Hinter ihnen sagte Michael: »Jemand hat mir gesagt, Seifenwasser sei gut für Rosen, es halte die Blattläuse fern. Hebe mir Seifenwasser auf, Julia.«

»Ja natürlich, Vater.« Connie dachte irritiert: Nun soll Julia auch noch Badewasser in den Rosengarten schleppen, als hätte sie nicht schon genug zu tun. Alexandra und ich haben nur eine vage Vorstellung von dem, was Julia alles in Anscombe tut, vermutlich viel mehr, als wir beide ahnen. Würde ihr Vater sich je aus seiner düsteren Stimmung herausreißen können? Wenn es ihm gelänge, dann nur weil Julia bei ihm geblieben war. Sie war ärgerlich auf ihren Vater und Alexandra, die sich beide nicht bewußt waren, was für ein Opfer Julia brachte, und sie selbst hatte Gewissensbisse.

Das Frühjahr kam, die Tage wurden länger, und die Felder um Anscombe waren mit kleinen Lämmern weiß betupft. Michael beobachtete ängstlich seine Rosen und weigerte sich noch immer, Julia auf ihre Einkaufsfahrten in die umliegenden Städte zu begleiten. Es gab wenig zu kaufen, und bei jeder Fahrt wurde ihr deutlicher, wie stark die Küstenstädte beschädigt waren. Wie mußte erst London aussehen? fragte sie sich bange. Weder sie noch Michael waren seit dem Gedächtnisgottesdienst für ihre Mutter im Oktober in London gewesen. Manchmal schien es ihr, als ob sie für immer an ihren Vater und Anscombe gefesselt sein würde.

Eines Tages in Tunbridge Wells sah sie sich in einem Kleiderladen unerwartet im Spiegel und wich erschreckt zurück. War sie das wirklich? Dieses magere Geschöpf mit hohlen Wangen und müden Augen, die Haare der Bequemlichkeit wegen straff zurückgekämmt? In Anscombe hatte sie nie Zeit, in den Spiegel zu blicken. Aber war es so wichtig, wie sie aussah? Jeder um sie herum sah müde und abgespannt aus. Sie kaufte eine Wolljacke für ihren Vater und ging zur Bushaltestelle.

Der Aprilnachmittag war warm, als sie die Meile vom Dorfanger, wo der Bus sie abgesetzt hatte, nach Anscombe lief. Auf der Anhöhe blickte sie hinunter auf das Herrenhaus, das friedlich zu ihren Füßen lag. Die Umgebung wies tiefe Löcher auf von dem über Anscombe abgestürzten Flugzeug, aber schon überdeckte das frische Grün die Narben, die die fallenden Metallstücke hinterlassen hatten. Sie verstand plötzlich den Wunsch ihres Vaters, die Trümmer des Darrhauses fortzuräumen, und seine Bemühung, ein Stück Schönheit zu schaffen, wo Häßlichkeit und Tod geherrscht hatten. Sie blieb sogar einige Minuten vor dem Rosengarten stehen und bewunderte die Büsche, die das Versprechen von Sommerblüten trugen. Dann ging sie ins Haus, um ihre kärglichen Einkäufe auszupacken.

Die Köchin und Stella und ein unbekannter junger Fliegerleutnant waren in der Küche. Als Julia eintrat, erhob er sich linkisch.

»Da sind Sie ja endlich, Miss Julia«, sagte die Köchin. »Sie sehen aus, als täte Ihnen eine Tasse Tee gut.«

Stella sagte: »Das ist Leutnant James Sinclair, Julia. Ich fand ihn am Gatter stehen, er blickte auf das Haus, und ich sah, daß er nicht wußte, daß die Straße hier endet. Er kam mit dem Bus von Sparrow's Green, wo er im Genesungsheim wohnt, und so habe ich gedacht, ich biete ihm eine Tasse Tee an.«

»Ja ... ja natürlich.« Es war üblich, Soldaten Gastfreundschaft zu gewähren, besonders wenn sie RAF-Uniform trugen, aber es war das erste Mal, daß ein Soldat die Privatstraße nach Anscombe genommen hatte. Es gab in Anscombe nichts zu sehen außer der Kirche, und die Kneipe öffnete erst um fünf Uhr. Vermutlich wußte er nicht einmal, daß am Nachmittag kein Bus zurück nach Sparrow's Green fuhr. Er sah verloren und sehr unsicher aus.

»Haben Sie etwas in den Läden bekommen, Miss Julia? Ihr Vater wird froh sein, daß Sie wieder da sind. Die Flak an der Küste hat geschossen, und er hat natürlich immer Angst, daß ein anderes ...« Die Köchin wandte sich ab und setzte Wasser für den Tee auf. »Sir Michael ist mit Harry Whitehand unterwegs, um nach den Lämmern zu sehen. Ob er sie wirklich wahrnimmt, ist eine andere Sache, aber zumindest ist er im Freien und außer Reichweite von dem verdammten...«, sie unterbrach sich »und grübelt nicht ständig über den Rosengarten nach.«

Julia bemerkte, daß Stella Porzellantassen und Teller statt den üblichen Steingutbechern auf ein Tablett gestellt hatte und nun eine Platte mit Brot, Butter und Marmelade hinzufügte.

»Julia«, sagte sie beiläufig, »warum nimmst du nicht zusammen mit dem Leutnant den Tee im Wohnzimmer ein? Ich habe die Fenster aufgemacht, es ist ein schöner, warmer Nachmittag.«

Was hatte Stella im Sinn? fragte sich Julia. Es war durchaus normal, einem Fremden eine Tasse Tee anzubieten, aber ihn wie einen Freund zu behandeln, war etwas übertrieben. Sie legte ihre Einkäufe auf den Küchentisch. »Wenn du meinst ...«, sagte sie und war sich bewußt, daß sie reichlich unhöflich klang. Und dann fiel ihr wieder ihr Spiegelbild im Laden ein, und sie errötete wider Willen. Wie lange war es her, daß sie einem Mann hatte gefallen wollen? Überdies vermied sie jedes Zusammentreffen mit Fliegern. Sie war ihnen dankbar, daß sie das Land verteidigten, aber noch nicht bereit, einen von ihnen in Anscombe zu empfangen. Sie warf einen prüfenden Blick auf ihn, und ihr Instinkt sagte ihr, daß er sich nicht aus Zufall nach Anscombe verirrt hatte. Seine klaren, blauen Augen wirkten nicht so unschuldig und jugendlich, wie man es in seinem Alter erwartet hätte. Er richtete sich zu voller Höhe auf – er muß zwei Meter groß sein, dachte sie und schien sich gegen etwas zu wappnen. Dann bemerkte sie die lange Narbe auf seiner linken Wange und den ausgezackten Haaransatz, als hätte eine Kugel ihn dort getroffen, und sie schämte sich, so kratzbürstig gewesen zu sein.

Stella trug das Tablett ins Wohnzimmer. Die Terrassentüren – nur auf einer Seite war das Glas ersetzt worden, der andere Flügel war mit Pappe vernagelt – standen offen und gaben den Blick auf den Rasen und den Rosengarten frei. Stella stellte das Tablett auf den niedrigen Tisch. »Hier, Julia, ruh dich ein wenig aus. Vermutlich wird dein Vater bald zurück sein, ich habe auch eine Tasse für ihn gebracht.«

Der junge Mann war nur zögernd gefolgt, Julia bemerkte, daß er einen Stock bei sich hatte, ihn aber nicht benutzte, er humpelte kaum sichtbar.

»Bitte, setzen Sie sich.« Er ließ sich auf der Kante des Sofas nieder, das Sonnenlicht fiel ihm aufs Gesicht. Julia stellte weitere Dinge an ihm fest, die sie beunruhigten und verwirrten. Er war ein außergewöhnlich gutaussehender junger Mann mit klassischen Zügen, die sogar von der Narbe auf der Wange und dem ausgezackten Haaransatz nicht beeinträchtigt wurden.

»Möchten Sie noch eine Tasse Tee?«

»Nein, danke, aber schenken Sie sich selbst ein, Sie sehen aus...«

Sie nahm einen Schluck. »Ja, ich weiß, wie ich aussehe,

als hätte mich jemand rückwärts durch eine Hecke gezogen. Man vergißt so leicht... wie es früher mal war. Wie man ausgesehen hat, und was man alles dafür getan hat.«

»Ich finde Sie schön«, sagte er schlicht. »Und ich mache nie Komplimente, Miss Seymour, das ist vermutlich das Schottische an mir. Und ich bin auch nicht hergekommen, um Schmeicheleien zu sagen. Ich wünschte sogar, ich wäre nicht hier. Ich bin nicht aus Zufall Ihren Privatweg heraufgegangen. Die Meile vom Dorf zu Ihnen war die mühseligste Meile meines Lebens.«

Sie setzte ihre Tasse ab. »Worüber reden Sie?«

Er wies auf den Rosengarten. »Ich habe davon gehört. Jemand im Krankenhaus hat mir erzählt, daß Ihr Vater einen Rosengarten angelegt hat. Die Menschen reden gerne über Berühmtheiten wie Ihren Vater... und Ihre Mutter. Sogar meine Mutter in Schottland hat einen Artikel über den Rosengarten in ihrem Provinzblatt gelesen.«

»Ja... ich nehme an, so was kommt in die Zeitungen«, sagte Julia mit heiserer, verletzter Stimme. »Sie denken natürlich alle, daß er verrückt ist – ein alter Mann, der langsam dem Wahnsinn verfällt.«

»Es ist nicht Wahnsinn«, widersprach er. »Es ist Liebe und Trauer; der Versuch, den Tod mit etwas Lebendigem zu besiegen.«

»Und was bedeutet Ihnen all das? Warum ist es so wichtig für Sie? Viele Menschen trauern heutzutage.«

»Ich habe meinen persönlichen Kummer oder Schuldgefühle, wenn Sie so wollen. Ich war es, der Ihre Mutter tötete, Miss Seymour.«

Julias Hand fuhr zu ihrem Mund, um einen Aufschrei zu unterdrücken. »Sie...«

»Ja, ich – mein Flugzeug. Ich sprang mit dem Fallschirm ab, ich dachte, ich sei weit außerhalb der Städte auf freiem Feld. Die Idee, daß die Maschine auf ein Gebäude fallen könnte, ist mir gar nicht gekommen. Das Wäldchen dort oben...«, er machte eine Kopfbewegung, »hätte das Flugzeug zum Stoppen gebracht. Ich habe heute viel Zeit gehabt, mir das Gelände anzusehen. Aber als ich an jenem Nachmittag absprang, konnte ich fast nichts erkennen. Wir Flieger hoffen immer, daß die Maschinen es mit ein wenig Glück noch aus eigener Kraft bis zum Meer schaffen und dort abstürzen, ohne Unheil anzurichten. Aber ich hatte kein Glück an diesem Tag. Ich überlebte, gewiß, aber ich habe furchtbares Unglück über eine der großen Familien Englands gebracht. Ich habe ein dutzendmal versucht, an Ihren Vater zu schreiben, aber es gelang mir nicht. Es ist unmöglich zu schreiben, daß es einem leid tut, jemanden getötet zu haben, und dazu noch eine so schöne, talentierte Pianistin. Ich habe nicht nur der Familie, sondern auch den Tausenden, die Ihre Mutter nicht kannten, sie aber verehrten, unendlichen Kummer bereitet. So etwas läßt sich nicht zu Papier bringen. Ich mußte herkommen.«

»Sie brauchten nicht zu kommen.« Julia stand auf und ging zur Balkontür, wo sie ihm den Rücken zukehren konnte. »Wir wußten Ihren Namen nicht, wollten ihn nicht wissen. Wir haben uns nie erkundigt, ob Sie die Operationen überlebt haben, ob Sie wieder gehen, sich bewegen oder zuweilen sogar auch wieder lachen können. Sie hätten nicht kommen sollen, es wäre besser gewesen... Ich glaube nicht, daß einer von uns je an den Piloten – an den Menschen gedacht hat. Aber ich erinnere mich, daß mein Vater zu Ihrem Kommandeur gesagt hat, es sei besser, daß das Flugzeug hier abgestürzt ist als auf die Kathedrale von Canterbury – oder auf eine Häuserreihe, wo Dutzende von Frauen und Kindern umgekommen wären. Wenn Ihnen das ein Trost ist, dann glauben Sie es. Er hat es tatsächlich gesagt. Und dennoch... Sie hätten nicht kommen sollen.«

Sie hörte, daß er sich hinter ihr schwerfällig erhoben hatte. »Ich mußte es tun für meinen Seelenfrieden. Und nachdem ich es nicht zu Papier bringen konnte, mußte ich diese mühselige Meile bewältigen. Wenn ich gewußt hätte... wenn ich geahnt hätte, als ich absprang, daß mein Flugzeug...«

Sie drehte sich um. »Sind Sie gekommen, weil es Ginette Maslowa war, die Frau von Michael Seymour? Wären Sie zu einer zerstörten Häuserreihe gegangen und hätten sich dort hingekniet? Hätten Sie eine Pilgerfahrt nach Canterbury gemacht? Nein, natürlich nicht. Das Flugzeug hätte es nie bis zum Meer geschafft – und das wissen Sie auch. Wenn Sie nicht abgesprungen wären, wären Sie verbrannt. Es war Ihre Pflicht, sich zu retten. Piloten sind wichtiger als Zivilpersonen. Sie hatten das Flugzeug nicht mehr unter Kontrolle. Ich denke mir das nicht aus, um Sie zu trösten. Ich habe es gesehen. Ich sah es aus dem Fenster. Sie haben überlebt, um erneut zu kämpfen, Leutnant. Sie brauchen sich nicht zu entschuldigen, Sie brauchen unseren Kummer nicht zu teilen. Ganz und gar nicht...« Sie senkte die Stimme: »Wir *wollen* gar nicht, daß Sie unseren Kummer teilen. Kummer ist etwas sehr Privates, etwas, das Sie nicht betrifft. Niemand bat Sie zu kommen, und ich bitte Sie jetzt zu gehen.«

Er nahm seine Mütze und seinen Stock. »Vielleicht haben Sie recht, vielleicht auch nicht. Vielleicht hätte ich hier nicht eindringen sollen. Aber ich teile Ihren Kummer, auch wenn Sie es nicht hören wollen, und warum sollten Sie auch? Aber Ginette Maslowa hat auch mir viel bedeutet.«

»Was wollen Sie damit sagen? Kannten Sie sie?«

»Bitte verfallen Sie nicht in den Irrtum zu denken, daß ich, bloß weil ich eine Uniform trage, nichts als Fliegen im Kopf habe. Die Uniform beraubt uns alle unserer Persönlichkeit, aber viele von uns nähren im geheimen Wünsche und Sehnsüchte. Meine Mutter nahm mich in Edinburgh zweimal zu Ginette Maslowas Konzerten mit, und wir haben viele Platten von ihr zu Hause. Zusammen mit ein paar schottischen Freunden meldete ich mich, als wir in Oxford studierten, freiwillig zum Reservekorps der RAF. Wir wurden schon vor Ausbruch des Krieges zu Piloten ausgebildet. Wir haben dem Münchner Abkommen nie getraut. Im letzten Sommer vor Kriegsausbruch überredete ich meine Freunde, nach London zu fahren, um Ihre Mutter in der Albert Hall spielen zu hören. Ja, das Konzert gefiel ihnen, besonders das ganze Drum und Dran, aber sie verstanden nicht recht, warum ich gerade diese Pianistin hören wollte. Ich weiß selbst nicht genau, warum gerade Ihre Mutter mich so begeisterte. Ich verstehe nämlich nichts von Musik.«

»Musik braucht man nicht zu verstehen... nur hören, empfinden...«

Er fühlte, wie ihr Widerstand nachließ, und fuhr fort: »Ich habe Ihren Vater nur einmal gesehen, als Hamlet. Vermutlich war er großartig, alle Kritiker sagten es. Aber ich persönlich habe es vorgezogen, Ihre Mutter spielen zu hören. Sie stammen aus einer außergewöhnlichen Familie, Miss Seymour. Man könnte sagen... ja, man *könnte* sagen, daß es fast so schlimm gewesen wäre, wenn mein Flugzeug über der Kathedrale von Canterbury abgestürzt wäre. Ich denke oft, wenn ich nur im Flugzeug geblieben wäre, hätte ich es vielleicht...«

Sie schüttelte den Kopf. »Nein, Sie wären nur beide tot – Sie und Mutter. Und in Ihrem Fall ein vermeidbarer Tod, während der Tod meiner Mutter ein unseliger Zufall war. Viele Zivilisten sind getötet worden, besonders in London im letzten Winter. Glauben Sie mir, ich kann die Männer nicht hoch genug schätzen, die bei jedem Feindflug in ihre Maschine steigen und sterben, um uns zu beschützen.«

Sie musterte ihn aus der Nähe. Er war sicher erst Anfang Zwanzig und schon so kriegserfahren. Die Kämpfe hatten nicht nur seinen Körper mit Narben gezeichnet, sondern auch seinen Geist, der ihm eingegeben hatte, heute nachmittag aus einem verdrehten Pflichtgefühl heraus in Anscombe zu erscheinen. Die Kopfwunde war tiefer, als sie zuerst gedacht hatte, und dann sah sie, daß seine Hände mit feuerroten Streifen bedeckt waren, wo die Ärzte Hauttransplantationen vorgenommen hatten.

»Setzen Sie sich«, sagte sie fast heftig, »tun Sie mir den Gefallen und setzen Sie sich. Hier...« Sie schenkte ihm eine zweite Tasse Tee ein. »Und trinken Sie, selbst wenn das labbrige Zeug Ihnen zuwider ist. Ich möchte gern noch mit Ihnen reden.«

Mit großer Erleichterung sah sie, wie er sich wieder aufs Sofa setzte und Mütze und Stock auf den Boden legte. Die Tasse klirrte auf der Untertasse, als sie ihm den Tee reichte.
»Natürlich war es mutig von Ihnen hierher zu kommen, aber es war nicht nötig...«

»Und nicht erwünscht«, warf er ein. »Ihnen konnte nicht daran gelegen sein, das Gesicht des Mannes zu sehen, der Ihre Mutter getötet hat. Vielleicht bin ich um meiner selbst willen gekommen, um Buße zu tun, obwohl mir keiner Absolution erteilen kann.«

»Es steht uns nicht zu, Absolution zu erteilen, aber sie wird Ihnen gewährt werden, wenn Sie wieder fliegen können und deutsche Flugzeuge abschießen.«

»Ich nehme an, daß ich in drei Wochen wieder einsatzfähig bin, und vorher wollte ich herkommen; das macht es mir leichter, den Dienst wiederaufzunehmen. Zumindest habe ich mit Ihnen gesprochen und den Rosengarten gesehen. Ich glaube, der Brief meiner Mutter, in dem sie den Rosengarten erwähnt, hat mir den letzten Anstoß gegeben, nach Anscombe zu kommen. Sie ist keine sentimentale Frau, im Gegenteil, und sie hat mir auch nicht direkt gesagt, daß ich Sie aufsuchen soll, aber nun wird sie wissen, daß ich...«

»Daß Sie Ihre Schuldigkeit, oder was Ihre Mutter dafür hält, getan haben.«

»Nein, sie wird es als eine höchst persönliche Entscheidung ansehen.«

»Sie weiß also Bescheid? Sie haben es ihr erzählt?«

»Als ich merkte, daß es mir unmöglich war, an Sir Michael zu schreiben, habe ich statt dessen meiner Mutter geschrieben. Es hat mir etwas geholfen. Und dann schickte sie mir den Artikel über den Rosengarten.«

»Der Rosengarten war vermutlich Vaters Rettung. Es ist das einzige, womit er sich beschäftigt seit... seit Mutters Tod. Ansonsten... trinkt er nur. Er betrachtet den Rosengarten als eine Art Gedenkstätte für sie, er bedeutet ihm viel mehr als der Grabstein auf dem Friedhof.«

Sie sah den Schmerz auf seinem Gesicht und stand auf und setzte sich neben ihn. »Es tut mir leid, wir trauern alle um sie. Sie selbst hätte ihren Tod nicht höher oder niedriger eingeschätzt als den Tod einer anderen Frau. Sie wußte, daß ein großes Talent eine unverdiente Gabe ist, aber gleichzeitig auch eine Verpflichtung.« Julia streckte spontan die Hand aus. »Wir haben uns mit ihrem Tod abgefunden, können Sie es nicht auch?«

Er ergriff ihre Hand, als hätte sie ihm etwas Kostbares angeboten. »Werden Sie je wieder fliegen können?«

»Die Ärzte sagen ja. Unter normalen Umständen würden sie so ein Klappergestell wie mich nicht mehr in ein Flugzeug setzen, aber so viele der erfahrenen Piloten sind gefallen. Heutzutage schicken sie Neulinge nach einem kurzen Trainingskurs los. Sie werden wie die Tontauben abgeschossen, die armen Teufel. Manche haben nur ein paar Flugstunden hinter sich gebracht, sie kannten nicht die Tricks, mit denen man dem Tod entwischt.«

Sie senkte die Augen und merkte, daß sie noch seine Hand hielt.

»Ich bin so froh, daß Sie... so sehr froh...« Sie fühlte, wie Röte ihr ins Gesicht stieg, und griff nach dem Marmeladentopf. »Brombeermarmelade, selbst gepflückt und eingemacht. Wollen Sie sie nicht versuchen?« Ohne seine Antwort abzuwarten, bestrich sie eine Brotscheibe. »Wir haben Glück«, fuhr sie fort, um sein Schweigen zu überbrücken, »auf einem Gut kann man immer ein wenig mogeln. Abgesehen davon, haben wir vorgesorgt. Mein Vater war im Ersten Weltkrieg beim Militär, und es gibt einige Dinge, die er nicht vergessen hat. Man sagt immer, Schauspieler seien unpraktisch, aber er hat diesen Krieg schon lange vorhergesehen. Ich erinnere mich noch, daß er uns viel Geld gab, vermutlich mehr, als er sich leisten konnte, damit wir uns auf Vorrat warme Sachen kaufen konnten, auch hat er den

Keller aufgefüllt, bis er keine weitere Flasche mehr unterbringen konnte. Hamstern! Sehr unpatriotisch – jetzt, aber damals nicht, bevor der Krieg ausbrach. Er wollte nicht, daß es uns an etwas fehle, und besonders wichtig war ihm, daß Mutter alles hatte, was sie brauchte.«

Sie sah voller Zufriedenheit, daß er herzhaft in sein Marmeladenbrot biß, und lächelte ihn an, was ihr noch vor wenigen Minuten unmöglich gewesen wäre. »Mein Vater litt unter einem Schwiegervaterkomplex. Es war ihm peinlich, daß mein Großvater Maslow während der ersten Ehejahre soviel erfolgreicher war als er. Und mein Großvater, wie alle Russen, warf mit Geld um sich und genoß es ganz besonders, wie mir Mutter erzählte, seine Tochter mit Geschenken zu überschütten, die ihr Mann ihr nicht kaufen konnte. Und daher hat Vater, als er es sich leisten konnte, Mutter und auch uns Mädchen wahnsinnig verwöhnt. Nichts war zuviel, und bis zum heutigen Tage habe ich noch immer Angst, ihn zu fragen, wie weit er sein Konto überzogen hat.«

Er stellte seinen Teller ab und beugte sich zu ihr. »Sie sind sehr freundlich zu mir... Miss Julia. Sie sind so nett und großmütig, wie Ihr Vater in seinen schlimmsten Stunden war, als er mit meinem Kommandeur sprach. Mir ist es gleichgültig, ob er damals betrunken war, denn wenn er irgendeinen Haß genährt hätte gegen den Schuldigen, dann wäre dieser Haß zu diesem Zeitpunkt aus ihm hervorgebrochen – bevor er sich wieder in der Hand hatte.«

»Ich glaube, mein Vater kann gar keinen Haß empfinden, er ist ein sehr menschlicher Mann, voller Fehler, unbesonnen, impulsiv mit einer Neigung zu Wutanfällen, die rasch vorübergehen, aber Haß oder Böswilligkeit, das ist nicht seine Art, auch nicht die meiner Mutter. Beide waren vermutlich temperamentvoller als die meisten Menschen. Sie stritten sich jeden Tag, aber es waren nur kurze Ausbrüche, mehr nicht. Sie liebten sich innig. Versöhnlichkeit war ein Teil ihrer Natur. Beide würden mich geringschätzen, wenn ich nicht auch so empfände.«

»Ich danke Ihnen, ich werde diese Worte in meinem Herzen bewahren.«

»Dann essen Sie bitte noch ein Marmeladenbrot.« Sie mußte etwas Profanes sagen, um ihrer Emotionen Herr zu werden. Dann fuhr sie fort, ihm von ihrer Familie zu erzählen, von Stella, der Köchin und wie das Leben in Anscombe gewesen war vor Ausbruch des Krieges. »Man kann es sich kaum noch vorstellen, wie gemütlich und warm dieses Haus einmal war. Das Leben hat sich für uns alle verändert. Meinen Sie, es wird je wieder, wie es früher war?« fragte sie in einem sehnsüchtigen Tonfall.

Er schüttelte den Kopf. »Ich fürchte nein. Mein Gott, ich kann es kaum glauben, wie jung und naiv ich war, als ich mich freiwillig zum Fliegerkorps meldete. Die Fliegerei war ein großer Spaß, sogar noch in Frankreich. Aber als wir hierher zurückkamen, begriffen wir, daß wir um unser Leben kämpften. Kameraden wurden fast täglich abgeschossen. Der Spaß war vorbei. Und ich frage mich, ob es je wieder eine Zeit geben wird, wo ich Freude am Fliegen haben werde. Nein, ich glaube nicht, daß die Dinge wieder so sein werden, wie sie einmal waren, genausowenig wie nach dem letzten Krieg. Sogar die Reichen merkten nachher allmählich, daß sehr viel weniger junge Frauen bereit waren, für einen Hungerlohn im Haushalt zu arbeiten, und daß nur eine geringe Anzahl junger Männer sich mit Landarbeit zufriedengab. Meine Eltern mußten das auch feststellen. Vater war gezwungen, den größten Teil seines Besitzes zu verpachten, den Rest bewirtschaftete er selbst, aber es war nicht einfach...«

Er hielt ihr fast automatisch die Tasse zum Auffüllen hin, eine vertrauensvolle, intime Geste, die ihr Herz erwärmte. »Meine Mutter bewohnt genau wie Sie nur noch zwei Zimmer; die Küche und das Zimmer, das früher der Haushälterin als Aufenthaltsraum diente. In diesen zwei Räumen lebt sie mit ihren Hunden und Katzen. Sie hat eine ›Perle‹, Janet, die mehr oder weniger im Schloß aufgewachsen ist. Sie kocht vorzüglich und ist überhaupt äußerst geschickt. Gelegentlich hilft ihr jemand beim Saubermachen, aber nicht oft. Und das ist alle Hilfe, die Mutter bekommt, um diesen alten Kasten, der zwischen dem dreizehnten und siebzehnten Jahrhundert erbaut wurde, in Betrieb zu halten. Sie wissen, so ein typisch schottisches Schloß mit Türmen und allem, was dazugehört. Sie geht jeden Abend zu Bett mit drei Wärmflaschen und drei Hunden, die auf ihrer Bettdecke schlafen, um sie zu wärmen.«

»Ein richtiges Schloß?«

»Ja, ein Schloß, kein hübsches, gemütliches Herrenhaus wie dieses. Groß, wuchtig und kalt, mit Verliesen, aber ohne Weinkeller. Es steht auf einer kleinen Insel. Es gibt eine Art Damm und eine dreibogige Brücke und eine halbverrottete Zugbrücke. Meine Mutter bewirtschaftet zweitausend Morgen, aber der größte Teil ist Hügelland und nur für Schafzucht geeignet.«

»Wo in Schottland?«

»Inverness ist unsere nächste Stadt, die Hauptstadt der Highlands. Meine Mutter ist die Tochter eines Earls und heiratete einen der unbedeutenderen Chefs unseres Clans. Offensichtlich aus Liebe, denn Geld war nicht vorhanden.«

»Sie sprechen gar nicht von Ihrem Vater.«

»Ich erinnere mich kaum an ihn. Er hat sich bei einem Jagdunfall selbst getötet, als ich vier Jahre alt war. Er wollte ein Reh schießen, nicht aus Vergnügen, sondern damit wir etwas zu essen hatten. Niemand verstand, wie es geschehen konnte. Gewehre waren ihm von Jugend an vertraut. Er muß ausgerutscht sein oder so was. Sie fanden seine Leiche am Fuß einer Waldschlucht.«

Sie verstand, wieviel Mut es ihn gekostet hatte, nach Anscombe zu kommen, zu der Familie der Frau, deren Tod er verschuldet hatte. »Es tut mir leid, das zu hören. Haben Sie Geschwister?«

»Ich hatte einen Bruder, aber er kam in jungen Jahren um. Wenn er am Leben geblieben wäre, hätte meine Mutter ihre Gefühle auf zwei verteilen können. Aber so war nur noch ich da, der einzige Überlebende, der einzige Erbe. Sie hätte eine zweite Ehe eingehen können, eine sehr vorteilhafte. Sie war – und ist auch heute noch – eine sehr gut aussehende Frau. Doch dann hätte sie Schloß Sinclair verlassen und die Bewirtschaftung einem Verwalter übergeben müssen, und ich wäre nicht auf meinem Erbgut aufgewachsen. Sie ist sehr schottisch feudalistisch gesinnt. Am Tag, als ich abstürzte, wäre ihr Lebenstraum fast zerbrochen.«

Julia war etwas unbehaglich zumute, dieser junge Mann nahm kein Blatt vor den Mund. Er beschrieb ein altes Schloß und eine alternde Frau, die über das Erbe ihres Sohnes wachte, ohne romantisches Beiwerk. »Sie muß sehr dankbar sein, daß Sie noch am Leben sind.«

»Dankbar wäre der falsche Ausdruck, sie *erwartet* von mir, daß ich am Leben bleibe. Sie erwartet von mir, daß ich heimkehre und meine Erbschaft antrete. Sie will, daß ich heirate und Söhne zeuge. Sie hat sogar schon die passende Frau für mich ausgesucht. Sie war sehr erbost, daß ich mich zur Royal Air Force meldete, bevor ich das Mädchen heiratete, und sie war noch erboster, daß ich nicht halbwegs genesen zur Erholung nach Schottland kam. Sie fand, es wäre eine gute Gelegenheit gewesen, Kirsty den Hof zu machen.«

»Und warum taten Sie es nicht?«

»Vermutlich weil ich mir nicht sicher war, ob ich Kirsty wollte oder sie mich. Auch habe ich mir Gedanken gemacht, ob es richtig ist, ein Mädchen zu heiraten und sie womöglich zu schwängern, wissend, daß mein Leben als Pilot jede Stunde, jede Minute zu Ende gehen kann. Von meiner ursprünglichen Staffel sind nur noch zwei übriggeblieben. Ich glaube, ich warte bis nach dem Krieg, bevor ich das Risiko auf mich nehme, eine Frau zu meiner Witwe zu machen.«

»Und diese Kirsty – wird sie auf Sie warten?«

Er zuckte die Achseln. »Wer weiß? Sie ist ein großartiges Mädchen, temperamentvoll und klug. Ich habe den Eindruck, daß ... daß sie mich sehr gern hat. Sie ist in Schottland aufgewachsen und versteht etwas von Landwirtschaft.

Das ist der Grund, warum Mutter sie als Schwiegertochter will. Im übrigen hat sie Geld, was in den Augen meiner Mutter ein großer Vorteil ist.«

»Und in Ihren?«

Er sah sie an und verzog den Mund zu einem freudlosen Lächeln. »Das hat mich vielleicht zurückgehalten, sie ist zu *perfekt!* Ich glaube, sie würde mich nehmen, daher muß ich wohl auf der Suche sein nach jemand, der nicht perfekt ist, egal wie geeignet meine Mutter sie findet. Kirsty und ich sind gute Freunde, aber das ist auch alles, und mir will scheinen, das ist nicht genug. Und so bin ich nicht nach Schottland zur Erholung gefahren, sondern im Genesungsheim in Sparrow's Green geblieben und habe die Flugzeuge beobachtet, die jede Nacht über unsere Köpfe hinwegflogen. Ich wäre lieber auf Schloß Sinclair gewesen, auf meine Art liebe ich es so leidenschaftlich wie Mutter. Ich hänge an der verrückten, alten Ruine und an der Landschaft. Vielleicht wollte ich Kirsty aus dem Weg gehen... Oder vielleicht war ich vernünftig genug, mir klarzumachen, daß mein Bein schneller heilt, wenn ich in einem Klima bleibe, wo ich jeden Tag spazierengehen kann. Es liegt noch viel Schnee in Sinclair, so daß ich mit den Hunden vorm Küchenherd gehockt hätte, nicht unbedingt etwas, das die Ärzte mir angeraten hätten.«

Julia dachte: Der Winter, den wir in Trauer verbracht haben, war für ihn eine Zeit, während der er alles getan hatte, um möglichst schnell zu genesen, damit er zu seiner Staffel zurückkehren konnte, wohl wissend, daß er vielleicht schon beim ersten Aufstieg abgeschossen würde.

Er bückte sich und hob seine Mütze und seinen Stock auf. »Ich bin froh, daß ich gekommen bin, und ich werde niemals vergessen, was Sie mir erzählt haben.« Er erhob sich schwerfällig und reichte ihr die Hand. »Ich geh jetzt besser, ich habe schon zuviel von Ihrer Zeit in Anspruch genommen. Wenn Sie meinen, es wäre richtig, Ihrem Vater von meinem Besuch...«

»Nein, ich glaube, das werde ich nicht tun.«

Es war kühl geworden, und Julia ging zum Fenster, um die Terrassentür zu schließen, und wünschte aus Gründen, die sie nicht nennen konnte, daß sie irgendeinen Vorwand fände, ihn zurückzuhalten. An der Terrassentür zuckte sie plötzlich zusammen. »O Gott, da kommt er!« Sie drehte sich nach James Sinclair um. »Sagen Sie nicht... nichts über Mutter. Ich flehe Sie an!« Sie erhob die Stimme. »Vater, du hast dich verspätet, soll ich dir frischen Tee machen?«

»Das wäre nett, Liebling, ich bin am Verdursten.« Er kam aus der Richtung des Rosengartens auf sie zu.

»Vater, das ist Leutnant James Sinclair. Stella hat ihn auf dem Privatweg gesehen... er hatte sich verirrt, und sie hat ihn ins Haus gebeten.«

Ihr Vater lächelte verschmitzt. »Soso, Stella hat ihn also aufgelesen? Dreistes Frauenzimmer...« Er streckte seine Hand aus. »Willkommen, Sir. Ich kann sehen, warum Stella Sie zum Tee eingeladen hat. War eine gute Idee. Bleiben Sie bitte noch und leisten Sie mir Gesellschaft. Julia, mein Schatz, sei so lieb und gieß uns noch eine Kanne Tee auf, ich zeige dem Leutnant unterdessen den Rosengarten.«

»Vielen Dank, Sir, aber ich muß gehen, ich darf den Bus nach Tunbridge Wells und den Anschluß nach Sparrow's Green nicht verpassen, sonst komme ich heute nicht mehr zurück.«

»Was... hat man Sie irgendwo eingesperrt? Im Lazarett etwa?«

»Im Genesungsheim, aber sie sind sehr freizügig, sie ermuntern uns sogar auszugehen, aber wollen natürlich, daß wir uns rechtzeitig zurückmelden.«

»Also, soweit mir bekannt ist, gibt es heute abend keinen Bus mehr zurück nach Tunbridge Wells...« Julia wußte, daß ihr Vater von Autobusfahrplänen keine Ahnung hatte. »Aber unser Verwalter Harry Whitehand muß heute abend nach Tunbridge Wells fahren, irgendeine Landwirtsversammlung... ungemein wichtig... Nahrung für die Bevölkerung und all das. Irgendein großes Tier aus London kommt, um uns zu erzählen, was von uns Bauerntölpeln erwartet wird. Daher ist er durchaus berechtigt, Benzin zu verbrauchen. Harry kann ohne weiteres den Umweg über Sparrow's Green machen. Sie können also mit gutem Gewissen bleiben. Julia wird uns zwei Gläser und eine Flasche Whisky ins Eßzimmer bringen, wo der Kamin brennt. Aber zuerst zeige ich Ihnen den Rosengarten.«

Er wandte sich zum Gehen, James Sinclair drehte sich um und warf Julia einen bittenden, verzweifelten Blick zu. Aber sie nickte ihm aufmunternd zu und bedeutete ihm mit einer Handbewegung, ihrem Vater zu folgen.

Er blieb und trank noch eine Tasse Tee mit ihrem Vater vor dem Kamin im Eßzimmer. Michael trank den Tee hastig, dann griff er zur Whiskyflasche und goß großzügig die Gläser ein. Julia murmelte vage, daß sie der Köchin und Stella helfen müsse. »Unsinn, Kind, ich habe gerade mit der Köchin gesprochen und sie gebeten, das Essen etwas früher zu servieren, damit Jamie...« Er hatte die formelle Anrede schon fallengelassen, »damit Jamie auch noch einen Happen abbekommt. Und ich habe Harry Whitehand angerufen, und Jamie hat dem Genesungsheim Bescheid gesagt. Alles ist organisiert.«

Julia ging nach oben, um sich zum Essen umzuziehen, etwas, das sie seit langem nicht getan hatte. Für gewöhnlich sank sie erschöpft in einen Stuhl vor dem Kamin und legte ihre müden Füße hoch in dicken Wollsocken, die Stella für sie gestrickt hatte. Aber heute, nachdem sie sich gewaschen hatte, puderte sie ihr Gesicht, nahm etwas Lippenstift, bürstete die Haare und betupfte sich sogar mit etwas Parfüm, das sie aufgespart hatte. Auf dem Toilettentisch ihrer Mutter standen ein gutes Dutzend Kristallflaschen mit verschiedenen Parfüms, aber niemand dachte daran, sie aufzubrauchen. Ihre Kleider hingen ordentlich wie eh und je in den Einbauschränken. Ihre Konzertgarderobe war in einem gesonderten Kämmerchen untergebracht. Niemand wäre auf den Gedanken gekommen, Michael nahezulegen, sie zu verschenken –

trotz der Rationierung. Ginette Maslowas Eigentum und der Rosengarten waren ihm heilig.

Julia ging ins Eßzimmer zurück, und ihr Vater goß ihr einen großen Whisky ein. Er betrachtete sie anerkennend. Sie trug das rote Wollkleid, das sie fast ein Jahr lang nicht getragen hatte und das ihr zu ihrem Erstaunen in der Taille jetzt zu weit war. »Hübsch, mein Kind, kenne ich das Kleid?«

»Du hast es bestimmt schon ein dutzendmal gesehen. Du nimmst doch wohl nicht an, daß ich es in Tunbridge Wells gekauft habe. Übrigens, ich habe dir eine Wolljacke mitgebracht, deine Pullover haben schon bessere Tage gesehen.« Sie erwähnte nicht, daß die Kommodenschubladen vollgestopft waren mit Kaschmirjacken und Pullovern, die sich aber alle nicht für das Umgraben des Rosengartens eigneten.

Er sah auf seinen ausgefransten Pulloverärmel. »Ja, ein bißchen altersschwach, du hast recht.« Sie bemerkte einen schmerzlichen Zug um seinen Mund, es war vermutlich seit vielen Jahren das erste Mal, daß jemand anders als ihre Mutter ihm ein Kleidungsstück gekauft hatte. »Sehr lieb von dir, aber du hättest die Kleiderabschnitte besser für dich verwenden sollen.«

»Du hast mich vor dem Krieg reichlich ausgestattet, Vater. Was soll ich jetzt kaufen? Dunkelblaue Baumwollschlüpfer mit einem soliden Gummiband? Mehr wird in den Läden nicht angeboten.«

»Nein, Julia, das bitte nicht.« Er füllte wieder die Gläser. Während sie sich umgezogen hatte, war er im Keller gewesen und hatte eine Flasche Bordeaux heraufgeholt, die jetzt entkorkt auf der Anrichte stand. Sie sah, daß es eine von den besseren Sorten war, James Sinclair gefiel ihm offensichtlich. Julia warf dem Fliegerleutnant einen fragenden Blick zu, als Michael mit Einschenken beschäftigt war. Er schüttelte schweigend den Kopf zum Zeichen, daß er über seine unselige Rolle beim Tod ihrer Mutter nichts gesagt hatte. Die kleine, aber wichtige Lüge war bindend wie ein Geheimabkommen zwischen ihnen.

Beim Essen hob Michael sein Glas und sagte: »Ihr unerwarteter Besuch, junger Mann, hat mich sehr gefreut. Kommen Sie wieder, bevor man Sie in eine dieser infernalischen Flugmaschinen steckt.«

Zu Julias Bedauern hörten sie kurz darauf Harry Whitehands Hupe. Sie knipsten das Oberlicht aus und begleiteten James Sinclair im Schein einer Taschenlampe zur Haustür. Die Nacht war still und klar. Aber plötzlich flammten bei Dover und dann entlang der ganzen Küste die Suchscheinwerfer der Flugabwehrbatterien auf, und sie hörten das vertraute Dröhnen der feindlichen Flugzeuge auf dem Anflug nach London. Die Kanonen fingen an zu donnern und versuchten, die flüchtigen Punkte aus dem Himmel zu holen. Dann sahen sie ganz in ihrer Nähe das Aufglühen von Brandbomben, die von beschädigten Feindflugzeugen oder solchen, die sich auf dem Rückflug nach Frankreich befanden, abgeworfen wurden. »Aus der Versammlung in Tunbridge wird heute abend wohl nichts werden«, sagte Harry Whitehand.

Michael ergriff James Sinclairs Arm. »Sie müssen bei uns übernachten, kommen Sie, wir haben genug Platz.«

Julia erkannte bedrückt, daß sie immer tiefer in den Strudel ihrer Lüge hineingezogen wurden, als Michael ins Haus zurückging und sich vergnügt mit einer Kognakflasche vor den Kamin setzte. Er hatte den Punkt erreicht, wo er eins von seinen unendlichen Theatererlebnissen zum besten gab, wie immer ein wenig ausgeschmückt und zusammenhanglos, aber mit Witz und mit seiner berühmten, ausdrucksvollen Stimme vorgetragen.

»Nett für deinen Vater, Gesellschaft zu haben«, sagte Stella zu Julia, als sie das Gastbett bezogen. »Es ist einsam hier für ihn. Er vermißt Menschen, was den Verlust deiner Mutter noch schwerer für ihn macht. Er sollte sich aufraffen und wieder arbeiten... nun, es steht mir nicht zu, Ratschläge zu erteilen. Jeder wird auf seine Art mit dem Leben fertig. Dieser Pilot ist ein netter junger Mann.

Ich frage mich, warum er hier aufgetaucht ist. Die Soldaten verbringen im allgemeinen ihre Freizeit lieber in den Städten.«

»Er hat gesagt, er hätte Sehnsucht nach Natur gehabt. Er stammt vom Land, aus der schottischen Hochebene.«

Stella stopfte schweigend das Kopfkissen in einen Leinenbezug, einige graue Haarsträhnen hatten sich aus ihrer strengen Haube gelöst. Ihr ehemals hübsches Gesicht war vom Alter gezeichnet. »Wir alle haben unsere Gründe. Mir scheint, der junge Mann hat eine schwere Zeit hinter sich. Ich weiß nicht, wie schlimm sein Bein gewesen ist, aber die Kopfwunde hat ihn sicher fast das Leben gekostet. Und seine armen Hände, sie müssen fast bis auf die Knochen verbrannt sein. Die Köchin ist ganz vernarrt in ihn. Als er am Gatter stand und ich ihn hereinbat, hat sie nur einen Blick auf ihn geworfen und sofort den Kessel aufs Feuer gestellt.« Julia holte frische Handtücher aus dem Schrank und einen Pyjama von ihrem Vater. Als sie mit einem letzten, prüfenden Blick das Zimmer verließ, rief Stella ihr nach: »Du siehst hübsch aus heute abend, endlich hast du mal wieder etwas Farbe im Gesicht.«

Um halb zwölf ging Julia nach oben. Sie hatte nichts zum Gespräch der beiden Männer beigetragen. Ein Gespräch war es auch nicht eigentlich gewesen, ihr Vater hatte eine Einmannvorstellung gegeben und dabei langsam die Kognakflasche geleert. Die feindlichen Flieger hatten ihren Angriff beendet und waren über den Kanal zurückgeflogen. Julia löschte das Licht, zog die Vorhänge auf und atmete die kühle Aprilnachtluft ein. Auf einer Wiese blökte ein unruhiges Lamm. Sie konnte die Feuer von Hastings sehen und den rötlichen Schein über Dover. Würde dieser Alptraum nie enden? Würde James Sinclair nur einige Stunden oder nur einige Minuten leben, wenn er das nächste Mal aufstieg, um gegen die Deutschen zu kämpfen?

Am nächsten Morgen kam sie sehr früh hinunter in die Küche in ihren Kordhosen und dicken Socken, über die sie ihre

Gummistiefel zog, um dabei zu helfen, die Kühe zum Melken zusammenzutreiben. Die Köchin stand wie immer schon am Herd. »Er ist fort, Julia. Er hat herausgefunden, wann der erste Bus von Anscombe abfährt, und gesagt, er wolle uns nicht noch länger belästigen. Schade, er wäre hier viel besser untergebracht als in dem langweiligen Genesungsheim. Er hat sich natürlich bei Sir Michael bedankt. Dein Vater schlief noch fest, als ich ihm seinen Morgentee brachte. Er muß sich vermutlich von dem gestrigen langen Abend erholen.«

Julia nickte, trank ihren Tee und aß schnell ein Stück Brot. Auf was hatte sie gehofft? Auf ein gemütliches Frühstück mit James Sinclair, nach dem Melken? Hatte sie nicht genügend Vorstellungskraft, sein Unbehagen nachzuvollziehen, das er in Gegenwart ihres Vaters empfunden haben mußte, als er die Lüge durchhielt, die sie ihm aufgezwungen hatte? Er hatte schweigen müssen, weil sie ihm verboten hatte, die Worte zu sagen, derentwegen er gekommen war. Sie hatte ihm die Lossprechung vorenthalten, die er gesucht hatte. Er wäre erlöst gewesen, seine Beichte abzulegen, selbst wenn ihr Vater ihn aus dem Haus gewiesen hätte. Statt dessen hatte er warme Gastfreundschaft empfangen, und sie hatte die Bürde seiner Schuld noch schwerer gemacht. Er hatte eine schwierige Meile hinter sich gebracht, aber ihre naive, gute Absicht hatte seinen Entschluß vereitelt.

Sie lief auf die Weide und klopfte der Leitkuh auf die Stirn, als sie durchs Gatter ging. »Heh, Primmie.« Die Kuh wandte ihr den Kopf zu, als hätte sie den Kummer aus ihrer Stimme herausgehört. »Ja, Primmie ... ich hab alles falsch gemacht, vermutlich werde ich James Sinclair nie wiedersehen.«

Aber sie hörten von ihm – er schrieb ihnen einen steifen Dankesbrief aus dem Genesungsheim. Und das ist wohl das Ende, dachte Julia. Noch zwei Wochen und er würde wieder seinen Dienst antreten, vorausgesetzt, daß ihn die Ärzte gesund schrieben, aber das würden sie bestimmt tun bei dem derzeitigen Mangel an Piloten.

Kurz darauf kam Connie zu einem Wochenende und lenkte Julia von ihrem Kummer ab. Sie brachte einen jungen Mann mit nach Anscombe, Fliegerleutnant Kenneth Warren. Obwohl er die RAF-Uniform trug, blickte er kurzsichtig durch dicke Brillengläser. »Er ist Adjutant beim Vizeluftmarschall Dowding«, hatte Connie am Telefon erklärt, als sie ihren Besuch ankündigte. »Nachrichtendienst und so.« Er war ein großer, dunkelhaariger Mann mit hängenden Schultern und einem Allerweltsgesicht. Michael war erwartungsvoll zum Bahnhof gefahren, um sie abzuholen, aber als er mit ihnen zum Tee in Anscombe eintraf, machte er einen leicht verwirrten Eindruck. Es war das erste Mal, daß Connie einen Gast mitbrachte. »Ich verstehe nichts mehr«, flüsterte Michael Julia zu, während Connie und Kenneth Warren in separaten Zimmern ihre Koffer auspackten. »Er ist stumm wie ein Fisch und sieht auch ein bißchen wie ein Fisch aus. Na, abwarten, vielleicht tut er Connie nur leid. Er muß schließlich einigen Grips haben, wenn er der Adjutant von Dowding ist. Aber Connie... so ein schönes Mädchen wie sie... ich dachte, sie würde sich zumindest einen Mordskerl wie diesen Jamie Sinclair an Land ziehen.«

Julia zuckte bei dem Wort »Mordskerl« zusammen, dann lächelte sie. »Er hat sicher verborgene Qualitäten, Vater, und er hat bestimmt einen Höllenrespekt vor dir. Vergiß nicht, daß du eine Berühmtheit bist.«

Er erwiderte ihr Lächeln etwas wehmütig. »Hat das noch irgendeine Bedeutung? Nun, wie dem auch sei, wir werden Connie und ihrem Freund ein gemütliches Wochenende bereiten. Ich mag noch nicht mal seinen Vornamen. Meinst du, Connie nennt ihn Ken?«

Die Unterhaltung beim Tee und auch beim Abendessen war gezwungen. Michael erhielt wenig Unterstützung beim Leeren der Whiskyflasche und kein Kompliment für seinen ausgezeichneten Burgunder; der Kognak nach dem Essen wurde abgelehnt. Ken, Connie nannte ihn tatsächlich so, sprach kaum über seine Arbeit und weigerte sich, auch nur den Namen seines Chefs zu nennen. Er lieferte jedoch eine präzise und gute Analyse der Ziele und Fehler der Alliierten – Greg Mathieson hätte es nicht besser darlegen können, aber bestimmt amüsanter.

Sie erfuhren, daß er der Sohn eines Steuerberaters war und den Magister in Cambridge und an der London School of Economics gemacht hatte. Ein Jahr vor Kriegsausbruch hatte er sich freiwillig bei der Royal Air Force gemeldet, da er den Krieg vorausgesehen und sich ausgerechnet hatte, daß er, wenn er sich frühzeitig meldete, eine ihm genehme Tätigkeit finden würde. Er hatte natürlich gewußt, daß er wegen seiner schlechten Augen militäruntauglich war, aber Julia und Michael verstanden allmählich, daß er auf seine ruhige Art vermutlich unersetzbar war. Er wußte, daß er seinem Land nur mit dem Verstand dienen konnte, und begriff schnell, daß seine Vorgesetzten ihn an der richtigen Stelle eingesetzt hatten. Connie erzählte ihnen, daß sein einziger Bruder in Dünkirchen gefallen war und das Haus seiner Eltern in dem eleganten Londoner Vorort Hampstead ausgebombt wurde, so daß sie jetzt eingeengt in einem Reihenhaus wohnen mußten. »Er macht einen so unbeschreiblich spießigen Eindruck«, sagte Michael zu Julia, als sie die Gläser in die Küche trugen. »Was zum Teufel sieht Connie in ihm?«

»Nachdem sie in *unserer* Familie aufgewachsen ist, schätzt sie vielleicht seine zurückhaltende Art«, gab Julia zu bedenken. »Im übrigen ist es klar ersichtlich, daß er ihr völlig ergeben ist.«

Ihr Vater grinste und zuckte die Achseln. »Du meinst, er ist ein netter, untheatralischer Mann – keine Temperamentsausbrüche, keine Szenen, gemütlich und ausgeglichen. Ich kann sie verstehen. Aber der nächste wird hoffentlich mehr Format haben; ein so schönes Mädchen wie Connie braucht nur mit dem kleinen Finger zu winken, und die Männer kommen angerannt.«

»Sie hat bisher nicht viel Neigung gezeigt, mit dem kleinen Finger zu winken.«

»Wart's ab, es werden noch andere kommen«, sagte ihr Vater zuversichtlich.

Am nächsten Morgen, als sie beim Frühstück saßen, brachte Stella die Post in die Küche – einige Briefe, Rechnungen und zwei Pakete.

Die Pakete waren an Michael adressiert, und er fragte erstaunt: »Nanu, von wem können sie sein?« Er öffnete das erste, ungeschickt verpackte und verschnürte Paket; ein dicker blauer, handgestrickter Pullover kam zum Vorschein, dem ein kurzer Brief von James Sinclair beigelegt war. »Lieber Sir Michael. Meine Mutter ist eine unermüdliche Strickerin, und ich habe bereits drei Pullover, daher erlaube ich mir, Ihnen diesen zu schicken für Ihre Arbeit im Rosengarten. Bitte nehmen Sie ihn an. Mit nochmaligem Dank für Ihre Gastfreundschaft, Ihr ergebener James Sinclair.«

»Ein wirklich nützliches Geschenk«, sagte Michael und strich mit der Hand über die dicke, ebenmäßig gestrickte Wolle. »Ich frage mich, wieviel Kleiderabschnitte die nette Dame dafür geopfert hat. Ich brauche ihn eigentlich nicht, aber es wäre taktlos, ihn zurückzuschicken.«

Connie nahm den Pullover in die Hand. »Wenn du ihn wirklich nicht brauchst«, sagte sie eifrig, »dann gib ihn Ken. Er hat seine gesamte Garderobe verloren, als seine Eltern ausgebombt wurden. Und mit allem Respekt vor Kens Mutter, aber stricken kann sie nicht besonders gut...«

Ken Warren wurde rot im Gesicht, als alle auf den ärmellosen Pullover blickten, den er trug. Er war unregelmäßig und lose gestrickt und hing in Falten an seinem knochigen Körper herunter. Connie hielt den neuen Sweater prüfend an seine Schultern. »Ja, passen tut er. Der Winter ist zwar vorbei, aber trotzdem. Er kann ihn unter seiner Uniformjacke tragen. Von wem stammt er, sagtest du?«

Julia und Michael erzählten abwechselnd die Geschichte von James Sinclairs Besuch. »Soso«, sagte Connie, »da haben

Sie ja gute Arbeit geleistet, Stella. Nicht jeder Flieger, der sich zu uns verirrt, schickt sogleich einen warmen Pullover.«

»Oder das hier, Sir Michael«, sagte Stella. Sie hatte vorsichtig das zweite, sorgfältig verschnürte Paket aufgemacht und nach dem Entfernen von einigen Lagen Pack- und Zeitungspapier, die zur Mitte hin angefeuchtet waren, einen Rosenbusch mit Wurzeln zutage gefördert, der trotz der langen Reise taufrisch aussah. Der beiliegende Brief lautete: »Lieber Sir Michael, mein Sohn hat mir von Ihrer großzügigen Gastfreundschaft berichtet. Als Dank schicke ich Ihnen eine Rose aus einem sehr nördlichen Garten. Wenn sie hier gedeiht, wird sie sich bestimmt in dem sehr viel milderen Klima Kents wohl fühlen. Sie hat dunkelrote Blüten, die gleiche Farbe wie das Abendkleid, das Ihre Frau bei einem ihrer Konzerte in Edinburgh trug, das James und ich besuchten. Ich weiß, daß es in Ihrer Gegend ein wenig zu spät zum Pflanzen ist, aber ich habe einen Klumpen Erde an den Wurzeln belassen und hoffe, daß die Rose in ihrer neuen Heimat gut ausschlägt. Mit vielen Grüßen, Ihre Jean Sinclair.« Auf dem Packpapier stand der Absender: Lady Jean Sinclair, Sinclair Castle, Via Newton, Invernesshire.

Tränen standen in Michaels Augen. »Wie unbeschreiblich nett von ihr. Jamie muß ihr von meinem Rosengarten erzählt haben.« Er berührte zärtlich den stark zurückgeschnittenen Busch und befühlte den feuchten Erdklumpen an den Wurzeln. »Sie hat nicht geschrieben, wie die Rose heißt. Nach den Schnitten an den Zweigen zu urteilen, muß es eine verhältnismäßig junge Pflanze sein, die noch eine lange Lebensdauer vor sich hat.«

Er bestrich seinen letzten Toast hastig mit Butter. »Ich werde mich gleich an die Arbeit machen, nach all dieser Mühe darf die Rose nicht austrocknen.«

Connie sagte: »Ken und ich helfen dir. Wir können dir vom Hof einen Schubkarren voll Dünger holen.«

Michael blinzelte nervös, als bezweifle er, daß Kenneth Warren je im Leben Dünger gesehen hatte. »Gut, und ich grabe inzwischen ein Loch. Paß auf, daß du den Dünger aus der Mitte des Komposthaufens nimmst, wo er gut zersetzt ist. Und bring Stroh zum Abdecken mit.« Er strahlte über die neue Rose für seinen geliebten Garten. »Vielleicht sollten wir sie Lady Jean nennen.«

Später tranken sie im Garten Kaffee, und Michael warf einen stolzen Blick auf seine neue Errungenschaft, die jetzt kerzengerade im Boden stand, umgeben von feuchtem Stroh, an dem der Dünger haftete. »Ich glaube, sie wird gut gedeihen, ich werde sie fleißig begießen, um ihr die Eingewöhnung zu erleichtern...« Julia hatte das seltsame Gefühl, daß Lady Jean sich diese Ecke des Gartens zu eigen gemacht hatte. »Wir sollten den jungen Mann anrufen und ihn einladen. Er muß sich doch entsetzlich langweilen in dem Genesungsheim.«

Ken Warrens Lippen verzogen sich zum ersten gelösten Lächeln, das Julia an ihm gesehen hatte; es verriet einen stillen, fast verborgenen Humor, eine Freude an unerwarteten Dingen; sein Gesicht war plötzlich vollkommen verändert. Julia spürte eine spontane Zuneigung zu ihm. Er sagte: »Hoffentlich nicht, bevor ich diesen Pullover in Sicherheit gebracht habe, Sir Michael.« Er strich mit einer besitzergreifenden Geste über die gute, dicke Wolle. »Ich habe mich in den wenigen Stunden bereits an ihn gewöhnt, ich hoffe, die Jungens in der Kantine stören sich nicht an dem Düngergeruch. Ich werde ihnen sagen, ich hätte für den Sieg gebuddelt.«

Michael erwiderte sein Lächeln, und sein Ausdruck schien zu besagen, daß der Humor ein Pluspunkt für Connies merkwürdigen jungen Mann war.

»Mutter würde mir natürlich auch gerne so ein Prachtstück stricken«, sagte Ken, »aber sie... sie ist nicht sehr begabt für solche Sachen. Ich liebe sie sehr... aber wenn's ans Praktische geht... sie hat auch nie Kochen gelernt. Vor dem Krieg spielte es keine Rolle. Mein Vater war stolz darauf, daß er sich Personal leisten konnte. Mutter ist sehr zart, und mein Vater... er stammt aus sehr bescheidenen Verhältnissen und ist noch so altmodisch, daß er findet, er hätte über seinem Stand geheiratet. Er hat sich halb zu Tode geschuftet und sogar seine eigene Firma gegründet und erst geheiratet, als er ihr ein eigenes Haus bieten konnte. Dann starb Mutters Vater und hinterließ ihr *sein* Haus – eines von diesen großen, viktorianischen Häusern. Eine ziemliche Belastung für Vater, aber er dachte wohl, daß es ihrer gesellschaftlichen Stellung gemäßer war. Ich glaube, es fiel ihm sehr schwer, das reizende Häuschen in Henley, direkt am Fluß, aufzugeben. Das Haus meines Großvaters hatte einen großen Garten, was bedeutete, daß Vater einen Gärtner, zwei Mädchen und eine Köchin anstellen mußte. Sie haben uns alle gleich bei Ausbruch des Krieges verlassen. Und jetzt, nachdem meine Eltern ausgebombt sind, wohnen sie bei Vaters Schwester und ihrer Familie in einem engen, kleinen Reihenhaus in Putney. Vater leidet sehr darunter und wollte Mutter in eine Pension in Cornwall schicken, wo sie immer die Ferien verbracht haben. Aber Mutter hat sich strikt geweigert, London zu verlassen, trotz der ständigen Bombenangriffe. Der Tod meines Bruders hat sie tief getroffen, und sie klammert sich an das Wenige, was ihr verblieben ist.«

Connie stellte das Geschirr aufs Tablett, um es hineinzutragen, doch plötzlich horchte sie auf. »Ich glaube, Alexandra ist gekommen.« Sie stellte das Tablett wieder auf den Tisch. »Ja, sie ist es – und Greg. Ich habe sie vor unserer Abfahrt angerufen in der vagen Hoffnung, daß sie sich freimachen können.«

Alle erhoben sich erwartungsvoll. »Ich wußte noch nicht mal, daß Greg wieder im Land ist«, sagte Michael.

»Er war es auch nicht – bis gestern. Flog zurück in einem dieser Bomber, die Roosevelt uns leiht.«

Alexandra parkte den Wagen vor der Küchentür und kam dann mit Greg über den Rasen auf sie zu. Nachdem sie ihren Vater und ihre Schwestern umarmt hatte, wurde ihr Kenneth Warren vorgestellt. Der gleiche erstaunte Ausdruck, mit dem er gestern begrüßt worden war, zuckte über ihr Gesicht –

doch nur eine Sekunde lang. »Freut mich, Sie kennenzulernen. Connie hat mich extra gebeten, möglichst schnell herzukommen. Wir haben uns ein Auto von ›Record‹ geliehen. Greg ist hundemüde, aber wir haben drei Tage für uns, und er kann hier besser ausschlafen als in London.« Stella brachte Gebäck und eine Kanne frischen Kaffee. »Wir haben nicht einmal gefrühstückt, sondern sind schnurstracks von Fleet Street hierhergefahren.«

Julia stellte im stillen fest, daß Greg sehr müde und unendlich viel älter aussah als bei seinem letzten Besuch. Er trank durstig seinen Kaffee und griff hungrig nach dem Gebäck. »Großartig«, sagte er, »Nahrung und frische Luft. Ich werde wie ein Toter schlafen.« Er lehnte sich im Stuhl zurück und wandte sein Gesicht der Sonne zu. »Schön, wieder daheim zu sein, schön zu wissen, daß es so was noch gibt.« Er sah die drei Schwestern an, und ein breites Lächeln überzog sein Gesicht. »Sir Michael, Sie haben eine prächtige Mädchenschar großgezogen. Ich habe ein paar Sachen aus Washington mitgebracht. Streng verboten! Habt ihr je von Nylonstrümpfen gehört? Vermutlich. Nun, ihr werdet die stolzen Besitzerinnen von je drei Paaren sein.«

Connie blickte auf ihre dicken Baumwollstrümpfe. »Ich würde nicht wagen, sie in die Kaserne mitzunehmen. Sie würden nur gestohlen werden, aber zum Ausgehen...« Sie blickte Ken Warren an, dessen Gesicht ausdruckslos blieb, als versuche er, eine aufsteigende Panik zu unterdrücken. »Ich werde dich zwingen, mit mir tanzen zu gehen an einem freien Abend, irgendwo im West End...«

»Du weißt, was für ein hoffnungsloser Tänzer ich bin.«

Connie seufzte. »Nun, ein Mädchen darf doch noch Träume haben? Ich möchte an meinem Geburtstag ins Savoy, um meine Nylonstrümpfe zu tragen.« Sie sah Greg an. »Noch welche Köstlichkeiten?«

»Ganz schön gierig! Ja, ich habe noch einiges andere mitgebracht. Lippenstifte, einen schicken Pullover für jeden von euch, duftende Seife und Badesalz, mehr fiel mir nicht ein.«

Alexandra legte die Hand auf seinen Arm. »Verzeiht, wenn ich aussehe wie die Katze, die Sahne geschleckt hat. Aber er hat mir ganz tolle Unterwäsche mitgebracht. Ein verspätetes Hochzeitsgeschenk, wie er sagt.«

Ken Warren errötete bis an die Haarwurzeln. »Nun, Constance, wenn dir wirklich so viel daran liegt, eines Abends auszugehen... «

»Natürlich liegt mir viel daran, ich hab es doch gerade gesagt. Ich werde ein hübsches Kleid in meiner Tasche mitnehmen und die Nylonstrümpfe verstecken.« Sie fuhr sich mit der Hand durchs Haar, das nicht mehr zu dem strengen, militärisch vorgeschriebenen Knoten aufgesteckt war und jetzt wie fließendes Gold schimmerte. »Oh, zum Teufel, manchmal habe ich es so über, patriotisch zu sein, ich sehne mich danach, einmal über die Stränge zu schlagen, eine Party zu geben...«

»Warum tun wir es nicht?« fragte Michael. »Jetzt, wo ihr alle da seid. Ich habe gestern auf dem Bahnhof Archy Alderson getroffen, Billy und Ted haben einige Tage Heimaturlaub. Ich werde mit der Köchin und Stella reden, wir haben noch eine ganze Menge Vorräte. Es soll ein Willkommensfest für Greg werden und eine Danksagung an meine lieblichen Töchter, die mich am Leben erhalten haben, seit... seit August.« Seine Stimme zitterte, er fuhr hastig fort: »Greg, du kannst mir beim Aussuchen der Weine helfen. Das Beste, was der Keller hergibt. Alexandra, wo hast du die Jazzplatten hingetan? Ich habe sie nicht gefunden. Wir werden zum ersten Mal seit dem tragischen Tag im August wieder Musik im Haus haben. Wir können den Teppich im Wohnzimmer aufrollen und den Kamin anzünden. Ich werde die Aldersons gleich anrufen.« Er eilte ins Haus.

Alexandra blickte ihm nach. »Der Arme... geht es ihm wirklich ein wenig besser, oder tut er unseretwegen nur so?«

»Es geht ihm besser... zeitweise. Er ist immer aufgekratzt, wenn Gäste da sind. Aber dann gibt es wieder Tage, an denen er so deprimiert ist, daß ich Angst habe, ihn anzusprechen.«

»Wenn er nur wieder arbeiten würde. Gibt es nicht irgend jemand, der ihm eine Rolle *aufzwingt?* Die Luftangriffe auf London haben nachgelassen, die Leute gehen wieder ins Theater. Ich werde mal David anrufen und ihn fragen, was sich so tut.«

»Die Schwierigkeit ist«, sagte Connie, »daß er nicht irgend etwas annehmen kann, es müßte schon eine Hauptrolle in einem wirklich guten Stück sein. Streng mal dein Gehirn an, Alexandra. Er *muß* was tun.«

Später am gleichen Nachmittag klopfte Michael an Julias Tür. »Liebling, alles in der Küche und im Eßzimmer sieht sehr festlich aus. Ich bin so froh, daß du das gute Porzellan hervorgeholt hast. Stella und die Köchin sind schon ganz aufgeregt. Billy und Ted Alderson freuen sich riesig, dich wiederzusehen, es trifft sich gut, daß sie gerade jetzt zu Hause sind. Und Algy und Milly kommen auch gerne. Ich bin ein egoistischer, alter Mann, dich hier einzusperren, ohne Möglichkeit, junge Leute zu treffen. Was ist mit all deinen Verehrern, mit denen du ausgegangen bist, als du auf der Schauspielakademie warst?«

»Die meisten sind eingezogen, einige schreiben mir noch, aber keiner interessiert mich besonders. Sie sind alle noch sehr unreif...«

»Ich habe einiges an dir gutzumachen, Liebling.« Einen Augenblick lang legte er seine Hand auf ihre Wange, dann hielt er das Kleid hoch, das er über seinem Arm trug. »Hier, zieh es an mir zu Gefallen, es wird dir sicher passen, du hast genau ihre Größe. Connie sieht ihr ähnlicher, aber du hast ihren Ausdruck, ihre Bewegungen...« Julia strich das dunkelrote Samtkleid glatt.

»O nein, Vater, das kann ich nicht tragen, es ist eins ihrer Konzertkleider. Niemand darf es wieder anziehen!«

»Niemand außer dir. Du bist ihre geliebte, jüngste Tochter, trage es heute abend, um mir eine Freude zu machen. Es wird keine traurigen Erinnerungen in mir wachrufen. Das verspreche ich dir. Ich möchte dich in dem Kleid sehen.«

Julia probierte es in ihrem Zimmer an und musterte sich unsicher im Spiegel. War sie im letzten Jahr ein paar Zentimeter gewachsen? Ihr Vater hatte recht gehabt, die Länge war perfekt, nur in der Taille war es etwas zu weit, aber die lange Schärpe zog den Stoff zusammen. Sie hatte sich am Nachmittag die Haare gewaschen und ließ sie jetzt lose über die Schultern fallen. Der Lippenstift von Greg paßte gut, sie betupfte die Augenlider mit einem dunkleren Puder, wie sie es auf der Schauspielakademie gelernt hatte. Es war zwar nicht Ginette Maslowa, die sie aus dem Spiegel anstarrte, aber es war zweifellos Ginettes Tochter. Ein leichter Schauer lief ihr über den Rücken. Was immer ihr Vater gesagt hatte, sie spielte eine Rolle. Heute nacht sollte sie Ginette zu neuem Leben erwecken. Ein Teil ihres Ichs wehrte sich dagegen. Sie konnte nicht – sie wollte es nicht tun. Nicht einmal ihrem Vater zuliebe.

Doch dann hörte sie, früher als erwartet, das Geräusch von Wagenrädern auf dem Kies der Auffahrt. Nun war es zu spät, sich umzuziehen, zu sagen, das Kleid hätte ihr nicht gepaßt. Sie war für die Rolle hergerichtet, sie mußte sie spielen.

Sie lief hinunter, da sie die offizielle Gastgeberin war und als solche die Gäste begrüßen mußte. Ihr Vater wartete schon in der Halle und sah so gepflegt aus wie seit langem nicht mehr. Er war frisch rasiert und gebadet, sein dunkles Haar glänzte, er trug eine schwarze Krawatte zu seiner dunkelgrünen, samtenen Smokingjacke. Sein Gesicht trug einen erwartungsvollen, freudigen Ausdruck, der sich noch verstärkte, als er ihrer ansichtig wurde.

»Mein Liebling, du siehst schön aus! Fast wie ihr Ebenbild. Das habe ich nicht erwartet... was für eine Freude für einen alten Mann.« Er gab ihr einen flüchtigen Kuß. »Sie würde stolz auf dich sein.«

Der Türklopfer schlug dumpf an die alte Eichentür, aber Julia hörte kein Stimmengewirr, wie es bei der Ankunft der vier Aldersons zu erwarten gewesen wäre, statt dessen nur das Geräusch eines abfahrenden Wagens.

Michael knipste sorgsam die Lichter aus, bevor er den Verdunklungsvorhang aufzog. »Treten Sie ein, junger Freund.«

Eine große Gestalt kam hinter dem Vorhang hervor, ihr Vater knipste die Lichter wieder an. »Vielen Dank für die Einladung, Sir, und daß Sie mir den Wagen geschickt haben. Sie verwöhnen mich. Ich wollte eigentlich morgen in aller Herrgottsfrüh nach Schottland fahren, aber meine Mutter hat sicher nichts dagegen, wenn ich einen Tag später komme, besonders nicht, wenn ich ihr erzähle...«

Michael ging voraus ins Wohnzimmer, das hell erleuchtet war und nach den Hagedornzweigen roch, die Julia aus der Hecke geschnitten hatte; im Kamin flackerte ein wärmendes Feuer. »Was möchten Sie trinken, junger Mann? Meine anderen Freunde werden bald kommen, ihre beiden Söhne haben Heimaturlaub. Und meine gesamte Familie ist auch hier, ganz wie in alten Zeiten.«

James Sinclair ging jetzt ohne Stock, und es gelang ihm, Julia abzufangen, bevor sie das Wohnzimmer betraten. Er sagte leise: »Ich hätte fast abgesagt unter dem Vorwand, daß ich heute den Nachtzug nach Schottland nehme. Ich hatte Angst, ihn... und das Haus wiederzusehen, aber dann bin ich trotzdem gekommen... Ihretwegen.«

Michael wartete auf sie neben dem Tablett mit Getränken. »Was kann ich Ihnen anbieten? Wir haben noch ein wenig Zeit, bis der Rest meiner Familie erscheint. Harry Whitehand war es ein Vergnügen, Sie abzuholen, wir haben genug Feindflieger hier erlebt, um zu wissen, was wir unseren Jungens verdanken. Das bißchen Benzin kann man sich um einer guten Sache willen leisten. Aber nun sagen Sie, was halten Sie von meiner Julia? Sieht sie nicht hinreißend aus? Sie müssen Ihrer Mutter berichten, daß wir zu Ehren der Rose, die sie uns geschickt hat, das dunkelrote Konzertkleid meiner Frau hervorgeholt haben.«

»Sie sieht wunderbar aus, Sir, bildhübsch, und sie gleicht Ihrer Frau sehr, ich werde sie nie vergessen.«

Michael wandte sich um, als brauche er eine Sekunde Zeit, um seine Gefühle zu beherrschen. »Whisky?« fragte er. »Ja, Sie haben recht, niemand kann sie je vergessen.«

Der Abend verlief, wie Michael es sich erhofft hatte. Alle machten Julia Komplimente, und ihr wurde plötzlich klar, daß sie bis zum heutigen Tag in den Augen der anderen fast noch als Kind gegolten hatte. Sie musterten sie leicht erstaunt. Sie saß ihrem Vater gegenüber am anderen Ende des Tischs. Das Abendessen war erlesen, die Gespräche angeregt. Die Alderson-Zwillinge Billy und Ted waren beide Leutnants beim Heer und warteten auf ihre Einschiffung. »Es kann nur nach dem Nahen Osten gehen«, verkündeten sie vergnügt. »Ein wenig Sonne kann uns nur guttun...«

James Sinclair tanzte mit Julia, die Beine bewegte er ein wenig ungeschickt, aber seine Arme umfingen sie fest und zärtlich. »Sie riechen wie eine Rose«, sagte er, und sein Gesicht berührte ihre Haare.

Dann wiederholte er: »Ich hätte nie gedacht, daß ich je wieder den Fuß in dieses Haus setzen würde, ich hatte Angst, Ihrem Vater noch einmal gegenüberzutreten. Ich wollte mich nicht noch tiefer in diese Lüge verstricken, aber ich mußte Sie unbedingt wiedersehen. Ich habe meine Mutter aufgefordert, diesen Rosenbusch zu schicken, Gott allein weiß, was sie sich bei all dem denkt.«

»Wir müssen vergessen, was wir beide wissen«, sagte Julia. »Das Flugzeug stürzte über einem unbekannten Haus ab, der Pilot wurde gerettet. Das ist alles, was wir wissen, an mehr erinnern wir uns nicht – ab heute ist das alles, was wir wissen.«

Michael hatte Stella heimlich den Auftrag gegeben, ein Gästezimmer für James herzurichten. Er blieb über Nacht und verließ Anscombe erst am nächsten Morgen, um nach Inverness zu fahren. Stella drängte ihm ein ausgiebiges Frühstück auf, und die Köchin bereitete belegte Brote vor und fügte Obst und ein Stück Kuchen bei. »Man kann nicht wissen, wie lange die Züge heutzutage brauchen, und es ist weit bis zu Ihrem Zuhause. Stella hat es mir auf der Landkarte gezeigt.« Alle Anwesenden versammelten sich vor dem Haus, als Harry Whitehands Wagen vorfuhr, und verabschiedeten sich herzlich und mit den besten Wünschen von ihm. James Sinclair sah aus, als hätte er Julia gern geküßt, aber er unterließ es. Er wollte es das erste Mal nicht vor so vielen Zuschauern tun.

»Sie werden vermutlich wieder in Hawkinge stationiert sein«, sagte Michael. »Es ist nicht allzuweit von hier, lassen Sie sich bald wieder bei uns blicken. Julia und ich sind immer hier.«

Sie winkten ihm nach. Julia hatte zuerst vorgehabt, ihn zum Bahnhof zu begleiten, aber dann doch davon Abstand genommen, weil sie befürchtete, damit Gefühle zu demonstrieren, deren sie sich noch nicht sicher war. Doch sie spürte einen stechenden Schmerz, eine plötzliche Einsamkeit, als sie zum Frühstückstisch zurückkehrte. Sie half Stella, eine neue Runde Kaffee einzuschenken, und bot Ken Warren einen weiteren Toast an, den er dankbar entgegennahm.

Anschließend gingen Julia und Connie nach oben, um die Zimmer aufzuräumen. Sie wären nie auf den Gedanken gekommen, daß Alexandra ihnen dabei helfen könnte. Sie gehörte nicht mehr ganz zu der Welt der Frauen, sie war über sie hinausgewachsen, und es stand ihr zu, mit den Männern zusammenzusitzen und über das wechselnde Kriegsglück zu sprechen. »Ich habe sie nie über Lebensmittel- oder Kleidermarken reden gehört«, sagte Connie. »Und doch ist sie immer elegant angezogen. Sie und Greg passen gut zueinander, findest du nicht auch? Sie wird überall eine gute Figur neben ihm machen, fast könnte sie seinen Job übernehmen. Sie ist härter geworden, unsere Alexandra.« Sie hörten die Stimmen der anderen, als sie ins Zimmer gingen, das Alexandra und Greg teilten. »Ich wünschte«, rief Connie plötzlich aus, »daß sie endlich aufhören würden, über den Krieg zu reden. Er hängt mir zum Hals heraus. Gestern abend war alles so fröhlich, fast als hätte es nie einen Krieg gegeben.

Vater scheint übrigens James Sinclair sehr zu mögen, ist dir das auch aufgefallen?«

»Ja, es scheint so, aber andererseits ist ihm jeder willkommen, der sich einige Stunden mit ihm unterhält und ihn von seinem Kummer ablenkt.«

»Hat nicht Stella ihn zuerst ins Haus gebeten?« fragte Connie, während sie sich ein seidenes Nachthemd vorhielt, das Alexandra lässig aufs Bett geworfen hatte. »Das hat Greg ihr vermutlich von einer seiner Reisen mitgebracht. Sehr sexy, nicht wahr?«

»Ja, Stella hat ihn auf der Auffahrt erspäht und ihn hereingebeten. Es war an einem schönen Nachmittag, und er hat den Bus genommen, um sich ein wenig die Landschaft anzusehen. Zufällig ist er dann in Anscombe ausgestiegen und unseren Privatweg hinaufgegangen.« Julia hatte sich noch weiter in ihre Lüge verstrickt.

»Er sieht fabelhaft aus«, sagte Connie. »Und ein Held ist er auch. Der arme Ken, ich habe den Eindruck, daß er völlig überwältigt ist von all den glanzvollen Leuten hier im Haus. Ich mußte lange auf ihn einreden, bis er eingewilligt hat zu kommen. Ich glaube, wenn er gewußt hätte, daß auch Alexandra und Greg hier sind, hätte er sich gedrückt.«

»Mir scheint, er hält sich recht gut«, erwiderte Julia und legte Alexandras kostbare Nylonstrümpfe, die auf dem Boden lagen, über die Stuhllehne.

»Oh, er ist alles andere als dumm, aber er weiß offensichtlich nicht, wie liebenswert er trotz seiner dicken Brillengläser und seiner krummen Haltung ist. Ich fand es sehr rührend, wie er über seine Eltern sprach. Und er würde zu seiner Ehefrau genauso nett sein wie sein Vater, besorgt und immer bemüht, sie zufriedenzustellen.«

Julia sah ihre Schwester durchdringend an. »Ist es das, was du dir wünschst, Connie? Willst du ihn heiraten? Will er dich heiraten?«

»Mein Gott, ich habe nie im Traum daran gedacht, mit ihm über Heirat zu reden. Zumindest noch nicht jetzt, wir müssen

uns zuerst besser und länger kennen. Und ich glaube nicht, daß er während des Krieges heiraten würde. Er möchte keine Witwe hinterlassen und noch weniger eine Halbwaise.«
»Liebst du ihn?«
Connie senkte den Blick. »Ich weiß nicht, aber ich glaube, wenn er mich fragen würde...«
»O nein, Connie, du bist die Beste von uns dreien. Du bist so schön, so warmherzig und klug. Dir müssen doch auch andere Männer gefallen, irgend jemand, der... ein wenig aufregend ist.«
Connie drehte sich um, ihr Gesicht war gerötet, und ihre Augen blitzten ärgerlich. »Aufregend! Findest du nicht, wir hatten genug Aufregung in unserer Familie? Großvater Seymour war der einzig vernünftige Mann, den ich in meiner Kindheit getroffen habe. Der Rest war absolutes Chaos. Streitereien, Kräche, Versöhnungen, luxuriöse Geschenke und immer neue Rechnungen, die nie ganz bezahlt werden konnten. Großvater Maslow benahm sich wie ein theatralischer Russe aus einem Bilderbuch. Ein ewiges Rauf und Runter wie ein verrückt gewordenes Karussell. Ich habe es alles miterlebt und du auch, Julia. Alexandra ist dabei, den gleichen Weg einzuschlagen. Aber ich nicht...«
»Und was ist mit mir? Was glaubst du, wird mit mir geschehen?«
Connie schüttelte den Kopf. »Keine Ahnung. Vater zerrt dich hinter sich her und weiß dabei selbst nicht, wohin er geht. Du mußt dich von ihm lösen, Julia. Er wird aus seiner Traumwelt nicht herauskommen, es sei denn, jemand schüttelt ihn wach. Julia, paß auf dich auf, denk mehr an dich selbst. Vielleicht war es ein Fehler, gestern abend Mutters Kleid zu tragen.«
»Es war ein Fehler. Ich weiß es. Vielleicht sollte ich mich zu einem der Frauenhilfskorps melden. Aber es scheint mir grausam, so etwas abrupt zu tun. Aber wenn ich mit ihm darüber spreche, wird er versuchen, es mir auszureden.«
»He! Ihr beiden Kammerzofen!« Alexandras Stimme

schallte von unten zu ihnen herauf. »Wenn ihr euren Klatsch beendet habt, kommt herunter, es gibt was zu trinken.« Sie stand auf dem Rasen mit einem Tablett beladen mit Flaschen und Gläsern. Aus der Küche kam der Geruch von Kaninchenpastete. Es hätte irgendein beliebiger Sonntag auf dem Land sein können.

Julia sah den Rolls-Royce nicht, da sie von der Küchentür zum Kuhstall ging, aber sie hörte, wie Connie und Stella plötzlich eilig in der Küche hin und her liefen, und dann erklangen aufgeregte Stimmen im Korridor, der zum Wohnzimmer führte.

Connie rief: »Er ist gekommen!«

»Wer?«

»David, erkennst du nicht seine Stimme? Geh sofort ins Wohnzimmer«, sagte Connie.

»Er will dich sehen. Stella und ich bereiten ein Abendessen vor, was ganz Delikates.«

David Davidoff war als Feinschmecker bekannt. Im Weinkeller würden nachher einige der besten Flaschen fehlen, dachte Julia, als sie auf dicken Wollsocken – die Gummistiefel hatte sie im Küchenvorraum gelassen – den Korridor entlangeilte.

»David!«

»Mein Kind.« Er erhob sich schwerfällig. »Schön, dich zu sehen.« Er umarmte sie und küßte sie auf beide Wangen. Er sprach Englisch mit einem starken ungarischen Akzent. Julia hegte den Verdacht, daß er es absichtlich tat, es paßte zu seinem pompösen Auftreten. »Und was für eine Rolle spielst du im Moment? Die Rebecca von Sunnybrook Farm? Oder Heidi? Du bist dafür noch nicht zu alt. Oder eine von diesen russischen Dienerinnen von Tschechow? Was sagst du, Michael, hat sie Strohhalme im Haar?«

»Necke sie nicht, David. Julia arbeitet viel im Haus und auf dem Gut, so wie alle anderen, außer mir. Das einzige, was ich getan habe, war, einen Rosengarten anzulegen.«

»Schande über dich, Michael, daß du diese Rose hast verwildern lassen. Womöglich heiratet sie noch einen Landwirt, und dann ginge dem Theater ein kostbares Talent verloren.«

Julia fühlte, wie sie errötete und Ärger in ihr hochstieg. »Übertreib nicht, David, ich habe noch nicht einmal die Schauspielakademie beendet. Dem Theater geht höchstens eine linkische Anfängerin verloren. Wenn das Theater überhaupt noch existiert.« Sie nahm dankbar das Glas Whisky entgegen, das Greg ihr reichte.

David zuckte die Achseln. »Das Theater wird immer existieren, mein Kind. Schon jetzt, wo die Bomberei etwas nachgelassen hat, kommen die Leute ins West End zurück, gespannt, was ihnen das Theater zu bieten hat. Und es bietet ihnen eine Flucht aus dem grauen Alltag. Sie wollen, daß das Spiel weitergeht.«

Julia nippte an ihrem Whisky. »Du hast recht, natürlich hast du recht mit dem, was du sagst. Ich sehe nur nicht ganz ein, was das mit mir zu tun hat.«

»Nun, ich will es dir sagen, ich habe eine kleine... nein, eine große Idee. Ich will Michael wieder in meinem Ensemble haben. Er schuldet mir noch eine Inszenierung, nachdem er mich bei der letzten im Stich ließ.« Er hob die Hand zum Zeichen, daß er keinen Widerspruch duldete. »Zugegeben, der Grund war nur zu verständlich. Unverständlich ist hingegen, daß er seine wundervolle Frau verrät, indem er sein großes Talent und deins, Julia, verkommen läßt. Ich mache ihm einen Vorschlag, und er lehnt ihn ab, nicht nur für sich, aber auch für dich. Ich finde solch einen Egoismus unverzeihlich. Er grenzt an Feigheit...«

Greg unterbrach ihn. »Das ist ein wenig zu scharf formuliert, Mr. Davidoff.«

Das große, fleischige Gesicht wandte sich ihm zu. »Und was wissen *Sie* vom Theater, Herr Neunmalklug? Interviewen Sie Ihre Präsidenten und Premierminister, aber mischen Sie sich nicht in meine Geschäfte ein. Wenn ich ›egoistisch‹ oder sogar ›Feigheit‹ sage, weiß ich, was ich damit meine.«

»Und was meinst du eigentlich damit?« fragte Julia. »Was wißt ihr alle hier, was ich nicht weiß?«

»Ich habe eine großartige Idee, die Michael kurzerhand zurückweist. Nicht nur für ihn, sondern auch für dich. Ich bin hierhergekommen, um euch mitzuteilen, daß wir das St.-James-Theater wieder eröffnen. Es wurde zwar von den Bomben auch etwas in Mitleidenschaft gezogen, aber es ist benutzbar, durchaus benutzbar. Ich schlug ihm vor, daß er sein Bühnen-Comeback mit einer der größten Rollen der Theatergeschichte macht und daß du mit ihm zusammen auftrittst.«

Julia lief es kalt über den Rücken, sie nahm einen Schluck Whisky und verschluckte sich. Ein paar Tränen liefen ihr über die Wangen. »Als was?« brachte sie mühsam hervor.

»Michael soll den König Lear spielen und du die Cordelia«, sagte David mit Nachdruck.

Julia stellte ihr Glas auf den niedrigen Eichenholzhocker neben sich. »Du bist verrückt, David! Ich habe noch nie auf einer richtigen Bühne gestanden, und du erwartest von mir, daß ich ausgerechnet die Cordelia spiele! Man würde mich auslachen. Ich würde Vater Unehre machen, und die Kritiker würden feixen.«

»Und was willst du statt dessen tun? Dein Leben hier vergeuden? Du und Michael zusammen? Einen Landwirt heiraten? Oder die Gelegenheit beim Schopf nehmen und eine Zukunft aufbauen? Welche Schauspielerin hat je die Cordelia mit ihrem eigenen Vater gespielt? Es wird eine Sensation werden! Und was für ein Comeback für Michael. Was für eine Chance für dich!«

»Meinst du mit Chance, daß ich durch meine amateurhafte Leistung das Comeback meines Vaters ruiniere? Ich wäre mehr als dankbar, wenn man mir eine kleine Rolle gäbe, aber ich weigere mich, meinen Vater dem allgemeinen Gelächter preiszugeben. Sie werden ihn einen alten Narren nennen, der seine Karriere mit einer unerfahrenen Schauspielerin riskiert. Daß sie seine eigene Tochter ist, würde die Sache nur noch schlimmer machen.«

»Ersatzschauspielerinnen sind eingesprungen und über Nacht berühmt geworden.« David vermied es, Namen zu nennen.

»Ersatzschauspielerinnen können mit der Nachsicht des Publikums rechnen. Ich dagegen wäre Kritikern mit gezückten Giftpfeilen ausgeliefert. Du wirfst mich buchstäblich den Löwen vor.«

David führte mit betrübter Miene sein Glas zum Mund. »Ich habe gedacht, du hättest mehr Mumm in den Knochen, Julia. Du läßt die Chance deines Lebens vorübergehen aus Mangel an Mut. Du bist eine gute und pflichttreue Tochter gewesen und eine Stütze deines Vaters in seinen schwersten Stunden. Aber das ist auch alles, was du getan hast. Natürlich ist es einfacher, hier zu bleiben und geistig zu verkümmern, anstatt sich der Wirklichkeit zu stellen. Du enttäuschst mich tief. Du bist für mich wie eine eigene Tochter. Eine Cordelia, wie ich sie mir vorstelle. Sag mir nur eins, Julia, warum bist du eigentlich auf die Schauspielakademie gegangen, wenn du deine Chancen nicht wahrnimmst? Ich bin gewillt, dich anzustellen, zu einem Anfängergehalt natürlich. Von Nepotismus ist hier nicht die Rede. Ich werde dich hart anfassen, und dein eigener Vater wird dich anlernen. Du hast seinen Kummer und seine Einsamkeit geteilt und bist zu einer Frau herangereift. Und nun raff dich auf und zeige der Welt, wer du bist. Sei kein Feigling. Würde Ginette Maslowa hier sitzen, sie würde dich dazu zwingen, die Chance zu ergreifen. Sie war zwölf Jahre alt, als sie sich zum ersten Mal dem Publikum stellte. Du enttäuschst mich, Julia. Ich dachte, du wärst aus härterem Holz. Du verrätst deinen Vater und deine Mutter.«

Julia blickte ihren Vater an, aber sein Gesicht drückte nicht die völlige Ablehnung aus, die sie erwartet hatte. David hatte zwar gesagt, er hätte sich bereits geweigert, doch sie erriet, daß er nur schwach protestiert hatte. Er wollte im Grunde genommen, daß sie die Rolle annahm, die ihre ganze Zukunft zerstören könnte. Er *brauchte* sie. Was mit ihr geschah, war ohne Belang, aber er würde seinen Triumph haben. Er würde den Weg in seine ehemalige Welt zurückfinden, aber nur mit ihrer Hilfe. Sie war bereit, ihm das Opfer zu bringen.

»Vater, was meinst du?«

Er stand auf und füllte sein Glas. Dabei vermied er es, sie anzusehen. »Die Entscheidung liegt bei dir, Liebling. Ich will dich nicht zwingen, eine Rolle zu übernehmen, der du dich nicht gewachsen fühlst. Andrerseits will ich dir nicht im Wege stehen. Es ist eine einmalige Chance.«

So sah es also aus: Wenn sie nicht mit ihm ginge, würde er mit ihr in Anscombe bleiben. Auch er warf sie den Löwen vor – nur daß die Löwen jetzt ihre eigenen Zweifel waren.

»Nun, wenn du meinst, daß es möglich ist, wenn du das Risiko mit mir nicht scheust...«

4

Die folgenden Wochen – »die alptraumartigen Wochen«, wie Julia sie ein Leben lang im stillen nannte – vergingen in einem Wirbel von Arbeit, Tränen und einem alles durchdringenden Geruch von Staub.

Nach 76 Nächten heftigster Bombardierung erfolgte am 20. Mai 1941 der letzte große Angriff auf London, danach kamen die Feindflieger nur noch sporadisch. Im Juni hatten die Deutschen ihren Nichtangriffspakt mit den Russen gebrochen und ihre Streitkräfte nach Osten gewandt. Der Druck auf England ließ nach.

Julia lief durch die zerstörten Straßen Londons und fragte sich, wer in aller Herrgotts Namen den Wunsch oder den Willen aufbrächte, ins Theater zu gehen. Ihre Stadtwohnung war wie durch ein Wunder unbeschädigt, nur die Fensterscheiben waren zerbrochen. »König Lear« war für den Juli geplant. Sie suchte ihre ehemaligen Lehrer auf – das heißt die, welche zu alt für den Militärdienst oder Frauen waren – und las ihre Rolle. Sie war immer noch nicht ganz textsicher und konnte sie daher nicht wirklich *spielen*. Sie bekam ein gutes Abschlußzeugnis und dachte zynisch, daß den Lehrern keine andere Wahl geblieben war, nachdem sie schon ein Engagement hatte.

Sie ging häufig mit ihrem Vater ins Theater und war immer verblüfft, wie voll sie waren. Müde Menschen in ihrer Bürokleidung vermischten sich mit genauso müden Menschen, die sich für die Gelegenheit umgezogen hatten. Einmal trafen sie sich mit Alexandra und Greg im Savoy und stellten fest, daß die Hälfte des Speisesaals mit einer Zwischenwand abgeteilt war für Gäste, die am Abend nicht mehr nach Hause konnten und dort schliefen. Die Weinkeller des Hotels dienten als Luftschutzkeller. Die anderen Gäste im Saal merkten bald, daß die Seymours an einem der Tische saßen. Es war das erste Mal seit dem Gedächtnisgottesdienst, daß Michael Seymour in der Öffentlichkeit gesichtet wurde. Julia sah, daß ihm die Aufmerksamkeit, die er auf sich zog, enormen Auftrieb gab. Allein schon die Tatsache, daß er wieder in der Stadt war, die ihm zum Ruhm verholfen hatte, gab ihm neue Kraft, neuen Lebensmut zum Weitermachen, Julia begriff, daß es gleichgültig war, ob sie die Rolle der Cordelia gut oder schlecht spielte, wichtig war ihre Zustimmung, mit ihm gemeinsam aufzutreten, ihm eine Stütze zu sein. Davids Einfall, sie die Cordelia spielen zu lassen, war genial gewesen. Sie war auch im realen Leben die Cordelia.

Inmitten von Staub und Trümmern sehnte sie sich nach dem Frieden Anscombes, besonders da jetzt die Bomber und Jagdflugzeuge nicht mehr mit gedankentötender Regelmäßigkeit über ihre Köpfe hinwegdröhnten. Sie sehnte sich nach dem süßlichen Geruch des Kuhstalls, sie hätte gern den Kopf an Primmies breite Flanke gelehnt, während sie vorsichtig am Euter zog, das so willig die Milch hergab. Sie sehnte sich nach den Düften und Lauten des Landes, sie, die Tochter von Eltern, die ihr Glück und ihre Erfolge den großen Städten verdankten, den Menschenmengen, die ihnen zugejubelt hatten – sie, die Tochter, fühlte sich in dieser Welt plötzlich verloren. Der Ehrgeiz, der sie an die Schauspielakademie getrieben hatte, war verpufft. Sie war in London, um ihrem Vater zu dienen. Zuweilen ergatterte sie genug Benzin, um nach Anscombe zu fahren, aber nie fand sie einen Brief von James Sinclair vor. Er mochte in Hawkinge sein oder irgendwo anders in England, aber er ließ nichts von sich hören. Er war verschwunden – das klassische Verhalten aller Männer in Kriegszeiten.

Julia brauchte viel Anleitung, viele Proben und Ratschläge, und ihr Vater hielt mit seinem Wissen nicht zurück. Er brachte ihr jeden erdenklichen Trick bei und lehrte sie sogar, ihn an die Wand zu spielen. »Liebling, vergiß, daß ich dein Vater bin, stiehl jede Szene von mir, wenn du kannst, und wenn dir *das* gelingt, bist du kein Amateur mehr, dann werde auch ich keine Rücksicht mehr auf dich nehmen.«

Am Premierenabend war Julia so nervös, daß ihr Magen sich in Knoten zusammenkrampfte. Ihr Vater gab ihr kurz vor Beginn ein Glas Champagner. »Du wirst großartig sein. Denk zuerst an dich selbst, aber vergiß auch nicht, auf die anderen zu reagieren. Man wird auf dein Gesicht achten, wenn du deinen Mitspielern zuhörst. Und dann bin ich schließlich auch noch da.«

Es war ein endloser Abend. Zu Julias Erstaunen war das Theater bis zum letzten Platz besetzt. Die Menschen gierten nach Zerstreuung, und Sir Michael Seymours Name lockte das Publikum in Scharen an. Julia bemühte sich, ihre Rolle gut zu spielen, und verlor dabei das Gefühl, den Löwen vorgeworfen zu werden. Sie war ein Mitglied der Truppe, und gemeinsam mußten sie die Vorführung zum Erfolg bringen. Ob sie schwamm oder unterging, war von geringer Bedeutung. Sie war nur eine von vielen. Hinter der Bühne enthielt sich ihr Vater aller Kommentare, nur einmal flüsterte er: »Du machst deine Sache gut, Liebling.« Die größte Ermutigung kam von einem Bühnenarbeiter, den sie nur als Bert kannte. »Zeigen Sie's ihnen, Miss Julia, das Publikum ist auf Ihrer Seite. Ich kenn mich da aus. Ich kann die Stimmung der Zuschauer riechen, Sie haben sie im Griff.«

Der Applaus am Ende galt hauptsächlich ihrem Vater, aber er wies ständig auf die anderen Schauspieler hin und zog sie heran, um den Beifall mit ihm zu teilen. Stella und die Köchin saßen mit Alexandra und Connie im Parkett. Lord Wolverton und seine Frau waren mit einer Gruppe von Freunden erschienen. Viele vertraute Gesichter waren im Zuschauerraum, um Sir Michael Seymours Comeback beizuwohnen und voller Interesse das Debüt seiner Tochter zu beobachten. Aber die ersten durchdringenden Rufe von »Julia! Julia!« kamen nicht von der vertrauten, befreundeten Gruppe. Irgendwo weit im Hintergrund rief eine bekannte Stimme ihren Namen. Das Publikum fiel ein, und schließlich nahm ihr Vater ihre Hand und verbeugte sich mit ihr allein. Eine erste rote Rose fiel vor ihre Füße. Sie nahm sie auf, küßte sie und gab sie ihrem Vater. Die Zuschauer tobten vor Begeisterung. Und endlich begriff sie, was los war. Einzelne Rosen landeten nach und nach vor ihren Füßen, sie versuchte, sie alle einzusammeln. Dann wurden Blumensträuße und Körbe auf die Bühne gebracht. Ihr Vater winkte die anderen Schauspieler herbei zu einer letzten Verbeugung. Das Theater geriet außer Rand und Band, aber Julia suchte verzweifelt, jenseits des Scheinwerferlichts das Gesicht des Mannes zu erspähen, der als erster ihren Namen gerufen hatte.

Sie alle kamen hinter die Bühne, mehr als ihres Vaters Garderobe und viel mehr als Julias bescheidener Raum, den sie mit zwei anderen Schauspielerinnen teilte, aufnehmen konnten. Die Freunde und der Champagner schwappten in die Korridore über. Ihr Vater dankte jedem Mitspieler persönlich, und jeder bekam ein Glas Champagner. Julia machte sich auf die Suche nach Bert, der mit den anderen Bühnenarbeitern beim Aufräumen war. Sie reichte ihm ihr eigenes Glas: »Ich weiß nicht, wie ich Ihnen danken soll . . .«

Er grinste. »Gern geschehen, Miss Julia. Wenn Sie in meinem Alter Erfolg nicht in der Nase haben, verstehen Sie nichts vom Theater. Sie haben das Talent Ihres Vaters und das Aussehen Ihrer Mutter. Eine Mischung, die nicht oft vorkommt. Aber vergessen Sie nicht, morgen ist wieder 'ne Vorstellung und danach Abend für Abend. Das Weitermachen, egal wie man sich fühlt, das muß gelernt sein, da zeigt's sich, wer seinen Mann stehen kann.«

Und es war dort auf der fast leeren Bühne, daß James Sinclair sie fand. »Trau, schau, wem«, sagte Bert, »wenn das nicht Romeo ist, der seine Julia sucht. Vergnügten Abend wünsch ich noch. Es ist nicht immer Jubel und Trubel, zumeist ist es harte Arbeit und wenig Dank.«

James legte den Arm um sie und gab ihr einen Kuß, die Dornen von einem riesigen, roten Rosenstrauß stachen ihr in die Schulter. Sie hatten Berts Anwesenheit völlig vergessen. »Ich liebe dich«, sagte er. »Ich wußte nicht, ob sie mich hinter die Bühne lassen, aber zum Schluß habe ich mich einfach durchgedrängelt.«

»Ich wäre fast gestorben, als ich deine Stimme hörte. Du hast das Ganze angefangen, nicht wahr? Du warst es doch, der den Gang entlang kam und die Rosen warf? Warum hast du nicht geschrieben? Warum hast du nicht telefoniert?«

»Du bist ungerecht«, entgegnete er. »Ich mußte dich in Ruhe lassen. Als ich hörte, du würdest mit deinem Vater in ›Lear‹ spielen, wollte ich dir nicht im Wege stehen. Du begabst dich in eine Welt, in die ich dir nicht folgen konnte. Du tratest die geistige Erbschaft deiner Eltern an und bewegtest dich in Kreisen, zu denen ich nicht gehöre.«

Sie ergriff seine Hand mit festem Griff. »Du gehörst zu mir, und jetzt komm mit zu den anderen.« Aber bevor sie die Bühne verließ, beugte sie sich vor und küßte die runzlige Wange des untersetzten Bühnenarbeiters. »Sie haben mir Glück gebracht, Bert.« Sie verriet ihm allerdings nicht, daß in der Schublade ihrer Garderobe, sorgsam eingewickelt in einem Seidenschal, das abgenutzte kleine Kaninchen lag, das ihre Mutter zu jedem Konzert mitgenommen hatte.

Auf dem Fest, das David Davidoff im Ritz gab und zu dem auch Lord Wolverton mit seinen Freunden eingeladen war, genoß Julia ohne Zurückhaltung ihre Rolle als verliebte Frau. Sie war unfähig, länger ihre Gefühle zu verbergen, und bestand darauf, daß James während des Diners neben ihr saß. David saß auf ihrer anderen Seite. Er unterbrach oft ihre Unterhaltung, als sei er irgendwie eifersüchtig auf die Aufmerksamkeit, die sie diesem jungen Mann schenkte. »Verliebtsein ist ja schön und gut, Kind, ich war selbst hundertmal im Leben verliebt, aber verbau dir nicht deine Karriere. Heirat und Babys, und die Babys kommen, ob man will oder nicht, sind weiß Gott nicht das richtige für eine Frau, die gerade am Anfang einer Karriere steht. Ich habe große Pläne mit dir. Diese Lear-Aufführung war ein Erfolg, aber kein Shakespeare-Stück läuft ewig. Wir müssen etwas Beschwingteres das nächste Mal für dich finden, und dann habe ich neulich ein Filmskript gelesen. Nichts Bedeutendes, aber gut produziert und gespielt könnte etwas dabei herauskommen. Ein junges Mädchen wie du, verliebt, Krieg, nicht teuer in der Herstellung. Diese Art von Filmen kommt neuerdings in Amerika gut an. Helden, nicht besungene Heldinnen...«

Sie hörte ihm kaum zu, aber lächelte. »Ja, David, aber wer spricht von Heirat? James und ich kennen uns kaum.«

»Mein lieber Schatz, so sieht mir das nicht aus. Ein Mann, der eine solche Sensation hervorrufen kann wie dein James heute abend... nein, ihr seid beide bis über die Ohren verliebt, sei vorsichtig...«

Sie hörte ihr eigenes fröhliches Lachen. »Vorsichtig? In der Welt, in der wir leben! Jeden Moment kann eine Bombe auf uns fallen. Dies könnte meine letzte Nacht sein, diese Nacht meiner ersten Premiere.« Sie häufte den vermutlich auf dem Schwarzmarkt gekauften Kaviar auf ihren Toast und verschlang ihn gierig. »Ich nehme das Leben, wie es kommt.« Sie wandte sich James zu und hob ihr Glas. »Auf unser Wohl! Bleib nicht wieder fort – nie mehr!«

In der Aufregung, James wiedergefunden zu haben, hatte sie vergessen, daß die ersten Morgenausgaben mit den Kritiken bereits erschienen waren. Sie alle begrüßten enthusiastisch die Rückkehr von Sir Michael Seymour und ließen durchblicken, daß die persönliche Tragödie, die sich seit seinem letzten Auftritt abgespielt hatte, seine Darstellungskraft noch erhöht und seiner Rolle noch mehr Tiefe verliehen hatte. Die Kritiken über seine Tochter waren gemischt. Einige priesen sie als »vitales, neues Talent«, andere hielten mit ihrem Urteil zurück. »Man würde sie gerne in einer Rolle sehen, die sie nicht so persönlich auf ihren Vater bezieht. In gewisser Weise ist sie die perfekte, unvergeßliche Cordelia, aber sie muß erst beweisen, ob sie auch anderen Rollen gewachsen ist.«

»Du wirst Hunderte von Rollen spielen und mehr, mein Kind«, versicherte ihr David. »Du hast dich glänzend bewährt. Ich hatte Angst, die Kritiker würden ihre scharfen Messer wetzen und dich aufspießen, nur weil du Michaels Tochter bist. Ich habe fast damit gerechnet, aber du hast gewonnen. Wir haben gewonnen.«

Sie blickte James an. »Ja – wir haben gewonnen!«

In der Damengarderobe, wo die Schwestern ihre Mäntel abholten, strich Alexandra ihr leicht über die Wange. »Ich bin so stolz auf dich, Julia. Ich wünschte, Greg wäre hier und hätte dich gesehen. Er war mehr als skeptisch, ob du die Rolle meisterst.« Greg war nach Ägypten geschickt worden. Seine Berichte aus der vordersten Linie der Wüstenfront erschienen regelmäßig in »The Record«. Und Alexandra schrieb regelmäßig über die Heimatfront. »Dieser James Sinclair – ist es eine ernste Sache?«

»Ernst? Für mich, ja.«

Alexandra lachte. »Nun, ich kann mir nicht vorstellen, daß ein Schotte Rosen vor deine Füße streut, wenn es ihm nicht ernst ist.«

»Und Ken Warren?« fragte Alexandra. »Liebst du ihn, Connie? Meiner Ansicht nach ist er nicht gut genug für dich, willst du ihn etwa heiraten?«

Connie sagte ärgerlich: »Das geht dich gar nichts an. Zugegeben, er sieht nicht gut aus und hat auch keinen ruhmreichen Job, aber er ist so wichtig wie alle anderen. Warum machst du ihn dauernd schlecht, Alexandra? Du hast den Mann geheiratet, den du wolltest. Warum mischst du dich in mein Leben ein?«

Alexandra schnappte ihre Puderdose zu. »Verzeih, Connie, ich werde von nun an meinen vorlauten Mund halten. Ich kann bloß nicht ganz verstehen... ich meine, sogar in dieser scheußlichen Uniform bist du die Hübscheste von uns dreien. Und ich seh doch, wie die Männer dich mit den Augen verschlingen. Ich hoffe, bevor du dich entschließt, Ken Warren zu heiraten, kommst du zu mir. Vergiß nicht, ich bin die älteste, die verheiratete Schwester, und kenn mich in dieser bösen Welt aus.«

»Kenneth und ich haben über eine Heirat nie gesprochen. Er ist zu verantwortungsbewußt, um in Kriegszeiten zu heiraten.« Eine leichte Röte überzog ihre zarte Haut. »Keiner von euch beiden versteht ihn oder mich. Aber offen gesagt, ist es mir auch völlig egal.« Sie zog ihre Mütze tiefer ins Gesicht und ging mit energischen Schritten aus der Garderobe.

»König Lear« lief drei Monate lang – ein großer Erfolg für die Aufführung einer Tragödie mitten im Krieg, wo die Zuschauer aufgeheitert werden sollten.

Julia und ihr Vater teilten sich die Stadtwohnung; ihr tägliches Leben wurde diktiert von der Routine, die das Theater ihnen vorschrieb. »Ich wünschte, du würdest deine eigene Wohnung haben, Kind, du bist alt genug, um dich von deinem Vater freizumachen. Aber in dieser verbombten Stadt lebst du hier vermutlich noch am bequemsten, besonders da wir Agnes haben, die sich um uns kümmert.« Agnes war eine Köchin mittleren Alters, die bei einer Familie gearbeitet hatte, deren Haus ausgebombt worden war und die daher London verlassen hatten. »Agnes ist ein ganz köstlicher Snob«, bemerkte Michael nach dem Anstellungsgespräch. »Sie hat genau abgewogen, ob ein berühmter Schauspieler mit seiner erfolgreichen Tochter als Arbeitgeber gleichziehen kann mit der reichen Familie eines Baronets.«

Aber Agnes hielt die Wohnung sauber und verpflegte sie so gut, wie es bei den rationierten Lebensmitteln und den Zuschüssen aus Anscombe möglich war. Julia begriff allmählich, warum ihr Vater gesagt hatte, es wäre besser, sie hätte ihre eigene Wohnung. Früher gab es für sie nur Anscombe, ihre Mutter und ihren Vater, und das hatte ihr völlig genügt, aber früher hatte es auch keinen James Sinclair gegeben.

Er kam nach London, sooft er Urlaub hatte. Er telefonierte mit ihr, und sie hinterlegte ihm an der Kasse eine Theaterkarte. Hinterher schickte er jedesmal Rosen. Sie tadelte ihn für diese Verschwendung, aber er lachte sie nur aus. »Es ist das einzige, was ich dir bieten kann.« Sie entdeckten einige kleine Restaurants, wo sie ungestört essen konnten und die meisten Leute sie nicht wiedererkannten. »Viel Spaß«, pflegte ihr Vater zu sagen, wenn sie nach der Vorstellung ausging. »Amüsier dich gut.«

Er selbst hatte sein altes Londoner Leben wiederaufgenommen und traf sich oft mit seinen Freunden. Julia wußte, daß sie ihm nicht länger Gesellschaft leisten mußte und daß die Whiskyflasche nicht mehr sein ständiger Begleiter war. Sie war David zutiefst dankbar und sagte es ihm bei einer der seltenen Gelegenheiten, wo sie ihn allein sah. Er wehrte ihren Dank ab. »Ich habe zufällig zur richtigen Zeit die richtige Idee gehabt. Aber du mußt jetzt an deine eigene Karriere denken. Dieser Vater-Tochter-Akt kann nicht ewig weitergehen. Es ist für euch beide nicht gut. Was sagst du dazu, in Oscar Wildes ›Bunbury‹ zu spielen?«

»Ich habe bis jetzt nur diese eine Rolle gespielt, meinst du...?«

»Es ist keine große Rolle, Julia, aber ich glaube, sie wird dir liegen. Ich will dich möglichst bald wieder auf die Bühne bringen, bevor die Leute vergessen, daß es nicht nur einen Michael Seymour, sondern auch eine Julia Seymour gibt. Wir könnten mit den Proben Ende Oktober, Anfang November beginnen.«

»Heißt das, wenn ich die Rolle übernehme, habe ich vorher einige Wochen frei?«

»Natürlich wirst du die Rolle übernehmen, du hast ja kein anderes Angebot. Oder gibt es etwas, das du deinem alten Freund verschweigst? Führ mich bitte nie hinters Licht, Julia. Ich bin durchaus gewillt, als dein unbezahlter Agent und dein

Produzent zu agieren, aber du mußt mir immer sagen, ob du andere Angebote bekommen hast. Wenn deine Karriere richtig gelenkt wird, kann aus dir einmal eine große Schauspielerin werden. Aber nun zu deiner Frage, natürlich hast du ein paar Wochen frei. Irgendwelche besonderen Pläne?«

»Nein, keine. Vielleicht fahre ich nach Anscombe, ruhe mich aus und lerne meine neue Rolle.«

»Anscombe liegt nicht weit von Hawkinge, nicht wahr? Und dort ist James Sinclair stationiert. Ich hoffe, du hast keine ernsten Absichten mit dem jungen Mann. Es ist wundervoll, verliebt zu sein, ich vermute, du wirst dich noch oft verlieben. Aber was kann er dir schon bieten? Ein vermodertes altes Schloß im hintersten Winkel von Schottland! Wie willst du das mit einer Bühnenlaufbahn in London verbinden?«

»Vielleicht kann er mir Liebe bieten?«

»O ja – Liebe. Wie lange hält sie an, wenn Kinder kommen und die Langeweile einsetzt und die Bühnenscheinwerfer Londons unerreichbar fern sind? Übereile nichts, Julia. Sprich zuerst mit deinem alten Freund David.«

»Ich werde es nicht vergessen«, sagte sie brüsk und konnte plötzlich Connies Gefühle verstehen, als Alexandra sie nach ihrer Beziehung zu Kenneth Warren ausgefragt hatte.

Als »König Lear« schließlich abgesetzt wurde, verbrachte Julia nur wenige Tage in Anscombe, danach fuhr sie mit James nach Inverness. Er hatte zehn Tage Urlaub bekommen. »Ich weiß nun genau, wo du lebst, es ist an der Zeit, daß du siehst, wo ich lebe.«

Sie hatte gezögert. »Muß ich? Können wir nicht in Anscombe bleiben?«

»Warum? Warum willst du nicht mit mir nach Schottland kommen?«

»Weil ich Angst habe«, sagte sie aufrichtig. »Ich habe Angst, deine Mutter zu treffen. Ich habe Angst, weil sie mich mit diesem Mädchen Kirsty vergleichen wird, das du heiraten sollst. Und ich bin noch nie in Schottland gewesen, ich kenne mich dort nicht aus.«

»Wir sind keine Wilden mehr«, sagte er ein wenig sarkastisch, »auch keine Menschenfresser, man könnte sagen, wir sind fast zivilisiert.«

»Verzeih«, sagte sie, »ich weiß, Schottland hat viele bedeutende Wissenschaftler und Gelehrte hervorgebracht. Ich würde einfach lieber mit dir in Anscombe bleiben.«

Er winkte den Kellner für die Rechnung herbei; sie saßen in einem kleinen italienischen Restaurant. »Du willst dich nicht festlegen, nicht wahr, du willst die Romantik, aber nicht die Wirklichkeit. Du willst bei deinem Vater bleiben, in deiner kleinen, sicheren Welt, wo alle dich kennen. Nun gut, tu das, aber ohne mich. Ich habe Urlaub und fahre in den Norden. Ich fahre nach Hause.«

Und so saß sie neben ihm im Nachtzug nach Edinburgh. Es war eine lange Reise mit vielen unvorhergesehenen Aufenthalten. Sie versäumten den Morgenzug nach Inverness. Als sie den River Tweed kreuzten, überlief sie ein Frösteln, er bemerkte es sofort. »Ja, Julia, wir sind eine andere Rasse, ihr im Süden, besonders in der Umgebung von London, seid Angelsachsen. Wir sind Kelten. Und die Highländer sind Gälen.«

»Und ich bin eine halbe Russin«, erwiderte sie. »Mein Großvater war ein Revolutionär... oder fast.«

»Nun, dann geben wir ein prächtiges Paar ab.«

»Wer hat je von einem Paar gesprochen, prächtig oder nicht? Ich habe die freundliche Einladung deiner Mutter angenommen, die du ihr vermutlich entlockt hast, damit du deine Ferien in Schottland verbringen kannst. Sie will mich eigentlich gar nicht kennenlernen, sie will dich allein sehen und dich mit dieser Kirsty verheiraten.«

»Ich liebe und bewundere meine Mutter, aber ich hänge nicht an ihrem Schürzenzipfel. Ich habe nicht vor, mein Leben nach ihren Wünschen einzurichten. Und ich liebe die Person, die ich liebe.«

Sie hielt diese Worte wie eine Art Schild vor sich, als sie mit zweistündiger Verspätung endlich in Inverness ankamen.

Aber die Frau, die sie auf dem Bahnsteig erwartete, erwähnte weder die lange Wartezeit noch die rauhe Kälte des Oktobertags. Sie ließ sich von ihrem Sohn umarmen, dann reichte sie Julia die Hand. »Willkommen in Schottland. Wie ich verstehe, ist dies Ihr erster Besuch hier. Ich hoffe, Sie genießen die paar Tage bei uns.«

Sie hatte diese gewisse helle, zarte Haut, die früh altert, wenn sie nicht sehr gepflegt wird. Die ihre war es nicht. Aber ihre Kinnpartie war straff, und der Knochenbau des Gesichts verriet die ehemalige Schönheit. Sie hatte klare, blaugraue Augen, die aber das Lächeln ihrer Lippen nicht widerspiegelten. Sie sprach mit einem leichten, reizvollen schottischen Akzent, der ihrer Stimme eine Wärme verlieh, die unbeabsichtigt sein konnte.

Sie war sehr zurückhaltend. Es war erst das zweite Mal, daß sie ihren Sohn sah, seit ihrem einzigen Besuch im Krankenhaus, als sein Leben noch an einem seidenen Faden hing. Aber sie machte keine Bemerkung über seine wiedergefundene Beweglichkeit. Sie führte sie vom Bahnhof zu einem alten Kombi. Das erhoffte herzliche Willkommen wurde ihnen von den Hunden zuteil – zwei Collies und ein goldener Labrador. Sie sprangen freudig bellend an James hoch, legten ihre Pfoten auf seine Schultern und leckten ihm das Gesicht ab.

»Sie haben dich offensichtlich nicht vergessen«, sagte Lady Jean. »Ich habe ihnen natürlich gesagt, daß du kommst, aber man weiß nie, ob Tiere einen verstehen.« War das eine subtile Anspielung auf die langen Monate seiner Genesung, die er fern von Schottland verbracht hatte?

»Die alten Teufel verstehen alles und haben ein gutes Gedächtnis. Ich habe ihnen, als sie jung waren, schließlich lauter Leckerbissen zugesteckt. Julia, das sind die Hunde, die dich während deines ganzen Aufenthalts nicht in Ruhe lassen werden. Die Collies heißen Angus und Duuf, ich erwarte nicht von dir, daß du sie auseinanderhalten kannst, und der Labrador heißt Rory. Und ihr, Hunde, seid behutsam mit der jungen Dame. Sie ist ein Bühnenstar und an euer ruppiges Benehmen nicht gewöhnt.«

»Was soll das heißen?« fragte Julia. »Habe ich etwa nicht jeden Morgen mit Harry Whitehand die Kühe gemolken, die Ställe ausgemistet und überall zugegriffen, nur den Traktor, den konnte ich nicht reparieren.«

»Mein Sohn hat mir nicht erzählt, daß Sie so vielfältig begabt sind«, sagte Lady Jean, als sie losfuhren. Das Land war relativ flach, die Straße schlängelte sich durch einen Wald, als sie sich vom Osten her dem Schloß näherten, das sich gegen eine bleiche, tiefstehende Sonne abhob. Man erreichte es über einen schmalen Damm, der in einen See hineinragte und in eine schmale, dreibogige Brücke überging. Teile der Schloßtürme waren verfallen und ragten gespenstisch zum Himmel auf, der Rest war eine große, dunkle Steinmasse. Nur ein einziges Licht hieß die Reisenden willkommen. Um den See herum fiel das flache Hochland an manchen Stellen sanft, an anderen steiler ab, im Hintergrund erhob sich eine Gebirgskette. Jenseits des stillen Wassers des Sees erblickte Julia zwei Lichter von Behausungen, die weit auseinander zu stehen schienen. Es war eine Szenerie von atemberaubender Schönheit, aber auch von großer Verlassenheit und Einsamkeit. Julia zog instinktiv ihren Schal enger um sich.

Die Hunde, die zu James' Füßen und in seinem Schoß gedöst hatten, wachten plötzlich auf, als sie das wohlbekannte Geräusch der Räder auf der Brücke vernahmen, und begrüßten ihr Zuhause mit ohrenbetäubendem Freudengebell.

»Du bist wieder daheim, Jamie«, sagte seine Mutter. »Eines Tages wirst du für immer zurückkehren.«

»Natürlich«, sagte er beiläufig. »Hier gehöre ich schließlich hin.«

Seine Mutter antwortete nicht, aber als sie bei der einfallenden Dunkelheit über die hölzerne Zugbrücke ratterten, die von dem letzten Steinbogen abging, vermeinte Julia sie lächeln zu sehen, ein nach innen gerichtetes, besitzergreifendes Lächeln. Sie fuhren unter dem hochgezogenen Eisengitter durch, das James ihr einmal beschrieben hatte. Es existierte also tatsächlich noch und war, wie er gesagt hatte, so verrostet, daß man es nicht mehr herunterlassen konnte. Lady Jean lenkte den Wagen geschickt zwischen den Mauern hindurch, die, wie Julia dachte, gut drei Meter dick sein konnten. In dem kleinen Innenhof brannte über der Tür das vereinzelte Licht, das sie gesehen hatten, als sie aus dem Wald herausgekommen waren.

James öffnete die Wagentür, und die Hunde sprangen heraus. Dann öffnete er die Tür für seine Mutter und rannte herum zu Julia. »Hab keine Angst, die Tage hier sind hell und schön, alle Gespenster legen sich dann zur Ruhe.«

»Wie viele Gespenster?« fragte Julia.

»Das hängt davon ab, wie empfindsam jemand für solche Dinge ist«, sagte Lady Jean. »Wir hatten gelegentlich Gäste, die im Ruf standen, das ›zweite Gesicht‹ zu haben. Sie berichteten nicht nur von den uns bekannten Gespenstern, sondern auch noch von einigen zusätzlichen, aber wir haben sie als zweifelhaft eingestuft.«

Nur die eine Hälfte des doppelten Portals mit einem verwitterten Steinwappen stand offen, und ein Lichtstrahl fiel heraus. Julia stellte fest, daß man es hier in dieser Abgeschiedenheit mit der Verdunklung nicht sehr ernst nahm. Über ihr ragten drei hohe Türme in den schnell dunkler werdenden Himmel auf, ein leichter Wind wehte vom See her und strich seufzend um die Schloßmauern. »Willkommen, Master Jamie«, rief eine Frauenstimme, »wie schön, Sie wieder daheim zu sehen.«

James' Arme umfingen eine Frau, die Julia auf ungefähr vierzig schätzte. »Ich bin auch froh, wieder hier zu sein, Janet. Julia, das ist Janet – Miss Julia Seymour.«

Julia spürte den Druck einer kräftigen, schwieligen Hand, die sie zu der offenen Tür hinzog. »Er hat nur Gutes von Ihnen erzählt, und er lügt nie.«

James trug die Koffer, die Hunde liefen voran in eine kleine Halle, an die sich ein großer Raum anschloß, von dem aus eine holzgeschnitzte Treppe zu einer Galerie führte, die an drei Steinwänden entlanglief. Die Decke dieses Raums verlor sich oben in der Dunkelheit. Einige Wandleuchter waren eingeschaltet, und in dem riesigen Kamin brannte ein kleines Feuer.

»Janets Extravaganz«, sagte Lady Jean.

»Ein kleines Willkommfeuer, schließlich kommt Master Jamie nicht jeden Tag nach Hause.« Trotz des Feuers fühlte sich Julia kalt bis auf die Knochen – oder war es die Atmosphäre? »Sie wollen sich sicher erfrischen. Ein Krug mit heißem Wasser steht auf Ihrem Zimmer. Ich werde währenddessen den Whisky vor den Kamin stellen.«

James trug ihr die Koffer hinauf. »Das Rote Zimmer«, sagte seine Mutter zu ihm.

Er blickte sie ungläubig an. »Oh, Mutter, nicht dieses Zimmer! Julia wird sich dort ganz verloren vorkommen.«

»Es ist unser bestes Gastzimmer«, antwortete seine Mutter. »Ich würde ihr nichts Geringeres anbieten.«

Er führte Julia achselzuckend die Galerie und einen kurzen Korridor entlang und stieg eine steinerne Wendeltreppe hinauf. Seine Mutter ging voran und hob den schweren Eisenriegel an der Eichentür hoch. Sie schwang auf und gab den Blick auf einen Raum frei, der das ganze Innere eines der Türme ausmachte, die sie vom Hof aus gesehen hatte. An den drei großen Fenstern hingen rote, ausgebleichte Seidengardinen, die stellenweise verschlissen waren. Das Himmelbett war mit einem ähnlichen Stoff drapiert, die Bettdecke war aus rotem, steif besticktem Samt. Am Kopfende befand sich das gleiche Wappen wie an der Haustür, und auch über dem Kamin hing ein Steinschild mit demselben Wappen. Trotz des Feuers im Kamin war es ungemütlich kalt in dem Turmzimmer. In einer Ecke stand ein Waschstand mit einer geblümten Schüssel, einer kirschrotgemusterten Seifenschale und einem Krug, auf dem Handtücher lagen.

»Das Badezimmer, Miss Seymour, ist ziemlich weit weg, den kleinen Korridor entlang und dann die zweite Tür rechts.

Sie können auch durchs Ankleidezimmer in das anschließende Badezimmer gelangen. Aber das Ankleidezimmer ist sehr staubig, wir haben nicht genug Personal. Alle sind in die Fabriken oder zum Militär gegangen. Janet hat nur ein junges Mädchen, Morag, das ihr hilft. Ich fürchte, schottische Schlösser sind nicht gerade komfortabel. Die wenigen Badezimmer stammen noch aus Königin Viktorias Zeiten und waren damals ein Luxus sondergleichen. Manchmal haben wir heißes Wasser, aber nur sehr selten. Die Sinclairs haben um die Jahrhundertwende aufgehört, das Schloß zu modernisieren, weil ihnen die Mittel dazu fehlten. Aber zumindest haben sie vorher auch unten im Dienstbotentrakt ein Badezimmer eingebaut, das ich jetzt benutze. Es war zu jener Zeit eine Seltenheit, Wasserklosetts zu haben, verständlicherweise, wenn man bedenkt, wie schwierig es ist, in so einem Gebäude die Rohre zu legen. Die meisten Familien nahmen ihr Bad vor dem Kaminfeuer, aber damals hatte man auch noch Scharen von Dienstboten, die das heiße Wasser heranschleppten. Jamie schrieb, daß Sie auch in einem sehr alten Haus wohnen, aber Sie mußten es nie befestigen wie wir Schotten.«

»Wir haben nur ein kleines, unbedeutendes Herrenhaus«, sagte Julia und dachte sehnsuchtsvoll an die engen, verwinkelten Korridore und an die Badezimmer und Schränke, die man in jeden verfügbaren Winkel eingebaut hatte, und an die Zentralheizung, die dank der Brahms-Konzerte ihrer Mutter eingebaut werden konnte.

James stellte ihren Koffer auf die Eichenholzkommode und warf einen letzten Blick in die Runde. »Kein sehr gemütliches Zimmer, Julia, aber ängstige dich nicht, die Gespenster sind alle freundlich.«

»Ich habe den Verdacht«, sagte Julia, »daß die Freundlichkeit davon abhängt, von welcher Seite der Grenze man kommt.«

Er versuchte zu lächeln, doch es mißlang. »Wenn du fertig bist, komm hinunter in die Halle. Und wenn du etwas brauchst, rufe laut. Du bist übrigens nicht ganz allein hier oben. Mutter schläft in einem fast so großen Zimmer in einem der Türme, die von der Galerie abgehen, und mein Zimmer liegt ein Stockwerk über ihrem.« Der Gedanke gab ihr wenig Trost.

James und seine Mutter ließen sie allein, und sie lief zum Feuer, um sich die klammen Hände zu wärmen, und wagte es sogar, noch ein paar Kohlen aufzulegen. Alte gußeiserne Heizkörper standen unter den Fenstern, aber sie waren eiskalt. Julia hängte ihre Kleider auf, solide, warme Sachen, wie Alexandra ihr geraten hatte. Sie hatte auch das lange, rotsamtene Kleid ihrer Mutter mitgebracht, falls Lady Jean ein Diner plante. Aber jetzt, nachdem sie sie kennengelernt hatte, zweifelte sie daran. Sie ging vorsichtig den schmalen Korridor entlang und fand die zweite Tür rechts. Sie öffnete die Mahagonitür, das Badezimmer war von viktorianischer Größe und Pracht und eisigkalt wie ein Keller. Der Kamin war leer, der heizbare Handtuchständer kalt; in ihrer Verwirrung konnte sie vor lauter Mahagonipaneelen zuerst die Toilette nicht finden, bis ihr klar wurde, daß die reichverzierte Fensterbank der Klodeckel war. Darüber hing eine Kette mit einem Porzellangriff, der mit einem blau-weißen *fleur-de-lis*-Muster verziert war, ebenso wie das Toilettenbecken. Als sie an der Kette zog, gurgelte das Wasser laut und schien endlos lange durch ein unvorstellbares Röhrenlabyrinth abzulaufen, um sich, wie sie vermutete, schließlich in den See zu ergießen. Nur der mahagonigerahmte Spiegel, der über einem einer Kommode ähnelnden Möbelstück hing, führte sie zu dem Waschbecken. Der Deckel, als sie ihn aufklappte, hatte einen eingelassenen Spiegel und das gleiche blauweiße *fleur-de-lis*-Muster. Das Wasser, das nur zögernd ins Becken floß, war ebenfalls kalt. Aber die Seife war wohlriechend, wahrscheinlich ein Vorkriegsstück. Ein großer Kleiderschrank mit blauweißem Griff erregte ihre Aufmerksamkeit. Sie zog an ihm, und das Mahagonipaneel glitt zur Seite, dahinter stand eine riesige Badewanne, wiederum geschmückt mit dem *fleur-de-lis*-Muster.

Sie ging in ihr Turmzimmer zurück, indem sie sich vorsichtig an der Steinmauer entlangtastete, da sie bei der schlechten Beleuchtung fast nichts sehen konnte. Das Zimmer wirkte freundlicher als zuvor, und dann entdeckte sie eine Schale mit Astern auf der Kommode, vermutlich die letzten des Jahres in dieser nördlichen Gegend. Sie wusch sich in dem nunmehr nur lauwarmen Wasser aus dem Krug und schlüpfte in einen Pullover und einen Rock, der fast so rot war wie die Vorhänge. Dann schlang sie sich eine Wollstola um, die ebenfalls aus der Garderobe ihrer Mutter stammte und die ihr Vater ihr aufgedrängt hatte. Seine Gefühle bei ihrer Abreise waren gemischt gewesen; einerseits hoffte er, sie würde sich gut amüsieren, andrerseits war er besorgt, daß man sie nicht herzlich genug empfangen würde.

»Ich habe so meine Bedenken, was Lady Jean betrifft«, hatte er gesagt, als sie ihm die schriftliche Einladung zeigte. »Trotz des Rosenbuschs und dieser Einladung habe ich den Verdacht, daß sie es vorzöge, Jamie würde allein kommen, statt ein englisches Mädchen mitzubringen. Aber fahr ruhig hin, schaden kann es ja nicht.« Dann hatte er den Kopf geschüttelt. »Oder vielleicht doch. Ich glaube, ich weiß, was Jamie im Sinn hat. Er will dir zeigen, wie es dort im Norden zugeht, selbst wenn er ein Schloß bewohnt. Er ist bis über die Ohren verliebt in dich und will, daß du dir ein Bild machst, wie sein Leben nach dem Krieg aussieht. Er wird Schottland nie verlassen. Das ist dir hoffentlich klar, Julia. Du willst doch als Schauspielerin Karriere machen, von Inverness aus kannst du das nicht.«

»Du sprichst, als seien wir verheiratet. Aber Jamie und ich haben noch nicht mal darüber gesprochen.«

»Aber ihr seid beide verliebt«, sagte er mit großer Güte. »Im Krieg neigt man dazu, übereilte Entscheidungen zu treffen, weil man nicht wirklich glaubt, daß es eine Zukunft gibt.«

»Du selbst hast Mutter während des Kriegs geheiratet.«

»Genau deswegen weiß ich, worüber ich rede. Wir haben geheiratet und beide gewußt, daß wir nur eine geringe Überlebenschance haben. Aber zumindest habe ich sie und ihre Eltern in Sicherheit gebracht, und zwar in der Nähe einer Großstadt, wo sie ihre Karriere fortsetzen konnten, ob ich nun da war oder nicht.« Er zuckte die Achseln. »Aber vielleicht geht die Phantasie mit mir durch. Jedenfalls ist es sehr anständig von Jamie, dir zu zeigen, wie er lebt. Wenn er dich tatsächlich heiraten will, gibt es wenigstens keine unangenehmen Überraschungen.«

»Du bist wirklich sehr phantasievoll.«

»Vielleicht, mein Schatz, vielleicht. Vergib deinem alten Vater die Einmischung. Aber was immer draus wird, die Reise wird für dich sehr aufschlußreich sein.«

Julia erinnerte sich an diese Worte, als sie die breite Eichenholztreppe zur schlecht erhellten Halle hinunterschritt. Aber dann trat James auf sie zu und ergriff ihre Hände, und plötzlich schien sich die Atmosphäre zu ändern; sie faßte neuen Mut.

Lady Jean trug jetzt ein strenges, hochgeschlossenes grünes Kleid, in dem sie sehr majestätisch aussah. »Kommen Sie näher ans Feuer, meine Liebe, wollen Sie einen schottischen Whisky oder...« Sie sah plötzlich zweifelnd drein, als sei ihr gerade eingefallen, daß ihr Gast aus England kam. »Ich kann Ihnen auch einen Gin mit Tonic anbieten, falls Ihnen das lieber ist.«

»Whisky, bitte«, murmelte Julia und zog fröstelnd die Stola enger um sich.

»Ist dir kalt?« fragte James, als er ihr den Whisky einschenkte. »Wasser?« Sie nickte, aber bemerkte, daß er seinen pur trank.

»Früher, als wir noch genug Kohle hatten und einen Mann, der den Kessel anheizte, war das Haus durchaus bequem«, sagte Lady Jean. »Aber verglichen mit der Not, unter der andere zu leiden haben, geht es uns noch verhältnismäßig gut. Deshalb versuchen wir, die Unannehmlichkeiten zu ignorieren und nicht über sie zu sprechen. Hier, versuchen Sie davon, wir nennen es Schottischen Toast. Janet hat sie speziell für Sie gemacht. Ich weiß nicht, ob Janet sich zu Ehren von Jamies Heimkehr oder zu Ehren der Tochter eines berühmten Schauspielers zu dieser Extravaganz aufgeschwungen hat. Oh, verzeihen Sie, ich hätte hinzusetzen sollen, zu Ehren einer berühmten Schauspielerin. Janet hat nämlich einen Artikel über das Comeback Ihres Vaters als König Lear gelesen und die begeisterten Kritiken über Sie. Sie hat mir natürlich auch beim Ausgraben des Rosenbuschs geholfen. Janet tut alles und jedes für jemand, der sie interessiert.«

Die Schottischen Toasts stellten sich als kleine, in Fett gebratene Brotscheiben heraus, die mit einer Paste aus Schellfisch, Räucherhering oder Salm, untermischt mit dicker Creme, bestrichen waren.

Julia äußerte sich anerkennend. »Das wird Janet Freude machen«, war alles, was Lady Jean sagte. James füllte wieder ihr Glas.

Das Abendbrot wurde in einem langen, formellen Speisesaal eingenommen, an den Wänden hingen wie in der großen Halle Regimentsfahnen, vom Rauch nachgedunkelte Porträts von steifen Ahnen, Hirschgeweihe und eine Anzahl von Schwertern und Schilden. Die Hunde legten sich gehorsam in ihre Körbe vor dem Kamin. Die Lauchsuppe wurde von einem jungen Mädchen serviert, das James als Morag vorstellte, die darauf folgenden gebratenen Rehschnitzel schmeckten ganz anders als das Gericht, das Julia sonst unter dem Namen kannte. Als sie dies erwähnte, sagte Lady Jean: »Ja, Janet ist eine ausgezeichnete Köchin, sie benutzt die alten, traditionellen schottischen Zutaten. Glücklicherweise bekommen wir noch die meisten davon. Die Schotten waren nie große Fleischesser, mit Ausnahme von Wild und Rehbraten. Unser Rindfleisch verkaufen wir an die Engländer, wir selbst leben von dem, was die Flüsse und das Meer, der Wald und das Moor uns liefern. Schottland war und ist immer noch ein armes Land.«

Sie bemerkte, daß Julia den silbernen Kronleuchter, das silberne Tafelgeschirr mit dem eingravierten Sinclair-Wappen und die verblaßte Pracht des holzgetäfelten Raums betrachtete. Sie sagte: »Es gab Zeiten, in denen die Sinclairs sehr viel mehr Land besaßen, ein Teil wurde zur Tilgung von Schulden verkauft, ein Teil verwahrloste. Wir könnten viel mehr Weideland haben, wenn es uns nicht an Geld mangelte, die Wiesen trockenzulegen. Sie sind an vielen Stellen versumpft und daher für das Vieh unbrauchbar geworden. Auf den Hügeln züchten wir Schafe, und Jamies Vater hat viele Morgen aufgeforstet. Aber Wald braucht eine lange Zeit, um sich bezahlt zu machen.«

James rutschte nervös auf seinem Stuhl hin und her. »Mutter, du malst ein zu düsteres Bild. Wir stehen schließlich nicht kurz vor dem Bankrott. Und nach dem Krieg, wenn ich die Sache in die Hand nehme, wird alles anders werden.«

»Ja, Jamie, ich denke ständig daran und warte darauf, daß du mit deiner Jugend und Energie die Dinge anpackst, die ich nicht mehr schaffe. Aber in der Zwischenzeit, Miss Seymour, mangelt es uns an allem, nicht nur an Geld. Glauben Sie ja nicht, daß wir jeden Abend so fürstlich essen. Neben der Küche liegt das ehemalige Zimmer der Haushälterin, das wir als Eß- und Wohnzimmer benutzen, wenigstens diesen Raum und die Küche können wir heizen. Das Gut wird von einem Mann mittleren Alters und einem alten Mann bewirtschaftet, und für die Maschinen reicht die spärliche Benzinzuteilung kaum aus. Aber diese Probleme sind Ihnen ja wohl bekannt, da Sie selbst auf dem Land wohnen. Die Räume, die wir nicht benützen müssen, haben wir einfach abgeschlossen, zum Beispiel das Wohnzimmer, die sehr schöne Bibliothek und den ganzen Nordturm. Aber der mußte sowieso verbarrikadiert werden. Er ist in einem gefährlichem Zustand des Verfalls. Wir müssen so unabhängig wie möglich sein, denn die Schneewehen im Winter blockieren oft die Straße, die durch den Wald führt.«

Sie tranken einen guten Burgunder zum Essen. »Wir haben nur noch wenige Flaschen übrig«, sagte Lady Jean. »Whisky dagegen ist immer vorhanden, wir haben schließlich gute Beziehungen. Die Highlands sind übersät mit Brennereien, sie können von einem Mann betrieben werden. Das schwierigste ist, die Gerste zu bekommen. Natürlich sollen wir Whisky exportieren, um für Kanonen und Butter zu zahlen. Aber man kann von den Schotten nicht erwarten, daß sie auf ihren Whisky verzichten, er ist der Segen und der Fluch dieses Landes. Frauen und Kinder bleiben hungrig, nur weil die Männer ihren Whisky brauchen.«

James stieß ungeduldig seinen Stuhl zurück. »Bist du fertig, Mutter? Offen gesagt, habe ich es reichlich über, ständig zu hören, wie kläglich wir leben. In Friedenszeiten geht es uns nicht schlecht, wir haben alles, was wir brauchen, und mehr.« Er sah Julia bittend an. »Julia muß den Eindruck bekommen, daß wir in Armut dahinvegetieren. Dabei habe ich eine gute Erbschaft gemacht, und wenn ich zurückkomme, werde ich Geld aufnehmen, die versumpften Wiesen trockenlegen und die Rinderherde verdoppeln.«

Lady Jean betätigte die silberne Tischglocke, um Janet anzuzeigen, daß sie abräumen konnte. »Ja, Jamie, ich bin überzeugt, daß du all das tun wirst. Aber es braucht die Energie und den Enthusiasmus eines jungen Mannes, deshalb ist es so wichtig, daß du diesen Krieg überlebst.«

Die Hunde folgten ihnen, als sie in die große Halle zurückgingen und sich wieder vor den Kamin setzten. Julia erkannte, daß Lady Jean die Armut hochspielte. Sie hatte vor allem ihren Standpunkt klarmachen wollen: Wenn sie und James heirateten, würde Julia nicht die Mitgift mitbringen, die so dringend benötigt wurde. Julia war der Verzweiflung nah. Sie sank in den Stuhl vor dem Feuer und zog ihre Stola enger um sich. Die plötzlich auflodernden Flammen beleuchteten das Sinclair-Wappen auf dem Kaminsims. James füllte die Gläser aus einer Kristallkaraffe. »Hier, versuch den Aristokraten unter den Whiskys, dies ist ein Glenlivet. Du wirst nachher gut schlafen. Du mußt nicht alles wortwörtlich nehmen, was Mutter sagt. Sie ist in einem sehr viel ungemütlicheren Haus als diesem aufgewachsen, obwohl ihre Familie seit Jahrhunderten bei allen historischen Ereignissen eine Rolle spielte. Aber sie haben immer aufs falsche Pferd gesetzt und weder Geld noch Land angesammelt.«

»Armut ist keine Schande«, sagte Lady Jean scharf.

»Nein, nur Mangel an Geld. Ich erinnere mich noch, wie der Wind durch die zerbrochenen Fensterscheiben deines väterlichen Schlosses pfiff, und ich wette, es sieht jetzt noch trostloser aus.«

Das strenge Gesicht seiner Mutter nahm einen weichen, traurigen Ausdruck an. »Dein Onkel mag mein Geburtshaus nicht, er bevorzugt sein Gut in Ayrshire, und ohne Geld verfällt das Schloß. Es bricht mir das Herz, wenn ich daran denke. Nur zwei alte Frauen und ein Pförtner leben noch dort, und die haben vor, nach dem Krieg aufs Festland zu ziehen. Wir haben eine Menge Männer, die sich für die Rechte Schottlands einsetzen, aber mit den Ehefrauen haben wir Pech. Statt eine Erbin zu wählen, heiraten sie aus Liebe.« Sie wandte sich an Julia. »Ich bin eine MacDonald of Clanranald, und das Schloß steht auf den Hebriden. Vor langer Zeit beherrschten wir fast die ganze Küste. Aber das ist lange her. Ruinen ragen zum Himmel auf, sehr malerisch... für die Touristen.«

»Laß es sein, Mutter, diese Zeiten sind lange vorbei, mehr als hundert Jahre.«

»Aber der Stolz bleibt bestehen.«

»Man wird weder von Stolz noch von der Vergangenheit satt. Nach dem Krieg steht mir hier eine Aufgabe bevor. Und ich werde sie bewältigen. Ich lese alles, was mir über Landwirtschaft in die Hände fällt. Die Zeiten der Kleinpächter sind vorbei. Es war ein Fehler von mir, in Oxford Geschichte zu studieren wie ein reiches Jüngelchen, ich hätte in die Landwirtschaft gehen sollen.«

»Ein Studium kann nie schaden. Ich wollte, daß du diese drei Jahre Freiheit hast. So bist du geistig besser vorbereitet auf die Schwierigkeiten, die dich hier erwarten. Aber ich sollte nicht immer von der Vergangenheit reden, es ist eine irritierende Angewohnheit. Natürlich wirst du all das tun, was du dir vorgenommen hast. Daran zweifle ich nicht. Aber es fällt mir schwer zu warten, bis der Krieg endlich vorbei ist. Doch mir scheint, der wirkliche Kampf steht uns noch bevor. Was meint Ihr Schwager, Mr. Mathieson, dazu, Miss Seymour? Wird sich das Blatt bald zu unseren Gunsten wenden?«

»Das dürfte er nicht sagen, Lady Jean, selbst wenn er es wüßte. Meine Schwester hat schon seit einiger Zeit keinen Brief mehr von ihm erhalten. Sie vermutet, daß er versetzt worden ist, aber sogar Woolfie... Verzeihung, Lord Wolverton, sein Chef, sagt ihr nicht, wo er ist. Hoffentlich nicht in Rußland.« Sie alle waren in großer Sorge, was im Fall eines deutschen Sieges über Rußland geschehen würde. Die Deutschen standen kurz vor Moskau, und Leningrad war eingeschlossen.

»Wir wollen alle hoffen, daß er in Sicherheit ist.« Ihr Tonfall war jetzt freundlicher. »Wir müssen eben warten, bis die Amerikaner sich auf unsere Seite stellen, lange kann es nicht mehr dauern.«

Janet brachte den Kaffee, und James schenkte Glenlivet nach. Als Julia ablehnte, reichte er ihr einfach das volle Glas. »Trink! Wir hatten eine mühselige Reise, ich will, daß du gut schläfst und morgen frisch bist, um dir den Besitz anzusehen, der für mich ein kleines Paradies ist.«

»Ich weiß nicht, Master Jamie«, sagte Janet mit der Vertrautheit eines geschätzten Faktotums, »ob auch für andere Menschen, die an mehr Abwechslung gewöhnt sind, Sinclair ein kleines Paradies ist. Aber Sie haben schon recht, schön ist es hier. Zwar bin ich nie weiter als bis nach Edinburgh gekommen, Miss Seymour, aber was ich so im Kino sehe, nun ja, das ist eine andere Welt.«

Als sie gegangen war, lachte James leise. »Ist sie immer noch ganz verrückt auf Kino und Filmzeitschriften, Mutter?«

»Und wie! Jeden Mittwoch, es sei denn, die Schneewehen

sind zu hoch, geht sie zur Chaussee und nimmt den Bus nach Inverness. Und am nächsten Morgen muß ich mir beim Frühstückstee die ganze Filmhandlung anhören.« Sie sah Julia an. »Sie werden erstaunt sein, Miss Seymour, aber hinter Janets schlichtem Äußeren verbirgt sich eine romantische Seele. Sie lebt nur für die Nachmittagsvorstellungen am Mittwoch. Sie kennt alle Filme Ihres Vaters auswendig. Er hat nicht viele Filme gedreht, nicht wahr? Ich kenne mich in diesen Dingen nicht gut aus, aber jeden Film, in dem er mitgespielt hat, hat Janet bestimmt dreimal gesehen.«

James stand auf und schnippte mit den Fingern, die Hunde erhoben sich schwanzwedelnd. »Ich gehe mit ihnen noch vor die Tür, und du, Julia, gehst zu Bett, du siehst völlig erschöpft aus!« Aber anstatt sich an der Treppe von ihr zu verabschieden, stieg er mit ihr zur Galerie hinauf, die nur spärlich von einer Lampe erhellt wurde. Und dort, wo die Blicke seiner Mutter sie nicht erreichen konnten, beugte er sich zu ihr hinab und küßte sie zärtlich auf die Lippen. »Glaub ja nicht, daß ich so maßvoll bin, wie ich wirke, am liebsten würde ich dich auf meinen Armen ins Bett tragen. Aber ich habe mich bislang beherrscht und habe vor, es so lange zu tun, bis du weißt, ob du es erträgst, hier an meiner Seite den Rest deines Lebens zu verbringen. Denk darüber nach. Das, was ich dir bieten kann, ist natürlich nichts im Vergleich zu London. Du könntest ein Star werden. Ich frage mich manchmal, warum ich dich hierher gebracht habe. Ich hätte dir ein romantisches Leben vorgaukeln können – Schloßherrin in Schottland und all so was. Nun, jetzt hast du das Schloß gesehen und kannst dir ungefähr vorstellen, wie das Leben hier ist. Ich war ein Narr, ich hätte dich nicht mitnehmen sollen.«

»Wenn ich mich in einen Narren verliebt habe, dann zumindest in einen ehrlichen. Küß mich noch einmal, Narr. Ich glaube, ich werde dich ewig lieben.«

Diesmal preßten seine Hände sie gegen die Steinmauer, und seine Lippen suchten die ihren mit wachsender Leidenschaft. »Julia, ich begehre dich! Und jetzt geh und träume unruhige Träume. Aber du brauchst deine Tür nicht zu verschließen. Wenn die Zeit reif ist, werde ich dich lieben mit meinem ganzen Herzen und Körper. Wirst du je die Meine werden, Julia? Ich kann dir nur ein halb verfallenes Schloß und ein Leben voller Arbeit bieten.«

»Und dich selbst«, flüsterte sie.

Von unten rief Lady Jean: »Jamie, die Hunde werden ungeduldig, und ich warte, daß du wieder herunterkommst, so daß wir vor dem Kamin noch ein langes Gespräch führen können.«

Ein Gespräch, dachte Julia, von dem sie immer ausgeschlossen sein würde, der intime Austausch zwischen Mutter und Sohn. Sie tastete sich im Halbdunkel die Wendeltreppe hoch, die Augen tränenverschleiert, das Herz schwer mit einer verzweifelten, fast letzten Hoffnung. Hoffnung auf was? Sie würde eine katastrophale Frau für James abgeben, und sie beide wußten es, und Lady Jean wußte es noch besser als sie.

Endlich fiel sie in Schlaf mit dem noch tränenfeuchten grauen Kaninchen ihrer Mutter im Arm, das sie als Glücksbringer mitgenommen hatte.

Aber sie erwachte am nächsten Morgen aus einem erholsamen Schlaf, keine Gespenster, keine bedrückenden Träume, keine fremden Gestalten hatten sie gestört. Janet weckte sie, als sie wohlgemut ein Tablett mit Tee und gebutterten, dünnen Toasts auf den Nachttisch stellte und geräuschvoll die an dicken Holzringen aufgehängten Vorhänge aufzog. »Schauen Sie, was für einen schönen Tag Sie uns gebracht haben.« Janet klang, als sei das gute Wetter ein spezielles Geschenk von Julia. Ohne den Tee zu beachten oder sich einen Morgenrock überzuziehen, sprang Julia aus dem Bett und eilte zum Fenster. Helles Sonnenlicht strömte herein. Der See und das umliegende Land glitzerten in vielen Farben, so daß es wie eine neue Schöpfung aussah, geboren in dieser Stunde. Das stille Wasser war so unberührt wie ein Spiegel, in den niemand zuvor geschaut hatte. Auf den umliegenden

Wiesen grasten die Kühe, und dort, wo sie zu den Hügeln anstiegen, waren sie weiß getüpfelt mit Schafen, die man gerade noch erkennen konnte. Und hinter den Hügeln erhoben sich die Berge, die gestern nacht nur zu erahnen gewesen waren, einige Gipfel waren mit Schnee bepudert – ein Anblick, der keine schlimmen Vorahnungen in ihr erweckte. Sie waren ein Teil dieser verzauberten Landschaft. Eine neue, frische Welt lag vor ihr. Kein Wunder, daß James mit ganzem Herzen an seiner schottischen Heimat hing.

Sie frühstückten in dem sehr viel gemütlicheren Zimmer der Haushälterin. Es war ein großer Raum mit einem Eßtisch und Stühlen, vor dem Kamin standen zwei lange Sofas und mehrere Sessel. Vom Korridor gegenüber gingen mehrere kleine Zimmer ab: das Büro, zwei Zimmer für Janet und Morag und – größter Luxus – ein Dienstbotenbadezimmer, das Lady Jean am Abend zuvor schon erwähnt hatte. Lady Jean begrüßte Julia höflich, aber kühl. Vielleicht war das lange Gespräch gestern mit ihrem Sohn nicht nach ihrem Geschmack verlaufen. Die Morgenzeitungen waren noch nicht angekommen, aber sie hatten die neuesten Nachrichten am Radio gehört: Kämpfe in der Wüste, die Belagerung von Leningrad, die Deutschen standen kurz vor Moskau; die Angst, daß die russische Hauptstadt fallen könnte, war nur zu berechtigt. James küßte Julia ostentativ, als sie das Zimmer betrat, dann drehte er das Radio aus. »Die Nachrichten können mir gestohlen bleiben«, sagte er zu seiner Mutter, »ich will meine wenigen Urlaubstage mit Julia in Ruhe genießen.«

Er sagte es trotzig und mit gespielter Unbekümmertheit. Das Leben mußte jetzt und gleich gelebt werden. Julia sah James liebevoll an, das Glück sprühte aus ihren Augen. Die Hunde sprangen an ihr hoch.

Essen Sie Porridge?« fragte Lady Jean.

»Nein, ich verabscheue Porridge«, antwortete Julia. Warum sollte sie sich verstellen und etwas herunterwürgen, das sie von Kindheit auf haßte?

»Schade«, sagte Lady Jean trocken, »Schottland lebt und

wächst auf mit Haferflocken. Aber vielleicht eine Scheibe Toast?«

Julia bestrich sich dankbar den Toast dick mit Butter, sie schien reichlich vorhanden zu sein, und nahm sich von Janets Marmelade.

James plante ein Picknick für sie beide, aber bevor sie sich aufmachten, bat Julia, das Schloß zu sehen. »O Gott, muß das sein? Es ist so ein schöner Tag, ausnahmsweise regnet es mal nicht.« Aber er zeigte ihr dennoch, wenn auch widerstrebend, einige der Schlafzimmer, darunter das »Blaue Staatsgemach«. Eine reichlich übertriebene Bezeichnung – es war früher vielleicht einmal ein Staatsgemach, die schweren Vorhänge und die reichbestickte Bettdecke zeugten noch davon, aber ansonsten war es kärglich möbliert, von spartanischer Einfachheit. Dann führte er sie in den sogenannten Culloden-Raum und die Prince-Charles-Suite, beide groß und elegant; geschnitzte Holzverkleidungen verbarg die dahinterliegenden Steinwände. Alle Möbel waren mit Tüchern bedeckt, auf den Holzdielen lag eine dicke Staubschicht. Aber von überall hatte man eine großartige Aussicht auf den See oder in die Straße, die durch den Wald führte. »Willst du wirklich auch noch die anderen Zimmer sehen?« fragte James, »dies sind sozusagen die Prachträume.« Er zeigte ihr aber trotzdem noch einige der Zimmer im oberen Teil des Turms, die man über eine steile Steinwendeltreppe erreichte. Eins davon bewohnte er, seine Habseligkeiten waren sorglos überall verstreut, das Bett ungemacht, nur der Ausblick auf den See war zauberhaft. »Ja, ich weiß, wenn man hier steht, hat man das Gefühl, die Welt gehöre einem. Andrerseits bedenke die Mühe, die es macht, Kohle und Holz für den Kamin hier heraufzuschleppen. Das Zimmer meines Bruders befindet sich auch in diesem Turm, meine Mutter hat es abgeschlossen. Es gibt auch ein altmodisches Badezimmer, aber heutzutage muß ich Janets Badezimmer neben der Küche benutzen, um warmes Wasser zu haben. Mein Vorfahre, der all diese modernen Einrichtungen installierte, hat sich auf einen unerschöpflichen Vorrat an Kohle und einen starken Mann verlassen, der den Kessel anheizt. Der Kessel ist natürlich altersschwach, der starke Mann beim Militär, und Kohle ist knapp. Über deinem Zimmer befinden sich noch zwei Räume wie dieser, aber wir haben sie dem Staub und den Spinnen überlassen.« Zum Schluß zeigte er ihr das Zimmer seiner Mutter. »Sie hat bestimmt nichts dagegen, sie hält sich tagsüber nie hier auf. Wir nennen es das Rosenzimmer. Eine reichlich verblühte Rose, wie du siehst.« Es enthielt wie die anderen Zimmer ein Himmelbett, aber die Möbelüberzüge und Vorhänge waren aus Chintz, dessen Rosenmuster verblaßt war, auf dem Boden lag ein antiker rosengemusterter Teppich. Im Raum herrschte minutiöse Ordnung. Der einzige Hinweis, daß er bewohnt war, waren eine Anzahl silbergerahmter Fotografien auf dem Toilettentisch: Fotos von James' Vater in Uniform, von seinem Bruder Callum, dunkelhaarig und gut aussehend, von James als Baby im Arm seiner Mutter, neben ihr Callum im Schottenrock. Sie ist einmal eine sehr schöne Frau gewesen, dachte Julia. Ein weiteres Foto zeigte James in Oxford mit seinem Kricketteam. »Meine Freunde, die Hendersons«, sagte er. Und dann ein Foto von ihm in RAF-Uniform, ein junger, unerfahrener James, noch nicht gezeichnet von Narben und der Trauer um seine Freunde.

»Sie zieht hier herauf, sobald der Schnee geschmolzen ist, nur in den kältesten Wintermonaten bewohnt sie das kleine Zimmer neben Janet. Du siehst, das Fenster blickt nach Westen. Sie ist oft schon vor Sonnenuntergang hier oben und bekommt die letzten Strahlen mit.«

Sie schlossen die Tür, und Julia hatte das Gefühl, in eine private Welt eingedrungen zu sein. James zeigte ihr kurz den Salon. Es war ein langer, schmaler Raum, der auf einer Seite der Großen Halle lag mit Blick auf den Vorderhof. Dann gingen sie zur Bibliothek durch einen weiteren Korridor, der von der Großen Halle abging. Julia erwartete eine Wiederholung des Salons und war überwältigt von dem, was sie sah. Der Raum ging durch zwei ganze Stockwerke. Eine schmale Galerie lief ringsherum in Höhe des ersten Stockwerks, alle Wände waren mit Büchern angefüllt, die drei großen Fenster eröffneten einen überwältigenden Ausblick auf den See. »Nun, dein Ahnherr, der diese Bibliothek eingerichtet hat, muß eine Menge Geld gehabt haben und ein Büchernarr gewesen sein.« Julia ließ ihren Blick über die zahllosen, ledergebundenen Bände gleiten, die teilweise Zeichen von Schimmel aufwiesen. Es gab zwei große Kamine, aber es war offensichtlich, daß beide lange nicht mehr benutzt worden waren. Der Raum strahlte eine Art einsamer Pracht aus, er war ein vollkommenes Kunstwerk am Ende eines schmalen, dunklen Korridors.

»Vermutlich würden viele der Bücher auf einer Auktion eine schöne Summe einbringen«, sagte James. »Aber Mutter würde sie natürlich nie verkaufen, ihr wäre zumute, als ob sie das Familiensilber verhökert. Ich dagegen setze sie im Geist in zwei neue Traktoren um. Hast du jetzt genug gesehen? Dann laß uns gehen. Dies alles ist die Vergangenheit, aber es wird die Zukunft werden, sobald ich genug Geld habe, um hier etwas zu tun. Im Moment überlassen wir alles dem Staub und den Spinnen.« Er ergriff hastig ihren Arm und schlug die Tür hinter sich zu. Der schöne Raum schien ihn zu irritieren. Warum, konnte sie nicht erraten.

James hatte sich den Kombi geborgt und ihn mit Benzin gefüllt, das eigentlich für das Gut reserviert war. »Zum Teufel mit den Vorschriften, ein wenig Vergnügen steht mir zu.« Janet hatte einen Picknickkorb vorbereitet und zwei Decken in den Sinclair-Farben hineingelegt. Die Hunde harrten ihrer erwartungsvoll. »Dies ist *unser* Tag, unser ganz allein. Bevor wir die Nachbarn besuchen oder sie zu uns kommen.« Unausgesprochen lag ihrer beider Befürchtung in der Luft, daß er bald einmal nach Übersee geschickt würde.

Sie fuhren los und begegneten kurz vor den Ställen einem Pferdewagen. Julia wandte sich nach dem Pferd um. James fing ihren erstaunten Blick auf. »Ja«, sagte er, »das ist Catriona. Zuweilen müssen wir sie jetzt als Zugtier verwenden. Früher hat Mutter sie geritten, aber die Kinder von William Kerr, unserem Verwalter, pflegen sie gut. Sie lieben die Stute abgöttisch, und sie ist auch so sanft wie ein Lamm.« Julia nickte, das erklärte, warum ein so edel aussehendes Tier einen Wagen zog. »Ach, sieh«, sagte James, »da ist ja William Kerr, er ist gekommen, uns zu begrüßen.«

Ein kleiner, weise aussehender Mann reifen Alters trat aus einem sauberen weißen Haus, das an die Ställe angrenzte, und ging auf sie zu. Julia hatte bereits bemerkt, daß sich der Teil des Schlosses, der nicht verfallen war, in gutem Zustand befand. Sinnvoll angelegtes Geld, dachte sie.

Die beiden Männer schüttelten sich die Hand, und James stellte Kerr Julia vor. »Janet ist bereits zu uns gekommen, um uns zu berichten, daß sie außer auf der Leinwand noch nie so eine hübsche Frau gesehen hätte wie die Besucherin auf dem Schloß.«

»Gut gesagt, Mr. Kerr«, entgegnete James. »Seit Monaten bemühe ich mich, ein so nettes Kompliment zu machen.« Kerr führte sie in sein Haus, um sie mit seiner Frau bekannt zu machen; eine streng aussehende Frau, die ihnen zuvorkommend eine Tasse Tee anbot. »Wir haben gerade gefrühstückt, Mrs. Kerr.« Julia fühlte, daß sie aufmerksam, aber zurückhaltend gemustert wurde. »Es ist eine Freude, Sie wiederzusehen, Master James. Ihr letzter Besuch war viel zu kurz.« Die Mißbilligung war unüberhörbar. James nahm keine Notiz davon, aber Julia verstand, daß mehr als eine Person ihr vorwarf, James für sich in Anspruch genommen zu haben. James erkundigte sich nach den Kindern. »Rachel und Colin gehen jetzt natürlich schon in die Schule.« Kerr wies liebevoll und stolz auf einen kleinen Jungen, der scheu hinter einem Stuhl hervorlugte. »Unser Dugald hier, unser Spätling, hat noch ein paar Jahre vor sich, bis er es seinen Geschwistern gleichtut.« James lobte, wie gepflegt Catriona aussähe. Kerr antwortete: »Sie ist die große Liebe der Kinder. Am Wochenende müssen wir sagen: ›Keiner reitet Cat, bevor die Hausaufgaben gemacht sind.‹« Sie sprachen kurz über das Gut, dann sagte James: »Ich komme später vorbei, um das Geschäftliche mit Ihnen zu besprechen.« Sein etwas ungeduldiger Tonfall verriet, daß er keine Lust hatte, diesen sonnigen Morgen mit Geschäften zu vergeuden, anstatt Julia die Welt zu zeigen, die die Seine war.

Sie fuhren über die Brücke in den Wald; ungefähr nach zwei Meilen, in der Nähe einer kleinen Brücke, die den Fluß überspannte, bemerkte Julia ein kleines Cottage, halb verborgen in einer Lichtung, die von jungen Bäumen und Büschen überwuchert zu werden drohte. Es wirkte trostlos wie jede unbewohnte Behausung, kein Rauch stieg vom Schornstein auf, keine Wäsche hing an der Leine.

»Es steht seit vielen Jahren leer«, antwortete James auf ihre Frage. »Wir mußten leider einige Arbeiter entlassen. Vielleicht hat einer von ihnen in dem Cottage gewohnt. Wir benutzen es jetzt als eine Art Schuppen, wenn wir im Wald Reisig sammeln. In das Gut muß natürlich eine Menge Geld gesteckt werden, obwohl ich mich immer ärgere, wenn Mutter das erwähnt. Meinen Urlaub laß ich mir aber nicht durch finanzielle Sorgen verderben, das kann warten, bis der Krieg vorbei ist.«

Sie fuhren schweigend durch den Wald bis zur Chaussee, dann wies James auf die andere Straßenseite. »Diese Felder gehören uns, das beste Ackerland, das wir haben. Als mein Vater jung war, gehörte uns alles bis zu den fernen Hügeln dort, wir waren recht wohlhabend damals.«

»Und was ist geschehen?«

Er seufzte, der alte Motor übertönte fast den Laut. »Das Übliche. Nein, nicht Glücksspiele, zumindest nicht die üblichen Glücksspiele. Mein Großvater hielt sich für ein Finanzgenie und investierte sein Geld in unsinnige Vorhaben. Er fiel auf jeden Verrückten herein, der ihm versprach, er könne Schlacke in Gold verwandeln. Es genügte ihm nicht, einfach wohlhabend zu sein. O nein, er wollte der reichste

Mann in Schottland werden. Ich behaupte nicht, daß jeder, dem er traute, ein Gauner war, aber viele werden es schon gewesen sein. Er wollte nicht nur ein unbedeutender Gutsherr sein, sondern ein mächtiger Mann. Ein eitler Gockel, das ist wohl die richtige Bezeichnung für ihn, obgleich ich ihn nie wirklich gekannt habe. Ich erinnere mich nur an einen alten Mann. ›Ein bißchen wunderlich‹, hieß es allgemein, ich dagegen würde sagen, er war vollkommen verrückt. Er sann noch immer über Projekte nach, die ihn reich machen sollten, während er laufend Land verkaufte, das uns zumindest ein bequemes Auskommen garantiert hätte. Am Ende sah sich mein Vater gezwungen, ihm die Vollmacht zu entziehen, sonst hätte er uns in den totalen Ruin getrieben. Bald darauf starb er, und natürlich gaben die Leute Vater die Schuld. Ich persönlich habe das nie getan. Was hätte mein Vater anderes tun können?«

Sie fuhren einige Meilen die Chaussee entlang, meistens an kleinen Cottages vorbei, aber gelegentlich auch an schmiedeeisernen Gittern, die den Eingang zu größeren Besitzen kennzeichneten. »Wir statten den Nachbarn heute keine Besuche ab, Julia. Der Tag gehört uns ganz allein.«

Dann bog er auf einen holprigen Landweg ab, und Julia fürchtete, der alte Wagen würde jede Minute zusammenbrechen. Aber James fuhr sehr geschickt, lenkte den Wagen mal nach links, mal nach rechts, um Matsch und Pfützen auszuweichen. Das Land ringsum war flach und nicht beackert, die Heide hatte ihre purpurne Farbe bereits verloren und war von einem stumpfen Braun. »Gutes Jagdgelände, als wir noch Jagdhüter hatten. Meine Mutter verpachtete früher das Land an private Jäger, es war ein willkommener Nebenverdienst. Wenn die Leute zahlungskräftig waren, ließ sie sie sogar im Schloß wohnen. Sie hat die Schloßherrin vorzüglich gespielt, heimlich half sie jedoch, die Betten zu machen, und legte auch in der Küche mit Hand an.« Es ging jetzt ziemlich steil aufwärts, und schließlich erreichte er sein Ziel: ein steiles Vorgebirge mit Blick auf den See. Als sie an den Rand des Abgrunds gingen, lag das Schloß auf seiner Insel zu ihren Füßen.

»Wir stehen auf Sinclair-Land, aber das Schloß kann man nur auf einem weiten Umweg entlang des Strandes erreichen.«

»Jamie, die Aussicht ist wunderschön.«

Er nahm ihre Hand. »Ich wünschte fast, es wäre nicht so. Wenn es in Strömen gießen würde und die Landschaft vom Nebel verhüllt wäre, bekämst du einen wahreren Eindruck. Aber da ist sie – meine ganze Welt, Julia. Alles, was ich besitze, und mehr wünsche ich mir nicht. Außer ein wenig mehr Geld, um das Ganze in Schwung zu bringen. Aber ich werde es verdienen. Nach dem Krieg wird vieles anders sein. Mein Vater hat den Besitz schuldenfrei hinterlassen, aber ich würde mich nicht scheuen, eine Hypothek aufzunehmen, um die notwendigen Verbesserungen finanzieren zu können.« Er seufzte. »Nun, das habe ich mir wenigstens vorgenommen, davon träume ich. Und Träume darf man ja wohl noch haben.«

»Nur sehr langweilige Menschen haben keine Träume«, sagte sie sanft.

Er ging zum Wagen zurück und brachte den Picknickkorb und die Decken zu der Stelle, wo sie gestanden hatten. Die Hunde rannten herum und schnüffelten im Heidekraut in der Hoffnung, Kaninchen oder Hasen aufzustöbern. »Hast du keine Angst, daß sie verlorengehen, sich verirren?«

»Nein, diese Burschen nicht«, sagte James und breitete die Decken aus. »Hunde auf dem Land verirren sich nicht, und wenn sie beschließen, den Strand entlang nach Hause zu laufen, werden sie dort mit heraushängender Zunge unsere Rückkehr erwarten.«

Sie aßen die Schinken- und Käsebrote und die kalten Hähnchen, die Janet ihnen eingepackt hatte, dazu tranken sie aus kleinen Silberbechern Whisky.

Als sie fertig waren und Julia den zurückgekehrten Hunden den Rest des Schinkens gegeben hatte, legte sich James auf den Rücken, verschränkte die Arme hinter dem Kopf und blickte zum Himmel auf. Ein Habicht zog über ihm seine Kreise. »Wir haben ein Goldadlerpaar hier nisten«, sagte er. »Sie sind unser ganzer Stolz.« Er blickte dem Habicht nach. »So, Julia, nun habe ich dir alle meine Träume erzählt. Jetzt sag mir, wovon träumst du? Träumst du davon, deinen Namen in Leuchtbuchstaben zu sehen... wenn die Lichter wieder brennen? Träumst du davon, ein Filmstar zu sein?«

Sie zuckte die Achseln und blickte auf ihn hinab. »Ich wünschte, du hättest mich nicht gefragt oder du hättest mir die Frage in London gestellt, dann wäre die Antwort einfach gewesen. Ich bin ein Jahr auf die Schauspielakademie gegangen mit genau diesem Ziel vor Augen und habe gedacht, ich würde wie eine Löwin um Rollen kämpfen, die mir liegen. Nun, du weißt, was geschehen ist. Ich habe gleich eine Hauptrolle bekommen und bin für eine andere vorgemerkt, dennoch weiß ich nicht genau, was ich wirklich will. Mein ganzes Leben lang habe ich mich darauf vorbereitet, die Tochter meines Vaters zu sein, aber als ich sie dann auf der Bühne spielen mußte, war es eben nur Theater. Ich war nur eine Stütze für ihn. Jetzt braucht er mich nicht mehr, und ich frage mich, ob ich die Bühne brauche, ob mir so viel daran liegt, meinen Namen in Leuchtbuchstaben vor einem Theater zu sehen. Ich bin kein Naturtalent wie Vater. Er beherrscht die Bühne, schlägt das Publikum in seinen Bann. Ich glaube nicht, daß man das lernen kann. Und irgendwie ist es mir auch gleichgültig. Sicher, ich habe den Applaus genossen – und die roten Rosen, die roten Rosen von James Sinclair. Aber ich glaube nicht, daß mir die Schauspielerei so wichtig ist. Die Vorstellung von lebenslänglicher Disziplin erschreckt mich. Ich wäre bereit, ständig zu üben, neue Rollen zu lernen, wenn ich wüßte, daß ich die Spitze erreiche. Aber von der Spitze bin ich noch weit entfernt, Jamie, und vielleicht erreiche ich sie nie. Und mittelmäßig zu sein, wäre mir unerträglich. Ich würde alle Welt hassen und am meisten die Kritiker, die sagen würden: ›Schade, bei den begabten Eltern.‹ Manchmal beneide ich Connie. Sie strebt nach einfacheren Dingen. Ich glaube, sie wünscht sich nichts sehnlicher, als einen zuverlässigen Ehemann und eine Familie zu haben – ein bescheidenes Maß an Glück. Und auch das ist nicht so einfach zu erreichen.«

Er schwieg eine Weile lang und spielte geistesabwesend mit Rorys Ohr. Dann richtete er sich auf und starrte auf das Schloß auf seiner Insel im See. »Und ich bin an diesen Ort gebunden, ich könnte und will nicht woanders leben. Ich bin hier geboren und muß hier bleiben.« Er schwieg, dann fügte er hinzu: »Wenn Callum noch lebte, wäre es etwas anderes.«

»Callum?«

»Ich sagte dir schon, mein älterer Bruder. Wir standen uns nicht nahe. Der Altersunterschied war zu groß. Aber alle liebten ihn. Er und Vater gingen gemeinsam fischen und jagen. Sie standen sich nahe, sie waren mehr wie Brüder als Vater und Sohn. Es war seinetwegen, daß Großvater sich entschloß, den Besitz Vater zu übergeben, denn sonst hätte Callum nichts geerbt. Meine Mutter vergötterte ihn. Ich war ein unerwarteter Nachkömmling. Vermutlich waren sie ganz froh, als ich geboren wurde, aber in ihren Augen hatten sie bereits den perfekten Erben.«

»Und was geschah?«

»Genau wissen wir es nicht. Nur ein leeres, gekentertes Boot auf dem See. Er ging oft allein fischen und war sehr sportlich, aber die Stürme kommen hier sehr plötzlich auf. Der Wind fegt dann von den Gebirgen herunter, und in den hohen Wellen kann ein kleiner Kahn leicht kentern. Meine Eltern waren verzweifelt. Ich war zwar noch sehr jung, aber ich erinnere mich gut, daß eine Art Starrheit sie befiel. Sie waren unfähig zu denken oder Anweisungen zu geben. Es war unser damaliger Verwalter, der die Suchaktion entlang des Seeufers organisierte, die Gutsarbeiter und ihre Frauen, alle Nachbarn beteiligten sich daran. Sie fanden ihn erst nach drei Tagen, als seine Leiche an der gegenüberliegenden Seite des Sees ans Ufer gespült wurde. Seine Hände hatten sich in der Angelschnur verfangen. Mein Vater konnte nicht verstehen, wie Callum so etwas passieren konnte. Viele Monate lang sprach mein Vater kaum ein Wort. Er wollte die Kinder der Gutsarbeiter nicht sehen, ja nicht einmal mich. Ich war noch sehr jung, aber ich lernte, was es bedeutet, sich schuldig zu fühlen. Ich lebte, und Callum war tot. Später begriff ich, daß ich ihnen den Verlust nie ersetzen könnte. Mein Vater begann zu trinken, was er früher nie getan hatte. Mein Großvater starb – manche sagen vom Schock. Und dann starb Vater. Er ging allein in den Wald, um Rehe zu schießen. Früher war das immer ein gesellschaftliches Ereignis gewesen, aber nach Callums Tod sah er seine Freunde nicht mehr. Allein auf die Jagd zu gehen, verstößt gegen alle Regeln, genauso wie es gegen die Regel ist, mit einem entsicherten Gewehr durch den Wald zu laufen. Und er hatte sein Gewehr entsichert. Vielleicht hatte er sich an ein Reh herangepirscht und wollte schußbereit sein. Wir wissen es nicht. Vermutlich ist er auf dem Waldboden ausgerutscht. Sie fanden ihn in einem Abgrund, er war seiner Kopfwunde erlegen. Natürlich wurde manches gemunkelt, einige sagten, der Tod seines Erben hätte ihm den Verstand geraubt, andere meinten, er sei einfach zu unvorsichtig gewesen. Nun, wie dem auch sei, Mutter blieb allein zurück – mit mir. Ein kläglicher Trost.«

Julia sagte ärgerlich: »Was für ein Unsinn, Jamie. Mach dich nicht so klein. Du bist ihr ganzer Lebensinhalt. Sie hängt an deinen Lippen bei jedem Wort, das du sprichst.«

»Um so bedauerlicher für sie. Sie hätte einen solideren Anker für ihr Leben verdient. Der Krieg ist schlimm für mich, aber wenn es mich erwischt, erwischt es mich. Ich habe keine Angst vor dem Tod. Aber sie allein zurückzulassen, das bedrückt mich. Ich frage mich manchmal, ob ich an jenem Tag vielleicht diese eine Sekunde zu früh aus der Spitfire abgesprungen bin, weil ich dachte, ich müßte ihretwegen überleben.«

Julia packte die Teller und die Behälter mit fahrigen Bewegungen in den Picknickkorb. »Wir haben uns doch geeinigt, daß wir über diese Sache nie mehr reden wollen. Du bist morbid, James. Es ist ein Blödsinn zu denken, du müßtest den Krieg nur überleben, um hierher zurückzukommen, um deine Erbschaft anzutreten. Du mußt um deiner selbst willen überleben und nicht wegen eines Schlosses oder eines Vermächtnisses, auch nicht wegen deiner Mutter.« Sie kniete neben ihm, und er zog sie zu sich herunter. Diesmal war sein Kuß noch leidenschaftlicher, noch fordernder als gestern nacht.

»Ich begehre dich«, sagte er. »Ich sehne mich nach dir. Doch noch ist es nicht soweit. Nicht bevor du absolut sicher bist, daß du mich haben willst. Nicht für ein flüchtiges Erlebnis, sondern für immer. Aber ich werde versuchen, deinetwegen zu überleben, es ist ein guter Grund.«

Sie löste ihre Hand von seinen Schultern. »Jamie, wir wollen nichts übereilen, laß uns so vorsichtig sein, wie zwei Verliebte es vermögen. Liebe verleitet zur Sorglosigkeit. Komm, wir wollen gehen, ich bin müde.« Sie versuchte ihre Enttäuschung zu verbergen. Er begehrte sie, aber unternahm nichts, um sie zu erobern.

»Oh, ehrenwerter Jamie«, sagte sie, »du nimmst deinen Vorteil nicht wahr. Erwartest du, daß ich ewig warte? Ich bin nicht Connie.

Ich will nicht vorsichtig sein, auf Nummer Sicher setzen. Ich nehme den Augenblick wahr – vielleicht ist uns nicht mehr vergönnt. Aber jetzt will ich zurückfahren. Ich spüre noch die beschwerliche Reise in den Knochen, und mir ist kalt.«

Zweifel und Mißtrauen übermannten sie. Ihr Vater hatte recht. James hatte sie nach Schottland mitgenommen, um ihr seine Verpflichtungen vor Augen zu führen, ihr zu zeigen, zu was er zurückkehren mußte, sollte er den Krieg überleben. Keine Frau wäre stärker als dieses Legat der Traurigkeit, der schwindenden Hoffnungen. Er lebte nur für die Idee, sich aus den Tiefen, in die seines Bruders und Vaters Tod ihn gestürzt hatten, heraufzuarbeiten. Sie wünschte, er wäre nie nach Anscombe gekommen an jenem Frühlingstag. Sie wünschte, sie hätte nie sein Gesicht, die vernarbten Hände gesehen. Ein jäher, kühler Wind wehte vom See herüber, sie sah sich ein letztes Mal um, Nebel umhüllten jetzt diese fernen, schneebedeckten Berggipfel. James pfiff nach den Hunden, und sie fuhren schweigend fort. Als sie den Wald durchquerten, wirkte er dunkler als auf der Hinfahrt. Sie wußte jetzt, daß nicht weit von hier sein Vater umgekommen war. Dann näherten sie sich dem See. Hier hatte sein Bruder den Tod gefunden. Sie versuchte, die Gedanken an Tragik und Tod mit einer heftigen Schulterbewegung abzuschütteln. Und er, als hätte er den Aufruhr ihrer Gefühle erraten, legte die Hand auf ihren Arm, als sie holpernd über die Zugbrücke fuhren. »Verzeih meine ungezügelten Reden, Liebling, schreibe es meiner Rückkehr zu. Rückkehr! Manchmal wünschte ich, ich wäre nie zurückgekehrt. Sie alle erwarten zuviel von mir, und sie erwarten zuviel von der Frau, die närrisch genug ist, mich zu heiraten. Und doch bin ich hier angebunden. Aber du, Julia, hast keinen Grund, in diesen fernen Winkel zu ziehen, die Welt hat dir weit Besseres zu bieten. Laß dich nicht einfangen, so wie man mich eingefangen hat.«

Das Abendessen wurde wie das Frühstück im Zimmer der Haushälterin eingenommen. Lady Jean hatte sich nicht umgezogen und Julia daher auch nicht. Sie trank ihren Whisky vor dem Kamin, umgeben von den Hunden. James und seine Mutter sprachen von Nachbarn, Freunden und Verwandten. Julia saß schweigend dabei. Zuweilen fühlte sie Lady Jeans Blick auf sich ruhen, aber sie erkundigte sich nicht, wie sie den Tag verbracht hatten. Das einzige, was sie sagte, war: »Sicher hat es Jamie wohlgetan, einen freien Tag zu haben, aber wir müssen einige Besuche abstatten und Leute einladen. Sein letzter Aufenthalt hier war zu kurz, um unseren gesellschaftlichen Verpflichtungen nachzukommen, aber all seine Bekannten erwarten diesmal, ihn zu sehen.« Es war ein deutlicher Hinweis, daß James nicht nur für Julia da war.

Der Whisky und der Wein schienen schwerer zu sein als am Abend zuvor. Julia sagte: »Wenn es Ihnen recht ist, leg ich mich hin. Die lange Reise... oder vielleicht die rauhe, nördliche Luft...«

James sprang sofort auf. »Willst du nicht einen kurzen Spaziergang am See machen? Du wirst danach gut schlafen.«

»Ich werde auch so herrlich schlafen.«

Lady Jean nickte zustimmend. Sie konnte sie nicht trennen, aber sie nahm dankbar jedes Zeichen zur Kenntnis, daß sie nicht so eng verbunden waren, wie sie fürchtete. »Janet hat bereits Wärmflaschen in Ihr Bett getan, und legen Sie Kohlen nach«, bot sie großzügig an. »Möchten Sie ein Glas Kognak mit aufs Zimmer nehmen?« Die besorgte Gastgeberin, die nur zu froh ist, mich loszuwerden, dachte Julia.

James begleitete sie wie gestern abend die Treppe hinauf und küßte sie sanft, fast geistesabwesend, als ahnte er die Zweifel, die sie bewegten, und wollte nichts tun, um sie zu beseitigen. In der Stille des Roten Zimmers öffnete sie die Vorhänge einen Spalt. Tiefste Dunkelheit begrüßte sie. Kein Stern am Himmel, kein Glitzern des Sees, und dann fielen die ersten Regentropfen. Bald schlugen sie hart an die Fensterscheiben. Sie schlüpfte in das riesige Bett und fühlte dankbar die Wärmflasche an ihren Füßen.

Sie schlief unruhig in dieser Nacht. Im Traum sah sie, wie sich mit einer Angelschnur umschlungene Hände verzweifelt aus dem See emporreckten. Sie erwachte fröstelnd aus dem Traum und spürte, daß sie nicht allein im Zimmer war. Das Feuer war ausgegangen, aber die Asche glühte noch. Stand da vor dem wappengeschmückten Kaminsims eine Gestalt in einem fließenden Gewand? War es ein Mann oder eine Frau? Aber der Seufzer, den sie hörte, der wie ein ausklingendes Schluchzen klang, konnte nur von einer Frau stammen. Oder war es nur der Wind gewesen, der um das Schloß fegte und im Kamin stöhnte? Sie richtete sich halb auf, die Gestalt war verschwunden. Sie legte sich wieder hin und zog sich die Decke über die Ohren, um nichts mehr zu hören.

Aber sie war noch immer wach, als Janet am Morgen den Tee brachte. Die Gardinenringe rasselten beim Aufziehen wie am Vortag, und eine heitere Stimme verkündete, daß es ein bißchen regne, sich aber gegen Abend aufklären würde. Sie brauchte nicht aus dem Fenster zu blicken, der Regen prasselte gegen die Scheiben, gegen die der Nebel sich preßte. Die Asche war kalt und grau im Kamin.

»Janet, hat... hat jemand, der sehr unglücklich war, dieses Zimmer einmal bewohnt? Jemand, der weinte?«

»Ach, wenn Sie die Jahrhunderte zurückgehen, Miss Seymour, gab es sicher viele. Aber diejenige, die die meisten sehen, *wenn* sie sie sehen und hören, ist Lady Ellen. Sie war sehr jung, vierzehn Jahre alt, der Schloßherr hat sie entführt, das passierte oft in jener Zeit, vor Hunderten von Jahren. Sie haben geplündert, gemordet, entführt, nur wegen des Geldes, oder weil sie fürchteten, selbst umgebracht zu werden. Grausame Zeiten waren das. Diese alten Mauern haben vieles gesehen.«

»Was geschah mit... mit Lady Ellen?«

»Sie war vaterlos, armes Wurm. Ihr Land fiel an den Gutsbesitzer. Sie starb im Kindbett, aber ihr Sohn überlebte. Ich persönlich habe sie nie gehört oder gesehen, aber andere haben gesagt, sie wäre ihnen erschienen.« Sie sah Julia prüfend an. »Master Jamie hat Ihnen nichts davon erzählt?«

»Nein, nichts, er hat nichts gesagt.«

Janet goß Tee in eine zierliche Porzellantasse. »Dann erwähnen Sie es besser nicht. Es wird ihm unangenehm sein zu erfahren, daß Sie gestört wurden oder daß Sie von Lady Ellen überhaupt gehört haben. Lady Jean würde mir Vorwürfe machen. Ah, Mistress –« sie benutzte spontan die alte, schottische Anrede, »es wäre seltsam, wenn sich in einem Haus, das so lange steht wie dieses, nicht Tragödien abgespielt hätten.« Ihr Gesicht erhellte sich, und ihre übliche Heiterkeit kehrte zurück. »Aber wir haben auch glückliche, fröhliche Zeiten erlebt, so wie jede andere Familie. Nun, das wär's, Mistress, Morag kommt in ein paar Minuten mit dem heißen

Wasser. Ein gutes, herzhaftes Frühstück wird die nächtlichen Geister vertreiben.«

James' Urlaubstage vergingen wie im Flug, aber sie waren fast nie allein. Wenn nicht jemand zum Mittagessen aufs Schloß kam, waren sie eingeladen, oder die Nachbarn gaben Diners für James. Es war klar ersichtlich, daß die Sinclairs allseitig beliebt waren. Julia gegenüber gaben sie sich reserviert. Sie war eine Fremde. Sie waren höflich zu ihr, weil James sie mitgebracht hatte, konnten aber ein leises Mißtrauen nicht verbergen. Sie gehörte nicht dazu, sondern kam aus einer ihnen unbekannten Theaterwelt, und ihre Mutter, obwohl berühmt, war schließlich eine Russin gewesen. Und ihr Vater, obwohl in den Adelsstand erhoben, war dennoch einer von diesen »Bühnengesellen«. Aber sie erweckte auch Neugierde. Es hatte sich herumgesprochen, daß sich ihr Vater vom Theater zurückgezogen hatte nach dem Tod seiner Frau und dann als Lear – mit Julia als Cordelia – ein Comeback feierte. Sogar der Rosengarten war bekannt, obwohl Lady Jean ihr Rosengeschenk sicher nie erwähnt hatte.

Einmal besichtigte Julia zusammen mit dem Besitzer einen Rosengarten, der zu einem schönen, georgianischen Haus gehörte. Ihr Begleiter, ein liebenswürdiger, gutaussehender Mann Mitte Fünfzig, sagte zu ihr: »Es war ein entzückender Einfall von Sir Michael, einen Rosengarten als Gedächtnisstätte für seine Frau anzulegen. Ich pflege meine Rosen selbst, sie waren die große Liebe meiner verstorbenen Frau. Das einzige, was mich über ihren Tod hinwegtröstet, ist, daß sie nicht lange genug gelebt hat, um zu erfahren, daß ihre beiden Söhne gefallen sind.« Er schwieg einen Moment lang. »Es würde mich sehr freuen, wenn Sir Michael einen Rosenbusch aus meinem Garten akzeptieren würde. Jetzt ist der richtige Zeitpunkt, einen Busch auszugraben. Würden Sie so nett sein, ihn mitzunehmen?«

Es war das erste Mal, daß ihr aufrichtige Wärme und Sympathie entgegengebracht wurde. Ihre Augen füllten sich mit Tränen. »Das ist außerordentlich nett von Ihnen, Sir Niall.« Sie schlenderten zwischen den Büschen entlang, dann sprach er wieder: »Hat Jamie je meine Jungens erwähnt, die Hendersons?«

Sie drehte sich um und sah im voll ins Gesicht. »Die Hendersons! Natürlich. Wie dumm von mir! Aber ich habe in den letzten Tagen so viele Leute kennengelernt. Sie waren seine besten Freunde, in derselben Staffel mit ihm...«

»Sie sind von Kindheit an befreundet gewesen, Jamie und mein Jüngster, Ian, waren gleichaltrig, und Gordon war nur zwei Jahre älter als die beiden. Sie sind zusammen aufgewachsen. Gordon ging ein Jahr früher nach Oxford als Ian und Jamie. Alle drei meldeten sich freiwillig zur RAF. Meine einzigen zwei Söhne...« seine Stimme zitterte ein wenig, »sind beide gefallen, Gordon zuerst und einige Tage später Ian. Und einen Tag danach hat es Jamie erwischt. Ich frage mich oft, ob seine Konzentration nicht durch den Verlust seiner beiden Freunde beeinträchtigt war. So viele fanden den Tod während der Luftschlacht über England. Es muß eine furchtbare Zeit für die jungen Flieger gewesen sein, die ganze Staffel wurde aufgerieben. Sie können sich nicht vorstellen, was Lady Jean und ich durchgemacht haben, bis wir wußten, daß Jamie überleben würde. Ich fürchte, ich beanspruche einen großen Teil von Jamies Zuneigung für mich, er ist alles, was mir übriggeblieben ist. Ich bete jeden Tag, daß er diesen verfluchten Krieg überlebt.« Er sah Julia in die Augen. »Bedeutet er Ihnen viel?«

»Ich liebe ihn.«

Er nickte. »Das ist die Antwort, die ich erhoffte.«

Der schwierigste Tag für Julia war, als sie nach Darnaway zum Mittagessen eingeladen waren. Darnaway war das Zuhause von Kirsty Macpherson, dem Mädchen, mit dem Lady Jean ihren Sohn verheiraten wollte.

Die Familie erwartete sie in der prächtigen Halle des im achtzehnten Jahrhundert von Robert Adam gebauten Herrenhauses. Die beiden Familien umarmten sich, Julia wurde

Sir Allan, Lady Macpherson und Kirsty vorgestellt. Kirsty hatte James freundlich, aber nicht übertrieben herzlich begrüßt. Dann hatte sie mit ihren wundervollen grünen Augen Julia prüfend angesehen. »Wir sind so froh, daß Sie die beschwerliche Reise auf sich genommen haben. Jamie hat uns geschrieben, wie nett Ihre Familie sich um ihn gekümmert hat.« Sie ist wirklich sehr schön, dachte Julia. Das blasse, perfekte Oval ihres Gesichts wurde von glänzenden, kastanienbraunen Haaren eingerahmt. Sie war gertenschlank und groß, mit einem langen Hals und einem energischen Kinn. Sie trug einen Rollkragenpullover und einen Faltenrock in den Farben der Macphersons.

»Wir haben niemand anderen eingeladen«, sagte Lady Macpherson, »sehr egoistisch von uns, aber wir wollten Jamie für uns allein haben, wir haben ihn so lange nicht gesehen.« Julia wußte bereits, daß sie auch noch einen Sohn hatten, Harry, der bei der Marine diente. »Kirsty hat vor, sich beim Frauenhilfskorps zu melden, dann bleibt uns nur die kleine Una erhalten, die noch zur Schule geht. Aber wenn dieser unselige Krieg noch lange dauert, wird auch sie uns verlassen.« Dann sagte sie mit einem gezwungenen Lächeln zu Julia: »Sie, meine Liebe, brauchen sich um solche Dinge natürlich keine Sorgen zu machen. Die Theater werden sich um Sie reißen, und selbst wenn Sie sich zum Kriegsdienst melden, wird man Sie in die Etappe schicken, um die Truppe zu unterhalten. Auch sehr wichtig, zweifellos. Das Leben in den Highlands ist seit Kriegsausbruch schrecklich langweilig geworden. Wir sehen nur noch die im nächsten Umkreis lebenden Nachbarn, überall fehlt es an Personal, sogar die Gutsarbeiter oder zumindest die Söhne sind eingezogen, übriggeblieben sind nur ein paar ältere Männer. Aber diese Probleme sind Ihnen sicher unbekannt, Miss Seymour, Sie leben in einer so glanzvollen Welt...«

»Julia lebt auf einem Gut, und über ihren Köpfen hat sich die Schlacht um England abgespielt«, unterbrach Jamie sie.

»Und arbeiten tut sie im zerbombten London, von glanzvoller Welt keine Rede, Lady Macpherson.«

»Oje«, sagte die Lady verstört, »bin ich wieder ins Fettnäpfchen getreten. Allan, bitte fülle Miss Seymours Glas, siehst du denn nicht, daß es leer ist? Kirsty, reich die kleinen Happen herum, die Köchin hat sie extra für Sie gemacht, Jamie, alle Dienstboten haben mir gesagt, wie sehr sie sich freuen, daß Sie uns besuchen kommen und genesen sind. Wäre es nicht wundervoll, wenn alles vorbei wäre und wir unser normales Leben wiederaufnehmen könnten?«

»Ich frage mich oft, ob es je wieder normal wird«, sagte Kirsty. »Auf jeden Fall habe ich nicht vor, länger untätig danebenzustehen. Ich will, wenn alles vorbei ist, jedem ins Gesicht sehen können und sagen, auch ich habe meinen bescheidenen Teil beigetragen.«

»Ich sage ihr ständig, daß es völlig unnötig ist, sich zum Kriegsdienst zu melden, es ist noch nicht obligatorisch. Sie arbeitet hier schon gelegentlich beim Roten Kreuz, und die...«

Es war ihnen gelungen, ihren ältlichen Butler zu behalten.

»Es ist angerichtet, Mylady.«

Als sie nach Sinclair zurückfuhren, fing es an zu regnen. Julia dachte bekümmert: Kirsty Macpherson ist nicht nur schön, sondern auch reizvoll und voll integriert in das Leben der Highlands. Und sie ist reich! Wegen des dunklen Himmels ragte das Schloß mit erschreckender Plötzlichkeit vor ihnen auf. Julia verkroch sich noch tiefer in ihren Regenmantel. In diesem Augenblick haßte sie Sinclair und alles, was es repräsentierte, diese ganze Welt, zu der sie nie gehören würde. Übermorgen würde sie abreisen, sie konnte es kaum erwarten. Sie würde froh sein, fortzufahren und nie mehr zurückzukehren. Sie hielten im Hof, die Küchentür öffnete sich, und Janet rief: »Sie müssen völlig durchnäßt sein. Soll ich allen einen kleinen Whisky einschenken, um die Kälte zu vertreiben?«

Julia trank widerstrebend mit Lady Jean ein Glas im Zimmer der Haushälterin. Ihre Unterhaltung war steif. »Ein entzückendes Haus, nicht wahr? Und finden Sie Kirsty nicht bildschön? Augustus John hat sie gemalt. Aber es war kein Auftrag. Er hat sie in London gesehen als Debütantin ein Jahr vor dem Krieg und hat sie gebeten, ihm Modell zu sitzen. Schade, daß wir nicht Zeit hatten, die Bilder zu sehen. Lady Macpherson hat auch eine erlesene Porzellansammlung. Ach, und die Bälle, die sie gegeben haben. Einzigartig. Haben Sie den großen Ballsaal gesehen?«

Endlich gesellte James sich zu ihnen. »Ich hoffe nur, daß morgen alles klappt, es wird viel Arbeit geben für Janet, Mrs. Kerr und Morag ...«

»Wovon redest du denn, Mutter?«

»Oh, ich habe für morgen eine kleine Abendgesellschaft geplant, kein Grund, so eine beleidigte Miene zu ziehen. Ich hatte es schon bei deinem letzten Besuch vorgehabt, aber du konntest ja nur zwei Tage erübrigen. Es ist dein letzter Abend hier, Jamie, und Gott weiß, wann du wiederkommst. Ich habe alle Leute gebeten, die uns netterweise eingeladen haben.« Ihre Stimme senkte sich vorwurfsvoll. »Dein letzter Abend, Jamie.«

Er leerte in einem Zug seinen Whisky, dann nahm er schweigend Julias und sein Glas und füllte sie auf.

»Du wirst natürlich deinen Kilt tragen«, sagte seine Mutter.

»O verdammt«, war alles, was er antwortete.

Am nächsten Tag herrschte rege Tätigkeit in der Küche. Nachdem sie ein kaltes Mittagessen eingenommen hatten, ergriff James Julias Hand. »Komm, hol deinen Mantel. Wenn ich diesen Trubel noch länger ansehen muß, kann es mir passieren, daß ich heute abend nicht erscheine.«

Er schwieg, als sie durch den von hohen Mauern geschützten Schloßgarten gingen, der ein vernachlässigtes, melancholisches Bild abgab. Der anschließende Gemüsegarten dagegen wurde von den Kerrs in Ordnung gehalten, die sich mit Janet in den Ertrag teilten. »Noch etwas, um das man sich nach dem Krieg kümmern muß«, sagte James achselzuckend. Sie gingen über die Zugbrücke, die Hunde folgten ihnen. »Mutter muß gewußt haben, daß ich die Party heute abend nicht will. Ich habe gesagt, ich möchte meinen Urlaub in Ruhe verbringen, statt dessen hat ein Besuch den anderen gejagt.«

»Deine Freunde haben dich so lange nicht gesehen.« Julia fühlte sich verpflichtet, diese Worte zu sagen, obwohl sie ihr fast im Hals steckenblieben.

»Es hat mich nicht gerade gefreut, so aus der Nähe unter die Lupe genommen zu werden«, antwortete er. »Alle haben sie voller Neugier abgeschätzt, wie nah mich der Tod gestreift hat. Einer der Gründe, warum ich vermieden habe, nach Schottland zu kommen, war, daß ich nicht wollte, daß sie mich an zwei Stöcken herumhumpeln sehen. Aber nun bin ich wieder im aktiven Dienst, das beweist, daß ich gesund bin. Am schwersten fiel es mir, jetzt Sir Niall gegenüberzutreten, der doch Gordon und Ian verloren hat. Sie waren großartige Jungens. Ich hatte Glück, mit ihnen aufzuwachsen. Ich vermisse sie sehr.« Er bog am Ende der Straße ab. »Du bist noch nicht am See entlanggegangen, aber wir hatten ja auch wenig Zeit mit all den Einladungen zum Mittagessen oder Tee.« Er gab den Hunden ein Zeichen. »Kommt, ihr faulen Biester, ihr führt ein wahres Hundeleben. Keiner kümmert sich um euch, ihr werdet noch dick und fett werden.«

Der Wind, der vom See herüberwehte, fühlte sich schon winterlich an. James zog Julia näher an sich. »Ist dir kalt? Bald werden uns die ersten Schneefälle heimsuchen. Es ist einsam hier im Winter, das kannst du dir vermutlich vorstellen. Deshalb machen wir auch so viel Aufhebens von unseren sommerlichen Zusammenkünften. Es war schäbig von mir, Mutter ihre kleine Party zu mißgönnen. Sie hat lange, einsame Monate vor sich.«

Seine Gedanken schienen sich mühelos aneinanderzureihen. »Das verdammte Schloß mitten im See erschwert ihre

Situation noch. Wenn wir so günstig lägen wie Darnaway oder Finavon, Sir Nialls Gut, wären wir von fruchtbarem Land umgeben. Aber wie die Dinge nun mal sind, müssen wir kilometerweit gehen, nur um das Vieh zusammenzutreiben. Die Lammzeit hier ist mühsam und anstrengend. Als die Sinclairs vor Jahrhunderten das Schloß bauten, haben sie bestimmt gedacht, sie hätten sich einen schönen, sicheren Platz ausgesucht, aber heutzutage ist es verdammt unbequem. Sogar die Zugbrücke verfällt. Vermutlich hast du bemerkt, daß die Bogen der Brücke, die vom Damm abgeht, auch schon zu bröckeln anfangen. Diese alten Schlösser sind eine wirkliche Pest.«

»Schweig schon, Jamie. Du liebst es zu nörgeln, dabei willst du es gar nicht anders haben, selbst wenn du könntest.«

Er lachte, beugte sich hinab und küßte sie. »Nun, ein bißchen anders schon.« Dann pfiff er die Hunde herbei. »Laß uns hinauf zum Wald gehen. Im Herbst, wenn die Blätter fallen, ist er am schönsten.«

Sie kletterten über die Uferfelsen den Steilhang des Waldes hinauf. Nadelbäume vermischten sich mit Eichen und Birken, unter ihren Füßen breitete sich ein Teppich feuchter Blätter aus.

Der Zauber des Waldes nahm sie gefangen, sie schritten schweigend aus. »Ein Teil der Bäume müßte gefällt werden, aber wir haben nicht genug Leute. Sie würden uns mindestens zwei Jahre lang mit Brennholz versorgen.«

»Mir wird erst jetzt klar, was für ein Miesmacher du bist. Seit wir hier angekommen sind, hast du an fast allem etwas auszusetzen. Kannst du dich nicht einfach mit den Gegebenheiten abfinden, wissend, daß du nichts tun kannst, bis... bis später?«

Er schwenkte sie herum, bis sie ihm ins Gesicht blickte. »Ich brauche dich nicht, um zu wissen, daß ich im Moment nichts tun kann. Aber das bedeutet doch nicht, daß ich blind bin für die Dinge, die geändert werden müssen. Meinst du, du könntest es hier aushalten, jahrelang Geduld aufbringen, während ich die Verbesserungen durchführe?«

»Fragst du mich, ob ich für immer hier bleiben will?«

»Ich weiß, ich gehe wie die Katze um den heißen Brei herum, aber ich habe Angst, dich direkt zu fragen, weil ich mich vor der Antwort fürchte. Aber du wirst sie mir eines Tages geben.«

»Wenn das ein Heiratsantrag war, dann ist es der merkwürdigste, den ich je gehört habe.«

»Hast du schon viele Heiratsanträge bekommen, Julia? Vermutlich ja. Einige davon müssen irre komisch gewesen sein, andere recht verlockend. Als du auf die Schauspielakademie gingst, hast du sicher viele interessante Männer getroffen.«

»Jungens«, sagte sie. »Nicht sehr interessant. Jungens, die hofften, Männer zu sein, Schauspieler zu werden. Und die meisten zu scheu, um mit mir zu sprechen, wegen meines Vaters.« Sie zuckte die Achseln und fügte ironisch hinzu: »Nein, Jamie, ich kann nicht behaupten, je einen ernstgemeinten Heiratsantrag bekommen zu haben, wir können deinen als ersten bezeichnen.«

Als sie sich küßten, fielen die ersten Regentropfen durch die verbleibenden Blätter. »Oje, du wirst wieder ganz naß. Wir müssen schnell zur Straße hinunterlaufen, aber es geht ziemlich steil bergab. Schaffst du das?«

»Ja.« Aber sie fühlte sein Zögern. Er pfiff nach den Hunden und lief eilig zwischen den Bäumen durch bis an einen Hang, den steilsten, den sie bis jetzt gesehen hatte. An den schwierigsten Stellen hob er sie über Baumstämme, sonst ging er voran und zeigte ihr, an welchen Ästen sie sich festhalten sollte. Der Regen wurde ständig stärker, und sein Ausdruck verriet ihr, daß dieser Ort für ihn eine besondere Bedeutung hatte und er möglichst schnell die Straße erreichen wollte. »War es hier, Jamie... wo dein Vater abstürzte?«

»Ja«, sagte er brüsk, »und wenn es nicht zu regnen angefangen hätte, hätte ich einen anderen Rückweg gewählt.«

Sie erreichten den Fuß des Hügels und stiegen einen anderen hinauf. »Jetzt ist es nicht mehr weit und weniger beschwerlich.« Seine Laune verbesserte sich, als sie die Hügelkuppe erreichten. »Du bist gut in Form, und dabei siehst du so ätherisch aus.«

»Mein Gott, warum, meinst du, nehmen wir Ballettstunden? Um Tatianas Elfen zu spielen? Du ahnst gar nicht, wieviel Kraft Vater für eine seiner Kampfszenen braucht. Und Hamlet siecht auch nicht immer dahin.«

»Wenn man dich anfaßt, hat man das Gefühl, du würdest einen Stoßtruppkursus lässig durchstehen. Ein Glück, wir haben's bald geschafft. Siehst du die Straße? Nun ist es einfacher.«

»Da ist das kleine Haus«, sagte sie. »Können wir uns dort nicht unterstellen? Es ist noch recht weit bis zum Schloß. Vielleicht läßt der Regen bald nach.«

Er blickte auf ihr nasses Haar, das an ihren Wangen klebte. »Ja, vielleicht ist es besser. Ich kann allerdings nicht garantieren, daß es innen trockener ist als hier draußen.« Er stieß mit der Hand gegen die Tür, und sie gab nach. Dann warf er einen Blick aufs Dach. »Nun, es scheint ja noch ziemlich heil zu sein.« Sie war erstaunt, daß der Fußboden mit Schieferplatten belegt war. »Ich weiß nicht, warum ich einen Erdfußboden erwartet habe«, sagte sie.

»Nein, nicht in diesem alten schottischen Pächterhäuschen.« Es hatte zwei Zimmer, ein drittes war später angebaut worden. »Im anderen Zimmer steht ein altes hölzernes Bett. MacBain, der Mann, der hier gewohnt hat, war ein Wildhüter meines Vaters. Er hat das andere Zimmer angebaut, als seine Kinder zur Welt kamen, und hat sich auch einen Brunnen gegraben.«

»Was ist mit ihm passiert? Wenn er soviel Arbeit investiert hat, muß er doch vorgehabt haben zu bleiben.«

James zuckte die Achseln. »Ich weiß nicht, aus irgendeinem Grund ist er ziemlich plötzlich mit seiner Familie nach Kanada emigriert. Es war zu der Zeit, als mein Vater umkam, ich habe mich damals um nichts anderes gekümmert. Ah, schau, da gibt es sogar noch trockenes Brennholz.« Er brach Zweige von einem dünnen Ast ab und zündete sie an. »Ich hoffe, der Kamin zieht, sonst ersticken wir im Rauch.« Aber der Rauch ringelte sich in einer dünnen Säule nach oben; er fügte einige dickere Zweige hinzu. »In ein paar Minuten riskiere ich es, einen Ast aufzulegen, und dann haben wir ein prächtiges Feuer und einen kleinen Whisky.«

»Hast du etwa einen Flachmann dabei?«

»Bin selten ohne einen. Uisge-beatha, Lebenswasser, wie wir sagen. Ah, die Zweige brennen.« Er legte ein dickes Scheit auf, füllte die Kapsel seines Flachmanns mit Whisky und reichte sie ihr.

Sie nahm ihre Wollmütze ab, und er versuchte, ihr Haar mit seinem Schal zu trocknen, dann ließ sie ihren Regenmantel achtlos auf den staubigen Boden fallen, setzte sich vor das Feuer und gab ihm die Kapsel zurück. »Füll sie für dich selbst, setz dich neben mich und wärme mich, Jamie.«

Er breitete seinen Regenmantel auf dem Boden neben ihr aus, füllte wieder die silberne Kapsel und ließ sich neben ihr nieder, eine Bewegung, die ihm mit seinem verwundeten Bein noch immer schwerfiel. Er leerte seinen Whisky. »Willst du noch einen?« fragte er. »Und danach machen wir uns besser auf den Weg, Regen oder nicht, denn wenn wir bleiben...«

»Ja, Jamie, wenn wir bleiben, werden wir uns endlich lieben. Was meinst du, Jamie? *Ich* finde, wir bleiben. Ich kann den Gedanken nicht ertragen, daß du fortgehst und vielleicht nie wiederkehrst, und ich mir ein Leben lang Vorwürfe mache, daß du mich nicht genommen hast und ich nicht den Mut hatte, mich dir hinzugeben. Ich begehre dich, Jamie, so wie du mich begehrst. Es ist Krieg, Jamie, und die Zeit mag kurz bemessen sein. Ich will mich erinnern...«

Er brachte sie mit einem Kuß zum Schweigen. »Du kannst nicht ahnen, wie ich dich begehre, Julia, ich werde dich lieben, bis ich sterbe.«

»Aber du wirst nicht sterben, Jamie. Du wirst überleben,

weil ich dich brauche. Du bist meine Zukunft und meine Vergangenheit. Wir beide werden uns ein Leben lang lieben, und den Anfang machen wir jetzt.«

»Du wirst erfrieren«, sagte er und fing an, sie auszuziehen.

»Nicht, wenn du bei mir bist. Sei zärtlich zu mir, Jamie, es ist für mich das erste Mal.«

»Das erste Mal in einem verfallenen, schmutzigen Häuschen mitten im Wald. Ich hatte Besseres für dich geplant.«

»Ein Palast könnte nicht besser sein. Ah... Oh«, seufzte sie, als er ihre Brüste berührte und sie küßte. »Schau, wie schön das lodernde Feuer ist, und der Regen fällt aufs Dach. Ah...«

Er war vorsichtig und langsam das erste Mal, aber dann später, als sie sich wieder in den Armen lagen, übermannte beide eine Art verzweifelter Leidenschaft, als ahnten sie, daß nicht nur der Tag zur Neige ging, sondern eine ganze Epoche. Jede Minute schien von einer unsichtbaren Uhr gezählt. Beide wußten nicht, wieviel Zeit ihnen verblieb. Die einzigen Zeugen ihrer Liebe waren die Hunde, die sich vor dem Feuer wärmten.

Sie kamen erst bei Dunkelheit ins Schloß zurück. »Wir haben im Cottage des alten MacBain Schutz gesucht«, sagte James beiläufig, ohne sich zu entschuldigen. »Aber wir sind trotzdem naß geworden.«

»Ich fing schon an, mir Sorgen zu machen«, sagte Lady Jean.

»Aber du weißt doch, ich kenne jeden Weg und Steg in dieser Gegend. Ich habe sogar ein Feuer im Kamin angezündet, es war wie zu alten Zeiten, als ich dort mit den Holzfällern zusammensaß, nur natürlich viel besser, weil Julia bei mir war.« Er blickte seiner Mutter in die Augen. »Ja, unendlich viel besser.«

»Soso, das freut mich, aber jetzt zieht euch schnell um. Ihr habt gerade noch genug Zeit. Wir haben den Kessel angeheizt. Es gibt also heißes Wasser für beide.«

»Zeit! O ja, wir haben genügend Zeit, endlos Zeit, nicht wahr, Julia?« Sie waren durch die Küche hereingekommen, und Janet hatte ihnen eine Tasse Tee angeboten, aber James, der das aufgeregte Hin und Her der Essensvorbereitungen mit einem Blick übersah, hatte abgelehnt und nur gesagt: »Wir nehmen uns einen Whisky aufs Zimmer mit.«

»Die Kaminfeuer brennen, aber Ihr Haar ist ja ganz naß, Miss Seymour!«

»Sie heißt Julia, Mutter, das solltest du allmählich wissen, und das Haar wird schon trocknen.«

Er füllte in der Halle, wo ein großes Feuer brannte, zwei Gläser mit Whisky. »Ich werde beschwipst sein, bevor die Party beginnt«, sagte Julia und lächelte. »Meinst du, sie weiß Bescheid?«

»Wen kümmert's. Sie wird es früh genug erfahren.«

Tatsächlich war der Boden der riesigen Badewanne einige Zentimeter hoch mit heißem Wasser bedeckt. Julia badete schnell und spülte ihren blutbefleckten Schlüpfer in kaltem Wasser aus, es war ihr gleichgültig, wenn jemand etwas bemerkte. Sollten sie denken, was sie wollten. Bald würde sie Jamie heiraten. Alles andere spielte keine Rolle, weder die Meinungen der anderen noch irgend jemands Enttäuschung. Sie fühlte sich ihren Gegnern jetzt gewachsen. Sie trocknete ihr Haar und sang dabei; sie fühlte sich zum ersten Mal, seit sie das Schloß betreten hatte, in einer gehobenen Stimmung. Mit einer schwungvollen Handbewegung steckte sie sich das Haar hoch und ließ einige kleine Locken spielerisch über ihre Wangen fallen, dann schminkte sie sich diskret. Sie zog das rote Samtkleid ihrer Mutter an, sie hatte bei Janets guter Verpflegung ein paar Pfund zugenommen, und das Kleid paßte ihr jetzt wie angegossen.

Von der großen Halle her tönten eigenartige Laute zu ihr herauf, als der einsame Dudelsackpfeifer sein Instrument stimmte. Es waren klagende, melancholische Laute, die in dieser Umgebung das Herz seltsam berührten.

Einige Minuten lang verharrte sie auf der dunklen Galerie und nahm die Szene in der Halle in sich auf. Acht Gäste waren bereits eingetroffen. Sie erwarteten offensichtlich trotz des Krieges einen festlichen Abend und hatten sich dementsprechend angezogen. Die Männer trugen Schottenröcke, Samtjacken mit Silberknöpfen, eine Tasche aus weichem Fell und Schuhe mit Silberschnallen. Die Frauen trugen entweder seidene, schottengemusterte Faltenröcke mit einer weißen Bluse und einer seidenen Schottenschärpe, die an der linken Schulter angeheftet und rechts an der Taille geknüpft war, oder ein unifarbenes Kleid ebenfalls mit einer Schärpe. Die Clanbroschen waren aus Silber, die heraldischen Symbole diskret mit kleinen Schmucksteinen konturiert. Lady Jean stand in einem strengen, schwarzen Kleid, dem die bunte Sinclair-Schärpe Farbe verlieh, in der Mitte der Halle. Der Dudelsackpfeifer hatte sich auf die gegenüberliegende Seite der Galerie, wo Julia stand, zurückgezogen. Er schritt auf und ab, die Melodie war jetzt heiterer. Julia merkte, daß ihre Hand auf dem Geländer etwas zitterte, als sie in die Helligkeit hinunterstieg. James blickte auf, erspähte sie und ging ihr entgegen.

Er trug den Sinclair-Schottenrock auf Wunsch seiner Mutter, seine Samtjacke war schwarz, die gekrausten Manschetten seines Hemds waren frisch gewaschen und gebügelt. »Das Ganze ist ja unwahrscheinlich, Jamie«, flüsterte sie. »Es wirkt wie eine Bühnendekoration oder wie ein Kostümfilm, sogar der Dudelsackspieler fehlt nicht.«

»Manchmal könnte ich Mutter verfluchen. Aber du mußt verstehen, für die Leute hier ist es nichts Außergewöhnliches, sich so anzuziehen. Es ist für sie ganz normal. Der Mann mit dem Dudelsack ist ein Landarbeiter von uns, der zufällig das Instrument beherrscht. Wenn wir auf dich wie kostümiert wirken, so kann ich dir nur versichern, daß wir es nicht so empfinden. Aber Mutter hat etwas übertrieben. Ich hätte einen ruhigen Abend vorgezogen.« Er ließ ihren Arm los, als die letzten Gäste eintrafen.

Es waren die Macphersons. Lady Macpherson trug eine

kurze Schottenweste und einen Faltenrock. Ihre Clanbrosche war mit Diamanten besetzt, an ihren schmalen Fingern glitzerten Diamantringe. Sie begrüßte Julia. »Eine englische Rose inmitten schottischer Disteln. Allan, sieht sie nicht wunderschön aus? Dieses Kleid...«

»Es gehörte meiner Mutter, sie trug es zu ihren Konzerten. Meine Kleidermarken würden dazu nicht ausreichen.«

»Sie haben keinen Schottenrock?« fragte Kirsty. Ihre langen Diamantohrringe funkelten an ihrem graziösen Hals. Sie trug ein weißes Crêpe-de-Chine-Kleid, das sie bestimmt von niemand geerbt hatte. Die Clanbrosche, die ihre Schärpe auf der Schulter hielt, war mit Diamanten besetzt, und die kleine Katze mit erhobener Pfote in der Mitte der Brosche bestand aus kleinen Smaragden und Rubinen. »Unsere heimatliche Tracht ist für uns arme Schotten so praktisch, sie paßt zu jeder Gelegenheit: Ein Rock, eine Bluse und eine Schärpe ist alles, was man braucht, um gut angezogen zu sein.«

Julia schluckte die beißende Antwort, die ihr auf den Lippen lag, hinunter und sagte statt dessen lächelnd: »Leider haben wir keine so dekorative Kleidung für gesellschaftliche Ereignisse. Darf ich fragen, was die Katze bedeutet? Sie sieht recht grimmig aus.«

»Die meisten Clanabzeichen und -mottos sind grimmig«, erwiderte Kirsty. »Wir sind eine kämpferische Nation. Das Motto der Macphersons lautet: Berühr nicht die Katze ohne Handschuhe.«

»Wie passend«, sagte Julia. »Ich sehe schon, man muß im Umgang mit den Macphersons Vorsicht walten lassen.«

Sie wurden von Sir Niall Henderson unterbrochen. »Ich habe ihn mitgebracht, den Rosenstrauch, damit Sie ihn morgen mitnehmen können. Er ist sorgfältig mit feuchtem Papier umwickelt. Mein Kompliment, Sie sehen entzückend aus. Sie müssen uns alte Narren entschuldigen, daß wir uns so herausputzen, aber wir haben heutzutage selten genug Gelegenheit dazu.« Er blickte sich in der Großen Halle um, der Fußboden glänzte, Winterjasmin in Schalen belebte die dunklen

Ecken, das Familiensilber, das Lady Jean hervorgeholt hatte, war blitzblank geputzt.

Julia wurde ein Whisky von einem Tablett angeboten, das ein Mann im Schottenrock herumreichte, den sie zu spät als William Kerr erkannte. James hatte sich wieder zu ihr gesellt und blieb die ganze Zeit an ihrer Seite, bis William Kerr sie trennte, indem er verkündete, das Essen sei angerichtet. Lady Jean saß an einem Ende des Tischs, James am anderen. Lady Macpherson hatte rechts, Mrs. Gilcrest links von ihm Platz genommen. Kirsty saß Julia fast gegenüber. Julia stellte zu ihrer Erleichterung fest, daß Sir Niall ihr Tischherr war. Sie dankte ihm noch einmal für den Rosenstrauch. Nach der Suppe servierten Morag und Mrs. Kerr Räucherlachs. Als die Fischteller abgeräumt wurden, kam der Dudelsackpfeifer die Treppe herunter und stellte sich an die Tür des Küchenkorridors. Morag und Mrs. Kerr hielten sie offen, während Janet in ihrem strengen schwarzen Kleid mit einer gestärkten weißen Schürze im Takt der Melodie hereinmarschierte, mit einer großen Silberschüssel, die etwas enthielt, was Julia nie zuvor gesehen hatte. »Haggis!« rief Sir Niall aus. »Das ist aber eine Überraschung. Ein Gericht, das heutzutage fast niemand mehr zubereiten kann. Nun, ich hoffe, es schmeckt Ihnen«, sagte er zu Julia gewandt, »vergessen Sie, woraus es besteht, probieren Sie es.«

»Schafsmagen, nicht wahr?« fragte Julia schaudernd.

»Der Schafsmagen hält die Füllung nur zusammen. Es ist eine Art Wurst, die ›haute cuisine‹ der Wurst.«

Julia nahm die erste Gabel voll und fühlte Kirstys Augen auf sich ruhen. Selbst wenn es mir den Magen umdreht, dachte sie, werde ich das Zeug herunterwürgen. Doch zu ihrem Erstaunen schmeckte es vorzüglich. Dazu gab es Kartoffelpüree und Steckrüben. »Die klassische Beilage«, versicherte ihr Sir Niall. »Man kann sich auf Janet verlassen, daß sie alles richtig macht.« Die Nachspeise war süß und schwer, und Julia hatte Angst, daß ihr übel würde. »›Beschwipster

Gutsherr‹ nennen wir es«, sagte Kirsty über den Tisch. »Eine Mischung aus Sherry und Kognak.«

»Es macht sehr satt«, sagte Julia und holte tief Luft.

»Als Schauspielerin müssen Sie sicherlich auf Ihre Figur achten«, sagte Kirsty.

»Was haben Sie an Julias Figur auszusetzen?« raunzte Sir Niall sie an. »Sieht mir tadellos aus, und ich weiß, wovon ich rede, Kirsty.«

Julia lächelte ihn dankbar an. Dann wurden einige kurze Reden gehalten und Toasts auf James ausgebracht.

Nach dem Essen spielte der Dudelsackpfeifer schottische Volkstänze, und die Gäste fingen an zu tanzen. Julia war überrascht, daß sie noch die Energie dafür aufbrachten, sie selbst hielt sich zurück und lehnte sogar James' Aufforderung zum Tanz ab. »Ich habe keine Ahnung, was ich tun muß, ich mache mich nur lächerlich.«

»Ach, komm! Alle sind halb betrunken, keiner wird was bemerken.« Aber sie schüttelte nur den Kopf und sah, daß er Kirsty als seine erste Partnerin wählte. Sie alle bewegten sich, wie es Julia schien, nach einem komplizierten Muster, und sie war froh, daß sie sich geweigert hatte mitzumachen. Aber sie bemerkte James' unzufriedenen Ausdruck, als fühle er sich irgendwie von ihr im Stich gelassen. Sie blieb auf ihrem Stuhl neben dem Kamin sitzen, und Sir Niall leistete ihr Gesellschaft. »Eine alte Beinverwundung hindert mich daran, solche Kapriolen mitzumachen.«

William Kerr reichte unablässig Getränke herum. Die Rufe der Tanzenden wurden munterer und lauter, dennoch überschritt keiner die Grenzen des Anstands. Die Partnerinnen wurden nicht wild herumgeschwenkt, die Arme blieben in vorschriftsmäßiger Höhe. Es war ein fröhliches Fest, aber keine Zecherei. Janet, Morag und Mrs. Kerr standen am Ende der Halle und sahen zu, auch ihnen wurden Gläser gereicht, ihre Teilnahme an der Festivität schien allen selbstverständlich.

In dieser Nacht fand Julia lange keinen Schlaf. Sie wußte, sie hatte zuviel gegessen und getrunken, aber es war die Erinnerung an die glücklichen Stunden, in denen sie in James' Armen gelegen hatte und endlich die Seine geworden war, die ihr den Schlaf raubte. »Ich liebe ihn«, flüsterte sie in der Stille ihres Turmzimmers. »Ich werde ihn ewig lieben. Und zum Teufel mit allen Vorurteilen, mit Kirsty und den verfluchten Highlands – niemand wird ihn mir fortnehmen.«

Endlich schlief sie ein, aber als sie erwachte, war die Dämmerung noch nicht angebrochen. Und wiederum vermeinte sie, das Schluchzen zu hören, das in einem tiefen Seufzer verklang. Sie hob den Kopf vom Kopfkissen, und wieder schien eine vage erkennbare Gestalt am Kamin zu stehen, die sich kaum merklich von dem schwachen Lichtschein der noch glühenden Asche abhob. Bewegte sich die Gestalt? Streckte sie ihr flehend die Hände entgegen? »Ellen?« flüsterte sie.« »Lady Ellen?« Sie empfand keine Furcht, nur Mitleid. Wandte die Gestalt sich ab? Fiel sie in sich zusammen? Nein, sie war nie dagewesen. Julia sagte streng zu sich selbst, daß sie nichts gesehen, nichts gehört hatte. Aber sie schlief nicht wieder ein.

5

Als Julia in ihre eigene Welt zurückkehrte, hatte sie das Gefühl, eine tiefgehende Wandlung durchgemacht zu haben. Das Durchgangsstadium war überwunden. Zehn Tage lang hatte sie in einer Umgebung des scheinbaren Friedens gelebt, in einer unberührten, schönen, aber auch bedrohlichen Landschaft. Sie hatte Hoffnung, Verzweiflung und Liebe kennengelernt. Und sie kehrte in eine Welt zurück, die vom Krieg gekennzeichnet und auf andere Weise bedrohlich war. Die Trümmer in den Straßen waren nur teilweise beseitigt, die Luftschutzkeller, die Schlangen vor den Lebensmittel- und anderen Geschäften zeugten von der Allgegenwart des Krieges.

Da es ein Freitag war, fuhr sie nach Anscombe weiter, nachdem sie sich von James auf dem Bahnhof verabschiedet hatte. Er setzte seine Reise nach Hawkinge fort, um sich bei seiner Staffel zu melden. Sie küßte ihn und wußte, sie war um Jahre reifer geworden. Sie hatte sich in Anscombe nicht telefonisch angemeldet, daher holte niemand sie ab, und sie ging die zwei Meilen zu Fuß mit ihrem Koffer und dem Rosenstrauch. Stella öffnete ihr die Küchentür und begrüßte sie herzlich; die Köchin sagte erfreut, wie gut sie aussähe, Stella nickte, fügte aber hinzu: »Du hast zugenommen, aber das ist nur gut. Ich habe befürchtet, daß du nach ›Lear‹ zusammenklappen würdest. Du hast die Bürde deines Vaters zu lange getragen, aber mir scheint, du hast sie jetzt abgeworfen. Komm, iß jetzt etwas. Ich werde inzwischen die Londoner Wohnung anrufen. Warum hast du nicht gleich deinen Vater aufgesucht?«

»Ich wollte nach Hause...« erwiderte Julia, schlug ihr Ei auf und stippte Brot ins Eigelb. Sie aß und versuchte gleichzeitig, die Fragen der Köchin über das Essen in Schottland und die Einrichtung der Schloßküche zu beantworten. Stella kam zurück. »Dein Vater war ausnahmsweise zu Hause. Er hatte natürlich Freunde bei sich, einer davon war Mr. Davidoff. Du wirst am Montag nachmittag zu den Proben erwartet. Er hofft, du hast deinen Text gelernt. Es war gut, daß ich telefoniert habe, Sir Michael kommt morgen nach Anscombe. Er hatte vergessen, uns Bescheid zu sagen. Ich habe ihm von dem Rosenstrauch erzählt. Er bringt Mr. Davidoff mit und vielleicht noch jemanden. Er sagt, man brauche ihn nicht vom Bahnhof abzuholen. Er käme mit dem Auto.«

»Erstaunlich, wie es manchen Menschen immer gelingt, Dinge zu bekommen, die für die meisten Sterblichen unerreichbar sind, wie zum Beispiel Benzin«, bemerkte die Köchin trocken.

Aber es war nicht David Davidoffs Rolls-Royce, der am nächsten Morgen vorfuhr, sondern ein großer Daimler mit einem älteren Mann in Chauffeursuniform am Steuer. »Geliebtes Kind«, sagte ihr Vater und umarmte sie, »du siehst erholt aus, Schottland ist dir gut bekommen. Ah, Luisa, darf ich dir meine jüngste Tochter Julia vorstellen? Julia, das ist Mrs. Henry Radcliffe.«

Eine behandschuhte Hand ergriff Julias Hand, das Gesicht, die Kleidung, die Figur schienen einem Modejournal entsprungen zu sein. Wie konnte eine Frau in Kriegszeiten so elegant angezogen sein? Ihr glänzendes dunkles Haar unter einem kleinen Hut war frisch frisiert und ihr Make-up diskret aufgetragen.

»Ich bin so froh, Sie endlich kennenzulernen, ich habe Sie als Cordelia bewundert. David hatte mich zur Premiere eingeladen, aber meine Rotkreuzarbeit erstreckt sich manchmal bis in die Nacht, und ich konnte mich an jenem Abend nicht freimachen. Aber ich habe den ›Lear‹ natürlich später gesehen. War ein großartiger Beginn einer, wie ich hoffe, steilen Karriere. Wenn man so einen Vater hat...«

»Luisa, bitte«, bat ihr Vater scherzhaft, »hör auf damit. Willkommen in Anscombe.« Der Chauffeur brachte die Koffer herein und einen Korb voll Nahrungsmittel, die David für sie aufgetrieben hatte. Julia stand wortlos da, diese mondäne Erscheinung hatte ihr die Sprache verschlagen. Es war ein weiterer Schock, in eine Welt zurückzukehren, wo es noch Frauen gab, die so untadelig wie Mrs. Henry Radcliffe aussahen. Ein leichter väterlicher Ruck an ihrem Arm erinnerte sie an ihre Pflichten als Gastgeberin. »Oh, ja... willkommen in Anscombe, bitte, treten Sie ein.« Sie wurde sich ihrer abgetragenen, schmutzigen Kordhosen peinlich bewußt. Am frühen Morgen war sie zu Harry Whitehands Cottage gegangen, um ihm beim Zusammentreiben der Herde zu helfen, und nun fürchtete sie, nach Stallmief zu riechen. Stella und die Köchin waren zur Tür gekommen und wurden aufgrund ihrer langen Dienste auch Mrs. Radcliffe vorgestellt. David hielt Julia zurück, als die anderen das Haus betraten. Er flüsterte ihr zu: »Liebling, sei nett zu ihr. Sie ist reich, enorm reich. Sie interessiert sich fürs Theater, aber es ist mir auch gelungen, sie für den kleinen Film, den ich mit dir plane, zu gewinnen. Ich habe schon einiges Geld zusammen, das meiste kommt von ihr. Jetzt muß ich nur noch das Ministerium anzapfen. Es ist vorwiegend ein Propagandafilm, aber er könnte in Amerika gut ankommen und Geld einspielen, das wir dringend benötigen. Dollars! Du spielst zwar eine Nebenrolle, aber es gibt nur zwei weibliche Rollen in dem Film. Das Wichtigste ist, daß ein breites, internationales Publikum dein Gesicht sehen wird, statt nur ein paar tausend Theaterbesucher in London. Liebling, mußt du wirklich so schmuddelig aussehen?« Dann schnippte er mit den Fingern. »Nein, falsch, du siehst genauso aus, wie du in ›Rückkehr bei Morgendämmerung‹, oder wie wir den Film dann nennen, aussehen sollst. Alles, was du zu tun brauchst, ist, von deinem Helden Abschied nehmen und dann die zurückkehrenden Flugzeuge anstarren und sie zählen. Ich bin mir nicht sicher, ob dein Held überlebt oder nicht. So weit sind wir im Drehbuch noch nicht gekommen. Aber wir werden einige Großaufnahmen von dir machen, und du wirst daraufhin andere Filmangebote erhalten, dutzendweise sogar.«

»Wer ist diese Mrs. Radcliffe?«

»Sie stammt aus einer sehr alten spanischen Familie, Hocharistokratie und all das und hat einen französischen Grafen de ... na, irgendwas geheiratet. Weingüter, du weißt schon. Aber der Wein war nur eine Nebenbeschäftigung, doch das Château gab einen guten gesellschaftlichen Hintergrund ab. Sein Hauptberuf war Bankier. Er war sehr viel älter als Luisa und hat vernünftigerweise soviel Geld wie möglich nach New York überwiesen. Er erkrankte kurz vor Frankreichs Niederlage ernsthaft und schickte seine Frau mit einem Haufen Juwelen und jeder Menge Geld nach England in Sicherheit. Er starb in seinem Bett in Paris kurz vor dem deutschen Einmarsch. Dann heiratete sie Henry Radcliffe, sogar du mußt den Namen schon einmal gehört haben. Nein? Nun, er war ein anderer Bankier, diese Finanzleute verkehren immer in denselben Kreisen. Er kam während eines Luftangriffs ums Leben, und Luisa wurde zum zweiten Mal Witwe. Keine Kinder, keine Stiefkinder. Sie steht ganz allein... fast ganz allein in der Welt. Tragisch. Eine so schöne Frau...«

»Und so viel Geld – wirklich, tragisch«, sagte Julia ironisch. »Aber manche Männer werden sich jetzt hüten, sie zu heiraten, aus Angst, auch sie könnte ein schneller Tod ereilen. Aber vermutlich heiratet sie nur reiche, alte Männer.«

»Reiche, gute Familien heiraten Mitglieder von anderen reichen, guten Familien, das weißt du so gut wie ich, Liebling. Schließlich kommen sie selten mit anderen Kreisen in Kontakt.«

»Was hat sie dann in deinen und Vaters Kreisen zu suchen?«

»Sie ist eine sehr kultivierte Dame. Sie ist mit Theater und Musik aufgewachsen. Du weißt ja, wie vornehm große spanische Familien sind.«

»Nein, das weiß ich nicht, ich bin ihnen nie begegnet.«

»Freches Mädchen! Du mußt nett zu ihr sein. Sie kann deine Karriere wesentlich fördern.«

»Und Vaters Karriere.«

»Das ist eine höchst überflüssige Bemerkung. Dein Vater braucht keine Unterstützung, er ist berühmt genug. Aber die Gesellschaft einer Frau wie Luisa Radcliffe tut ihm gut. Sei nicht eifersüchtig, Julia, das paßt nicht zu dir. Und jetzt organisieren wir uns einen Kaffee, und dann zieh dich schleunigst um.«

»Das kann ich nicht. Ich muß Vater in einer halben Stunde im Rosengarten helfen. Und was den Kaffee betrifft, so hat die Köchin ihn sicher bereits gemacht.«

»Ich sehe schon, dein kurzer Aufenthalt in Schottland hat nicht nur deine Wangen rosig gefärbt.« Er lächelte sie liebevoll an. »Nun, Liebling, eines Tages mußtest du ja erwachsen werden. Ich hoffe, du hast wenigstens deinen Text gelernt. Du bist jetzt eine Schauspielerin.«

Eine Weile später waren sie alle im Rosengarten und sahen Michael zu, wie er den neuen Rosenstrauch pflanzte.

»Was für eine reizende Idee, Michael«, sagte Luisa Radcliffe, »dieser Rosengarten zum Gedenken an deine geliebte Frau. Ich sehe voraus, daß du eines Tages ein namhafter Rosenzüchter wirst.« Sie machte eine weitausholende Bewegung. »Nach dem Krieg solltest du einen Teil des anliegenden Feldes mit einbeziehen. Ein Garten, der in einen anderen übergeht.« Sie blickte sich um. »Was für ein reizender Besitz, so lieblich, so englisch.« Mit Ausnahme ihres sehr dunklen Haars und ihres attraktiven, leichten Akzents, dachte Julia, ist sie der Prototyp einer englischen Schloßherrin der Jahrhundertwende, vielleicht ein wenig zu elegant gekleidet. Sie trug jetzt einen Rock und einen Kaschmirpullover und Schuhe mit nicht zu hohen Absätzen, eine dünne Goldkette um den Hals und schlichte goldene Ohrringe. Sie hatte sich sogar ihre schweinsledernen Handschuhe übergezogen, um die Rose zu halten, während Michael die Wurzeln mit Erde bedeckte, die er dann mit den Füßen feststampfte. David sah ihnen auf der Bank sitzend zu.

Julia zog sich zum Mittagessen um und besprühte sich sogar ein wenig mit dem kostbaren Parfüm, um ihr Selbstvertrauen zu stärken. Luisa Radcliffe war ihr ein Rätsel. Sie besaß Charme und war, wenn auch nicht schön, doch sehr anziehend und hatte die stolze Haltung einer Aristokratin. Sie mußte wohl an die Vierzig sein, vermutete Julia, obwohl sie die Figur eines jungen Mädchens hatte. Aber wieso fühlte sie sich hingezogen zu dieser rauhen und unberechenbaren Theaterwelt? Es konnte natürlich das Hobby einer reichen Frau sein, aber sie war nicht der Typ, der sinnlos Zeit vergeudet. Und dann kam Julia, als sie die Treppe hinunterging, plötzlich die Erkenntnis, daß ihr Vater nicht nur ein berühmter Schauspieler, sondern auch ein sehr gutaussehender Mann war. Hatte Luisa Radcliffe sich in ihn verliebt? Geld hatte sie genug, vielleicht suchte sie jetzt nach etwas, das ihr bisher entgangen war.

Im Salon brannte das Kaminfeuer. Dunkle Novemberwolken jagten über den Himmel. David goß ihr ein Glas Champagner ein. »Genieß ihn, Liebling, er ist schwer zu bekommen. Ich hoffe, das nächste Mal, wenn wir Champagner trinken, stoßen wir auf deinen Erfolg bei der Premiere von ›Bunbury‹ an.«

»Und angenommen, ich habe keinen Erfolg?«

Luisa Radcliffe sagte mit ruhiger Stimme, aber mit fast drohendem Unterton: »Die Tochter von Michael Seymour hat kein Recht, solche Zweifel zu hegen.«

Julia hätte gern erwidert, daß sie auch die Tochter ihrer Mutter sei, aber die Gegenwart dieser Frau schien die Erinnerung an ihre Mutter verdrängt zu haben.

Sie hörten sich die Einuhrnachrichten im Radio an, die teils gut, teils schlecht waren. Die Deutschen griffen Moskau an, aber die 8. Armee schien sich in Nordafrika neu zu formieren. Weitere Schiffsversenkungen im Atlantik. »Hat Alexandra etwas von Greg gehört?« fragte Julia, als sie zum Mittagessen gingen.

»Nicht in letzter Zeit. Beim ›Record‹ sind schon länger keine Depeschen von ihm eingegangen. Man vermutet, er sei auf dem Weg nach Singapur, aber nicht einmal Wolverton sagt ihr Näheres.«

Das Mittagessen zog sich fast bis zum Sonnenuntergang hin. Nachdem der Wein getrunken war, holte Michael Portwein aus dem Keller. Julia beteiligte sich nur selten an der Unterhaltung und unterdrückte mehrfach ein Gähnen. Die Reise von Inverness hatte 24 Stunden gedauert. Sie verschwand diskret, um zu sehen, ob in Mrs. Radcliffes Zimmer alles in Ordnung war. Ihr Vorrat an duftender Vorkriegsseife war schon lange aufgebraucht, aber die Bettlaken waren aus feinstem Leinen und die Handtücher frisch und flauschig. Sie hatten die Zentralheizung angestellt, eine Extravaganz, für die sie im Winter vermutlich büßen müßten. Aber Julia hatte das Gefühl gehabt, ihr Vater erwarte dies von ihr.

Sie schlüpfte wieder in die Kordhosen und half Harry Whitehand beim Melken. Sie lehnte den Kopf an Primmies Flanke und zog rhythmisch am Euter. Ihre Gedanken weilten bei James, sie vermißte ihn schmerzlich. Den ganzen Tag über hatte sie keine Flugzeuge über sich gehört. Dachte er an sie jetzt, in dieser Minute? Empfand auch er eine innere Leere? »Julia! Primmie gibt seit fünf Minuten keine Milch mehr, du bist keine große Hilfe«, schimpfte Harry Whitehand, der plötzlich hinter ihr stand. Sie sprang vom Melkschemel auf und stieß den Milcheimer um. »Oh, verdammt!« Dann brach sie in Tränen aus.

Harry legte spontan den Arm um sie. »Nicht weinen, das ist doch nicht weiter schlimm, wir haben genug Milch. Aber es ist nicht die Milch allein, nicht wahr? Gehen Sie zurück ins Haus und nehmen Sie ein Bad, wenn es heißes Wasser gibt. Ich kümmere mich um den Rest. Sie sahen so vergnügt aus in der Früh und jetzt so jämmerlich.« Sie war ihm dankbar für seine Fürsorge, aber erklärte ihm nicht den Grund für ihre Tränen. Vor der Küchentür blieb sie kurz in der windigen Dunkelheit stehen, damit ihre Tränen trockneten und Stella sie nicht bemerkte. Die Köchin rief ihr zu, als sie die Küche betrat: »Sie haben einen Anruf von Major Sinclair verpaßt!« Major! Er war also befördert worden und würde bis zum Kriegsende seine Staffel kommandieren – oder abgeschossen werden. Egal, wohin man ihn schicken würde, er wäre jetzt immer in der ersten Frontlinie.

Am nächsten Morgen kam Alexandra mit dem Frühzug aus London. Es regnete, und sie war durchnäßt, da sie vom Bahnhof zu Fuß gegangen war. Julia folgte ihr mit einem Glas Sherry in ihr Zimmer.

»Hier, das wird dich wärmen. Wie schön, dich zu sehen, Alexandra.«

Zu ihrer Verwunderung gab ihre Schwester ihr einen Kuß. »Du siehst gut aus, Julia. Ein bißchen verändert. Bist du noch immer hoffnungslos verliebt in deinen Schotten? War seine Mutter so ein Drache, wie ich befürchtet habe? Die Schotten können so...« Sie trank dankbar ihren Sherry und zog sich anschließend schnell um. »Ich geh jetzt wohl besser hinunter und begrüße den Drachen, der sich bei uns eingenistet hat.«

»Wie kannst du das sagen, Alexandra, du hast sie noch nicht einmal gesehen.«

»Das brauche ich auch nicht. Ich lese jeden Tag über sie in den Klatschspalten der Zeitungen. Ungemein tätig ist sie, natürlich schmucke Rotkreuzuniform vom besten Schneider. Immer wie aus dem Ei gepellt, und immer in Begleitung von irgendeiner Berühmtheit. Sie scheint sich zumeist um Generäle zu kümmern, das heißt, wenn sie gerade mal nicht in einem mondänen Nachtklub tanzt. Sie war oft zusammen mit Vater abgebildet, deshalb ist sie vermutlich nach Anscombe gekommen – aus purer Neugier. Spielt sie die Gutsbesitzerin genauso vollendet wie ihre anderen Rollen?«

»So schlimm kann sie nicht sein! Ihre Aufmachung ist allerdings ein wenig zu elegant, das gebe ich gerne zu.«

»Und sie ist eine egoistische Ziege«, fügte Alexandra scharf hinzu. »David hat sie irgendein Märchen aufgebunden von einem liebenden Gatten, der sie aus dem gefährdeten Frankreich nach dem sicheren England geschickt hätte. Ich dagegen habe gehört, daß sie einen schwerkranken Mann, der kaum mehr wußte, was um ihn vorging, schnöde im Stich gelassen hat und nun sein Dollarvermögen, das er in New York angesammelt hat, fröhlich verpraßt. Ich frage mich nur, warum sie nicht selbst in Amerika ist, fernab vom Schuß. Sie hat sich dann als Witwe im richtigen Moment Henry Radcliffe geschnappt, gerade als er sich etwas vom Tod seiner Frau erholt hatte. Er war ein sehr kluger und netter Mann. Ich habe ihn mal kennengelernt. Aber dann hat er bei einem Bombenangriff plötzlich den Helden gespielt. Er ist in ein brennendes Haus gelaufen, um eine Familie zu retten, und wieder zurückgerannt, um auch den dämlichen Hund in Sicherheit zu bringen, und dann ist das ganze Gebäude über ihm zusammengekracht. Sie aber hat alles lächelnd überstanden, wenn man den Zeitungen glaubt. Und nun ist sie zum zweiten Mal Witwe und um einen Zacken reicher. Hat sie's auf Vater abgesehen?«

»Ich weiß nicht. Ich merke solche Dinge nicht so schnell wie du. Aber wenn sie tatsächlich so ist, wie du sagst, will er sie dann haben?«

»Das weiß man nie. Aber eins mußt du dir klarmachen, Julia, Vater wird dem Andenken unserer Mutter nicht ewig treu bleiben. Er ist in den Augen von so vielen Leuten... na, sagen wir, ein noch verhältnismäßig junger Mann, und er sieht verdammt gut aus. Und er ist berühmt. Irgendwann wird er eine Frau finden, ich hoffe nur, daß sie lieb und nichtssagend ist.«

»Du magst keine Konkurrenz, nicht wahr, Alexandra?«

»Diese biestige Mrs. Henry Radcliffe mag ich jedenfalls nicht.« Dann zuckte sie die Achseln und leerte ihr Glas.

»Nun, wenn sie sich Vater an Land zieht, kann ich es nicht verhindern.«

»Vielleicht mußt du es nicht verhindern. Vater hat Geschmack, und vergiß nicht, mit wem er verheiratet war.«

»Vater ist ein Mann, und alle Männer sind gleich.«

Am Treppenabsatz blieb Julia noch einmal stehen. »Alexandra, so kenne ich dich gar nicht, was ist los? Es dreht sich doch nicht nur um Mrs. Radcliffe.«

Alexandra schüttelte den Kopf und fuhr sich mit der Hand über die Augen. »Natürlich nicht. Vater wird tun, was er will und wann er es will. Ich wollte euch beide nur heute allein sehen. Ich fühle mich so einsam. Ich habe seit Wochen nichts von Greg gehört, mir kommt es wie Monate vor. Ich weiß nicht, wo er ist, und ich glaube, der Chef weiß es auch nicht. Sein letzter Bericht kam aus Hongkong, aber das ist Wochen her. Er scheint verschwunden zu sein – oder er hat mich vergessen. Ach, Julia, ich vermisse ihn so sehr. Ich habe festgestellt, daß ich ungemein sinnlich bin und daß Greg mich voll befriedigte. Aber jetzt – am liebsten würde ich mir irgendeinen Mann anlachen, nur daß irgendeiner mir nicht genügt. Nicht nach Greg. Ich kann also nur warten und hoffen, daß er noch lebt. Weißt du, von uns dreien ist Connie bei weitem die Schlaueste. Ken Warren könnte nur durch einen blödsinnigen Unfall umkommen, er hält sich immer an verhältnismäßig sicheren Orten auf. Nun ja, Julia, wir beide sind eben risikofreudig, aber wen wundert's bei unseren Eltern.« Sie gingen die Treppe hinunter.

Bevor sie den Salon betraten, hielt Julia ihre Schwester noch einmal zurück. »Weißt du, wie du eben ausgesehen hast in deiner Wut und deinem Ärger? Genau wie Großvater Maslow.«

Alexandra grinste. »Ich hoffe ohne Schnurrbart und allem.« Sie betraten lachend das Zimmer.

Michael, David und Luisa Radcliffe fuhren am Nachmittag nach London zurück und nahmen Alexandra im Auto mit. Julia weigerte sich mitzufahren. »Aber, Liebling«, protestierte David, »du hast Probe morgen nachmittag.«

»Ich werde dasein«, sagte Julia, »und ich kann meinen Text. Ich muß Harry Whitehand zur Hand gehen. Es ist Sonntag, und die Landhelferinnen haben frei.«

Sie hatte sich in ihren alten Kordhosen, die sie zum Melken trug, von ihnen verabschiedet. Sie wollte allein sein und Distanz gewinnen zu der neuen Situation, die sich anbahnte. Morgen würde sie ihre Arbeit am Theater wiederaufnehmen. Aber das war morgen. Sie half Harry Whitehand, die Herde zusammenzutreiben, die Kühe zu melken und zu füttern, dann aß sie mit Stella und der Köchin in der Küche die Reste von Davids Leckerbissen auf. Sie saßen zusammen in einträchtigem Schweigen, oder – fragte sich Julia – scheuten sich die zwei Frauen, über den neuen Gast in Anscombe zu reden? Vielleicht hofften sie, es bliebe bei diesem einen Besuch? Aber warum? Alexandra hatte recht, ihr Vater würde nicht ewig um Ginette Maslowa trauern. Die Zeit stand nicht still. Das Telefon läutete. Julia stürzte zum Apparat. »Julia?« fragte James' Stimme.

Jetzt wußte sie, warum sie in Anscombe geblieben war.

»Wann können wir frühestens heiraten?« fragte er.

Ihr wurde schwindlig vor Freude. »Möglichst bald, Jamie, am liebsten sofort.«

Drei Wochen, während denen sie sich wieder an die Disziplin des Theaters gewöhnen mußte, an einen Regisseur, den sie nicht kannte, an die neuen Kollegen, und das alles ohne die tröstliche, beschützende Gegenwart ihres Vaters. Anfangs war sie voller Hemmungen aus Ehrfurcht vor der berühmten Schauspielerin, die Lady Bracknell darstellte. Ihre Erfahrungen als Cordelia halfen ihr nichts. Sie war eine unerfahrene Amateurin, die versuchte, sich mit einer neuen Rolle auseinanderzusetzen. In ihrer Verzweiflung bat sie ihren Vater, einer der Proben beizuwohnen. Er blieb bis zum Schluß, dann lud er sie ins Ritz ein. »Gar nicht so übel, Liebling. Aber vergiß, daß du Julia bist, schlüpf in die Haut von Gwendoline, sei Gwendoline. Morgen abend sind wir allein, ich werde die Rolle mit dir durchgehen. Ich kann dir nicht genau sagen, wie du die Rolle spielen mußt, aber ein paar Tricks kann ich dir schon beibringen. Übrigens, was macht James Sinclair?«

»Er versieht seinen Dienst in England, aber ich habe ihn längere Zeit nicht gesehen. Wir telefonieren miteinander. Wir wollen in Kürze heiraten.«

»Das habe ich mir gedacht. Willst du darüber reden?«

»Was soll ich dir schon sagen? Wir lieben uns. Er hat mir einen Heiratsantrag gemacht, und ich habe ja gesagt.«

»Ich habe dich nie wirklich gefragt, wie es in Schottland war. Aber seit deiner Rückkehr siehst du entweder strahlend oder todunglücklich aus.«

»Ergeht es nicht jedem so, der liebt? Soll Liebe nicht die große Leidenschaft sein? Ich erinnere mich, daß du mir einmal gesagt hast, du würdest mir wünschen, daß ich genauso glücklich würde, wie du es mit Mutter warst.«

»In deinem Alter muß es die große Leidenschaft sein, oder man ist unfähig, Leidenschaft zu empfinden. Aber warum heiraten? Werde seine Geliebte, es sei denn, du meinst, du könntest nicht ohne ihn leben. Ich frage mich, ob er weiß, was es bedeutet, mit einer Schauspielerin verheiratet zu sein. Oder willst du etwa eine brave Hausfrau werden, die den heimatlichen Herd nicht verläßt? Nein, Julia, du bist eine Frau mit einem Beruf. Was aber geschieht nach dem Krieg, wenn er auf sein schottisches Schloß zurückkehrt?«

»Warten wir es ab, ob es wirklich ein ›Nach dem Krieg‹ gibt. Mich interessiert im Moment nur das *Jetzt.*«

»Wenn du das nicht gesagt hättest, hätt ich gesagt: Vergiß das Ganze.« Er lächelte und hob sein Glas. »Auf dein Glück, Liebling! Mir erscheint diese Ehe alles andere als ideal. Aber du mußt dein eigenes Leben leben.« Er gab ihr einen Kuß. »Nun, Liebling, man muß den Mut haben, Risiken einzugehen. Jedenfalls ist mir dein James sympathischer als dieser Bursche, den Connie sich ausgesucht hat. Zu zuverlässig, zu solide. Aber vielleicht ist es genau das, was sie braucht. Keiner von euch hat eine behütete Kindheit gehabt. Du ähnelst Alexandra mehr, als ich dachte. Sie leidet entsetzlich unter Gregs Abwesenheit. Das war auch keine passende Heirat. Aber vielleicht funktioniert die Ehe – nach dem Krieg.«

»Muß denn alles warten bis nach dem Krieg?«

»Mehr oder weniger. Wir leben alle in einem Schwebezustand. Aber nimm dir, was du bekommen kannst, Julia, der Rest ergibt sich mit der Zeit. Sei nicht wie Connie, pack das Leben an, geh ein Risiko ein. Das ist wohl der schlechteste Ratschlag, den ein liebender Vater geben kann. Aber ich weiß nicht, was ich dir anderes sagen soll, ohne wie ein aufgeblasener Heuchler zu klingen.« Er küßte sie wieder und ging.

Aus Trotz bestellte sie sich noch einen Whisky. Nächste Woche würde sie neben einer der größten Schauspielerinnen ihrer Zeit auf der Bühne stehen ohne die Hilfe ihres Vaters. Entweder würde sich herausstellen, daß ihr Talent nicht ausreiche, oder ihr würde der Durchbruch gelingen. Aber wie es auch ausging, eines wußte sie: Sie würde Jamie heiraten und ihn ihr Leben lang lieben.

Julia fuhr am Sonntag vor der Premiere nach Anscombe, sie brauchte einen Tag Ruhe, und James hatte 24 Stunden Urlaub, den sie allein zu verbringen gedachten. Sie fürchtete auch, ihrem Vater im Weg zu sein, obwohl er sich nur noch selten in der Wohnung aufhielt. Er sprach zwar nie über Luisa Radcliffe, doch Julia vermutete, daß er die meiste freie Zeit mit ihr verbrachte. Mrs. Radcliffe wohnte in einem großen, eleganten Haus in Wilton Terrace. Sie hatte die Dienstboten behalten, die zu alt waren für den Kriegsdienst, darunter ihren ältlichen Chauffeur, der auch als Butler fungierte.

James kam kurz vor dem Mittagessen in Anscombe an,

und sie aßen mit Stella und der Köchin in der Küche. Aber Stella servierte ihnen anschließend den Tee im Salon, wo ein Feuer brannte, und ließ sie allein. Sie unterhielten sich viele Stunden lang, hinterher wußte Julia nicht mehr über was. Dann ging James in die Küche, um sich von der Köchin und Stella zu verabschieden. Es war genau neun Uhr, und der Radioansager verkündete, daß die Japaner Pearl Harbour überfallen hatten. James nahm Julia in die Arme. »Gott helfe den armen Schweinen, aber jetzt gibt's kein Fackeln mehr. Die Amerikaner müssen dem Krieg beitreten. Weißt du, was das bedeutet, Julia? Wir haben einen Verbündeten.«

Draußen in der kalten Dunkelheit küßte er sie zum Abschied und sagte: »Das ist der Anfang vom Ende. Wir werden überleben, du und ich und das ganze Land.«

Sie wünschte, er behielte recht.

Am folgenden Donnerstag war die Premiere, und sie wurde für Julia ein großer Erfolg. Die gesamte Aufführung wurde gelobt und sie persönlich in jeder Kritik erwähnt. Der Applaus galt natürlich hauptsächlich der großen Schauspielerin, und die Blumenbuketts waren auch alle für sie bestimmt. Julia hatte James streng verboten, ihr wieder Rosen auf die Bühne zu werfen, aber er klatschte wie wild im Parkett, wo er zusammen mit ihrem Vater, Luisa Radcliffe, David, Alexandra und Connie saß. Julias winzige Garderobe, die sie mit einer Kollegin teilte, war nachher mit so vielen roten Rosen angefüllt, daß sie sich kaum bewegen konnten.

Zum Abendessen versammelten sie sich in Mrs. Radcliffes Haus und warteten auf die ersten Morgenzeitungen. Aufgrund der Publikumsreaktion wußten sie schon, daß die Aufführung ein Triumph gewesen war, daher genossen sie alle entspannt den Champagner und die vielen Delikatessen, die in keinem gewöhnlichen Laden mehr erhältlich waren. Ken Warren war es gelungen, wenigstens zum zweiten Akt zu kommen. Connie sah ihn strahlend an. Sein langes, etwas trauriges Gesicht wurde durch ein schüchternes Lächeln erhellt, als er Julia beglückwünschte. »Du scheinst auf dem besten Weg zum Erfolg zu sein. Ich höre, eine Filmrolle wartet auf dich.« Seine Augen hinter den dicken Brillengläsern sahen sie freundlich und besorgt an, als frage er sich im stillen, warum in aller Welt jemand so eine wechselvolle und unsichere Zukunft wie die einer Schauspielerin anstrebte. Dann diskutierte er angeregt mit Alexandra über den japanischen Eintritt in den Krieg. »Ich glaube, es wäre ein großer Fehler, sie zu unterschätzen.«

Alexandras Gesicht wirkte spitz vor Angst. »Ich stimme dir völlig zu. Niemand aus meiner Bekanntschaft spricht von einem schnellen Sieg. Greg ist es gelungen, sich nach Singapur abzusetzen. ›Record‹ hat heute nachmittag einen Bericht von ihm erhalten.«

Alle versuchten, für einige Stunden die Ereignisse der letzten Woche zu vergessen. Nach dem japanischen Überraschungsangriff auf Pearl Harbour hatten japanische Bomber die britische Militärbasis in Hongkong zerstört, und in den Morgennachrichten war durchgegeben worden, daß die britischen Schlachtschiffe »Prince of Wales« und »Repulse«, die die Japaner von Singapur hätten abschneiden sollen, versenkt worden seien. Es war eine Katastrophe, die sie noch nicht in ihrer ganzen Tragweite erfaßt hatten. Julia fragte sich, ob ein Teil des Lachens im Theater nicht eine Art Befreiung von der Spannung und der Furcht der letzten Woche gewesen war.

Julia flüsterte James etwas zu, und er nickte eifrig und legte den Arm um ihre Schulter. Julia bat ihren Vater, er möge ihre Verlobung mit James bekanntgeben und daß sie in Kürze heiraten würden. Toasts und Gratulationen folgten, aber Julia hatte das Gefühl, daß manche der guten Wünsche hohl klangen. David sagte: »Liebling, vergiß nicht, daß du einen Vertrag hast, und anschließend kommt der Film. Werde mir bloß nicht schwanger.« Dann wandte er sich mißmutig von ihr ab.

Alexandra legte den Arm um Julia. »Nun, Schwester, du

hast dich also entschlossen, ins kalte Wasser zu springen. Ich versteh dich gut. Und höre nicht auf David. Jetzt, wo Greg so weit weg ist, wünschte ich, ich hätte den Mut gehabt, ein Kind von ihm zu bekommen. So hätte ich etwas, an das ich mich halten könnte... ein Teil von ihm. Gott allein weiß, wann ich ihn wiedersehe, nach allem, was letzte Woche passiert ist. Aber in Singapur ist er zumindest in Sicherheit, irgendwie wird er sich schon nach England durchschlagen. Aber so wie ich ihn kenne, will er möglichst nahe am Kriegsgeschehen sein, statt sich möglichst fern davon zu halten.«

Luisa Radcliffe gratulierte ihr und äußerte sich sehr liebenswürdig über den bescheidenen Ring, den James ihr geschenkt hatte. Aus einem unerfindlichen Grund schien sie sich mehr als alle anderen über die Verlobung zu freuen.

»Natürlich tut sie das«, sagte James, als Julia eine diesbezügliche Bemerkung machte. »Bald bist du ihr aus dem Weg. Alexandra ist verheiratet und Connie fest gebunden an diesen Ken und an ihren Kriegsdienst. Nur du hast zwischen ihr und deinem Vater gestanden, sie ist nur zu froh, dich loszuwerden.«

»Ich habe nie zwischen Vater und Mrs. Radcliffe oder irgend jemand anderem gestanden.«

»O doch, das hast du. Du symbolisierst diesen schrecklichen Tag. Du warst der nächste Mensch, den er hatte nach dem Tod deiner Mutter. Er hatte das Gefühl, er müßte sich um dich kümmern, so wie du dich um ihn gekümmert hast während all dieser Monate, wo er wie ein hilfloses Kind war. Jetzt übernimmt *sie* ihn.«

»Meinst du wirklich, sie will ihn heiraten? Ist es nicht nur ein kleiner amüsanter Flirt für sie?«

Er lächelte und strich ihr eine kleine Haarsträhne aus der Stirn. »Du bist wirklich noch sehr naiv. Vielleicht ist das der Grund, warum ich dich liebe. Natürlich will sie ihn heiraten. Sie ist zu Tode gelangweilt von diesen reichen, sturen Ehemännern aus dem Bankwesen. Sie will jetzt etwas Aufregendes, ein bißchen Glitzerwelt – Broadway, Hollywood. Sie ist elegant und reich genug, um jede Schauspielerin, die ihr Konkurrenz macht, in den Schatten zu stellen. Sie hatte keine Angst vor Konkurrenz. Drei Ehen für eine Frau, bevor sie vierzig ist – und ohne Scheidung –, das ist keine schlechte Bilanz. Sie wird die Karriere deines Vaters mit aller ihr zur Verfügung stehenden Energie fördern und ihm mehr helfen, als eine Frau es je könnte, die für eine eigene Karriere arbeitet. Warum, meinst du, investiert sie Geld in diesen Film, in dem du mitspielen sollst? Sie will dich aus dem Weg haben, aber sie wünscht dir auch Erfolg.«

»Jamie, ich wußte nicht, daß du so zynisch sein kannst. Du klingst wie Greg oder Alexandra.«

»Ich bin nicht dumm, Julia. Aber sie ist vermutlich eine Frau, auf die man sich verlassen kann. Sie wird gut für deinen Vater sorgen und sich für ihn einsetzen. Davon bin ich überzeugt!«

Sie heirateten drei Tage nach Weihnachten in der St.-Pauls-Kirche, die bei Schauspielern besonders beliebt war. James war es gelungen, drei Tage Urlaub zu bekommen. Michael hatte Julia das Hochzeitskleid ihrer Mutter angeboten, aber sie hatte sich lieber Alexandras weißseidenes Kostüm ausgeliehen, das diese bei ihrer standesamtlichen Hochzeit getragen hatte. James' Kameraden, die Urlaub bekommen hatten, und andere Freunde und ein paar entfernte Verwandte nahmen an der Feier teil. Lady Jean kam in der Begleitung von Sir Niall aus Schottland angereist und saß auf der vordersten Kirchenbank.

Eine Hochzeit in der Kirche hatte etwas Unwirkliches in diesen düsteren Tagen des Krieges. Der Afrikafeldzug schien in einem Patt geendet zu haben, Hongkong war von den Japanern besetzt worden, die jetzt auch nach Burma vordrangen, und in dieser gespannten Atmosphäre fand Julias feierliche Trauung statt. Die Vorbereitungen waren zum größten Teil von Luisa Radcliffe getroffen worden. Nach dem

Hochzeitsempfang gingen sie ins Ritz, und alles war wie in Friedenszeiten: Blumen, ein Hochzeitskuchen, Fotografen. Aber nachdem Julia und James alle Glückwünsche, Toasts und Küsse entgegengenommen hatten und sich unter die Gäste mischten, sprach jeder wieder vom Krieg. Und plötzlich sah sie sich James' Kommandeur gegenüber, der ihnen an jenem schrecklichen Tag sein Beileid ausgesprochen hatte auch im Namen des jungen Piloten, dessen Flugzeug ihre Mutter getötet hatte. Er ergriff ihre Schultern und blickte ihr ins Gesicht, dann sagte er leise, nur für James und sie bestimmt: »Ein sehr glücklicher und unerwarteter Ausgang eines tragischen Ereignisses. Ihre Mutter würde diese Ehe sicher gutheißen. Aber keine Sorge, von mir wird niemand je ein Wort erfahren.« Sie blickte zu ihrem Vater hinüber, der sich angeregt unterhielt. Nichts erinnerte mehr an den stumpfen, betrunkenen Mann, dem der Kommandeur sein Beileid ausgedrückt hatte. Wenn ihr Vater je die Wahrheit erfahren sollte, würde er verstehen, daß James keine Schuld traf. Sie hoffte dennoch, daß ihm diese Wahrheit erspart bliebe.

Lady Jean und Sir Niall schienen so fern wie eine Insel. Lady Jean stellte ein eingefrorenes Lächeln zur Schau, hinter dem sich verzweifelte Resignierung verbarg. Was sie für unmöglich gehalten hatte, war Wirklichkeit geworden. Diese Fremde hatte ihren einzigen Sohn geheiratet und damit alle ihre Pläne zunichte gemacht. Sie betrachtete die Schauspieler um sich herum, die jungen Männer in Uniform, die über Witze lachten, die sie nicht verstand, sie hörte sich bissige Klatschgeschichten an, die Theaterleute benötigen wie ihr täglich Brot, und Julia erriet, daß Lady Jean diese ganze Welt völlig inhaltlos fand. Es war eine Welt, von der sie sich nichts versprach. Und noch weniger versprach sie sich etwas von den Kindern, die diese junge Frau einmal gebären würde. Ihre Zweifel, ihre Ablehnung, sogar ihre Ängste waren leicht zu erkennen hinter diesem mechanischen Lächeln.

David Davidoff trat zu Julia. »Es ist an der Zeit, daß

du dich von deinen Gästen verabschiedest, Liebling, in zwei Stunden ist dein Auftritt.«

Als sie mit James zusammen den Empfang verließ, sagte er: »Ich hätte mir nie träumen lassen, daß meine Frau an ihrem Hochzeitstag arbeiten muß.«

Den ganzen Januar und Februar über stand Julia jeden Abend auf der Bühne. Sie hoffte, daß James bald Urlaub bekäme. Doch dieser war knapp bemessen. Und besonders die Sonntage ohne Theater und ohne James waren schwer zu ertragen.

Jede Minute von der wenigen Zeit, die sie zusammen verbrachten, war ihnen kostbar. Agnes servierte schweigend und taktvoll das Essen. Bei der Hochzeit hatte sie kurz mit Lady Jean gesprochen und war von ihr tief beeindruckt gewesen, während sie die Schauspieler geringschätzte. Eines Sonntags, als Julia allein war, hatte sie zu ihr gesagt: »Man sieht es Lady Jean auf den ersten Blick an, daß sie eine adlige Dame ist. Hat Ihr Mann einen Titel, Mrs. Julia? Ist er ein Baron?«

»Nein, Agnes. Seine Mutter ist die Tochter eines Earls und daher Lady in ihrem eigenen Recht. Aber mein Mann ist nur schlichter Gutsbesitzer.«

»Aber nach dem Krieg, wenn er zurückkommt, werden Sie Schloßherrin sein.« Dies schien ihren Snobismus zu befriedigen.

Nach dem Krieg! Julia schien es eine fast unvorstellbare Zukunft.

Die unvorstellbare Zukunft schien in einen unvorstellbaren Alptraum auszuarten. Die Engländer hatten Amerikas Kriegseintritt begrüßt, aber die Japaner drangen im Pazifik erschreckend schnell vor. Es war durchaus möglich, daß die amerikanischen Streitkräfte dort aufgerieben würden, bevor sie die Kriegsschauplätze in Europa und Afrika entlasten könnten. Julia verfolgte voller Angst den japanischen Vormarsch auf der malaiischen Halbinsel. Eines Abends Mitte

Februar kam sie vom Theater nach Hause und sah Licht in ihrem Wohnzimmer. Sie lächelte glücklich, James hatte offensichtlich unerwartet Urlaub bekommen. Aber es war Alexandra, die auf sie wartete, eine Zigarette rauchend und ein leeres Glas Whisky neben sich.

Sie stand nicht auf, sondern starrte Julia nur verzweifelt an. »Singapur ist gefallen«, sagte sie. »Es ist gerade gemeldet worden. Und ich habe keine Nachricht von Greg. Er hat erst kürzlich einen Bericht von dort geschickt. Ich fürchte... er ist nicht mehr herausgekommen.«

Julia füllte schweigend Alexandras Glas auf und goß sich selbst einen Whisky ein. »Wie kannst du das sagen, bevor du etwas weißt. Viele Schiffe sind in den letzten Tagen in See gestochen. Es kann doch gut sein...«

»Ein Telegramm von ihm an ›The Record‹ hätte Dringlichkeitsstufe eins. Er hätte keine persönliche Mitteilung an mich schicken müssen, um zu sagen, daß er in Sicherheit ist.«

»Er lebt, Alexandra... ich bin davon überzeugt.«

Ihre Schwester schüttelte den Kopf, zündete sich noch eine Zigarette an und hielt Julia schweigend ihr leeres Glas wieder hin. Julia stand auf und füllte es. »Er hätte nicht in Singapur bleiben müssen«, rief sie heftig aus. »Vermutlich hatte er irgendeine verbohrte Idee von Heldentum. Brisante Berichte abfassen, während das Schiff sinkt. Typisch für ihn!«

Sie sprach weiter wie in einem Fieberwahn. Ihre ganze Bitterkeit über die langen Trennungen von Greg spülte an die Oberfläche. »Das meiste, was ich von ihm weiß, erfahre ich aus seinen Berichten. Seine Briefe bestehen aus ein paar hingeworfenen Zeilen: Er liebt mich... er hat viel zu tun... er ist in Eile... die Ereignisse überstürzen sich... mehr darf er nicht sagen... halt die Ohren steif... ich verlaß mich auf dich... Das waren seine letzten Worte...«

»Alexandra, hör auf!« rief Julia. »Das waren nicht seine letzten Worte. Du sprichst von ihm, als sei er tot. Er ist nicht tot! Er ist nur an irgendeinem Ort, von wo aus er dich nicht erreichen kann.«

Mit viel Mühe brachte Julia sie schließlich zu Bett und borgte ihr einen Pyjama, den ihr Vater zurückgelassen hatte. Er war vor ein paar Wochen offiziell zu Luisa Radcliffe gezogen. »Schlaf jetzt«, sagte sie zu ihrer Schwester, »morgen werden wir eine Nachricht von Greg bekommen.«

Aber keine Nachricht kam am nächsten Morgen von ihm, dafür erfuhren sie genauere Einzelheiten über die verheerende Niederlage. Die 90 000 Mann starke Garnison aus Briten, Australiern und Indern war überrannt worden. Singapur hatte als uneinnehmbare Festung gegolten, aber die Kanonen waren seewärts gerichtet gewesen, während der Feind vom Land her angegriffen hatte. Alexandra blieb jeden Tag bis spätabends im Büro, sie konnte nicht mehr in die Wohnung zurück, die sie mit Greg geteilt hatte. Julia fand sie jeden Abend bei sich zu Hause, wenn sie nach dem Theater heimkam. Sie aß fast nichts und rauchte und trank zuviel. Sie sah abgehärmt und elend aus.

»Woolfie ist heute in mein Büro gekommen, er hätte mich fast entlassen. Er sagte, mein letzter Artikel sei miserabel, völlig unbrauchbar gewesen. Er hat mich dann zu sich gebeten und mit mir über meine Zukunft gesprochen. Wir haben ein Büro in Washington, aber keine Frau in der Redaktion. Er will eine regelmäßig erscheinende Rubrik über den Krieg, geschrieben von einer Frau, um den Amerikanern klarzumachen, daß auch in Europa ein Krieg gewonnen werden muß, nicht nur im Pazifik.«

»Das ist eine großartige Idee. Du wirst das fabelhaft machen...« Julia hielt inne, als sie die Tränen sah, die über Alexandras eingefallene Wangen rannen.

»Verstehst du nicht? Begreifst du nicht, daß er denkt, Greg sei tot oder gefangengenommen? Kein Wort seit Singapur! Indonesien hat sich ergeben. Wenn die Japaner auch noch Australien einnehmen, ist alles aus. Wenn Greg noch in Freiheit wäre, hätte er einen Weg gefunden, es mir mitzuteilen. Woolfie hat über das Rote Kreuz versucht, etwas herauszufinden. Aber überall herrscht Chaos, niemand weiß etwas.

Ich habe ihm gesagt, ich würde mir die Sache mit Washington überlegen. Er wollte mich in seinem Wagen nach Hause bringen, aber ich bat ihn, mich hier abzusetzen. Ich kann meine Wohnung nicht mehr ertragen – überall liegen Gregs Sachen herum. Ach, Julia, wie wäre dir zumute, wenn James tot wäre?«

Julia fielen keine tröstenden Worte ein, sie sagte nur: »Ich glaube, ich hätte das Gefühl, selbst gestorben zu sein.«

Im März übergab David Davidoff Julias Rolle einer anderen Schauspielerin; das Filmscript war fertig, und sie würden Ende März in Pinewood mit den Dreharbeiten beginnen. »Du brauchst ein wenig Ruhe, Liebling, du siehst blaß aus. Fahr nach Anscombe, wo du näher bei deinem fliegenden Ehemann bist. Wir werden einige Besuche auf dem Fliegerhorst arrangieren, damit du einen genaueren Eindruck bekommst. Dein Mann wird dir alles erklären, was du wissen mußt. Laß uns den Helden ein wenig ausnutzen, solange wir ihn haben. Schau mich nicht so vorwurfsvoll an! Ich will ja damit nicht sagen, daß er abgeschossen wird. Aber er könnte nach Übersee geschickt werden, wohin, ist mir allerdings unklar, da wir fast keine Stützpunkte mehr haben.« Seine düstere Stimmung war nur zu verständlich. Die Japaner drangen unaufhaltsam im Pazifik vor, in Nordafrika war der Krieg zum Stillstand gekommen, und die Deutschen schienen nur auf die Schneeschmelze zu warten, um Rußland zu erobern. »Aber der Film wird ein Erfolg werden. Das Ministerium ist ganz erpicht auf ihn ... gute Propaganda.«

»Mir macht das Drehbuch zu schaffen, David – es überzeugt mich nicht«, sagte Julia mutlos. »Ich glaube einfach nicht an unsere Bombenangriffe auf Europa, besonders nicht in der Stärke.«

»Warte nur ab, Liebling«, sagte David, eingehüllt in eine Rauchwolke. »Nur ein Ausländer wie ich versteht, zu was die Engländer allem fähig sind.«

Noch vor Beginn der Dreharbeiten von »Rückkehr in der

Dämmerung« heiratete Michael Seymour Luisa Radcliffe. Niemand war sonderlich überrascht. Es war nur eine Frage der Zeit gewesen. »So kann es nicht weitergehen«, hatte Michael eines Tages ruhig zu Julia gesagt. »Ich weiß, dieser Krieg hat alle Konventionen auf den Kopf gestellt, aber ich bin altmodisch und kann nicht länger mit Luisa zusammenleben, ohne sie zu heiraten.«

Sie heirateten auf dem Standesamt, und nur die Familie und die engsten Freunde waren zugegen.

»Nun, Luisa hat sich Vater geschnappt«, sagte Alexandra bitter auf dem Hochzeitsempfang. Sie sah müde und abgespannt aus, aber stach noch immer mit ihrer Eleganz von den meist schäbig gekleideten anderen Gästen ab. Julia wußte, daß Lord Wolverton sie drängte, die Stellung in Washington anzunehmen, und allmählich etwas ungeduldig wurde, weil Alexandra sich nicht entschließen konnte. Julia dachte, vermutlich glaubt sie, eher etwas von Greg zu hören, wenn sie in London bleibt, obwohl sie in letzter Zeit fast nicht mehr von ihm gesprochen hat...

Julia wurde von Connie und Ken Warren in ihren Gedanken unterbrochen. Connie sagte etwas atemlos: »Es ist Ken im letzten Moment doch noch gelungen, zum Hochzeitsempfang zu kommen. Ich finde Mrs. Radcliffe hat alles... ich meine... also wie nennen wir sie denn jetzt?«

»Wie wär's mit Luisa und du?« schlug James vor. »Ihre freundliche Erlaubnis vorausgesetzt. Aber ich wette, sie hat nichts dagegen.«

»Ja, ich mache den Anfang«, sagte Connie. »Ich finde, sie sieht gut aus, und ich glaube, sie macht Vater glücklich. Er muß sehr einsam gewesen sein. Jetzt hat er wieder ein Zuhause und eine Frau, die sich um ihn kümmert.«

Julia lächelte Luisa zu und wußte, Connie hatte recht.

Michael und Luisa verbrachten drei Tage in einem Haus in Somerset, das Freunde von Luisa ihnen überlassen hatten. James und Julia packten ihre Koffer, um nach Anscombe zu fahren, wo sie die restlichen drei Tage von James' Urlaub verbringen wollten.

Alexandra betrat leise die Wohnung, kurz bevor sie zum Bahnhof aufbrechen wollten. Sie sah völlig verzweifelt aus, so daß Julia auf sie zulief.

Ihre Schwester sagte nur ein Wort: »Changi.«

»Was?«

Alexandra sank in einen Sessel, und James goß ihr einen Kognak ein.

»Ich... wir... die Redaktion hat gerade durch das Rote Kreuz die Nachricht erhalten, daß Greg mit allen anderen gefangengenommen wurde, als Singapur fiel. Es half ihm nichts, daß er nur Journalist ist. Niemand wurde herausgelassen. Er ist in einem Gefängnis namens Changi. Das ist alles, was wir wissen.«

»Zumindest lebt er«, sagte Julia leise.

»Ja, er lebt«, sagte Alexandra, »und dafür bin ich auch dankbar. Aber wann werde ich ihn wiedersehen?« Sie trank von dem Kognak, dann wandte sie sich an James. »Wann wird der Krieg endlich vorüber sein? Aber das weißt du so wenig wie ich.« Sie redete eine Weile zusammenhanglos weiter und stellte unbeantwortbare Fragen. James legte seine Hand auf ihre Schulter. »Wir müssen gehen, sonst verpassen wir den Zug. Julia, kannst du nicht für Alexandra ein paar Sachen einpacken?«

»Ich kann nicht nach Anscombe fahren«, protestierte Alexandra. »Ich muß in London bleiben. Vielleicht erfahre ich etwas Neues. Woolfie hat mich nach Hause geschickt. Vermutlich wollte er mich aus dem Weg haben.«

»Er hat dich zu deiner Familie geschickt«, sagte James. »Und du kommst mit uns, du kannst soviel weinen und fluchen, wie du willst, und Nachrichten erreichen dich auch in Anscombe.«

»Ich weiß nicht...« Sie leerte ihr Glas und zündete sich eine Zigarette an. »Nun gut«, sagte sie zögernd, »ich komme mit euch. Es ist immer noch besser, als allein in der Wohnung zu sitzen, ohne Greg. Ich muß mich wohl an den Gedanken gewöhnen, daß ich noch lange allein sein werde.«

»Ja«, sagte James, »daran mußt du dich gewöhnen, wie so viele andere Frauen auch.«

Alexandra blieb während der letzten zwei Urlaubstage von James in Anscombe. Julia ärgerte sich über sich selbst, daß sie die Gegenwart ihrer Schwester als störend empfand, aber Alexandra nahm sie die ganze Zeit über in Beschlag, unersetzbare Stunden, die Julia gerne allein mit James verbracht hätte.

Am letzten Abend tranken sie zwei Flaschen weißen Burgunder zu einem falschen Hasen und Apfelkuchen. Alexandra war nicht mehr ganz so verstört, sie sagte nachdenklich: »Ich werde Pläne für die Zukunft machen müssen. Greg ist in einem japanischen Konzentrationslager. Und ich kann nicht ewig in dem Büro, wo alles und jeder mich an ihn erinnert, herumsitzen und ein langes Gesicht ziehen, noch kann ich Julia auf die Bude rücken und von ihrer Gutmütigkeit profitieren. Aber ich kann diesen Job in Washington annehmen und das Beste daraus machen. Die Tatsache, daß mein Mann in einem japanischen Gefangenenlager ist, sollte mir den Zugang zu wichtigen Persönlichkeiten erleichtern. Ich könnte mich mit seinen Kollegen von der Presse in Verbindung setzen und mich auf Vater oder – Gott steh mir bei, sogar auf Mrs. Radcliffe... Pardon, Luisa... berufen. Diese Bankkreise sind so eng verstrickt wie unsere kleine Welt.« Sie hob ihr Glas. »Ich werde dieses Selbstmitleid abschütteln, das ich bei anderen Frauen so verachte. Greg soll stolz auf mich sein.«

»Darauf wollen wir anstoßen«, sagte James.

James stand am nächsten Morgen früh auf, um den ersten Bus in Anscombe zu erwischen. »Wie still es ohne ihn ist«, bemerkte Alexandra, als sie zum Frühstück in die Küche kam. »Ich werde ihn vermissen. Dein Mann gefällt mir, Julia.«

»Danke«, sagte Julia und strich sich die Butter hauchdünn

auf den Toast. Sie sah ihre Schwester an. Sie sah besser aus, als ob sie nach langer Zeit eine Nacht wirklich durchgeschlafen hätte. Das Ende der ständigen Ungewißheit schien ihr Erleichterung zu verschaffen. Alexandra sagte: »Ich werde den Chef anrufen und ihm mitteilen, daß ich noch ein paar Tage hier bleibe ...«

Sie blieb die restlichen zwei Wochen, die Julia noch freihatte, bevor die Dreharbeiten begannen. Sie telefonierte jeden Tag mit ihrem Vater und sprach gelegentlich sogar mit Luisa. Dann führte sie ein langes Gespräch mit Lord Wolverton und nahm die Stellung in Washington an. Sie saß stundenlang über einem Brief an Greg, den das Rote Kreuz zu übermitteln versprach.

Die zwei Schwestern unternahmen lange Spaziergänge und redeten über vergangene Zeiten und natürlich über Luisa. »Sie scheint Takt zu haben. Ich meine, es ist recht feinfühlig von ihr, sich fernzuhalten, statt voller Besorgnis angerauscht zu kommen und hier herumzukommandieren. Vermutlich ist dies das letzte Mal, daß wir hier allein sind. Nach unserer Abfahrt wird Luisa hier mit Vater einziehen. Ich glaube, sie wird sehr diskret vorgehen, aber auf Veränderungen müssen wir uns gefaßt machen. Einige Dinge wird sie natürlich belassen.« Sie wies mit der Hand aus dem Fenster. »Den Rosengarten zum Beispiel. Vielleicht ist sie sogar so klug, ihn darin zu bestärken. Eins muß man Vater lassen, er hat etwas sehr Schönes geschaffen, wo andere Männer eine von Unkraut überwachsene Ruine hätten stehen lassen. Dir ist doch wohl auch klar, Julia, daß sie trotz all ihres Geldes Vater nie dazu bringen wird, Anscombe zu verlassen. Selbst dann nicht, wenn der Krieg vorbei ist. Vater würde nie diesen Besitz aufgeben, wo die Seymours seit Generationen gelebt haben. Vor vielen Jahren hätte er es vielleicht getan, aber jetzt nicht mehr. Tradition und Geschichte haben ihn eingeholt. Luisa muß sich nicht nur gegen den Geist der Seymours wehren, sondern auch gegen den Geist von Ginette Maslowa.«

»Sie ist klug genug, sich nicht dagegen zu wehren. Aber

du hast recht, Alexandra, von nun an sind wir Gäste in Anscombe.«

Alexandra zuckte die Achseln. »Pech gehabt. Aber wir sind hier geboren und aufgewachsen – kein schlechter Anfang. Das jedenfalls kann sie uns nicht nehmen.« Sie zeigte auf das Drehbuch, das auf einem Tisch lag. »Worum geht's?«

»Tja...« Julia suchte nach Worten. »Es ist ein Film mit einem kleinen Budget. Viel Gefühl und wenig Ausstattung. Er wird in enger Zusammenarbeit mit dem Verteidigungsministerium hergestellt. David hat die Erlaubnis bekommen, einige Szenen im Fliegerhorst zu drehen. Das Thema kannst du erraten: kleines Dorf an der Ostküste. Das Dorf ist durch die Erweiterung des Fliegerhorsts vom Rest der Welt abgeschnitten. Nur Menschen, die im Dorf leben und Passierscheine haben, können hinein- und herausgehen. Es bringt die Bewohner zusammen, ob sie es wollen oder nicht. Kein Benzin, keine Autos, nur Fahrräder und zweimal in der Woche ein Lieferwagen.«

»Und wer spielt den Dorftrottel?«

Julia lächelte. »Vielleicht stellt sich heraus, daß ich der Dorftrottel bin. Nein, ich bin eine Außenseiterin. Man gestattet mir, ein kleines verfallenes Cottage zu mieten, weil ich mit einem der Piloten verheiratet bin. Nun, und da bin ich, schwanger obendrein, und versuche mich an das Leben in dem abgeschnittenen Dorf zu gewöhnen. Jeden Abend warte ich in der Hoffnung, daß mein Mann ein paar Stunden freibekommt. Meine Nachbarin ist eine alte Aristokratin, deren Haus für die Offiziere beschlagnahmt wurde. Sie haßt die ganze Situation, aber sie akzeptiert sie aus dem Gefühl heraus, daß *noblesse oblige*. Sie mag mich nicht, und sie mag auch den jungen kanadischen Flugzeugorter nicht, der bei ihr auftaucht und behauptet, er sei entfernt verwandt mit ihr. Er besteht darauf, ihr im Gemüsegarten und auch im Haus zu helfen. Sie findet es unpatriotisch, ihn fortzuschicken, abgesehen davon braucht sie seine Hilfe, weil sie nicht daran gewöhnt ist...«

»Mir scheint, diese Aristokratin stiehlt dir die ganze Schau.«

»Wenn ich dir sage, daß die Audrey Fellowes diese Rolle spielt, weißt du, daß sich alles um sie dreht.«

»Ja, das ist mir klar. Aber erzähl weiter. Du bist also schwanger und wartest auf deinen Mann, und die alte Scharteke versucht diesen netten, jungen Kanadier abzuwimmeln, der vermutlich ganz furchtbar einsam ist und viel lieber *dein* Gemüse anpflanzen würde, es aber nicht wagt, weil dein Mann ein Kamerad von ihm ist.«

»So ist es. Aber dann bekommt die alte Dame Krebs. Sie weiß es, das Publikum weiß es, aber sonst weiß es niemand aus ihrem Bekanntenkreis. Die Bomber trainieren fast jeden Tag über der Nordsee, manchmal mit Jagdfliegerschutz. Aber weder ich noch die alte Aristokratin wissen, ob es nur Übungsflüge sind oder ob es ernst ist.«

»Unsere Bomber sind noch nie einen Angriff über Deutschland geflogen, seit Frankreich kapitulierte.«

»Ich sage dir doch, es ist ein Propagandafilm. Nun, und dann eines Nachts starten die Bomber und bleiben länger als gewöhnlich fort. Die Jäger steigen auf, um etwaige deutsche Verfolger abzuwehren. Wir – die alte Dame und ich – wissen, daß die Bomber den Auftrag haben, tief in Feindesland vorzustoßen. Wir zwei stehen am Drahtzaun des Fliegerhorsts und zählen die heimkehrenden Bomber, und wir sehen, daß sie beschossen worden sind. Aber dann verlieren wir den Überblick. Es wird heller. Rettungswagen kommen angerast. Dann wird alles still. Keine Flugzeuge landen mehr. Wir gehen in mein Cottage und machen uns einen Tee. Es ist ein strahlender Tag, wir lassen die Haustür offenstehen – und warten. Ich sehe jemand, der den Weg heraufradelt. Es ist der Kanadier. Er versucht mir die Wahrheit zu verschweigen, aber ich zwinge ihn zum Sprechen. Das Flugzeug meines Mannes ist brennend abgestürzt. Niemand hat jemand abspringen sehen. Er wird als ›vermißt‹ gemeldet. Niemand sagt ›vermutlich tot‹. Aber ich weiß, daß er nicht mehr lebt.

Ich lege meine Hand auf meinen Bauch, weil das Baby sich zum ersten Mal rührt. Der Kanadier begleitet die alte Dame zu ihrem Cottage zurück. Ich warte den ganzen Tag. Ein Kamerad meines Mannes kommt, um mir mehr oder weniger offiziell das Geschehene mitzuteilen. Ich sitze in der sinkenden Dämmerung und sehe dem Kanadier zu, der im Garten der alten Aristokratin arbeitet. Sie wird bald sterben, aber wenigstens hat sie ihn noch.«

Alexandra schwieg eine Weile, dann sagte sie: »Es scheint mir einer von diesen Filmen zu sein, wo du viel und lange in den Himmel schauen mußt und dann und wann in den Gemüsegarten der alten Dame.«

»Ja, das ist so ungefähr alles.«

»Du wirst es prima machen. Du brauchst dir nur vorzustellen, wie tapfer Connie sich unter den Umständen verhalten hätte, und dann bekommst du es glänzend hin.« Klang Alexandras Stimme plötzlich rauh? In dem halbdunklen Raum schimmerten ihre Augen feucht, als stünden sie voller Tränen. Tränen, die sie während all dieser Wochen des Wartens auf Greg zurückgehalten hatte.

Die Dreharbeiten begannen, und der Regisseur mußte Julia bei jeder Szene Anweisungen geben. Sie war verunsichert und deprimiert. Die Nähe der Kameras, das Wissen, daß viele Menschen, die alle hochspezialisiert waren, sich dicht um sie drängten, lenkte sie ab. Sie vermißte das Theaterpublikum. Sie hatte jeweils nur wenige Sätze zu sagen, aber diese mußte sie endlos wiederholen. Sie hatte das Gefühl, die Kameras würden sich in ihre Nervenenden bohren. Audrey Fellowes war freundlich, aber kühl, zeigte jedoch keine Ungeduld mit dem Neuling. Julia und sie wurden oft vor dem Drahtzaun und der Kulisse des Fliegerhorsts gefilmt. Dann kam die Szene, wo sie dastanden und schweigend die Flugzeuge zählten. Der Regisseur rief: »Aufnahme!« Nachher nickte Audrey Julia zu und lächelte. »Bravo, mein Kind, nichts ist schwerer als zu spielen, ohne zu sprechen.«

Zwei Tage nach Fertigstellung des Films kam die Nachricht vom ersten Luftangriff der RAF auf Köln.

Julia kehrte nach Anscombe zurück. Dort war sie Jamie näher, und vielleicht gelänge es ihr, ihn wenigstens für ein paar Stunden zu sehen. Sie erinnerte sich jedoch oft an Alexandras Bemerkung, daß ihnen Anscombe jetzt nicht mehr gehörte. Luisa würde dasein und anstelle ihrer Mutter als Hausherrin walten. Sie betrat das Haus mit gemischten Gefühlen.

Aber wenig hatte sich verändert. Einige Möbel waren umgestellt und einige neue Stücke, vermutlich aus Luisas Stadtwohnung, hinzugekommen. Und alles war ein wenig bequemer. Es gab mehr heißes Wasser. Julia fragte sich, wie es Luisa gelungen war, die zusätzliche Kohle aufzutreiben. In den Badezimmern lag parfümierte Seife, Nahrungsmittelpakete trafen regelmäßig aus Amerika ein.

Ihr Vater hatte gerade eine Ruhepause und genoß es, sich in Anscombe zu entspannen. Zu Luisa hatte er eine gute, freundschaftliche Beziehung, als seien sie schon jahrelang verheiratet. Er verbrachte viel Zeit mit Harry Whitehand und diskutierte landwirtschaftliche Probleme mit ihm; beide waren stolz, ihre Produktionsquoten zu erfüllen und sie gelegentlich sogar zu übertreffen. Es war Sommer, und Julia melkte morgens und abends die Kühe und unterstützte die Landhelferinnen bei ihrer Arbeit, damit sie mehr Freizeit hatten. James kam und blieb für drei Tage. Sie fühlte ihre Ehe erneuert, und die Alpträume ließen nach.

Ihr Vater pflegte täglich den Rosengarten, oft in Begleitung von Luisa, die ihm mit Gartenhandschuhen und Schere ausgestattet dabei half. Aber was immer sie tat, umpflanzen, harken oder Kräuter sammeln und trocknen, sie sah stets so gepflegt aus wie beim ersten Mal, als sie nach Anscombe gekommen war. Julia bemerkte, daß sie nur mehr selten mit ihrem Vater allein war, es gab kein Gespräch, in das Luisa nicht mit einbezogen wurde. Mit Stella und der Köchin ging Luisa äußerst geschickt vor, sie war voll des Lobes, aber bestand darauf, daß die Dinge so gehandhabt wurden, wie sie es für richtig fand. Die Epoche Ginette Maslowa war beendet, aber ihr wurde ein ehrendes Andenken bewahrt. Die Herrschaft von Luisa Seymour hatte nicht nur begonnen, sie war bereits gefestigt.

Endlich erhielten sie den langerwarteten Brief von Alexandra. Sie hatte über das neutrale Portugal Washington erreicht. Die Fahrt über den Atlantischen Ozean war nicht gefahrlos verlaufen, aber schließlich war sie heil in New York angekommen. In Washington hatte sie fast den Status einer akkreditierten Kriegsberichterstatterin aufgrund der Aufgaben, die Lord Wolverton ihr übertragen hatte. Er hatte ihr Empfehlungsschreiben für seine Freunde und Bekannten mitgegeben und privat noch an seinen Freund Elliot Forster geschrieben, Besitzer eines Zeitungsimperiums und mehrerer Radiostationen. »Kümmere Dich bitte um sie. Sie hat eine schwere Zeit hinter sich. Aber sie ist stark, und sie ist eine gute Journalistin. Öffne ihr Türen, wenn Du kannst.«

6

Nach Beendigung ihrer Filmarbeiten konnte Julia das sommerliche Blühen von Ginette Maslowas Rosengarten miterleben. Luisa hatte schon Entwürfe für die Vergrößerung angefertigt. »Wir werden die Ziegel vom Darrhaus für eine Mauer benutzen und ein schmiedeeisernes Tor einfügen. Dahinter legen wir einen langen Weg an, und an dessen Ende errichten wir eine noch höhere Mauer, damit sich die Wärme fängt und der Wind abgehalten wird. Dies...«, und sie wies auf den langen Gartenstreifen, »ist nur der Anfang.«

Michael nickte dankbar. »Was für eine hübsche Idee, Liebling. Ich freue mich jetzt schon darauf, dies alles mit dir auszuführen.«

Julia erkannte in diesem Moment, daß Luisa Michael Seymour völlig richtig einschätzte. Er verstand wenig von Landwirtschaft und hätte nie das Leben eines Gutsbesitzers ertragen. Andererseits wäre es ihm jetzt nicht mehr möglich, sich vom Seymour-Besitz zu trennen. Luisa würde um- und anbauen können, aber sie müßte es in Anscombe tun. Wenn sie ihren Mann behalten wollte, mußte sie sich mit dieser Tatsache abfinden. Und klug wie sie war, hatte sie dies offensichtlich längst begriffen. Julia hatte Bilder von dem Castillo auf den Hügeln in der Nähe von Granada gesehen, wo Luisa geboren war, und auch von dem Schloß inmitten von Weinbergen, das Luisa von ihrem ersten Mann geerbt hatte. Zudem besaß sie noch ein georgianisches Haus in Gloucestershire mit 700 Morgen Land, das Henry Radcliffe gehört hatte. Im Moment wurde es als Erholungsheim benützt. Was immer sie mit dem Schloß und mit dem georgianischen Kasten anfangen wollte, eins schien sie zu verstehen: Sie mußte mit dem viel bescheideneren Anscombe vorliebnehmen, solange sie mit Michael Seymour verheiratet war.

Mit dem Sommer waren auch die erschreckenden Nachrichten von den deutschen Erfolgen in Rußland gekommen. Die Belagerung von Sewastopol hatte begonnen, und in Nordafrika war die 8. Armee vor Rommels Angriffen zurückgewichen. Aber im Pazifik hatten die Amerikaner vier japanische Truppentransporter versenkt. Alexandra schrieb aus Washington: »Wir haben hier den Eindruck, daß wir im Pazifik mit den Japanern ungefähr pari stehen, aber es bleibt noch so verdammt viel übrig, was wir zurückerobern müssen – all diese verlorenen Gebiete.« Die Schlacht im Korallenmeer im Mai, bei der die Japaner besiegt worden waren, schien ihrem Vordringen Einhalt geboten zu haben, und Australien war gerettet. »Aber mit knapper Not«, war Alexandras Kommentar. Sie schien sich mit aller Energie in ihr neues Leben in Washington geworfen zu haben. Als der fast unbekannte General Eisenhower das Oberkommando in Europa übernahm, schrieb sie einen vielbeachteten Artikel über ihn. »Elliot Forster hat mir ein Interview mit Mamie Eisenhower vermittelt. Sie scheint keine blasse Ahnung davon zu haben, was auf ihren Mann zukommt. Eine nette, aber eher schlichte Frau.« Julia fiel auf, daß Elliot Forsters Name sehr häufig in Alexandras Briefen vorkam. Aber warum auch nicht? Er war schließlich der Besitzer von mehreren hundert Zeitungen, von Radiostationen und dem einflußreichen Magazin »Insight« und daher eine mächtige Persönlichkeit in Washington. Er war offensichtlich Lord Wolvertons Bitte nachgekommen, Alexandra »Türen zu öffnen«. Greg erwähnte sie nur noch selten, aber es gab ja auch wenig über ihn zu schreiben.

Michael bereitete sich auf einen Film vor. »Ein weiteres Propagandaunternehmen von David«, wie er es beschrieb. Aber für Julia gab es nichts zu tun. Die West-End-Theater hatten keine Rolle für sie, und ein neues Filmangebot war auch nicht in Aussicht. »Wenn ich wirklich patriotisch wäre, würde ich mich vermutlich einer Fronttheatergruppe anschließen«, sagte sie zu James. »Es wäre sicher sehr nützlich für mich, es brächte mir genau die Erfahrung, die ich brauche. Aber ich könnte dich dann nicht mehr so häufig sehen, und hier auf der Farm können sie mich brauchen. Einziehen können sie mich nicht, nachdem ich verheiratet bin. Oder sollte ich mich doch zur Landarbeit melden?«

»Dann würden dich die Bürokraten, wie sie nun einmal sind, wahrscheinlich ins tiefste Wales schicken, statt dich hier zu lassen, wo du hingehörst.«

Harry Whitehand war begeistert von seinen Landhelferinnen. Anfangs hatte er nur skeptisch den Kopf geschüttelt. »Was kann man schon von diesen Stadtpflänzchen erwarten?« Doch später sagte er einmal zu Michael: »Sie sind großartig mit dem Vieh, die Mädels, fast so gut wie Ihre Tochter. Ich habe einigen von ihnen beigebracht, einen Traktor zu fahren, wer hätte das vor dem Krieg einer Frau zugetraut? Ich habe mir nie träumen lassen, daß ich eines Tages mit Frauen zusammenarbeiten würde, aber jetzt dränge ich das Ministerium, mir so viele wie möglich zu schicken.«

Michael fuhr zu Außenaufnahmen nach Irland. Luisa hatte nicht gebeten, ihn zu begleiten. »Das würde ich nicht wagen«, sagte sie zu Julia. »Sie würden mich nur scheel ansehen, eine unnütze Ehefrau, die jedem im Wege steht, statt zu Hause zu bleiben und ihre Pflicht zu tun.« Sie setzte jedoch ihre Rotkreuzarbeit in London fort, und wenn sie in Anscombe war, besuchte sie oft als Mitglied des weiblichen Freiwilligenkorps das Genesungsheim, in dem James so lange gelegen hatte, schrieb Briefe für die Verwundeten und stützte sie bei ihren ersten, zaghaften Gehversuchen.

»Sie ist nicht so, wie ich zuerst gedacht habe«, gab Julia James gegenüber offen zu. »Sie packt zu, wo es nötig ist, und scheut keine Arbeit. Ich dachte, sie würde ihre schönen Hände nie mit Abwaschwasser beschmutzen, aber sie tat mehr als das.«

Doch eines Morgens, als Julia zum Frühstück hinunterging, hörte sie beunruhigende Laute aus Luisas Schlafzimmer. Sie zögerte einige Minuten, bevor sie an die Tür klopfte, aber sie erhielt keine Antwort. Sie öffnete vorsichtig die Tür, das große Doppelbett war leer und zerwühlt, auf Zehenspitzen näherte sie sich dem Badezimmer, und dort vor dem Toilettenbecken kniete Luisa in einem spitzenbesetzten Satinmorgenrock und übergab sich, aber ihr Magen gab nur noch Wasser und Galle her.

»Luisa...« sagte Julia leise. Vielleicht hätte ich lieber nicht hereinkommen sollen, überlegte sie.

Luisa wandte sich um, ihr dunkles Haar fiel ihr lose über die Schultern, doch einige Strähnen klebten an ihren Wangen. Sie glitt in eine sitzende Stellung, hielt sich aber noch immer am Toilettenbecken fest. Julia kniete sich neben sie nieder. »Kann ich etwas für dich tun, Luisa?«

Sie half Luisa auf die Beine und führte sie zum Bett zurück. Sie strich die Laken glatt und schüttelte die Kopfkissen auf. »Fühlst du dich sehr schlecht? Verzeih, daß ich hereingekommen bin, aber ich habe im Vorbeigehen gehört...« Sie strich mit einer sanften Geste die schweißnassen Strähnen aus Luisas Gesicht. »Warte einen Moment...« Sie eilte ins Badezimmer, wrang einen Waschlappen in kaltem Wasser aus und griff nach einer Kristallflasche, die Eau de Cologne enthielt. Vorsichtig wusch sie Luisas Gesicht, Hals und Schultern, dann goß sie Eau de Cologne auf den Waschlappen und betupfte ihr die Stirn.

»Ach... wie wohltuend«, flüsterte Luisa. »Ich fühle mich bereits besser; ich glaube, es ist vorbei, wenigstens für heute morgen.« Ihre großen, braunen Augen waren etwas eingesunken und dunkel umrandet. Sie sah Julia an: »Ich glaube... ich bin guter Hoffnung.«

Der seltsam altmodische Ausdruck rührte Julia. »Oh, Luisa...«

Die lange, schmale Hand ergriff die ihre. »Mir könnte nichts Schöneres widerfahren. Mein ganzes Leben lang habe ich mir ein Baby gewünscht. Ich hoffe, daß auch Michael sich freut. Mit meinem ersten Mann...« Sie schüttelte den Kopf. »Und dann mit Henry... zwei Wochen lang dachte ich, ich wäre vielleicht schwanger, aber ich habe keinen Arzt konsultiert. Dann kam er um. Falls ich ein Kind von ihm erwartet habe, verlor ich es in diesem Moment. Ich war mir nie ganz sicher...«

»Soll ich einen Arzt holen?«

Ein schwaches Lächeln glitt über Luisas Gesicht. »Was? Wegen einer kleinen morgendlichen Übelkeit? Er hat mehr als genug zu tun. Ich habe einen Arzt aufgesucht, kurz bevor Michael zum Filmen nach Nordirland fuhr. Er war fast sicher, aber er hat einige Tests eingeschickt. Doch wie ich die Sache jetzt beurteilen kann, war das nicht nötig.«

Julia wußte nicht recht, was sie sagen sollte. »Liegt dir viel daran?«

»Unendlich viel. Ich liebe deinen Vater. Ich weiß, Alexandra fällt es schwer, mir das zu glauben, aber es ist die schlichte Wahrheit. Ich habe mich immer nach einem Kind gesehnt, aber besonders nach einem von Michael. Nur bin ich eigentlich zu alt für ein erstes Kind. Es wird schwierig werden. Es ist sicher nicht leicht, es zu behalten, ich werde mich sehr schonen müssen. Hoffentlich freut sich Michael, wenn er bei seiner Rückkehr erfährt, daß er wieder Vater wird. Und hoffentlich wird es ein starkes, gesundes Kind. Ich werde sehr egoistisch sein und möglichst viel ruhen, wie mir mein Londoner Arzt geraten hat.«

Sie strich über Julias Arm. »Ich sehe, daß die Idee dir nicht unangenehm ist.«

»Warum sollte sie das sein? Es ist die natürlichste Sache der Welt. Vater wird entzückt sein.«

»Das ist nicht sicher. In seinem Alter... in meinem Alter? Vielleicht hat er sich friedliche Jahre vorgestellt, während ein Kind immer Probleme mit sich bringt. Aber ich wünsche es mir so sehr...« Sie sank in die Kissen zurück. »Ich komme aus einer spanischen Familie, Julia, und eine Frau ohne Kinder wird bei uns verachtet. Meine Schwestern haben Spanier geheiratet und viele Kinder bekommen. Sie haben mich immer bemitleidet. Aber jetzt endlich... endlich...«

Julia kniete sich neben das Bett. »Wir werden dir helfen, wir werden dir alle beistehen.« Sie machte sich im stillen Vorwürfe, daß sie und Alexandra an der Aufrichtigkeit dieser Frau gezweifelt hatten. Luisa liebte ihren Mann und sehnte sich nach einem Kind. Julia empfand eine tiefe Sympathie für die erschöpfte Frau und ihre letzte Hoffnung, Mutter zu werden.

»Wir werden dir alle helfen«, wiederholte sie. »Ich verspreche es dir. Du wirst dein Baby bekommen – ein gesundes, glückliches Baby. Vater wird begeistert sein. Hoffentlich wird es ein Junge.«

»Du bist sehr großzügig... sehr liebevoll...«

»Ich bringe dir jetzt eine Tasse Tee und einen Toast... ohne Butter. Das kannst du vielleicht behalten. Aber später, nun, wie man so sagt, mußt du für zwei essen.«

Sie ging etwas verwirrt in die Küche und fragte sich, während sie Tee machte, welchen Einfluß dieses Ereignis auf das Leben ihres Vaters, ihrer aller Leben haben könnte.

Ihr Vater kehrte nach einem Monat aus Nordirland zurück. Er nahm die Neuigkeit mit jungenhafter Begeisterung auf. »Mein Gott... in meinem Alter! Es kommt einem Wunder gleich.«

Er arbeitete die nächsten zwei Monate in London, bis der Film abgedreht war. Julias Film, »Rückkehr in der Dämmerung«, wurde aufgeführt, und Julia erhielt fast so begeisterte Kritiken wie Audrey Fellowes.

David war außer sich vor Freude. »Habe ich es nicht immer gesagt? Schon als ich die ersten Probeaufnahmen von dir sah, habe ich gewußt, daß wir es schaffen. Und ich fühl es in... in meinen Eingeweiden, daß der Film in Amerika groß ankommen wird. Und wenn danach Michaels Film gezeigt wird...« Er strahlte übers ganze Gesicht.

Als James zwei Wochen nach der Uraufführung nach Ans-

combe kam, grinste er verlegen und schüttelte den Kopf. »Der ganze Fliegerhorst redet von dir. Sie fragen sich alle, wie der alte Major es geschafft hat, einen Filmstar zu heiraten. Also mit dir zu konkurrieren, kann ich gleich aufgeben. Eine Bühnenschauspielerin zu sein, ist nicht so umwerfend, die meisten meiner Kameraden gehen nie ins Theater, aber ein Kinostar... das ist eine ganz andere Sache. Alle laden ihre Freundinnen sonnabends ins Kino ein. Und deine Bilder sind in allen Zeitungen und Illustrierten. Wenn meine Staffel nicht Angst hätte, ich könnte es sehen, würden bestimmt viele ein Bild von dir an die Wand hängen.«
»Ich bin noch nicht Betty Grable – und werde es wohl nie so weit bringen. Hast du deiner Staffel erzählt, daß ich jeden Tag Kuhställe ausmiste?«
»Nein, warum sollte ich ihnen das Bild, das sie sich von der schönen Julia Seymour machen, vermiesen?«
»Ich heiße Julia Sinclair, bitte.«
Ein scheuer, kurzer Brief kam von Janet.

Sie waren ganz wunderbar, Mrs. Sinclair. Ich war zweimal in Inverness, um Sie zu sehen. Ich habe mir die Augen aus dem Kopf geweint – ich bin eben hoffnungslos sentimental. Lady Jean hat gesagt, sie würde auch hingehen, wenn sie ihre Benzinscheine abholt. Aber dann kam Sir Niall vorbei und nahm sie mit. Sie hat nicht viel gesagt, außer daß sie den Film sehr gut gefunden hätte und Sie viel Talent hätten. Ich glaube, sie hat nie damit gerechnet, so viele berühmte Leute in der Familie zu haben. Sie wollte Reichtum haben, aber weiß nicht recht, was sie mit Ruhm anfangen soll.

Ende September bekam James ein paar Tage Urlaub und wollte diese mit Julia in einem Hotel in Cornwall verbringen. »Wir sind nie wirklich allein gewesen, Julia. Nichts gegen die Wohnung in London, aber sie gehört deiner Familie, das gleiche gilt für Anscombe. Wir haben keine richtige Hochzeitsreise gemacht, und nach Sinclair will ich nicht fahren. Du sollst nicht wieder auf Mutter Rücksicht nehmen müssen. Obwohl der Herbst die schönste Jahreszeit in Schottland ist. Aber wir müssen endlich einmal allein sein.«

Sie verbrachten eine ganze Woche nur zu zweit. Das Wetter war fast immer schön. Von ihrem kleinen Hotel aus unternahmen sie lange Spaziergänge. Nur einmal bei einem Picknick wurden sie völlig durchnäßt, trotzdem legten sie sich ins feuchte Heidekraut und liebten sich. Die Kleider trockneten sie in ihrem Zimmer vor dem brennenden Kamin, den der Gastwirt für sie angezündet hatte. Er schickte ihnen sogar eine Flasche Champagner aufs Zimmer, denn er hatte Julia von den Zeitungsfotos wiedererkannt. »Er hält uns vermutlich für junge Verliebte«, sagte Julia, »und dabei sind wir ein altes Ehepaar.«

»Wir *sind* junge Verliebte und werden es ewig bleiben.«

Sie lächelte. »Erinnerst du dich noch ans erste Mal? Das kleine Cottage, und du hast ein Feuer angefacht und mir gezeigt, was Liebe ist.«

»Erinnere mich oft daran, Liebling, an jeden kostbaren Augenblick. Vergiß das kleine Cottage nicht, wenn ich fern von dir bin.«

»Mußt du fort?« fragte sie mit ängstlicher Stimme.

»Ich fürchte, ja. Ich wollte es dir nicht erzählen, aber ich glaube, dies ist eine Art Abschiedsurlaub. Sie sagen dir das nie, man merkt es nur an den Vorbereitungen, die sie treffen.«

»Wohin schickt man dich?«

»Ich weiß es nicht, und selbst wenn ich es wüßte, würde ich es dir nicht sagen. Aber eigentlich kann es nur Nordafrika sein. Wohin sollten sie uns sonst schicken? Im Pazifik sind die Amerikaner am Zug. Ich habe den Eindruck, daß sie einen Angriff auf Rommel planen.«

Rommels Zerstörung von Tobruk mit seiner 30 000 Mann starken Garnison im Juni hatte die Nation fast so erschüttert wie der Fall von Singapur. Die Deutschen waren während des Sommers auch an der russischen Front vorgedrungen und marschierten jetzt auf Stalingrad und Rostow zu. Der erste, bedeutende Sieg war im Pazifik errungen worden, als der Flugplatz, den die Japaner in Guadalcanal auf den Salomoninseln gebaut hatten, eingenommen worden war.

Zwei Wochen später, frühmorgens, als Julia gerade vom Melken kam und hungrig ihr Frühstück in der Küche aß, klingelte das Telefon. »Julia, ich bin es. Es ist soweit. Du weißt, worüber wir gesprochen haben. Ich kann nichts weiter sagen. Ich seh dich – irgendwann, früher oder später.«

»Ich warte auf dich!« Sie fand keine anderen Worte. »Ich warte – gleichgültig wie lange.«

Nach James' Abfahrt überfiel Julia eine unerklärliche Mattigkeit. Sie erledigte ihre Arbeit routinemäßig, melkte die Kühe, fuhr den Traktor, mistete die Kuhställe aus, aber sie fühlte eine seltsame Leere in sich. Nach zwei Wochen wurde ihr plötzlich klar, daß ihr etwas Lebenswichtiges fehlte – sie hatte nichts, worauf sie sich freuen konnte. Wenn James nach Nordafrika abkommandiert war, fielen die 48 Stunden Urlaub aus, und es könnte ewig dauern, bis der erste Brief kam. Es interessierte sie wenig, daß »Rückkehr in der Dämmerung« in Amerika sehr gute Kritiken bekommen hatte. David war begeistert, er rief sie an und teilte ihr mit, daß der Film in allen großen Kinos der Staaten liefe. »Ein paar Journalisten werden nach Anscombe kommen, um dich zu interviewen, Liebling. Mach dich nicht fein für sie, sondern trage deine scheußlichen Kordhosen. Ich will, daß die Aufnahmen und Interviews dich möglichst ähnlich dem Mädchen im Film zeigen.«

Sie erledigte die Interviews so gewissenhaft wie ihre tägliche Arbeit, wobei sie sich gelegentlich fragte, ob sie ihre Rolle als Bauernmagd nicht etwas übertrieb.

Alexandra schrieb aus Washington:

Du bist großartig. Ich habe den Film dreimal gesehen, und sogar der mächtige Elliot Forster ist einmal mitgekommen und hat erklärt, er fände Dich beachtlich. Ich habe nicht von ihm, aber von anderen gehört, daß er seine Journalisten angewiesen hat, Artikel über Dich zu schreiben, und ich glaube nicht, daß er das aus Freundschaft zu mir getan hat. Er ist völlig unbestechlich. Eher würde er das Gegenteil tun, weil er alles, was nach Beziehungen riecht, haßt. Nein, ich bin fest davon überzeugt, daß er Dich für sehr talentiert hält. Ich bin stolz auf Dich.

Sie erwähnte Greg mit keinem Wort. Endlich kam der erste Brief von James:

Du kannst erraten, wo wir sind, wegen des Sandes im Briefumschlag. Die Unterkunft ist nicht gerade bequem, aber wir sind von zu Hause verwöhnt. Die Flugtechnik ist auch völlig anders, wir müssen viele neue Tricks lernen.

Von nun an verfolgte sie den Afrikafeldzug mit großem Interesse. Ein Ort namens El Alamein wurde häufig in den Nachrichten erwähnt, und zum Schluß wurde dort ein großer Sieg errungen. Diesem folgte die britisch-amerikanische Invasion Nordwestafrikas unter dem Oberkommando von Eisenhower. Julia fragte sich, wo James eingesetzt würde. Sie hatte nur eine wichtige Mitteilung für ihn: »Ich erwarte unser erstes Kind.«

Die Neuigkeit wurde mit einem glücklichen Lachen von ihrem Vater zur Kenntnis genommen. »Liebling, wie absolut wunderbar! Es ist fast nicht zu glauben, meine Frau und meine Tochter sind zur gleichen Zeit schwanger!« Er war entzückt, aber auch besorgt. »Du mußt sofort mit der Gutsarbeit aufhören. Sie ist viel zu anstrengend für dich. Ich habe mit Harry Whitehand gesprochen, er ist ganz meiner Meinung. Wenn eine der Landhelferinnen schwanger ist, schickt er sie sofort nach Hause. Lerne stricken, so wie Luisa, darauf muß sich dein Beitrag zur Kriegswirtschaft beschränken, bis das Baby geboren ist. Und leg die Drehbücher fort, die David dir schickt. Du wirst nach der Geburt des Kindes noch genügend bekommen. Stell dir vor – mein erstes Enkelkind!«

Luisa nahm die Neuigkeit mit einem strahlenden Lächeln auf. »Julia, was für eine Freude! James wird überglücklich sein.« Luisa machte mit fortschreitender Schwangerschaft schwierige Zeiten durch. Sie hatte ihre Fahrten nach London und ihre Rotkreuzarbeit aufgegeben und lag auf Anweisung des Arztes fast den ganzen Tag auf dem Sofa. »Er hat mir gesagt«, vertraute sie Julia an, »daß er werdenden Müttern sonst nicht diesen Ratschlag gibt. Im Gegenteil, ein wenig Bewegung ist normalerweise wünschenswert und sogar vorteilhaft. Aber ich bin reichlich alt für ein erstes Kind. Doch ich rate dir, meine Diät zu übernehmen, sie scheint zu funktionieren. Iß mehrmals am Tag soviel Obst und Gemüse wie möglich. Laß nie Hunger aufkommen, dann wird dir nicht übel.«

Trotz ihres heiteren Geplauders sah Luisa elend aus. Ihre leicht olivenfarben getönte Haut war grau, ihre Augen eingesunken. Ihr zarter Körper schien von dem Gewicht des Kindes überfordert. Sie schlief schlecht und war daher immer müde. Michael hatte alle Film- und Theaterangebote abgelehnt, um bei ihr zu sein.

Die Zukunft sah nicht mehr ganz so düster aus. In den ersten Wochen des Jahres 1943 gab das Radio die Nachricht von den Siegen der Alliierten in Nordafrika und Rußland durch und vom Zusammenbruch des japanischen Widerstands in Burma.

Ein Brief von James traf ein:

Wir haben hier alle Hände voll zu tun, wie Du Dir denken kannst. Aber wenn ich nicht mittendrin stecke, denke ich an nichts anderes als an unser Baby. Ich stelle mir alle möglichen Sachen vor, wie ich ihm Reiten und Fischen beibringe und mit ihm über die Felder gehe. Fast zum ersten Mal in meinem Leben bin ich froh, Besitzer von Schloß

Sinclair zu sein. Es bedeutet mir jetzt etwas anderes als nur eine Last, die meine Mutter sich für mich aufgebürdet hat. Ich werde voller Freude auf dem Besitz arbeiten, weil ich es für unseren Sohn tue.

Julia machte sich Sorgen über diese tiefverwurzelte Familientradition, die erst jetzt zum Vorschein kam. Er hing viel mehr an seiner Erbschaft, als sie geahnt hatte, und all dies zusammengenommen würde eine große Rolle bei der Erziehung ihres Sohnes spielen. Und wenn sie nun ein Mädchen gebar? Er wäre sicher sehr enttäuscht, dachte Julia. Doch Mädchen oder Junge, ihrer aller Zukunft lag in Schottland, auf Schloß Sinclair.

Von Alexandra trafen Briefe ein, in denen sie ihre vielseitige Tätigkeit in Washington beschrieb. Sie lasen oft Berichte von ihr im »Record«, und Alexandra schickte ihnen Ausschnitte ihrer Artikel in den amerikanischen Zeitungen zusammen mit Filmkritiken über »Rückkehr in der Dämmerung«. Die Briefe klangen hoffnungsvoller, die Lage der Alliierten im Pazifik, Nordafrika und Rußland hätte sich wesentlich verbessert, schrieb sie.

> Eines Tages werden wir aufwachen und wissen, daß das Blatt sich endgültig zu unseren Gunsten gewendet hat. Ich erfahre fast nichts über Greg, aber man hört grauenvolle Geschichten über die japanischen Gefangenenlager...

In einen der Briefe an Julia hatte sie einen Extrabogen eingelegt, auf dem stand: »Nur für Dich allein«.

> Bitte, erzähle es nicht Vater oder Connie, aber ich kann es nicht länger für mich allein behalten. Elliot Forster hat sich vor zwei Monaten von seiner Frau getrennt, sie wollen sich scheiden lassen. Ich habe den Eindruck, es ist ihr ziemlich gleichgültig, solange sie genügend Geld bekommt. Er will mich heiraten, und ich ihn. Aber ich komme mir so

unglaublich schlecht und schäbig vor, Greg im Stich zu lassen. Ich hätte nie gedacht, daß mir das passieren würde. War meine Liebe nicht stark genug, um diese Trennung zu überstehen? Und ich hatte geglaubt, sie würde ewig halten. Ich bin tief unglücklich. Aber ich kann Elliot nicht widerstehen. Er ist so dynamisch und sexuell so anziehend. Vermutlich habe ich auch die Einsamkeit nicht mehr ertragen. Ich bin beschämt über mein Verhalten. Ich habe Greg geliebt, aber jetzt liebe ich Elliot. Und er ist hier, und ich kann ihn immer sehen, während Greg nur noch ein Schemen ist. Ich sehe mir jeden Tag sein Foto an und fühle, der Greg, den ich kannte, existiert nicht mehr. Wenn er je aus dem schrecklichen Lager herauskommt, wird er ein Fremder sein. Nach allem, was er erlebt hat, muß er sich verändert haben. Aber eines habe ich mir vorgenommen, und Elliot weiß das auch, ich werde Greg nichts über diese Sache schreiben und auch nicht die Scheidung einreichen. Ich kann einem Mann in einem Gefangenenlager diese Roheit nicht antun. Aber es fällt mir schwer, ihm überhaupt zu schreiben, wissend, daß ich lüge, indem ich ihm die Wahrheit verheimliche. Die meiste Zeit verachte ich mich, außer während der Stunden, wo ich mit Elliot zusammen bin.

Julia fühlte Ärger und Mitleid, als sie den Brief beiseite legte. Ihr Schicksal und das Schicksal ihrer Schwestern wurden geformt von den Männern, die sie liebten. Sie alle sahen einer sehr verschiedenen Zukunft entgegen. Connie war vermutlich die einzige, der eine problemlose Liebe, eine ruhige Ehe vergönnt war. Wenn sie und Ken Warren den Krieg überlebten, würden sie heiraten, und Connie würde sich ohne Zögern ihm unterordnen. Julia empfand fast so etwas wie Neid bei der Vorstellung einer so unkomplizierten Zukunft. Connie würde nie von geteilten Loyalitäten, von Konflikten oder Ehrgeiz hin und her gerissen werden. Wenn es Ken Warren gelänge, sie zu halten, dann bekäme er eine ideale Ehefrau.

Luisa erwartete ihr Baby im Februar, aber Michael zog schon im Januar mit ihr ins Londoner Haus, damit sie in der Nähe ihres Arztes war. Michael und Julia sorgten sich um sie, ohne es je auszusprechen. Sie sah so dünn und gebrechlich aus trotz ihres geschwollenen Bauches. Ihre Wangen waren eingefallen. »Sie sieht verhungert aus«, flüsterte Stella eines Tages Julia ins Ohr. »Und dabei ißt sie soviel wie irgend möglich. Ich habe noch nie eine Frau gesehen, die sich so sehnlich ein Kind wünscht. Ich glaube, sie ist ein wenig älter, als sie zugibt.«

Luisa bat Julia, mit nach London zu kommen. »Ich habe mich so sehr an deine Gegenwart gewöhnt, und ich weiß, daß ich für Michael nicht sehr unterhaltsam bin. In London kann er zumindest seine Freunde sehen. Ich bin sehr egoistisch, nicht wahr? Du würdest sicher lieber auf dem Land bleiben. Aber es handelt sich doch nur um ein paar Wochen. Ich wäre dir ewig dankbar.«

Aber es handelte sich nicht um ein paar Wochen, sondern nur um ein paar Tage. Kaum waren sie mit Stella, dem Chauffeur und Agnes im Londoner Haus installiert, setzten bei Luisa einen Monat zu früh die Wehen ein. Michael brachte sie eiligst ins Krankenhaus, wo sie fast anderthalb Tage in den Wehen lag. Julia und Michael lösten sich an ihrem Bett ab, wuschen ihr Gesicht und ihre Schultern und versuchten ihr Mut zuzusprechen. Ihr Atem ging stoßweise, und zuweilen schrie sie vor Schmerzen.

Zum Schluß sagte der Arzt, er müsse einen Kaiserschnitt machen. »Sie hat keine Kraft mehr, dies länger auszuhalten. Das Baby scheint gesund, und es hat die richtige Lage. Ich will keine Zangengeburt riskieren. Es ist immer ein Risiko für das Baby, und Ihre Frau ist zu schwach dafür.«

Luisa hatte Angst, die Narkose könnte dem Kind schaden, aber Michael traf die Entscheidung für sie. Das Baby, ein Junge, kam gesund zur Welt, wog allerdings keine fünf Pfund.

Sie machten sich jedoch alle mehr Sorgen um Luisa als um

das Baby. »Hat sie je rheumatisches Fieber gehabt?« fragte der Arzt. »Falls ja, hat sie es mir nicht gesagt. Ihr Herz schien mir recht gesund. Aber sie ist völlig erschöpft. Sie darf auf jeden Fall nie wieder ein Kind bekommen.«

Zwei Wochen später kehrte Luisa dann langsam aus der schattenhaften Welt, in der sie geweilt hatte, ins Leben zurück, und das Baby nahm zu. Aber Michael, der sich erinnerte, wie schnell Ginette sich nach jeder Geburt erholt hatte, war verwirrt und beunruhigt. Doch Luisa war bereits kräftig genug, um über seine Ängste zu lachen. »Mach dir keine Sorgen, Liebling, ich stamme aus einer gesunden Familie. Es liegt nur an meinem Alter. Ich bin ein wenig älter, als ich dir zugegeben habe.«

Sie blieben noch zwei Wochen in London, damit der Arzt Luisa und das Baby überwachen konnte. Danach riet er ihr, nach Anscombe zurückzukehren. »Dort ist die Luft gut, Sie werden besser verpflegt und sind auch vor Luftangriffen sicher.«

Als Michael sah, daß Luisa und das Baby wohlauf waren, nahm er seine Arbeit am Theater wieder auf. Julia war verblüfft über seine jugendliche Vitalität und seinen Frohsinn. »Du und das Baby«, sagte sie zu Luisa, »habt ihm einen neuen Lebensinhalt gegeben.« Michael konnte jetzt nur noch am Sonntag nach Anscombe kommen. In London trieb er jeden Tag Gymnastik, um sich für seine anstrengende Rolle fit zu machen. David hatte ihn dazu überredet, wieder den Hamlet zu spielen. »Du verstehst jetzt besser als früher, was Wahnsinn und Tod bedeuten, mein Freund. Du kannst den jungen Hamlet noch überzeugend darstellen, aber spielen wirst du ihn als reifer, genialer Schauspieler.«

Julia ertrug die Monate ihrer Schwangerschaft geduldig und heiter. Das Kind sollte im Juli zur Welt kommen. Sie war gern mit Luisa und ihrem Baby zusammen, das John Carlos hieß. Sie half, ihn zu versorgen, und war froh über die Chance, frühzeitig zu lernen, wie man mit einem Baby umgeht.

Sie war nicht einmal besonders beeindruckt, als die Presse voller Aufregung bekanntgab, daß sie in Hollywood für den Oscar für die beste Nebenrolle nominiert worden war. Sie war auch überrascht, als sie von Davids Büro eine beachtliche Geldsumme überwiesen bekam. Sie hatte nach den Dreharbeiten eine kleine Gage bekommen und keine weitere Zahlung erwartet. Aber der unerwartete Erfolg des Films in Amerika war für sie von großem finanziellen Vorteil. Sie zahlte die Summe auf ihr Bankkonto ein und malte sich aus, was sie damit für ihr Kind alles kaufen könnte. Aber Luisa tadelte sie für ihre Naivität. »Ich werde dich mit einigen Freunden bekannt machen, die etwas von Geld verstehen. Sie werden es gut anlegen, das versprech ich dir. Für diese Leute ist es natürlich nur eine geringe Summe, aber mir zuliebe werden sie es schon tun.«

Julia ließ sich dazu überreden, weil sie einsah, daß sie von Finanzen wenig verstand. Aber ihr mißfiel die Idee, daß so viel Geld in fremde Hände überging, um auf eine ihr unverständliche Art angelegt zu werden. In ihren Briefen an James erwähnte sie das Geld nicht, sie wußte instinktiv, daß es ihm Unbehagen bereiten würde. Er wollte der Ernährer seiner Frau und seines Kindes sein. Er nahm es hin, daß Julia im Haus ihres Vaters wohnte, und wußte, daß das Haushaltsgeld, das er ihr von seinem Offiziersgehalt zahlte, alle Extraausgaben deckte. Das erschien ihm ganz normal, es war so, als würde sie auf Schloß Sinclair wohnen. In dieser Hinsicht war er so altmodisch wie Ken Warren.

Im März erhielt Julia die überraschende Nachricht, daß sie den »Academy Award« für die beste Nebenrolle erhalten hatte. Sie erfuhr die Neuigkeit aus den Morgennachrichten, als sie in der Küche frühstückte. Sie schnappte vor Erstaunen nach Luft, und Stella fing an zu lachen. »Was du ererbt von deinen Vätern hast, erwirb es, um es zu besitzen.«

David telefonierte Minuten später. »Ich weiß, Liebling, dir war es ziemlich gleichgültig, daß du für den Oscar nominiert warst. Aber du hast ihn bekommen – es wird die Einnahmen sehr günstig beeinflussen.«

Viele andere Telefonanrufe folgten, von Connie, Freunden und Kollegen. Ob Jamie es erfährt? fragte sich Julia. Es stand in allen Zeitungen und Illustrierten. Sie wußte, er würde sich über ihren Erfolg freuen, aber auch etwas beunruhigt sein beim Gedanken, daß die Welt des Films und Theaters sie mehr in Beschlag nehmen und sie weiter von seiner Welt entfernen würde. Aber er würde seine Zweifel beiseite schieben, so wie sie es tat. Irgendwie würde sich alles regeln.

Dann kam ein überraschender Anruf – von Lady Jean. »Janet hat mir gesagt, daß sie auf der Stelle kündigt, wenn ich dir nicht sofort gratuliere. Alle Gutsarbeiter reden darüber, und es ist sogar in den Lokalnachrichten von Inverness gemeldet worden. Also das ist wirklich Ruhm, Julia, glaub mir. Ich hätte nie gedacht, daß ich mich jemals dafür interessieren würde, wer in Hollywood was gewinnt. Aber wenn es jemand aus der Familie ist, sieht die Sache plötzlich ganz anders aus. Sir Niall läßt auch gratulieren, er ist aufgeregt wie ein Schuljunge. Du hast in ihm einen wahren Freund gewonnen. Vergiß das nie. Er wird immer für dich dasein, wenn du ihn brauchst.«

»Ich werde es nicht vergessen«, sagte Julia. Sie hatte den Eindruck, als hätte man ihr fast verziehen, daß sie keine Schottin war.

Der Frühling kam und mit ihm das Wiedererwachen der Natur.

Unter den knospenden Obstbäumen blühten Tausende von Narzissen, und die im Januar und Februar geborenen Lämmer tummelten sich auf den grünen Wiesen. Das Baby gedieh prächtig, Luisa sah sehr viel erholter aus. Sie war reizend zu Julia und hob die nahrhaftesten Lebensmittel aus Alexandras Amerikapaketen für sie auf. Eine von Luisas Freundinnen, deren Kinder einer Kinderschwester entwachsen waren, empfahl ihr Brenda Turnbull, um bei der Pflege Johnnys und des Babys zu helfen, das bald zur Welt kommen würde. Stella war wütend. »Meint die Dame etwa, daß ich nicht mit Kindern umgehen kann? Ich habe schließlich euch drei großgezogen, und ihr seid ganz gut geraten.« Einige Tage herrschte in der Küche eine gespannte Stimmung. Aber allmählich fand Stella sich mit Brenda Turnbull ab, besonders da Luisa von ihr immer als »unsere Haushälterin« sprach. Brenda hatte einen schottischen Vater und schien sich genauestens in dem Sinclair-Clan auszukennen. »Lady Jean wird überglücklich sein, ein Enkelkind zu bekommen.«

Julia dachte bei sich, daß sie für Kriegszeiten ein sehr angenehmes Leben führten. Agnes und der ältliche Butler hielten das Haus in London instand, und in Anscombe wurden sie von Stella, der Köchin und neuerdings Brenda versorgt. Sie lebten in einer privilegierten Welt, der Julia jedoch etwas mißtraute; sie hatte das Gefühl, es könnte nicht ewig so weitergehen.

Der April kam, und Julia wartete geduldig auf die Geburt ihres Babys. Sie las unzählige Male die Briefe von James. Endlich erreichte sie der erste nach ihrem »Academy Award«.

Ich weiß nicht recht, was ich dazu sagen soll. Einen Filmstar zu heiraten, lag nicht in meiner Absicht. Wirst Du Dich mit dem bescheidenen Leben, das ich Dir bieten kann, zufriedengeben? War ich wirklich einmal dieser unerfahrene Junge, der Rosen auf die Bühne geworfen hat? Jetzt würde ich sie Dir zu Füßen legen, wenn es in diesem rosenlosen, kriegszerrissenen Land welche gäbe. Aber die Rose unserer Liebe wächst in Dir, Julia.

Und dann zitierte er Yeats, was sie erstaunte. »Hätt' ich des Himmels besticktes Tuch...« bis zur letzten Zeile, »Geh sanft, denn du gehst über meinen Traum.«

Was wußte sie von James? Sie erinnerte sich, daß er bei dem Picknick auf dem Felsenvorsprung mit Blick auf den See und das Schloß von seinen Träumen gesprochen hatte. Die Aussicht auf Jahre des sich gegenseitigen Kennenlernens erwärmte ihr Herz. Es war ihr gleichgültig, ob sie je wieder auf der Bühne stehen würde. Sie hatte einen Mann, ein Kind und eine reiche Zukunft.

Wie war es möglich, daß das Schicksal an einem friedlichen, warmen Apriltag so grausam zuschlug? Sie saß mit Luisa im Rosengarten, Johnny lag in der Wiege, in der schon alle drei Schwestern geschaukelt worden waren. Sie sahen Stella mit schleppenden Schritten auf sich zukommen, sie hielt ein Telegramm in der Hand, das sie Julia schweigend übergab.

»Das Verteidigungsministerium bedauert, Ihnen mitteilen zu müssen, daß Major James Sinclair im Kampf gefallen ist.«

Eine tiefe Stille senkte sich über Anscombe. Keiner wagte, Worte des Trostes zu sagen, weil sie auf steinigen Boden gefallen wären. Jeder bemühte sich auf seine Weise um Julia, Stella versuchte sie mit kleinen Leckerbissen zu verwöhnen. Ihr Vater machte sich zwei Abende frei, sein Hamlet war ein großer Triumph, und das Publikum würde, wie er wußte, tief enttäuscht sein, aber das war ihm diesmal gleichgültig. Julia gab schließlich seinem Drängen nach und willigte ein, einen Gedächtnisgottesdienst in der kleinen Kirche von Anscombe abzuhalten. Sie stellte aber einige Bedingungen, auf die der Pfarrer erst nach einigem Zögern einging. Sie sangen den 22. Psalm, dann las auf ihren Wunsch Harry Whitehand das Bibelstück vor. Sein breiter Akzent brachte ihr das Land nahe, das sie liebte und für das James gestorben war.

Dann betrat ihr Vater die Kanzel und las die letzten Worte vor, die James ihr geschrieben hatte:

»Hätt' ich des Himmels besticktes Tuch
Durchwirkt mit goldenem und silbernem Licht,
Das blaue, das trübe, das dunkle Tuch
Aus Nacht und aus Licht und aus halbem Licht
Ich legte das Tuch dir zu Füßen
Doch arm wie ich bin, hab ich nur meinen Traum
So leg ich den Traum dir zu Füßen

Geh sanft, denn du gehst über meinen Traum.«

Danach spielte ein Grammophon im Hintergrund der Kirche Ginette Maslowas Aufnahme der zweiten Klaviersonate von Chopin. Als diese geendet hatte, erhob sich Julia und ging zwischen ihrem Vater und Luisa aus der Kirche. Die Dorfgemeinde war verblüfft und enttäuscht. Dieses abrupte Ende empörte die einen und war für die anderen ein Beweis, daß Julia sich nicht viel aus ihrem jungen Ehemann gemacht hatte. Sie flüsterten sich zu, daß sie keine einzige Träne vergossen hätte.

Julia hielt die letzten Osterglocken in den Händen und trug keinen Hut, sondern einen dunklen Spitzenschleier, der ihr Gesicht nicht bedeckte. Niemand wußte, daß er von Luisa geborgt und in Spanien ein Symbol war. Sie legte die Frühlingsblumen aufs Grab ihrer Mutter, dann gingen sie zu Fuß nach Anscombe zurück.

Dort wurden den Trauergästen, die aus London gekommen waren, Tee und Brötchen und diskret auch Whisky serviert. Einige Journalisten waren bis zum Haus gefolgt. Julia saß zwischen ihrem Vater und Luisa auf dem Sofa und sprach mit niemandem.

David und Lord Wolverton waren gekommen, Connie hatte Urlaub erhalten, und Ken Warren war es ebenfalls gelungen, anwesend zu sein. Er nahm ihre Hand, aber sagte nichts, wofür Julia ihm dankbar war. Nach einiger Zeit fuhren die Gäste ab. Durch das Fenster, an dem Julia gestanden hatte, als James' Flugzeug abstürzte, strömte das milde Abendlicht.

Als alle außer ihrem Vater, Luisa und Connie gegangen waren, sagte Julia: »Ich fahre nach Schottland. Unser Kind soll dort geboren werden, wo James zur Welt kam.«

Alle versuchten sie, es ihr auszureden, aber umsonst. Alle ihre Argumente, daß eine Frau in ihrem Zustand unmöglich die Reise in den überfüllten Zügen unternehmen könne, daß sie in Anscombe besser aufgehoben sei, umgeben von Menschen, die sie liebten, stießen auf taube Ohren. Sie schüttelte nur den Kopf. »Jamie hätte es so gewollt, obwohl er es nie verlangt hat. Wenn unser Kind aufwächst, soll es wissen, wo es hingehört.«

»Aber dein Kind gehört mindestens so sehr hierher wie nach Schottland«, sagte ihr Vater mit einer wegwerfenden Handbewegung, die anzeigte, daß er dieses Land im Norden barbarisch und primitiv fand.

»Ihr versteht mich nicht. Ich muß dort hinfahren, weil es das Zuhause von Jamies einzigem Kind sein wird. Wenn es ein Mädchen ist, wird dieser Zweig der Familie aussterben, wenn es ein Junge ist, muß er in Schloß Sinclair aufwachsen. Es ist besser, wenn er mit diesem Wissen zur Welt kommt.«

Ihr Vater sagte: »Das einzige, was mir in diesem Fall zu tun übrigbleibt, ist, dich auf der Reise zu begleiten.«

»Ich schaffe es schon allein. Du kannst nicht so lange vom Theater fortbleiben. Das erlaube ich nicht.«

»Brenda wird gern mit Julia fahren«, sagte Luisa. »Obwohl ich so gehofft habe, die beiden Kinder würden zusammen aufwachsen wie Geschwister. Oh, Julia, warum muß das sein?«

»Weil das Kind nach Schottland gehört. Es muß eines Tages sein Erbe antreten.«

Die Angelegenheit entschied sich, als Julia Lady Jean ihren Entschluß mitteilte. »Du und dein Kind sind auf Schloß Sinclair immer willkommen.« Nichts in ihrem Ton verriet Freude, noch sagte sie Julia, daß sie einen Fehler mache. Vielleicht meinte Lady Jean, daß mit James' Tod ihr Leben seinen Sinn verloren hatte. Sie erwähnte das Erbe nicht und auch nicht die Fortsetzung des Namens. Ihre letzten Worte waren: »Ich werde die notwendigen Vorbereitungen treffen.«

Eine Stunde später rief Sir Niall an und sagte auf seine altmodische Art: »Es wird mir eine Ehre sein, nach London zu kommen, um Sie zu eskortieren. In diesen kriegsbedingt vollen Zügen muß eine schwangere Frau einen Mann zur Seite haben, der ihr einen Sitzplatz erkämpft.« Dann fügte er hinzu: »Lady Jean ist sehr gerührt. Sie dachte, alles sei vorbei mit Jamies Tod. Sie hat keinen Augenblick in Betracht gezogen, daß Sie das Kind in Sinclair zur Welt bringen könnten. Sie hat den Fehler begangen, Sie für eine Fremde zu halten. Sollte sie kühl am Telefon geklungen haben, vergessen Sie es. Sie war sprachlos, fand nicht die richtigen Worte. Ich kenne sie sehr genau... Ich werde wieder anrufen, wenn ich alles arrangiert habe. Aber es wird innerhalb der nächsten Tage geschehen. Es wäre nicht angeraten, wenn der zukünftige Besitzer von Sinclair das Licht der Welt in einem Warteraum erblickt.«

Sir Niall kam und verbrachte eine Nacht in Luisas Stadthaus. Luisa kam zu dem Zweck nach London, und sie und Michael standen frühmorgens am Bahnhof, um sich von Julia zu verabschieden. Fahrplanmäßig sollte der Zug spätabends in Inverness eintreffen, aber Sir Niall versprach ihnen feierlich, daß er, sollten sie durch Militärtransporte aufgehalten werden, die Reise unterbrechen und Julia in einem Hotel unterbringen würde. Er trug einen altmodischen, aber gut geschnittenen Anzug aus Harris Tweed und hatte einen Stock dabei, den er benutzte, wenn er über die Hügel und Moore ging. »Sehen Sie«, sagte er scherzend, »ich bin gut gerüstet, Julia zu verteidigen und ihr einen Sitzplatz zu erobern.« Mißtrauisch betrachtete er die vielen Koffer, die sie mitführte.

»Es ist nicht meine Schuld. Das meiste davon sind Babysachen. Luisa hat so viele amerikanische Freunde. Sie sind warm und nützlich, ich konnte sie nicht zurücklassen.« Er nickte zustimmend, und er und Michael bahnten sich einen Weg zur ersten Klasse. Sir Niall hatte einen Fensterplatz für Julia ergattert. Sie küßte ihren Vater und Luisa. In Michaels Augen standen Tränen. »Bleib hier, noch ist es nicht zu spät.«

»Ich muß fahren.«

Es war eine lange, beschwerliche Reise. In den Korridoren drängten sich die Menschen, lange Schlangen warteten vor den Toiletten. Sie erreichten Inverness nach ein Uhr nachts.

Sir Niall half ihr aus dem Zug, gleich darauf fühlte sie in der Dunkelheit Lady Jeans Hand unter ihrem Ellbogen, die ihr zu ihrem größten Erstaunen einen flüchtigen Kuß auf die Wange gab. »Willkommen daheim.«

Die nächsten zwei Monate verbrachte sie in einem betäubungsähnlichen Zustand. Ihr Körper wurde unglaublich schwer, ihre Fußgelenke waren geschwollen, ihre Bewegungen linkisch. Sie suchte einen Spezialisten in Inverness auf und meldete sich für die Geburt im Krankenhaus an. Der örtliche Arzt, Dr. MacGregor, hatte ihr von einer Niederkunft in Sinclair abgeraten. »Ich selbst kann nicht kommen, und wir haben nicht genug Hebammen.«

Julia verbrachte die meiste Zeit im Zimmer der Haushälterin. Jeden Tag ging sie über die Zugbrücke und die Brücke, die zum Festland führte, und von da aus den Waldweg entlang zu dem kleinen Cottage, wo sie und James ihre Liebe besiegelt hatten. Sie wäre lieber allein gewesen, aber Lady Jean bestand darauf, sie zu begleiten. »Ein wenig Bewegung tut dir gut, aber diese Wege sind so uneben, wenn du fallen würdest oder wenn... sonst was passieren würde... Ich will nicht, daß deine Familie mir Vorwürfe macht, sagt, ich hätte mich nicht genügend um dich gekümmert.«

Das war das Äußerste an Gefühlen, das Lady Jean sich gestattete. Sie erwähnte James nie, aber Julia hatte das Gefühl, daß dieser Stoizismus einer Scheu vor Sentimentalitäten entsprang. Sie las ihrer Schwiegermutter den Brief von James' Vorgesetzten vor:

Er versuchte einen Kameraden, dessen Flugzeug vom Feind angegriffen wurde, zu schützen. Für diese mutige Tat zahlte er mit seinem Leben. Sein Kamerad, obwohl schwer verletzt, konnte mit seinem Flugzeug landen und überlebte. Für diesen selbstlosen Einsatz, der von mehreren Kollegen beobachtet wurde, habe ich einen posthumen Orden beantragt. Erlauben Sie mir, Ihnen persönlich mein tiefstes Beileid auszudrücken. Ihr Mann war nicht nur respektiert und bewundert, sondern seine ganze Staffel brachte ihm echte Zuneigung entgegen. Hätte er überlebt, wäre er mit Sicherheit zum Oberst befördert worden.

Julia sah Lady Jeans Lippen zucken, sie legte schweigend den Brief auf den Tisch und verließ das Zimmer.

Während des letzten Monats saß Julia oft mit hochgelegten Beinen auf dem Sofa, ihre Fußgelenke waren bedenklich geschwollen. Pakete kamen von Luisa und Alexandra, letztere schrieb:

Ich habe viel zu tun, und das ist nur gut, so bleibt mir wenig Zeit zum Grübeln. Denn sobald ich an Greg denke, wird mir angst, und ich fühle mich schuldig und deprimiert. Ich habe seit fünf Monaten nichts von ihm gehört. Elliot drängt mich, Greg die Wahrheit zu schreiben. Eine Scheidung würde schnell ausgesprochen, wenn ich es wollte. Aber sie könnte auch Greg umbringen. Ich hoffe nur, daß seine englischen Kollegen, die hier arbeiten, nicht auf die Idee kommen, ihm den Klatsch zu schreiben, der über Elliot und mich in Washington kursiert. Aber so grausam kann doch niemand sein? Ich denke oft an Dich, liebe kleine Schwester, und wünschte, ich könnte Dir helfen. Einesteils finde ich es verrückt von Dir, Dich in die Wildnis der Highlands zu verkriechen, und doch glaube ich zu verstehen, warum Du es getan hast. Es ist eine der närrischen, romantischen, großartigen Gesten, derer Du fähig bist. Sollte ich eines Tages Kinder von Elliot haben, kann ich nur hoffen, daß ich sie genauso liebe.

Julia schlief auf ihre Bitte hin im Roten Turmzimmer.

»Wäre es nicht bequemer für dich, in einem kleinen Zimmer zu schlafen, wo du in der Nähe der Küche und von Janet bist? Es sind allerdings nur Dienstbotenzimmer.«

»Ach, lassen Sie ihr ihren Willen, Lady Jean«, mischte sich Janet ein. »Schwangere Frauen haben seltsame Einfälle. Mrs.

Sinclair hat von Anfang an das Rote Turmzimmer gemocht, so als kenne sie es seit langer Zeit. Ich werde für die nächste Zeit in das kleine Zimmer daneben ziehen und werde Mrs. Sinclair eine kleine Glocke auf den Nachttisch stellen, so daß sie nach mir klingeln kann, wenn sie mich braucht.«

»Nun, nachdem es Sommer ist«, sagte Lady Jean, »kann ich verstehen, daß du ein helles, luftiges Zimmer vorziehst mit Blick auf den Himmel und den See. Und wenn Janet in deiner Nähe ist...«

Es war Janet gewesen, die ihr über Lady Ellen erzählt hatte, ohne genau zu wissen, ob Julia tatsächlich etwas gehört oder gesehen hatte. Und Julia hatte sich diesen Raum, in dem eine andere Frau gelitten hatte, ausgesucht, damit diese mit ihren lautlosen, trockenen Tränen nicht mehr allein war.

Eine Woche bevor sie ins Krankenhaus nach Inverness sollte, wachte sie auf, weil sie sich naß fühlte. Das Wasser war gebrochen, und sie spürte die ersten Wehen. Sie griff nach der Glocke und klingelte, Janet kam. »Was ist, Mrs. Sinclair? Ist Ihnen nicht wohl?«

»Es fängt an, Janet. Ich ziehe mich an, sagen Sie Lady Jean Bescheid.« Sie wies auf ihr gepacktes Köfferchen. »Wir müssen losfahren. Es kann nicht mehr lange dauern...« Sie saß auf dem Bettrand, legte sich aber wieder hin, als ein neuer Schmerz sie packte.

Janet öffnete die Vorhänge, das graue Licht der Morgendämmerung fiel herein. »Wann haben die Wehen eingesetzt?«

»Vor ein paar Minuten.«

Janet deckte Julia zu. »Ich gehe Lady Jean holen, bin aber gleich zurück. Ich lasse Sie nicht allein.«

Lady Jean kam, in einen schäbigen Morgenrock gehüllt, ihr Haar war zu einem dicken Zopf geflochten. Sie strich mit der Hand über Julias schweißfeuchte Stirn. In dem Moment setzte eine neue Wehe ein. »Wie lang sind die Zwischenräume zwischen den Wehen?«

Julia schüttelte den Kopf. Ihr schien, sie hatte kaum Zeit,

Atem zu holen, bevor ein neuer, unerträglicher Schmerz sie zerriß. Lady Jean wartete mit der Uhr in der Hand. Der Schmerz kam wieder. »Ich muß Dr. MacGregor anrufen, vielleicht ist es besser, dich hier zu behalten. Janet, Sie wissen, was zu tun ist. Machen Sie es ihr so bequem wie möglich. Ich rufe Mrs. Kerr an, sie kann uns vielleicht helfen.« Julia spürte eine leichte Panik in ihrer Stimme. Lady Jean hatte zwei Söhne geboren, aber sie war nicht erfahrener als Janet.

Nach ein paar Minuten kehrte Lady Jean zurück. »Dr. MacGregor rät dir, hier zu bleiben, bis er kommt. Es können falsche Wehen sein. Wenn dem so ist, lassen sie bald nach, und wir können dich im Rettungswagen ins Krankenhaus bringen. Wie fühlst du dich?«

»Scheußlich«, sagte Julia wahrheitsgemäß. »Wenn die Schmerzen einsetzen, ist es furchtbar, wenn sie nachlassen, hab ich das Gefühl, im siebten Himmel zu sein.«

»Ich weiß, es ist die schönste und schrecklichste Erfahrung, die eine Frau machen kann. Ich war sicher, ich würde sterben. Schäm dich nicht zu schreien, es ist besser, als sich zusammenzunehmen. Niemand kann dich hören außer uns.« Sie prüfte, ob die Laken trocken waren. »Janet ist geschickt und flink. Sobald sie zurück ist, zieh ich mir schnell etwas an. Dann muß ich alles gründlich säubern. Warum haben wir bloß kein fließendes Wasser in allen Zimmern? Ich würde es mir nie verzeihen, wenn du eine Infektion bekämst.«

»Mein Fehler«, sagte Julia mit einem schwachen Lächeln. »Ich wollte dieses Zimmer. Ich... ich fühle mich heimisch hier.«

»Nein, es ist nicht dein Fehler, Liebes. Aber manchmal verfluch ich dieses alte Schloß...«

Julia traute ihren Ohren nicht. Janet kam zurück mit heißem Wasser und einer Schüssel. »Mrs. Kerr ist in der Küche und heizt den Herd an.«

»Bleiben Sie bei Mrs. Sinclair, während ich mich anziehe«, sagte Lady Jean. »Dann hole ich den Wagen aus der Garage. Dr. MacGregor hat mir gesagt, ich solle das Krankenhaus noch nicht anrufen. Aber das erste Kind kann nicht so schnell kommen. Sie ist nicht dafür gebaut. Diese schmalen Hüften. Nun, wir werden sehen.«

Julia stieß vor Schmerzen einen gellenden Schrei aus. »Ja, das ist besser«, sagte Janet.

Lady Jean kehrte zurück, und Janet ging ins Nebenzimmer und kleidete sich hastig an. Dann zog sie Julia das Nachthemd aus und wusch sie gründlich. Julia konnte das Desinfektionsmittel im Wasser riechen. Dann ein frisches Nachthemd. Mrs. Kerr klopfte, steckte den Kopf durch den Türspalt und kam mit einem weiteren Krug und einer Schüssel herein. »Wir haben genügend heißes Wasser jetzt, keine Sorge, Mrs. Sinclair.« Dann fügte sie hinzu: »Sie haben sich einen schönen Morgen für Ihre Geburt ausgesucht.« Sie wies auf das Fenster, das golden schimmerte im Licht der aufgehenden Sonne, die sich im See spiegelte.

Julia hörte schwere, gemessene Schritte auf der Treppe, dann trat Dr. MacGregor ein. »Nun ja, Filmstars haben wohl ein Recht auf Extratouren, aber zum Schluß ist es immer das gleiche in der Natur.« Er sprach in einem freundlichen, ruhigen Tonfall, zog seine Jacke aus, rollte die Hemdsärmel hoch und wusch sich sorgfältig die Hände. »So, jetzt wollen wir mal sehen, wie die Sache steht.« Er fühlte ihren Puls, steckte ihr ein Thermometer in den Mund, befühlte ihren geschwollenen Unterleib mit kundigen Händen und setzte das Stethoskop an, um die Herztöne des Babys zu kontrollieren. Dann deckte er sie wieder zu.

»Alles normal außer der Geschwindigkeit, mit der das Kind auf die Welt kommen will.«

»Wie lange wird es noch dauern?«

»Das kann ich nicht genau sagen, ein, zwei Stunden, vielleicht ein wenig länger.«

Die folgenden Stunden schienen Julia endlos. Lady Jean saß auf einem Stuhl an ihrem Bett, wusch ihr Gesicht, Hals und Arme und wechselte das schweißnasse Kopfkissen aus. Dr. MacGregor kam mit einer großen, vollen Teetasse herein, die er langsam trank, während er auf den See starrte. Dann wusch er sich noch mal die Hände.

Julia hatte das zweite Stadium der Wehen erreicht. Sie hörte mehrere Male ihre Schreie wie aus weiter Ferne, aber drückte und entspannte sich, automatisch den Befehlen des Arztes folgend. »Ruhig jetzt, der Kopf ist schon durch. Entspannen Sie sich jetzt, nicht mehr drücken. Es kommt, ja, gut, ah, da ist es! Sie haben einen gesunden Sohn geboren, Mrs. Sinclair. Hier ist er, will sich schon die Lunge aus dem Hals schreien.« Er säuberte schnell den Mund und das Gesicht des Babys. »Ich muß nur noch die Nabelschnur durchtrennen. So, fertig.« Er wusch mit einem warmen Lappen das Gesicht und den Körper des Babys. Janet hatte eine Decke vor dem Kaminfeuer angewärmt, sie wickelte das Kind darin ein, Dr. MacGregor zog die Decke vom Kopf des Kindes: »Legen Sie sein Ohr auf Ihr Herz, Mrs. Sinclair. Er wird die Wärme von dem gemütlichen Ort vermissen, wo er während Monaten herangewachsen ist. Lassen Sie ihn die Herzschläge seiner Mutter wieder hören, damit er weiß, daß die neue Welt nicht nur kalt und beängstigend ist.«

Sie küßte zärtlich den kleinen, flaumigen Kopf, während sie fühlte, wie Dr. MacGregors Hand aus ihrem Unterleib den Rest der Nabelschnur zog und die Nachgeburt herausholte.

»Das wär's, sauber und ordentlich, kein Riß, es könnte nicht besser sein.«

»Oh, er ist so schön. Oh, Jamie... Jamie... und du wirst ihn niemals sehen.« Tränen strömten ihr übers Gesicht.

»Sie haben Ihren Sohn, meine Liebe. Und zwar einen kräftigen, gesunden Sohn, und Sie sind eine junge, gesunde Frau. Sie werden etwas aus Ihrem Leben machen und aus dem Leben Ihres Sohnes.«

Janet wusch sie, bezog ihr Bett und zog ihr ein frisches Nachthemd an. Julia gab ihrem Kind zum ersten Mal die Brust, danach schlief es friedlich in ihren Armen ein. Sie selbst döste erschöpft vor sich hin, als Lady Jean mit Rosen ins Zimmer kam. »Um den Geruch von dem Desinfektionsmittel ein wenig zu vertreiben«, sagte sie und neigte sich über das Baby. Ihre Lippen verzogen sich zu einem Lächeln, das halb Freude, halb Angst ausdrückte. »Ich weiß nicht, an wen das Baby mich erinnert, an jemand, den ich gut kannte. Ja, natürlich an Jamie, es ist ihm wie aus dem Gesicht geschnitten.«

Julia fragte sich, wie man in dem runzligen Gesicht irgendeine Ähnlichkeit mit einem Menschen, den man kannte, entdecken konnte. Aber es war alles, was von Jamie übrigblieb, er lebte in dem Kind weiter. Und das war es, was seine Mutter sah.

7

Das Kind wurde Alasdair genannt nach Lady Jeans Vater. Julia hatte gleich nach der Geburt beschlossen, daß es nur einen Jamie in ihrem Leben geben sollte, und Lady Jean wiederum wollte nicht, daß er Callum hieß. Julia erholte sich rasch, und Dr. MacGregor hatte sie ermuntert aufzustehen, während Janet und Lady Jean sie am liebsten im Roten Turmzimmer belassen hätten.

So saß sie meistens auf dem Sofa im Zimmer der Haushälterin mit ihrem Sohn auf dem Schoß und las die Briefe ihrer Familie. Lady Jean hatte ihnen telefonisch oder telegrafisch die Geburt des Babys mitgeteilt, und Julia hatte am ersten Sonntag, nachdem sie wieder auf den Beinen war, ihren Vater und Luisa angerufen. Sie las mehrmals Connies aufgeregten Brief und Alexandras Telegramm. Am häufigsten jedoch las sie Jamies Briefe. Sie trug das Baby in den überwucherten, von Mauern umgebenen Garten. Es war Oktober 1941 gewesen, daß sie und Jamie zum letzten Mal durch den Garten geschlendert waren, und jetzt war es Juli 1943. Während der Monate nach James' Tod hatte sie sich kaum darum gekümmert, was in der Welt vorging, sondern sich ganz ihrem eigenen Kummer hingegeben. Und so hatte sie nur vage zur Kenntnis genommen, daß sich im Mai die Deutschen und Italiener in Tunis ergeben hatten. Der nordafrikanische Feldzug, bei dem Jamie sein Leben gelassen hatte, war vorbei.

Sir Niall kam zu ihr in den Garten bei seinem ersten Besuch nach der Geburt des Babys. »Vermutlich«, sagte er etwas bärbeißig, »sehen alle Babys gleich aus, nur nicht für ihre Mütter natürlich. Aber mir scheint es ein stämmiger Junge zu sein.« Er wandte sein Gesicht Julia zu. »Haben Sie bedauert, hergekommen zu sein? Es wäre sehr viel bequemer gewesen in Anscombe. Was werden Sie jetzt tun?«

»Ein wenig meine Ruhe genießen«, entgegnete sie scharf. »Oder hat Lady Jean Sie geschickt, um mir zu sagen, daß ich und das Baby das Schloß verlassen sollen, sobald wir reisefähig sind?«

»Was für ein totaler Unsinn. Nichts liegt ihr ferner. Jetzt, nachdem sie ihr einziges Enkelkind hier hat, will sie es auch behalten. Nein, meine Liebe, ich habe an Sie gedacht. Hier haben Sie keine Zukunft. Es ist ein einsamer, trauriger Ort, besonders im Krieg. Es gibt fast keine jungen Leute mehr. Hat man Ihnen eigentlich erzählt, daß Lady Macpherson gestorben ist? Kirsty hat sich vor einem Jahr zum Frauenhilfskorps gemeldet. Ihr Bruder Harry ist mit der ›Prince of Wales‹ untergegangen. Ich selbst habe alle Hände voll mit dem Gut zu tun, wir müssen eben alle unser Bestes leisten. Ich sehe, daß Ihr Vater wieder einen Film dreht – irgendwas Patriotisches. Und darum fragte ich Sie, was Sie vorhaben. Sie haben Ihr Baby bekommen und Jeans Kummer ein wenig gelindert, vielleicht sogar Ihren eigenen. Es war eine verrückte, romantische Geste von Ihnen hierherzukommen. Aber was für ein Leben ist das hier für Sie? Sie gehören in eine andere Welt, und die werden Sie vermissen.«

»Alasdairs Zukunft liegt hier. Das macht einen großen Unterschied.«

»Sie können nicht Ihr ganzes Leben Ihrem Sohn opfern.«

»Viele Frauen tun das.«

Janet brachte ihnen Tee, die drei Hunde Rory, Angus und Duuf folgten ihr. Sie beschnüffelten Alasdair.

»Wenn er erst mal merkt, daß es Tiere auf der Welt gibt, wird er genauso närrisch mit ihnen sein wie sein Vater. Nun, Julia, was werden Sie tun?«

»Wenn Alasdair entwöhnt ist, werde ich darüber nachdenken.«

»Bis dahin ist Winter. Und wenn Sie einen Winter in

den Highlands überleben, dann kann Sie nichts mehr erschrecken. Aber vergeuden Sie nicht Ihre Talente in dem irrtümlichen Glauben, Sie müßten alles für Ihr Kind aufgeben.«

»Ich werde erst mal abwarten und sehen, was geschieht.«

Die hohen Mauern schnitten allmählich die Sonnenstrahlen ab. Sir Niall nahm das Tablett mit dem Teegeschirr, und sie gingen langsam ins Schloß zurück, wie üblich zur Küchentür. Die Hennen und Hähne stoben davon, Lady Jean war gerade damit fertig, das Futter auszustreuen.

»Komm herein, Niall«, sie nahm ihm das Tablett ab und stellte es auf den Küchentisch, wo Janet Kartoffeln schälte. »Setzt euch ein paar Minuten zu mir.« Sie ging voran in das Zimmer der Haushälterin. »Vor zehn Minuten ist im Radio gemeldet worden, daß die Alliierten in Sizilien gelandet sind. Bisher keine weiteren Einzelheiten. Aber ich nehme an, daß wir in Europa durch die Hintertür einmarschieren.«

Sie goß ihnen Whisky ein. »Ja, auch für dich, Julia, es kann dir nicht schaden. Wir müssen auf das Ereignis anstoßen. Vielleicht bedeutet es wirklich die große Wende.« Sie schüttelte heftig den Kopf, als ob sie Tränen wegblinzeln wollte. »Jamie wäre dort gewesen... ach, was soll es. Er starb, weil er an der Reihe war.«

Julia wiederholte, ohne nachzudenken, Alexandras Worte: »Wie ich Helden hasse!« und sah sofort den empörten Ausdruck auf Lady Jeans Gesicht und wußte, daß sie ihr diese Worte wohl nie vergeben würde.

Sir Niall leerte sein Glas und verließ sie hastig. Julia nährte Alasdair vor dem Kaminfeuer unter den haßerfüllten Blicken von Lady Jean. Während sie James' Kind trug, war ihr viel, obwohl nicht alles, verziehen worden. Wenn sie aber jetzt bis zum Winter oder sogar über den Winter bliebe, würde die Atmosphäre gespannt sein. Eine große Mattigkeit überkam sie. Sie hatte für Jamie gelebt und nachher für sein Kind. Jetzt fühlte sie plötzlich alle Hoffnung schwinden. Sie war erst zweiundzwanzig Jahre alt. Was sollte aus ihrer Zukunft werden, wo sie nicht einmal wußte, wie sie die nächste Stunde durchstehen sollte.

Aber die Tage und Wochen vergingen ereignislos. Alasdair nahm viel von ihrer Zeit in Anspruch, den Rest der Stunden füllte sie, indem sie Janet in der Küche half. Ihre Kräfte kehrten schnell zurück, und sie wurde wieder so schlank wie früher.

Das Baby war immer bei ihr oder Janet. Sie hatten eine alte Wiege auf Rädern in einem der Türme gefunden, die sie zwischen dem Zimmer der Haushälterin und der Küche hin- und herrollten. Und so lernte Alasdair, inmitten des Klapperns von Töpfen und Pfannen friedlich zu schlafen. Die Hunde, besonders Rory, wachten über ihn. Mindestens zweimal am Tag, wenn das Wetter schön war, trug Julia ihn rund um den Küchenhof und in den Stallhof. An besonders windstillen Tagen ging sie mit ihm im Arm über die Brücke zum Anfang der langen Straße, die durch den Wald führte. Lady Jean holte einen altmodischen, hochrädrigen Kinderwagen hervor, aber Julia zog es vor, Alasdair zu tragen. »Der Wagen bleibt in den Furchen stecken, und Alasdair würde in ihm nur den Himmel sehen. Ich will aber, daß er seine Umgebung wahrnimmt.«

Janet drängte sie, täglich Gymnastik zu machen. »Das tu ich doch auch, aber wozu eigentlich?«

Janet sah sie erstaunt an. »Weil Sie doch sicher bald wieder in einem Film spielen werden. Sie können doch nicht...«, sie sah sich in der großen alten Küche um, »ewig hierbleiben. Sie sind ein Filmstar, Mrs. Sinclair, es wäre eine Vergeudung Ihrer Talente, wenn Sie sich hier vergraben würden. Sinclair ist zwar mein Zuhause, aber doch nicht das richtige für jemand wie Sie.«

Selbst Janets Zuneigung konnte die Tatsache nicht verschleiern, daß sie eine Fremde auf dem Schloß war. Weder Lady Jean noch sie glaubte, daß sie bleiben würde, egal wie oft sie erklärte, daß Alasdair in Schottland aufwachsen müßte. Janet sagte: »In der Sommerzeit hoffen wir sehr, daß

Sie uns besuchen werden, der Junge muß wissen, wo er hingehört. Aber für Sie, Mrs. Sinclair, ist es etwas anderes.« Sie meinte es nicht unfreundlich. Sie stellte nur eine Tatsache fest.

Ende September hatte Connie eine Woche Urlaub und kam nach Sinclair. Julia begriff, daß es ein großes Opfer für sie war. Sie hätte Ken Warren jeden Abend sehen können, statt dessen unternahm sie die lange, beschwerliche Reise nach dem Norden. »Ich hatte das bestimmte Gefühl, kommen zu müssen«, sagte Connie, als Julia sie von Inverness nach Sinclair fuhr. »Keiner von uns hat Vaters erstes Enkelkind gesehen, oder anders gesagt, Alexandras und meinen Neffen. Und da du nicht nach Anscombe kommen kannst, solange er noch so klein ist, bin ich eben nach Sinclair gekommen.«

Sie war entsetzt über das Schloß. »Mein Gott, Julia, wie kannst du hier leben? All diese Treppen und kalten Gänge. Du brauchtest ein ganzes Heer von Dienstboten, um es halbwegs bewohnbar zu machen. Und erst den Kasten zu heizen...« Sie schüttelte den Kopf.

»Wir schaffen es irgendwie.«

»Wir! Bedeutet das etwa, du gehörst jetzt zu denen?«

»Nein, nicht ich, aber mein Sohn. Ich muß mir das immer vor Augen halten. Er wird seinen Vater nie kennen, er hat nur seines Vaters Erbe, um ihm eine Identität zu geben, wenn er heranwächst.«

»Vater und Luisa hoffen...«

»Daß ich in Anscombe mit dem Kind wohne«, beendete Julia den Satz für ihre Schwester. »Ist das der Grund deines Besuchs, Connie? Sie wissen, du würdest mich nie anlügen. Sie wollen offensichtlich durch dich die Botschaft schicken, daß ich zurück nach Anscombe kommen soll. Wie Luisa so gutgemeint gesagt hat, es wäre doch so nett, wenn Johnny und mein Baby zusammen aufwüchsen. Alles sehr praktisch und passend und sehr viel bequemer, als hier zu wohnen.« Sie standen gemeinsam an Alasdairs Wiege im Roten Turmzimmer. Bald würde Julia ihn hinuntertragen, um ihn im

Zimmer der Haushälterin zu stillen. »Aber Connie, verstehst du nicht, ich würde Vaters und Luisas Leben leben und nicht mein eigenes. Das Haus gehört jetzt Luisa, ich wäre stets ein Gast, wenn auch ein willkommener. Das Haus ist nicht groß genug für eine andere Frau und ein Kind, aber selbst wenn es das wäre, meinst du, ich will, daß mein Sohn immer die zweite Geige spielt? Nach außen hin würden beide gleichberechtigt wirken, aber sie wären es nicht.«

»Während er hier der König auf seinem Schloß ist, nicht wahr, das willst du doch sagen?« erwiderte Connie mit für sie unüblicher Schärfe.

»Ich glaube, er wird eher gleichberechtigt mit den Gutsarbeiterkindern aufwachsen, was in Anscombe nicht der Fall wäre. Er ist zwar der zukünftige Besitzer von Sinclair, aber niemand hier in diesem Land zieht die Mütze oder beugt das Knie vor jemand, den sie nicht respektieren. Und was macht es schon, wenn es hier im Winter eisig kalt ist? Was macht es aus, wenn er ohne den Luxus, den Luisa ihm bieten könnte, aufwächst? Zumindest wird er selbständig werden. Mehr kann ich ihm nicht bieten. In Anscombe bestünde die Gefahr, daß er Johnnys Prügelknabe würde, oder, wenn Johnny der schwächere Charakter ist, daß er Alasdair tyrannisieren würde. Beides will ich nicht riskieren.«

»Aber du? Was wird aus dir?«

»Das weiß ich noch nicht. Warum ist jeder so erpicht darauf, daß ich so bald wichtige Entscheidungen treffe? Ich habe Zeit. Er ist noch so klein...« Sie beugte sich über die Wiege. »Und es ist erst so kurz her, daß Jamie starb. Ich habe mich an den Gedanken noch nicht gewöhnt. Wie soll ich eine Zukunft planen, wenn es für mich keine zu geben scheint? Mein Leben wäre sehr viel einfacher ohne Kind, aber nun habe ich es, und ich kann mir ein Leben ohne meinen Sohn nicht mehr vorstellen.«

Connie legte ihre Hand auf Julias Schulter. »Verzeih, ich habe dummes Zeug geredet. Vater und Luisa haben mich übrigens nicht geschickt. Es war meine Idee zu kommen. Ich habe unbändige Sehnsucht nach euch beiden gehabt. Und ich weiß jetzt, daß du nicht anders handeln kannst. Wenn er mein Sohn wäre...«

»Du wirst eigene Kinder haben.«

»Hoffentlich, eines Tages, wenn der Krieg vorbei ist.«

»Ken zieht eine Heirat noch immer nicht in Betracht?«

»Nein, er sagt, die Zeiten seien zu unsicher. *Ich* würde ihn morgen schon heiraten.«

»Ist Ken je auf die Idee gekommen, daß er von einem Autobus überfahren werden könnte, selbst wenn der Krieg vorbei ist?«

»Die Chancen in Friedenszeiten, alt zu werden, sind größer als im Krieg. Und... er würde natürlich eine Lebensversicherung abschließen.«

»Connie! Wie kannst du so einen Mann aushalten? Dieses Absichern von allen Seiten?«

»Weil ich ohne Sicherheit aufgewachsen bin. Ich weiß, ich bin ein Feigling; ich brauche so jemand wie Ken.«

»Leben heißt, Risiken eingehen.«

»Ich weiß, ich weiß! Aber ich sage mir täglich, daß alles gut ausgehen wird. Ich werde in häusliche Ruhe versinken, Kinder haben und einen liebenden Mann, der nicht einmal weiß, was Untreue ist. Er wird seine Kinder nicht vernachlässigen. Und... nun will ich dir noch etwas sagen, mir wäre es völlig gleichgültig, wenn ich nie wieder ins Theater oder in ein Konzert gehen würde. Ich will die häuslichen Dramen, die zerfransten Nerven, die lauten Szenen vergessen. Ich will keine Höhen und Tiefen, ich will ein liebliches Tal mit viel Wärme.«

»Connie, du bist bildschön, du könntest...«

»Das sagen mir alle Leute, und es hängt mir zum Hals heraus. Ich habe das falsche Temperament für meinen Körper und mein Gesicht, ich sollte aussehen wie eine kleine graue Maus.« Sie machte eine abschließende Handbewegung. »Können wir jetzt den kleinen Schloßherrn wecken und hinuntertragen?«

Während ihres kurzen Aufenthalts paßte sich Connie dem Tagesablauf in Sinclair an. »Was für eine warmherzige, gute Frau«, sagte Janet. »So schön und doch so unverdorben. Ihre Schwester hat das Gesicht eines Engels, wenn ich mir erlauben darf, das zu sagen.«

»Und sie hat die Eigenschaften eines Engels, Janet. Sie sind nicht die erste, die das bemerkt.«

Lady Jean schien Connie auch sehr zu mögen. Julia vermeinte die Gedanken ihrer Schwiegermutter fast wörtlich erraten zu können: Wenn Jamie schon nicht das Mädchen geheiratet hat, das ich für ihn im Sinn hatte, warum hat er dann nicht wenigstens Connie gewählt anstatt ihrer Schwester. Es amüsierte Julia, daß Lady Jean Connie aufforderte, sie bei ihren täglichen Morgenrunden zu begleiten. »Sie interessiert sich für alles. Diese eleganten Londoner Mädchen sind sonst...«

»Connie war nie ein elegantes Londoner Mädchen. Sie kennt den Gutsbetrieb gut von zu Hause. Und sie dient seit Kriegsausbruch im Frauenhilfskorps.«

Lady Jean bat William Kerr, Connie auf seine Inspektionstouren mitzunehmen. »Es wird den Gutsarbeitern gefallen, jemand aus Mrs. Sinclairs Familie kennenzulernen.« Lady Jean war zweifellos der Meinung, daß Connie das einzig vorzeigbare Mitglied von Julias Familie war.

»O Gott, ich habe zu viele Tassen Tee trinken und zu dick mit Butter bestrichene Brötchen essen müssen«, klagte Connie. »Sie sind ja ungemein gastfreundlich, diese Highlander, aber die Hälfte der Zeit habe ich sie nicht verstanden. Ich habe immer gedacht, alle Schotten sind steif und ablehnend, aber sie waren alle wirklich herzlich zu mir.«

»Ich bin sehr eifersüchtig«, sagte Julia. »Du hast viel mehr Leute getroffen als ich. Und offensichtlich haben dich alle sehr gemocht.«

»Vergiß nicht, daß ich nicht Mrs. Sinclair bin. Sie müssen nicht ständig mit mir leben. Aber was für eine schöne Landschaft. Kein Wunder, daß Jamie gern hier lebte. Allmählich verstehe ich, warum du hier bleiben willst.«

»*Nein!* Ich will nicht hier bleiben. Ich muß bleiben, Alasdairs wegen. Wo soll ich sonst hin? Vater hat seine Londoner Wohnung aufgegeben. Aber abgesehen davon, wer will schon heutzutage ein Kind in London aufziehen?«

Während Connie in Sinclair war, kam ein Brief von Alexandra. Julia versteckte ihn. Als sie die morgendlichen Pflichten hinter sich gebracht und das Baby gefüttert hatte, sagte sie zu Connie: »Es ist ein so schöner Morgen, laß uns ein wenig spazierengehen. Janet kann auf Alasdair aufpassen.«

Sie gingen über die Zugbrücke und Brücke, Rory, Angus und Duuf folgten ihnen begeistert. Am Rand des Waldes drehte sich Connie um und blickte aufs Schloß. »Es ist wirklich wie aus einem Bilderbuch, romantischer könnte es nicht sein. Es fehlt nur noch Rapunzel, die sich ihre goldenen Haare kämmt.«

»Es hat eine blutrünstige Geschichte. Manchmal vermeine ich Schreie in der Nacht zu hören.« Sie gingen die Waldstraße entlang bis zu McBains Cottage. »Ich habe es vom Auto aus gesehen«, sagte Connie. »Niemand wohnt hier, nicht wahr? Obwohl es doch so in der Nähe des Schlosses und der Straße liegt.«

»Eine Menge Leute wohnen ungern im Wald. Sie ziehen freies Gelände mit einer schönen Aussicht vor. Aber wenn Mr. Kerr so viele Hilfskräfte bekäme, wie er wollte, würde das Cottage sicher bewohnt sein. Aber so wie es nun mal ist, hält er mit Mühe das Dach wetterfest.« Sie streckte tastend den Arm nach der kleinen Nische aus, wo die Streichhölzer lagen. Das trockene Reisig im Kamin fing sofort Feuer, sie legte ein paar größere Scheite auf. »Jamie und ich sind zusammen hier gewesen. Morgen werde ich zurückkommen, um zu sehen, daß genug trockenes Holz vorhanden ist. Es ist hier wie in einer Berghütte. Man läßt es bewohnbar für den nächsten Besucher zurück. Aber was wir brauchen könnten, wäre ein Schluck Whisky.« Sie zog die alten Strohmatten vor den Kamin und setzte sich. Die Hunde umringten sie. Julia zog den Brief aus der Tasche und reichte ihn Connie. »Ich wollte mit dir allein sein, wenn du ihn liest. Setz dich.«

Connie entfaltete den engbeschriebenen Briefbogen, und Julia beugte sich näher zu ihr, um mitzulesen:

Ein Bekannter von mir, der heute abend nach London fliegt, nimmt den Brief mit und wird ihn abschicken. Es wäre unsinnig gewesen, euch zu telegrafieren, weil es schon vor so langer Zeit passiert ist. Ich habe auch an Vater einen Brief geschrieben, den derselbe Bekannte mitnimmt. Ich muß dir eine unendlich traurige Nachricht mitteilen: Greg ist tot. Ich habe heute vom Roten Kreuz erfahren, daß er auf der Liste steht, die sie von den Japanern erhalten haben. Greg starb in Changi. Sie sagen nicht, wie und warum, noch nicht einmal wann. Der Gedanke, daß er in einem dieser furchtbaren Gefängnisse lebte und starb, ist mir unerträglich. Aber ich muß dir beichten, liebste Schwester, daß dies alles ist, was ich empfinde außer einer Art Betäubung. Ich hatte den Greg, den ich kannte, schon längst verloren, und ich fürchte, er ahnte es. Die wenigen Briefe, die ich ihm besonders im letzten Jahr geschrieben habe, hätte ich ebenso an einen entfernten Vetter schreiben können. Sein Tod verstärkt noch meine Schuldgefühle. Ich hoffe nur, daß er nicht gefoltert wurde. Sobald ich den ersten Schock überwunden habe, muß ich jemanden finden, der ihn gut kannte und mir erzählen kann, was wirklich passiert ist. Es wird mir meine Schuldgefühle nicht nehmen, trotzdem muß ich die Wahrheit erfahren. Ich wäre nie auf die Idee gekommen, daß ich einen Mann lieben könnte und dann nicht mehr, bloß weil er nicht länger an meiner Seite war. Bin ich wirklich so oberflächlich? Oder hat die Macht und der Einfluß, den Elliot ausübt, mich betört? Aber es ist genauso schlimm zu denken, daß ich von solchen Dingen beeinflußt bin. Oder habe ich mich einfach verliebt? Elliot

ist vierzehn Jahre älter als ich, genau so viel älter wie Greg es war, aber sehr viel reifer. Habe ich immer nach einer Vaterfigur gesucht? Als ich aufwuchs, war mein eigener Vater fast nie da. Er schien, genau wie Mutter, nur sporadisch zu Hause aufzutauchen. Die beiden hatten immer irgend etwas Wichtigeres zu tun, als sich um uns zu kümmern. Mir jedenfalls kam es so vor. Nur Großvater Guy war Stütze, Stab und Anker, der krasse Gegensatz zu Igor Maslow.
Elliot und ich werden wohl bald heiraten, was niemand in Washington überraschen wird. Mein Leben wird sich dadurch sehr verändern. Ich werde wieder eine Ehefrau und nicht länger Geliebte sein. Ich will aber wieder arbeiten. Elliot hat nichts dagegen. Ich liebe meinen Beruf. Was mich daran besonders befriedigt, ist der Gedanke, daß ich auf meine bescheidene Weise zum besseren Verständnis der Alliierten diesseits und jenseits des Atlantik beitragen kann. Ich war Greg vermutlich eine schlechte Frau, er hätte eine bessere verdient, aber ich bin keine schlechte Journalistin. Auf diesem Gebiet zumindest habe ich versucht, seinem hohen Maßstab gerecht zu werden.

Connie sah Julia mit entsetzten Augen an. »Ich ahnte nicht... niemand hat mir etwas gesagt. Sie hat in ihren Briefen nie angedeutet...«

»Dir nicht, Connie. Du strahlst Unschuld aus, und die wollte sogar Alexandra dir nicht nehmen. Mir dagegen hat sie sehr offen geschrieben, und ich glaube, Vater hatte so seinen Verdacht. Vielleicht wußte er sogar Bescheid durch Woolfie. Schließlich war es Woolfie, der Alexandra das Empfehlungsschreiben an Elliot Forster mitgegeben hat. Jeder, der den Klatsch in Washington kennt, und Woolfie kannte ihn sicher, war auf dem laufenden. Aber es war nicht nur eine vorübergehende Affäre. Elliot wollte sie von Anfang an heiraten, aber er war auch gewillt, das Kriegsende abzuwarten. Nein, es ist keine egoistische, oberflächliche Beziehung.«

»Hoffentlich wird sie glücklich«, sagte Connie etwas lahm.

»Vermutlich wird sie als Elliots Frau eine einflußreiche Stellung in Washington einnehmen. Es macht mir ein wenig angst. Es ist eine Stadt, in der sich Geld und Ruhm zusammenballen. Wir haben Ruhm kennengelernt durch Vater und Mutter. Und jetzt mit Luisa und Elliot kommt noch Geld hinzu – zuviel Geld, und Elliot als Zeitungsmagnat hat unerhörte Macht.«

Connie lächelte gequält. »Es ist höchst unwahrscheinlich, daß Alexandra sich durch Geld oder Macht korrumpieren läßt. Und was Vater betrifft, so hat Luisa ihn von seinen ständigen Geldnöten befreit. Zum ersten Mal in seinem Leben kann er es sich leisten, eine Rolle abzulehnen, die ihm nicht gefällt, weil kein finanzieller Druck hinter ihm steht. Und Luisa hält ihm dabei die Stange.«

Sie saßen noch eine Weile im Cottage, ohne viel zu sagen. Dann wurden die Hunde unruhig, und sie gingen durch den verzauberten Wald zurück zum Schloß.

Julia fuhr Connie am nächsten Morgen in aller Früh zum Bahnhof in Inverness. Der leichte Wind hatte sich verstärkt und kündigte den nahenden Winter an. »Was soll ich ihnen sagen, wann kommst du nach ... dem Süden?« fragte Connie. Julia erriet, daß sie »wann kommst du nach Hause« hatte sagen wollen.

»Ich weiß nicht, wenn mein Sohn etwas älter ist, wenn es einen bestimmten Grund gibt.«

Der Bahnhofsvorsteher pfiff, Connie stieg ein. »Ich wünschte, du wärst nicht... so schrecklich weit weg.«

Julia spürte, daß ihre Augen sich mit Tränen füllten, als sie Connie nachwinkte, die sich aus dem Abteilfenster lehnte. Ja, sie war schrecklich weit weg, sie war aus Liebe zu Jamie in ein fernes, feindliches Land verschlagen worden. Sie wußte nicht, wie sie hier leben sollte, noch wie sie zurückkehren konnte in ihre eigene Welt.

Das Kind wurde auf den Namen Alasdair Michael James

getauft, Sir Niall war Taufpate, und Lady Jeans Bruder, der Earl, war, wie Julia vermutete, höchst unwillig aus Ayrshire angereist gekommen als zweiter Taufpate. Er und seine Schwester schienen nicht auf sehr gutem Fuß zu stehen, aber er nahm an der Taufe und auch an der nachfolgenden Feier teil, blieb jedoch nur eine weitere Nacht und reiste am nächsten Morgen wieder ab. Connie und Alexandra waren die Taufpatinnen, desgleichen Janet auf Julias Bitte hin. Und es war auch Janet, die den Kleinen über das Taufbecken hielt, was die Dorfgemeinde einigermaßen erstaunte.

Bei der anschließenden Feier brachte Sir Niall den Toast auf den Täufling aus. »Auf Wunsch seiner Mutter wurde er hier geboren. Er wird in diesem Land unter seinen Landsleuten aufwachsen und einer der ihren werden.«

Die Taufgeschenke wurden verteilt: ein silbernes Clanabzeichen vom Earl, ein mindestens zweihundert Jahre alter Becher mit dem Henderson-Motto von Sir Niall, selbstgestrickte Kleidungsstücke von den Frauen der Gutsarbeiter. Von Luisa und Michael trafen als Geschenk Aktien von einer amerikanischen Ölfirma ein, die nur aus Luisas Portfolio stammen konnten, und ein Diamantring von mindestens fünfzehn Karat mit einem Begleitbrief ihres Vaters. »Ich weiß, es ist ein ungewöhnliches Geschenk für ein Baby, aber Luisa hat es so gewollt und ließ es sich nicht ausreden.«

Von Luisa kam auch ein Brief.

Bitte, nimm das Geschenk an. Es ist mein erster Verlobungsring von André, den zweiten von Henry habe ich beiseite gelegt für Johnnys zukünftige Frau. Ich kann beide Ringe nicht verkaufen, will sie aber auch nicht mehr tragen, möchte jedoch gerne, daß sie in der Familie bleiben.

Julia wußte, daß Luisa voller Stolz den sehr viel weniger wertvollen Stein trug, den Michael ihr vor der Hochzeit geschenkt hatte. Julia betrachtete voller Bewunderung den

Ring und war zutiefst gerührt über die Großzügigkeit der Frau, der sie anfangs so mißtraut hatte. Das seltsamste Geschenk jedoch kam von Elliot Forster.

Ich bin sicher, Du weißt nicht, daß der Mädchenname meiner Mutter Calder war, ich stamme daher auf der weiblichen Linie von den Cambells of Cawdor ab, wenn es auch einige Jahrhunderte zurückliegt. Ich war zweimal in Schottland und weiß daher, daß Du nicht weit entfernt von Cawdor wohnst, vermutlich ist der gegenwärtige Namensinhaber ein Bekannter Deiner neuen Familie. Es ist uns eine große Ehre, daß Alexandra zu den Taufpaten zählt, und ich werde dafür sorgen, daß sie ihre Pflichten ernst nimmt, so daß der junge Alasdair in dem Bewußtsein aufwächst, daß er auch in Amerika Familie hat. Ich schicke ihm einige Forster-Newspaper-Anteile. Bitte wende Dich an mich, wenn ich für Dich oder Deinen Sohn irgend etwas tun kann. Alexandra und ich heiraten in Bälde. Ich wünschte, Du könntest dabeisein. Alexandra hängt sehr an Dir. Sie beschreibt Deinen James als das Ideal eines romantischen Liebhabers. Sie trauert um ihren Mann, aber weiß auch, daß sie ihn verloren hatte, lange bevor er starb. Ich habe nun das Recht und Glück, sie zu meiner Frau machen zu dürfen.

Julia las den Brief mehrmals durch und dachte, daß der Mann recht seltsam sein mußte, der ihn geschrieben hatte. Er klang so wenig nach einem Pressezar, nach einem einflußreichen Mann, der Macht besaß und auch bereit war, sie auszuüben, selbst wenn er andere dadurch vernichtete. Sie wußte, er hatte den Ruf eines harten, manchmal rücksichtslosen Chefs. Er wurde verehrt und gehaßt, aber von allen respektiert. Der Ring und die Anteile wurden bei der Bank in Inverness deponiert. Sir Nialls Silberbecher wurde in dem fast nie benutzten Anrichteraum mit dem restlichen Sinclair-Silber weggeschlossen. Der winzige Funken Freude, den die Taufe entzündet hatte, verlosch schnell. Julia fühlte Panik in sich aufsteigen. Warum war sie nach Sinclair gekommen? Wie sollte es weitergehen?

Der Winter brach an. Der Schnee war früh gefallen in diesem Jahr. Die Ernte war längst eingebracht, die Kühe standen in den Ställen. Die Schafe wurden so lange wie möglich im Freien gelassen, aber man hatte sie auf die tiefer liegenden Weiden getrieben, wo sie das Gras fraßen, das die Kühe übriggelassen hatten, oder das Heu, das man ihnen ausstreute.

William Kerr hatte mit dem Traktor einen Weg durch den Wald gebahnt, seine Kinder Rachel und Colin gingen jeden Tag zwei Meilen bis zur Bushaltestelle. Jedesmal wenn neuer Schnee fiel, stieg Kerr wieder verbissen auf seinen Traktor, um den Weg für den Kombi befahrbar zu machen, aber sie benutzten ihn nur selten. Einmal im Monat stellten sie sorgfältig eine Einkaufsliste für Inverness auf, aber sonst verließen sie das Schloß selten. Niemand besuchte sie. Das Leben schien während der langen Monate der kurzen Tage und bitterkalten Nächte stillzustehen. Julia bewunderte den Briefträger, der sich jeden Tag zum Schloß durchkämpfte, es sei denn, das Wetter machte es ihm unmöglich. An solchen Tagen blieben sogar die Kerr-Kinder der Schule fern.

Aus Gründen der Wärme und der Sparsamkeit zogen Julia und Lady Jean in die früheren Dienstbotenräume im Erdgeschoß. Obwohl sie annonciert hatten, war es ihnen nicht gelungen, Morag zu ersetzen, die gekündigt hatte, um in einer Munitionsfabrik zu arbeiten.

Julia fiel auf, wie lange Lady Jean sich in ihrem kleinen Büro aufhielt, wo sich alte Haushaltsbücher und unordentlich gebündelte Papiere stapelten. Das Büro lag gegenüber dem Zimmer der Haushälterin, hatte aber einen eigenen Eingang vom Stallhof aus. Es enthielt das einzige Telefon außer dem in der Bibliothek, das aber nie benutzt wurde. William Kerr erstattete Lady Jean regelmäßig Bericht, Julia wurde jedoch zu diesen Sitzungen nicht hinzugezogen. »Sie will nicht, daß Sie zu genau Bescheid wissen«, sagte Janet achselzuckend. »Als ob es viel zu wissen gäbe. Die Landwirtschaft hält uns gerade eben über Wasser. Die Sinclairs haben viel guten Ackerboden verloren. Sie schicken Master Alasdair besser auf eine Landwirtschaftsschule als nach Oxford. Wir brauchen kein Latein hier, sondern einen guten Blick für einen Bullen oder Widder. In der Zwischenzeit müssen wir weitermachen wie bisher und warten, bis der Krieg vorbei ist und sich die allgemeine Lage verbessert. Aber dann wird das ganze Land so verschuldet sein, daß Lady Jean sich hart tun wird, das dringend benötigte Geld zu borgen.«

Der Schnee türmte sich gegen die Schloßmauern, und manchmal war nicht einmal mehr der See in den Schneegestöbern zu sehen. Julia hatte genügend Zeit, darüber nachzudenken, wie günstig sich eine Heirat zwischen James und Kirsty Macpherson auf das Geschick der Sinclairs ausgewirkt hätte. Zweifel beschlichen sie, als die kalten, einsamen Wochen sich langsam dahinschleppten. Wenn Jamie schon hatte sterben müssen, wieviel besser wäre es gewesen, wenn er Kirsty Macpherson als Witwe hinterlassen hätte. Sie hatte genügend Geld, Energie und Geschick, um Sinclair vor dem Verfall zu retten. Eines Tages äußerte sie diese Gedanken Janet gegenüber.

»Ach, schlagen Sie sich das aus dem Kopf, Mrs. Sinclair. Kirsty Macpherson ist nicht die verkörperte Vollkommenheit, für die Lady Jean sie hält. Sie ist ein richtiges Flittchen und hat nur ihren Vorteil im Auge. Wenn sie geheiratet hätten und Master James wäre gefallen, hätte sie Sinclair sofort verlassen ohne das Gefühl, daß sie eine Verpflichtung hat. Nichts an ihr läßt mich vermuten, daß ihr Herz an Sinclair hängt. Und das braucht Sinclair – Herz, und ein bißchen Geld wäre auch nicht schlecht.«

Weihnachten ging vorbei mit einer kleinen Feier, an der auch Sir Niall teilnahm. Aber danach fing der Winter erst richtig an. Das einzige, was Julias Leben erträglich machte, war die Freude an ihrem Kind und die langsame, aber unaufhaltsame Wende zum Guten für die Alliierten. Die Luftangriffe auf Deutschland demoralisierten allmählich die Bevölkerung, die Russen gewannen auf Kosten von Millionen Toten besetzte Gebiete zurück. Die alliierten Streitkräfte drangen langsam, aber stetig in Italien vor, die Welt war empört über die Zerstörung des Benediktiner-Klosters Monte Cassino durch deutsche Bomber.

Eines Tages bat Lady Jean Julia in ihr kleines Büro. Ein kümmerliches Feuer brannte im Kamin, sie fügte ihm noch ein paar der raren Kohlenstücke hinzu, bevor sie für beide eine Tasse Tee eingoß. »Ich wollte dich nicht mit finanziellen Problemen belasten, du hast genug eigene. Aber das Finanzamt hat sich mit mir in Verbindung gesetzt, nachdem es mit unseren Steuerberatern in Inverness gesprochen hat. Die Beamten sind durchaus bereit zu warten – eine unerwartete Rücksichtnahme. Aber zum Schluß müssen wir doch zahlen.«

»Steuern?« Julia hatte sich nie viele Gedanken darum gemacht; sie hatte natürlich festgestellt, daß man ihr Geld von ihrer Gage abgezogen hatte, und Davids Steuerberater diskutierte noch immer, wieviel sie von ihrem Anteil an »Rückkehr in der Dämmerung« abgeben mußte. Aber was für andere Steuern drohten ihr?

Lady Jean zog fröstelnd die Schultern hoch, tiefe Falten durchzogen ihr Gesicht. »Jamie hat sein Testament geändert, kurz nach der Heirat. Bis dahin war ich die Erbin, aber jetzt bist du es, und nun fordern sie natürlich Erbschaftssteuern. Wir haben es mit Mühe und Not geschafft, die Erbschaftssteuern nach dem Tod von Jamies Vater zu zahlen. Wenn Jamie am Leben geblieben wäre...« sie nahm hastig einen Schluck Tee, »hätte er die Möglichkeit gehabt, das Gut wieder in Schwung zu bringen und ein wenig Kapital anzuhäufen. Aber es sollte nicht sein. Und nun stellen die Steuerbeamten diskrete Nachforschungen an über den Wert des Landes, das Einkommen aus der Landwirtschaft, den Wert des Waldes. Eiche bringt Geld ein, aber den schönen

Wald abzuholzen, würde mir das Herz brechen. Und Kunstwerke besitzen wir nicht, die alten Familienporträts sind alle von unbedeutenden Malern und daher nichts wert.«

»Der Ring... Alasdairs Ring«, sagte Julia sofort. »Und die Ölaktien, die Forster-Anteile.«

»Wir können nichts verkaufen, was Alasdair gehört.« Julia stellte im stillen fest, daß Lady Jean zum ersten Mal »wir« sagte.

»Wenn wir es nicht tun, dann bleibt für ihn nichts zu erben übrig.«

»Wieviel will das Finanzamt?«

»Oh, soweit sind wir noch nicht. Erst müssen sie das Gut, den Viehbestand, das Schloß schätzen. Als ob das heutzutage verkäuflich wäre. Nein, wir haben noch viel Zeit.«

Julia stellte ihre Tasse aufs Tablett zurück. »Das macht die Sache einfacher. Wenn wir Zeit haben, kann ich etwas dazusteuern. Wobei ich immer noch nicht ausschließe, den Diamantring zu verkaufen oder Elliot Forster zu bitten, die Anteile einzulösen. Sie werden nicht auf der Börse gehandelt, es bleibt daher ihm überlassen, sie zu bewerten.« Sie hob die Hand, um den Widerspruch, den sie kommen sah, abzuschneiden. »Ich erhalte etwas Geld von meinem Anteil an einem Film. Bislang habe ich darüber nicht nachgedacht. Aber ich habe auch zwei Drehbücher zugeschickt bekommen, eins durch Davids Vermittlung, das andere von Rank-Films. Beide gefallen mir nicht sehr, aber sie sind da. Wenn ich zusage, habe ich Arbeit. Sie werden kein Vermögen einbringen, aber besser als nichts.«

»Arbeit?« sagte Lady Jean überrascht. »Die Filmleute wollen, daß du wieder spielst?«

»Wenn man erfolgreich ist, bekommt man neue Angebote, das ist so üblich. Sie haben mich nicht bedrängt wegen Jamie und Alasdair, aber schließlich habe ich einen kleinen Oscar für ›Rückkehr in der Dämmerung‹ erhalten. Doch das ist schnell vergessen, wenn ich nicht bald wieder auftrete.«

»Du würdest also Sinclair verlassen? Und was geschieht

mit meinem Enkel? Läßt du ihn hier? Du kannst ihn doch unmöglich mitnehmen, wenn du... jeden Tag zur Arbeit gehst.«

»Ich glaube, es wäre am besten, er bliebe hier, wenn du dich um ihn kümmern kannst.«

»Kümmern! Natürlich werde ich das. Sinclair ist sein Zuhause.« Alasdairs Zuhause, dachte Julia, aber nicht wirklich meins. Sie würde nie ganz hierher gehören.

Noch bevor der Schnee in den Highlands geschmolzen war, lebte Julia bereits in Luisas Haus in London.

Sie fuhr nach Anscombe und versuchte, den Kummer über die Abwesenheit ihres Kindes zu verbergen, das nur wenige Monate jünger als Luisas Sohn war. Johnny hatte das Stadium erreicht, wo er sich an jedem Möbelstück hochzog und ein paar unsichere Schritte machte, bevor er hinpurzelte. Meistens lachte er darüber, mehr stolz auf seine Leistung als erschreckt über das Fallen. »Er gleicht Michael in so vielem«, sagte Luisa. »Er ist nicht so ernst wie meine Familie, sondern viel heiterer veranlagt.«

»Er sieht meinem Vater sehr ähnlich«, sagte Julia. »Aber soweit ich es beurteilen kann, hat Alasdair auch viel von Vater, obwohl er wohl blond bleiben wird wie Jamie. Aber erwähne das nicht in Sinclair, dort finden sie alle, er sei Jamie wie aus dem Gesicht geschnitten.«

»Es ist so schade... nein, ich sollte es eigentlich nicht sagen, aber ich tue es doch. Ich wünschte, du würdest Alasdair nach Anscombe bringen, Julia. Er könnte mit Johnny aufwachsen, sie sind sich näher im Alter, als Brüder es je sein können. Johnny... wart mal... ist der Sohn deines Vaters, und Alasdair ist sein Enkel. Das bedeutet also, daß Johnny Alasdairs Onkel ist.«

Sie brachen beide in Gelächter aus. »Verrückt, nicht wahr? Ich fürchte, Luisa, ich muß Alasdair eine Weile lang in Sinclair lassen. Ich hätte nie gedacht, daß ich eine gewisse Zuneigung zu Lady Jean fassen könnte, aber ich kann ihr das

Kind nicht fortnehmen, sie wäre zu verzweifelt, und das will ich nicht. Sie liebkost ihn zwar nie wie andere Großmütter, aber sie nimmt ihn auf den Schoß und redet mit ihm – aber niemals in Babysprache. Sie macht den Eindruck, als ob sie nach Liebe hungert und gerne Liebe geben würde, aber sie hält sich zurück, als fürchte sie sich davor, ihn zu sehr zu lieben, falls auch er ihr genommen würde.«

»Du sagst, sie hätte noch andere Probleme, was für welche?«

»Probleme, die mit Geld leicht zu lösen wären, aber wir haben keins.« Fast gegen ihren Willen erzählte sie Luisa von den drohenden Erbschaftssteuern und dem schlechten Zustand des Guts. »Verzeih mir, Luisa, aber ich habe ihr sogar vorgeschlagen, den Diamantring statt mehr Land zu verkaufen. Es war unrecht von mir, aber ich meine es ernst. Ich finde, es ist empörend, daß jemand, der für sein Land gestorben ist, auch noch so hoch besteuert wird, daß sein Besitz sich davon vermutlich nie erholen kann.«

»Du mußt den Ring verkaufen«, sagte Luisa. »Ich werde mit meinen Beratern sprechen. Wir werden einen Weg finden, dir zu helfen. Alasdair darf sein Erbe nicht verlieren. Ich kann mich gut in deine Lage versetzen, meine Familie war nicht reich, aber wir liebten unseren Besitz und hätten alles getan, ihn zu erhalten. Es war ein reiner Glücksfall, daß meine Schwestern und ich so gut geheiratet haben.«

Julia sagte abwehrend: »Lieber beleihe ich die Forster-Anteile und sogar die Aktien, die du Alasdair geschenkt hast, bevor ich dich damit belaste. Es würde ewig dauern, bevor ich dir das Geld zurückzahlen könnte.«

»Ich *kenne* Elliot Forster«, rief Luisa erschreckt aus. »Er wäre tödlich beleidigt, wenn du die Anteile beleihen würdest, ohne vorher zu ihm zu kommen. Er würde sie zurückkaufen zu einem weit überhöhten Preis. Willst du dir Alexandras Mann zum Feind machen?«

Julia seufzte. »Du verstehst sehr viel besser mit Geld umzugehen, als ich es je lernen kann. Aber im Moment sind wir noch nicht in Eile.«

Sie fing mit ihren Dreharbeiten an, der Film sagte ihr wenig zu, aber sie spielte die weibliche Hauptrolle. Ihr Partner hieß William Fredericks, ein bekannter Hollywood-Schauspieler, der den Erfolg in Amerika garantieren sollte. Sie spielte die Witwe eines gefallenen Kanadiers, die sich mühsam auf einer kleinen Farm durchschlägt am Ufer eines Sees an der amerikanischen Grenze. Ein Deutschamerikaner, ein Spion, versucht die Grenze zu überqueren. Aber die kanadische Polizei und die amerikanische Einwanderungsbehörde suchen schon nach ihm. Er ergreift mit vorgehaltenem Revolver vom Farmhaus Besitz. Sie ist gezwungen, ihn zu verstecken. Der größte Teil wurde in London gefilmt, weil es billiger war als in den Staaten. Aber für die Außenaufnahmen fuhren sie nach Westschottland. Julia war außer sich. Sie lief zum Regisseur. »Warum hat mir keiner etwas davon gesagt? Wir hätten die Aufnahmen auf meinem Besitz machen können. Der See, der Schnee – alles ist da.« Im Gegensatz zu ihrem letzten Regisseur hatte sie für diesen nur Verachtung übrig. Er irritierte sie mit seinen Anweisungen. Das Drehbuch sah vor, daß ihr der ältere Spion, der sich von seinem Auftrag wenig Erfolg verspricht, allmählich leid tut. Seine Verzweiflung nimmt täglich zu, und sie fängt an, sich Sorgen um ihn zu machen und um sein Leben zu bangen. Aus Mitgefühl gibt sie sich ihm hin. Aber der Regisseur hatte andere Ideen. Er wollte, daß sie vergewaltigt würde, womit alles, was Bill Fredericks und sie gemeinsam an Atmosphäre geschaffen hatten, zerstört worden wäre. Zum Schluß wird der Deutschamerikaner erschossen, als er sich endlich entschließt, die Grenze zu überqueren. Sie sieht noch, wie er die Arme hochwirft, um sich zu ergeben, aber dann bricht er unter einem Schuß in den Rücken zusammen. Die Sterbeszene wurde extra gefilmt. Sie machten eine Großaufnahme von ihr im Augenblick, wo der Schuß fiel, und die Tränen in ihren Augen waren echt.

Wie üblich fand ein Abschiedsfest statt mit viel Whisky und Gelächter, aber niemand hatte das Gefühl, in einem großen, nicht einmal in einem guten Film mitgewirkt zu haben. Der beste Kameramann, der immer ihre Großaufnahmen gemacht hatte, sagte zu ihr: »Ich hoffe, wir drehen wieder mal einen Film zusammen. Ihr Gesicht fotografiert sich großartig.«

Bill Fredericks gab ihr ein handgemachtes, schwarzes Woll-Lamm mit einem reichlich albernen Mützchen mit dem königlichen Schottenmuster. »Für Ihr Kind«, sagte er, »ich konnte nichts Hübscheres finden.« Dann zog er ein Foto von sich hervor, er hatte den einzigen Tischler bestochen, einen Rahmen dafür zu machen. Es war signiert: »Für Julia. Bleib wie Du bist, Mädchen!«

Sie dankte ihm und wußte, daß ihr beide Geschenke ans Herz wachsen würden.

Am nächsten Morgen nahmen sie alle den Zug nach Glasgow, die anderen stiegen in den Zug nach London um, sie fuhr über Edinburgh nach Inverness. William Kerr holte sie mit dem alten Kombi am Bahnhof ab. »Meine Frau läßt grüßen und hofft, alles ist gut verlaufen. Wir haben Sie vermißt.« Er fuhr in den Küchenhof. »Janet hat sicher etwas Leckeres und Heißes für Sie vorbereitet. Gute Nacht, Mrs. Sinclair.«

Janet empfing sie strahlend. »Ich habe ihn hier unten gelassen. Ich wußte, Sie wollten ihn gleich sehen, aber er schläft.«

Sie blickte auf das schlafende Gesicht ihres Sohnes, und Tränen traten in ihre Augen. Sie legte das Woll-Lamm neben ihn in die Wiege. Sein Babygesicht hatte sich leicht verändert. Sie hatte einige Wochen seines Wachsens versäumt, die nicht mehr eingeholt werden konnten.

Sie aß hungrig die Suppe und das Schmorfleisch und schaute häufig zu ihrem Sohn hinüber. »Ja, er ist immer noch da«, sagte Janet lächelnd. »Wir haben Sie alle vermißt.«

Lady Jean schien dieses Gefühl nicht zu teilen, aber sie empfing Julia mit einem Whisky und bestand darauf, daß sie einen Drambuie zum Kaffee trank. »Du wirst danach gut schlafen, du siehst müde aus.«

Janet zuliebe berichtete sie über alles, was sich bei den Dreharbeiten zugetragen hatte. Während sie sprach, musterte sie heimlich Lady Jeans Gesicht. Sie hatte sich verändert, ihre Züge wirkten abgespannt. Vielleicht, dachte Julia schuldbewußt, habe ich es früher einfach nicht bemerkt.

Als sie mit dem Essen fertig waren, zog Julia Bill Fredericks Foto hervor, wissend, daß es Janet Spaß machen würde.

»Ich sehe seine Filme immer gern, Mrs. Sinclair. Und jetzt haben Sie mit ihm zusammen gespielt.«

Lady Jean nahm das gerahmte Foto, las die Inschrift und sagte: »Wie unbeschreiblich ordinär.«

Ein saumseliger Frühling war endlich in die Highlands gekommen. Die Ende März und im April geborenen Lämmer wurden von ihren Müttern unabhängig und aßen das frische grüne Gras. Der Wald stand in Laub. Julia schlief tief und fest in dem Schweigen, das sie umgab. Sie spielte mit Alasdair und schob seinen Kinderwagen über den holprigen Waldweg. Sie waren oft an der Chaussee, wenn Rachel und Colin Kerr mit dem Bus aus der Schule kamen. Sie gab ihnen die eingewickelten Bonbons, die Alexandra in Massen aus Amerika schickte. Die Kerr-Kinder plauderten jetzt ungeniert mit ihr, sie hatten ihre Schüchternheit verloren. Julia nickte im geheimen jedesmal MacBains Cottage zu, wenn sie an ihm vorbeiging. Gelegentlich begleitete sie William Kerr auf seinen Inspektionsfahrten und kannte jetzt alle Pächter und Gutsarbeiter. Sie nahm Alasdair stets auf diese Fahrten mit, und die Frauen freuten sich immer, ihn zu sehen. In allen Häusern gab es mehrere Kinder, und sie verteilte Alexandras Bonbons unter sie.

Alasdair hatte inzwischen einen blonden Haarschopf wie sein Vater und auch seine hellblauen Augen. »Ach ja«, sagte eine der älteren Frauen, »ich erinnere mich noch so gut. Ihr Mann war der jüngere und hellblond, der ältere hatte das dunkle Haar von Lady Jean. Ich höre, es geht ihr nicht gut.«

Julia verneinte es. Sie wollte es sich selbst nicht zugeben. »O nein, es ist nichts Ernstes, sie ist nur müde wie wir alle heutzutage. Lady Jean wird sich im Sommer sicher schnell erholen, und auch die Aussicht, daß der Krieg bald zu Ende ist...«

»Wollen wir's hoffen, dann kommen endlich unsere Männer zurück. Aber ich fürchte, Lady Jean hat keinen Lebenswillen mehr.«

Julia war erschreckt über diesen rätselhaften Ausspruch. Was wußte die Frau, die so weit entfernt vom Schloß wohnte und Lady Jean höchstens zuweilen beim Kirchgang sah, was sie, Julia, nicht wußte? Selbst wenn man den Klatsch, der sich unvermeidlich ums Schloß wob, abzog, blieb genug Grund zur Beunruhigung.

Am Abend musterte sie Lady Jean aufmerksam. Sie sah tatsächlich abgehärmt aus und war dünner geworden während der Zeit, wo Julia gefilmt hatte. War sie der Bürde müde, die sie so lange getragen hatte? Aber sie half wie eh und je im Haushalt und ging wie immer mit William Kerr sorgfältig die Abrechnungen durch. Allerdings zog sie jetzt gelegentlich Julia hinzu. »Wir würden durchaus genug zum Leben haben, wenn dieses Finanzamt nicht wie ein Aasgeier über uns schweben würde.«

Sie saßen bei einer letzten Tasse Kakao vor dem Kamin. Janet war längst zu Bett gegangen. Alasdair schlief in seiner Wiege. Lady Jean sagte: »Kaum war der Schnee geschmolzen, haben sie den ganzen Besitz unter die Lupe genommen, jedes Gebäude inspiziert, geschätzt, wieviel der Wald wert ist, vermutlich haben sie auch jedes Lamm gezählt und natürlich die Geschäftsbücher mehrmals kontrolliert. Und das alles auf Kosten der Steuerzahler«, fügte sie bitter hinzu. »Eines Tages werden sie uns ihre Forderungen schicken. Sie haben viel Zeit.«

Sie erhob sich, um die Tassen aufs Tablett zu stellen. Julia vermeinte ein schmerzliches Zusammenzucken auf ihrem Gesicht zu sehen. »Ist... dir nicht gut, Schwiegermutter?«

»Gut? Wem geht es schon gut, heutzutage? Ich bin müde wie wir alle und mache mir Sorgen – große Sorgen. Aber irgendwie werden wir aus dieser Steuersache schon herauskommen.« Sie beugte sich über die Wiege. »Wir werden wie die Löwinnen um dein Erbe kämpfen, nicht wahr, Baby? Sie dürfen dir nicht fortnehmen, was dir gehört, dafür ist dein Vater nicht gefallen.«

Eines Tages Anfang Juni kam Julia mit dem Kind auf dem Arm in die Küche, das Radio war an. Janet rief aufgeregt: »Sie sind gelandet. Unsere Truppen sind in der Normandie gelandet.«

Sie hatten es schon seit einiger Zeit erwartet. Die Truppenansammlung an der Süd- und Ostküste hatte diese Gegend Englands in ein riesiges Militärlager verwandelt, das niemand verlassen durfte. Ihr Vater hatte schon vor Wochen Luisa, Johnny und Brenda Turnbull nach London geschickt, wo fast nie mehr Luftangriffe stattfanden.

Julia blieb in Sinclair. Lady Jeans Krankheit war jetzt nur zu offensichtlich. Eines Nachmittags beschloß Julia, die fünf Meilen nach Langwell, wo die Kerr-Kinder zur Schule gingen und Dr. MacGregor praktizierte, zu Fuß zu gehen.

Dr. MacGregor nahm die Brille ab und rieb seine müden Augen. »Ich habe Ihren Besuch erwartet. Ich weiß, Sie sind nicht Ihretwegen gekommen. Sie sehen gut aus, wenn auch ein wenig dünn...«

»Nein, ich komme wegen Lady Jean.«

»Ja, ja... wegen Lady Jean. Sie wird es mir übelnehmen, wenn ich ihr Vertrauen breche. Wir Ärzte sollen das im Prinzip nicht tun. Aber Sie haben es schließlich bemerkt, und ich weiß, die eigensinnige alte Dame läßt sich ungern Fragen stellen. Selbst als ich sie ins Krankenhaus nach Inverness zu einem Spezialisten geschickt habe während der Zeit, als Sie filmten, mußte ich ihr versprechen, Ihnen nichts zu sagen. Nur Janet weiß Bescheid, und auch ihr wurde Stillschweigen befohlen. Die Kerrs glauben, sie wäre nach Edinburgh zum Familienanwalt gefahren. Nun, sie blieb eine Woche im Krankenhaus, und sie haben eine Biopsie gemacht – aber es stellte sich heraus, daß es für eine Operation zu spät war. Sie ist in Inverness ein paarmal in der Woche bestrahlt worden – aber das war nur ein letzter, verzweifelter Versuch. Niemand hat sich viel davon versprochen. Ich bin erstaunt, daß es ihr so lange gelungen ist, die Krankheit vor Ihnen zu verbergen. Ich weiß, sie hat immer vorgegeben, die Steuerbehörde in Inverness aufzusuchen. Die Kerrs haben vermutlich Verdacht geschöpft, aber Bestimmtes wissen auch sie nicht. Sie fuhr immer allein mit dem Bus, hat sich behandeln lassen, was sehr ermüdend ist, und es trotzdem geschafft, abends wieder in Sinclair zu sein. Es muß für sie eine Tortur gewesen sein. Die Spezialisten haben mich natürlich auf dem laufenden gehalten. Ich konnte nichts anderes tun, als ihren Wunsch zu respektieren, daß niemand etwas erfuhr.«

»Krebs...« Das Wort hatte einen dumpfen, hohlen Klang.

»Ja, und es wird nicht mehr lange dauern, bevor jeder es weiß. Er hat im Magen angefangen und auf die Bauchspeicheldrüse übergegriffen. Sie hat Schmerztabletten verschrieben bekommen, aber Sie werden mich bald aufs Schloß rufen müssen, um ihr Morphiumspritzen zu geben. Aber sie hat länger durchgehalten, als ich geglaubt habe. Sie ist widerstandsfähig – kräftiger, gesunder Stamm...« Er zuckte die Achseln.

»Wenn ich sie dazu überreden würde, nach London zu fahren...« Er schüttelte den Kopf. »Ich habe den besten Krebsspezialisten Edinburghs gebeten, die Untersuchungsergebnisse zu prüfen; er ist sogar nach Inverness gekommen, um sie anzusehen. In London sind sie medizinisch auch nicht weiter als in Edinburgh. Wenn Lady Jean bis Ende des Jahres lebt, wäre es ein Wunder.«

Mitte Juni tauchte eine Waffe auf, über deren Existenz bisher nur gemunkelt worden war: die V1-Raketen. Sie fielen auf London und auf alle anderen Städte, die von der Abschußbasis in Pas de Calais erreichbar waren. Es war eine Waffe, die weit mehr Zerstörungen anrichtete als die bisherigen Bomben. Das Gebiet entlang der südöstlichen Küste wurde schnell als »Bombenallee« bekannt. Ein kurzer Brief kam von Luisa:

> Michael hat darauf bestanden, daß Stella und die Köchin Anscombe verlassen. Viele Häuser in London liegen in Trümmern oder sind schwer beschädigt, und da man erst, wenn eine tödliche Stille eintritt, weiß, daß die Bombe herunterfällt, kann man sich auch nicht in den Luftschutzkeller flüchten. Trotz meines Protests hat Michael arrangiert, daß wir alle – die Frauen und Johnny – nach Wales in ein Cottage ziehen, das er sich von Freunden geliehen hat. Mir fällt es unsagbar schwer, ihn allein in London zurückzulassen, aber ich muß auch an Johnny denken. Michael hat meine Angst um unser Kind sehr geschickt ausgenutzt. Aber was für eine Freude und Erleichterung, daß die Invasion endlich gelungen ist, doch nun müssen wir diesen neuen Schrecken ertragen. Wird dieser Krieg denn niemals enden? Es dauert schon so lange...

Die V1-Raketen machten mehr Menschen heimatlos als die schlimmsten Bombenangriffe. Connie schrieb:

> Das kleine Haus von Kens Schwester, in dem seine Eltern nach der Zerstörung ihres eigenen Hauses Zuflucht gefunden haben, ist so beschädigt, daß sie ausziehen mußten. Sie sind in einer Notunterkunft untergebracht, sie wird so grausig sein, wie es sich anhört. Ken fürchtet, daß sein Vater sich so viel Sorgen um die Gesundheit seiner Mutter macht, daß er ein wenig verrückt geworden ist. Sonntags, wenn das Wetter schön ist, fährt er mit Kens Mutter zu der

Ruine in Hampstead und verspricht ihr, daß er ihr bald ein neues Haus auf dem Grundstück, wo sie geboren wurde, errichten wird. Obwohl Kens Vater durch harte Arbeit in all diesen Jahren viel Geld verdient haben mag, so scheint es doch recht unwahrscheinlich, daß er dieses Versprechen einhalten kann. Selbst wenn der Frieden kommt, was ja nun bald geschehen muß, wird es schwierig sein, das nötige Material und die Arbeitskräfte zu bekommen...

Viele schöne Sonntage für diese Ausflüge nach Hampstead, dachte Julia, hat es in diesem Sommer nicht gegeben. Das Wetter war fast durchgehend kühl und feucht gewesen und der Himmel von einem eintönigen Grau.

Der Vormarsch der Alliierten schien Hitlers Zerstörungswut nicht zu stoppen. Die V1-Raketen wurden auf Flugzeuge montiert und über England ausgeklinkt, so daß sie bis Yorkshire im Norden und Manchester im Westen flogen. Julia kam es wie bittere Ironie vor, daß die Alliierten kurz vor dem Sieg standen, die britische Bevölkerung jedoch mehr litt und mehr starben als je zuvor. Die Parole »Britannien kann alles ertragen« verlor an Überzeugungskraft. Der lange, grausame, unendlich zermürbende Krieg hatte alle in Mitleidenschaft gezogen, und selbst die Stärksten verließ der Mut.

Nur Lady Jean ließ sich nicht unterkriegen. Als sie spürte, daß Julia die Wahrheit wußte, gab sie ihre Krankheit zu. »Aber ich verbiete dir, darüber zu sprechen. Ich will kein Mitleid.« Sie besitzt eine stoische Seele, dachte Julia, sie wird den Tod bis zum bitteren Ende bekämpfen. Lady Jean hatte ihren sonntäglichen Kirchgang aufgegeben, damit die Gemeinde nicht Zeuge ihres langsamen Verfalls wurde. Sie sah täglich verhärmter aus und war erschreckend mager, trotzdem kam sie ihren Haushaltspflichten nach und half Janet, wo sie konnte. Das einzige Zugeständnis, das sie machte, war, daß sie morgens länger liegenblieb, aber sie weigerte sich, im Bett zu frühstücken. Abends ging sie erst spät schlafen, und Julia hatte nicht das Herz, sie allein auf dem Sofa vor dem Kamin im Zimmer der Haushälterin liegen zu lassen. Alasdair schlief friedlich in der Wiege neben ihnen, manchmal unterhielten sie sich oder sie lasen, aber sie blieben immer bis zu den letzten Nachrichten auf.

Eines Abends sagte Lady Jean: »Zum Glück scheint Alasdair seines Vaters Temperament geerbt zu haben. Jamie war immer ruhig, ein sehr selbstbeherrschtes Kind. Ich kann mich an keine Zornausbrüche erinnern. Ich hatte Angst, er würde das ›künstlerische‹ Temperament deiner Familie geerbt haben und nervös und unberechenbar sein.« Sie schien plötzlich zu merken, daß ihre Worte verletzend waren, denn sie fügte hastig hinzu: »Ich meine, deine Familie ist natürlich hochbegabt, aber Alasdairs Aufgabe ist hier, und um sie zu erfüllen, muß man die Sturheit eines Ochsen haben, der ein Joch zieht. Das einzige, was ich bedaure und das mich ärgert, ist, daß ich nicht mehr dasein werde, um ihm dabei zu helfen.«

Julia schluckte eine scharfe Antwort hinunter. Mit einer Frau, die Schmerzen litt und dem baldigen Tod entgegensah, fing man keinen Streit an. Sie nahm nur schweigend das Kind hoch und trug es zu Bett.

Julia hatte in diesem Sommer ein persönliches Opfer gebracht. David hatte sie aufgeregt angerufen: »Liebling, ›Die Grenze‹ ist besser gelungen, als wir erwartet haben, und sie starten eine besondere Werbekampagne, was nicht nur für Bill Fredericks wichtig ist, sondern vor allem für dich. ›Worldwide‹ will sich daraufhin an meiner Produktion beteiligen, Rod MacCallum soll die männliche Hauptrolle übernehmen und du die weibliche!« Als sie nicht gleich antwortete, wiederholte er fast schreiend: »Hast du mich verstanden, Liebling? *Rod MacCallum!* Natürlich ist es die übliche patriotische Geschichte. Amerikaner stürmt Japsenstützpunkt auf eigene Faust. Aber du hast die einzige weibliche Rolle. Du mußt selbstverständlich nach Hollywood kommen. Es ist eine einmalige Chance. Für dich ist es *der* Durchbruch.«

Sie hatte den Anruf im kleinen Büro entgegengenommen, und Lady Jean hatte sich diskret zurückgezogen.

»Ich kann nicht, David. Es ist wundervoll, daß du das alles für mich arrangiert hast, und es ist wundervoll, daß sie mich haben wollen, aber ich kann nicht fort von hier.«

»*Was*!« kam es ungläubig zurück.

»Ich kann es dir am Telefon nicht erklären, aber ich schreibe dir.« Julia zweifelte nicht daran, daß die Telefonistin mit gespitzten Ohren zuhörte. »Du wirst alles verstehen, nachdem du meinen Brief bekommen hast.«

»Liebling, ich habe alle Hebel in Bewegung gesetzt, um diese Rolle für dich zu bekommen. Es ist kein kleiner, britischer Film diesmal, sondern ein Film mit dem berühmtesten Hollywood-Schauspieler. Nun gut, ein Genie ist er nicht, aber wer ist das schon, ausgenommen dein Vater? Aber er ist ein enormer Kassenerfolg. Dein Name mit seinem gekoppelt, und du bist ein internationaler Star. Was die Schauspielerei angeht, bist du ihm natürlich überlegen, aber das ist unwichtig – im Moment. Du mußt dir erst einen Namen machen, dann kannst du auswählen und Ansprüche stellen.«

»David, hör auf! Du brichst mir das Herz. Ich erkläre dir alles in meinem Brief.« Sie legte den Hörer auf, um alle weiteren Vorwürfe abzuschneiden.

David versuchte sie noch einmal umzustimmen, nachdem er ihren Brief gelesen hatte. Sie hatte ihm untersagt, sie wieder in Sinclair anzurufen, so schrieb er:

Der alte Drachen stirbt also. Na und? Ist das ein Grund, eine einmalige Chance auszuschlagen? Besonders, wo die alte Frau Dich immer gehaßt hat. Oh, mach mir nichts vor, ich habe mit ihr auf dem Hochzeitsempfang gesprochen. Du warst als Schwiegertochter so willkommen wie ein Nest von Vipern. Nicht gut genug für ihren Sohn! Du, die Tochter von Michael Seymour und der göttlichen Maslowa! Bist Du denn ganz von Sinnen? Wie kannst Du ihr helfen? Sie wird sterben, was immer Du tust. Aber Du schlägst die Chance Deines Lebens aus. Ich habe aus zuverlässiger Quelle erfahren, daß Rod MacCallum deine beiden Filme gesehen hat, obwohl »Die Grenze« noch nicht in den Kinos läuft, und daß er persönlich ganz erpicht darauf ist, mit Dir zu spielen. Jede Schauspielerin wäre außer sich, die Unterstützung von so einem Star zu haben. Aber das Angebot wird nicht ewig aufrechterhalten, bitte, telefoniere oder telegrafiere umgehend Deine Zusage.

Mit derselben Post kam ein kurzer Brief von ihrem Vater:

Mein Liebling, was für ein schwerer und mutiger Entschluß. Ich verstehe Deine Gefühle oder versuche zumindest, sie zu verstehen, und bewundere die Reife, die Du in so jungen Jahren zeigst. Der Schauspieler in mir ist verblüfft, daß Du Dir eine solche Rolle entgehen läßt. Wir Schauspieler, wie Deine wunderbare Mutter erfahren mußte, sind eine egoistische Bande. Aber wir müssen alle mit unseren Entscheidungen leben. Ich bin voller Hochachtung für Dich... Du hast schwere Zeiten vor Dir... telefoniere oder schreibe, wenn Du Hilfe brauchst. Dein Dich liebender Vater.

Julia schrieb an David:

Es geht nicht nur um Lady Jean. Wie Du so richtig sagst, sie wird sterben, was immer ich tue. Aber wie kann ich sie hier einsam sterben lassen? Wie kann ich nach Hollywood fahren und mein Kind nach ihrem Tod allein lassen? Ich kann Janet unmöglich die ganze Verantwortung aufbürden. Soll ich einfach abreisen und mich um nichts kümmern? Meinst Du etwa, die Sorgen, die ich hätte, wären dem transparenten Geschöpf, das Rod MacCallum im Film liebt, nicht anzusehen, egal wie man mich beleuchtet?

Ihr Vater schrieb ihr, nachdem er ihren Brief an David gelesen hatte: »Es ist genau dieses tiefe Empfindungsvermögen, das Dein Gesicht prägen wird.«

David reagierte mit ärgerlichem, verblüfftem Schweigen.

Das Leben auf Schloß Sinclair nahm seinen gewohnten Lauf. Im Juli wurde die ursprüngliche Abschußbase der V1-Raketen in Caen von den Truppen Montgomerys erobert, im August Paris befreit. Aber die V1-Raketen erreichten England noch immer von ihren holländischen Abschußbasen. Aber dann, Anfang September, kam eine neue Bedrohung. Die furchtbare Explosion, die in einem Londoner Vorort erfolgte, wurde von den Kommentatoren der BBC mit der Explosion eines Gasbehälters verglichen. Bald kamen die Raketen mit erschreckender Regelmäßigkeit, und der Volksmund nannte sie mit bitterer Ironie »die fliegenden Gasrohre«. Aber erst im November gab die Regierung zu, daß es sich um V2-Raketen handelte.

Der erste Schnee war schon in den Highlands gefallen, als die Alliierten die deutsche Grenze überschritten. Lady Jean klammerte sich verbissen ans Leben. Dr. MacGregor sagte zu Julia, daß es so etwas wie eine Remission gäbe, die Gründe dafür wären den Medizinern unbekannt. »Meiner Meinung nach hat es viel mit der Einstellung des Patienten zu tun.«

Eines Abends, als sie auf die letzten Nachrichten warteten, sagte Lady Jean zu Julia: »Ich könnte es nicht ertragen zu sterben, ohne zu wissen, daß der Tod meines Sohnes nicht umsonst gewesen ist. Ich hoffe nur, daß Alasdair nicht solche Zeiten durchmachen muß.«

Sie feierten Weihnachten in aller Stille, Sir Niall war ihr einziger Gast; er erwähnte Lady Jeans Krankheit mit keinem Wort und äußerte sich auch nicht über ihr schlechtes Aussehen. Sie waren ohne viel Worte übereingekommen, über die Zukunft nicht zu reden.

Der Schnee lag hoch um das Schloß, als sie im Februar erfuhren, daß Dresden völlig zerstört worden war. »Der Preis des Sieges«, sagte Lady Jean ruhig. Sie blieb jetzt morgens länger im Bett und zog sich nach dem Mittagessen für mehrere Stunden zurück. Ihre Augen waren tief eingesunken, und sie trug den ätherischen Ausdruck von jemand, der dem Schlimmsten ins Auge gesehen hat und keine Angst verspürt.

Im April verwandelten sich die Schneefälle in Regenschauer. Sie hörten, was die Amerikaner bei ihrer Eroberung der Konzentrationslager vorgefunden hatten. Die Russen besetzten Wien. »Gott stehe jedem bei, der das miterlebt«, murmelte Lady Jean, als sie ihren Enkel auf dem Schoß hielt. Als die Nachricht eintraf, daß Hitler in seinem Bunker in Berlin Selbstmord verübt hatte, sagte sie nur müde: »Das Ende eines Feiglings – was kann man von so einem Mann anderes erwarten.«

Sie zögerte den Augenblick, wo sie gezwungen war, ständig im Bett zu bleiben, und Dr. MacGregor bitten mußte, ihr stärkere Betäubungsmittel zu geben, so lange wie irgend möglich hinaus. Sie war wieder in ihr Turmzimmer gezogen. »Sie hat recht«, sagte Janet, »es wäre nicht angemessen, wenn sie ihre letzten Tage hier unten neben der Küche verbringen würde.«

Das nördliche Zwielicht der länger werdenden Apriltage fiel durch die westlichen Fenster, deren Vorhänge zurückgezogen blieben, solange der Himmel hell war. Sir Niall kam jeden Abend, er brachte kostbaren alten Whisky mit und wartete, bis Dr. MacGregor zum zweiten Mal kam, um Lady Jean eine Spritze zu geben, die ihr zu einigen Stunden Schlaf verhelfen sollte. Die hagere Gestalt saß aufrecht im Bett in einem ausgeblichenen Bettjäckchen und trank dankbar ein Glas Whisky, das ihr, wie Dr. MacGregor versicherte, nur guttun könne. Während des Tages saßen entweder Julia oder Janet bei ihr. Sie hatte es gern, wenn man Alasdair zum Spielen zu ihr brachte. Die letzten V2-Raketen waren im März auf Kent niedergegangen, und nun lag über dem Land eine unheimlich erwartungsvolle Stille. Anfang Mai kam dann die Nachricht, daß die Russen Berlin besetzt hatten.

»Ein großer Fehler«, bemerkte Sir Niall zu Dr. MacGregor, als sie ihren abendlichen Whisky bei Lady Jean tranken. »Wir hätten unbedingt alles unternehmen müssen, um wenigstens zur gleichen Zeit einzumarschieren. Stalin wird uns für jeden Fußbreit ein königliches Lösegeld abverlangen. Keine guten Zukunftsaussichten.« Sie führten immer ganz normale Unterhaltungen und überließen es Lady Jean, ob sie daran teilnehmen wollte oder nicht. Aber sie flüsterte nur manchmal einige Worte und hatte nicht mehr die Kraft, aufrecht zu sitzen. Alasdair spielte nicht mehr im Zimmer. Julia vermutete, daß Dr. MacGregor die Morphiumdosis erhöhte, denn Lady Jean verbrachte jetzt die meiste Zeit im Halbschlaf. Für die letzten Wochen stellte Julia eine Krankenschwester ein. Lady Jean hatte protestiert: »Zu teuer... die Erbschaftssteuern...«

»Zum Teufel mit den Erbschaftssteuern«, sagte Julia. »Ich habe noch Geld von ›Rückkehr in der Dämmerung‹, und bald kommt neues herein von ›Die Grenze‹. Es reicht allemal, um es dir bequem zu machen.« Sie suchte nach etwas, um die Sterbende zu beruhigen. »Hab ich dir schon erzählt, daß Alasdair einen beachtlichen Scheck für seine Forster-Newspaper-Anteile bekommen hat? Und die Ölaktien...«

Lady Jean ergriff Julias Hand mit überraschender Kraft.

»Nicht ausgeben... auch nicht für Steuern! Er muß auf das Internat, wo sein Vater war... dann Oxford... wenn er für den Rest seines Lebens hier arbeiten muß, ist es wichtig, daß er...«, Julia beugte sich tiefer über sie, um besser zu hören, »... daß er versteht, daß es sich lohnt.«

Sir Niall brachte täglich Frühlingsblumen aus seinem Garten. Er und Dr. MacGregor waren beide in Lady Jeans Zimmer, als Julia hereinkam und sagte: »Ich habe gerade in den Abendnachrichten gehört, daß Churchill und Truman den morgigen Tag zum Tag des Sieges in Europa erklärt haben.«

Lady Jean wandte mühsam den Kopf. »Geben Sie mir einen Schluck Whisky, Doktor...« Die Strahlen der untergehenden Sonne enthüllten erbarmungslos ihr von Krankheit gezeichnetes Gesicht. Sie erlaubte Julia, sie einen Moment lang hochzuheben, um einen Schluck des alten Whiskys zu trinken. »Ich bin so froh...« murmelte sie. Die zwei Männer traten instinktiv näher ans Bett. »So froh... zu erleben... daß Jamie... für den Sieg gestorben ist.« Julia ließ sie vorsichtig in die Kissen zurückgleiten.

»Ein anderes Kissen... ich will das... das letzte Tageslicht sehen.« Sie starrte auf die rotglühend untergehende Sonne über dem See.

Dr. MacGregor fühlte ihren Puls. »Würden Sie jetzt bitte alle das Zimmer verlassen, ich möchte Lady Jean eine Spritze geben, damit sie ein paar Stunden schläft. Nein, danke vielmals, Schwester, Sie brauchen nicht zu bleiben.« Er hielt die Spritze hoch und zog die Flüssigkeit auf. »Lady Jean zieht es vor, wenn ich ihr die Spritze verabreiche, aber ich lasse Ihnen eine Phiole da, falls sie in der Nacht aufwacht.«

Sie wachte nie mehr auf.

8

Es war herrliches Sommerwetter, als Alasdair im Juli 1947 seinen vierten Geburtstag feierte. Julia hatte alle etwa gleichaltrigen Kinder aus der Umgebung zu einer Geburtstagsparty eingeladen, und die meisten hatten auch kommen können.

Die Nachmittagssonne fiel in den langen Speisesaal des Schlosses, die dunklen Ecken waren durch Blumen aufgehellt. Am Platz jedes Kindes lagen Bonbons, kleine Spielzeuge und Papiermützen, die Alexandra aus Amerika geschickt hatte. Der Dudelsackpfeifer, der auf dem lang vergangenen Fest gespielt hatte, spielte jetzt auch für die Kinder die traditionellen Rundtänze. Manche Knaben trugen Schottenröcke mit dem Familienmuster und weiße Hemden. Die Mütter und auch einige Väter tranken Tee, aßen Brötchen und Kuchen und schmunzelten anerkennend, als Sir Niall seinen Whisky herumreichte. Er beobachtete belustigt das linkische Hopsen und Tanzen der Kinder, einige der älteren zeigten jedoch schon einige Übung und eine angeborene Grazie. »Die alten Traditionen sind noch lebendig«, murmelte er glücklich. »Ich kannte einige der Mütter schon als kleine Mädchen. Sie schienen irgendwie hübscher zu sein vor dem Krieg. Aber ich muß aufhören, von ›vor dem Krieg‹ zu sprechen. Alles hat sich verändert, es lohnt sich nicht zurückzublicken.«

Es stimmte, der Krieg hatte nicht nur die Menschen erschöpft, sondern die Nation auch arm gemacht; das Land war verschuldet, und die Beschränkungen, die dem Volk auferlegt wurden, um die Schulden abzuzahlen, waren einschneidender als die Kriegsrationierungen. Die Lebensmittel waren knapp, aber der Kampfgeist, der alles erträglich gemacht hatte, fehlte. Die Schlacht, der Krieg war gewonnen, aber der Friede hatte eine dumpfe Leere gebracht.

Schließlich waren die Gäste zufrieden aufgebrochen, und nachdem das Geschirr abgewaschen war, zog Julia eine alte Wolljacke an und machte, gefolgt von den Hunden, einen Spaziergang entlang des Seeufers. Die Sonne warf die langen Schatten des Waldes über den See. Sie berührte den Brief, der heute früh angekommen war und den sie nur rasch überflogen hatte. Sie hatte auf einen ruhigen Moment gewartet, um ihn genau zu lesen und über den Inhalt nachzudenken. Er brachte wieder einmal Unruhe in ihre friedliche Welt, und sie wußte nicht, ob sie das wollte.

Ihre Gedanken wanderten in die jüngste Vergangenheit zurück: Connie hatte Ken Warren kurz nach dem Krieg geheiratet, und Luisa hatte ihr ein bezauberndes Fest in Anscombe gegeben. Julia und Alasdair waren aus dem Norden und Alexandra und Elliot aus Amerika gekommen. Connie und Ken waren in der kleinen Dorfkirche getraut worden. Es war das erste Mal gewesen, daß Michaels Sohn Johnny und Alasdair sich getroffen hatten. Es hatte ebensoviel Tränen wie Gelächter gegeben, aber im ganzen war Michael über die Beziehung entzückt gewesen. »Genau wie zwei Jungens sich benehmen sollen – Pack schlägt sich, Pack verträgt sich –, du wirst sehen, Julia, wenn sie älter sind, werden sie beste Freunde sein.« Für die Familie war es die erste Begegnung mit Alexandras Mann gewesen. Elliot Forster war natürlich eine eindrucksvolle Erscheinung, schlank und groß mit einem aristokratischen Gesicht, das Intelligenz und Sensibilität verriet. »Ich hatte das Glück«, sagte er zu Julia, »daß mein Großvater nicht die Flinte ins Korn warf und sich zum Sterben hinlegte, als er im Bürgerkrieg seine Ländereien verlor. Er kaufte statt dessen für einen Pappenstiel die Druckmaschinen und den Namen einer bankrotten Zeitung in Richmond. Und das war der Beginn seines Aufstiegs. Es ist mir gelungen, einen Teil des Landes, das meine Familie in Virginia besaß, zurückzukaufen, aber der Besitzer des ursprünglichen Gehöfts weigert sich, das Haus zu verkaufen.« Er sagte dies zu Julia, während sie durch den Rosengarten schlenderten. »Ich bin hart, wenn es um Geschäfte geht, wie dir Alexandra vermutlich schon erzählt hat. Aber wie die meisten Südstaatler bin ich sehr traditionsbewußt.«

Die Hochzeit hatte im Juli stattgefunden, kurz nach Alasdairs zweitem Geburtstag. Die Rosen hatten in voller Blüte gestanden und sich an den Staketen hochgerankt, die für Julia neu waren. Elliot hatte eine Rose gepflückt. »Du siehst also, ich bin ganz närrisch auf alles Alte, auf alles Ererbte. Ich hoffe, du lädst Alexandra und mich nach Sinclair ein.«

Julia zögerte nur eine Sekunde. »Natürlich gerne, aber macht euch auf sehr primitive Zustände gefaßt. Wir leben noch immer wie im Krieg. Ich habe nur Janet, die mir hilft.«

Er nickte noch immer mit der Rose in der Hand. »Ich bin gar nicht so ungeschickt im Anheizen von Öfen, und es stört mich nicht, Wasser zu schleppen. Ich weiß, wie du lebst, Alexandra hat mir immer deine Briefe vorgelesen.«

»Nun, dann kommt mit nach Sinclair. Ich muß mich dort einiger Gespenster erwehren, vielleicht erscheint das eine oder andere sogar euch.«

Als Connie heiratete, war der Krieg im Pazifik noch nicht zu Ende gewesen, und Kens Vater hatte zu Julia gesagt: »Mein Sohn wird erst vom Militär entlassen, wenn alle Kriegsschulden zusammengestellt sind. Ihre Bezahlung steht allerdings auf einem anderen Blatt.« Er war ein großgewachsener, nüchtern aussehender Mann, so grau wie der Anzug, den er trug und der vermutlich seit Jahren sein »bester« war. Kens Mutter sah man noch ihre ehemalige Hübschheit an, aber auf ihrem Gesicht lag ein Ausdruck ständiger Verdrossenheit. Ihr rüschenbesetztes Kleid stammte noch aus der Vorkriegszeit, ihr stumpfes Haar war in kunstvolle Locken gelegt. Ihr Mann war zärtlich um sie bemüht und bestand darauf, daß sie nicht zu lange im Garten blieb, damit sie sich nicht erkälte. Connie und Ken würden ihr Eheleben in einem Fertighaus in Cambridge beginnen, doch das schien Connies Glück nicht zu trüben. »Ich werde Sorge tragen, daß ihre Lebensumstände sich bald verbessern«, hatte Kens Vater gesagt. »Wir haben noch das Grundstück in Hampstead und die Hausruine. Ich glaube, einen Teil davon kann man bald wieder bewohnbar machen. Ich werde schon irgendwie Material beschaffen. Es liegen weiß Gott genug Ziegel herum, um mehrere Häuser zu bauen. Ich muß auch zusehen, daß meine Frau möglichst schnell wieder bequem wohnt, sie hat unter den Entbehrungen des Krieges sehr gelitten.«

So war die Hochzeitsfeier fast friedensmäßig verlaufen. Der kürzlich errungene Sieg in Europa hatte überall Optimismus verbreitet und das Gefühl, daß bald alles so wie früher sein würde.

David hatte zu Julia gesagt: »Jetzt, Liebling, müssen wir schnell etwas für dich finden. Du hast einen riesigen Fehler begangen, als du die Chance, mit Rod MacCallum zu spielen, ausgeschlagen hast. Der Film war ein großer Erfolg.« Sein Tonfall war äußerst vorwurfsvoll gewesen. Sie hatte ihm achselzuckend zugehört, im Augenblick bedrückten sie weit größere Sorgen.

Die größte Sorge war die Erbschaftssteuer, der Steuerbescheid war kurz vor ihrer Abreise eingetroffen. Luisa hatte sie so eindringlich nach dem Stand der Dinge gefragt, daß Julia ihr schließlich anvertraut hatte: »Ich fürchte, ich muß einen Teil des guten Ackerlands verkaufen. Es ist natürlich widersinnig, denn damit büße ich den größten Teil meines Einkommens ein.«

Luisa hatte sie entsetzt angesehen. »Du darfst auf gar keinen Fall Land verkaufen. Das Land muß unangetastet bleiben. Ich werde meine Steuerberater bitten, sich die Forderungen genau anzusehen, und dann müssen wir ein zinsfreies Darlehen für dich arrangieren. Du kannst es mir zurückzahlen, sobald das Gut wieder rentabel ist.«

»Du mußt den Ring zurücknehmen.«

Luisa hatte mit den Achseln gezuckt. »Wenn du willst, lege ich ihn in meinen Londoner Banksafe, aber ich werde ihn nie wieder tragen. Ich habe ihn Alasdair zur Taufe geschenkt; ich nehme keine Geschenke zurück.«

Julia war das Angebot nicht geheuer. Sie hatte das unangenehme Gefühl, sich Luisa völlig auszuliefern, aber sie hatte keine andere Wahl. Und das bedeutete, daß sie ein Leben lang von Luisa und ihrem Wohlwollen abhängig war. Der Gedanke hinterließ einen bitteren Geschmack in ihrem Mund.

Sie waren im Auto mit Alexandra und Elliot zurück nach Sinclair gefahren, weil Elliot darauf bestanden hatte, die schottische Landschaft zu sehen. Die Fahrt hatte drei Tage gedauert, Elliot hatte am Steuer des Rolls-Royce gesessen, der ihm von dem Londoner Büro zur Verfügung gestellt worden war. Er schien unbegrenzt über Benzinscheine zu verfügen, und Zimmer in den besten Hotels waren vorbestellt gewesen. Alasdair hatte die abwechslungsreichen Tage in vollen Zügen genossen. »Was für ein liebes, ausgeglichenes Kind«, bemerkte Elliot. »Er brüllt nicht, ihm wird nicht schlecht, du hast einen stämmigen Schotten geboren, Julia.«

Julia hatte einige aufgeregte Telefongespräche mit Sinclair geführt, um Janet von dem bevorstehenden Besuch zu unterrichten. »O Janet, wir brauchen eine Angel für Mr. Forster, er möchte fischen gehen. Und geben Sie ihnen das Rote Turmzimmer. Zum Glück haben wir Sommer. Wenigstens werden sie nicht erfrieren. Janet! Ich bin nervös. Dumm von mir. Alexandra ist schließlich meine Schwester, aber ich möchte so sehr, daß sie den Aufenthalt genießen.«

»Regen Sie sich nicht auf, Mrs. Sinclair. Mr. Kerr und ich werden dafür sorgen, daß alles wie am Schnürchen läuft. Ach, übrigens habe ich ein ganz junges Mädchen angestellt, sie ist noch unerfahren, aber sehr willig. Die jungen Leute merken allmählich, daß der Krieg vorbei ist und es schwer ist, in den Städten Arbeit zu finden. Bloß... ich meine, Mrs. Sinclair, können wir uns eine Angestellte leisten?«

Julia, in dem Bewußtsein, daß Luisa ihr Geld borgen würde, sagte mit fester Stimme: »Ja, Janet, wir können es uns leisten.«

Sie hatten sich Sinclair am späten Nachmittag genähert, die Bäume hatten lange Schatten geworfen, aber dann waren sie plötzlich am Ende des Waldes ins volle Sonnenlicht gekommen. Elliot hatte den Wagen angehalten und einige Minuten lang schweigend alles in sich aufgenommen. Schließlich hatte er zu Julia gesagt: »Ich hätte nie geglaubt, so etwas Vollkommenes zu sehen.«
»Von der Nähe betrachtet, läßt es viel zu wünschen übrig.«
Er wies auf Alasdair. »Jemand, der auf diesem Schloß geboren ist, wird immer mit allen Fasern seines Herzens an seiner Heimat hängen.« Dann war er langsam über die Brücke und Zugbrücke in den Hof gefahren. Janet hatte die schwere Eichentür in der Sekunde geöffnet, als der Wagen hielt.
Julia erinnerte sich oft und gerne an die Zeit, die Alexandra und Elliot auf Sinclair verbracht hatten. Sie hatten sich vom ersten Moment an wohl gefühlt und schienen die Mängel nicht zu bemerken. Der Haushalt funktionierte besser, als sie gehofft hatte. Das junge Mädchen, Kate, war ungeübt, aber es beeilte sich, allen Anweisungen nachzukommen, und Janet hatte so genügend Zeit, ihre beachtlichen Kochkünste unter Beweis zu stellen. Sir Niall hatte den fast leeren Keller mit Spitzenweinen aufgefüllt, und die Nachbarn waren großzügig mit Einladungen gewesen. Alexandra und Elliot repräsentierten für sie eine glanzvolle, fremde Welt, Macht und Reichtum. Elliot wurde oft zum Forellen- oder Salmfischen aufgefordert, wobei er großes Geschick bewies, das ihm allgemeine Bewunderung eintrug. Kirsty Macpherson war nach der Scheidung von einem Engländer auf den väterlichen Besitz zurückgekehrt und hatte ihre kleine Tochter Betsy mitgebracht. Jetzt, nach dem Tod ihrer Mutter und der Heirat ihrer Schwester mit einem Amerikaner war sie die Herrin von Darnaway. Sie bewies ihre Talente als Gastgebe-

rin, als sie ein hochelegantes Diner für Alexandra und Elliot gab. In Darnaway herrschte offensichtlich kein Mangel an Dienstboten oder anderen Bequemlichkeiten. Julia fand Kirsty noch schöner und selbstsicherer als früher. »Warum ist diese bildschöne Frau so eifersüchtig auf dich, Julia?« fragte Elliot auf der Heimfahrt.

»Eifersüchtig? Wohl kaum, vielleicht grollt sie mir etwas, sie hätte Jamie heiraten sollen, bevor er mir in die Hände fiel. Für Sinclair wäre es besser gewesen, wenn sie ihn geheiratet hätte. Nun haben wir beide ein Kind und keinen Ehemann.«

Am letzten Tag ihres Besuchs war Julia mit Alasdair an der Hand neben Alexandra in der warmen Julisonne am Ufer des Sees entlanggegangen. Die Hunde waren ihnen vorangelaufen, zuweilen hatte Alexandra einen flachen Stein aufgenommen und ihn übers Wasser hüpfen lassen, die Hunde waren ihm nachgesprungen, und Alasdair hatte vor Vergnügen gequietscht und versucht, sich von Julias Hand freizumachen, um an dem Spiel teilzunehmen. Aber nach einiger Weile war er ermüdet, und sie hatten sich zum Ausruhen auf einen Felsen gesetzt.

»Es ist unbeschreiblich schön hier«, hatte Alexandra gesagt. »Ich habe Elliot noch nie so entspannt gesehen. Und es macht mich sehr glücklich, aber etwas fehlt mir in meinem Leben...«

Julia hatte sie bestürzt angesehen. »Aber er liebt dich und weiß, daß du ihn liebst.«

»O ja, er liebt mich, daran zweifle ich nicht. Und ich werde meiner Rolle als Ehefrau in Washington durchaus gerecht, und es freut ihn, daß ich als Journalistin Erfolg habe, er verachtet nichtstuende Frauen...«

»Was willst du mehr?«

»Ein Kind. Ich kann keine Kinder bekommen. Alle Ärzte, und ich habe viele aufgesucht, haben es mir gesagt.«

»Bist du dir sicher, Alexandra?«

»Leider ja, und ich habe alles versucht. Es liegt nicht an Elliot. Er hat sich untersuchen lassen. Seine erste Frau war vor einigen Jahren schwanger, hatte aber eine Fehlgeburt. Nein, das Problem liegt bei mir. Erinnerst du dich, als ich fünfzehn war – nein, natürlich erinnerst du dich nicht, du warst viel zu jung –, waren wir alle in New York, aber ich bat, nach Anscombe zurückfahren zu dürfen zu Großvater Guy. Ich hatte irgendeine Infektion, niemand wußte, warum, ich hatte Fieber und Schmerzen, und Großvater Guy war so beunruhigt, daß er einen Arzt aus London kommen ließ. Zum Schluß habe ich mich von allein erholt, aber ich weiß heute, daß es eine verschleppte Entzündung der Eierstöcke war. Ich habe mich schon immer gewundert, warum ich von Greg nicht schwanger wurde, aber damals habe ich meine Ehe und meine Freiheit so genossen, daß ich mir keine weiteren Gedanken gemacht habe. Aber jetzt ist es etwas anderes, ich sehne mich verzweifelt danach, Elliot das Kind zu geben, das er sich so wünscht. Es schmerzt, Julia, ich fühle mich so... so unzulänglich. Ich habe immer gedacht, daß dieses Getue mit unfruchtbaren Frauen... du weißt in der Bibel und so... reichlich übertrieben war. Wer braucht schon Kinder? Aber jetzt leide ich all die Qualen, die Unfruchtbarkeit anscheinend nach sich zieht, ich mache mir ständig Vorwürfe und komme mir nur als halbe Frau vor. Es ist unendlich schwierig, mit so einem Manko fertig zu werden.«

»Und Elliot?« fragte Julia leise.

»Er findet sich mit der Situation bewundernswert ab. Ich würde nicht wissen, wie bewundernswert er sich benimmt, hätten wir nicht so oft von den Kindern gesprochen, die wir bekommen wollten, sobald die Heirat möglich wäre. Ich habe ihm angeboten, mich von ihm scheiden zu lassen, aber davon will er nichts wissen. Mein einziger Trost ist, daß ihm anscheinend mehr an mir als an einem Kind liegt. Wir haben alles in unserer Ehe gefunden, was wir uns erhofft haben, nur eben kein Kind – es sei denn, ein Wunder geschieht. Und so versuche ich, zumindest eine perfekte Ehefrau zu sein. Ich versuche, alles zu tun, was er will, auch wenn mir manches gegen den Strich geht. Ich rebelliere nie, obwohl ich von Natur aus eine Rebellin bin. Ich habe immer gesagt, was ich denke, anfangs auch zu Elliot. Wir hatten fabelhafte Diskussionen, und das hat mich für ihn auch so anziehend gemacht. Aber jetzt beiß ich mir oft auf die Lippen und halte den Mund. Ich will nicht eine ›ewige Jasagerin‹ sein, und doch bin ich auf dem besten Weg, genau das zu werden. Es ist bitter, Julia, ein Versager zu sein. Ich habe immer geglaubt, ich werde Erfolg haben, egal, was ich tue. Und nun spielt mir die Natur diesen üblen Streich.« Sie war aufgestanden und hatte mit einer Handbewegung Julias Erwiderungen abgeschnitten. »Komm, laß uns zurückgehen, ich hoffe, Elliot und Sir Niall haben viele Fische gefangen.«

Zwei Jahre waren seit Elliots und Alexandras Besuch vergangen, nach außen hin war es eine geschäftige Zeit gewesen, und dennoch hatte Julia das Gefühl, daß das Leben wie ein sich endlos wiederholendes Muster vor ihr lag. Sie fragte sich, ob sie zu dem gleichen Los wie Lady Jean verurteilt war. Mußte auch sie den Besitz hüten und verwalten, bis Alasdair alt genug war, ihn zu übernehmen? Würde auch er eine Frau heiraten, die sie ablehnte, so wie Lady Jean sie abgelehnt hatte?

Das Ende des Kriegs hatte die Bewirtschaftung des Guts erleichtert, obwohl Benzin und Nahrungsmittel noch immer rationiert waren und das Landwirtschaftsministerium weiter auf seinen Quoten bestand. Dennoch war es ihnen gelungen, zwei neue Traktoren zu kaufen und ein Stück Land trockenzulegen. Doch die Schulden, die sie bei Luisa hatte, lasteten schwer auf ihr, obwohl sie jedes Jahr einen kleinen Teil abzahlte.

Sie hatte in einem mittelmäßigen Film mitgespielt; er war in England und kurz in Amerika gelaufen und dann in der Versenkung verschwunden. Sie hatte mit ihrer Gage das Dach von Kerrs Haus erneuert und ihnen ein Badezimmer eingebaut. Bis dahin hatten sie ein Außenklo benutzt und in einer Kupferwanne vor dem Feuer gebadet. Mit dem wenigen restlichen Geld hatte sie das Dach von McBains Cottage reparieren lassen und das Häuschen ans Stromnetz angeschlossen. »Warum tun Sie das?« hatte William Kerr sie erstaunt gefragt. »Seit die McBains fort sind... seit der alte Herr umkam, hat dort niemand gewohnt.«

Sie konnte ihm nicht erklären, warum sie das Cottage nicht dem Verfall preisgeben wollte. »Wer weiß? Wir könnten einen Gehilfen für Sie gut gebrauchen. Vielleicht finden wir ein junges Ehepaar, das Arbeit sucht...«

»Und wo nehmen wir das Geld her, das junge Paar zu bezahlen? Es wäre besser gewesen, das Stalldach zu reparieren. Der Heuboden darüber wäre leicht als Unterkunft herzurichten gewesen, besonders da das Stallgebäude bereits Strom und fließendes Wasser hat.« Beide erwähnten nicht die Tatsache, daß nur noch die Stute Catriona im Stall stand. Mit dem Kauf der Traktoren waren die Ochsen überflüssig geworden. Catriona zog jetzt nur noch selten den einzigen zweirädrigen Wagen. Sie verbrachte ihre Tage friedlich das spärliche Gras fressend, das entlang der Außenmauer wuchs. Julia striegelte sie häufig selbst. »Ich frage mich, warum wir dich behalten, dummes, altes Ding«, murmelte sie, als sie ihr sanft über die grauen Nüstern strich. »Vermutlich muß ich ein wenig Luxus in meinem Leben haben, und du gehörst dazu.«

Connie hatte während der zwei Jahre ihr erstes Kind bekommen, eine Tochter namens Margeret Ginette, Margeret war der Vorname von Kens Mutter. Wie vorausgesehen, war Ken nach seiner Entlassung aus dem Militär ins Finanzministerium berufen worden. Er nahm vorläufig noch eine untergeordnete Stellung ein, aber wenn er sich bewährte, würde er schon bald befördert werden. Seinem Vater war es durch Geschick oder Bestechung gelungen, einen Teil des Hauses in Hampstead wieder aufzubauen. Es war ein bescheideneres Haus als das, in dem seine Frau aufgewachsen war, aber es besaß den unschätzbaren Vorteil eines sieben Morgen großen Grundstücks. Connie gab pflichtgemäß ihr Fertighaus auf, um zu ihren Schwiegereltern zu ziehen. Sie war zum zweiten Mal schwanger.

Julia überkam gelegentlich so etwas wie Neid, wenn sie an ihre Schwester dachte. Der Traum von Ruhe und Frieden, den Connie jahrelang genährt hatte, war endlich Wirklichkeit geworden. Und nun noch ein zweites Kind! Die Neuigkeit mußte Alexandra fast das Herz gebrochen haben. Sie beide, aus verschiedenen Gründen, beneideten ihre Schwester, die sich nur Ruhe und einen eintönigen Alltag wünschte. Sie besaß eine Weisheit, die sie alle unterschätzt hatten.

Während der Filmarbeiten hatte Julia in Luisas Londoner Haus gewohnt und Alasdair in Anscombe, zusammen mit Michael, Luisa und Johnny. Es fiel in eine Zeit, wo Michael sich zwischen zwei Theaterstücken ein wenig Ruhe gönnte. Julia hatte Alasdair nur an den Sonntagen gesehen. Luisa hatte zu ihr gesagt: »Ich bestehe darauf, daß Michael, wenn er nicht spielt, sich in Anscombe aufhält. Gemächliche Tage, regelmäßige Mahlzeiten, Landluft und nur an Wochenenden ein paar Gäste, damit er sich nicht langweilt, das tut ihm gut. Findest du nicht, daß er glänzend aussieht? Ich ermuntere ihn, im Garten zu arbeiten. Blüht der Maslowa-Garten nicht prächtig? Er bekommt Rosenbüsche aus den entferntesten Winkeln des Landes. Der Garten hat Berühmtheit erlangt.«

Die Anlage war erweitert worden, so wie Luisa es geplant hatte. Allmählich entstanden auch die Mauern aus den alten Ziegeln, die Michael aus den Trümmern des Darrhauses gerettet hatte. Und Luisa hatte in ganz Kent und Sussex verbreiten lassen, daß sie alte Ziegel kaufen würde. Sie häuften sich im Stallhof und auf dem angrenzenden Vorplatz, bis Julia feststellte, daß es viel mehr Ziegel gab, als für die Gartenmauer nötig war. Des weiteren tauchten alte Bleiregenrinnen und Ausgüsse auf, einige mit den Wappen alter Familien. »Ja, ich habe viel von dem ausgezeichneten Mr. Warren gelernt«, erklärte Luisa, »ich bin eine richtige Altwarenhändlerin geworden.«

»Aber warum?«

»Weil wir so bald wie möglich die Ställe zu Gästezimmern umbauen wollen. Anscombe ist zwar entzückend, aber... nun, es ist ein bißchen eng. Groß genug für die Leute, die es errichtet haben, aber mit den eingebauten Badezimmern und Schränken und den zwei Kinderzimmern für Johnny und sein Kindermädchen bleibt eben nicht viel Platz übrig. Daher habe ich gedacht, daß es viel bequemer wäre, wenn wir die Gäste separat unterbringen mit eigenem Bad und kleiner Küche, so daß sie sich in der Früh selbst eine Tasse Tee machen können, ohne die anscheinend kein Engländer auskommt. Ich versuche, Michael das Leben möglichst angenehm zu machen. Er arbeitet so hart, wenn er auf der Bühne steht. Warum soll er sich auch noch den Kopf über den Haushalt zerbrechen?« Julia erinnerte sich an das chaotische Leben, das Ginette und Michael geführt hatten und das ihm damals ganz offensichtlich gut gefallen hatte. Aber ihr Vater war nicht mehr der Jüngste, er ließ sich augenscheinlich gern von Luisa verwöhnen. Julia stellte ebenfalls fest, daß Alasdair ganz unter Luisas Einfluß stand, sie sprach jetzt schon davon, die beiden Jungens in dieselbe Vorschule zu schicken. »Ich habe versprochen, daß Alasdair in die gleiche Schule wie Jamie und sein Bruder geht«, sagte Julia.

Luisa machte eine wegwerfende Handbewegung. »Ist es wirklich so wichtig, welche Grundschule er besucht? Später das Internat ist eine andere Sache. Aber es wäre für die beiden ein großer Vorteil, zusammen zu sein, wenn sie zum ersten Mal von zu Hause fortmüssen. Sie könnten sich gegenseitig unterstützen. Sie sind jetzt schon so gute Freunde, obwohl sie fast noch Babys sind.«

»Wir werden sehen«, sagte Julia vage, aber im stillen fest entschlossen, daß es nicht dazu kommen würde. Doch im Moment wagte sie es nicht, Luisa zu verärgern. So geht es einem, sagte sie sich, wenn man jemand zu Dank verpflichtet ist. Trotz Luisas Freundschaft und Großmut war es genauso problematisch, ihr Geld zu schulden statt der Bank. Zugegeben, sie zahlte keine Zinsen, aber es waren Schulden innerhalb der Familie, und die Zinsen wurden auf eine Art gefordert und die Nichterfüllung mit einer anderen Strafe geahndet.

Die drei Hunde trabten artig an Julias Seite, auch sie, dachte Julia, sind zwei Jahre älter geworden. Das Schloß warf bereits seinen Schatten über den See, es war an der Zeit, nach Hause zu gehen. Julia griff in ihre Jackentasche und zog den Brief von David hervor. Er war lang und wohlüberlegt, ganz im Gegensatz zu seinen aufgeregten, ungeduldigen Telefongesprächen, bei denen er immer eine sofortige Entscheidung verlangte. Wie üblich war er wild begeistert, aber zurückhaltender als sonst. Auf seine Bitte hin hatte sie vor einem Monat einem Mann von den Pinewood-Filmateliers erlaubt, sich einen Tag lang in Sinclair umzusehen. Er hatte den ganzen Besitz in Augenschein genommen, war am Ufer des Sees entlanggegangen und hatte das Schloß von allen Seiten durch die Linse seiner Filmkamera betrachtet. Dann hatte er gefragt, ob der Strom stark genug für Innenaufnahmen sei, und hatte die große Halle und den Speisesaal begutachtet, als sähe er beides bereits als Filmkulisse vor sich. Zum Schluß hatte er die Fußböden, wo sie nicht mit Steinplatten belegt waren, kritisch gemustert, um zu prüfen, ob sie das Gewicht der Kameras und des Generators aushielten, den sie zur Verstärkung der Elektrizität benötigen würden, und sich erkundigt, wie viele Schlaf- und Badezimmer es gäbe, wo man eventuell Schauspieler unterbringen könnte.

Und nun hatte sie den schriftlichen Bescheid von David in der Hand: Man bot ihr eine sehr großzügige Miete für die Filmarbeiten im Schloß an, die sechs Wochen oder mehr in Anspruch nehmen würden. Der Hauptdarsteller war Rod MacCallum.

Sie erinnerte sich an die stürmische Auseinandersetzung mit David, als sie das Angebot ausgeschlagen hatte, zusammen mit Rod MacCallum in einem seiner erfolgreichsten Filme zu spielen. Diesmal hatte man ihr keine Rolle angeboten, und es war unwahrscheinlich, daß Rod MacCallum wußte, daß sie die Julia Seymour war, die ihm vor Jahren eine Absage erteilt hatte. Am Ende des Briefes hatte David seine Zurückhaltung aufgegeben:

> Liebling, diese Chance mußt Du wahrnehmen. Es gibt genug halbverfallene Schlösser in Schottland, aber Rod MacCallum hat sich zufällig für Deines entschieden, und ›Worldwide‹ zahlt wirklich gut. Wenn Ihr, Du und Dein Verwalter, geschickt seid, könnt ihr zusätzlich noch ein paar nicht vorhandene Schäden reklamieren. Vielleicht kannst Du Dir dafür eine neue Toilette leisten.

David wußte von Connie und Alexandra um die sanitären Mängel von Schloß Sinclair und hatte es daher nie auf einen Besuch ankommen lassen, auch ihr Vater und Luisa nicht. Sie hatten immer einen Vorwand gefunden abzusagen. Statt dessen hatten sie sie gedrängt, nach Anscombe zu kommen, und im vergangenen Sommer hatte sie dort zwei Wochen verbracht. Sie und Luisa hatten sich über die wachsende Freundschaft der beiden Knaben gefreut.

David schrieb weiter:

> Vermutlich gefällt MacCallum die Lage des Schlosses und der Wald. Er hat das Drehbuch selbst geschrieben. Es könnte Dein Schloß berühmt machen, und vielleicht kommen Touristen, die es sehen wollen. Dann kannst Du einen Souvenirladen aufmachen. Aber was immer draus wird, die Miete hast Du jedenfalls in der Tasche. Sie werden für jede Sekunde zahlen, die sie im Schloß verbringen, und für jeden Nagel, den sie in Deine brüchigen Wände einschlagen. Vergiß Deinen Stolz, Liebling. Und wer weiß, wenn der Star sich wohl fühlt bei Dir, erwähnt er vielleicht Deinen Namen in Hollywood. Bei der Sache kann durchaus auch etwas für Dich herausspringen. Die örtlichen Behörden haben sich übrigens schon mit allem einverstanden

erklärt, nicht nur der Dollars wegen, sie versprechen sich auch Werbung für die Gegend.

Es blieb ihr gar keine andere Wahl, als anzunehmen. Stolz hin, Stolz her, sie würde in diesen Wochen mehr Geld einnehmen, als ihr die Landwirtschaft während eines ganzen Jahres einbrachte. Sie dachte an die Summe, die sie Luisa zurückzahlen könnte. Stolz wog leicht verglichen mit dem kleinen Stück finanzieller Unabhängigkeit, die sie sich so erkaufen konnte. Sie begann bereits darüber nachzudenken, welche von den vielen notwendigen Verbesserungen sie sich mit dem Geld leisten konnte.

Auf dem Rückweg wurde es spürbar kühler, selbst an diesem schönen Julitag. Sie legte sich zurecht, was sie Janet sagen würde. Ihre Antwort, wenn David anrief, hatte sie schon bereit.

9

Die Inverness-Presse wußte schon lange im voraus über das kommende Ereignis auf Schloß Sinclair Bescheid und war dementsprechend aufgeregt. Julia kam es vor, als wäre die ganze Umgebung informiert, einige Nachbarn reagierten verärgert über diese Invasion von Fremden, aber die meisten fanden, sie hätte das Ganze sehr schlau eingefädelt. Janet sagte: »Jeder Mensch muß das Geld hernehmen, von wo er es kriegt«, eine Meinung, die die meisten anderen zu teilen schienen. Janet und Kate war ein wöchentlicher Lohn von der Filmgesellschaft zugesagt worden, und extra Hilfskräfte würden täglich aus Inverness kommen. Janet machte große Augen. »Die müssen ja alle Millionäre sein.«

Julia zuckte die Achseln. »Ich kenne die Höhe des Filmbudgets nicht, Janet, aber David hat mir gesagt, daß Rod MacCallum persönlich Geld investiert und selbst den Drehort bestimmt hat. Die Filmhandlung kommt mir ein bißchen abwegig vor, wenn David sie mir richtig wiedergegeben hat. Zwölf Männer werden speziell ausgebildet für einen Fallschirmabsprung hinter den deutschen Linien, um einen Raketenspezialisten herauszuholen, der den Engländern zu verstehen gegeben hat, daß er Deutschland verlassen will. Die zwölf werden auf einem einsamen Schloß in Schottland ausgebildet, sie sind wie Deutsche gekleidet und verhalten sich wie Deutsche, außer wenn sie betrunken sind, was jeden Abend geschieht, soweit ich es verstanden habe. Das Schloß ist vom Verteidigungsministerium für die Zeit ihrer Ausbildung requiriert. Niemand darf in die Stadt, nicht einmal ins Dorf, damit kein Gerede entsteht über die Vorgänge im Schloß. Aus diesem Grunde wählt das Ministerium ein Schloß aus, das im See auf einer Insel steht, mit Bergen und einem Wald im Hintergrund.«

»Dann sind sie ja bei uns goldrichtig. Einen besseren Platz hätten sie nicht finden können«, sagte Janet.

Sir Niall war ebenso aufgeregt wie Janet, nur daß er es nicht so zeigte. »Ich bin sicher, Ihr David hat Sinclair vorgeschlagen. Wollen Sie nicht während der Filmarbeiten zu mir nach Finavon ziehen, Julia? Sie müssen alle Ihre bewohnbaren Zimmer diesen Leuten überlassen, und was tun Sie am Abend? Mit den Schauspielern im Speisesaal essen? Ich vermute, das gemütliche Zimmer der Haushälterin ist nicht vornehm genug für diese Filmleute. Und Alasdair wird ihnen ständig zwischen den Beinen herumlaufen. Sie werden ihn entweder verfluchen oder verwöhnen, beides nicht gut für ein Kind.«

Julia lächelte. »Wie nett von Ihnen. Aber ich habe bereits beschlossen, daß ich während der Zeit in MacBains Cottage ziehe. Es ist eine Kleinigkeit, dort ein paar Möbel hineinzustellen, und es ist groß genug für Alasdair und mich. Und ich bleibe in der Nähe, um Janet beim Frühstück und Abendessen zu helfen. Alasdair kann tagsüber bei Mrs. Kerr sein, sie läßt ihm so leicht nichts durchgehen. Vermutlich sollte ich ihr auch die Hunde tagsüber in Pflege geben. Sie können abends zusammen mit Alasdair ins Cottage kommen.«

Er seufzte. »Schade, es wäre ein so guter Vorwand gewesen, Sie und das Kind als meine Gäste zu haben. Aber ich werde dafür sorgen, auch wenn Sie laut protestieren, daß im Cottage ein Badezimmer und eine Toilette installiert werden. Meinen Sie, daß die Neugierigen hier in Massen erscheinen, um beim Filmen zuzusehen?«

»Nein, das glaube ich nicht. Ich nehme an, daß die Wahl zum Teil auf Sinclair fiel, weil es so abgelegen liegt. Sie brauchen nur einen Wachposten an den Anfang der Waldstraße zu stellen, um Neugierige abzuhalten, es sei denn, diese gingen quer durch den Wald, aber der ist schließlich Privatbesitz.«

Er nickte. »Werden Sie mir einen Paß ausstellen, damit der Posten mich durchläßt? Ich will an dem Spaß teilhaben. Ich werde Ihnen zu einem lächerlich niedrigen Preis mehrere Flaschen von meinem besten Wein abgeben, und Janet kann ihn dann zu einem enormen Preis weiterverkaufen an diejenigen, die im Schloß ihre Mahlzeiten einnehmen. Sie werden einen sehr hübschen Gewinn einkassieren, meine Liebe.«

Julia konnte es fast nicht glauben, aber es gelang Sir Niall, den kleinen dritten Raum des Cottage innerhalb weniger Wochen zu einem Badezimmer umzubauen. Am Abend, als der letzte Pinselstrich weißer Tünche aufgetragen war, trafen Julia und Sir Niall sich im Cottage, um die Fertigstellung mit einem Glas Whisky zu feiern. Als Julia ankam, brannte bereits das Kaminfeuer, auf den Steinfliesen lagen Teppiche, an den Fenstern hingen Vorhänge, und zwei Betten, Tisch und Stühle waren vom Schloß herübergeschafft worden. Sir Niall kontrollierte die Toilette, um sich von ihrem Funktionieren zu überzeugen. »Schlicht, aber bewohnbar, jedenfalls läßt es sich hier aushalten, bis Sie wieder nach Hause können.«

Er hatte einen speziellen, alten Whisky mitgebracht, und seine Haushälterin hatte ihm Lachsbrötchen zurechtgemacht. Sie hob ihr Glas. »Vielen Dank. Sie sind ein wahrer Freund.« Sie tranken ihren Whisky, zumeist schweigend, und vertilgten die Lachsbrötchen, dann fuhr Sir Niall sie in seinem alten Auto nach Sinclair, und sie aßen zum letzten Mal für lange Zeit im Zimmer der Haushälterin zu Abend. Die ersten Filmleute würden in zwei Tagen eintreffen.

Der Stallhof füllte sich mit Wohnwagen, die als Ankleide- und Schminkräume dienen sollten. Die Kerr-Kinder waren begeistert und ein klein wenig eingeschüchtert von dem ganzen Trubel und den amerikanischen Stimmen. Die Hunde fanden schnell heraus, wer ihnen zugetan war und sie fütterte. In einem ruhigen Moment, nachdem die Kabel in der großen Halle und dem Speisesaal verlegt waren, kam der Hauptkameramann auf Julia zu. »Ich hoffe, es dreht Ihnen nicht den Magen um, diesen ganzen Wirrwarr zu sehen. Viele Leute sind ganz entsetzt.«

»Ich habe nichts anderes erwartet.«

Er lächelte. »Ich weiß, Sie sind Julia Seymour. Ich habe zwei Ihrer Filme gesehen. Sie waren wirklich gut. Bill Fredericks schwärmt noch immer von Ihnen. Rod MacCallum hat die Filme auch gesehen. Meiner Meinung nach hätte er Ihnen die Rolle der Schloßherrin geben sollen anstatt diesem dummen Weibsbild. Vielleicht ist er immer noch sauer auf Sie, weil Sie damals abgelehnt haben, mit ihm zu spielen. Das ist er nicht gewöhnt.«

Sie ging ins Rote Turmzimmer, um zu sehen, ob alles in Ordnung war. Hier würde also Rod MacCallum schlafen, aber der Raum würde auch für Innenaufnahmen benutzt werden, daher war das Himmelbett näher an den großen Kamin geschoben und auch die massiven Kommoden waren verrückt worden. Das Abendlicht fiel auf den gebohnerten Fußboden, der vom Möbelrücken verkratzt war. Sie erinnerte sich an all die Nächte, die sie hier verbracht hatte, aber keine einzige Nacht mit Jamie. Sie erinnerte sich an die Tränen, die sie seinetwegen vergossen hatte, und an die Freude über die Geburt ihres Sohns. Sie erinnerte sich an die Nächte, als sie aufgewacht war und vermeint hatte, das leise Weinen einer Frau zu hören und dann einen langen Seufzer. »Oh, Ellen... Lady Ellen... haben wir Sie gestört? Lassen Sie sich nicht vertreiben...«

Sie schüttelte den Kopf. Wurde sie langsam verrückt hier in der Einsamkeit, daß sie mit Geistern sprach? Sie schloß leise die Tür und inspizierte die anderen Zimmer, die für die Schauspieler und den Regisseur vorgesehen waren. Sie waren zwar alle herrschaftlich groß, aber boten einen eher deprimierenden Anblick, trotz der heroischen Anstrengungen, sie auf Hochglanz zu bringen. Das Blaue Staatszimmer, das Culloden-Zimmer, die Prinz-Charles-Suite – großartige Bezeichnungen, aber das war auch alles. Dann gab es noch das etwas kleinere Zimmer von Lady Jean und zwei Badezimmer, in die die Gäste sich teilen mußten, und die zwei Zimmer von Jamie und seinem Bruder. Julia sah keinen Grund, warum jemand sie bewohnen sollte, aber Janet hatte sie trotzdem geputzt und mit Teppichen, Steppdecken und Kissen ausgestattet, die sie sich von Sir Nialls Haushälterin ausgeborgt hatte. »Man weiß nie, Mrs. Sinclair, vielleicht kommen mehr Menschen, als man uns angekündigt hat. Alles extra Geld, Mrs. Sinclair.«

Julia hatte alle persönlichen Gegenstände der Brüder sorgsam in Schränken weggeschlossen.

Sie ging von Zimmer zu Zimmer, froh, daß sie mit der Aussicht auf die baldigen Einnahmen den alten Heizkessel, die Wassertanks und den Küchenherd ersetzt hatte.

Sie ging die Wendeltreppe des Turms hinunter und dann die breite Treppe zur großen Halle, die mit Blumen geschmückt war, obwohl der Bühnendekorateur sie entfernen würde, da das Schloß in der Filmgeschichte karg und spartanisch aussehen mußte. Sie hatte die Blumen trotzdem hingestellt, um einen guten ersten Eindruck zu erwecken, wobei ihr klargeworden war, daß sie hoffte, mehr Geld, als ihr vertraglich zustand, herauszuholen, indem sie das Schloß auch als Hotel anbieten wollte. Sie ging in den Speisesaal, wo die silbernen Kandelaber sich prächtig ausmachten, und von da in den Korridor, der zum Zimmer der Haushälterin und zur Küche führte. Dort kehrte sie um. Sie wollte sicherheitshalber noch den Nordturm inspizieren, ein Schreiner hatte dort in letzter Minute einige Arbeiten verrichtet. Bisher war der Zugang mit einigen Brettern vernagelt gewesen, um Alasdair am Betreten des morschen Turms zu hindern. Jetzt sah sie, daß der Schreiner die schöne, alte geschnitzte Tür mit einer Bretterwand ganz verdeckt hatte. Sie wußte, daß eine verfallene Ruine dahinter lag. Die Außenwände waren von einem roh gezimmerten Zaun umgeben, der zum Schutz der Kerr-Kinder und uneingeweihter Fremder errichtet worden war, die nichts von der Einsturzgefahr der verwitterten Steinwände ahnten, durch die bei jedem Sturm das

Wasser sickerte und die baufällige Struktur noch mehr beschädigte. Danach begab sich Julia in die Bibliothek, den schönsten Raum des Schlosses, den man vom Speisesaal aus durch einen schmalen, verwinkelten Gang erreichte. Janet und sie hatten beschlossen, daß die Gäste sich hier nach dem Essen am wohlsten fühlen würden. Seit zwei Wochen heizten sie die zwei Kamine, aber die Sofas waren immer noch etwas feucht. Doch mit genug Whisky und Wein würde es vielleicht keiner bemerken. Der Keller war mit Wein angefüllt, den selbst ihr Vater nicht als mittelmäßig bezeichnet hätte. Sir Niall hatte ihren Scheck zurückgewiesen. »Zahlen Sie mir, wenn Sie Geld eingenommen haben, und vergessen Sie nicht abzuziehen, was *ich* getrunken habe.« Julia hatte den Verdacht, daß er sogar Schwierigkeiten machen würde, den lächerlich niedrigen Kaufpreis anzunehmen.

Sie ging durch den Gang und den Speisesaal zurück in den Salon und vergewisserte sich, daß er abgeschlossen war. Es war unmöglich gewesen, ihn wohnlich zu machen oder zu heizen, sie mußten ihr Heizmaterial für wichtigere Dinge aufheben. Es würde diesen Amerikanern nichts schaden zu lernen, wie die Dinge im Nachkriegseuropa standen. Langsam kehrte sie in die Küche zurück, sie hatte ein kaltes Abendbrot für sich selbst, Janet und Alasdair geplant, bevor sie ihre erste Nacht im Cottage verbringen würde.

Aber sie fand Sir Niall auf dem Sofa sitzend im Zimmer der Haushälterin vor, er erzählte Alasdair eine Geschichte, der jedoch halb schlief, völlig erschöpft von der Aufregung, plötzlich so viele Menschen im Haus zu sehen. Sir Niall sagte etwas geniert: »Ich mußte mir den ganzen Rummel von der Nähe ansehen, ich bin ebenso neugierig gewesen wie die Kinder. Ich habe einen Picknickkorb und eine Flasche Wein mitgebracht, wollen wir hier essen oder im Cottage? Ich dachte, eine kleine Einweihungsfeier ...?«

»Im Cottage«, sagte Julia. »Es wird Alasdairs erste Mahlzeit dort sein, wer wäre geeigneter, ihm dabei Gesellschaft zu leisten, als sein bester Freund?«

Am nächsten Morgen traf der Regisseur John Gunn ein. Julia kannte ihn dem Namen nach und sagte freundlich zur Begrüßung, daß sie hoffe, alles würde glattgehen. Er grinste vergnügt: »Das passiert nie, Miss Seymour, wie Sie wohl wissen. Man muß die Dinge nehmen, wie sie kommen, das gehört zum Geschäft. Ich habe zwei Ihrer Filme gesehen – sehr gelungen, gute Arbeit.« Er hatte die Hände in die Hüften gestützt und blickte auf die Schloßmauern. »Nicht übel, Ihr Schloß. Es wird schwierig sein, hier zu arbeiten, aber im Film wird es sich traumhaft ausmachen.« Er schwieg einen Moment lang. »Aber ich habe so meine Zweifel wegen des Drehbuchs. Das Thema ist ein wenig zu begrenzt, andererseits hat das Publikum unterdessen genug von heroischen Kriegsfilmen. Die Handlung ist schon recht subtil. Ich wünschte nur, MacCallum hätte eine bessere Schauspielerin für die weibliche Rolle. Sie sieht umwerfend aus, aber spielen tut sie wie eine gesengte Sau. Nun, er hat eine Menge eigenes Geld in die Produktion gesteckt, soll er sehen, wie er damit fertig wird, ich jedenfalls tue mein Bestes.«

Julia freundete sich mit dem Produktionsleiter Mike Pearson an. Er war ein liebenswürdiger, unermüdlicher junger Mann. Vor zwei Tagen hatten die Kulissenmaler zwei reich verzierte Schilder angefertigt und an den beiden Enden der Brücke aufgestellt. *Achtung! Diese Brücke ist aus Zuckerwatte. Bei zu schnellem Fahren besteht Schmelzgefahr. Höchstgeschwindigkeit 5 Meilen.*

Zwei Frauen aus Inverness erschienen jeden Tag, um Janet und Kate beim Zubereiten des Mittagessens zu helfen, zwei weitere würden kommen, um die Schlafzimmer aufzuräumen. In der Küche stand eine große Kaffeemaschine, und jeden Morgen brachte ein Lieferwagen frische Brötchen. Janet und ihre Helferinnen kochten riesige Mengen. Julia wußte aus Erfahrung, wie wichtig es war, alle Mitarbeiter durch gutes Essen bei Laune zu halten. Sie war beruhigt zu sehen, daß Mike Pearson, der sich auch um die Verpflegung kümmerte, genügend Zigaretten besorgt hatte. Alkohol war bei der Arbeit verboten, aber Julia hegte keine Zweifel, daß die Hotels in Inverness, wo das technische Personal untergebracht war, das Geschäft ihres Lebens machten.

Sie hielt das Büro verschlossen, und nur sie und William Kerr hatten die Schlüssel; sie trafen sich jeden Morgen zu einer kurzen Unterredung. Das Leben auf dem Gut mußte weitergehen, obwohl es irgendwie unwirklich erschien, verglichen mit der Hektik im Schloß. Sir Niall kam fast täglich, setzte sich ins Zimmer der Haushälterin, »um ein wachsames Auge auf alles zu halten«, wie er sich ausdrückte. »Ich hoffe, das Silber ist gut verschlossen. Die Leute machen mir zwar einen durchaus ordentlichen Eindruck, obwohl ich nur die Hälfte verstehe, was sie sagen. Gestern habe ich aber eine amüsante Bemerkung gehört: ›Wer ist denn der alte Gaffer in dem komischen Kostüm, der hier immer rumlungert?‹ Bin ich Ihnen etwa im Weg, Julia?«

»Wenn Sie nicht hier wären, würde ich den Verstand verlieren! Ich weiß wirklich nicht, was wir tun werden, wenn sie länger als geplant bleiben, um noch ein paar Schneeaufnahmen zu machen. Wir werden alle durchdrehen,«

»Sollen die anderen durchdrehen. Sie dagegen kassieren in aller Ruhe mehr Miete ein.«

»Sie sind ein schlauer Schotte, Sir Niall.«

»Schlauheit ist uns angeboren.«

Julia ging mit Alasdair im Wald spazieren am Abend, bevor Rod MacCallum, Claire Avery und zwei andere Hauptdarsteller eintreffen sollten. Diese vier und John Gunn würden im Schloß wohnen. Sie hatte gerade ein letztes Mal die Räume inspiziert. Sie und Alasdair waren müde. Er schlurfte neben ihr her. Sie hatten in der Küche die Reste vom Mittagessen der Filmleute gegessen. Julia sehnte sich nach einem heißen Bad und dankte im stillen Sir Niall für das eingebaute Badezimmer mit heißem Wasser. Als sie und Alasdair um die Biegung der Waldstraße kamen, von der aus man das Cottage sah, bemerkten sie vier Autos und einige Menschen, die vor dem Häuschen standen. Sie griff nach Alasdairs Hand und beschleunigte ihre Schritte.

»Kann ich Ihnen behilflich sein?« rief sie.

Alle starrten sie stumm an, keiner schien gewillt zu sprechen. »Kann ich Ihnen behilflich sein?« wiederholte sie.

Ein Mann bog schlendernd um die Cottage-Ecke, trat auf sie zu und sah sie an. »Wer sind Sie?« fragte er.

»Wer sind *Sie*?«

Einer der Männer lachte. »Nicht eine deiner größten Bewunderinnen, Rod, die Dame erkennt dich nicht mal.«

Er streckte die Hand aus. »Ich bin Rod MacCallum, und ich weiß, wer Sie sind. Sie sind Julia Seymour, das Mädchen, das mir einen Korb gegeben hat.«

Sie reichte ihm die Hand. »Mein Sohn Alasdair«, sagte sie. »Ich fürchte, er und die Hunde werden Ihnen ständig im Wege sein. Sie heißen übrigens Rory, Duuf und Angus.«

»Und wohin gehen Sie zu so später Stunde, Miss Seymour?« Sein berühmtes Gesicht wirkte amüsiert, aber seine dunkelgrauen, ausdrucksvollen Augen blickten reserviert unter den buschigen Brauen. Er hatte ein vollkommen ebenmäßiges Gesicht und war so kräftig und breitschultrig, wie er auf der Leinwand aussah, und bewegte sich geschmeidig und lässig. Sie erkannte sofort, daß er der Traum jedes Kameramanns war, er würde wenig Schminke benötigen, er war, was man in der Theater- und Filmwelt ein Naturtalent nannte. Sie war erfahren genug, um bei ihm die Eigenschaften zu erkennen, die vor der Kamera unentbehrlich waren: eine Art charismatischer Ausstrahlung, die ihn von anderen Spielern abhob, eine tiefe, wohlklingende Stimme, ein unerwartetes Hochschnellen der Augenbrauen.

»Ich bin hier als Julia Sinclair bekannt, und Alasdair und ich sind hier zu Hause.« Sie wies auf das Cottage. »Wir haben Sie erst morgen erwartet.«

»Wir sind schneller vorangekommen als erwartet. Ich weiß, wir hätten eigentlich in Inverness übernachten sollen, aber ich konnte nicht widerstehen, sofort hierherzukommen. Hoffentlich bereiten wir Ihnen keine Unannehmlichkeiten?«

Sie zuckte die Achseln. »Seit zehn Tagen haben Ihre Leute das Schloß bereits mit Beschlag belegt, Mr. MacCallum.« Sie blickte auf die vier Kombiwagen, zwei für die Passagiere, zwei für das hochgestapelte Gepäck. Sie versuchte, ein freundliches Lächeln aufzusetzen, während sie in Gedanken alle Möglichkeiten durchging, wie sie die verfrühten Gäste verpflegen und unterbringen sollte.

Das ihr von der Leinwand vertraute, charmante Augenrunzeln von Rod MacCallum wurde ihr jetzt zuteil. »Zu Hause? Wohnen Sie hier?«

»Vorübergehend, während Sie im Schloß wohnen. Es sieht zwar groß aus, aber wir sind knapp an Badezimmern, daher bin ich ausgezogen.«

Rod MacCallum stellte ihr Claire Avery vor. Julia erkannte ihr Gesicht wieder – es war von makelloser Schönheit, aber mit einem leeren Ausdruck. Als sie sich die Hände reichten, hatte Julia das Gefühl, daß die junge Frau äußerst nervös war. Die beiden anderen Schauspieler begrüßten sie mit einem freundlichen, offenen Lächeln. »Martin Calder und George Harvey – Mrs. Sinclair.« Julia spürte sofort, daß die beiden keine anspruchsvollen oder schwierigen Gäste sein würden.

Nach der Begrüßung erscholl eine verdrossene Stimme von einem der Wagen. »Was ist denn los? Sollen wir etwa die Nacht hier verbringen?«

MacCallum wandte mit einem irritierten Ausdruck den Kopf und sagte grob: »Stacia, wir haben alle die Nase voll von deiner ewigen Nörgelei. Komm und begrüße Mrs. Sinclair.«

Die Wagentür öffnete sich langsam, und eine junge Frau – nein, dachte Julia, fast noch ein Mädchen – erschien auf der Bildfläche. Sogar in dem schwindenden Dämmerlicht sah Julia, daß sie schön war, nicht kunstvoll aufgemacht wie Claire Avery, sondern von einer natürlichen, animalischen Schönheit. Ihre übellaunigen Bewegungen waren von katzenartiger Grazie, ihre heruntergezogenen Lippen wirkten wie ein lüsternes Schnäuzchen. »Das ist Anastasia Rayner, Mrs. Sinclair, meine Adoptivtochter, und dies ist deine Gastgeberin, Stacia.«

»Heh!«

»Sie sollte eigentlich bei einer Freundin in London bleiben, aber sie ist... krank geworden. Und so mußten wir sie mitnehmen.«

»Wann kommen wir endlich zum Schloß?« fragte Stacia.

»Es liegt keine zwei Meilen entfernt«, sagte Julia. Sie erkannte jetzt das Mädchen wieder, oder besser gesagt, sie erkannte den Namen wieder und sah die erstaunliche Ähnlichkeit mit dem Gesicht, das durch wenige Filme weltberühmt geworden war, das Gesicht der unvergleichlichen Anne Rayner, die in ihrem kurzen Leben ein schmollendes Sexsymbol gewesen war, deren Fotos die Schränke und die Wände aller amerikanischen Soldaten geschmückt hatten. Vor knapp einem Jahr war sie auf dem Pacific-Highway zu schnell um eine Kurve gefahren und war mitsamt ihrem Auto in Flammen aufgegangen. Sie war fast drei Jahre mit Rod MacCallum verheiratet gewesen. Das Mädchen, das jetzt im Dämmerlicht vor ihr stand, war das Ebenbild seiner berühmten Mutter, nur seine Feindseligkeit und seine fast wütende Ablehnung trübten den Eindruck.

»Müssen wir denn ewig hier rumstehen? Was ist so besonders an dem verfallenen Schuppen? Ich bin mitgekommen, um auf einem Schloß zu wohnen.«

»Und das wirst du auch, es sei denn, ich lasse dich den Rest des Wegs zu Fuß gehen, was du eigentlich für dein schlechtes Benehmen verdient hättest. Bitte, verzeihen Sie ihr«, sagte er zu Julia gewandt, »aber es war wirklich ein langer Tag. Ich hätte nicht so vorwärtsdrängen sollen, aber ich war so gespannt, das Schloß zu sehen. Ich habe viel Hoffnung und Geld investiert in diesen verrückten Traum von mir.«

»Ich verstehe Sie sehr gut. Können Sie Alasdair und mich ins Schloß mitnehmen? Ich möchte Sie begleiten, um zu sehen, daß alles in Ordnung geht.«

»Ausgezeichnet!« Rod MacCallum gab ein Signal, und alle stiegen wieder in die Wagen. Er selbst nahm Alasdair auf den Arm, der ruhig auf seinem Schoß sitzenblieb, als sie holpernd zum Schloß fuhren. Sie erwischten gerade den magischen Augenblick des Sonnenuntergangs, wo die dunkle Silhouette des Schlosses majestätisch gegen den rotgefärbten Himmel aufragte und alle Mängel verbarg.

»Toll!« Es war das erste Wort von Claire Avery, an das Julia sich später erinnerte.

Die ersten Stunden nach der Ankunft der kleinen Gruppe waren von hektischer Betriebsamkeit erfüllt. Julia legte Alasdair in Janets Bett und lief zum Cottage der Kerrs, um sie zu bitten, Reevie zu holen, einen Mann, den sie angestellt hatten, den Heißwasserkessel zu heizen und die Kaminfeuer anzuzünden. Danach bot sie ihren Gästen einen Drink an und zeigte ihnen anschließend ihre Zimmer. John Gunn, inzwischen schon vertraut mit dem Schloß, half beim Aussortieren des Gepäcks und wies die Chauffeure an, in welche Zimmer die Koffer gebracht werden sollten. Rod MacCallum war sichtbar verärgert, weil ihn die ganze Länge der Galerie von Claire Avery trennte, die im Blauen Staatszimmer untergebracht war. Sie war vom Namen des Zimmers beeindruckt, aber nicht von der Einrichtung. Das Culloden-Zimmer und die Prinz-Charles-Suite blieben für Martin Calder und George Harvey übrig, aber für das mürrische Mädchen Stacia Rayner blieb nur eines der Turmzimmer, die James und Callum bewohnt hatten und die nur über eine steile, enge Treppe zu erreichen waren. Ohne viel zu überlegen, öffnete Julia die Tür zu Callums Zimmer, sie war nicht gewillt, einer Fremden Jamies Zimmer zu überlassen. Im ersten Moment schien das Mädchen erfreut, aber als sie in die fallende Dämmerung hinaussah, sagte sie: »Soll ich etwa hier ganz alleine bleiben?«

»Ja, ich hoffe, Sie fühlen sich hier wohl. Wir hatten keinen weiteren Gast erwartet.«

»Na ja, wenn's sein muß. Wo ist das Badezimmer?« Sie verzog das Gesicht, als sie es sah. »Wenigstens habe ich es für mich allein, nehme ich an. Claire wird sowieso die meiste Zeit in Rods Zimmer sein, sie kann also sein Bad benutzen. Sind alle Badezimmer wie dieses?«

»Ein bißchen größer und vielleicht... etwas eleganter. Hier... hier schliefen die Kinder. Reevie wird gleich erscheinen und den Kamin anzünden, und Kate wird Ihnen eine Wärmflasche für Ihr Bett bringen.«

Kate kam hastig mit Bettwäsche herbeigeeilt, und Julia und sie machten das Bett, während Stacia danebenstand und zusah. Sie trug nicht einmal die Handtücher selbst ins Badezimmer. Einer der Chauffeure keuchte die schmale Treppe herauf, beladen mit drei großen Koffern.

»Zum Kleideraufhängen gibt es ja nicht viel Platz.«

»Nein«, sagte Julia kurz angebunden, »und wenn Sie mich jetzt entschuldigen wollen...«

Sie ließ das mißmutige Mädchen allein, das sich weder bei ihr noch bei Kate oder dem Chauffeur, der die Koffer gebracht hatte, bedankte.

Julia ging in die große Halle zurück, wo die Männer bei ihrem zweiten Drink saßen. John Gunn hatte die Rolle des Hausherrn übernommen, um Julia die Mühe zu ersparen, allen einzuschenken. »Ist Stacia untergebracht?« fragte Rod MacCallum. »Ich habe es einfach darauf ankommen lassen, daß sich irgendwo noch ein Bett für sie finden läßt. Ich hätte natürlich von Inverness anrufen sollen, aber ich wollte unbedingt noch vor Dunkelheit eintreffen.«

»Das geht völlig in Ordnung, Mr. MacCallum«, sagte Julia liebenswürdig. »Ich lerne allmählich, wie man als Hotelier mit den kleinen Zufällen des Lebens fertig wird. Ich glaube, Ihre Adoptivtochter wird sich wohl fühlen. Sie hat einen kleinen, luftigen Turm ganz für sich allein. Soll ich Miss Avery noch einen Drink aufs Zimmer bringen?«

Er sprang auf. »Nein! Sie sind schließlich keine Kellnerin.«
»Morgen werden wir mehr Personal haben.«
»Sie soll herunterkommen, wenn sie sich umgezogen hat.«
Julia eilte zurück in die Küche und füllte hastig eine Schale mit Eisstücken, die sie aus dem neuen Kühlschrank nahm, den sie hauptsächlich zu diesem Zweck angeschafft hatte. Kein Schotte nahm jemals Eis zu seinem Whisky. Sie stellte die Schale auf eine Kommode in der großen Halle und flüchtete, bevor jemand sie ansprechen konnte. Dann half sie Kate beim Tischdecken im Speisesaal. Janet hatte bereits eine Suppe, kaltes Roastbeef, Kartoffeln und einen Salat vorbereitet. Als Nachtisch würde es die für morgen vorgesehene Apfeltorte und Käse geben. Reevie schaffte emsig Kohlen herbei, mußte aber mit den Eimern notgedrungen durch die große Halle gehen, wo die Gäste mit ihren diversen Getränken vor einem jetzt prasselnden Feuer saßen.

Den Chauffeuren wurde so schnell wie möglich serviert, um sie loszuwerden. Julia kehrte mit einem Glas Orangensaft von einer von Alexandra geschickten Dose in die Halle zurück und bot es Stacia Rayner an, die es mit einem resignierten Blick entgegennahm. Sie reichte Rod MacCallum die Weinliste und sah, wie er überrascht die Augenbrauen hob. »Sie haben ja sehr auserlesene Sachen hier.«

»Extra für Sie bestellt.«

Er traf seine Wahl, einen roten, teuren Burgunder, ohne die anderen zu befragen. »Wir werden später sehen, wie viele Flaschen wir brauchen, und ich hoffe sehr, daß Sie uns beim Essen Gesellschaft leisten.«

»Das ist sehr liebenswürdig von Ihnen, aber ich muß leider ablehnen. Ich... ich habe noch einiges zu tun und will möglichst bald mit Alasdair ins Cottage.«

»Aber, ich bitte Sie, Sie können doch nicht immer Ihre Große-Dame-Dienstmädchen-Rolle spielen, und das Kind schläft fest, wie ich weiß. Ich fahre Sie nach dem Abendessen ins Cottage.«

Ihr blieb nichts anderes übrig, als zu bleiben und eine

Kleinigkeit zu essen, an Sir Nialls kostbarem Wein nippte sie nur. Alle waren müde, und keiner sprach über den Film. Julia fragte sich, ob sie sich von der Größe des Speisesaals etwas eingeschüchtert fühlten. Endlich stand Claire Avery auf. »Ich bin völlig fertig. Ich gehe nach oben, ich sehne mich nach einem heißen Bad.«

Julia zeigte ihr, wo die Lichtschalter waren, und betete im stillen, daß nicht alle ein heißes Bad nehmen wollten, denn der Heizkessel arbeitete noch nicht auf vollen Touren. Nur der Preis, den ihre Gäste für die ziemlich primitive Unterkunft zahlten, hielt sie davon zurück, ihnen vorzuschlagen, in ein Hotel in Inverness zu ziehen.

Janet hatte den Kaffee auf einen Tisch vor dem Kamin in der Großen Halle gestellt. Julia zeigte Rod MacCallum die lange Anrichte im Speisesaal, in der die Liköre standen. »Bitte, bedienen Sie sich selbst, es ist alles im Preis inbegriffen, der selbst für amerikanische Verhältnisse sehr hoch ist. Der Wein ist natürlich extra, ich habe ihn speziell für Sie eingekauft. Ich mußte für die Bargetränke eine Sondererlaubnis des Ernährungsministeriums einholen. Wir sind zwar im Lande des Whiskys, aber er ist streng rationiert. Sein Export bringt uns die begehrten Dollars ein. Wir haben natürlich keine Ausschanklizenz, deshalb ist alles im Preis inbegriffen. Sie sind hier Gäste ... zahlende Gäste. Sie befinden sich schließlich in einem Privathaus und nicht in einem Hotel.«

Er verbeugte sich ironisch. »Madame, wir werden versuchen, das immer im Auge zu behalten und uns dementsprechend zu benehmen. Ich schenke John, Marty und George nur noch schnell einen Kognak ein und schicke Stacia zu Bett, dann stehe ich zu Ihrer Verfügung.«

Er brachte die Kognakgläser in die Große Halle. »Legt noch ein Scheit aufs Feuer, ich bin gleich zurück, ich fahre nur schnell Mrs. Sinclair ins Cottage. Und du, Stacia, gehst jetzt zu Bett.«

Das Mädchen stand widerwillig auf. »Du scheinst nicht

auf die Idee zu kommen, daß auch ich gerne einen Kognak hätte?«

»Nein, auf die Idee bin ich nicht gekommen, so, und jetzt ins Bett mit dir. Und vergiß nicht, wir sind hier zu *Gast*!«

Rod MacCallum trug den schlafenden Alasdair zu einem der Autos und legte ihn auf den Rücksitz. Julia bemerkte, daß er sehr sanft mit dem Kind umging. Während er einen Moment lang mit den Gängen herumhantierte, sagte Julia: »Sind Sie nicht ein wenig zu streng mit Ihrer Adoptivtochter, Mr. MacCallum?«

Er fuhr langsam über die Zugbrücke und die Brücke und hielt an, um Mike Pearsons Warnschild zu lesen, und lachte. »Verrückter Bursche, dieser Mike, aber ich habe ihn mit Bedacht eingestellt, obwohl er sehr teuer ist, aber er ist es wert, meiner Meinung nach.« Sie erreichten die Waldstraße. »Ich weiß es sehr zu schätzen, was Sie heute abend für uns getan haben, Mrs. Sinclair. Wir haben Sie wirklich regelrecht überfallen. Und was Ihre Frage über Stacia betrifft, bitte, glauben Sie nicht, daß ich mich um die Antwort drücken will. Sie ist leider... sehr schwierig. Natürlich macht ihr der Tod der Mutter noch zu schaffen, aber sie war früher nicht besser. Ich werde Ihnen ein wohlbekanntes Geheimnis verraten, Mrs. Sinclair, ihre Mutter war betrunken, als der Unfall geschah. Die Filmgesellschaft hat natürlich dieses unbedeutende Detail verschwiegen. Stacias Mutter hatte sich irrsinnig über mich geärgert, der Grund ist mir jetzt entfallen. Wir haben uns gegenseitig angebrüllt, und sie lief hirnlos hinaus in die Dunkelheit. Es scheint mein Schicksal zu sein, daß die Weiber ... Verzeihung, die Damen... am Schluß immer in die Dunkelheit laufen.«

»Und Stacias Vater?«

Er lachte kurz und böse. »Stacias Vater ist unauffindbar. Er verließ Anne und das Baby, bevor Anne... die übrigens auch Anastasia hieß... berühmt wurde. Ich hatte nie ein Kind. Ich war vorher schon einmal verheiratet, aber Kinder passen nicht wirklich zu mir. Aber mit Anne kam eben auch

Stacia. Und als Anne in den Tod fuhr, blieb mir Stacia. Was sollte ich mit ihr tun? Sie vor die Tür setzen? Sie war letztes Jahr in zwei Internaten und flog aus beiden im großen Bogen hinaus. Was tue ich mit einer Fünfzehnjährigen, die eine wandelnde Männer-Falle ist? Es ist nicht ihre Schuld, dieselbe Eigenschaft hat ihre Mutter berühmt gemacht.«

Julia stellte fest, daß Rod MacCallum das von Mike Pearson vorgeschriebene Tempo auch auf der Waldstraße einhielt. Da sie ihn nicht für einen übervorsichtigen Fahrer hielt, fragte sie: »Bedrückt Sie das Problem?«

»Jeder hat Probleme.«

Das Scheinwerferlicht fiel auf das weißgetünchte Cottage. »Warum wohnen Sie hier, Mrs. Sinclair? In dem riesigen alten Schloß muß es doch noch ein paar Gästezimmer geben.«

»Nicht eigentlich. Ein oder zwei winzige Zimmer neben der Küche. Schottische Schlösser, besonders die Burgschlösser, sind in die Höhe gebaut, und je höher Sie kommen, um so weiter entfernen Sie sich von der Wasserversorgung. Abgesehen davon, wollte ich meine Ruhe haben, einen Ort, wo Alasdair und ich uns von dem ganzen Trubel zurückziehen können. Er ist noch so jung, das Ganze könnte ihm zu Kopf steigen, und er würde Wirklichkeit und Filmgeschehen nicht mehr auseinanderhalten können. Daher beschloß ich, hierher zu ziehen.«

»Das ist vermutlich sehr klug von Ihnen. Aber mir hat es nicht gefallen, daß Sie uns wie eine Kellnerin bedient haben.« Er hob Alasdair vorsichtig vom Rücksitz hoch und trug ihn ins Cottage.

»Ich muß Sie noch einmal daran erinnern, Mr. MacCallum, daß ich eine sehr hohe Miete für das Schloß verlange. Und es macht mir nichts aus einzuspringen, wenn Not am Mann ist.«

Sie tastete nach dem Lichtschalter, eine kleine Tischlampe verbreitete Licht und Schatten in dem spärlich möblierten Raum. »Sie haben also Elektrizität gelegt...« Er verstummte, dann wies er mit dem Kopf auf die Schlafzimmertür. »Dort hinein?«

»Bitte.«

Sie sah zu, wie er Alasdair sanft aufs Bett legte, ihm geschickt und schnell die Schuhe und Socken auszog und ihn behutsam aus Pullover, Hemd und Hosen schälte. Alasdair wachte kurz auf.

»Mami.« Julia übernahm den Rest. »Ich bin hier, Alasdair. Da, schlüpf in deinen Pyjama, das Zähneputzen lassen wir heute abend ausfallen.«

»Beten«, murmelte er.

»Wir sagen zwei Gebete in der Früh.«

Sie küßte ihn und ließ die Tür einen Spalt offen, so daß ein Lichtstreifen vom Wohnzimmer hineinfiel. Rod MacCallum hatte danebengestanden, jetzt folgte er ihr.

»Kann ich mich einen Augenblick setzen?«

Sie zögerte. »Ich bin ...«

»Ja, ich weiß, Sie sind todmüde, und nichts ist Ihnen lästiger als ein später Gast. Aber es gibt einige Dinge, die ich Ihnen erzählen möchte. Sie sind jedoch nur für Ihre Ohren bestimmt. Ich möchte nicht, daß die Schauspieler oder Kameraleute davon erfahren, und vor allem nicht die Presse. Sie sind der einzige Mensch, dem ich mich gerne anvertrauen würde.«

»Setzen Sie sich, Mr. MacCallum. Ich habe leider keinen Kognak im Haus, aber ich kann Ihnen einen Whisky anbieten.«

Er nickte. »Vielen Dank. Würden Sie mich bitte Rod nennen?«

»Nicht in Gegenwart anderer Leute ... zumindest vorläufig nicht.«

»Ich werde versuchen, mich daran zu erinnern.« Er nahm den Whisky entgegen, als er sah, daß sie sich auch einen eingeschenkt hatte. Sie setzte sich ihm gegenüber. »Kann ich das Kaminfeuer anstecken?«

Sie unterdrückte einen Seufzer. Das Anzünden des Feuers bedeutete, daß er vorhatte, länger zu bleiben. Aber sein Gesicht nahm plötzlich einen seltsam verletzbaren Ausdruck an, als er die Bitte aussprach. Sie nickte, und er hielt ein Streichholz an das Papier.

»Davon habe ich geträumt.«

»Geträumt?«

»Diesen Kamin wieder brennen zu sehen. Sie haben sich wahrscheinlich darüber gewundert, daß wir alle hier am Nachmittag haltgemacht haben?«

»Ich habe mich noch mehr gewundert, als Sie die Elektrizität erwähnten.«

»Ah, das ist Ihnen also aufgefallen. Natürlich, Sie sind nicht nur talentiert, sondern auch klug, und wenn ich das hinzufügen darf, sehr schön.« Er hob die Hand. »Nein, keine Angst, ich will Sie nicht verführen. Aber ich habe mir Ihre zwei Filme mehrmals sehr aufmerksam angesehen. Sogar diesen grauenvollen Kostümfilm. Sehr schade, daß Sie damals mein Angebot nicht angenommen haben.«

»Die Umstände erlaubten es mir nicht.«

»Man hat mir die Umstände erklärt. Die alte Dame lag im Sterben, und das Kind... Am Ende habe ich Sie verstanden. Anfangs war ich sehr sauer auf Sie.«

»Darüber wollten Sie aber nicht mit mir reden – zu dieser späten Stunde.«

Er nahm einen kleinen Schluck Whisky. »Nein, darüber nicht. Obwohl es auch wichtig ist. Sie wären eine großartige Partnerin für mich gewesen.« Er blickte sich um. »Ich habe heute nachmittag bemerkt, daß Sie das Hinterzimmer in ein Bad umgebaut haben.«

»Sie kennen also das Cottage.«

»Julia... Mrs. Sinclair. Ich bin hier *geboren*, so wie alle meine Geschwister. Ich war der älteste, und ich kann mich noch erinnern, daß ich diesen Kamin hundert-, nein, tausendmal angezündet habe.«

Sie nahm hastig einen Schluck Whisky. »Das McBain-Cottage... Sie sind einer von den McBains!«

»Ja, mein Vater war Wildhüter bei Lady Jeans Mann, dem Vater von Ihrem Ehemann.«

»Aber warum... warum zogen Sie fort?«

»Nicht ich bin fortgezogen. Wir wurden hinausgeworfen. Den Grund behielt mein Vater für sich, bis er eines Abends betrunken war. Ich muß zehn Jahre alt gewesen sein, als wir auszogen. Dieses Cottage... das Schloß... der Wald... das Dorf Langwell war meine Welt. Und das alles wurde mir fortgenommen, als wir nach Kanada auswanderten.«

»Hinausgeworfen? Das klingt nicht nach James' Vater.«

»Nein... ich glaube, er war kein harter Mann. Aber wenn man seinem Wildhüter nicht vertraut... kann man nie mit ihm auf die Jagd gehen. Vertrauen ist die Basis einer solchen Beziehung.«

»Was geschah? Und warum?«

»Was versteht schon ein Zehnjähriger? Wir waren immer in irgendwelchen Schwierigkeiten. Mein Vater hatte ständig Geldsorgen. Aber wer hatte sie nicht? Sogar Adam Sinclair hatte Geldsorgen. Wir alle wußten es. Das Leben war hart kurz nach dem Ersten Weltkrieg. Mein Vater kehrte zurück mit einem lahmen Bein, und der kleine Finger seiner linken Hand war erfroren und abgefallen. Er hatte eine unbändige Wut auf all die hohen Herren, die ihn in einen Krieg hineingehetzt hatten, der ungewinnbar war. Und Adam Sinclair gehörte zu dieser Oberschicht, die nichts als Fehler gemacht und Millionen sinnlos geopfert hatte. Ich war vier Jahre alt, als Vater in den Krieg zog, und ich hatte zwei jüngere Schwestern. Und genau neun Monate nach seiner Rückkehr wurde mein Bruder geboren. Mein Vater versoff das meiste Geld in der Dorfkneipe, und jedesmal wenn er betrunken nach Hause kam, hat er uns alle blau und grün geschlagen.«

Er wandte den Blick vom Feuer ab und sah Julia in die Augen.

»Ihr Mann kam kurz nach der Geburt meines jüngeren Bruders zur Welt. Die Überlebenden des Krieges wollten Nachkommenschaft. James' Bruder Callum wurde geboren, nachdem sein Vater eingezogen wurde, Lady Jean muß so um die zwanzig gewesen sein. Frauen ihres Standes waren überglücklich, Kinder zu haben – nicht so meine Mutter. Drei Kinder in drei Jahren, bevor mein Vater Soldat wurde... Sie mußte die ganze Familie von seinem kärglichen Sold ernähren, kein Wunder, daß sie nicht noch ein Baby wollte. Aber sie bekam es. Und dazu hatten wir noch einen außerehelichen Stiefbruder in Inverness. Mein Vater hatte dort ein Mädchen geschwängert, und deren Vater verlangte Geld. Mein Gott, ich höre noch heute dieses schrille Gekreische. Wir Kinder hörten jedes Wort.« Er sah sich in dem kleinen Zimmer um. »Wie kann man irgend etwas geheimhalten in einem so winzigen Haus? Wir hörten ihn brüllen und sahen, wie er Mutter aufs Bett warf und sie wie ein Tier mißhandelte. Keine schönen Erinnerungen, Julia.«

Er hielt ihr sein Glas hin. »Ich weiß, Sie wollen schlafen. Werfen Sie mich hinaus. Ich gehe... friedlich.«

Sie füllte sein Glas auf. »Was Sie mir erzählen, ist wichtig für Sie. Daß Sie zurückkehren, hat für Sie eine Bedeutung. Aber Sie sind nicht hier, weil Sie den Ort lieben, noch kamen Sie aus sentimentalen Gründen.«

»Nein, gewiß nicht. Ich hatte nur den Wunsch zurückzukommen, um meine Erinnerungen zu überprüfen. Waren sie nur Phantasiegebilde? Und nun bin ich hier, und alles ist schlimmer, als ich dachte...«

»Aber Sie hätten doch jederzeit nach dem Krieg zurückkommen und sich hier umsehen können. Sie brauchten doch nicht die Ausrede, gerade hier einen Film zu drehen.«

»Doch, die brauchte ich. Ich wollte nicht als Tourist kommen, um die alte Hütte zu sehen, in der ich geboren wurde. Jetzt bin ich ein bevorzugter Gast auf dem Schloß. Vermutlich wollte ich die Erinnerung an meinen Vater zu Staub zermalmen, aber auch dem Vater Ihres Mannes ins Gesicht spucken, indem ich *Ihnen* einen exorbitanten Preis zahle.«

»Starke Gefühle, Rod. Ich frage mich, warum Ihr Vater

mit all seinen Geld- und Familienproblemen nicht einfach verschwunden ist wie so viele andere Männer.«

»Wäre für uns vielleicht besser gewesen. Aber wir hätten das Cottage verloren. Nun, was weiß man, was in seinem Verstand vorging. Jedenfalls war er ein Vollidiot. Statt Adam Sinclair um eine Anleihe zu bitten... obwohl ich nicht weiß, ob er es nicht ein paar Mal versucht hat... stahl er ein Stück des Familiensilbers. Ich bin mir ziemlich sicher, daß niemand es je vermißt hätte. Es war eine von diesen enormen Silberschüsseln mit einem Deckel, die im Schrank stand und alle Jubeljahre mal benützt wurde. Aber der Juwelier in Edinburgh, dem mein Vater die Schüssel verkaufte, erkannte das Sinclair-Familienwappen wieder und setzte sich sofort mit Adam Sinclair in Verbindung. Weiß der Teufel, wie mein Vater das Riesending aus dem Schloß geschmuggelt und vor meiner Mutter verborgen, oder was für eine Geschichte er dem Juwelier aufgebunden hat. Aber Vater war schließlich eine Vertrauensperson. Ich vermute, daß Adam Sinclair annahm, daß eine Art Kameradschaft zwischen ihm und meinem Vater bestand, weil sie zusammen im Schützengraben gelegen waren. Nun, nach dem Diebstahl war das Vertrauen zerstört, und mein Vater wurde entlassen. Adam Sinclair verhielt sich ›vornehm‹, wie man in seiner Gesellschaftsschicht das wohl nennt, das heißt, er ging nicht zur Polizei, sondern sagte meinem Vater nur, daß er das Land zu verlassen hätte, und überdies – und das hat meinen Vater wohl am meisten gekränkt – zahlte er ihm und seiner Familie die Überfahrt nach Kanada. ›Der Adel blickt uns über seine langen, aristokratischen Nasen verachtungsvoll an‹, hat er gesagt. ›Und gibt uns Almosen. Ich habe mehr als Almosen verdient.‹

All dies sprudelte aus ihm heraus in dieser einen Nacht, wo er volltrunken war. Ich meine, er war meistens betrunken, aber in derselben Nacht starb meine Mutter bei der Geburt ihres letzten Kindes. Das Baby starb auch. Wir waren irgendwo im kältesten Kanada, wir zogen immer von einem Ort zum anderen. Der trauernde Witwer schickte uns alle ins

Waisenhaus. Aber ich war zu alt, um ergeben mein Schicksal hinzunehmen. Ich lief davon und schlug mich durch nach Vancouver, wo ich Gelegenheitsjobs annahm und in Kellern übernachtete. Dann ging ich über die grüne Grenze nach Amerika und arbeitete zwei Jahre auf einer Ranch. Ein hartes Leben. Aber ich lernte reiten und erfuhr, daß schwungvolle Reiter in Hollywood gefragt sind. Nun, was hatte ich schon zu verlieren? Und dann sah ich, daß Los Angeles mir wie auf den Leib geschrieben war. Und so blieb ich.«

»Und Ihre Geschwister? Ihr Vater?«

Er zuckte mit den Achseln. »Keine Ahnung. Ich habe mich nie wieder McBain genannt, und ich habe keine Erkundigungen eingeholt. Ich wollte es nicht wissen. Ich habe mir auf Umwegen Papiere beschafft und behauptet, ich hieße Roderick MacCallum. Ich hätte mich genausogut Sinclair nennen können.«

Sein Gesicht nahm einen schmerzlichen Ausdruck an. Er hielt ihr schweigend sein Glas hin, und sie füllte es wieder, ihre Gefühle schwangen wild zwischen Furcht und Mitleid hin und her.

»Aber warum sind Sie bloß zurückgekommen? Warum wollen Sie diese furchtbaren Erinnerungen wieder aufwärmen?«

»Ich weiß es selbst nicht. Vielleicht, um die Geister, die mich verfolgen, zu verscheuchen. Das Schloß und das Cottage sind zu einer fixen Idee geworden. Ich habe nie mit einer Menschenseele darüber gesprochen. Ich hielt mich immer an die Geschichte, die das Filmstudio sich für mich ausgedacht hat: armer schottischer Junge, Einwanderer, einziges Kind, Eltern tot. Kann sich nicht erinnern, wo er herkommt oder wer er ist. Ich verdiente gutes Geld, daher machte die Einwanderungsbehörde keine Schwierigkeiten. Ich habe die Schlacht im Pazifik so oft gespielt, daß ich zum Schluß selbst glaubte, ich hätte tatsächlich all diese heroischen Taten vollbracht. Natürlich wurde ich nach Pearl Harbour eingezogen, aber gleich nach meiner Grundausbildung bekam ich eine

Filmrolle und kehrte nach Hollywood zurück, wo ich blieb. Für *mich* war es ein großartiger Krieg! Ich war der höchstbezahlte Gefreite aller Zeiten. In meiner Phantasie *kaufte* ich das Sinclair-Familiensilber und baute mein eigenes Schloß hier mitten im Wald, wo das Cottage steht. Ich wußte, ich würde eines Tages zurückkehren, doch ich habe niemand je erzählt, warum.«

»Mir haben Sie es gerade erzählt«, sagte Julia langsam. »Sie hätten den Grund mit keinem Wort zu erwähnen brauchen. Weder ich noch sonst jemand hätte ihn je erraten. Ihr Gesicht muß sich, seit Sie zehn Jahre alt waren, sehr verändert haben, im Leben und mehr noch auf der Leinwand. Die Menschen sehen nur, was sie sehen wollen. Warum haben Sie mir all das erzählt?«

»Ich weiß es nicht. Ich verstehe mich selbst nicht mehr. Auch daß ich die Autos vor dem Cottage anhalten ließ, war ein Fehler. Ich hätte mich dadurch verraten können. Und dann sah ich Sie und Alasdair... Es hat mich fast umgeworfen, als mir klar wurde, daß Sie und Ihr Sohn hier im Cottage wohnen statt auf dem Schloß. Ich hätte nie erwartet, daß Mrs. Sinclair meiner närrischen Adoptivtochter eigenhändig ihr Zimmer zeigen und uns alle bedienen würde. Ich hatte nicht erwartet, daß sie in *meinem* Haus wohnen würde. Ich hätte nicht hierherkommen sollen. Es ist alles zuviel für mich. Ich habe Ihnen zu sehr vertraut, Julia Seymour. Werden Sie mich verraten?«

»Warum sollte ich? Trauen Sie sich nicht, jemandem zu vertrauen?«

Er schüttelte den Kopf. »Nein, ich habe niemandem mehr getraut, seit ich gelernt habe, daß Versprechen gegeben – und gebrochen werden. Ich habe eine Menge Bekannte, aber nie einen wirklichen Freund gehabt. Ich hatte zwei Ehefrauen, aber ich habe mich nie wirklich mit ihnen unterhalten. Entweder habe ich mit ihnen geschlafen oder bin mit ihnen ausgegangen, voller Stolz, daß sie schöner waren als die anderen Frauen. Ich habe ganze Phantasiegespinste um Sie gewoben, Mrs. Sinclair, als ich Ihre Filme sah, um Sie, die gleichzeitig die Herrin von Sinclair und Michael Seymours Tochter sind und dieser Theater-Aristokratie angehören, die für mich unerreichbar ist. Sie wurden für mich die Prinzessin auf dem Schloß. Daher war es ein so großer Schock für mich zu erfahren, daß Sie hier wohnen. Prinzessinnen... Sinclair-Prinzessinnen sollten immer auf Schlössern wohnen.«

»Wollten Sie mir aus diesem Grunde damals die Filmrolle geben?«

Er schüttelte den Kopf. »Die Filmbosse erlauben niemandem, seine Phantasien auszuleben – nicht wenn sie dafür zahlen müssen. Nein, ich hatte einen durchaus plausiblen Grund, warum ich Sie vorschlug. Ihr offensichtliches Talent, Ihr fotogenes Gesicht, der Oscar, das genügte vollkommen. Sie hätten eine Menge verdient, Julia.« Er hob die Hand, um ihren Protest abzuschneiden. »Ja, ich weiß, Sie konnten nicht fort von hier. Lady Jean... das kleine Kind. Ich habe so eine Frau wie Sie noch nie getroffen. Bei allen anderen kommt die Karriere zuerst. Ich habe zu Ihnen eine Einstellung wie mein Vater zu Adam Sinclair hatte. Sie sind mir himmelhoch überlegen, Sie sind Michael Seymours Tochter und haben einen Oscar bekommen, was mir nie gelingen wird. Sie könnten zu Recht auf mich herabblicken.«

»Wenn Sie ahnen würden, wie gerne ich den Job... und das Geld angenommen hätte.«

»Ich wußte, daß Sie das Geld brauchten. Ich hatte einige Erkundigungen eingezogen. Die Sinclairs waren schon in den zwanziger Jahren nicht reich. Nachdem ich meinen Ärger über Sie heruntergeschluckt hatte, verstand ich einiges, und jetzt, wo ich Sie und das Kind gesehen habe, verstehe ich den Rest.«

Sie nahm ihm das leere Glas aus der Hand, machte aber keine Anstalten, es wieder zu füllen. »Nun, wir haben ja einige Dinge geklärt. Wir verstehen uns jetzt viel besser, als wir je erwartet haben. Ich bin froh, daß Sie mir das alles erzählt und mir Ihr Vertrauen geschenkt haben. Niemand wird je ein Wort erfahren. Aber bitte, seien Sie Ihrerseits nicht überrascht, wenn ich im Schloß mithelfe, und protestieren Sie nicht. Auch ich habe Vertrauen zu Ihnen, Rod. Ich mag die Schloßherrin sein, aber Stolz wird mich nicht daran hindern, auf ehrliche Weise einen Profit zu machen. Und vergessen Sie nicht, meine Mutter wie mein Vater haben ihr Leben lang arbeiten müssen – manchmal sehr hart.«

»Schauspielern und Musizieren erscheint Leuten, die Gräben ausheben müssen, nicht als harte Arbeit. Ich habe die Schläue eines Gassenjungen, Julia, aber ich habe noch viel zu lernen. Ich habe dies nie einer Menschenseele zugegeben und ganz besonders nicht einer Frau.«

»Fahren Sie ins Schloß und legen Sie sich schlafen, morgen früh haben Sie die Hälfte der Unterhaltung vergessen und über die andere Hälfte – machen Sie sich keine Sorgen. Sie ist gut bei mir aufgehoben – jetzt und für immer.«

Er stand langsam auf und streckte ihr die Hand hin. »Danke, vielen Dank. Sie sind eine großartige Frau, Julia Seymour.«

Sie öffnete die Tür. »Ich lasse besser den Wagen hier stehen und gehe zu Fuß zurück. Ich bin diesen Weg oft gegangen, die frische Luft wird mir guttun.« Er sog tief die Luft ein. »Riechen Sie es?«

»Was?«

»Den Geruch von Holzfeuer und eine kaum merkbare Kühle, die den Herbst ankündigt. Darf ich Ihnen einen Kuß geben, Julia?«

»Nein.«

»Oh, verdammt noch mal, so habe ich es nicht gemeint. Einmal in meinem Leben wollte ich über diese Schwelle gehen mit einem liebevollen Kuß statt mit einer Maulschelle. Küß mich, Julia, bitte.«

Sie stellte sich auf die Zehenspitzen und gab ihm einen flüchtigen Kuß. »Gehen Sie nach Hause und schlafen Sie tief und traumlos. Die Geister sind verscheucht.«

Irgend etwas wurde während der nächsten Wochen lebendig in Julia, irgend etwas, das sie vage wiedererkannte, aber nicht benennen konnte. Allmählich wurde ihr klar, wie sehr sie Menschen ihres eigenen Alters, die Neckereien, den Gedankenaustausch und zuweilen den Ärger, wenn etwas schiefging, vermißt hatte. Die Filmleute wurden zu Individuen mit ihren besonderen Abneigungen, Schwächen und Stärken. Auch begann sie, die Schwächen und Stärken des Drehbuchs zu durchschauen, und verstand, daß Rod MacCallum ein großes Risiko eingegangen war. Er hatte für die kurze Besitznahme des Schlosses viel gewagt, und sie staunte über das mächtige Gefühl, das diesen Mann angetrieben hatte, von der andere Seite der Welt zu kommen und seine Zukunft aufs Spiel zu setzen, nur um für kurze Zeit Herr auf Schloß Sinclair zu sein.

Sie kamen sich täglich näher, aber das Gespräch der ersten Nacht erwähnten sie nie wieder. Julia aß fast jeden Abend zusammen mit Rod, Stacia, Claire Avery, Martin und George. Sie half beim Zubereiten des Essens und beim Servieren, und dann setzte sie sich zu ihnen, während Alasdair im Zimmer der Haushälterin schlief. Auf dem Nachhauseweg wachte er nur selten auf.

Julia erkannte, daß die Einsamkeit der letzten Jahre schwer auf ihr gelastet hatte. Sie lauschte fasziniert den Geschichten über Hollywood und über die Außenaufnahmen an exotischen Orten. Sir Niall gesellte sich oft zu ihnen, und die ganze Belegschaft schien ihn zu mögen und seinen feinen Humor zu goutieren. Jeden Sonntag fuhren sie alle nach Finavon, wo Sir Nialls Haushälterin ein reiches kaltes Büfett bereithielt. Einige gingen fischen, und wenn der Regen herunterprasselte, bot Finavon eine freundliche und warme Zuflucht. Viele von Sir Nialls Nachbarn wurden zu diesen Essen eingeladen, und Julia war erstaunt, daß sie mit offensichtlichem Vergnügen kamen. Diese unkonventionellen, heiteren Fremden, die von Klassenunterschieden noch nie gehört hatten, boten eine willkommene Abwechslung.

Kirsty Macpherson gehörte fast immer zu den Sonntagsgästen. Die Wachposten am Waldeingang kannten sie allmählich und ließen sie passieren, wenn sie bei den Außenaufnahmen zusehen wollte. Sie brachte stets ihre Tochter Betsy mit. Alasdair spielte dann mit Betsy, beide hatten gelernt, den Kameraleuten nicht im Weg zu stehen.

Die einzige, die Julia wirklich leid tat, war Stacia, aber trotzdem konnte sie sich nicht zwingen, sie zu mögen. Stacia schloß sich nie einer Gruppe an und stieß alle, die ihr ein freundliches Wort sagten, vor den Kopf, mit Ausnahme von Barbara, der Drehbuchassistentin. Den Chauffeuren und allen Mitgliedern der Filmcrew war es streng verboten, sie nach Inverness mitzunehmen, und allein durfte sie den Schloßbereich nicht verlassen.

»Was kann ich anderes tun?« sagte Rod MacCallum eines Abends zu der um das Kaminfeuer versammelten Runde, nachdem Stacia zu Bett gegangen war. »Sie ist eine wandelnde Männer-Falle, und jemand muß auf sie aufpassen. Sie kann nichts dafür, daß sie ihrer Mutter nachgeraten ist, sie tut mir manchmal auch leid, aber ich sehe keine andere Möglichkeit, sie vor einer Dummheit zu bewahren.« Nein, dachte Julia, sie kann nichts dafür, daß sie die Sexualität einer erwachsenen Frau ausstrahlt und den berühmten Schmollmund ihrer Mutter geerbt hat, der Männern etwas versprach, von dem ein Mädchen ihres Alters noch nichts ahnen sollte. Es entging ihr nicht, daß sie die Männer erregte, und sie schien sie mit dem Geschick einer erfahrenen Frau zu behandeln, trotzdem spürte man gelegentlich, daß sie verletzbar und unsicher war. Und gerade das erweckte Julias Sympathie. Sie wußte, das Mädchen war entsetzlich einsam und trauerte vermutlich noch immer um seine Mutter. Sie versuchte, sie in die Gespräche mit einzubeziehen, aber bekam entweder keine oder nur eine einsilbige Antwort. Und so trieb sich Stacia immer am Rande des Filmsets herum, störte die Techniker mehr als Alasdair und Betsy, bei schönem Wetter ging sie manchmal allein spazieren. Anfangs folgten ihr Rory, Duuf und Angus in der Hoffnung, daß sie ihnen Stöcke werfen würde, aber sie ignorierte auch die Hunde, und diese gaben sie bald als unergiebig auf.

Manchmal gelang es Julia, sich von ihren täglichen Pflichten freizumachen, und dann nahm sie Alasdair an die Hand und forderte Stacia zum Mitkommen auf, um beim Filmen zuzusehen. Sie teilte die Zweifel einiger Mitarbeiter über die Qualität des Drehbuchs und hatte das Gefühl, daß Rod Mac-Callums Begierde, wenn auch nur für kurze Zeit, der Herr von Sinclair zu sein, sein Urteil getrübt hatte. Er übertrieb manchmal seine Rolle als Kommandeur der kleinen Truppe, die auf ihre gefährliche Aufgabe hinter den feindlichen deutschen Linien vorbereitet wurde.

Als sie auf dem kleinen, verlassenen RAF-Flughafen die Szenen des Abflugs und der Landung in der Nähe des fiktiven deutschen Schlosses abdrehten, wirkte Rod MacCallum sehr viel echter, so wie das Filmpublikum ihn liebte. Seine Bewegungen waren natürlich, seine Befehlsstimme klang überzeugend. Er war in seinem Element, als er sich durch den Wald vorpirschte, um das Schloß für die kurze Zeit zu besetzen, die nötig war, um den Wissenschaftler herauszuholen. Dieser Teil des Films, dachte Julia, ist gelungen, die Spannung wurde von John Gunn sehr geschickt aufrechterhalten. Rod MacCallum am Tisch im Speisesaal mit seinen Männern, im Roten Turmzimmer oder in der Bibliothek, das war schon gut gemacht, nur Claire Avery war wenig überzeugend.

Aus Rod MacCallums Beziehung zu Claire Avery wurde Julia nicht recht klug. Er behandelte sie herablassend und hörte ihr kaum zu. Julia bemerkte, daß Claire im Verlauf der Wochen immer schweigsamer wurde. Das für die Rolle als Schloßherrin entscheidende Selbstbewußtsein verließ sie mehr und mehr. Julia wohnte einer Szene bei, wo Claire die Treppe im Halbdunkel herunterkam und die Männer um den Tisch saßen und ihre Pläne besprachen. Sie erstarrten vor Schrecken, als sie gewahr wurden, daß die Schloßherrin sie belauscht hatte. »Verdammt«, hörte Julia John Gunn murmeln. »Sie bewegt sich, als sei sie noch nie eine Freitreppe heruntergekommen. Sie ist schließlich die *Schloßbesitzerin,* aber sie wirkt eher wie eine Puffmutter. Es wäre sehr viel besser gewesen, Rod, wenn du Julia Seymour die Rolle übertragen hättest.«

Julia verzog sich diskret und ging in die Küche und wünschte, sie hätte die Bemerkung nicht gehört. Sie bedauerte aus vielen Gründen, sich in die ganze Sache eingelassen zu haben – außer was das Geld betraf. Wie würde sie sich fühlen, wenn alle wieder abreisten, die Lichter verlöschten, das Lachen und die Gespräche verstummen würden? Die Einsamkeit und das Schweigen würden noch schwerer als zuvor auf ihr lasten.

Julia hatte sich daran gewöhnt, von Rod MacCallum nach dem Essen mit Alasdair nach Hause gefahren zu werden. Selbst an den Abenden, an denen Sir Niall da war und sie am Cottage absetzte, kam Rod mit und ging dann zu Fuß ins Schloß zurück. Häufig schenkte er sich noch einen Whisky ein und zündete das Feuer an, während sie Alasdair zu Bett brachte. Er erwähnte nur höchst selten, was ihm das Cottage bedeutete, meistens sprachen sie über andere Dinge. Er erzählte ihr von seinem langsamen, mühsamen Aufstieg in Hollywood, von den Jahren, wo er nur in Wildwestfilmen stumme Rollen gespielt und dann später Sprachunterricht genommen hatte, um seinen schottischen Akzent loszuwerden. »Ich ging zu einem Sprachlehrer, Ernest Wilcox, ich habe in einem Loch gewohnt, um ihn zu bezahlen, aber er hat mir mehr als nur das Schauspielen beigebracht, er hat mir gesagt, wie ich mich kleiden und welche Bestecke ich wann benutzen soll, falls ich eingeladen werde. Er riet mir, welche Zeitungen und Zeitschriften ich abonnieren und über welche Bücher ich Bescheid wissen muß, selbst wenn ich sie nicht lese. Er ist ein sehr gütiger Mann – ein Engländer. Gelegentlich besuche ich ihn noch, er gibt mir weiterhin eine Bücherliste. Er weiß, daß ich fast nie zur Schule gegangen bin nach meinem zehnten Lebensjahr, aber er hat es geschafft, mir Manieren beizubringen, und dann bekam ich auch meine ersten Sprechrollen. Wenn ich überhaupt eine Art von Erziehung genossen habe, wenn ich hier sitzen und mich mit Michael Seymours Tochter unterhalten kann, verdanke ich es ihm.«

Sie fand ihn in diesen bescheidenen Momenten besonders rührend und sympathisch. Sie wiederum erzählte ihm von ihrer Schauspielschule und von ihrem Lampenfieber, als sie die Cordelia spielte. Er erkundigte sich eingehend nach ihrer Theatererfahrung, selbst hatte er nie auf der Bühne gestanden. Da Jamie diese Periode ihres Lebens mitgemacht hatte, fiel sein Name häufig. Er hörte ihr zu, aber sie spürte, daß er nichts von Jamie hören wollte, daß er sie nur aus Höflichkeit nicht unterbrach. Zum Abschied küßte er sie jetzt jedesmal, aber in diesen ersten Wochen fielen keine Liebesworte. Nur ihre Umarmungen wurden heftiger und inniger, und Julia gestand sich widerwillig ein, daß sie den ganzen Tag lang auf den gemeinsamen Abend wartete. Sie wußte nicht, ob sie ihn liebte, sie brauchte ihn.

Schließlich eines Abends überwand sie sich und fragte: »Gehst du jetzt zurück zu Claire?« Sie waren schon lange zum »Du« übergegangen.

Er lachte leise, alle ihre Unterhaltungen im Cottage wurden leise geführt wegen des schlafenden Kindes. »Eifersüchtig? Ich hoffe, du bist es. Nein, ich schlafe nicht mehr mit Claire, dieser Teil unserer Beziehung ist zu Ende, das mußt du doch gemerkt haben. Sie will möglichst schnell ihre Szenen abdrehen und dann verschwinden. Einen Gefallen, den ich ihr gern tue. Ich habe John gebeten, ihre Szenen vorzuziehen, damit sie früher abreisen kann. Du hast ja wohl selbst gesehen, daß sie ihrer Rolle nicht gewachsen ist.«

»Das ist nicht unbedingt ihr Fehler. Sie sollte eine Rolle spielen, die sie auch im wirklichen Leben innehatte. Und nun ist ihr diese fortgenommen. Sie muß etwas darstellen, auf das sie nicht vorbereitet war.«

»Ich habe ihr nie etwas versprochen. Gewiß, wir hatten

eine Affäre, aber von Heirat war nie die Rede. Sie ist nie über Nacht bei mir geblieben, und ich war nie eine Nacht lang bei ihr. Es war das erste Mal, daß wir ganze Tage zusammen verbracht haben, und offen gesagt, sie langweilt mich.«

»Hast du ihr das gesagt?«

»Das brauchte ich nicht. Sie ist nicht so dumm, wie sie manchmal wirkt. Sie versteht recht gut, wie die Dinge stehen. Sie hat gemerkt, daß sie nicht zählt, wenn du zugegen bist. Sie weiß, und sie ist nicht die einzige, daß ich verliebt in dich bin.«

Sie trat einen Schritt zurück. »Bist du sicher, du bist in *mich* und nicht in die Herrin von Schloß Sinclair verliebt?«

»Macht es einen Unterschied?«

»Ja – und das weißt du auch. Das eine ist eine gesellschaftliche Stellung, das andere bin ich als Frau.«

»Ich liebe die fraulichste aller Frauen, eine Frau voller Zärtlichkeit und Grazie, eine Frau, von der ich glaubte, daß sie für mich unerreichbar sei. Verglichen mit dir, Julia, bin ich ein unbehauener Klotz. Wenn ich mit dir zusammen bin, werde ich wieder zu Rod McBain, der hier in dem Cottage aufwuchs. Hätte ich gewußt, was mit mir geschehen würde, hätte ich vermutlich meine fixe Idee, in Sinclair zu filmen, aufgegeben, oder ich hätte dich ein zweites Mal gebeten, meine Partnerin zu sein. Ich wollte, daß diese hochnäsige Schloßherrin zutiefst bedauert, daß sie mir einen Korb gegeben hat, ich wollte ihr zeigen, daß ich ihr keine zweite Chance zugestehe. Ich wollte Julia Seymour demütigen, nein, mehr als das, ich wollte die Schloßherrin von Sinclair demütigen. Und was ist geschehen? Ich habe mich in eine Frau verliebt, die total anders ist als die Person, auf die ich mich in meinem Geist fixiert hatte. Zum ersten Mal ist dieser harte, starke Bursche namens Rod McBain in eine Frau verliebt, mit der er nicht einmal geschlafen hat. Wenn Claire abfährt, wirst du dann ins Schloß zurückziehen? Können wir nicht für kurze Zeit zusammen dort wohnen?«

»Nein«, sagte sie ruhig. »Nein, das kann ich nicht tun. Das

Leben wird schwierig genug sein, wenn du fortgehst. Wenn wir uns zu nahe kommen und du mich verläßt, wäre es so, als stürbe mein Liebster ein zweites Mal, und das könnte ich nicht ertragen.«

Er machte kehrt, öffnete die Tür und schlug sie hinter sich zu, ohne auf das schlafende Kind Rücksicht zu nehmen.

Die restlichen Szenen mit Claire Avery waren so schnell abgedreht, als könnte Rod MacCallum es nicht erwarten, sie loszuwerden. Allen Filmleuten war die Situation klar.

Kirsty Macpherson saß auf der Brückenbrüstung fern von dem Treiben der Filmcrew, sie rauchte eine Zigarette und beobachtete kühl Julia, die sich auf unerklärliche Weise verloren fühlte in Gegenwart dieser Frau, die noch immer Unsicherheit und Nervosität in ihr erweckte, als sei sie noch das junge Mädchen, das zum ersten Mal nach Sinclair gekommen war. »Sie haben es wieder mal geschafft, Julia. Sie haben mir zum zweiten Mal einen Mann weggeschnappt, der mir gefällt. Nicht, daß ich ihn heiraten will, so wie ich Jamie heiraten wollte. Verglichen mit Jamie ist Rod MacCallum Abschaum der Menschheit. Aber ich bin scharf auf ihn, und seitdem diese Avery aus dem Weg ist, wäre er einfach zu kapern gewesen. Aber Sie sind mir wieder zuvorgekommen. Ist er gut im Bett?«

»Ich weiß es nicht.«

»Erzählen Sie mir keine Märchen. Ihre eiskalte Tugend nehme ich Ihnen nicht ab. Welche Frau, die eine Chance bei Rod MacCallum hat, würde sie ausschlagen? Er hat einen so attraktiv gierigen Blick, wenn er einen ansieht. Warum lassen Sie ihn nicht an sich heran? Sind Sie etwa auf eine Ehe aus? Sie würde nicht länger als sechs Monate dauern. Nun, bald fährt er fort, machen Sie das Beste aus der kurzen Zeit.« Sie drückte ihre Zigarette aus und drehte sich um, um sie in den See zu werfen. Doch in dem Moment rief sie ungläubig und schrill aus: »O Gott... nein! Nein!«

Julia blickte in die Richtung, in die Kirsty wies. Am Seeufer, ungefähr eine Meile entfernt, sahen sie ein galoppierendes Pferd und die fliegende, helle Haarmähne einer Reiterin, die auf die Flanken der alten Stute mit einer Reitgerte eindrosch.

»Halt! Idiotin! Lassen Sie das!« schrie Kirsty, aber Stacia konnte sie nicht hören. Und sie hätte wohl auch nicht gehorcht, wenn die Rufe sie erreicht hätten, dachte Julia. »Cat ist seit zehn Jahren nicht so schnell geritten worden«, sagte Kirsty empört. »Das arme Tier, es wird tot umfallen, wenn sie sich nicht vorher gegenseitig umbringen.«

Ihre lauten Schreie hatten die tiefe Stille unterbrochen, die für die Filmszene notwendig war, die gerade gedreht wurde. Die Schauspieler in ihren Uniformen und die Kameraleute wirbelten herum und starrten auf Kirsty und Julia, die auf der Brücke standen. Sie alle folgten mit den Augen Kirstys ausgestrecktem Arm. Aber sogar in diesem Moment verließ John Gunn nicht sein beruflicher Instinkt. »Schnell«, rief er seinen zwei Assistenten zu. »Kurbelt drauflos! Kriegt mit, was ihr könnt!« Die Kameras schwenkten herum, die wilde Jagd am Seeufer wurde gefilmt.

Julia und Kirsty rannten von der Brücke der sich nähernden Reiterin entgegen. Rod MacCallum, Mike Pearson, Martin und George holten sie schnell ein. Aber jetzt, nachdem sie auf gleicher Höhe mit Pferd und Reiterin waren, schien die Situation noch gefährlicher. Stacia riß das Pferd herum, als sie die Gestalten auf sich zueilen sah, und zwang Cat, über die niedrigen Felsbrocken zu springen, die wie Hindernisse am Seeufer lagen. Es war ein Terrain, das ein Pferd nur im Schritt bewältigen konnte. Als die Verfolger schon ganz nahe waren, trieb Stacia mit trotziger Gebärde das Pferd zum Sprung über einen langen, niedrigen Findling an, indem sie unbarmherzig auf das Tier einschlug. Die müde, verängstigte Stute bockte, doch wiederum sauste die Reitpeitsche auf ihre Flanke nieder. Mit einem protestierenden Wiehern wich die Stute zurück und hätte Stacia fast abgeworfen. Sie machte einen letzten Versuch, die Hürde zu nehmen, aber ihre Vorderbeine glitten an der harten Kante ab, und Pferd und Reiterin fielen kopfüber auf die dunkle Erde.

Als die Gruppe die Unfallstelle erreichte, war Stacia bereits wieder auf den Füßen, aber Cat rollte röchelnd auf dem Boden. Alle blickten auf das vor Schmerzen zitternde Tier hinunter, dem Schaum vor dem Maul stand, sein grauweißes Fell war mit roten Striemen von Stacias Reitpeitsche bedeckt. Rod MacCallum sprach aus, was jeder von ihnen bereits wußte: »Sie hat das Bein gebrochen, wir müssen sie erschießen.«

»Nein!« schrie Stacia. »Sie ist völlig gesund.«

»Halt den Mund, du Biest, du hast das Tier getötet. Holt bitte sofort William Kerr, aber schnell, er muß ein Gewehr haben.« Die Schauspieler hatten alle Gewehre, aber sie waren nicht geladen.

Kaum hatte Rod MacCallum zu Ende gesprochen, sah Julia William Kerr. Er lief am Seeufer entlang, kletterte über die Felsbrocken, teilweise lief er durchs Wasser, um schneller voranzukommen. Er trug ein Gewehr bei sich. Es ist ein reiner Zufall, dachte Julia, daß er heute in der Nähe des Schlosses ist und nicht auf einem der abgelegenen Gehöfte.

Endlich erreichte er sie und erfaßte blitzschnell die Situation. »Bein gebrochen, hoffnungslos.« Er lud sein Gewehr, nahm das Risiko auf sich, von den Hufen des wild um sich schlagenden Tieres getroffen zu werden, und setzte den Lauf an die Schläfe.

»Nein!« schrie Stacia wieder, als Antwort drehte Rod MacCallum sich um und schlug ihr mit aller Kraft über den Mund.

Ihr Schmerzensschrei und der Todesschrei des Tieres vermischten sich. Der Krach des Gewehrschusses hallte um den See und von den Hügeln wider, langsam verklangen die Echos, und eine unheimliche Stille senkte sich über alle und alles.

Rod MacCallum war der erste, der sich bewegte, er ging auf seine Adoptivtochter zu, die, als sie seinen Ausdruck sah, weinend vor ihm zurückwich, aber sein langer Arm erreichte sie ohne Mühe. Seine Schläge prasselten auf sie nieder. Sie versuchte zu entkommen, aber er folgte ihr. Beide standen knietief im Wasser. Sie wehrte sich verzweifelt, ihre langen Fingernägel zerkratzten sein Gesicht, dann hob sie die Arme, um ihr eigenes Gesicht zu schützen.

Mike Pearson kämpfte jetzt im Wasser mit beiden und versuchte, Rod von dem Mädchen wegzuziehen. »Hör auf, Mann! Hör endlich auf!«

Als Antwort erhielt er seinerseits einen so starken Schlag, daß er rückwärts ins Wasser fiel. Stacias Schreie hallten von den Hügeln wider wie zuvor Catrionas Todesschreie, von ihren Lippen rann Blut, sie verlor das Gleichgewicht und fiel ins Wasser. Rod ergriff sie mit manischer Wildheit, umklammerte mit würgendem Griff ihren Hals und zog sie hoch.

»Zum Teufel, wir müssen eingreifen. Er bringt sie noch um!« George watete in das eiskalte Wasser, und Martin folgte ihm widerstrebend. William Kerr legte sein Gewehr neben das tote Pferd und watete ebenfalls ins Wasser. Stacia war unter einem weiteren Schlag hingefallen, und Rod zog sie an ihren langen, nassen Haaren hoch. Mike Pearson warf sich wieder dazwischen, und wieder erhielt er einen Hieb, der Stacia zugedacht war. Endlich gelang es George, Martin und Mike mit vereinten Kräften, Rods Arme festzuhalten, aber er schlug noch immer heftig mit den Beinen um sich, und es schien, daß es ihm gelingen würde, die drei abzuschütteln. Stacia, die im Wasser kniete, bekam einen der vielen Fußtritte ab und kippte seitlich um. Es gelang ihr, wieder auf die Knie zu kommen, und sie kroch auf das Ufer zu.

Julia wußte nicht, ob sie aus Protest auch geschrien hatte, sie war nur mehr besessen von der Idee, daß sie dieser Szene ein Ende bereiten mußte. Sie ergriff William Kerrs Gewehr.

Wie durch einen Nebel vernahm sie Kirstys scharfe Stimme. »Julia! Laß das! Um Himmels willen schieß nicht!« Zum Glück hatte William Kerr das Gewehr nicht wieder geladen, Rod versuchte noch immer, sich aus der Umklammerung der drei Männer zu befreien. Julia watete ins Wasser, paßte kühl den richtigen Moment ab und ließ den Gewehrkolben auf Rods Hinterkopf hinuntersausen. Einige Sekunden lang blieb er noch aufrecht stehen, dann gaben seine Knie langsam nach.

»Bringt ihn ans Ufer, sonst ertrinkt er noch.« Julia erkannte ihre eigene, harte Stimme nicht wieder. Sie empfand nur Abscheu und Ekel über die Szene, der sie gerade beigewohnt hatte.

Rod war bewußtlos, aber nur eine Sekunde lang, dann schüttelte er den Kopf, um seine Gedanken zu klären. »Okay, okay«, sagte er. »Es ist vorbei. Ich wünschte nur, ich hätte Zeit gehabt, dieses mörderische Miststück umzubringen.«

»Und du kannst dich glücklich schätzen, daß das Gewehr nicht geladen war, sonst hätte ich *dich* vielleicht umgebracht«, sagte Julia.

Zu ihrem Erstaunen verzog sich sein Gesicht langsam zu einem breiten Grinsen. »Ja... das halte ich durchaus für möglich. Kommt Leute, laßt uns zurückgehen, sonst werden wir hier noch erfrieren.« Einen Moment lang blieb er vor der toten Stute stehen. »Armes altes Mädchen. Du hättest einen schöneren Tod verdient. Hätte ich bloß dem kleinen Miststück nicht das Reiten beigebracht.«

Dann streckte er jedem der vier Männer die Hand hin. »Ich danke euch, Jungens. Tut mir leid, wenn ich einem von euch weh getan habe. Ich bin einfach durchgedreht. Ihr habt mich vermutlich vor einer Klage auf Totschlag bewahrt.« Er blickte Stacia nach, die humpelnd zum Schloß rannte. »Ich glaube, ich hätte sie nicht umgebracht, vermutlich hätte im letzten Moment doch der klare Verstand obsiegt. Aber ich mußte sie einmal so verprügeln, wie sie es seit langem verdient hat. Nun, wollt ihr mir nicht die Hand reichen, oder werde ich geschnitten, weil blinde Wut mich übermannt hat angesichts dieser sinnlosen Tierquälerei?«

Zögernd schüttelten die Männer ihm die Hand. »Nehmen Sie Ihr Gewehr mit, Mr. Kerr. Ein Glück, daß Sie da waren, um die Stute von ihren Schmerzen zu erlösen! Ich glaube, es waren ihre Schreie, die mich so verrückt gemacht haben. Trotzdem, ich habe mich unverzeihlich benommen, aber ich finde immer noch, daß Stacia die Prügel verdient hat.«

Kirsty hob die Reitpeitsche auf, die Stacia liegengelassen hatte. »Ich erinnere mich, daß mein Vater mir mal mit der Reitpeitsche einige übergezogen hat, als ich ein Pferd zu lange im vollen Galopp geritten habe und es fast ruiniert hätte. Ich habe es nie wieder getan. Aber mich wundert, daß Cat es so lange durchgehalten hat. Sie hätte einfach stehenbleiben können, dann wäre Stacia kopfüber nach vorn gestürzt.«

»Nicht Stacia. Ich habe ihr das Reiten beigebracht, und als ich sah, daß es ihr Spaß machte – und der Göre machte eigentlich nie etwas Spaß –, durfte sie bei einem der besten Kunstreiter Stunden nehmen. Er hat ihr eine Menge Tricks beigebracht, wie man sich im Sattel hält – vielleicht einige zuviel.«

Sie machten sich auf den Rückweg in ihren triefend nassen Kleidern, das Wasser quatschte in den Stiefeln der Männer. »Ich hoffe, John hält sich für ein paar Großaufnahmen bereit, wir sehen so aus, als kämen wir tatsächlich aus dem Krieg.«

Als sie über die Brücke gingen, begrüßte Rod seinen Regisseur. »He, John, genug gedreht für heute. Aber heb die Filme auf, vielleicht können wir sie irgendwo einfügen.«

Julia ließ Dr. MacGregor kommen, der schon einige Mitglieder der Truppe betreut hatte und alle von den Sonntag-Büfetts bei Sir Niall kannte. »Nun, Mädchen«, sagte er zu Stacia, die im Bett lag, während Janet ihr kalte Kompressen auflegte. »Sie haben anscheinend ein bißchen verrückt gespielt. Jetzt wollen wir uns mal den Schaden ansehen.« Er blickte prüfend auf die Wunde über ihrem linken Auge, das Blut war verkrustet, und Janet hatte nicht gewagt, es abzuwaschen: »Es ist noch ein Glück, daß Ihr Stiefvater Ihnen nicht den Hals umgedreht hat.«

»Er hat es versucht«, zischte Stacia. »Er hätte mir mit Freuden den Hals umgedreht, dann wäre er mich endlich los,

so wie er meine Mutter losgeworden ist. Und das Pferd...
Ja und? Ich wollte ja nur ein wenig ausreiten. Gott, wie ich mich *langweile!* Nichts erlaubt er mir. Ich bin nur kurz durch den Wald geritten, Cat war ganz vergnügt. Am Seeufer habe ich ihr nur einen kleinen Schlag versetzt, um zu sehen, was sie noch leisten kann. Das hat sie angespornt, und sie hat zu galoppieren angefangen.«

»Arme, alte Cat. Sie ist seit vielen Jahren nicht mehr scharf geritten worden. Stacia, Sie wußten doch, daß sie schon seit einiger Zeit nur noch auf der Weide ist?«

»Wie sollte ich das ahnen? Niemand spricht hier mit mir. Ich habe sie gesattelt, als alle anderen beim Mittagessen waren. Sie schien sich zu freuen über den Ausritt, und nun ist alles wieder *meine* Schuld.«

»Nun, in Zukunft lassen Sie besser alte Pferde ihre wohlverdiente Ruhe genießen. Aber Ihr Auge gefällt mir nicht, jetzt wollen wir erst mal das Blut abwaschen. Es wird etwas weh tun. Nun, ein paar Stiche werden wir machen müssen, sonst bleibt eine Narbe.«

Stacia stieß ihn fort. »Eine Narbe!« schrie sie. »Eine Narbe, er hat mich entstellt, das Schwein!«

»Er hat nichts dergleichen getan, aber Sie werden eine Weile lang ein wundes, aufgeschwollenes Gesicht haben, junge Dame.«

»Sie werden mich nicht nähen, ich lasse mich nicht von einem Bauerntölpel verpfuschen. Ich fahre nach London zu einem Schönheitschirurgen.«

»Bis Sie in London sind, hat die Wunde vielleicht angefangen zu heilen, und an der Stelle wachsen dann keine Haare. Aber wenn der alte Bauerntölpel den Schnitt jetzt zusammenzieht, besteht die Chance, daß man später praktisch nichts mehr davon sieht. Aber bitte, die Entscheidung liegt bei Ihnen. Verbluten werden Sie unterwegs nicht. Ich kann Ihnen ein Pflaster draufkleben, und dann können Sie nach London fahren und das Beste hoffen.«

Stacia ließ sich zurück in die Kissen fallen. »Also, machen

Sie schon, ich muß Ihnen wohl glauben, daß Sie Ihr Handwerk verstehen.«

»Ach, wissen Sie, ich habe einige Erfahrung. Es ist erstaunlich, was von alten Bauerntölpeln gelegentlich alles verlangt wird – Unfälle, Schlägereien, Kinder, die hinfallen...« Er desinfizierte die Wunde gründlich und nahm dann Nadel und einen dünnen Faden zur Hand. »Ja, wirklich erstaunlich, was so alles vorkommt. So, das tut jetzt ein bißchen weh – aber es ist gleich vorbei... Versuchen Sie, ganz stillzuhalten.«

Stacia preßte die Lippen zusammen und gestattete sich nicht, bei den drei Stichen auch nur einmal das Gesicht zu verziehen, ihre Finger krallten sich ins Bettlaken, aber sie blieb völlig bewegungslos.

»So, das wäre geschafft. Sie sind ein tapferes, wenn auch törichtes Mädchen.«

»Tapfer! Unsinn!« fuhr Stacia ihn an. »Aber ich will nicht für den Rest meines Lebens entstellt sein. Ich will Filmschauspielerin werden – ein großer Star!«

»Dann würde ich Ihnen anraten, niemals wieder solche Dummheiten anzustellen, wie eine alte Stute durch die Gegend zu jagen. Das nächste Mal sehen Sie sich besser die Hindernisse an, bevor Sie sie nehmen. Und wie wär's, wenn Sie sich angewöhnten, zuweilen auch an andere und nicht immer nur an sich selbst zu denken? Hier, Mrs. Sinclair, ich lasse ein paar Schmerztabletten da, die junge Dame wird in den nächsten Tagen etwas steif und wund sein und keinen schönen Anblick bieten. Aber zumindest wird sie nicht sterben wie die arme alte Cat.« Er legte seine Instrumente in die Arzttasche zurück. »Und jetzt sehe ich mir besser das Unheil an, das der Adoptivvater des Mädchens unter den unschuldigen Zuschauern angerichtet hat. Es hätte vermutlich alles noch schlimmer ausgehen können. Zum Glück müssen wir wenigstens keine Menschen begraben. Gute Nacht, junge Dame, ich hoffe, Sie schlafen ein wenig, ich schaue morgen wieder vorbei.«

Dr. MacGregor ging hinunter zu den sechs Männern, die mit verschlossenen Mienen Whisky vor dem Kamin tranken. Rod hatte darauf bestanden, daß William Kerr, sobald er sich umgezogen hatte, sich zu ihnen gesellte. Dr. MacGregor nahm das ihm angebotene Glas entgegen und blickte sich in der Runde um, die sich vor dem Feuer in der Bibliothek versammelt hatte. »Ich sehe, Sie servieren Niall Hendersons beste Marke«, sagte er anerkennend. »Und jetzt werde ich ein paar Schmerztabletten verteilen, mehr ist zum Glück nicht nötig.«

Sir Niall, von Janet alarmiert, traf bald darauf ein. Auf dem Weg war er Kirsty Macpherson begegnet und wußte daher über alles Bescheid. Er sah die Männer an mit einem für ihn seltenen ärgerlichen Ausdruck. »Was für ein höchst unerfreulicher Zwischenfall. Julia, ich habe Cat abtransportieren lassen. Weder auf der Insel noch entlang der Waldstraße ist der Boden tief genug, um für Cat ein Grab zu schaufeln. Ich werde sie auf meinem Besitz begraben, wenn es Ihnen recht ist.«

»Vielen Dank«, murmelte Julia.

»Alle Kosten...« sagte Rod MacCallum hastig.

Sir Niall machte eine abwehrende Handbewegung. »Es ist etwas, das ich für jeden Freund oder Nachbarn tun würde.« Er ließ sich in einen Stuhl fallen und nahm geistesabwesend ein Glas Whisky, das Julia ihm reichte. »Was ich nicht verstehe, ist das Mädchen. Wie konnte sie sich so töricht, ja fast kriminell verhalten?«

»Sie war vermutlich high.«

»High, ich verstehe Sie nicht.«

»Unter Drogen, Sir Niall. Alle in Hollywood nehmen sie, Aufputschpillen, Schlafpillen, wenn sie irgend etwas in ihrem Leben verändern wollen, nehmen sie eine nette, kleine Tablette. Alles ganz diskret natürlich. Ich frage mich, wo sie die Pillen herbekommen hat. Ich habe eigenhändig, bevor wir Los Angeles verließen, ihr Gepäck durchsucht, aber nichts gefunden. Vielleicht hat sie etwas von einem meiner

Mitarbeiter bekommen, ich kann meine Augen nicht überall haben.«

»Drogen – in ihrem Alter!« Dr. MacGregor schien nicht besonders erstaunt zu sein. »Hier kommt es nicht oft vor ... wir leben in einer primitiven Welt. Man könnte sagen, daß unsere Droge der Alkohol ist. Aber gelegentlich lese ich einen Artikel in meinen medizinischen Zeitschriften über den Drogenmißbrauch. Trinkt Miss Rayner, Mr. MacCallum?«

»Nicht in meiner Gegenwart. Hat der Alkoholverbrauch merklich zugenommen, Julia?«

»Hier wird so viel getrunken, daß ich eine oder zwei Flaschen mehr nicht bemerken würde. Auch ich kann meine Augen nicht überall haben.« Ihr Kopf und ihr Körper schmerzten, sie war tief betrübt über Cats Tod und über Alasdairs Kummer, er hatte verzweifelt geweint, als er die Neuigkeit erfuhr. Er hatte, wenn auch aus der Ferne, die Szene am Uferrand mit verfolgt. Julia war es gelungen, ihn ins Schloß zurückzuschicken, bevor er Cats Kadaver sehen konnte. Er hatte sein Abendessen verweigert und sich in Julias Armen in den Schlaf geweint. In seinem jungen Leben war er noch nie Gewalttätigkeit begegnet, aber es hatte keine Möglichkeit gegeben, den tödlichen Schuß vor ihm geheimzuhalten. Auch verwechselte er nicht die Filmkämpfe mit der Wirklichkeit, er wußte, heute nachmittag war etwas sehr Reales, Schreckliches geschehen.

»Nach dem, was ich eben erfahren habe, Mrs. Sinclair«, sagte Dr. MacGregor, »halte ich es für besser, daß Miss Rayner die Tabletten nicht nimmt, die ich Ihnen gab. Es ist bei weitem vorzuziehen, daß sie ein wenig Schmerzen hat, statt die Pillen mit mir unbekannten Drogen zu mischen. Die Nebenwirkungen könnten gefährlich sein. Wie kommen Kinder nur an solches Zeug heran?«

»Stacia ist nur dem Alter nach ein Kind, Dr. MacGregor«, sagte Rod MacCallum. »Und der ganze Schauspielerbetrieb ist eine Welt für sich. Es ist in Hollywood ein ziemlich offenes Geheimnis, daß Stacias Mutter unter dem Einfluß von

Drogen und Alkohol verunglückte. Es passierte nach einem furchtbaren Streit zwischen uns, den Stacia mit angehört hat. Und als ich heute nachmittag sah, was Stacia tat, hatte ich nicht nur einen Wutanfall, ich hatte Angst, Angst, was das Mädchen sich selbst oder einem anderen antun könnte. Ich wünschte aus ganzem Herzen, sie irgendwie loswerden zu können.«

Julia hatte sich nicht zu den Männern gesetzt, sondern war in die Küche gegangen, um Janet und Kate beim Zubereiten des Abendessens zu helfen. Aber sie ließ Janet allein servieren, sie hatte nicht die Kraft, sich mit an den Tisch zu setzen. Sie fragte sich, ob Rod ihr den Schlag auf den Kopf verziehen hatte. Schließlich kam Sir Niall ins Zimmer der Haushälterin, auch er hatte die Einladung zum Abendbrot abgelehnt und erbot sich, sie und den schlafenden Alasdair ins Cottage zu fahren.

Am nächsten Morgen, als Julia sich fertigmachte, um ins Schloß zu gehen, hörte sie ein leises Klopfen an der Tür. Als sie öffnete, stand Rod MacCallum vor ihr mit einem grünen Strauß. »Ich weiß nicht, ob es Unkräuter oder Blumen sind. Ich bin gekommen, mich zu entschuldigen.« Blaue und braune Flecke und Kratzer von Stacias Fingernägeln bedeckten seine Gesicht. »Ich bin gekommen, mich zu entschuldigen«, wiederholte er. »Es tut mir leid, daß ich Stacia verprügelt habe, aber am meisten bedaure ich mein schlechtes Benehmen. Ich wußte, daß du an dem Pferd sehr hängst, aber das ist keine Entschuldigung für mein ungezügeltes Verhalten. Ich war wie von Sinnen. Wirst du mir glauben, wenn ich dir versichere, daß ich nicht immer so bin?«

»Und ich habe dir einen Hieb versetzt und bin nicht einmal auf die Idee gekommen, daß ich dich verletzen oder ... gar hätte töten können. Ich wollte die ganze gräßliche Szene nur beenden. Ich wollte, daß Cat aufhörte zu schreien.« Sie seufzte. Sie nahm den seltsamen Strauß aus Kräutern, wildem Wein und Unkraut, die im Schloßgarten wucherten, und machte die Tür weit auf. »Vergessen wir das Ganze. Willst du eine Tasse Tee?«

»Nein, danke, Janet hat Kaffee auf dem Herd warmgestellt. Ich wollte mit dir und Alasdair zu Fuß zum Schloß zurückgehen. Hat es ihm sehr zugesetzt?«

»Er ist sehr traurig. Er kannte Cat sein Leben lang. Er glaubt, Cat hätte seinen Vater wiedergetroffen... im Himmel natürlich.«

»Armes Kind, wir haben ihm ein Stück Paradies zerstört.«

Zwei Tage später – Sir Niall erzählte Julia, Rod MacCallum hätte Telegramme an alle Pferdehändler Schottlands geschickt – kam Sir Nialls Pferdetransporter in den Schloßstallhof gerollt.

Rod MacCallum wartete, bis seine Filmcrew zusammengepackt hatte und ins Hotel gefahren war, erst dann nahm er Alasdair bei der Hand und ließ die Laderampe an der Rückseite des Transporters herunter. Heraus kam ein fast weißes Pony mit ein paar grauen Flecken und rotem Zaumzeug. Es hob stolz seinen edlen Kopf und hatte die tänzelnde Gangart eines Vollbluts. Alasdair bestaunte das Tier wortlos, Rod MacCallum kniete neben ihm, während William Kerr das bezaubernde Pony am langen Zügel traben ließ. Sir Niall sah zu. »Paß mal auf, Junge«, sagte MacCallum, »die Sache ist so: Wenn ein Lebewesen in den Himmel kommt so wie Cat, dann schickt es sich selbst – nur in anderer Form – zu den Menschen zurück, die es liebgehabt haben. Diese kleine Stute hat Cat dir geschickt, aber sie wird nicht so groß werden wie Cat, sie wächst nur noch ein wenig und wird vielleicht noch etwas weißer werden wie eine stolze Prinzessin. Und so kannst du auf ihr viele Jahre lang reiten, bis du zu groß wirst für sie. Natürlich ist es nicht das gleiche, als ob Cat wiedergekommen wäre, aber sie ist eine kleine Cat.«

»Heißt sie auch Cat?«
»Das nehme ich an. Willst du sie so nennen?«

»Wann kann ich auf ihr reiten? Cat war viel zu groß für mich.«

»Ich zeige dir, wie du auf ihr reiten mußt. Langsam und sanft, mit leichter Hand. Sie ist ein sehr liebes und sehr hübsches Tier und ist ganz weich im Maul, wir wollen ihr nicht weh tun.«

»Ich habe noch nie ein Pferd mit rotem Zaumzeug und Sattel gesehen.«

»Das hat sie, weil sie etwas ganz Besonderes ist. Wie ein...«, er hielt inne, um nicht zu verraten, daß Zaumzeug und Sattel aus einem Zirkus stammten, die Beschaffung war ein anderes Problem gewesen, das schnell hatte gelöst werden müssen. »Jetzt müßten wir ihr nur noch drei weiße Federn aufstecken, und sie ist würdig, eine Prinzessin auf dem Rücken zu tragen oder einen jungen Prinzen.«

»Eine Prinzessin«, sagte Alasdair. »Prinzessin Cat.« Langsam, aber ganz furchtlos strich er ihr mit der Hand über die Nüstern. William Kerr ließ die Zügel locker und trat einen Schritt zurück, so daß das Kind und das Pony allein zusammenstanden. Julia hielt den Atem an aus Angst, daß Alasdair eine falsche Bewegung machen könnte und das Pony ausschlagen oder sich aufbäumen würde. Aber die beiden standen minutenlang Seite an Seite, Alasdair streichelte den Hals und die Nüstern des Ponys und stellte sich auf die Zehenspitzen, um zärtlich ein Ohr zu berühren, und während der ganzen Zeit murmelte er Worte vor sich hin, die keiner verstand. Rod MacCallum legte mit einer langsamen, vorsichtigen Armbewegung ein paar Zuckerstücke in Alasdairs Hand. Der Knabe nahm sie, als kämen sie aus dem Nichts, und das Pony zermalmte sie und senkte verlangend den Kopf nach mehr. Und jetzt verstanden sie Alasdairs Worte: »Prinzessin Cat... oh, Cat, du bist zurückgekommen!« Er legte den Kopf an den Hals des Tieres, und Tränen liefen ihm über die Wangen. »Cat, du bist zurückgekommen. Prinzessin Cat.«

Er verließ an diesem Abend erst nach langem Zureden den

Stall. Ein kalter Oktoberwind wehte, und Regen begann zu fallen. Er bestand darauf zu warten, bis dem Pony Sattel und Zaumzeug abgenommen waren und es Wasser und Futter bekommen hatte. Vor lauter Müdigkeit und Aufregung bekam er fast keinen Bissen herunter und schlief sofort nach dem Essen ein. Julia ging zu den anderen in den Speisesaal. Stacia war aus ihrem Zimmer noch nicht wieder aufgetaucht.

»Soll sie dort bleiben«, sagte Rod. »Wenn ich könnte, würde ich die Tür verschließen und den Schlüssel an mich nehmen. Aber sie muß ja leider ins Badezimmer gelangen.«

Die kameradschaftliche Atmosphäre war zurückgekehrt. John Gunn hatte ein paar Großaufnahmen von den zerschundenen Gesichtern der Schauspieler gemacht. »Mit Schminke bekommt man das nie so echt hin...«

Sir Niall fuhr Julia und Alasdair ins Cottage zurück. »Er tut vermutlich sein Bestes... MacCallum, meine ich. Aber ich habe immer gefunden, daß teure Geschenke den Kummer eines Kindes nicht lindern können. Obwohl die Geschichte, die er um das Pony gewoben hat, Alasdair vielleicht hilft zu vergessen, auf welch tragische Weise Cat umgekommen ist. Jedenfalls hat MacCallum eine Unsumme für das Tier gezahlt. Ich bin selbst hingefahren und habe es mir angesehen – eine sehr gesunde, sanfte kleine Ponystute. Das Zaumzeug und der Sattel waren noch schwerer zu beschaffen. Julia, ich weiß nicht recht, was ich von der ganzen Sache halten soll. Zugegeben, es war amüsant, diese Leute hierzuhaben, aber wenn sie dann zusammenpacken und verschwinden, werde ich ihnen keine Träne nachweinen. Sie teilen vermutlich meine Gefühle nicht, es war angenehm für Sie, ein wenig Jugend um sich zu haben. Das Leben in den Highlands, wie Sie gemerkt haben, ist manchmal sehr einsam. Vielleicht wäre es eine gute Idee, wenn Ihr Freund David sich ein wenig für Sie umschaut.«

»Das ist gar nicht so einfach. Er tut es bestimmt, das weiß ich. In letzter Zeit bekomme ich kaum noch Drehbücher zugeschickt, und die Theaterleute glauben, ich hätte mich endgültig nach Schottland zurückgezogen. Aber vielleicht ist es besser für Alasdair, wenn ich hierbleibe. Sie sehen ja an Stacia, was mit Kindern von Filmstars geschieht.«

Sein Mund verzog sich voller Abscheu. »Ich wünschte, ich wäre ein so guter Christ, daß ich Mitleid für diese Göre aufbrächte. Schlafen Sie gut, Julia.«

Am nächsten Morgen drängte Alasdair seine Mutter, schneller zu gehen, er hatte Angst, daß Prinzessin Cat über Nacht verschwunden war. Als sie aus dem Wald heraustraten, sah Julia, daß auf den Berggipfeln bereits Schnee lag, bald würde er auch die Hügel und das Tal bedecken, und dann könnten die letzten Szenen im Wald abgedreht werden. Schloß Sinclair würde zu einem befestigten Schloß in Deutschland im Schneegestöber umgewandelt werden. Während der letzten Tage hatte sie geglaubt, sie würde erleichtert sein, wenn der ganze Trubel ein Ende hätte. Jetzt war sie sich nicht mehr so sicher. Vielleicht sollte sie doch David bitten, Arbeit für sie zu finden. Aber als sie Alasdair nachsah, der zu Prinzessin Cats Stall lief, überkamen sie erneut Zweifel.

Die Techniker waren schon am Planen, wo im Wald sie ihre Kameras aufstellen und wie sie das Schloß aufnehmen würden, wenn der erste richtige Schneefall käme. Julia sah, daß sie Stacheldrahtrollen herbeischafften, um den Eindruck eines befestigten deutschen Schlosses zu erwecken.

Nach dem Frühstück kam Kate aus Stacias Zimmer herunter. »Ach, Mrs. Sinclair, Miss Stacia hat kaum einen Bissen gegessen. Sie bittet Sie, zu ihr zu kommen, sobald Sie Zeit haben.« Julia hatte Stacia seit dem Unglückstag nicht wiedergesehen. Das Gesicht des Mädchens war noch verschwollen, aber das würde sich bald geben, auch der Schnitt über dem Auge war fast verheilt, in drei Tagen könnten die Fäden gezogen werden. Bei Julias Eintritt hatte Stacia am Fenster gestanden, das auf den Stallhof blickte, sich aber beim Öffnen der Tür gleich umgedreht. Seit Stacia das Zimmer bewohnte, hatte es noch nie so ordentlich ausgesehen, auf dem Nachttisch lag ein kleiner Stapel Bücher.

»Vielen Dank, daß Sie gekommen sind«, sagte sie. »Ich werde meine Entschuldigung besser gleich los. Es tut mir leid, daß ich mich so töricht benommen habe. Ich hätte Cat nie ohne Ihre Erlaubnis satteln dürfen und sie nicht so rücksichtslos reiten sollen. Ich habe... mir die Konsequenzen nicht überlegt.«

Julia lehnte sich an die Tür. »Hat Rod Ihnen aufgetragen, mir das zu sagen?«

Das Mädchen schüttelte den Kopf. »Hätte er's mir aufgetragen, hätte ich es nicht gesagt. Ich habe ihn seit... seit es passiert ist, nicht gesehen. Nur hier unten.« Sie wies auf den Stallhof. »Vermutlich sind alle wütend auf mich, besonders Alasdair. Ich habe an all das nicht gedacht, als ich Cat sattelte. Ich wollte nur weg von allen Leuten... von dieser verdammten Filmbande. Ich bin vorsichtig durch den Wald geritten, Cat schien durchaus zufrieden. Ich habe sie nicht angespornt, sondern mich ihrem Tempo angepaßt. Als wir ans Ufer kamen, fiel sie von selbst in Trab, ich gab ihr nur einen kleinen Schlag, und sie fing an zu galoppieren. Sie war wohl so gelangweilt wie ich und hat sich an ihre Jugend erinnert. Wir beide sind dann eben etwas übermütig geworden. Nun, den Rest wissen Sie ja...«

Der Rest schloß auch die Striemen von der Reitpeitsche auf Cats grauem Fell ein.

»Wie gesagt, es tut mir leid«, fuhr Stacia fort. »Ich habe Alasdair gestern mit einem weißen Pony gesehen. Ich habe ihm etwas Schlimmes angetan... ihm und Cat.«

Julia setzte sich auf einen Stuhl vor dem Kamin.

»Es tut mir leid, daß Sie so unzufrieden mit Ihrem Leben sind. Gibt es etwas, das Sie gerne tun würden, etwas, das Rod Ihnen verbietet? Irgend etwas, das Ihnen Vergnügen machen würde?«

Stacia schüttelte den Kopf. »Er war nie der Richtige, weder für Mutter noch für mich. Mein Vater ist auf und davon, als ich noch ein Baby war und bevor Mami ein Star wurde. Ihr Leben ist nicht einfach gewesen. Ich erinnere mich noch, daß sie immer umgeben war von Männern, als ich aufwuchs. Ich konnte sie nie auseinanderhalten. Einige waren ziemlich grob... mit mir und mit ihr. Ich wurde ständig herumgeschubst und angeschrien. Dann kam der Durchbruch, und nach zwei weiteren Filmen war Mami ein großer Star. Männer umringten sie noch immer, aber sie waren eine Klasse besser. Vermutlich haben die Filmstudios darauf geachtet. Sie wollten keinen Skandal. Mami betrank sich oft und weinte viel. Sie hatte ein tolles Haus mit Swimmingpool und allem, was dazu gehört ... aber sie saß da und heulte. Vermutlich hat sie viel einstecken müssen. Sie hatte eine ganze Meute von Rechtsanwälten, Steuerberatern und Managern um sich herum, und die haben sie gewaltig ausgenommen. Sie stahlen wie die Raben und nannten es hinterher ›Pech‹. Alle Investierungen erwiesen sich als Nieten. Sie war völlig pleite, als sie Rod kennenlernte. Das Haus war mit Hypotheken belastet, sie schuldete der ganzen Stadt Geld, und die Einnahmen vom nächsten Film waren bereits verpfändet.

Eins muß ich Rod lassen, ihm schien es völlig egal zu sein, daß sie keinen Cent besaß. Er sagte einfach, wir sollten in sein Haus umziehen. Aber es war eben *sein* Haus. Wir waren sein Eigentum und mußten tun, was er wollte. Das Haus ist schon eindrucksvoll, alles in spanisch-mexikanischem Stil, spanische Möbel, große Ledersessel, lange, dunkle Tische. Einer seiner Freunde hat ihm eine Bibliothek eingerichtet. Ein paar der Bücher hat er sogar gelesen. Alles mußte immer blitzsauber sein, keine Fingerabdrücke, keine Fußspuren auf dem gekachelten Boden. Ich wagte kaum, auf seinen Navajo-Teppich zu treten. Er hat sogar mein Zimmer nachkontrolliert, und wenn es mal unordentlich war, habe ich gleich eine Ohrfeige bekommen, damit ich nicht vergesse, daß es *sein* Haus ist. Mami konnte es einfach nicht mehr ertragen. Sie war ziemlich schlampig... es gab natürlich eine Menge Personal, aber irgendwie herrschte immer ein wüstes Durcheinander, und das machte Rod fuchsteufelswild. Sie stritten sich ständig und versöhnten sich wieder. Ich nehme an, daß es im Bett bei den beiden bestens geklappt hat. Vielleicht sind sie deshalb zusammengeblieben... drei Jahre ungefähr. Er löste alle ihre Konten auf, feuerte die Beutelschneider und brachte ihre Finanzen in Ordnung. Aber sie arbeitete noch lange, um ihre Schulden abzuzahlen. Er hat sie nicht gezahlt, nur dafür gesorgt, daß sie nicht größer wurden. Zum Schluß war sie aber schuldenfrei. Er hat für *mich* ein treuhänderisch verwaltetes Konto eröffnet, und alles, was sie verdiente, wurde auf das Konto eingezahlt. All das hat sie mir selbst erzählt. Sie hat mir gesagt: ›Stacia, der Mann weiß, was er tut. Gerate nie in eine so mißliche Lage wie ich.‹ Sie tranken eine Menge... aber wenn sie abends allein waren, tanzten sie miteinander. Es war hübsch anzusehen... so romantisch. Er konnte manchmal richtig nett sein, auch zu mir, zum Beispiel als er mir das Reiten beibrachte. Er hat mich auch zu einem Sprachlehrer geschickt und mir Ballettstunden bezahlt. Er wollte, daß ich mich fortbilde, bei Mami hat er wohl eingesehen, daß es zu spät dafür war. Solange sie auf der Leinwand ihre Fans verrückt machte, war ihm alles andere gleich. Vielleicht hatte er auch Angst, das gewisse Etwas, das sie hatte, zu zerstören. Dann schickte er mich auf Schulen, damit ich lernen sollte, mich wie ›eine Dame‹ zu benehmen, wie er sich ausdrückte. Er mochte meine Freundinnen von der Beverly-Hills-Schule nicht. Er nannte sie ›eine Bande verwöhnter Gören‹. Aber sie waren meine Freundinnen. Zum Schluß wurde ich aus der Schule hinausgeschmissen, und er schickte mich in ein Internat. Das waren unheimliche Snobs! Ich wartete gar nicht erst ab, daß sie mich hinauswarfen. Ich haute einfach ab. Die Polizei erwischte mich im Handumdrehen, und ich landete im hinteren Teil von Rods Haus. Ich durfte das Zimmer nicht verlassen, noch nicht mal den Swimmingpool benutzen und keine meiner Freundinnen anrufen. Die Mahlzeiten wurden mir aufs Zimmer gebracht. Ich schmiedete wilde Pläne... ich wollte ihm etwas Böses antun, ich wollte wegrennen, ihn nie mehr sehen. Aber ich hatte kein Geld und Mami auch nicht. Sie stritten sich die ganze Zeit, und ich saß oben und hörte ihr Gebrüll. Manchmal stellte ich mich auf die Treppe, um die Worte zu verstehen. Er dachte, sie würde sich mit einem anderen Kerl treffen, aber das glaube ich nicht, sie hatte gar keine Möglichkeit dazu, er bewachte sie die ganze Zeit. Mami und ich waren wie Gefangene in seinem Haus. Ich erinnere mich noch – das war, bevor ich aus der Schule abhaute –, daß er ein paar tolle Partys gab, alle müssen gedacht haben, sie wären das glücklichste Paar aller Zeiten. Jedenfalls schrieben das die Film-Illustrierten. Ich hielt eisern den Mund, wenn die Klatschspalten-Journalisten bei uns auftauchten. Rod zog mich an wie ein kleines Mädchen und beschimpfte Mami, wenn ich in der beschissenen Schuluniform sexy aussah.

Ich war im Haus, am Abend ihres letzten Krachs, sie haben sich stundenlang angeschrien. Beide waren betrunken. Sogar die Dienstboten müssen es gehört haben, obwohl sie in einem Nebengebäude wohnten. Mami schrie, sie würde ihn verlassen, aber er lachte nur laut. ›Dann vergiß nicht die kleine Göre mitzunehmen‹, sagte er. Er erwartete nicht, daß sie ihn wirklich verlassen würde. Die Autoschlüssel waren alle in seiner Tasche, aber er wußte nicht, daß Mami Nachschlüssel hatte. Sie lief in den Garten, und er dachte vermutlich, sie würde dort herumirren, bis sie müde, kalt – und nüchtern wäre. Doch dann hörte er den Motor anspringen. Mami war seit drei Jahren nicht Auto gefahren. Die Räder drehten sich wie rasend, ich stand auf der Treppe und sah ihn zur Eingangstür rennen. Mami hatte sie offengelassen. Er stand dort eine lange Zeit, dann schloß er leise die Tür und kehrte zu seinem Whisky zurück. In der Früh kam die Polizei und sagte ihm, daß sie im Abgrund einen ausgebrannten Wagen gefunden hätten. Wenn sie an mich gedacht hätte, wenn sie mich, die Göre, wie er ihr angeraten hatte, mitgenommen hätte, wäre ich mit ihr umgekommen. Statt dessen bin ich ihm erhalten geblieben, und ich muß bei ihm bleiben, bis ich alt genug bin, mein eigenes Geld zu verdienen.«

»Warum«, fragte Julia, »erzählen Sie mir das alles? In kurzer Zeit werden Sie abreisen. Sie können zumindest von *hier* fortkommen.«

»Weil mir die Sache mit Cat ehrlich leid tut. Manchmal fühle ich einen wilden Aufruhr in mir und möchte am liebsten vor mir selbst wegrennen. Egal wohin. Nur frei sein. Frei von Männern. Andrerseits gefallen mir Männer. Aber Mami hat mich vor ihnen gewarnt. Sie hat gesagt, viele Männer werden mich anziehend finden, aber vielleicht treffe ich nie einen, der mich wirklich liebt. Als ich Cat ritt und Rod auf mich zurennen sah, wollte ich ihm nur zeigen, daß er mir gleichgültig ist. Ich vergaß, daß Cat kein Springpferd ist. Ich wollte Rod zeigen, daß er keine Macht über mich hat.«

»Hat er Sie je zuvor geschlagen?«

»Nicht wie diesmal. Ein oder zwei Ohrfeigen, wenn ich das Haus verdreckt oder saumäßige Noten in der Schule bekommen habe. Wie ich schon sagte, gelegentlich war er richtig nett zu mir und hat sich viel Mühe gegeben, mir Dinge zu erklären. Dann wieder gab es Zeiten, wo er wütend über irgend etwas war... oder betrunken, dann habe ich mich dünn gemacht. Ich glaube, er hat Mami gelegentlich geschlagen, aber das hat sie wohl erwartet. Manchmal habe ich gedacht, sie wollte es sogar. Sie hat irgendwann mal zu mir gesagt, sie hätte ihr Leben lang Schläge bekommen, warum sollte es plötzlich anders sein?« Einen Augenblick lang herrschte Schweigen zwischen ihnen. »Tja, Mrs. Sinclair, das wär's. Ich wollte Ihnen nur sagen, daß mir die Sache mit Cat ehrlich leid tut, aber ich hätte es nicht auf die gleiche Art gesagt, wenn er es mir befohlen hätte. Ich hätte Ihnen dann nie all diese Dinge erzählt. Ich habe gestern die Ankunft des Ponys beobachtet... und ich habe geweint. Ich habe seit Mamis Tod nicht mehr geweint, aber Cats Tod ist mir wirklich nahegegangen. Und ich wünschte, jemand hätte sich soviel Mühe gegeben, mich zu trösten, wie Rod sich Mühe gegeben hat, Alasdair zu trösten. Kate hat mir gesagt, das Pony hieße Prinzessin Cat. Das gefällt mir.«

Julia stand auf. »Vielen Dank für Ihr Vertrauen, Stacia. Ich verstehe Sie jetzt sehr viel besser. Ich wünschte, Sie würden Ihren Aufenthalt hier ein wenig mehr genießen.«

Das Mädchen zuckte die Achseln. »Es ist nicht Ihre Schuld, daß Rod mich hierher mitgeschleppt hat, wo es nichts zu tun gibt. Ich hätte in London bleiben können, aber er traut mir nicht. Er wird es vermutlich nie tun. Ich muß halt abwarten, bis ich volljährig bin, aber dann hau ich ab – und zwar sofort.«

Endlich fiel Schnee, die Abflüge und Landungen auf dem RAF-Flugplatz wurden abgedreht, das schweigende Robben durch den Wald war so oft geprobt worden, daß die Aufnahmen auf Anhieb gelangen. John Gunn filmte die sogenannte deutsche Schloß-Festung im tiefen Schnee, alle froren und waren ungeduldig. Der deutsche Wissenschaftler wurde befreit und von dem Sonderkommando an diejenigen übergeben, die seine Arbeiten brauchten. Rod MacCallum war sehr überzeugend bei diesen Szenen. Zuletzt kehrte er allein ins schottische Schloß zurück. Julia fungierte als Claire Averys Double, sie wurde von hinten aufgenommen, sie stand im Türrahmen des Schloßportals, während Rod MacCallum über die Brücke ging. Worte waren nicht nötig.

»Das wär's«, sagte John Gunn.

Die Abschiedsparty war sehr viel heiterer, als Julia erwartet hatte. Sie fand zu ihrer Erleichterung im Caledonian-Hotel in Inverness statt. Sie hatte befürchtet, daß Janet, Kate und die anderen Frauen, die geholfen hatten, sich weigern würden, eine weitere Belastung auf sich zu nehmen, sie waren alle am Rande ihrer Kräfte. Aber nun würden sie Gäste auf dem Fest sein, statt es vorbereiten zu müssen. Sie machten sich hübsch und fuhren mit den Kerrs nach Inverness. Rod MacCallum hatte Sir Niall zum Ehrengast erklärt, er hatte in Edinburgh ein Silbertablett bestellt, auf dem der Filmtitel und die Namen der Filmcrew eingraviert waren, das er Sir Niall als Geschenk überreichte. Jeder Mitarbeiter erhielt eine versilberte Medaille mit dem Sinclair-Wappen.

»Frechheit!« murmelte Sir Niall, als er sah, wie die Medaillen verteilt wurden. »MacCallum hat nicht das geringste Recht, das Sinclair-Wappen zu benutzen.«

Julia zuckte die Achseln. »Ist es so wichtig? Sie nehmen die Dinger mit nach Amerika, stellen sie auf den Kaminsims und sagen zu ihren Gästen: Ja, das war der Film, den wir in diesem komischen schottischen Schloß gedreht haben.‹ Ich wette, ihre Frauen sind begeistert. Rod hat gerade die Mischung von gutem und schlechtem Geschmack, die in Amerika ankommt. Er kann schließlich nicht jedem ein goldenes Dunhill-Feuerzeug schenken, nur die Schauspieler, John Gunn und Mike Pearson haben je eins bekommen, auch mit dem eingravierten Sinclair-Wappen natürlich.«

Rod MacCallum hatte Stacia befohlen, bei dem Fest zu erscheinen. Es war das erste Mal seit Cats Tod und der unerfreulichen Szene am See, daß sie sich wieder unter Menschen begab. Sie wirkte verändert. Die Schwellungen und blauen Flecken waren verschwunden, nur auf ihrer einen Augenbraue war noch ein winziger, rötlicher Strich zu sehen. Sie war schlanker geworden und trat würdevoll und selbstsicher auf, ihr goldenes Haar war streng zurückgekämmt und zu einem Pferdeschwanz zusammengebunden, wodurch ihre hohen Backenknochen und ihre klare Kinnlinie voll zur Geltung kamen. Sie hatte sich zu der Schönheit entwickelt, die man früher nur ahnen konnte. Einzig der schmollende Mund war unverändert. Sie trug ein einfaches grünes Kleid, dessen Schlichtheit ihre Formen betonte.

Kirsty Macpherson und einige andere Gäste, die zu Sir Nialls Sonntagsbüfetts regelmäßig erschienen waren, hatten auch eine Einladung erhalten.

Als das Fest vorbei war, folgten alle, die während der Dreharbeiten in Sinclair gewohnt hatten, in ihren Wagen

William Kerr, der ihnen durch ein leichtes Schneegestöber zum Schloß voranfuhr. Alasdair hatte den Abend in Rachel Kerrs Obhut verbracht, sehr zufrieden, so dicht bei seiner geliebten Prinzessin Cat zu schlafen. Rod war jeden Morgen eine Stunde früher aufgestanden, um ihm Reitstunden zu geben. Es waren die schönsten Stunden in Alasdairs Tagesablauf.

Julia und Rod saßen im letzten Auto; sie erreichten die Waldstraße, und Rod bog zu der kleinen Lichtung ab, wo das McBain-Cottage stand. »Darf ich ein letztes Mal hineinkommen, Julia? Und das Feuer im Kamin anzünden, das vermutlich ausgegangen ist, und einen letzten Whisky trinken?«

»Natürlich kannst du das. Aber warum sagst du ›der letzte Whisky‹? Du und Stacia, ihr bleibt doch noch ein paar Tage.«

»Ja, natürlich. Aber ich habe angenommen, daß du wieder ins Schloß zurückziehst, sobald John, Marty und George abgereist sind.«

»Das eilt nicht. Ich finde, Janet und die Kerrs haben eine kleine Atempause verdient, und Alasdair tut es auch gut, nach all dem Trubel etwas zur Ruhe zu kommen.«

Rod kniete vor dem Feuer, legte bedächtig Holz auf die Glut und blies hinein, um es zum Brennen zu bringen. »Was du brauchst, Julia, ist ein ordentlicher Blasebalg und ein netter Mann, der ihn betätigt.«

Sie reichte ihm ein Glas Whisky. Sie hatte sich einen kleinen Vorrat angelegt, seit er es sich angewöhnt hatte, sie nach Hause zu fahren.

»Ein Blasebalg ist leicht zu finden, ein netter Mann dagegen schon sehr viel schwieriger.«

»Kannst du nicht mit mir vorliebnehmen, bis was Besseres auftaucht?« Er nahm einen kräftigen Schluck. »Ich habe so lange gewartet, Julia. Ich wußte, du würdest keine Intimitäten zulassen mit Alasdair im Nebenzimmer. Ich möchte gerne mit dir schlafen... dich so zärtlich lieben, wie noch niemand in diesem Cottage geliebt hat. Oh... ich habe ganz vergessen... es ist nicht der richtige Augenblick, aber auf der Party konnte ich dir dein Abschiedsgeschenk nicht geben. Ich habe mir seit Wochen allerlei Dinge aus London und Edinburgh schicken lassen, um etwas Passendes für dich auszusuchen.« Er drückte ihr eine kleine Schachtel in die Hand.

Sie öffnete sie nicht. »Ich kann kein Geschenk von dir annehmen, Rod. Das weißt du doch. Und ich kann auch nicht mit dir schlafen. In ein paar Tagen fährst du fort...« Sie dachte an das erste Mal, daß sie das Cottage betreten hatte und sie und Jamie sich gegenseitig ausgezogen und sich geliebt hatten. Kein anderer Mann durfte sie unter diesem Dach besitzen.

»Zum Teufel mit dir!« Er schmiß sein Glas ins Feuer, und die Flammen zischten auf. »Zum Teufel mit dir!« wiederholte er. »Ich bin dir wohl nicht gut genug. Ich dachte, ich könnte dich lieben, wie ich nie zuvor eine Frau geliebt habe im Bett und außerhalb des Betts. Warum habe ich dir bloß vertraut? Ich dachte, du wärst anders als die anderen. Ich habe dir Dinge erzählt, die ich keinem Menschen und geschweige denn einer Frau je erzählt habe. Und du läßt mich nicht mal eine kurze Stunde in dein Bett. Mit mir reden, mich küssen, deinen Sohn beschenken, das ist das Äußerste, was ich darf, nicht wahr? Ich bin dir nicht vornehm genug. Gib's zu. Nun, Mrs. Sinclair, ich will mich Ihnen nicht länger aufdrängen. Stacia und ich fahren morgen früh ab.«

»Rod!« Aber er war fort. Die Tür stand offen. Sie hörte den Motor anspringen, die Räder drehten sich ein paarmal im Schnee, dann brauste der Wagen in einem fahrlässigen Tempo über die vereiste, holprige Waldstraße davon.

Sie lief zur Tür. »Du hast mich mißverstanden, du hast mir keine Zeit zum Erklären gelassen...« Aber sie sah nur noch die roten Rücklichter hinter der Biegung verschwinden. Sie rannte zurück, ergriff Mantel und Kopftuch, steckte das Abschiedsgeschenk in die Manteltasche, warf die Tür hinter sich zu und rannte zum ersten Mal in ihrem Leben einem Mann nach.

Das aufgespeicherte Verlangen ihrer einsamen Jahre gab ihr die Kraft, durch den Wald zu rennen. In der Ferne hörte sie das Rumpeln des Autos beim Überqueren der Brücke. Sie keuchte und war völlig erschöpft, als sie durch die Küchentür eintrat. Sie ging auf Zehenspitzen an Janets und Kates Zimmer vorbei und durch den Speisesaal. Ihr Mantel war naß, sie hatte Angst, und die kalte Leere um sie herum ließ sie erschauern.

Sie stieg die Treppen hinauf, ihre Schritte wurden langsamer, sie fühlte sich unsicher. Das heftige Verlangen, das sie durch den Wald gepeitscht hatte, ließ nach. Als sie schließlich an die Tür des Roten Turmzimmers klopfte, tat sie es so zögernd, daß sie wußte, niemand könnte es hören. Sie riß sich zusammen und klopfte kräftiger. Rod öffnete die Tür. Er hatte seine Jacke ausgezogen und hielt eine Zigarette in der Hand. »Du! Ich dachte, ich hätte eine Maus gehört.«

»Vielleicht bin ich das – eine Maus. Kann ich hereinkommen?« Er öffnete die Tür weit und nahm ihr den Mantel ab.

»Eine Maus wäre nicht so töricht, nachts durch den Schnee zu laufen. Du bist völlig durchfroren, schau dir deine Schuhe und Strümpfe an, sie sind wohl nicht mehr rationiert? Denn die kannst du nicht mehr tragen.« Er zog sie dicht vors Kaminfeuer, das er wieder angezündet hatte. »Was kann ich für Sie tun, Mrs. Sinclair?«

»Ich hätte es dir erklären sollen... im Cottage, aber du ließest mir keine Zeit.«

»Und du hast nie Zeit für mich gehabt. Nicht bei Tag und nicht bei Nacht.«

»Ich hätte besser gesagt, ich hätte versuchen sollen, es dir zu erklären. Das Cottage hat zwei Bedeutungen für mich, Rod.« Er warf seine Zigarette ins Feuer und zog ihr Schuhe und Strümpfe aus. Dann rückte er den Stuhl, in dem sie saß, näher ans Feuer und rieb ihre Füße zwischen seinen Händen.

»Sie haben sehr hübsche Füße, Mrs. Sinclair, weicher als Ihre Hände, die rauh vom Abwasch sind. Ich wollte keine Bediente, Julia. Von dem Moment an, wo ich dich an der Biegung der Waldstraße sah, Hand in Hand mit deinem Sohn, wollte ich eine Geliebte. Ich habe mich all diese Wochen zurückgehalten, und es ist mir, weiß Gott, schwergefallen.«
Ihre Schuhe und Strümpfe lagen auf dem Boden, und seine Hände berührten Stellen, die seit Jamies Tod niemand mehr berührt hatte. Er kniete vor ihr, ihre Gesichter waren auf gleicher Höhe. Seine Hände glitten über ihre Schenkel. »Alles, was ich bekam, waren diese flüchtigen Küsse, und ich wußte die ganze Zeit, daß du lauschtest, ob Alasdair nicht aufwachen würde. Du hast ihn als Vorwand benutzt, mich in Schach zu halten. Und nun bist du gekommen, und ich weiß, was du willst, und ich will es auch.«

Er zog sie aus dem Stuhl hoch und öffnete den Reißverschluß ihres Kleides. Dann wandte er sich ab, und sie dachte, er hätte sie allein gelassen, aber er war nur zum Bett gegangen, um die Nachttischlampe auszuknipsen, das einzige Licht im Zimmer. Die Flammen huschten über Wände und Fußboden, er zog ihr das Kleid aus, dann ihren Schlüpfer und ihren Büstenhalter. Seine Hände berührten ihre Brüste, ihre Taille, ihre Schenkel. »Du bist schöner, als ich es mir vorgestellt habe... und ich habe mir viel vorgestellt. Ich habe des Nachts dagelegen und mir vorgestellt, du wärst an meiner Seite. Aber ich habe nicht geglaubt, daß du je kommen würdest..«

»Aber ich bin gekommen.«

Als er seine eigenen Kleider auszog, waren seine Bewegungen hastig, fast linkisch. Er nahm Julia hoch und trug sie auf seinen Armen zu dem Bett, in dem sie so viele einsame Nächte verbracht und an Jamie gedacht hatte, das Bett, in dem Jamie und ihr Sohn das Licht der Welt erblickt hatten.

»Nun, meine Herrin«, sagte er, indem er ihren nackten Körper mit einer Decke bedeckte. »Herrin des Schlosses,

Herrin des Sees, Herrin meiner Gelüste, gehörst du mir jetzt?«

»Ja, ich gehöre dir. Wäre ich sonst durch den Schnee zu dir gelaufen? Du hast mich nicht dazu gezwungen. Ich bin aus freien Stücken gekommen. Du bist der erste Mann seit Jamies Tod, den ich liebe. Du bist auch durch meine Nächte gegeistert, aber ich hatte Angst...«

»Angst vor was?« Während sie leise zusammen sprachen, erkundeten ihre Hände den Körper des anderen, sanft, ruhig und ohne Hast.

»Angst, wie es sein würde, wenn du wieder fort bist. Angst, daß die Leere noch leerer wäre, das Schweigen noch...«

»Du redest zuviel, geliebte Herrin.« Erst als ihre Körper sich vereinten und sich in einem vollkommenen Rhythmus, den sie nie vorher erfahren hatte, bewegten, erkannte Julia, wie absolut die Leere gewesen war. Sie hatte ihren Mann verzweifelt vermißt, ihr Körper hatte sich nach seinem gesehnt, aber diese Art Liebe war neu für sie. Sie fühlte, wie sie sich ihm völlig hingab, wie seine Stärke und Leidenschaft sie überwältigten und sie in einem unendlich süßen Gelöstsein endete. Sie lag unter ihm, schweißgebadet, und küßte ihn und klammerte sich an ihn. »Oh, Rod, ich zittere am ganzen Körper. Es wird schrecklich sein, wenn du fortfährst. Schrecklicher, als ich gefürchtet habe. Mein Mann und ich... wir waren so jung, so unerfahren... wir hätten Zeit gebraucht, um uns aneinander zu gewöhnen... aber unsere Zeit war kurz bemessen. Und so habe ich nie gewußt... wie es sein kann... aber ich werde mich an diese Nacht erinnern... lange, wenn du fort bist...«

»Warum sprichst du immer von meinem Fortgehen? Ich will dich nicht verlassen – nie mehr. Hast du dir dein kleines Geschenk angesehen?«

»Nein, ich habe nur meinen Mantel angezogen und bin losgerannt, es ist in einer der Taschen. Ich habe es schnell eingesteckt, vielleicht in der Absicht, es dir zurückzugeben, aber ich öffne es nur in deiner Gegenwart.«

Er sprang aus dem Bett, ging zu ihrem nassen Mantel, der über dem Stuhl hing, zog die kleine Schachtel hervor und brachte sie ihr.

Sie entfernte das Seidenband und das teure Einwickelpapier und öffnete das Schnappschloß der Lederschachtel. Ein großer, geschliffener Diamant funkelte im Feuerschein. Sie hatte noch nie einen so schönen, einzelnen Stein gesehen. Sie küßte ihn zärtlich. »Du weißt, ich kann das Geschenk nicht annehmen. Nur den Stein anzusehen, wenn du fort bist, würde mir das Herz brechen.«

»Du hast es eilig, mich loszuwerden. Du hast noch nicht mal geschaut, was dahinter ist.«

»Dahinter?« Sie drehte den Solitär in der Hand. »Ist irgendwo eine Inschrift? Ich kann nichts entdecken.«

»Nein, Dummerchen. Wo ist die Schachtel?«

Sie tastete nach der Schachtel zwischen den Decken, und als sie sie fand, sah sie einen schlichten, goldenen Ring, der im Samt hinter dem Diamanten steckte. Sie starrte ihn lange an, endlich fragte sie: »Ist es dein Ernst?«

»Warum hätte ich ihn dir gegeben, wenn es nicht mein Ernst wäre? Das andere ist nur Glitzerzeug, aber der schmale Ring ist Wirklichkeit. Er bedeutet alles, was ich dir geben kann. Aber zuerst mußt du etwas für mich tun.«

»Was?«

»Du mußt den Ehering deines Mannes abziehen, und zwar mit deiner eigenen Hand. Ich tue es nicht für dich. Du mußt dich von deiner Vergangenheit trennen. Hör auf, mit Gespenstern zu leben. Wenn ich sehe, daß du den anderen Ehering ablegst und meinen überziehst, dann weiß ich, daß du mir gehörst. Vergiß nicht deinen tapferen, jungen Ehemann, das wäre schäbig. Aber öffne dein Herz und dich selbst der Zukunft... dem Leben mit mir. Wenn du das nicht mit deinem ganzen Wesen kannst, dann behalte nur das Glitzerding, und ich behalte den goldenen Ring.«

Sehr langsam und mit Tränen in den Augen zog sie den schlichten, goldenen Ring vom Finger, den sie trug, seit Jamie ihn ihr übergestreift hatte. Sie verbarg ihre Tränen nicht. »Ich habe so lange in der Vergangenheit gelebt, Rod, nun zeige du mir die Zukunft.« Sie streckte ihm ihren Finger hin. »Streif mir den Ring über.«

»Du wirst mich in der Kirche heiraten, Prinzessin. Aber das ist nur eine Formalität. Wenn ich deine Zustimmung habe, sind wir von diesem Augenblick an verheiratet. Sind wir verheiratet?«

»Wir müssen es wohl sein, Rod, denn ich fühle mich bereits als deine Frau, und ich will nichts anderes sein.«

»Du hast mich, Prinzessin, mit all meinen Fehlern und Missetaten, mit allem Echten, was in mir ist. Hättest du mich nicht erhört, hätte ich einen Teil meiner Seele zurückgelassen. Komisch, ich wußte nicht einmal, daß ich eine Seele besitze. Der Weg, der vor uns liegt, wird manchmal steinig sein, aber das ist unvermeidbar. Ich werde dir ewig dankbar sein, wenn du mich begleitest.« Er küßte sie mit einer Sanftheit und Zärtlichkeit, derer sie ihn nicht für fähig gehalten hatte. Zu ihrem Erstaunen spürte sie, daß auch seine Wangen tränenfeucht waren.

10

Sie blieben noch fast eine Woche lang in Sinclair. Julia und Alasdair zogen zurück ins Schloß. Julia verbrachte die Nächte mit Rod im Roten Turmzimmer. Sie machte kein Geheimnis daraus, obwohl sie Janets stumme Mißbilligung spürte. Stacia hatte die Neuigkeit achselzuckend zur Kenntnis genommen. »Ich wußte die ganze Zeit, daß er Sie wollte, gesellschaftlich ist die Heirat mit Ihnen ein beachtlicher Aufstieg, Mrs. Sinclair.«

»Ich liebe ihn, Stacia.«

»Um so besser für Sie.«

Julia rief ihren Vater, Luisa und Connie an, um ihnen die Neuigkeit mitzuteilen, Alexandra schickte sie ein Telegramm. Die Reaktion ihres Vaters überraschte sie: »Bist du dir ganz sicher, Liebling? Ich meine, willst du wirklich in Hollywood mit seinem ganzen Rummel leben? Aber wenn du ihn liebst... mir hat er den Eindruck eines recht durchschnittlichen Filmschauspielers gemacht, trotz seiner Berühmtheit. Aber ich habe ihn schließlich nur einmal getroffen...«

»Er ist lieb und zärtlich, Vater. Nach Jamie... nun, vermutlich bin ich wählerisch geworden. Er ist sehr verschieden von Jamie, aber ich kann mein Leben nicht auf einem Gespenst aufbauen, noch kann ich Alasdair einen Vater geben, der nicht vorhanden ist.«

»Ich verstehe dich, Liebling. Solange du ihn aufrichtig liebst... Ich hoffe, er macht dich glücklich.«

»Hoffentlich mache ich *ihn* glücklich. Er hat ein wenig Glück verdient. Das Leben hat ihn nicht verwöhnt.«

Luisa war entzückt über die Neuigkeit. »Julia, Liebes, wie wundervoll für dich! Ich habe mir deinetwegen oft Sorgen gemacht. So jung und so einsam! Die Hochzeitsvorbereitungen mußt du natürlich mir überlassen. Ich gebe dir einen großen Empfang in Anscombe. Komm möglichst schnell nach London, wir müssen dir ein Hochzeitskleid kaufen...«

Connies Reaktion war unkompliziert. Nach Julias Anruf schrieb sie ihr:

> Ich freue mich sehr für Dich, Liebes. Wir beide hoffen, daß Ihr ein glückliches Leben zusammen habt. Mein kleines Söhnchen hält mich auf Trab, aber Mr. Warren hat noch vor seiner Geburt zwei weitere Zimmer und ein Bad angebaut. Frag mich nicht, wie er das geschafft hat. Wir teilen uns natürlich die Küche, aber da ich sowieso koche, ist das kein Problem. Mrs. Warren ißt wie ein Vögelchen, und Mr. Warren ißt, was man ihm vorsetzt. Ich habe täglich eine Putzfrau, doch Ken findet, daß ich jetzt ein Kindermädchen brauche. Aber ich weiß nicht, wo ich sie unterbringen soll. Ken buddelt jedes Wochenende im Garten. Ich hoffe, daß Du Zeit findest, uns zu besuchen, wenn Du in London bist...

Julia hätte am liebsten in aller Stille auf dem Standesamt in Inverness geheiratet, aber Rod wollte nichts davon wissen. »Natürlich müssen wir Connie besuchen. Ich will deine ganze Familie kennenlernen.« Alexandra und Elliot telegrafierten, daß sie zur Hochzeit kämen. Julia schlug vor, daß Rod einige seiner Hollywood-Freunde einlüde, aber er lehnte es ab. »John Gunn ist in London, er kann mein Trauzeuge sein, und ich habe noch ein paar alte Kumpel in London, warum soll ich den Leuten eine so lange Reise zumuten? Wenn wir in Hollywood sind, geben wir ein großes Fest, jeder wird gespannt sein, dich kennenzulernen.«

»Könnten wir, uns nicht um die Londoner Party drücken und statt dessen in Inverness heiraten?«

Er schüttelte den Kopf. »Nein, du sollst deinen Hochzeitstag im Kreis deiner Familie und deiner Freunde verbringen.«

»Was er wirklich meint«, sagte Stacia, »ist, daß er den Londoner Reklamerummel keineswegs auslassen will. Er will mit deinem Vater zusammen fotografiert werden, solche Aufnahmen erscheinen in allen Zeitungen rund um die Welt. Und dann hat er die gleiche Publizität noch einmal, wenn er nach Los Angeles zurückkommt.«

»Du kleines Biest«, sagte Rod. »Kannst du dir nicht vorstellen, daß Julias Familie sich darauf freut, an unserer Hochzeit teilzunehmen? Julias Familie ist von nun an auch *meine* Familie, und ich nehme mir gerne die Zeit, sie alle kennenzulernen.«

»Hört bitte auf, euch zu streiten«, bat Julia. »Wir haben an Wichtigeres zu denken.«

Sie hatte Alasdair schonend die Neuigkeit beigebracht, aber er nahm sie fast gleichgültig auf. Er hatte sich an Rod während der vielen Wochen bereits gewöhnt, außer Sir Niall und William Kerr war er das einzige männliche Wesen in Sinclair. Auch hatte er keine rechte Vorstellung, was ein Stiefvater war, nachdem er seinen eigenen Vater nicht gekannt hatte. Was ihn betrübte, war die Trennung von Prinzessin Cat, doch Rod beruhigte ihn, indem er sagte, das Pony würde nach Anscombe transportiert werden und in dem neuen Stall leben, zusammen mit Johnnys Pony Taffy.

»Heißt das, Prinzessin Cat bleibt für immer bei Johnny?« fragte Alasdair.

Rod holte tief Luft. »Nein, ich glaube, daß ich es arrangieren kann, daß Prinzessin Cat mit uns nach Hollywood kommt. Ich habe zwar keinen Stall, aber einige Morgen Land in der Nähe von Santa Barbara. Auf dem Grundstück steht auch ein kleiner Bungalow, in dem ich gelegentlich wohne, wenn ich genug von Hollywood habe. Ich halte mir dort ein paar Pferde, die ich bei Nachbarn unterstelle. Prinzessin Cat wird also nicht allein sein, und im nächsten Sommer nehmen wir sie wieder mit.«

»Wir kommen nach *Sinclair* zurück?«

»Natürlich, Sinclair ist dein Zuhause. Wir werden jeden Sommer hier verbringen. Ich habe eine Menge Pläne, wir werden das ganze Schloß renovieren lassen, die Mauern absichern, Badezimmer einbauen, Zentralheizung installieren, Janet eine moderne Küche einrichten...«

»Das willst du alles tun? Schade, mir gefällt es so, wie es ist.«

»Dein Sohn«, sagte Rod später zu Julia, »ist auf seine wohlerzogene Art genauso schwierig wie Stacia. Er will hier alles beim alten belassen, andererseits ist er offensichtlich neugierig, fremde Welten kennenzulernen. Kann ich ihm beides bieten?«

»Alles zu seiner Zeit, versprich ihm nicht zu viel. Es genügt völlig, wenn Prinzessin Cat nach Anscombe geschickt wird. Wenn du Alasdair erklärst, wie beschwerlich eine Seereise und die lange Eisenbahnfahrt bis Los Angeles für das arme Tier ist, wird er sicher auch finden, daß das Pony in Anscombe besser aufgehoben ist. Willst du wirklich jedes Jahr nach Sinclair kommen?«

»Jedes Jahr. Ich werde das Schloß so restaurieren, daß niemand es von außen sehen wird, aber die Innenräume werden besser geheizt und gemütlicher sein, und wir werden nicht mehr Angst haben, daß die Brücke jeden Moment in den See fällt. Und die Kerrs müssen es auch ein wenig bequemer haben. William Kerr ist unersetzbar.«

»Aber das Geld! Wir können von der Landwirtschaft die laufenden Kosten bestreiten, aber ich muß noch immer Luisas Darlehen abzahlen.«

»Überlaß mir, wieviel Geld ich für das Schloß ausgebe. Ich will schließlich den größten Teil meiner Zeit hier verbringen. Es ist meine Heimat.«

Julia machten diese Worte sehr glücklich.

Die Hochzeitsfeier war eine von Luisas Glanzleistungen. Rod war enttäuscht, daß er nicht in der Kirche von Anscombe heiraten konnte, aber seine erste Scheidung machte dies unmöglich. Julia trug ein blaßblaues Kleid mit passendem Hut, das Luisa ihr durch Beziehungen in kürzester Zeit beschafft hatte. Nach dem Standesamt gingen sie zur Kirche, und Julia legte ihren Brautstrauß aufs Grab ihrer Mutter. Der Pfarrer wartete auf sie. »Ich wüßte nicht, was mich daran hindern sollte, vor der Kirche euren Bund zu segnen. Obwohl mir mein Bischof vielleicht Vorwürfe machen wird.«

Die Pressefotografen nahmen Julia an der Seite von Rod auf, als sie ihren Brautstrauß aufs Grab ihrer Mutter legte, und als sie Anscombe erreichten, wurden noch weitere Aufnahmen mit der ganzen Familie, den Kindern und Hunden gemacht. Janet und Sir Niall waren auch nach London gekommen. Janet wohnte in Luisas Stadthaus, Sir Niall in seinem Club. Michael stand strahlend lächelnd zwischen Braut und Bräutigam, nur Stacia machte eine reservierte Miene.

Julia verbrachte ihre Hochzeitsnacht in Anscombe. Alexandra, Elliot und David blieben über Nacht. Alasdair schlief mit Johnny in dessen Zimmer, Stacia war im Haupthaus untergebracht, das Luisa mit ein paar erlesenen Stoffen und Antiquitäten in ein kleines Kunstwerk umgewandelt hatte, ohne ihm jedoch seine Wärme und seinen Charme zu nehmen. Schließlich brachen auch die letzten Gäste auf, Sir Niall war einer der letzten. Er hielt lange Julias Hand fest. »Ach, Mädchen, das wird ein einsamer Winter werden ohne Sie. Ich hatte meine Bedenken bei dieser Heirat, aber Sie sehen so glücklich aus, daß ich mein Urteil revidiere. Ich wünsche Ihnen das Allerbeste, liebste Julia. Ich werde Sie sehr vermissen. Vergessen Sie nicht Ihren alten Freund.« Tränen standen ihm in den Augen, als er mit Janet zu seinem Leihwagen ging.

Die Familie versammelte sich um den Eßtisch. Morgen würden sie alle, außer Michael und Luisa, Connie und Ken besuchen. Luisa hatte dafür gesorgt, daß der Kofferraum vollgepackt mit den Überresten des Festes war. »Connie arbeitet so hart, sie rackert sich für alle ab.«

»Es scheint ihr zu gefallen«, sagte Rod. »Sie ist sehr schön, deine Schwester, aber wie ist sie nur auf diesen Langweiler verfallen?«

»Das ist Connies Angelegenheit«, sagte Alexandra scharf. »Sie ist auf ihre Art glücklich, darüber gibt es keine Zweifel. Was sie in Ken sieht, ist ihre Sache.«

Stacia war sehr schweigsam während der Mahlzeit. Julia hatte den Eindruck, daß Sir Michael und Lady Seymour sie einschüchterten, sie aber gleichzeitig verblüfft war über die Herzlichkeit und Natürlichkeit des Umgangstons, den völligen Mangel an Protzentum, das Hollywood kennzeichnete.

»Ich finde Connie einfach hinreißend«, sagte Stacia plötzlich, »und nett. Sie wirkt so zufrieden. Sie ist der zufriedenste Mensch, der mir je begegnet ist.«

»Sie sind eine sehr einfühlsame junge Frau«, sagte Michael und schenkte ihr sein charmantestes Lächeln. Sie lächelte ihrerseits voller Wärme, und Julia stellte fest, daß sie Stacia fast nie spontan hatte lächeln sehen. Ihr ganzes Wesen war verändert.

Am nächsten Tag fuhren sie nach London, um Connie und ihre Familie zu besuchen.

Während des ganzen Besuches folgte Stacia jeder Bewegung von Connie, sie bot sogar an, in der Küche zu helfen, und bat, das Baby halten zu dürfen. Das Haus der Warrens war eine seltsame Mischung von Dingen, die Clarence Warren aus den Ruinen gerettet hatte, und Gelegenheitskäufen bei befreundeten Altwarenhändlern. Aber Stacia schien nicht zu bemerken, daß die Vorhänge nicht zu den Teppichen paßten, daß die Badewannen rostig waren und aller Luxus, an den sie gewöhnt war, fehlte. Sie hielt Connies kleine Tochter Margaret Ginette an der Hand, als sie die sieben Morgen Land, das an die Hampsteader Heide grenzte, erkundeten. »Oh, ihr habt euer eigenes Gatter«, sagte sie versonnen, als führe das Gatter zu einem längst vergessenen Märchenland. »Das ist etwas ganz Besonderes.«

»Ja, etwas ganz Besonderes, Stacia«, sagte Elliot Forster, und dann an Clarence Warren gewandt: »Sehr gescheit von Ihnen, dieses Land nicht zu verkaufen, Mr. Warren, eines Tages wird es ein Vermögen wert sein.«

Clarence Warren sah ihn schockiert an. »Ich habe nie im Traum daran gedacht, das Land zu verkaufen, obwohl ich enorme Steuern dafür zahlen muß, aber Mrs. Warren ist hier aufgewachsen.« Damit schien für ihn alles gesagt. »Sie ist so glücklich, wieder hier zu wohnen.«

Julia fragte sich, ob auch die anderen die fast mitleiderregende Sehnsucht in Stacias Blick bemerkt hatten, aber es war nur ein schnelles Aufflackern gewesen, dann wurde Stacias Gesicht wieder undurchdringlich, als fühle sie sich einmal mehr ausgeschlossen aus dem Zauberkreis der Menschen, die wußten, was es hieß, glücklich zu sein. Sie ließ Margaret Ginettes Hand los. »Es ist kalt«, sagte sie und ging zum Haus zurück.

Nach vier Tagen in London fuhren sie auf der »Île de France« nach New York. Rod fühlte sich offensichtlich geschmeichelt, daß eine Meute von Reportern sie in Southampton am Hafen erwartete, besonders da sie sich in der Gesellschaft von Alexandra und Elliot Forster befanden. Ihre Kabine war angefüllt mit Blumen, und Champagner stand in einem Eiskübel. Sie gingen alle an Deck für die letzten Fotos.

»Es scheint mir so lange her zu sein, daß ich den Atlantik überquert habe«, sagte Julia. »Manchmal mit Vater, manchmal mit Mutter, an einem Ende winkten wir Großvater Guy zu, am anderen Ende stand, wenn er nicht zu beschäftigt war, Großvater Maslowa.«

»Ich wette, ihr fuhrt immer erster Klasse«, sagte Rod.

»Nicht immer, es hing von unseren jeweiligen Finanzen ab. Entweder waren wir völlig pleite, oder wir scheffelten Geld, aber ob es nun viel oder wenig war, ausgegeben wurde es immer. Meine Eltern haben nie für schlechte Zeiten gespart.«

»Vielleicht erwarteten sie keine schlechten Zeiten«, warf Stacia unerwartet ein. »So wie Mutter.« Sie verließ die Gruppe.

»Sie hat mal wieder einen Anfall von schlechter Laune«, sagte Rod. »Wir müssen auf sie achtgeben, was an Bord eines Schiffs nicht leicht ist.«

Alexandra bemerkte, daß Alasdair sich Tränen aus den Augen wischte. Sie beugte sich zu ihm hinab: »Sei nicht traurig, Liebling, Prinzessin Cat ist gut untergebracht, sie wäre nur unglücklich auf dem Schiff und später im Viehwaggon. Du hast doch gesehen, wie schnell sie sich mit Taffy angefreundet hat.«

»Aber sie wird mich vergessen. Wenn ich zurückkomme, wird sie Johnny mehr lieben als mich.«

Es war Connie gewesen, die Alasdair am Ende dazu überredet hatte, Prinzessin Cat in Anscombe zu lassen. »Das arme Pony wird schrecklich unter der Hitze in Los Angeles leiden...«

Connie war nach Southampton gekommen, um Adieu zu sagen. In letzter Minute hatte sie allen eingewickelte Geschenke überreicht mit der Aufschrift: Erst zu Weihnachten zu öffnen. »Es ist nichts verglichen mit all den Köstlichkeiten, die du uns immer schickst, Alexandra. Aber ich habe die Sachen mit Liebe ausgesucht, und Mrs. Warren hat Tag und Nacht gestrickt, trotz ihrer arthritischen Hände. Sie hat die Hochzeit so genossen. ›Ganz wie zu alten Zeiten‹ hat sie gesagt. Und das hat Mr. Warren so glücklich gemacht, daß er euch am liebsten die Welt zu Füßen gelegt hätte.«

Die letzten Warnungen für die Gäste, das Schiff zu verlassen, erschollen über den Lautsprecher, und Connie lief die Laufplanke hinunter. Sie winkten ihr zu, als die Schlepper den Ozeandampfer vorsichtig ins tiefe Wasser dirigierten. Sie standen dicht gedrängt an der Reling, ein perfektes Bild für die Kameras. Nur Stacia fehlte.

In New York und Washington wurden sie auf die gleiche hektische Weise begrüßt – Blitzlichter leuchteten auf, Reporter stellten brüllend ihre Fragen. Elliot war irritiert, er haßte diesen Rummel. Dann fuhren sie zu Elliot Forsters Haus. Rod war tief beeindruckt von der zurückhaltenden Eleganz der Räume und der unaufdringlichen Bedienung des geschulten Personals. Er paßte sich schnell der entspannten Atmosphäre an und sagte zu Elliot: »Wenn Sie wüßten, wie bescheiden ich aufgewachsen bin... ich kann es fast nicht glauben, daß so jemand wie Julia mich geheiratet hat.« Sie saßen im Wohnzimmer, Rod lächelte seiner Frau zu, sagte aber zu Elliot gewandt: »Ich nenne sie Prinzessin.«

»Laß Stacia nicht zu sehr merken, wie stark du an Julia hängst«, sagte Alexandra leise. »Sie ist ein sehr verletzbares, verunsichertes Geschöpf.«

Rod zuckte die Achseln. »Was soll ich tun? Vorgeben, daß ich mir nichts aus meiner Frau mache, die ich wahnsinnig liebe, nur um die Gefühle von diesem Fratz zu schonen? Natürlich hat sie eine schlimme Kindheit gehabt, aber ich bin nicht dafür verantwortlich. Ich habe schließlich nicht sie, sondern ihre Mutter geheiratet, eine Frau, die von Männern umschwärmt war. Das war auch nicht einfach für mich. Ich habe mich vermutlich nicht sehr geschickt benommen, aber Anne war auch nicht einfach. Sie war unfähig, ihre eigenen Probleme zu lösen. Und was Stacia betrifft, so haben wir beide unser Bestes getan. Anne wollte, daß sie eine gute Erziehung erhält, und ich war ganz einverstanden, nachdem ich selbst kaum zur Schule gegangen bin.« Er machte eine Handbewegung, die das ganze Zimmer umfaßte. »Weder Anne noch ich sind im Wohlstand aufgewachsen. Vielleicht waren wir beide zu unzivilisiert, um zu wissen, was für Stacia das Beste gewesen wäre.« Dann fügte er hinzu: »Ich beneide Leute wie dich. Man hat dir schon als Kind beigebracht, wie man sich richtig benimmt, während ich noch immer lerne... ich habe eine Menge von Julia gelernt, und ich weiß, sie wird versuchen, alle ihre wunderbaren Eigenschaften an Stacia weiterzugeben...«

Julia standen Tränen in den Augen. Sie wußte nicht, ob Rod schauspielerte, aber wenn er es tat, dann war es die überzeugendste Darstellung seines Lebens. Sie zweifelte nicht an seiner Liebe zu ihr, aber sie wußte auch, daß er sich zum Ziel gesetzt hatte, Elliot voll und ganz für sich einzunehmen. Das schien ihm auch gelungen zu sein, obwohl Elliot eine instinktive Abneigung hatte gegen alles, was aus Hollywood kam.

»Bitte denken Sie immer daran, daß Alexandra und ich Ihnen jederzeit gerne behilflich sind.«

Julia hatte den Eindruck, daß Rod diese Prüfung auf Herz und Nieren mit Glanz bestanden hatte.

Er gab Julia Geld, um Weihnachtseinkäufe zu machen. Sie hatten vor, Weihnachten auf Elliots Besitz in Virginia zu verbringen. »Du findest besser als ich etwas Geeignetes, Liebling. Ich weiß, es wird jedenfalls kein Hollywood-Kitsch sein. Du kannst so viel ausgeben, wie du willst.«

Sie fuhren am Heiligabend nach Westmount. Das Haus war von einer vornehmen Schlichtheit, die Holzfußböden glänzten, an den Wänden hingen wertvolle, alte Bilder.

Die Geschenke, die Julia in Washington erstanden hatte, fanden allgemeine Anerkennung. Stacia gab Julia einen flüchtigen Kuß für ein rotes Kaschmirkleid und bedankte sich artig bei Rod für die schlichte Goldkette, die Julia auch ausgesucht hatte. Rod überreichte Julia, als sie allein waren, einen Saphirring und bat sie, ihn an der rechten Hand zu tragen. »Rod! Er ist viel zu wertvoll, nach dem Diamanten solltest du mir keinen Schmuck mehr schenken. Ich will schließlich nicht wie ein behangener Christbaum aussehen.«

»Nein, aber wie eine Prinzessin. Ich hoffe, du wirst in Zukunft noch ganz andere Dinge tragen.«

Die Wintertage waren klar und frisch, Stacia, Rod und Elliot ritten gemeinsam aus. Elliot hatte sich für Alasdair ein Pony von Nachbarn ausgeliehen. Rod verbrachte viele

Stunden mit dem Jungen im Stallhof und unterrichtete und ermunterte ihn.

Die Schwestern tranken vor dem Kamin Kaffee. Alexandra reichte Julia eine Tasse Tee und sagte: »Ach, Julia, was für eine lange Wegstrecke haben wir beide zurückgelegt. Und du bist noch nicht am Ziel angekommen. Ich frage mich, wie du mit Hollywood zurechtkommst, so eine fremde Welt.«

»Meinst du, es wird sehr fremd... sehr schwierig für mich sein?«

»Schwierig genug, und zudem hast du noch diese Stacia am Hals. Aber auch mit Alasdair wird es nicht einfach sein. Rod und du, ihr bringt beide den Ballast eurer Vergangenheit in euer neues Leben mit.« Alexandra zündete sich eine Zigarette an. »Aber wenigstens hast du jetzt die Möglichkeit, weitere Kinder zu bekommen. Du bist ja noch so jung, es gibt keinen Grund, warum Rod und du nicht eine eigene Familie gründen solltet. Ich beneide dich.«

»Ich hätte gern noch mehr Kinder. Aber es wird eine sehr gemischte kleine Bande ergeben.«

»Mach dir keine Sorgen, damit wirst du schon fertig werden.« Alexandra atmete den Zigarettenrauch tief ein. »Ich wünschte, das wäre mein Problem.«

»Besteht wirklich keine Hoffnung?«

Einen Moment lang dachte Julia, Alexandra würde ihr nicht antworten, aber dann sagte sie langsam: »Zwei Monate lang dachte ich, ich wäre schwanger, sogar die Ärzte waren davon überzeugt. Ich dachte... das Wunder sei geschehen. Sie rieten mir, im Bett zu bleiben, und ich war ganz darauf vorbereitet, mich neun Monate lang nicht zu rühren. Aber dann hatte ich doch eine Fehlgeburt, und meine letzte Hoffnung war zunichte. Elliot war großartig und hat mir immer wieder gesagt, daß ich ihm viel wichtiger als alles andere sei. Aber ich weiß, daß er sich Kinder wünscht... mehr vielleicht als ich sie mir wünsche. Es ist so seltsam, Julia, ich habe in meinem Beruf mehr Erfolg, als ich es mir je erträumt habe. Und Elliots Frau zu sein, ist auch keine leichte

Aufgabe mit all den gesellschaftlichen Verpflichtungen, die seine Stellung mit sich bringt. Wir haben alles, was sich ein Mensch wünschen kann... außer dem einen, was eine Ehe erst vollkommen macht. Ich fühle mich so unzulänglich, so nutzlos...«

Auf dem Rückweg nach Washington machte Elliot einen Umweg und hielt auf einem kleinen Hügel, von dem aus man ein großes, weißes Haus sah, halb versteckt hinter Bäumen, die offensichtlich vor vielen Jahren gepflanzt worden waren. »Das war das Haus, das meinem Urgroßvater im Bürgerkrieg verlorenging«, sagte Elliot. »Es hieß Forster Hill, und so heißt es immer noch, obwohl der Besitzer ihm einen neuen Namen gegeben hat, aber niemand benutzt ihn. Der Mann, dem es jetzt gehört, ist ein politischer Gegner von mir und will es mir daher unter keinen Umständen verkaufen.« Er legte den Arm um Alasdair. »Laß dir das eine Lehre sein, junger Mann; kümmere dich um Sinclair, gib es nie in andere Hände, verkaufe nicht dein Geburtsrecht.«

»Aber es ist doch nur ein Haus wie alle anderen«, sagte Stacia. »Ihres gefällt mir viel besser, Mr. Forster.«

»Aber ich will nun mal *dieses* besitzen.«

Julia warf ihrer Schwester einen kurzen Blick zu. Sie trug einen gespannten, fast feindlichen Ausdruck. Es gab also noch etwas anderes, das Elliot Forster nicht vergönnt war.

In Los Angeles wurden sie wieder von der üblichen Horde von Fotografen und Reportern erwartet. Julia fühlte sich müde und schmutzig von der langen Bahnfahrt, versuchte aber, so fröhlich zu lächeln wie am Hochzeitstag.

Sie war erstaunt, wie viele Menschen sich an »Rückkehr in der Dämmerung« und »Die Grenze« erinnerten. Dann plötzlich sah sie eine vertraute Gestalt. Bill Fredericks kam auf sie zu und umarmte sie herzlich. Dann trat er einen Schritt zurück und musterte sie. »Du bist noch schöner geworden. Willkommen in Hollywood.«

»Komm mit, Bill«, sagte Rod, »ich bin ein wenig nervös,

meine Braut über die Schwelle zu tragen. Meine Familie ist plötzlich größer geworden.«

Julia warf erste Blicke auf das Wunderland, wo Filmstars gemacht und zerstört wurden. Sie erkannte instinktiv die ganze Unwirklichkeit dieser Stadt, die aus ein paar Orangenhainen zu einer Filmmetropole aufgestiegen war, weil die Sonne hier immer schien.

In gewissem Sinne spiegelte auch Rods Haus diese Unwirklichkeit wider, nur daß es zusätzlich noch eine exotische Schönheit besaß durch die Mischung von spanischen und mexikanischen Stilelementen. Ihr gefielen sofort die langen, kühlen Loggien, die polierten Kacheln, die leuchtenden Bougainvilleas, die sich an den Außenwänden hochrankten. In der Ferne konnte sie das Plätschern von Wasser vernehmen. Zwei mexikanische Bedienstete erschienen, verbeugten sich und lächelten. »Maria, José, das ist die Señora. Ihr müßt tun, was sie euch sagt.«

Alles war, wie Stacia es beschrieben hatte: Erdfarbene, indianische Teppiche lagen auf den Fliesen der Haupthalle, eine Holztreppe mit einem reich verzierten, schmiedeeisernen Geländer führte in den ersten Stock. Töpfe mit bunten Blumen waren über das ganze Haus verteilt.

Rod sah sie unsicher an. »Nun...?«

»Wundervoll! Schöner, als ich es mir vorgestellt habe.«

Das Haus war um einen Innenhof gebaut. Massive, geschnitzte Türen standen offen, um die Sonne hereinzulassen und den Blick freizugeben auf den mit mexikanischen blauen und grünen Kacheln ausgelegten Swimmingpool. Um das Becken herum standen Dutzende von bunten, glasierten Töpfen mit Blumen, deren Namen Julia noch nicht kannte.

»Wundervoll«, wiederholte sie.

Alasdair zog Rod am Ärmel. »Wirst du mir Schwimmen beibringen?«

»Kannst du noch nicht schwimmen? Na ja, es gibt vermutlich nicht viele Tage, die warm genug sind, um bei euch im See zu baden. Natürlich bringe ich dir das Schwimmen bei. Stacia kann dir auch helfen, sie schwimmt wie ein Fisch.«

»Ich bin nicht dazu da, dem Kind Unterricht zu geben.« Sie war schon einige Stufen der Treppe hinaufgegangen. »Vermutlich bin ich noch im selben Zimmer, oder muß ich etwa unten bei Maria und José schlafen?«

»Miststück«, murmelte Rod, aber so leise, daß Julia es kaum hörte. Er legte den Arm um sie. »Ich bin so froh, daß es dir hier gefällt. Ich hatte schon befürchtet, daß du das Haus recht bescheiden findest, verglichen mit deinem Schloß.«

»Unsinn, es ist wunderschön, und das weißt du auch.«

Er führte sie ins Wohnzimmer, von dem Julia sich nach Stacias Beschreibungen schon eine ziemlich genaue Vorstellung gemacht hatte: große Ledersofas, indianische Teppiche, geschnitzte Stühle, ein riesiger Kamin aus Stein, durchgehende Fenster...

»Toller Raum, was?« sagte Bill Fredericks.

Rod ging zu einem dunklen Eichenschrank, in dem eine Anzahl Flaschen stand. »Was willst du trinken, Bill?«

»Rum oder so.« José war bereits lautlos mit einem Tablett eingetreten, auf dem eine Karaffe mit Zitronensaft stand. »Maria dachte für den niño...«

»Sie können mir ein bißchen davon in meinen Rum gießen«, sagte Bill. »Rita läßt übrigens herzlich grüßen, Rod, sie hofft, ihr kommt morgen zum Abendessen, wenn ihr nicht zu müde seid.« Er wandte sich an Julia. »Ich bin mit einer prachtvollen Mexikanerin verheiratet.«

Rod stellte sein Glas hin. »Gute Idee, vielen Dank.« Dann streckte er die Arme aus und hob Julia hoch. Er trug sie in die Loggia und hinaus ins Sonnenlicht und kehrte mit ihr ins Zimmer zurück. »Willkommen in deinem neuen Schloß, Prinzessin.«

Er legte sie sanft auf eins der Sofas. Erst dann bemerkten alle drei, daß Stacia in dem großen Steinbogen stand, der in das Wohnzimmer führte. »Könnte ich vielleicht ausnahmsweise auch einen Schuß Rum in meinen Zitronensaft haben?«

»Also meinetwegen«, sagte Rod, »aber vergiß nicht, dem Gesetz nach bist du noch ein Kind.«

»Ja, ja...« Sie goß sich Zitronensaft ins Glas und eine kräftige Portion Rum. »Ich erinnere mich noch genau, daß du Mutter auf die gleiche Weise hier ins Zimmer getragen hast an eurem Hochzeitstag.«

»Deine Mutter habe ich hereintragen *müssen,* weil sie total betrunken war. Sie hat die Hochzeitsnacht auf diesem Sofa verbracht und ihren Rausch ausgeschlafen.«

Bill lehnte die Einladung zum Abendessen ab. Julia erfuhr, daß Alasdair erst mit ihnen essen durfte, wenn er gelernt hätte, ordentlich mit Messer und Gabel umzugehen, bis dahin würde er seine Mahlzeiten in dem einfachen, aber freundlichen Raum neben der Küche mit Maria und José einnehmen. »Rod will auf keinen Fall«, sagte Stacia, »daß irgend etwas Flecken abbekommen könnte.«

Julia erkannte schnell, daß ein Teil der Dinge, die Stacia ihr über Rod erzählt hatte, der Wahrheit entsprachen. Er war ungemein stolz auf sein Haus und wiederholte gerne, daß er sich das alles aus eigener Kraft erarbeitet und bis auf den letzten Cent bezahlt hätte. Nirgends war ein Stäubchen zu sehen, er schien großen Wert auf Sauberkeit zu legen. Zwei Mexikanerinnen kamen täglich, um Maria und José zu helfen. Julia schien es, daß sie die meiste Zeit damit verbrachten, fast unsichtbare Fußspuren von den dunklen Fliesen zu wischen, die irgend jemand hinterlassen hatte, der vom Garten ins Haus gekommen war. Der Swimmingpool wurde täglich von zwei mexikanischen Gärtnern gesäubert. Jedes Blütenblatt wurde sofort entfernt, die Fußpfade ständig geharkt, kein Unkraut hatte eine Überlebenschance. Eine ungewohnte Stille lag über dieser »Casa del Sol«, nur belebt durch das Zwitschern der Vögel und die Laute des kleinen künstlichen Wasserfalls, der von dem Hügel ins Schwimmbecken plätscherte und wieder zur Hügelkuppe hinaufgepumpt wurde.

Julia machte am nächsten Tag eine entsprechende Bemerkung, als sie zusammen durchs Haus gingen und sie Rods Sammlung von Wildwestzeichnungen und -skulpturen bewunderte.

»Es ist ein wunderschönes Haus, Rod, aber... unerwartet. Ich meine, es ist sehr männlich; man spürt sofort, daß es *dein* Haus ist.« Sie machte eine abwehrende Handbewegung, um den Protest, den sie kommen sah, abzuschneiden. »Oh, ich weiß, du wirst sagen, es war der Architekt oder der Innendekorateur, aber es ist typisch für *dich*. So ordentlich, so sauber. Das paßt gar nicht zu deinem Wildwest-Image.«

»Ich habe meine Wildwest-Periode längst hinter mir gelassen. Der Wilde Westen war für mich Schottland, die Tritte und Stöße, das Mich-Durchbeißen, bis ich's geschafft hatte. Jetzt besitze ich dieses Haus und schulde niemandem etwas. Ich muß nicht mehr jeden Cent umdrehen. Ich will jetzt die Dinge so haben, wie sie in unserem Cottage im Wald nie waren. Ich will Ordnung, Ruhe und Frieden. Ich hasse Faulheit und Verschwendung. Ich zahle meinen Mexikanern einen guten Lohn, aber wenn sie anfangen zu schlampen, dann setz ich sie gleich vor die Tür. Aber das wissen sie auch. Sentimentalitäten gibt's bei mir nicht. Ich schätze Maria und José für das, was sie leisten, nicht mehr, nicht weniger. Ich bin kein Weichling, Julia, und das versteht Stacia nicht. Sie ist in einem unbeschreiblichen Chaos aufgewachsen, aber weder sie noch ihre Mutter haben es geschätzt, daß ich Ordnung in ihr Leben gebracht habe.«

»Ja, das verstehe ich jetzt«, sagte Julia, aber ein Gefühl des Unbehagens überkam sie. »Sag mal, Rod, können wir nicht eine andere Lösung für Alasdair finden? Ich meine, muß er immer mit Maria und José essen? Sie sind zweifellos sehr nette Leute, aber er kann sich nicht mit ihnen verständigen. Ich möchte ihn nicht ausschließen.«

»Prinzessin, wir sind noch immer auf Hochzeitsreise, für gewöhnlich esse ich in einem kleinen, aber sehr hübschen Eßzimmer, und in Zukunft werden auch wir das benutzen.

Der Junge muß allerdings früh ins Bett, aber wir werden ihm Gesellschaft leisten. Ich habe gestern abend ein wenig übertrieben, aber ich wollte unbedingt diese erste Mahlzeit mit dir allein genießen. Wir sind eine Familie, Julia, aber gelegentlich möchte ich dich ganz für mich haben. Vewundert dich das?«

»Ich liebe dich, Rod.«

»Bitte für immer.«

Sie gingen zum Abendessen zu Bill und Rita Fredericks. Das Haus war ähnlich wie das von Rod, nur ohne die weiträumige Ruhe und den Anflug von Originalität.

Rita sah sehr südländisch aus mit ihren schwarzen Haaren, ihrer olivfarbenen Haut und den dunkelbraunen Augen. Sie war eine gutaussehende Frau und begrüßte Julia mit natürlicher Herzlichkeit. Sie aßen traditionelle mexikanische Gerichte und sprachen über die Filmindustrie – wer welchen Film drehte, wer im Abstieg, wer im Aufstieg war. »Ich höre, der Große Boss hat euch eingeladen«, sagte Bill.

Der Große Boss war Bills Spitzname für Morris Meadows, Chef von »Worldwide Pictures«. Julia hatte Rods eher knapp gehaltene Zusage am Telefon mit angehört. Er war offensichtlich nicht erfreut gewesen, aber hatte ebenso offensichtlich nicht gewagt, die Einladung abzulehnen.

»Ich wollte Julia verborgen halten bis zu unserem großen Fest in zwei Wochen. Ihr beide müßt unbedingt kommen, wenn ihr schon was vorhabt, sagt es bitte ab.«

Julia sah Rod überrascht an. »Wir geben ein Fest in zwei Wochen? Du hast mir nichts davon gesagt.«

»Zerbrich dir nicht dein hübsches Köpfchen, Prinzessin. Ich habe alles arrangiert. Ein Traiteur sorgt fürs Essen, und eine Sekretärin kommt morgen früh und wird die Einzelheiten erledigen...«

»Aber ich habe nichts davon gewußt.«

»Das ist auch nicht nötig. Du brauchst nur schön auszusehen. Morgen kaufen wir dir ein Kleid.«

Als sie zurückkamen, war Alasdair noch wach, und seine

Wangen feucht von Tränen. »Stacia hat sich geweigert, ihr Zimmer zu verlassen, und ich mußte allein mit Maria und José zu Abend essen. Sie sind sehr nett, Mami, aber ich verstehe sie nicht. Maria hat mich zu Bett gebracht und sogar mein Gebet angehört, sie hat neben mir gekniet. Ich habe dich vermißt, Mami, draußen waren so komische Geräusche...«

»Das sind nur Grillen, Liebling, kleine Insekten, die zirpen.« Sie strich ihm über die Stirn. »Aber jetzt kannst du schlafen, nicht wahr?«

»Wirst du jeden Abend fort sein?«

»Nein, natürlich nicht.« Aber sie war sich durchaus nicht sicher, ob sie damit nicht etwas versprach, das sie nicht einhalten konnte. »Und auf jeden Fall wirst du nicht immer mit Maria und José essen. Du bist noch müde von der Reise, Alasdair, und alles ist so fremd, aber du wirst dich schnell eingewöhnen.« Sie zweifelte, daß er sie verstanden hatte, aber ihr Tonfall schien ihn beruhigt zu haben, obwohl er immer noch ihre Hand festhielt. Sie blieb auf seiner Bettkante sitzen, bis er eingeschlafen war. Sie blickte auf sein junges Gesicht hinunter und fragte sich, ob sie nicht unentschuldbar egoistisch gehandelt hatte, indem sie Rod geheiratet und ihr Kind in ein fremdes Haus gebracht hatte, das es trotz allem Luxus bedrückte. Als sie für Alasdairs Geburt nach Sinclair gefahren war, hatte sie dies mit der Absicht getan, daß das einzige Kind von James im Bewußtsein seines Erbes aufwachsen sollte. Sie kniete sich einen Augenblick nieder und küßte die zarte Wange ihres Sohns. »O Gott«, murmelte sie, »laß mich nie die Träume seines Vaters verraten.«

Sie ging in das große Schlafzimmer, von dem zwei Ankleidezimmer und zwei Badezimmer abgingen. Es war ihr gemeinsames Schlafzimmer, von Rod eingerichtet; man spürte, daß keine weibliche Hand am Werk gewesen war. Es war offensichtlich, daß Anne Rayner keine Veränderungen erlaubt worden waren. Das riesige Himmelbett hatte einen buntgewebten, mexikanischen Baldachin mit einer passenden Bettdecke, das Kopfende und die Pfosten waren aus dunkelgeschnitztem Holz. Ein großer, antiker Teppich mit blauen Figuren lag auf den blauweißen Fliesen. Eine einfache, geschnitzte Kommode, schwere Holzstühle und ein wuchtiger Holztisch, auf dem Blumen standen und ordentlich aufgestapelte Zeitschriften und Bücher lagen, bildeten den Rest der Einrichtung. Zwei Fenstertüren führten auf einen Balkon, der auf den erleuchteten Swimmingpool blickte. Sie war am gestrigen Abend zu müde und zu verwirrt gewesen, um eine eigenartige Feststellung zu machen, die ihr jetzt schlagartig bewußt wurde: Der Raum hatte – bei allen Unterschieden – eine gewisse, frappierende Ähnlichkeit mit dem Roten Turmzimmer von Sinclair.

Rod stand im Morgenrock am Fenster und rauchte. Er drehte sich halb um, als sie eintrat. »Du bist lange fortgeblieben.« Sie vermeinte einen Anflug von Kälte in seiner Stimme zu hören.

»Alasdair war noch wach. Stacia hat nicht mit ihnen zu Abend gegessen. Er war ein wenig durcheinander. Er ist noch nicht daran gewöhnt, daß er Maria und José nicht versteht. Sie sind sehr nett zu ihm, aber... abgesehen davon hat er natürlich auch Heimweh.«

»*Heimweh!* Warum zum Teufel soll das Kind Heimweh haben? Er hat alles hier, was er sich nur wünschen kann.«

«Rod... Rod! Er ist erst viereinhalb Jahre alt, und in den letzten Wochen ist viel Neues auf ihn eingestürzt. Er ist ein wenig überfordert, alles ist noch fremd für ihn. Wenn jemand wie Janet hier wäre...«

»Janet... ich hoffe nur, sie hat ihn nicht verzärtelt. Aber vermutlich müssen wir so eine Art Gouvernante für den Jungen und Stacia engagieren. Jemand, der beiden Unterricht erteilen kann... wenn es so jemand gibt. Verdammt, warum sind Kinder nur so unbeschreiblich lästig?«

»Wirst du auch so denken, wenn wir erst mal eigene Kinder haben, Rod?«

Er drückte seine Zigarette aus, trat auf sie zu und umarmte sie. »Prinzessin, warum drücke ich mich immer so ungeschickt aus? Ich liebe dich... und Alasdair ist ein lieber kleiner Kerl. Und ich liebe ihn genauso, wie ich unsere eigenen Kinder lieben werde. Was ich sagen wollte... ich habe ja keine eigenen Kinder, und bis Stacia mir aufgebürdet wurde, habe ich auch nicht geahnt, wieviel Zuwendung Kinder brauchen. Aber du mußt zugeben, daß sie besonders schwierig ist. Alasdair wird sich schnell einleben, du wirst es sehen. Wir werden irgendeine vornehme, alte Dame finden, die auf beide aufpassen kann. Ich werde das Filmstudio um Hilfe bitten. Wir hätten eine von diesen berühmten englischen Nannys in ihren komischen Uniformen mitnehmen sollen. Das hätte hier mindestens soviel Aufregung ausgelöst wie ein englischer Butler.«

»Ich habe das dunkle Gefühl, daß eine englische Kinderschwester keine große Begeisterung bei Stacia ausgelöst hätte. Entweder schickst du sie in die Beverly-Hills-Schule zurück, oder du stellst eine Hauslehrerin an, ganz ohne Unterricht kann sie nicht bleiben. Sie ist intelligent und hat ein rasches Auffassungsvermögen, wenn sie an etwas interessiert ist...«

»Ja, Prinzessin, aber darüber können wir morgen reden, im Moment wünsche ich deine Gegenwart in meinem Bett.«

»Ist es nicht auch mein Bett?«

Er hob ihr Gesicht und küßte sie auf die Lippen. »Es ist unser Bett, hübsche, kleine Närrin.«

Rod nahm Julia auf einen Einkaufsbummel mit. Er kaufte ihr nicht nur Kleider für das Dinner bei den Meadows und für ihre eigene Party, sondern auch für viele weitere Anlässe. Sie protestierte und sagte, sie hätte noch eine Menge Sachen, die Alexandra ihr geschickt habe.

»Ich weiß, ihr hattet Kleiderbezugsscheine und wenig Geld in Sinclair, aber jetzt bist du meine Frau, und ich will nicht, daß du abgelegte Kleider trägst, selbst wenn sie von Mrs. Elliot Forster stammen.« Der leicht eifersüchtige Ton war unüberhörbar. So ging sie mit und schluckte jede kritische

Bemerkung über die übertriebenen Preise und den auffälligen Stil herunter. »Prinzessin, wir sind in Hollywood, der Stadt des Flitters. Du ziehst dich nicht für eine Party in Inverness an. Ja, ich gebe zu, manche Sachen sind ein wenig extravagant, verlaß dich auf deinen guten Geschmack und kauf dir klassische Modelle, das ist dein Stil. Aber gelegentlich mußt du dir auch etwas Ausgefallenes leisten, um zu zeigen, daß du eine Schauspielerin bist und alles mit Grazie tragen kannst.« Als es ans Zahlen ging, merkte sie, daß sie einen erheblichen Rabatt bekam, weil sie Rod MacCallums Frau war; und er ließ keine Gelegenheit aus, den Preis noch mehr zu drücken.

Mit Stacia hatte Rod einen Kompromiß geschlossen: »Du kannst wieder in die Beverly-Hills-Schule gehen, aber sieh zu, daß du bessere Noten bekommst, und treib dich nicht mit Jungens herum und komm pünktlich nach Hause. Wenn nicht, schicke ich dich wieder ins Internat. Du wirst jeden Morgen im Auto in die Schule gefahren und nachmittags wieder abgeholt. Du kannst deine Freunde hierher einladen, solange ihr nicht zuviel Krach und Unordnung macht.«

Stacia war so glücklich, ihre Freunde wiedersehen zu dürfen, daß sie sich sogar aufraffte, ihm zu danken, und versprach, sich beim Unterricht Mühe zu geben.

Das Filmstudio hatte ein freundliches, junges Mädchen namens Jenny aufgetrieben, das gerade das College beendet und einen Schreibmaschinenkurs genommen hatte; sie wurde als Halbtagssekretärin und Hauslehrerin für Alasdair engagiert. Rod hatte bereits an Luisa geschrieben und sie gebeten, eine englische Kinderschwester ausfindig zu machen, die gewillt war, nach Hollywood zu kommen. Rod plante, Alasdair in eine amerikanische Grundschule zu schicken, und Julia hatte nicht widersprochen, doch im stillen beschlossen, ihm eine englische Erziehung zu geben.

Für das Dinner bei den Meadows trug sie ein blaßlila Chiffonkleid, das Rod ausgesucht hatte, und dazu eine goldene Halskette mit einer Perle in einem kleinen Diamantenkreuz –

das Hochzeitsgeschenk von Luisa und ihrem Vater. Rods zwei Ringe blitzten an ihrer Hand. »Du siehst sehr hübsch aus«, sagte er, als sie die Stufen zu Morris Meadows' Tür hinaufgingen, die von einem Butler aufgehalten wurde. »Und jetzt, nachdem du keine rauhen Hände vom Geschirrspülen mehr hast, kannst du dir auch leisten, die Ringe zu tragen.« Sie hatte das unangenehme Gefühl, wie ein teuer erworbener Gegenstand vorgeführt zu werden.

Morris Meadows verbeugte sich leicht vor ihr und nahm ihre Hand. »Ah... die zauberhafte Braut. Gratuliere, Rod. Mrs. Meadows und ich haben uns Ihre Filme angesehen, sehr nett... gut gemacht mit einem so niedrigen Budget. Und Sie haben sogar einen Oscar bekommen, was Rod noch nicht erreicht hat. Nicht etwa, daß wir ihn nicht schätzen... nun, vielleicht klappt's beim nächsten Film. Darf ich Sie jetzt mit meinen Gästen bekannt machen...«

Mrs. Meadows' Innenarchitekt hatte offensichtlich beschlossen, das Haus ganz in Weiß zu halten mit ein wenig Gold hie und da. Julia fand den Dekor genauso unerträglich langweilig wie die Gäste. Sie schienen kein anderes Gesprächsthema als das Kino mit seinen Stars und Starlets zu kennen. Julia begann die Einwände ihres Vaters gegen ihre Übersiedlung nach Hollywood zu verstehen.

Auf dem Nachhauseweg sagte Rod: »Du warst ein großer Erfolg. Der Große Boss hat gesagt, er käme zu unserer Party.«

Rods Haus war für die Party mit Blumen und Girlanden geschmückt. Julia fühlte sich mehr als Gast denn als Gastgeberin, da sie für die Vorbereitungen praktisch nie hinzugezogen worden war. Es war alles sehr teuer und üppig arrangiert mit einer Markise im Garten und einem großartigen kalten Büfett, aber es ging Julia nicht aus dem Sinn, wie sehr Rod unter dem Gedanken leiden mußte, daß Zigaretten auf seinem Teppich ausgetreten werden könnten und unzählige Fußtritte seine Fliesen beschmutzen würden. Die meisten »wichtigen« Leute erschienen, ob aus Neugierde oder

Vergnügungssucht konnte Julia nicht beurteilen. Sie merkte plötzlich inmitten der Musik und der organisierten Fröhlichkeit, daß sie ihre Familie vermißte. Keiner der Anwesenden stand ihr irgendwie nahe, außer Bill und Rita Fredericks, die sie ehrlich gerne mochte. Rod rasselte unendliche Namen herunter, manche waren ihr von der Leinwand her bekannt, andere schienen ihm persönlich wichtig zu sein. Sie lächelte und redete und tat alles, was man von ihr erwartete, aber in ihrem Inneren regte sich Heimweh, das immer stärker wurde. Sie zog sich einen Moment lang in eine stille Ecke zurück. Kaum hatte sie einmal tief Luft geholt, erschien Stacia an ihrer Seite. »Es ist immer das gleiche. Sie lächeln sich an, aber im Grunde genommen können sie sich nicht riechen. Sie schwingen große Reden, aber die meisten wollen etwas verkaufen – ein Drehbuch, ein neues Starlet. Ich hätte mich fast selbst an einen Agenten verkauft, bis ihm bewußt wurde, daß ich noch zur Schule gehe.« Sie trug ein verhältnismäßig unauffälliges Kleid, das Rod für sie ausgesucht hatte, aber es war ihr gelungen, alles andere als unauffällig zu sein. »Ich habe schon gedacht, Rod würde mich auf mein Zimmer verbannen und mir sagen, ich solle meine Schulaufgaben machen. Nun, das hat er wenigstens nicht getan. Du bist übrigens ein großer Erfolg.«

»Woher willst du das wissen?«

»So was weiß ich. Morgen werde ich es auch in der Schule hören, aber ich brauche die Bestätigung der anderen nicht. Die Leute hier sind alle irre Snobs... die fliegen schon auf deinen englischen Akzent. Hat Meadows dir schon einen Vertrag angeboten?«

»Nein.«

»Er wird's wahrscheinlich tun. Und Rod wird einen hohen Preis für dich herausschinden. Du wirst nicht mit einer Starletgage anfangen.«

Julia sah in das junge, reizvolle Gesicht. »Du weißt eine ganze Menge... für dein Alter.«

Stacia zuckte die Achseln. »Rod findet, ich wäre nie jung

gewesen, und er mag recht haben. Wenn du mal etwas über diese Stadt wissen willst, dann frag mich. Ich weiß wirklich eine ganze Menge. « Sie wandte sich zum Gehen. »Und jetzt angle ich mir den bestaussehenden, berühmtesten Kerl und sehe zu, daß er mit mir tanzt. Niemand hier soll Anne Rayner vergessen, sie haben sie, weiß Gott, genug ausgenutzt.«

Ein wenig später sah Julia sie mit einem Mann von fast fünfzig tanzen, dessen Name und Gesicht auf der ganzen Welt bekannt war. Seine Miene verriet nur zu deutlich die Wünsche, die Stacia in ihm erweckte. Eine neue Anne Rayner war geboren.

Die Berichte von John Gunn, der noch immer im Schneideraum in den Pinewood-Ateliers an »Absprung in die Gefahr« arbeitete, klangen positiver, als Rod gehofft hatte. Sie saßen in der Bibliothek, ein Raum, auf den Rod besonders stolz war. Die alten, vergilbten, ledergebundenen Bände waren einzigartig in Hollywood. Er hatte Julia bei ihrem ersten Rundgang durchs Haus erklärt, daß sein alter Freund, Ernie Wilcox, *richtige* Bücher aufgetrieben hätte anstatt der üblichen ledergebundenen Meterware. Er las John Gunns Brief zum zweiten Mal, dann sah er die anderen Briefe durch. Zum Schluß blieb nur noch ein großer Umschlag mit einem Poststempel aus Edinburgh übrig. Julia hatte den Eindruck, daß er das Öffnen absichtlich hinausgezögert hatte. Er ging zu dem schönen, antiken Tisch, breitete die zusammengefalteten Papiere aus und betrachtete sie minutenlang schweigend, dann sagte er: »Willst du sie dir ansehen Julia?«

Sie stellte sich neben ihn und erkannte verdutzt, daß der Aufriß und die dazugehörigen Grundpläne von Sinclair vor ihr lagen. Die vorgeschlagenen Veränderungen waren mit Rotstift umrandet. Rod gab ihr wortlos den beigefügten Brief. Er war von einer bekannten Edinburgher Architektenfirma:

Wie vereinbart muß die Schloßfassade in ihrer alten Form erhalten bleiben. Wir werden nur die bröckeligen Mauern wo nötig reparieren und verstärken. Was die inneren Umbauten anbetrifft – zusätzliche Badezimmer, eine komplette neue Zentralheizung –, so bedarf es noch einer gründlichen Inspektion. Wir bedauern, daß wir Ihnen keinen genauen Kostenvoranschlag geben können, da sich aufgrund des Alters und Zustands des Schlosses unerwartete Probleme ergeben können. Wir hoffen, bald von Ihnen zu hören ...

»Bist du wahnsinnig?« sagte sie. »Warum willst du ein Vermögen für das alte Schloß ausgeben?«
Er zuckte die Achseln. »Du weißt doch, wir wollen auf Sinclair die Sommer verbringen, und ich habe es gerne bequem. Und es kostet kein Vermögen, Prinzessin. Ich habe den Architekten gesagt, sie sollen die Kosten in Grenzen halten und vorerst nur die Mauern reparieren und das ganze Gebäude absichern, damit uns nicht die Steine auf den Kopf fallen...«
»Für mich klingt das wie ein Vermögen, und ein Ende ist nicht abzusehen. Du weißt nicht, auf was du dich da einläßt. Diese alten Schlösser... Rod, die meisten Mauern sind über einen Meter dick, Röhren und elektrische Drähte zu legen...«
»Überlaß das den Architekten, Prinzessin, sie werden dafür bezahlt. Und warum wehrst du dich eigentlich gegen die Verbesserungen?«
»Rod, du schlägst vor, eine Menge Geld auszugeben... nennen wir es ein kleines Vermögen, für einen Besitz, der dir nicht gehört, dir nie gehören wird. Wenn Alasdair volljährig wird, geht das Schloß und das Land an ihn über. Jamies Mutter hatte nur die Nutznießung, denn als ich Jamie heiratete, hat er mir den ganzen Besitz ohne Bedingung vermacht, und wenn Alasdair einundzwanzig ist, werde ich ihm sein Erbe übergeben. Ich will keine zweite Lady Jean werden.«

»Natürlich nicht, Prinzessin, weil du mit mir verheiratet bist. Aber es vergehen noch viele Jahre... viele Sommer, bis der Junge einundzwanzig ist. Willst du denn nicht auch ein wenig Bequemlichkeit haben? Und vielleicht ist Alasdair so nett, uns einzuladen, wenn er der Herr von Sinclair ist.«

Es war ihr Schloß, und ohne ihre Einwilligung konnte mit den Arbeiten nicht begonnen werden. Sie fühlte sich hilflos in dem Netz von Rods Wünschen gefangen. Wie konnte sie sich weigern, ohne ihn zu verärgern, ja vielleicht ihre Ehe zu zerstören? Ein Instinkt warnte sie, nicht nachzugeben, und sie war sich ihrer Schwäche bewußt, als sie sagte: »Nun... wenn du es unbedingt willst, aber die Kosten erscheinen mir viel zu hoch...« Sie fragte sich, was sie aus der Hand gab.

Aber was immer sie ihm gewährte, und es war nur mit Worten, es war nichts verglichen mit dem, was er ihr schenkte. Er ließ seine Anwälte kommen, und eine Woche später erhielt sie eine Überschreibungsurkunde für die Hälfte der »Casa del Sol« und für die Ranch in den Bergen oberhalb von Santa Barbara, die sie noch nicht einmal gesehen hatte. Sie stand daneben, als Rod sein neues Testament unterzeichnete, das sie als Universalerbin einsetzte. »Stacia hat ihr treuhänderisch verwaltetes Vermögen«, sagte er. »Ich will sicher sein, Prinzessin, daß du keine finanziellen Sorgen hast, wenn mir etwas zustoßen sollte.« Sie hatte nach langem Zögern auch zugestimmt, daß er Alasdair adoptierte. »Er soll wissen, daß ich ihn als *meinen* Sohn betrachte. Und wir müssen es tun, bevor wir eigene Kinder haben, damit er weiß, daß er der Erstgeborene ist.« Sie hatte es nicht über sich gebracht, ihm diese Bitte abzulehnen. Er hatte sich schließlich Stacias angenommen, und wenn er vielleicht auch etwas hart mit ihr umging, so machte er sich doch ehrliche Sorgen um sie. Aber sie fragte sich, ob sie nicht zuviel von Alasdairs Unabhängigkeit aufgegeben hatte. Aber Unabhängigkeit von was? Rod hatte nichts als Gegengabe verlangt. Er war bereit, viel Geld in Sinclair zu investieren, von dem er wußte, daß es ihm nie gehören würde. Unter all den vielen Papieren, die sie unterzeichnen mußte, befand sich auch eine Handlungsvollmacht für Rod. Er erklärte ihr, daß er sie benötigte, um bei den Filmstudios für sie verhandeln und einen möglichst günstigen Vertrag für sie herausholen zu können.

Er kannte die Filmwelt, für sie war sie ein Buch mit sieben Siegeln. Sie unterzeichnete die Vollmacht.

Die Tage verflossen gleichmäßig; Julia gewöhnte sich an ihren neuen Lebensrhythmus, sie versuchte, möglichst wenig an England und Schottland zu denken, und konzentrierte sich darauf, eine neue Existenz mit Rod aufzubauen. Sie schickte Alasdair vier Stunden täglich in einen Kindergarten, den Rest der Zeit verbrachte er mit der anziehenden und fröhlichen Jenny. Aber zuweilen war Alasdair, wenn er aus dem Kindergarten heimkehrte, den Tränen nahe, weil die anderen Kinder ihn wegen seines komischen Akzents hänselten.

»Komm, Junge«, sagte Rod, »ich zeige dir, wie man ihnen einen Knuff ins Auge gibt.« Was er tat. Alasdair kam ein paar Tage später mit zerrissenen Kleidern, einer blutigen Wange und einem Beschwerdebrief der Kindergärtnerin zurück. »Ich hab's ihm aber noch schlimmer gegeben«, sagte er. Rod lobte ihn, Julia schwieg. Wenn Rod der Vater sein sollte, den Alasdair nie gehabt hatte, dann würde sie sich in die männlichen Einweihungsriten nicht einmischen.

Stacia verhielt sich ruhig und verbesserte ihre Noten, sogar ihre Manieren, wie sie es versprochen hatte. Gelegentlich brachte sie nachmittags Freunde mit, sie schwammen im Swimmingpool, aßen Kekse und tranken Limonade im kleinen Eßzimmer. »Mir scheint, sie nimmt allmählich Vernunft an«, sagte Rod. »Und das ist natürlich nur dir zu verdanken, Prinzessin.« Julia hatte eher den Eindruck, daß Stacia sich so vorsichtig verhielt, weil sie begriffen hatte, daß jedes Auflehnen gegen Rod nur Strafen und Verbote nach sich zog. Sie aß mit ihnen zu Abend und beteiligte sich sogar an der Unterhaltung. Wenn sie Gäste hatten, erlaubte Rod ihr dabeizusein, vorausgesetzt, sie hatte ihre Schularbeiten gemacht. Sie reichte Getränke und Kaffee herum, und ihr Schmollmund lächelte jetzt öfter. Aber Julia konnte keine echte Freude, keine Zufriedenheit hinter diesem Lächeln entdecken.

John Gunn legte ihnen die endgültige Fassung von »Absprung in die Gefahr« vor. Sie sahen sich den Film voller Nervosität an, aber fanden zum Schluß, daß er gelungen war. Morris Meadows äußerte sich so begeistert, wie seine Natur es zuließ. »Großartig ist er nicht, aber auch nicht übel.« Er spornte seine Autoren an, ein neues Drehbuch für Rod zu schreiben. Während er auf eine neue Rolle wartete, zahlte ihm das Filmstudio ein großzügiges Gehalt.

An einigen Wochenenden fuhren sie zu der kleinen Ranch in den Santa-Inez-Bergen. Das Haus war relativ klein, aber es war umgeben von sehr viel Land, das Rod gehörte. Es war ein karges, unfruchtbares Gelände, aber Rod schien es zu lieben. Er hielt sich ein paar Pferde, die er bei Nachbarn untergestellt hatte, auch hatte er sein Versprechen eingehalten und ein Pony für Alasdair gekauft. Alasdair war glücklich darüber. Rod hatte ihn in dieselbe Reitschule geschickt, in der Stacia gewesen war. Alasdair hatte großen Spaß am Reiten und machte schnell Fortschritte. »Er macht sich«, sagte Rod. Der Junge strahlte über das Lob. Stacia wirkte viel ausgeglichener auf der Ranch als in Hollywood und hatte sogar einige Bücher zum Lesen mitgebracht. Als Rod und Julia am Abend vor dem Kaminfeuer saßen, sagte er: »Wir mögen die gleichen Dinge, Prinzessin. Anne haßte die Ranch, sie war zu weit weg von Hollywoods Glitzerwelt.«

Aber die Glitzerwelt gehörte auch zu ihrem Leben. Sie mußten zu den üblichen Parties gehen, ob sie die Gastgeber mochten oder nicht. Julia lernte allmählich, daß das Filmstudio Rod befehlen konnte, auf ein Fest zu gehen, wenn der Große Boss es notwendig fand. Es war ein Teil seines Vertrags. Eines Tages Ende Mai kam er mit einem besorgten

Ausdruck von einer Besprechung mit seinem Agenten, Phil Westin, zurück.

»Es ist passiert... ich hab es vorausgesehen. Meadows will uns beide in einem Film herausbringen. Frag mich nicht, was für ein Film es ist, sie haben noch nicht mal das Drehbuch geschrieben. Aber der Große Boss findet, du hättest einen hohen Reklamewert, und davon müsse man profitieren. Aber ich werde dir einen guten Vertrag verschaffen, darauf kannst du dich verlassen.«

Das Studio verlangte, daß sie und Rod auf eine Werbetour gingen, wenn »Absprung in die Gefahr« in die Kinos käme.

Für Julia war es eine Tortur. Sie hetzten von Stadt zu Stadt, bei jeder Uraufführung mußte sie ein anderes Kleid tragen, untadelig frisiert sein und ewig lächeln. Die Kritiker reagierten unterschiedlich, aber die meisten lobten Rod, daß er aus der Schablone ausgebrochen war, in die man ihn gepreßt hatte. Er war, wie Julia gefürchtet hatte, am schwächsten, wenn er seine Männer gegeneinander ausspielen mußte, aber sobald Action verlangt war, übertraf er sich selbst. Er wurde wieder zu dem Studio-Idol, das er zu Zeiten seiner Kriegsfilme gewesen war. Claire Avery war offensichtlich eine Fehlbesetzung. John Gunn hatte die Aufnahmen von Stacia auf ihrem wilden Ritt auf Cat eingefügt, eine graziöse, kühne Gestalt in der Ferne, mit wehendem blonden Haar, ihr Gesicht war nicht zu erkennen, man konnte sie durchaus für Claire Avery halten. Rod hatte darauf bestanden, daß Stacias Name auf der Liste der Darsteller erschien, sie stand ganz am Ende als »Mädchen auf dem Pferd«. Sie bekam eine kleine Gage und war hochbeglückt. Das einzige, was Julia freute, war die Angabe: »Dieser Film wurde ausnahmslos auf Schloß Sinclair in Schottland gedreht.«

Die Einnahmen waren zufriedenstellend, aber nicht sensationell. Das Film-Magazin »Variety« war voll des Lobes für Rod, der den Mut gehabt hatte, ohne den finanziellen Rückhalt des Studios den Film zu drehen, und stellte allerhand Vermutungen über seine Zukunftspläne an.

»Sie dürfen über meine Zukunftspläne Bescheid wissen, ich fahre mit meiner Frau nach Schottland. Es wird Zeit, daß wir uns ansehen, was die Architekten gemacht haben. Das Studio hat gesagt, das Drehbuch wäre spätestens im September fertig. Laß uns also einen schottischen Sommer genießen.«

Sie machten eine Stippvisite bei Alexandra und Elliot, dann fuhren sie nach London, wo die Presse sie erwartete. Rod war etwas mißmutig, weil er mindestens zwei Tage in Anscombe verbringen mußte. Michael und Luisa empfingen sie herzlich, Alasdair und Johnny liefen sofort zu den Ställen, um Prinzessin Cat zu begrüßen. Das Pony würde mit ihnen nach Norden reisen.

»Cat wird es gar nicht gefallen«, sagte Michael. »Sie ist an die Gesellschaft von Taffy gewöhnt. Sie ist ein temperamentvolles, verwöhntes kleines Biest, weil sie so viel auffälliger als Taffy ist.«

»Ich habe es dem Jungen versprochen...« sagte Rod. Julia spürte, daß er sich ihrem Vater gegenüber leicht unterlegen fühlte wie so viele Filmschauspieler, wenn sie Schauspieler trafen, die die Bühnen- wie auch die Filmkunst beherrschten. Michael und Luisa hatten eine überzeugende Ausrede, warum sie sich »Absprung in die Gefahr« noch nicht angesehen hatten. »Michael arbeitet die ganze Woche über und hat nur sonntags frei. Sein Stück läuft unerwartet lang...«

Julia hatte gehört, daß ihr Vater erneut Triumphe feierte und in Verhandlung mit einem Broadway-Theater stand. Es war ein Erfolg, von dem Rod vermutlich träumte, der aber unerreichbar für ihn war. Er verdiente viel mehr Geld als ihr Vater, aber er würde nie das erhebende Gefühl kennenlernen, vor einem Publikum zu spielen.

Am Sonntag kamen Connie und Ken mit ihren zwei Kindern zu Besuch. Clive konnte schon gehen und sah ungemein zielbewußt aus. Er war groß für sein Alter und schlug seinem Vater nach, aber beide Kinder hatten einen Hauch von der Grazie und Schönheit ihrer Mutter geerbt. Da es Juni war, mußte der Rosengarten in allen Einzelheiten inspiziert werden. Michael blieb vor jedem Rosenstrauch stehen, nannte den Namen und erklärte seine Vorzüge und Schwächen.

»Wir hatten nicht *einen* friedlichen Sommersonntag«, beschwerte sich Luisa. »Immer kamen Rosenliebhaber und wollten mit Michael sprechen.«

Während Connie und Luisa den Tisch deckten, ging Julia zu Stella und der Köchin in die Küche. Beide fragten sie über Hollywood aus. Julia hatte Fotos von ihrem Haus mitgebracht. War es wirklich so anders dort? Konnte man tatsächlich im Sommer baden? Stacia saß dabei, aber sagte wenig. Alasdair und Johnny wurden von Brenda Turnbull und Jenny gebadet, Rod hatte darauf bestanden, das junge Mädchen mitzunehmen. »Ich will mit dir allein sein können, das Kind hat kein Recht, dich die ganze Zeit in Beschlag zu nehmen.«

»Während der Woche ist es manchmal sehr einsam hier«, sagte Stella zu Julia. »Ich hoffe, du schickst Alasdair auf eine englische Schule, er kann doch nicht in Hollywood aufwachsen?«

»Wir werden sehen«, sagte Julia ausweichend.

»Er *darf* nicht in Hollywood aufwachsen«, warf Stacia unerwartet heftig ein.

Sir Niall und Janet erwarteten sie am Bahnhof von Inverness. »Ich habe Sie sehr vermißt«, sagte er schlicht, seine Worte schienen alles einzuschließen. Janet kniete vor Alasdair nieder. »Du bist aber mächtig gewachsen. Schön, daß du für deinen fünften Geburtstag zu Hause bist.« Sie umarmte Julia zum allerersten Mal. »Es war ein langer, einsamer Winter ohne Sie, Mrs. Sinclair...« Dann errötete sie. »Verzeihung, Mrs. MacCallum. Wir alle hier haben Ihren Film gesehen, Mr. MacCallum. Das Schloß kam großartig zur Geltung.«

»Das Schloß war der Star des Films, vielleicht können wir daraufhin ein paar Postkarten verkaufen«, sagte Rod lachend.

Die Kerr-Familie war vollständig im Hof versammelt, um sie willkommen zu heißen. Sogar die ernste Mrs. Kerr lächelte erfreut. »Ich habe es zuerst nicht glauben wollen, daß Sie so bald zurückkommen. Das Schloß ist in einem ziemlich chaotischen Zustand, aber Mr. MacCallum weiß ja Bescheid...« Die drei Hunde Rory, Duuf und Angus begrüßten sie freudig, aber nicht so stürmisch wie früher, ihre schwarzen Schnauzen waren fast weiß geworden.

Sie blickten an den Gerüsten der zwei Türme hoch. »Es war auch an der Zeit«, sagte William Kerr, »sie waren gefährlich baufällig. Vielen Dank übrigens, Mr. MacCallum, für den Anbau an unserem Haus. Wir haben jetzt einen richtigen kleinen Palast.«

Julia hatte den Plänen nicht entnommen, daß Rod auch das Haus der Kerrs hatte umbauen lassen. Gelegentlich war er unerwartet großzügig. Und dennoch beschlich sie ein unbehagliches Gefühl: Mit jeder dieser Gesten machte er sich mehr und mehr zum Herrn von Sinclair, so wie er im Haus in Beverly Hills die einzige Autorität war, der alleinige Besitzer, dem die Dienstboten gehorchten. Instinktiv legte sie ihren Arm um Alasdair, als sie durch die Doppeltüren das Schloß betraten.

In der großen Halle reichte das Gerüst bis zum Dach. »Sie haben Trockenfäule in den Balken gefunden, Mr. MacCallum, und dann haben die Architekten natürlich große Schwierigkeiten mit den Wasserrohren und den elektrischen Leitungen. Wir haben erst mal die Reparaturen in der Küche und den Badezimmern zurückgestellt, sonst hätten Sie es zu unbequem gehabt...« Er fuhr mit seinen Erklärungen fort, bis sie in den Speisesaal kamen.

Auch hier reichten zu Julias Bestürzung die Gerüste bis zur Decke. Ein Teil des Raums war mit Leinwand verhangen. »Ich glaube, es wäre am besten, wenn Sie im Zimmer der Haushälterin essen und die Bibliothek als Wohnraum benützen. Bis dorthin sind die Arbeiter noch nicht vorgedrungen. Und machen Sie sich keine Sorgen um die

Bilder, Mrs. MacCallum, die haben wir bei uns untergestellt, und das Silber hat Sir Niall in seinen Banksafe gebracht.«

»Sieht schlimm aus hier, nicht wahr?« sagte Sir Niall. »Aber was kann man anderes erwarten. Diese alten Schlösser... man weiß nicht, was da alles für Schäden zum Vorschein kommen. Ich habe genug Mühe, mein eigenes Haus in einem guten Zustand zu erhalten, und es ist einige hundert Jahre später als Sinclair gebaut. Nun, es ist Ihr Geld, Mr. MacCallum, und ich wünsche Ihnen viel Erfolg, ich hätte den Mut nicht aufgebracht.«

Kate und die Kerrs hatten die Koffer auf die verschiedenen Zimmer verteilt. Julia und Rod würden im Roten Turmzimmer wohnen. Rod hatte strikte Anweisung gegeben, daß die viktorianische Holzverkleidung im Badezimmer und die ursprünglichen Porzellanlavabos beibehalten werden sollten. Stacia war im Culloden-Zimmer untergebracht, und Alasdair würde im Erdgeschoß in dem Zimmer neben Janet schlafen. All dies hatte Rod im voraus arrangiert. Nur für Jenny war nichts vorgesehen. »Ach, Miss«, sagte Janet, »Kate wird bei den Kerrs übernachten, und Sie können ihr Zimmer haben. Sie müssen sich nur das Badezimmer mit Alasdair und mir teilen, wenn Ihnen das nichts ausmacht.«

»Natürlich nicht.« Es war das erste Mal, daß Jenny etwas sagte, seit sie über die Zugbrücke gefahren waren, und sie war sonst nicht auf den Mund gefallen, aber der Anblick von Schloß Sinclair hatte ihr die Sprache verschlagen. Jetzt sprudelte es aus ihr hervor: »Ich habe ›Absprung in die Gefahr‹ sechsmal gesehen, aber ich habe nicht erwartet, daß das Schloß *so echt* ist. Es ist größer und doch wieder kleiner, als ich gedacht habe.« Sie kamen zu Kates Zimmer, das Jenny bewohnen sollte. Julia schnappte kurz nach Luft, als sie es sah. Ein samtgrüner Teppich lag auf dem Fliesenboden, die Wände waren hellgrün gestrichen, an den Fenstern hingen hübsche Chintzvorhänge, ein Lehnstuhl war im gleichen Muster bezogen, und auf dem Bett lag eine Chintz-Bettdecke.

Ein kleiner, antiker Toilettentisch stand vor dem schmalen Fenster, von dem aus man durch die Lücke zwischen dem Kerr-Haus und den Ställen ein kleines Stückchen See sehen konnte. »Oh... es ist... sehr hübsch«, rief Jenny aus. Die Veränderung von Kates Zimmer verblüffte Julia.

Die nächste Überraschung harrte ihrer im Zimmer der Haushälterin. Sie hatte die altvertraute, gemütliche Schäbigkeit erwartet, statt dessen sah sie sich mit einer bunten Mischung aus Sinclair- und MacCallum-Schottenmustern konfrontiert. Der Teppich und die Vorhänge waren in dem überwiegend rotfarbenen Sinclair-Muster gewebt, während die Sofas, Sessel und sogar die Kissen auf den Eßzimmerstühlen mit dem grünen MacCallum-Schottenmuster bezogen waren. Die Wände waren wie in Kates Zimmer ebenfalls frisch gestrichen. Ein Feuer brannte im Kamin, zwei geschliffene Kristallkaraffen aus dem Speisesaal standen jetzt mit Gin und Whisky gefüllt auf einem Silbertablett auf einem antiken Klapptisch, den Julia weder in diesem Zimmer noch in den anderen Räumen je gesehen hatte. So viele Veränderungen! Ohne sie um Rat zu fragen...

Rod sah sie erwartungsvoll an. »Besser, Prinzessin? Ein wenig bequemer, nicht wahr? Nächstes Jahr wirst du standesgemäß in den großen Räumen leben.«

Sir Niall blieb zum Abendessen, aber nur nach wiederholten Bitten. Er verhielt sich Julia gegenüber zurückhaltender als früher, wohl aus Rücksicht auf Rod. Er erzählte ihnen die letzten Neuigkeiten aus der Nachbarschaft. »Allan Macpherson ist gestorben, Kirsty hat einen Macdonald of Clanranald geheiratet. Er hat eine Whiskybrennerei auf den Western Isles, aber sie hat sich geweigert, auf die Insel zu ziehen, ich kann sie gut verstehen. Wie war es in Anscombe? Was machen die Rosen?« Jenny hatte Alasdair gebadet und ihn zu Bett gebracht in dem an das ihre grenzenden Zimmer, das noch nicht renoviert war. Julia ging zu ihm und küßte sein schläfriges Gesicht. »Morgen kannst du auf Prinzessin Cat ausreiten.«

»Bleiben wir jetzt für immer hier, Mami?«

»Nein, nicht für immer, aber wir kommen sehr oft hierher zurück.«

Sie saßen mit einem Whisky vor dem Kamin, die Müdigkeit des Tages war verflogen. »Nett, wieder hier zu sein«, sagte Stacia. »Ich hoffe, die Leute haben den Unfall mit Cat vergessen. Es *war* ein Unfall.«

»Machen Sie sich keine Sorgen, Mädchen«, sagte Sir Niall. »Unfälle gibt es immer, aber dieser hätte für Sie tödlich ausgehen können.« Er stand auf. »Ich wünsche allerseits eine gute Nacht, ich habe bereits zuviel von Ihrer Zeit in Anspruch genommen. Kommen Sie morgen abend zu mir zum Essen? Kirsty plant eine große Willkommensparty für Sie am Sonntag abend. Sie wird Sie noch anrufen. Bei mir bekommen Sie nur ein sehr bescheidenes Mahl...«

»Wir freuen uns darauf«, sagte Rod, »vielen Dank.«

Später, als Julia im Roten Turmzimmer in Rods Armen lag, sagte sie: »Im Zimmer der Haushälterin waren die Möbel mit dem MacCallum-Muster bezogen, aber du heißt doch McBain.«

Sie fühlte, wie sein Körper steif wurde. »Ich habe dir gewisse Dinge erzählt, weil ich dir vertraue. MacCallum ist mein offizieller Name, und dabei bleibt es. Oder glaubst du etwa, dieses verdammte Clan-System sei gerecht? Sie haben alle den Namen der Ritter angenommen, die sie in die Schlachten führten, und sie wurden zum Kämpfen gezwungen, ob sie wollten oder nicht. MacCallum – McBain, wen geht's was an? Vielleicht war meine Mutter eine MacCallum. Das Ganze ist doch ein großer Unsinn.«

»Aber du hängst an der Tradition. Die vielen Schottenmuster unten beweisen es.«

Er gähnte. »Warum nicht? Es ist amüsant, nicht wahr? Niemand kann es mir verbieten.« Julia war es schon lange aufgefallen, daß Jamies Bruder Callum geheißen hatte. Hatte sich Rod diesen Namen etwa auch angeeignet?

Der Sommer verging, es gab herrlich sonnige Tage und Tage voll prasselnden Regens. Kirstys Mann, Douglas Macdonald, lieh ihnen Pferde, und bei gutem Wetter ritten sie durch den Wald oder picknickten an ihren Lieblingsplätzen. Rod hatte einen alten amerikanischen Militärjeep gekauft, der sie in schwer erreichbare Gegenden brachte. Der überwucherte Schloßgarten störte Rods Ordnungssinn, er stellte zwei Gärtner an, um ihn herzurichten. »Ich kann sie nicht bezahlen, Rod.«

»Wer hat dich darum gebeten? Ich habe sie engagiert. Sie sind nicht von der Gutsverwaltung angestellt.« Ein Landschaftsgärtner wurde beauftragt, den Garten neu zu bepflanzen, allerdings mit dem Vorbehalt, seinen Stil und Charakter zu bewahren.

Nach diesem Auftrag und mehreren Besprechungen mit den Architekten versuchte Julia noch einmal, gegen das viele Geld, das Rod ausgab, zu protestieren. »Schweig schon, Julia«, sagte Rod barsch, »ich gehe nie Verpflichtungen ein, die ich nicht einlösen kann. Ich gehöre nicht zu der Sorte von Männern, die nicht wissen, wo das Geld herkommt und wo es hingeht. Ich weiß, ich stehe im Ruf, ein Geizkragen zu sein, aber das kommt nur daher, daß ich darauf bestehe, jede Rechnung nachzuprüfen. Meinst du, ich lasse es zu, daß Maria und José zwanzig Vettern und Kusinen auf meine Kosten ernähren? Ohne mich! Als ich anfing, viel Geld zu verdienen, habe ich es gut und solide investiert. Ich bekomme eine hübsche Summe an Zinsen außer meinem Gehalt. Ich bin ein typischer Schotte, wenn es um Geld geht.«

»Warum gibst du es dann für Sinclair aus? Es wird dir nie gehören. Und diese alten Steine zahlen keine Dividenden.«

»Ich weiß, aber das Schloß ist eine Art Hobby für mich wie der Rosengarten für deinen Vater.«

»Vaters Rosengarten kostet einen Pappenstiel im Vergleich zu Sinclair, abgesehen davon hat Vater eine reiche Frau geheiratet.«

»Reich bin ich auch, und ich habe eine wunderschöne

Frau geheiratet, die mich für all die harten Jahre und die unbedeutenden Filme, die ich gemacht habe, entschädigt. Vielleicht will ich ihr ein Märchenschloß schenken, vielleicht will ich endlich so leben, wie es einem Millionär zusteht. Ich werde bald vierzig, Julia. Auf was warte ich noch?«

Als wollte er seine Worte unter Beweis stellen, ließ er sich aus London einen Rolls-Royce kommen. Stacia war begeistert, Julia eher entsetzt. »Rod, das paßt doch gar nicht zu dir. Was willst du mit einem Rolls hier anfangen?«

»Herumfahren. Er sollte schon fertig sein, als wir in London ankamen, aber man hat mir gesagt, daß Spezialanfertigungen eine lange Zeit brauchen. Wir werden in ihm nach London zurückfahren und ihn dort bis nächsten Sommer unterstellen.«

»Du bist verrückt geworden.«

Er schüttelte den Kopf. »Nein, erinnerst du dich an das Bibelwort: ›Jedes Ding hat seine Zeit‹? Vielleicht ist jetzt für mich die Zeit gekommen, damit aufzuhören, jeden Cent zu sparen. Ich habe mir alles hart erkämpft, aber plötzlich ist mir klargeworden, daß man Geld nicht nur anhäufen, sondern auch ausgeben kann.«

Rod lud seinen Schauspiellehrer, Ernie Wilcox, für eine Woche ein. Er war ein kleiner, müde aussehender Mann, der rührend bemüht war, jünger auszusehen, als er war. Er geriet beim Anblick von Schloß Sinclair in Ekstase. »Wie wundervoll für dich, Rod, so etwas zu haben! Es entspricht ganz deinem Image. Wenn die Reparaturen gemacht sind, mußt du mir gestatten, daß ich mich mit den Architektur- und Innendekoration-Magazinen in Verbindung setze. Sie werden sich darum reißen, das Schloß zu fotografieren.« Er borgte sich einen Schutzanzug aus und kletterte das Gerüst hoch, um die Reparaturen zu begutachten. »Sie leisten erstklassige Arbeit, wenn sie erst mal fertig sind, wird das Schloß noch ein paar weitere Jahrhunderte existieren.« Am meisten begeisterte ihn die Bibliothek, sie war zwar schäbig, und die ledergebundenen Bände bedurften dringend der Restaurierung, aber er bemerkte mit Kennermiene: »Sie haben einige sehr schöne und wertvolle Erstausgaben hier.« Julia hielt tagsüber das Kaminfeuer in der Bibliothek in Gang, da es der einzig benutzbare Raum außer dem Zimmer der Haushälterin war. Der Salon war noch nicht in Angriff genommen worden und war daher feucht. Wilcox äußerte sich nur sehr knapp über das Zimmer der Haushälterin. »Ja, sehr gemütlich.« Später, als er mit Julia allein war, sagte er augenzwinkernd: »Ein Übermaß an Schottenmustern, nicht wahr? Aber im großen ganzen hat er viel Geschmack bewiesen. Ich bin stolz auf Rod. Als er zu mir kam, war er ein ungehobelter Bauernbursche, aber er wollte *lernen,* nicht nur eine ordentliche Aussprache, sondern auch Manieren... nun, einfach *alles.* Ich habe ihm so viel beigebracht, wie ich konnte, und wir sind gute Freunde geworden.«

Stacia begrüßte Wilcox freudig. Bei einem anderen privaten Gespräch mit Julia sagte er: »Das arme Kind, sie hatte es schwer nach dem Tod ihrer Mutter. Ich war der einzige Mensch, mit dem sie sprach, und auch mir sagte sie nur wenig. Wir fuhren stundenlang in meinem Auto umher...«

Nach einer Woche fuhr er wieder ab. »Vielen Dank, Rod, und ich werde meine Woche in London sehr genießen.« Er küßte Julias Hand. »Die Rolle der Schloßherrin paßt gut zu Ihnen. Sie gehören nach Schottland und nicht nach Beverly Hills. Doch wir sind nicht Herr unseres Schicksals.« Zu Stacia sagte er: »Ich erwarte Sie zu Ihren Schauspielstunden, sobald Sie zurück sind. Vergessen Sie nicht Ihre Atemübungen.«

»Eine Woche in London?« fragte Stacia, nachdem er abgefahren war. »Hast du ihm die Reise und eine Woche in London spendiert?«

Rod zuckte die Achseln. »Warum nicht? Er wird nicht in einem teuren Hotel absteigen, und er hat noch ein paar alte Freunde in London. Er ist dort geboren, erinnerst du dich?«

»Nein, ich habe ihn nie gefragt. Wird er mir wirklich Unterricht geben, wenn wir zurückkommen?«

»Da du unbedingt zum Film willst, scheint es mir keine schlechte Idee, wenn du dir eine Grundlage verschaffst. Er ist ein guter Lehrer. Was ist übrigens mit deinen Ballettstunden? Willst du sie nicht wieder aufnehmen? Nicht etwa, daß du je eine Ballettänzerin wirst, aber es wird deiner Haltung guttun. Der Seitenblick unter gesenkten Wimpern ist sehr sexy in einer Großaufnahme, aber du mußt auch lernen, dich mit Grazie zu bewegen.«

»Du tust eine Menge für sie«, sagte Julia später, »aber warum stellst du es immer so hin, als sei es eine Strafe?«

»Meine Idee ist, ihre Tage mit Schule, Schauspiel- und Ballettunterricht auszufüllen, damit sie dann nicht mehr die Energie hat, sich mit Jungens herumzutreiben. Und, weiß der Himmel, vielleicht wird doch einmal etwas aus ihr.«

Sie küßte ihn. »Du bist ein eigenartiger, sehr liebenswerter Mann, aber warum hast du so Angst, jemandem deine Zuneigung zu zeigen? Mir scheint, trotz aller Auseinandersetzungen magst du Stacia sehr gern.«

Sie verließen Sinclair Ende August. Zwei Tage verbrachten sie in Luisas Londoner Haus, dann fuhren sie nach Anscombe. Michael plante, im Oktober in New York aufzutreten. Er sagte: »Die Gewerkschaften machen Schwierigkeiten: Mich haben sie akzeptiert, aber die anderen Schauspieler nicht. Kommt ihr zur Premiere?«

»Wir filmen«, sagte Rod hastig. »Wir sollen Anfang September beginnen. Ich habe das Drehbuch nicht gesehen, es ist speziell für Julia und mich geschrieben worden. Sie hat einen Zweijahresvertrag bekommen und kriegt die höchste Gage, die einem Neuankömmling je zugestanden wurde.«

»Ich muß sagen, Julia, du hast einen energischen Mann an deiner Seite.«

Alasdair hatte sich tränenreich von Prinzessin Cat verabschiedet, andrerseits hatte es ihm aber auch Spaß gemacht, vor Johnny mit seinen Reitkünsten anzugeben, der zwar sein Freund, aber auch ein Rivale war. Sie fuhren zurück nach

London, wo Luisa in ihrem Haus eine Abschiedsparty gab, zu der sie einige ausgewählte Journalisten eingeladen hatte, was Rod sehr schätzte. David war ebenfalls da. Er sah ein wenig besorgt aus, als er einige Minuten mit Julia allein sein konnte. »Ich hoffe, Liebling, das Drehbuch ist wirklich *gut*. Das ist ungemein wichtig, weil es so lange her ist, daß du in einem Film mitgemacht hast. ›Absprung in die Gefahr‹ hat mir nicht sehr gefallen, ich frage mich, ob Rod ein Drehbuch richtig beurteilen kann. Das Studio will natürlich den größtmöglichen Nutzen aus eurer Heirat ziehen – durchaus verständlich! Aber ich wünschte, ich könnte das Drehbuch sehen, bevor ihr zu filmen anfangt.«

»Mach dir keine Sorgen, David. Rod will nur das Beste für mich.«

»Daran zweifle ich keinen Moment. Aber ich frage mich eben... nun ja, es ist nicht so wichtig. Ich bin froh, daß du wieder eine Filmrolle hast, ich wünschte nur, daß ich mich wie früher um dich kümmern könnte. Aber die Ehe bekommt dir...«

Connie und Ken waren auch erschienen. Connie berichtete strahlend, daß Ken befördert worden war. »Er ist natürlich noch ein kleiner Fisch, aber verhältnismäßig jung für diesen neuen Posten, und die Gehaltserhöhung ist uns auch sehr willkommen.« Sie lachte. »Reich werden wir nie sein. Beamte werden nie zu Millionären. Wir bauen zwei Zimmer an. Mr. Warren sagt, Ken bräuchte ein eigenes Arbeitszimmer. Er wird nicht ruhen, bis das Haus so groß ist, wie es früher war.«

»Sehnst du dich gelegentlich nach einem eigenen Haus?« fragte Julia sie.

Connie sah leicht schockiert aus. »Aber Ken und seine Familie ist alles, was die beiden Alten haben. Mrs. Warren ist ganz närrisch mit ihren Enkelkindern, und es ist auch viel sparsamer, wenn wir alle zusammen wohnen, das Essen, die Heizung – alles kommt billiger. Nein, ich bin mit dem Arrangement sehr zufrieden, ehrlich, Julia. Es ist viel einfacher, einen Haushalt statt zwei zu führen, und Mrs. Warren mischt sich nie ein. Zu allen meinen Vorschlägen sagt sie immer nur ›Ja, meine Liebe‹.«

»Ich hoffe, du stellst nicht in ein paar Jahren fest, daß du dein Leben an ein ältliches Ehepaar vergeudet hast...« Sie hielt inne, als sie den ärgerlichen Ausdruck auf dem Gesicht ihrer sonst so heiteren Schwester sah.

»Bis Rod auf der Bildfläche erschien, warst auch du gewillt, in diesem verfallenen Schloß auszuharren, bis Alasdair alt genug sein würde, es zu übernehmen. Das nenne *ich* ein vergeudetes Leben. Aber selbst wenn Rod Sinclair zum bequemsten Schloß im ganzen Vereinigten Königreich macht, ist der alte Kasten immer noch eine Belastung. Ich würde meinen kleinen, gemütlichen Haushalt um nichts in der Welt mit deiner kalten Pracht eintauschen. Ich weiß, Ken und ich wirken sehr kleinbürgerlich, verglichen mit all dem...« Sie wies auf die elegant eingerichteten Räume, die mondänen Gäste, das reichhaltige Büfett und die vielen berühmten Gesichter. »Weißt du was? Ich glaube, Ken und ich sind glücklicher als die meisten Menschen. Wir wissen zumindest, wer wir sind und was wir wollen.«

Zum ersten Mal in ihrem Leben sah Julia, wie ihre Schwester sich ärgerlich von ihr abwandte. Sie blieb einen Moment bewegungslos stehen und versuchte, ihre Umgebung mit Connies Augen zu sehen. Connies Welt war von einer so felsengleichen Sicherheit, daß Julia sie fast beneidete. Sie blickte auf die Ringe an ihren Fingern, auf das teure Modellkleid, das sie trug, Connie würde solchen Luxus niemals wollen. Sie würde sich keine Sorgen machen, wenn die ersten Falten sich in ihrem Gesicht zeigten oder wenn ihr Haar ergraute. Sie würde immer schön sein, sie würde immer von Ken geliebt werden. Julia begriff, daß diese Erfahrung ihr nie zuteil werden würde.

11

Sie kehrten im Flugzeug nach Los Angeles zurück – immer mehr Menschen benutzten neuerdings dieses viel schnellere Verkehrsmittel. Alasdair war zappelig vor Aufregung über seinen ersten Flug und völlig erschöpft bei der Ankunft. Jenny trug ihn sofort ins Bett.

Sauber gebundene Exemplare des Drehbuchs erwarteten sie. »Wir nehmen uns morgen lieber den Tag frei, um das Ding durchzulesen. Hast du übrigens den Zahlungsbeleg in der Post gefunden?«

»Ich erinnere mich nicht, einen Vertrag unterschrieben zu haben.«

»Ich habe ihn für dich unterschrieben. Erinnerst du dich nicht, du hast mir doch die Vollmacht gegeben.«

»Habe ich das?« Sie erinnerte sich nur zu gut. Sie hatte seitdem oft darüber nachgedacht, aber es war offensichtlich ein harmloses Dokument, und Rod hätte sich geärgert, wenn sie es nicht unterschrieben hätte. Sie hatte ihm damit natürlich viel Macht in die Hände gegeben, aber die Hände hatten sich als sehr großzügig und geschickt erwiesen. »Ja... ja, du hast ganz recht.« Sie sah die Belege genauer an. »Großartig!« rief sie aus und lächelte, aber sie fühlte ein unerklärliches Unbehagen. Warum nur? Hatte er ihr nicht die Hälfte seines Besitzes überschrieben und die Verantwortung für ihr Kind übernommen? Sie dachte, wie willig Connie sich allen Wünschen Kens unterwarf. Aber was hätte Alexandra an ihrer Stelle getan? Sie hatte den Verdacht, Alexandra hätte gewartet und sehr lange nachgedacht, bevor sie unterzeichnet hätte. Und bestimmt hätte sie nie ein Papier unterschrieben, das sie nicht genau durchgelesen hatte. Welche Rechte hatte sie, Julia, in diesen ersten verliebten Tagen voll der Küsse und dem süßen Duft der Blumen eigentlich aus der Hand gegeben?

Als sie das Drehbuch durchgelesen hatte, war sie voller Zweifel, ob man daraus einen Film machen könnte. Aber Rod schob ihre Einwände beiseite. »Zum Teufel, Julia, alle Drehbücher lesen sich wie der größte Mist.«

»Es ähnelt ›Absprung in die Gefahr‹ viel zu sehr.« Es war die Geschichte eines amerikanischen Fliegers, der nach der Flucht aus einem deutschen Gefangenenlager mit Hilfe der französischen Partisanen Unterschlupf auf einem Bauernhof gefunden hatte, dessen Besitzerin eine junge Witwe, Julia, war. Sie versteckte ihn wochenlang und befürchtete täglich, daß ihr Haus von der Gestapo durchsucht werde. Der Amerikaner schlief im Keller, verborgen hinter einem Regal mit Weinflaschen. Er und Julia verliebten sich natürlich ineinander. Schließlich machte er sich auf den Weg zur spanischen Grenze, nicht wissend, daß sie schwanger war. Er versprach ihr, nach Kriegsende wiederzukommen, wurde aber von den Deutschen erwischt. Und Julia wurde ins Konzentrationslager transportiert; Rod, der amerikanische Flieger, saß in Einzelhaft in dem Gefängnis des Lagers, aus dem er geflohen war.

Julia war sich bewußt, daß ein großer Teil des Drehbuchs in der Wirkung von der gleichen emotional bedrückenden Stimmung abhing wie in »Absprung in die Gefahr«. Also genau die Ambiguitäten, die nicht Rods Stärke waren. Es würde daher ihr überlassen bleiben, die seelische Spannung in diesen Szenen zu vermitteln. Und damit, vermutete sie, rechneten die Autoren auch.

»Es wird schon klappen«, sagte Rod, »ein paar Änderungen hier und da ... wir haben einen guten Regisseur: Hank Humphries, er ist einer der besten.«

Sie lernte, wie man in Hollywood Filme macht – vorwiegend auf riesigen Schallbühnen, auf denen man offensichtlich alles vortäuschen kann. Die Hundekampfszene, während der der Flieger verwundet wurde, entnahm man einem alten Filmstreifen, das Gefangenenlager war schon in Dutzenden anderer Filme verwendet worden. Julia wunderte sich, daß sie für die Außenaufnahmen bis nach Ostkanada fuhren, nur weil dort die Bäume, Hecken und Zäune ein wenig anders aussahen als in Kalifornien. »Wäre es nicht viel einfacher, gleich nach Frankreich zu fahren?« fragte sie.

»Das gäbe Schwierigkeiten mit den französischen Gewerkschaften, Julia«, antwortete ihr Hank Humphries. »Aber ich muß Ihnen sagen, Sie sind die beste Schauspielerin, mit der ich je gearbeitet habe. Das Theater liegt Ihnen wohl im Blut. Vielleicht bekommen Sie sogar noch einen Preis für die beste Nebenrolle. Wie Rod das allerdings aufnehmen würde, weiß ich nicht. Den Preis für den besten Schauspieler kriegt er sicher nicht. Ich höre, er soll in einem dieser großen Bibel-Schinken mitspielen. Die Bibel ist jetzt das ganz große Geschäft.«

»Und was soll er darstellen – einen Christen oder einen Löwen?«

Er faßte sie leicht an der Schulter. »Heh ... Was ist los? Gefällt Ihnen der Film nicht?«

»Nein, er gefällt mir nicht. Und es mißfällt mir, daß mir befohlen wird, in einem Film mitzuspielen, egal, was ich von ihm halte. Ich bin daran gewöhnt, mir meine Filme selbst auszusuchen.«

Er sah sie kalt an. »Julia, das hier ist Hollywood. Vielleicht werden Sie eines Tages ein großer Star sein, aber dann stehen Sie noch immer unter Vertrag. Sie müssen die Rollen annehmen, die der Boss für Sie aussucht, sonst werden Sie suspendiert. Und das heißt: keine Arbeit, keine Bezahlung. Merken Sie sich das.«

Die Außenaufnahmen wurden schließlich in Nordcarolina gemacht, weil in Kanada zu viel Schnee lag – niemand hatte gewußt, wie lange die Dreharbeiten dauern würden. »Ich wundere mich nur, warum sie nicht ein paar hübsche französische Bäume und Hecken zusammen mit einem Bauernhaus nach Hollywood gebracht haben«, sagte Julia zu Rod. »Dann hätten wir hier bleiben können.«

»Werde nicht ungeduldig, Prinzessin. So werden Filme eben gemacht.« Er nahm sie in die Arme und küßte sie. »Ich weiß, es wird nicht alles erstklassig gemacht. Aber deine Mutter hat sich bestimmt auch mit lausigen Konzertsälen, verstimmten Klavieren und Dirigenten, die sie nicht respektierte, herumschlagen müssen, und dein Vater desgleichen. Man bürstet *mit* dem Strich und nicht gegen den Strich, Prinzessin.«

Sie beendeten den Film wie vorgesehen im Januar. Hank Humphries schien recht zufrieden, und Morris Meadows klopfte Julia väterlich auf die Schulter und sagte: »Ich höre, Sie haben Ihre Sache gut gemacht.«

Alexandra und Elliot kamen auf Besuch. Sie bewunderten das Haus, und Rod strahlte. Alasdair begrüßte sie begeistert, und Julia wurde klar, daß für ihn Alexandra und Elliot die Durchgangsstation zu seinem Zuhause waren. Rod war höchst irritiert, wenn Alasdair mit »Zuhause« Sinclair und nicht Beverly Hills meinte.

Alexandra war alles andere als erfreut, als sie erfuhr, daß Rod für den zweiten Abend ihres Besuchs eine Party plante. »Wir wollten unsere Ruhe haben...«

»Es nimmt doch nicht mehr als ein paar Stunden eurer Zeit in Anspruch«, sagte Rod steif, »und es macht mir und Julia große Freude, euch unsere Freunde vorzustellen.« Freunde hatten sie eigentlich keine, dachte Julia, nur Bekannte, die wichtig waren in dieser Filmstadt, aber sie sah, daß es Rod Vergnügen bereitete zu zeigen, daß er mit dem mächtigen Elliot Forster verwandt war. Er hatte einen bedeutenden Gast, der nicht nach Hollywoods Pfeife tanzte, und den wollte er vorführen.

Julia bemerkte, daß Elliot noch vor elf Uhr nirgends mehr zu sehen war. Sie zog Alexandra in eine entfernte Ecke der Loggia, fort von der Musik und dem Gedrängel. »Alexandra, geht es Elliot nicht gut? Er ist seit seiner Ankunft... sehr ruhig.«

Alexandra vergewisserte sich mit einem Blick, daß niemand in Hörweite war, dann zündete sie sich eine Zigarette an, bevor sie antwortete. »Wir *hoffen,* daß Elliot nichts Ernstliches fehlt, er hat vor einem Monat einen leichten Herzanfall gehabt zu Hause... während der Nacht. Ich habe ihn natürlich gleich ins Krankenhaus gebracht. Es ist uns gelungen, die Sache vor der Presse geheimzuhalten. Aber es hat mich natürlich zu Tode erschreckt. Sogar in den schlimmsten Zeiten, als ich dachte, Elliot und ich könnten niemals heiraten, ist mir nicht klargeworden, wie sehr ich ihn brauche. Ich bin, wie du weißt, sehr erfolgreich und beschäftigt, aber ich würde alles ohne weiteres von heute auf morgen aufgeben und nur für ihn leben.« Sie ging zum nächsten Blumenkübel und drückte ihre Zigarette in der feuchten Erde aus. »Die Ärzte haben ihm geraten, weniger zu arbeiten, jeden Streß zu vermeiden. Aber Streß ist die Kraftquelle von Zeitungsleuten. Er ist einundfünfzig, und ich kann ihn nicht mehr ändern. Ich habe solche Angst, ihn zu verlieren, Julia, es wäre unvorstellbar. Ich fühle mich so hilflos...« Julia sah, daß ihre Lippen zitterten. »Er muß sich sehr müde gefühlt haben, sonst hätte er die Party nicht so früh verlassen. Erwähne nichts ihm gegenüber, Julia. Sag kein Wort. Wir wollen versuchen, möglichst wenig zu unternehmen, ohne daß es irgendwie auffällt.«

»Würde es ihm gefallen, einmal ganz einfach... sogar primitiv zu leben? Rod hat einen kleinen Bungalow in den Bergen, es gibt dort nicht einmal ein Telefon. Wir benützen das von unseren Nachbarn, den Russels. Aber er könnte reiten...«

Alexandra schien sich an den Vorschlag wie an einen Rettungsring zu klammern. »Ja, das ist eine großartige Idee, genau das, was er braucht: Sonne, Ruhe, Frieden.«

Sie planten, zwei Wochen zu bleiben. Julia ließ Alasdair widerstrebend allein mit Jenny zurück, Stacia mußte zur

Schule. Rod blieb nur ein paar Tage auf der Ranch, dann gab er vor, unbedingt Hank Humphries und Morris Meadows sehen zu müssen. Zu Julia sagte er: »Der Gedanke, daß die beiden Kinder allein im Haus sind, macht mich nervös. Woher sollen wir wissen, ob Stacia nicht wilde Feste gibt: Jenny ist zu jung, um mit ihr fertig zu werden. Ich wußte ja, daß wir ein englisches Kindermädchen hätten anstellen sollen.«

»Es gibt auf der ganzen Welt kein Kindermädchen, das Stacia gewachsen wäre.« Sie verheimlichten den wahren Grund, warum sie, Elliot und Alexandra auf der Ranch bleiben wollten. »Alexandra ist völlig erledigt, sie braucht Ruhe.«

»Sie könnte sich genauso gut am Swimmingpool zu Hause ausruhen, aber wenn sie unbedingt hierbleiben will, mir soll's recht sein. Ich hätte nur nie geglaubt, daß ein Mann wie Elliot Forster sich in einer Hütte wie dieser wohl fühlen würde. Ich meine, er gehört doch sozusagen zur Aristokratie Amerikas.«

»Menschen wie Elliot Forster genießen das einfache Leben.«

Elliot saß oft stundenlang auf dem Balkon und blickte auf die fernen Berge und las die zahllosen Bücher, die er mitgebracht hatte. Jeden Tag ritten sie die Pferde, die Rod bei den Russels untergestellt hatte. Sie fuhren nach Santa Barbara, um Lebensmittel einzukaufen. Alexandra verbot Elliot, sich mit seinen Freunden, die er in der Stadt hatte, in Verbindung zu setzen. Er ahnte vermutlich, daß Julia über seine Krankheit Bescheid wußte, aber erwähnte es nie. Die Tage waren warm und sonnig, die Nächte kühl, die Sterne funkelten an einem klaren Himmel, die Stille wurde nur gelegentlich von dem Heulen eines Kojoten unterbrochen. Sie blieben länger als die geplanten zwei Wochen. Julia telefonierte von den Russels aus, um zu erfahren, ob es zu Hause etwas Neues gebe. »Bleibt«, redete Rod ihr zu, »solange es euch gefällt.«

Julia erinnerte sich später oft an diese Wochen auf der Ranch, es war die friedlichste Zeit ihres Lebens gewesen. Rods Ausrede, er müsse Morris Meadows treffen, hatte teilweise der Wahrheit entsprochen, er hatte tatsächlich einige Male mit ihm über den Film, der »Der Verrat« heißen sollte, diskutiert. Einige der Studiodirektoren hatten beanstandet, daß die französische Witwe ein Kind von dem amerikanischen Flieger erwartete, sogar, daß sie ein Liebespaar waren, schien ihnen zu gewagt. Sie fürchteten, das Hays-Büro, das über die Moral in Hollywood wachte, würde Einspruch erheben. Ein Teil des Films müsse neu gedreht werden, verlangten sie. Rod protestierte heftig, und auch Julia hatte ihre Bedenken. Sie fand, die erfüllte Liebe zwischen den beiden machte die ganze Geschichte erst glaubwürdig. »Im Krieg«, sagte sie zu Rod, »haben die Menschen nicht darüber nachgedacht, ob alles gut enden würde. Sie haben sich die Liebe und das Glück genommen, wo immer es sich ihnen bot, ohne an die Folgen zu denken.«

»Natürlich haben sie nicht an die Folgen gedacht«, sagte Rod aufgebracht. »Niemand denkt daran – Krieg hin oder her. Aber bist du dir bewußt, daß man in dieser Stadt nicht einmal einen Film drehen darf, in dem der Ehemann im keusch zugeknöpften Pyjama auf der Bettkante seiner Frau sitzt? Es ist alles ein heuchlerischer Schwindel, aber Hollywood will päpstlicher sein als der Papst.«

»Die Szenen im Keller sind überhaupt nicht plausibel, wenn wir nicht zusammen schlafen.«

»Nun, sie sagen, wir müssen sie neu drehen, ansonsten werde der Film nicht freigegeben.«

»Warum haben sie dann das Drehbuch genehmigt?«

»Vielleicht hat es keiner gelesen.«

Sie drehten also die anstößigen Szenen noch einmal. Rods schauspielerische Schwächen in den intimen Szenen wurden noch verstärkt durch seinen schlecht verhehlten Ärger, der sich auch auf Julias Spiel übertrug. Sie verhielten sich mehr wie Feinde als wie Verliebte. Hank Humphries stellte es voller

Besorgnis fest, als er die täglich abgedrehten Szenen begutachtete. Andere Szenen mußten umgeschrieben und neu gefilmt werden, so daß man allmählich den Eindruck gewann, daß die junge Witwe dem Flieger verübelte, daß er bei ihr Unterschlupf gefunden und sie in Gefahr gebracht hatte. Die Liebesgeschichte artete in einen Zweikampf aus. Andere Autoren wurden hinzugezogen, weitere Szenen geschrieben und abgedreht. Als die junge Witwe sich zum Schluß weigerte, die Namen der Widerstandskämpfer, die den amerikanischen Flieger zu ihr geschickt hatten, preiszugeben, und selbst den schlimmsten Folterungen standhielt, schien es so, als hätte sie dies alles aus Patriotismus, aber keineswegs aus Liebe auf sich genommen. Der Film endete ohne Hoffnung, daß die Liebenden sich je wiedersehen würden oder sich auch nur wiederzusehen wünschten. Es war ein trostloses Ende, das dem Publikum nur durch ein geniales Drehbuch und geniale Schauspieler hätte schmackhaft gemacht werden können. Die Direktoren von »Worldwide-Pictures« hielten mit ihrer Kritik nicht zurück.

»Ein glatter Reinfall«, war Morris Meadows' Kommentar. »Wir werden viel Reklamerummel machen müssen und hoffen, daß der Name MacCallum das Publikum anzieht.« Morris Meadows gab Julia die Schuld an dem Reinfall. »Zu verdammt britisch, steif wie ein Stock. Wir hätten Anne Rayners Tochter die Rolle geben sollen. Das hätte Aufsehen erregt. Ich hätte eher dran denken sollen.«

Der Klatsch von Beverley-Hills-High-School trug diesen Ausspruch, ausgeschmückt, überspitzt und maßlos übertrieben, Stacia zu. Das Resultat war, daß sie maßlos wütend war auf Rod. Man hatte ihr eine Starrolle vorenthalten, und Julia war schuld daran. Sie machte kein Hehl aus ihren Gefühlen.

»Wie lange wollen Eure Majestät«, sagte sie eines Abends zu Rod, »mich noch an der Leine halten? Ich weiß, du kannst über mich bestimmen, bis ich einundzwanzig bin. Wirst du mich bis dahin festbinden, oder bekomme ich meine Chance?«

»Halt den Mund, du undankbares kleines Miststück! Du bekommst deine Chance noch früh genug. Beiß nicht die Hand, die dich füttert. Oh, die Rolle einer Schlampe oder Nutte würde dir schon liegen. Du bist wie deine Mutter...«

»Du hattest nichts dagegen, Mutter zu heiraten, egal was du von ihr hieltest, Schlampe oder Nutte... sie war berühmt. *Damals* war es eine gute Reklame für dich. Und ihr habt nur zu gerne miteinander gesoffen und euch hochgeputscht, bis ihr euch wie die wilden Tiere aufgeführt habt. Wenn meine Mutter nicht in den Abgrund gestürzt wäre, wärst du es gewesen. Du hast sie zusammengedroschen... und sie ist davongerannt. Vergiß nicht... ich war dabei!«

Als Antwort stand er auf und schlug ihr ins Gesicht. »Geh auf dein Zimmer, du mieses Flittchen. Du bestehst nur aus Lügen. Und du lebst von Lügen. Erwähne nie mehr deine Mutter. Anne Rayner ist tot.«

Stacia preßte die Hand auf ihren Mund und ihre Backe und stieß ihren Stuhl so heftig zurück, daß er zu Boden fiel. »Anne Rayner ist nicht tot, solange ich lebe.«

An der Tür drehte sie sich nochmals um. »Du hast deine Eis-Prinzessin geheiratet. Du hast ein Schloß geheiratet. Du hast eine Menge Geld verdient, aber bis du sie bekommen hast...« und sie zeigte mit einer wilden Drohgebärde auf Julia, »warst du ein kleiner Pinscher. Die ganze Welt hat dich um meine Mutter beneidet, aber du hast sie wie Dreck behandelt, obwohl du viel Geld durch sie verdient hast. All die armen Trottel haben sich deine lausigen Filme nur angesehen, um den Mann zu sehen, der es geschafft hat, Anne Rayner zu heiraten. Und dann hast du sie umgebracht. Du hast sie mit Alkohol und Drogen getötet und hast deine Eis-Prinzessin bekommen...«

Julia wußte, daß Rod betrunken war, als er Stacia schlug. Während »Der Verrat« neu gedreht wurde, hatte er abends oft zuviel getrunken, war aber am nächsten Morgen immer erstaunlich frisch gewesen. Doch jetzt, wo der Film fertig und die Reaktion des Studios so negativ war, saß er stundenlang am Swimmingpool und trank einen Whisky nach dem anderen. Eine seltsame, innere Leere schien ihn befallen zu haben, er wirkte völlig abwesend und interessierte sich für nichts. Julia und Stacia nahm er kaum wahr, Alasdair irritierte ihn. Es hatte Julia verletzt, daß Stacia sie Eis-Prinzessin genannt hatte, aber nun wies auch Rod sie zurück. Er schlief nur noch selten mit ihr und wenn, dann ohne Zärtlichkeit und so hastig, als wäre es eine lästige Pflicht, die er schnell hinter sich bringen wollte. Morgens stand er spät auf, schwamm einige Längen und rief dann nach José, damit er ihm einen Drink brachte. Er las seine Post, gab sie Jenny zum Beantworten, telefonierte mit Phil Westin, und am Nachmittag versank er in eine schläfrige Stumpfheit, die Julia früher nie an ihm beobachtet hatte. Nur wenn sie eingeladen waren oder Gäste hatten, zeigte er Interesse an seiner Umgebung. An solchen Tagen trank er nur wenig und war der charmante, anziehende Mann, so wie Hollywood ihn kannte.

»Paß auf«, sagte Stacia zu ihr, »er ist wieder angetörnt.«

»Ja, er trinkt zu viel, aber das geht vorbei.«

Stacia sah sie verachtungsvoll an. »Trinken? Das wirft ihn nicht so um, der kann einen Stiefel vertragen. Nein, er nimmt Drogen. Hast du das etwa nicht bemerkt? Jesses... wie kann man so blöd sein? Er ist die meiste Zeit high, außer wenn er ausgeht oder Gäste hat. Hast du nicht gesehen, wie er dann munter wird? Meine Mutter hat das nie so geschafft.«

Julia wollte Stacia zuerst nicht glauben. Aber Rods Verhalten gab ihr recht, und Stacia kannte sich in dieser seltsamen Welt sehr viel besser aus.

»Aber woher bekommt er sie... diese Drogen?«

Stacia zuckte die Achseln. »Die gibt's überall. Das war immer so. Den Studios ist es egal, solange die Presse es nicht spitzkriegt. Hauptsache, man macht eine gute Figur in der Öffentlichkeit. Hast du bemerkt, wie häufig Ernie Wilcox in letzter Zeit kommt? Ernie hat Beziehungen...«

Julia war fassungslos. Der nette, kleine Mann, der Bücher so liebte, der Rod so viel beigebracht hatte? Sie zweifelte wieder an Stacias Worten, aber dann fiel ihr ein, daß Ernie Wilcox speziell, und nur er allein, nach Schloß Sinclair eingeladen worden war. Es gab viel, was sie nicht wußte, aber herausfinden mußte.

Rods Stimmung sank auf den Nullpunkt, als er das nächste Drehbuch las, das »Worldwide« ihm vorschlug. »Verdammt, es ist wieder so ein stinkender Wildwest-Kitsch. Ohne Niveau. Der gleiche Mist, den ich vor dem Krieg gemacht habe, nur daß ich jetzt eine größere Sprechrolle habe.«

Julia las es und verstand Rods Vorbehalte. »Nun, wenn John Ford Regie führte ...«

»Wenn John Ford Regie führen würde, wäre John Wayne der Star.« Rod verlangte einige Änderungen, und das Studio erklärte sich einverstanden. Aber das Drehbuch wurde dadurch nicht besser. Julia hoffte, daß ein guter Kameramann und interessante Außenaufnahmen die Mängel ausgleichen würden. Im Grunde genommen war es einer von jenen Filmen, die Rod am vorteilhaftesten zeigten, wo seine Männlichkeit, seine Reitkünste, sein gutes Aussehen am besten zur Geltung kamen. Aber es deprimierte ihn, daß er wieder einen Wildwest-Film spielen sollte, obwohl er ein Star war. Er fühlte sich degradiert, zurückversetzt in seine bescheidenen Anfangszeiten.

Im April kam »Der Verrat« in die Kinos und erhielt überall schlechte Kritiken. Julia hatte es erwartet, trotzdem war es bitter. In diesem Film hätte sie eigentlich ihre Starqualitäten beweisen sollen, statt dessen war die Handlung durch die Mischung von alten und neuen Szenen völlig unverständlich geworden. Die Hauptdarsteller schienen nie recht zu wissen, ob sie sich nun liebten oder haßten.

Rod war wütend über die Kritiken, wütend aufs Filmstudio, wütend aufs Leben. Er sprach mit niemandem mehr. Julia stellte fest, daß Alasdair ihm aus dem Weg ging, Stacia keine Schulfreunde mehr heimbrachte. Eine dunkle Wolke, geladen mit Zorn und Bitterkeit, hing über dem Haus. Niemand lud sie mehr ein. Das Telefon blieb still. »So geht es einem in dieser Stadt. Wäre der Film ein Hit gewesen, hätte es nicht genug Abende in der Woche gegeben, um allen Einladungen nachzukommen. Diese gemeinen, stinkenden Heuchler! Ich frage mich, warum ich je geglaubt habe, sie seien wichtig.«

Der einzige, der fast täglich kam, war Ernie Wilcox. Rod schien sich über seine abendlichen Besuche zu freuen. Ernie trank mit Rod Whisky am Rand des Swimmingpools, während die Schatten länger wurden und die Gartenbeleuchtung eingeschaltet wurde. Julia wußte, daß man ihn nicht lange bitten mußte, zum Abendessen zu bleiben. Rod verlangte, daß das Dinner im formellen Eßzimmer serviert wurde, mit brennenden Kerzen auf dem Tisch. Er schien diesen Beweis seines Erfolges zu brauchen. Er sah es gerne, wenn Julia sich abends umzog und ihren Schmuck trug, aber im Bett beachtete er sie nicht, sondern fiel fast sofort in tiefen Schlaf, als hätte Julia ihre vorgeschriebene Rolle für den Abend gespielt und wäre von keinem weiteren Nutzen für ihn. Sie fragte sich, welche Mischung von Drogen ihn erst so aufputschen und dann so müde machen konnte. Sie zweifelte nicht mehr an Stacias Behauptung, daß er Drogen nahm, unterdessen erkannte sie selbst die Symptome: eine plötzliche Hochstimmung und dann ein Absturz in tiefste Depression.

»Rod«, sagte sie eines Tages, »du siehst nicht gut aus, warum suchst du nicht einen Arzt auf?«

»Was meinst du damit, ich sähe nicht gut aus? Mir geht es ausgezeichnet. Und Dr. Sam sieht mich alle zwei Wochen, und das Mittel, das er mir gibt, bekommt mir sehr gut.«

»Du siehst Dr. Fields? Warum? Was fehlt dir?«

»Nichts. Ich plaudere ein wenig mit ihm, und er kontrolliert meinen Blutdruck. Halb Hollywood rennt ihm die Tür ein, und er kennt allen Klatsch. Er weiß genau, wie man sich in meiner Lage fühlt. Er hat es schon Hunderte von Malen miterlebt. Schlauer alter Bursche! Es tut mir gut, mit ihm zu reden... wir sagen nicht viel. Vertrödeln ein wenig die

Zeit miteinander, aber er vergißt nie, mir eine Rechnung zu schicken. Billig ist er nicht.«

»Kannst du nicht mit mir reden?«

»Es ist nicht das gleiche. Du weißt nicht die Dinge, die er weiß. In dieser Stadt, meine Dame, bist du ein Unschuldslamm. Du hast nicht die geringste Ahnung, was hier vorgeht. Du paßt nicht nach Hollywood, Julia, und das weißt du auch.«

»Willst du, daß ich fortgehe, Rod? Ist es das, was du mir andeuten willst?«

»Wer spricht von Fortgehen? Wenn es an der Zeit ist für dich zu gehen, dann werde *ich* es dir mitteilen. Was willst du eigentlich? Daß ganz Hollywood sich krumm und scheckig lacht, weil Rod MacCallum seine hochnäsige, englische Frau nicht unter Kontrolle halten kann? Wenn ich Anne Rayner bekommen habe, bekomme ich jede Frau. Vergiß das nicht.«

»Aber du hast sie nicht behalten.«

Es war das erste Mal, daß er sie schlug. Sie glitt auf dem polierten Fliesenboden aus und schlug mit dem Kopf hart an ein Stuhlbein. Er half ihr nicht, als sie versuchte aufzustehen. Ihr Gesicht brannte, sie schmeckte Blut auf der Zunge. Sie richtete sich mühsam auf und schwankte zum Sofa, wo sie sich vorsichtig niederließ.

»Ich hoffe, du hast es nicht so gemeint. Ich hoffe, du hast es nur getan, weil du betrunken und bis über die Ohren verdrogt bist. Was nimmst du, Rod? Heroin? Auf jeden Fall etwas Stärkeres als Haschisch.«

»Ach, hast du es gemerkt? Du solltest es mal selber versuchen! Entspannt ungemein! Vielleicht taust du dann ein wenig auf. Stacia hatte gar nicht so unrecht, als sie dich Eis-Prinzessin nannte.«

»Du willst also, daß ich Drogen nehme und wie Anne Rayner ende? Rod, ich will nicht, daß mein Baby drogensüchtig zur Welt kommt.«

»Baby? Was für ein Baby? Wessen Baby?«

»Wessen Baby soll es wohl sein? Es kann nur dein Baby sein.«

»Baby! Seit wann? Ich habe dich kaum berührt.«

»Das weiß ich, aber genug, um mich zu schwängern. Seit Februar. Ich habe auch nicht erwartet, daß du es bemerkst, du bemerkst nichts mehr in letzter Zeit. Nun, vielleicht bekomme ich kein Baby, vielleicht hast du mich kräftig genug geschlagen, daß ich es verliere. Ich werde es dich wissen lassen, wenn ich eine Fehlgeburt habe.«

»Du wirst keine Fehlgeburt haben. Du hättest mir längst erzählen sollen, daß du schwanger bist.«

»Was für einen Unterschied hätte es gemacht? Willst du das Baby?«

»Ich weiß nicht recht«, sagte er gedehnt. »Ich weiß es wirklich nicht. Vielleicht solltest du es loswerden, dies ist nicht der richtige Augenblick...«

»Eher werde ich dich los als das Baby.«

»Nun gut, dann ist es von nun an *dein* Baby. Ich habe nichts damit zu tun.«

»Soweit du überhaupt bei Bewußtsein warst, hast du wirklich nichts damit zu tun. Es war ein Zufall, aber kein Zufall der Liebe. Es hätte tatsächlich irgend jemand sein können... ja, es ist *mein* Baby.«

Er ging schnell auf sie zu, und diesmal versetzte er ihr mit dem Handrücken einen Hieb auf ihr Kinn. Sie hielt die Arme hoch, um sich zu schützen, erhielt aber nur einen neuen Schlag auf die andere Gesichtsseite.

»Wenn es wirklich *mein* Baby ist, dann will ich nicht, daß es geboren wird. Mir fehlt im Moment die innere Bereitschaft, ein Kind zu bekommen. Die Dinge stehen schlecht genug. Du hast meinen letzten Film ruiniert, und jetzt willst du mich an dich binden mit einem Kind, das ich nicht haben will. Und du wirst es nicht bekommen. Dafür werde ich schon sorgen...«

Sie beobachtete seinen steifen, geraden Gang, als er das Zimmer verließ, es war der kontrollierte Gang eines Betrunkenen. Sie sah ihm nach und schwieg. Dann knipste sie die Lampe auf dem Tisch neben sich aus und saß lange allein in der Dunkelheit. Gelegentlich befühlte sie ihr Kinn und spürte die Schmerzen und schmeckte das getrocknete Blut auf ihren Lippen. Wie betäubt blieb sie sitzen, unfähig, ganz zu fassen, was ihr geschehen war, was sie zugelassen hatte, das mit ihr geschah. Sie dachte zurück an die Tage in Sinclair, wo der alltägliche Existenzkampf ihre einzige Sorge gewesen war. Wie einfach erschien ihr das jetzt. Einsamkeit hatte sie kennengelernt und den nie verwundenen Schmerz um Jamie, aber was sie nicht gekannt hatte, war die Furcht, die sie jetzt ergriff, eine bodenlose Unsicherheit, das verzweifelte Verlangen zu entfliehen. Sie brauchte eine Zuflucht für sich, für Alasdair, für das ungeborene Kind. Zum ersten Mal konnte sie sich Anne Rayners Gefühle vorstellen in der Nacht, als sie aus dem Haus in den Tod gerannt war. Hätte diese Tatsache allein ihr nicht Warnung genug sein sollen? Hatte die Leidenschaft sie blind gemacht, die Angst vor lebenslänglicher Einsamkeit, so daß sie nicht begriffen hatte, daß Rod einen Teil der Schuld an Annes Tod trug? Was immer Anne Rayner aus eigenem Antrieb getan hatte, Rod hatte nicht versucht, sie daran zu hindern. Die einzige Entschuldigung für diese Herzlosigkeit war die Tatsache, daß niemand, wie Stacia gesagt hatte, damit gerechnet hatte, daß sie den Wagen nehmen und an den Abgründen entlangrasen würde. Aber niemand hatte versucht, die Frau zu trösten, die angeblich nur im Garten auf und ab ging. Und niemand war ihr nachgelaufen beim Geräusch des Anlassens des Motors. Sie, Julia, hatte einen weit sichereren Fluchtweg, sie konnte Schutz bei Alexandra suchen. Alexandra würde sie aufnehmen, und Elliot würde sie beraten und ihre Interessen wahrnehmen. Sie könnte in Anscombe wohnen bis zur Geburt ihres Kindes. Luisa wäre entzückt, wenn Alasdair und Johnny wieder zusammen wären, und ihr Vater würde Verständnis haben für ihre schwierige Lage. Und Connie würde ihr Liebe geben und sogar Unterschlupf gewähren, wenn es hart auf hart käme.

Aber ihr Geist und ihr Körper waren gefangen in dem Netz, das Rod um sie gewoben hatte. Die Vollmacht, die sie vorschnell und ohne Vorausschau unterzeichnet hatte. Warum hatte sie das getan? Rod hatte keinen Druck auf sie ausgeübt. Hätten andere junge Ehefrauen das gleiche getan? Nur Närrinnen, dachte sie. Und nur eine Frau betört von Leidenschaft und besorgt um die Zukunft ihres Sohns hätte einem Mann wie Rod MacCallum die Adoption gestattet. Damals war es ihr ganz normal erschienen, als eine großzügige Geste seitens Rod, er hatte Alasdair das Gefühl geben wollen, daß er dazugehörte, ein Teil der Familie war. Aber was würde mit dem ungeborenen Baby geschehen? Es war Rods eigenes Kind. Sie würde nie in eine Abtreibung einwilligen – was er offensichtlich verlangte. Aber sogar jetzt zweifelte sie daran, daß er es im Ernst wollte. Wenn er wieder nüchtern wäre, dachte sie, würde er sich freuen, Vater seines eigenen Kindes zu werden und nicht nur der Stiefvater von zwei Kindern von verschiedenen Müttern zu sein. Aber sie wußte mit einer schrecklichen inneren Kälte, die in einem seltsamen Widerspruch zu ihrem vor Schmerzen glühenden Gesicht stand, daß sie das Kind nicht mit Rod aufziehen wollte. Sie wollte weder ihren Sohn noch das ungeborene Kind mit Rod als Vater aufwachsen lassen. Aber er hatte gesetzlichen Anspruch auf beide, wenn er auf seinem Recht bestand. Vielleicht wollte er das Kind tatsächlich nicht haben. Dann könnte sie ihm ihre eigene Freiheit und die der Kinder als Tauschgeschäft anbieten. Sie würde ohne ihn nach Sinclair zurückkehren, er könnte in Nevada die Scheidung einreichen und wäre sie und ihre zwei Kinder ein für allemal los. Ja, morgen in der Früh, bevor er Zeit hatte, sich zu betrinken, würde sie ihm das vorschlagen. Sie würde vernünftig und deutlich mit ihm sprechen, wenn nötig sogar liebevoll sein. Sie würde ihm auseinandersetzen, daß sie beide einen Fehler gemacht hätten, daß sie nicht zueinander paßten. Sie würde keine Forderungen an ihn stellen, keine Unterhaltsansprüche für sein Kind erheben, sie würde nur ihre Freiheit verlangen. Später müßte sie dann ihrer Familie beichten, daß sie einen großen Fehler begangen hätte. Ja, morgen würde sie die Situation klären.

Sie ging nicht ins gemeinsame Schlafzimmer, wo Rod, wie sie wußte, in einem tiefen, betrunkenen und verdrogten Schlaf lag. Sie ging statt dessen ins Gästezimmer. Vom Fenster aus blickte sie auf den Swimmingpool, der die ganze Nacht über beleuchtet blieb, auf der gegenüberliegenden Seite war das Zimmer, wo Rod schlief, und das auch ihr Zimmer hätte sein sollen, in dem sie sich aber noch immer als Fremde fühlte. Er würde sie nicht vermissen, dachte sie. Eine Zeitlang wäre sein Stolz verletzt, weil eine weitere seiner Ehen in die Brüche gegangen war. Aber er würde überall verbreiten, was er schon zu ihr gesagt hatte, daß sie nicht nach Hollywood passe. Und das wäre die schiere Wahrheit. Sie paßte tatsächlich nicht hierher.

Sie ging ins Badezimmer, um zu sehen, ob ihr Gesicht sehr geschwollen war. Sie kühlte es mit kaltem Wasser, um die Schwellung auf ein Minimum zu reduzieren. Morgen früh müßte sie den erstaunten Blicken des Personals standhalten, und Stacias wissendem Blick. Alasdair würde ihr direkte Fragen stellen. Aber morgen müßte sie auch Rod dazu überreden, sie und ihre Kinder ziehen zu lassen.

Sie ging unter die Dusche und nahm ein Aspirin, dann glitt sie zwischen die kühlen Laken und strich sich über den Unterleib, als wollte sie das Kind, das dort lag, beruhigen. »Es wird alles gut werden«, murmelte sie in der Dunkelheit.

»Señora! Señora!« Julia hatte die Vorhänge nicht zugezogen, helles Sonnenlicht durchflutete das Zimmer, und es tat ihr weh, die Augen weit zu öffnen. Sie hatte fast bis zur Morgendämmerung wach gelegen und war dann in einen erschöpften Schlaf gefallen. Marias Hand rüttelte sie jetzt energisch wach. Ein spanischer Wortschwall prasselte auf sie ein, von dem sie kein einziges Wort verstand.

»Maria! Sprich Englisch... langsam.«

Die Frau holte tief Luft, sie sah erschreckt aus. »Señor MacCallum, ich bringe sein Kaffee... er will immer stark schwarz Kaffee, wenn er nicht kommen zum Frühstück. Er nicht wachen auf... Ich rufen José... José nicht kann wecken Señor... nicht möglich. Ich suchen Sie. Kann nicht finden... Jetzt ich finden Sie hier... Kommen schnell, schnell.«

Ungeachtet ihrer Nacktheit sprang Julia aus dem Bett, rannte zum Badezimmer und zog einen der Frotteemäntel an, die immer dort hingen. Zusammen mit Maria eilte sie zum Schlafzimmer. José stand über dem riesigen Bett gebeugt und schüttelte abwechselnd Rods schlappen Körper und legte sein Ohr auf die Brust, um die Herzschläge zu kontrollieren.

Maria öffnete die Fensterläden. Das Licht fiel auf Rods starres Gesicht und seinen reaktionslosen Körper.

»Sein Herz schlägt, Señora«, sagte José, »aber ich kann ihn nicht aufwecken.«

»Legen Sie seinen Kopf auf die Seite«, sagte Julia. Sie öffnete Rods schlaffe Lippen, aber ihre eigenen Bemühungen, ihn aufzuwecken, mißlangen ebenfalls. Sie griff zum Telefon auf dem Nachttisch, aber hatte plötzlich Bedenken, den Rettungsdienst anzurufen. »José, holen Sie mir schnell das private Telefonverzeichnis aus der Bibliothek mit Dr. Fields' Nummer.«

Während er fort war, half sie Maria, Rods Körper umzudrehen. Sie legte seinen Kopf wieder auf die Seite, warf das Kopfkissen zu Boden und kniete sich über ihn. Sie zog seine Arme über seine Schulterblätter und winkelte sie an den Ellbogen ab. Während der ganzen Zeit versuchte sie sich an alles zu erinnern, was sie in dem Erste-Hilfe-Kurs am Anfang des Krieges gelernt hatte. Sie spreizte ihre Hände und schob sie unter seine Schulterblätter, streckte ihre Arme, um möglichst viel Druck auszuüben. Maria neben ihr blickte sie mit großen, erstaunten Augen an und murmelte ein kurzes Gebet auf spanisch. Julia ergriff Rods angewinkelte Arme an den Ellbogen und hob sie hoch und senkte sie, bis sie den

Widerstand seiner Muskeln spürte, ihr eigener Atem ging schwer vor Anstrengung.

José erschien endlich mit dem ledergebundenen Buch, das Rods private Telefonnummern enthielt. Sie mußte ihre Bemühungen unterbrechen, um ihm zu helfen, den Namen zu finden. »Wählen Sie«, sagte sie und zeigte auf die Nummer.

Die Stimme der Sekretärin antwortete, Julia riß den Hörer aus Josés zitternder Hand. Die Sekretärin erklärte, Dr. Fields wäre beschäftigt und dürfe nicht gestört werden. »Sie müssen ihn stören«, schrie Julia, »oder ich mache Sie verantwortlich für Mr. MacCallums Tod.« Sie wurde sofort durchgestellt. Dr. Fields hörte ihren kurzen Bericht kommentarlos an. »Pumpen Sie weiter«, sagte er. »Halten Sie die Luftzufuhr frei. Ich komme sofort. Rufen Sie niemand anderen an. Ich werde mich um einen Rettungswagen kümmern.«

Es schien eine Ewigkeit zu dauern, bis er kam, doch später wurde ihr klar, daß er erstaunlich schnell zur Stelle gewesen war. Sie fuhr fort, Rods schlaffen Körper zu bearbeiten; der Schweiß rann ihr von der Stirn. Dr. Fields stürzte ins Zimmer. »Okay, ich übernehme es.« Er warf einen Blick auf Julias Gesicht, als er sich die Jacke auszog und die Hemdsärmel hochkrempelte. »Sie scheinen eine böse Nacht hinter sich zu haben. Wieviel hat er genommen?«

Julia glitt erschöpft vom Bett. »Ich habe keine Ahnung. Er war betrunken. Vermutlich hat er zu viel von dem... was immer es ist, genommen.«

Sie hörten das Geräusch eines Wagens, das Zuschlagen von Türen, das Stampfen rennender Füße. »Da sind sie ja schon! Das ist aber schnell gegangen. Trotzdem müssen wir ihn hier verarzten. Ich weiß nicht, ob er die Fahrt zur Klinik übersteht.« Dr. Fields fühlte Rods Puls, legte die Blutdruckmanschette um seinen Arm und beobachtete, wie die Meßuhr herauf- und herunterging. Zwei Männer in weißen Kitteln traten ein. »Okay, Doc? Brauchen Sie Hilfe?«

Julia zog den Frotteemantel enger um sich und ging barfüßig in Rods Badezimmer. Sie hatte in der Aufregung nicht bemerkt, daß sie in die falsche Richtung gegangen war. Sein Badezimmer glich in jeder Einzelheit dem ihren, nur daß bei ihr Cremetöpfe und Parfüms herumstanden und ein gerahmter Spiegel an der Wand hing, den Anne Rayner vermutlich verlangt hatte. Sie stellte sich schnell unter die Dusche, dann griff sie zu einem Handtuch, schlang es um ihre nassen Haare und trocknete sich mit einem Badetuch ab. Dann zog sie einen sauberen Frotteemantel an, der Rod gehörte. Als sie gerade das Badezimmer verlassen wollte, fiel ihr Blick auf eine Injektionsspritze und eine Schale, in der noch Spuren des Stoffes zu sehen waren, den er sich gespritzt hatte. Sie starrte eine Weile vor sich hin, dann nahm sie die Spritze an sich. Sie war leer. Sie fragte sich, ob Rod sich absichtlich eine Überdosis gespritzt hatte, oder ob er zu betrunken gewesen war, um zu wissen, was er tat.

Sie ging ins Schlafzimmer zurück mit der Spritze und der leeren Schale in der Hand. Rods Mageninhalt füllte einige Schüsseln, die Maria aus der Küche geholt hatte. Die Männer in den weißen Kitteln arbeiteten konzentriert, Dr. Fields sah ihnen zu. Sie berührte ihn leicht. »Das hat er genommen, was immer es ist.« Sie zeigte ihm den Rest des weißen Puders und die leere Injektionsspritze.

»Tun Sie es in meine Tasche«, sagte er gleichgültig. »Er wird's überleben, aber er wird sich elend fühlen, ich bringe ihn für ein paar Tage in meiner Klinik unter.«

»Das wird Rod nicht gefallen.«

»Es hat ihm zu gefallen. Sie würden drei Krankenschwestern brauchen, um ihn zu versorgen. In der Klinik ist er weit besser aufgehoben. Die Schwestern werden für ihre Verschwiegenheit hoch bezahlt.«

Er entfernte sich einige Schritte vom Bett und den zwei Männern und sagte leise: »Eine kleine, diskrete Privatklinik, sie gehört mir und einigen meiner Freunde. Wir sorgen dafür, daß die Presse nur das erfährt, was wir als Ärzte offiziell bekanntgeben.« Er wies mit einer brüsken Kopfbewegung auf Rod. »Glauben Sie ja nicht, daß dies ungewöhnlich ist.

Wir entziehen Trinkern den Alkohol und machen sie wieder fit, wir haben den besten plastischen Chirurgen in Hollywood... wir bieten unseren Patienten eine freundliche Umgebung – vor allem aber garantieren wir vollkommene Diskretion. Rod ist diesmal übers Ziel hinausgeschossen. Das passiert oft. Diese Schauspieler stehen unter einem enormen Erfolgsdruck, das kann nur jemand ermessen, der Hollywood kennt. Ich weiß, sein letzter Film, in dem Sie mitgespielt haben, war ein Mißerfolg. Und die nächste Filmrolle, die er laut Vertrag annehmen muß, ist ihm zuwider. Ich bin froh, daß wir rechtzeitig gekommen sind. Sie haben sich großartig benommen, Julia. Schade, daß Sie es nicht früher gemerkt haben.«

»Ich habe geschlafen... in einem anderen Zimmer. Rod ist während der letzten Wochen morgens immer so spät aufgestanden, daß Maria es nicht gewagt hat, ihn vor elf Uhr zu wecken.«

Dr. Fields trat näher ans Fenster und drehte ihr Gesicht erstaunlich behutsam dem Tageslicht zu. »Er hat Sie ziemlich übel zugerichtet. Irgendein besonderer Grund?«

»Er war betrunken, das ist er öfters neuerdings. Ich habe ihm mitgeteilt, daß ich ein Kind erwarte.«

Er pfiff leise durch die Zähne. »Wie fühlen Sie sich? Ich meine... keine Schmerzen? Haben Sie geblutet?«

»Ich hatte keine Zeit, es zu überprüfen.«

»Ziehen Sie sich schnell etwas an und kommen Sie mit in die Klinik. Einer meiner Kollegen wird Sie untersuchen. Hat er Sie nur ins Gesicht geschlagen?«

»Ich bin hingefallen.« Sie legte ihre Hand auf die Stirn.

»Es ist ein Wunder, daß Sie noch in einem Stück sind. Er ist ein verdammt kräftiger Bursche. Ja, Sie kommen mit, vielleicht müssen wir Sie auch ein paar Tage in der Klinik behalten. Sie wollen Ihr Baby doch nicht verlieren... oder?«

»Nein!« Sie merkte erst, daß sie das Wort laut geschrien hatte, als die Krankenwärter erstaunt zu ihr herübersahen. »Nein«, wiederholte sie leise. »Aber gestern nacht hat Rod verlangt, daß ich es abtreibe.« Sie blickte auf die unbewegliche Gestalt im Bett. »Wenn ich vernünftig wäre, würde ich mit Alasdair das erste Flugzeug nehmen und für immer aus Rods Leben verschwinden, bevor er wieder zu sich kommt.«

»Wenn Sie das Kind behalten wollen, müssen Sie ein paar Tage im Bett liegen bleiben. Sie dürfen jetzt nicht reisen. Das übrige wird sich schon irgendwie einrenken. Wie lange sind Sie schon schwanger?«

»Fast drei Monate.«

Er sah sie ernst an. »Es ist noch nicht zu spät, etwas zu tun, wenn Sie es wollen.«

»Ich will nichts tun.«

»Nun gut, nun gut. Ich werde persönlich mit Rod sprechen, vielleicht ändert er seine Meinung noch. Ich werde ihm sagen, daß Sie ihm das Leben gerettet haben und daß ihm nichts Besseres passieren könnte, als Vater zu werden.«

»Das Heroin... oder was immer es ist... können Sie ihm das nicht abgewöhnen? *Das* wäre das beste, was ihm passieren könnte.«

Er zuckte die Achseln. »Ich werde es versuchen, Julia, aber wenn Menschen einmal süchtig sind, ist es fast unmöglich, sie zu entwöhnen. Manchmal kommt Rod mit kleinen Mengen aus, aber ich fürchte, ganz ohne das Zeug kann er nicht leben. Wir können Drogenabhängige nicht kurieren, wir können nur versuchen, ihnen beizubringen, ihren Konsum in Grenzen zu halten.«

Eine unendliche Traurigkeit übermannte sie. »Beliefern Sie ihn?« Er seufzte. »Julia, ich muß ihm helfen. Wenn ich ihn schon nicht heilen kann, muß ich ihm helfen, mit möglichst wenig auszukommen. Eine Entwöhnungskur würde eine lange Zeit dauern, und es ist nicht gesagt, daß er bei der ersten Schwierigkeit nicht wieder anfängt zu spritzen. Abhängigkeit... das ist das Schlimme. Ja... ich beliefere ihn und versuche, ihm zu helfen.« Er legte seine Hand auf ihren Arm. »Er ist nicht der einzige, glauben Sie mir. Sie wären erstaunt, wenn Sie wüßten, wer alles zu mir in die Praxis kommt. So, und nun ziehen Sie sich an und packen Sie für zwei Tage ein paar Sachen ein. Wir müssen uns auch um Sie kümmern.«

»Alasdair! Ich kann ihn nicht allein lassen. Ich will nicht ins Krankenhaus.«

»Tun Sie, was ich Ihnen sage, Julia. Alasdair werden wir erzählen, daß Mami auf der Treppe ausgerutscht ist und sich den Kopf angeschlagen hat. In ein paar Tagen sind Sie wieder zu Hause. Kinder werden in der Klinik nicht geduldet. Sie stören die Patienten und können ihren kleinen Mund nicht halten. Folgen Sie meinem Ratschlag, Julia, wenn Sie Ihr Kind behalten wollen. Sie sind im dritten Monat – eine gefährliche Zeit für Fehlgeburten.«

»Eine Fehlgeburt, das wäre, was Rod sich wünscht«, sagte sie bitter. »Vielleicht hat er das mit seinen Schlägen sogar beabsichtigt.«

Er schüttelte den Kopf. »Ich kenne Rod besser als Sie. Er war so high, daß er nicht wußte, was er tat. Er war in letzter Zeit schwer deprimiert... aus verschiedenen Gründen...«

»Ja... die Neuigkeit von dem Baby und mein Mißerfolg in dem Film... er glaubt, ich habe ihm die ganze Karriere verdorben. So sieht er es jedenfalls...«

»So hat er es gestern abend gesehen. Er wird anderer Meinung sein, das nächste Mal, wenn Sie mit ihm reden.«

Dr. Fields sollte recht behalten. Julia lag zwei Tage lang in einem abgedunkelten Zimmer im Bett. Der Gynäkologe, der sie untersucht hatte, riet ihr, so viel wie möglich zu ruhen. »Sie sind in einem kritischeren Zustand, als Sie glauben. Der seelische Kummer hat Sie mehr mitgenommen als der Fall. Ernähren Sie sich und das Baby gut. Wenn die Schwellungen und die blauen Flecke verschwunden sind, können Sie nach Hause gehen. Meiner Meinung nach ist bei Ihnen alles in Ordnung. Sie sind ein stabiles Mädchen.« Er klopfte ihr leicht auf die Wange. »Rod MacCallum wäre verrückt, wenn er Sie gehen ließe. Aber so verrückt ist er nicht. Früher war er ein richtiger Rabauke, aber im Grunde genommen ist er ein anständiger Kerl. Seine Frau war meine Patientin...«

Sie zuckte zusammen. »Anne Rayner? Was fehlte ihr?«

Er sah sie verblüfft an. »Warum konsultieren Frauen einen Gynäkologen? Anne hatte ihre Schwierigkeiten wie viele Frauen. Gelegentlich brauchte sie jemanden, mit dem sie reden konnte. Ich habe mich nach ihrem Tod um Stacia gekümmert. Das Kind war völlig durcheinander. Kein Wunder! Rod war aber sehr nett zu ihr, er tat alles Erdenkliche, um ihr zu helfen. Natürlich ist es nicht leicht, die Tochter einer so unausgeglichenen Mutter zu sein. Anne und Rod waren wie zwei Vulkane, die jederzeit explodieren konnten. Anne hatte immer sehr unregelmäßige Perioden, und sie blutete zu stark, hatte Krämpfe, Kopfschmerzen, Erschöpfungszustände... ihre Nerven waren bis zum Zerreißen gespannt. Stacia kommt noch gelegentlich zu mir. Ich kann ihr nicht mehr sagen, als daß die Zeit vieles heilt...«

»Sie hat mir nie gesagt, daß sie zu Ihnen geht.«

»Natürlich nicht. Das Mädchen ist eifersüchtig auf Sie – und hat Angst vor Ihnen. Rod ermutigt Stacia, mich aufzusuchen, weil er weiß, daß sie mir vertraut. Sie sagt mir Dinge, die sie keinem anderen Menschen anvertrauen würde. Sie sind eine große Bedrohung für das Mädchen, Julia. Jede Stiefmutter wäre es. Aber *Sie* ... Sie sind noch etwas anderes – eine Fremde mit unverständlichen Reaktionen. Sie wollte nicht, daß Rod sich wieder verheiratet, am liebsten hätte sie ihn selbst geheiratet, nur um ihn für sich zu behalten. Ihr Auftauchen hat sie fast zerstört. Ich glaube wirklich, Julia, daß eine Frau aus Ihren Kreisen unfähig ist, sich vorzustellen, was für eine Art Jugend Stacia gehabt hat. Ihren Vater hat sie nie gekannt, ihre Mutter hat mit allen möglichen Typen zusammengelebt, von denen die wenigsten sie – und auch Stacia – gut behandelt haben. Stacia hat nie im Leben Sicherheit und Ordnung gekannt, bis Rod kam und dem ganzen Unfug ein Ende setzte. Vielleicht war er nicht der richtige Mann für Anne, aber er wollte ihr Leben in normale Bahnen lenken. Und fast wäre es ihm gelungen. Aber Anne war, was man eine *femme fatale* nennt. Ich glaube nicht, daß Rod ohne Anne so drogenabhängig geworden wäre; Anne wollte Gesellschaft haben, wenn sie sich aufputschte. Ich gebe ihm an dem Unfall keine Schuld.«

»Stacia gibt ihm die Schuld.«

»Das sagt sie. Aber eines Tages mußte etwas passieren. Anne war eine der schönsten Frauen, die mir je unter die Augen gekommen sind. Aber sie war auch leicht verletzbar. Wenn man an Vorbestimmung glaubt, so war sie zum Unheil verdammt. Sie hat nie etwas Gutes vom Leben erwartet, sie hatte sich damit abgefunden, von Männern oder vom Filmstudio ausgenützt zu werden. Stacia scheint vom Schicksal nichts Besseres zu erwarten. Wenn Sie ihr helfen können...«
Er berührte ihre Hand zum Abschied. »Aber werden Sie erst mal gesund. Denken Sie zuerst an sich und das Baby, alles andere wird sich von selbst regeln...«

Julia fand seine letzten Worte reichlich banal. Wenn es ihr besser gegangen wäre, hätte sie Alasdair genommen und sich davongemacht. Sie wollte an diesem vorbestimmten Unheil nicht teilhaben.

Rod besuchte sie am nächsten Tag in ihrem Zimmer. Er sagte nichts, sondern beugte sich nur über sie und küßte zärtlich ihre Lippen.

»Was nützt es, wenn ich mich entschuldige? Du weißt, wie leid es mir tut. Ich war halb wahnsinnig, als ich dich schlug. Ich fange erst jetzt an, mich an diesen Teil des Abends zu erinnern – und an einige Dinge, die ich dir gesagt habe. Natürlich will ich das Baby haben – mein eigenes Kind. Bislang habe ich das nie so gesehen. Ich habe immer gedacht, ein Kind sei nur eine weitere Belastung. Der Doktor hat mir gesagt, daß alles in Ordnung ist, Prinzessin.« Er berührte ihr Gesicht, die blauen Flecken waren noch deutlich zu sehen, aber die Schwellungen waren zurückgegangen. »Ich muß wie von Sinnen gewesen sein, ich war von Sinnen. Aber ich komm von dem Zeug los... wenn du bei mir bleibst.«

Julia konnte sich später nicht erinnern, was sie geantwortet hatte. Vielleicht hatte sie gar nichts gesagt. Sie fürchtete sich vor der Macht, die er noch immer auf sie ausübte, und sie fürchtete sich vor ihrer eigenen Schwäche. Sie wünschte, er wäre nicht gekommen und hätte sie nicht um Verzeihung gebeten. Allein gelassen, hätte sie die Kraft aufgebracht, ihre Sachen zu packen und zu gehen. Aber als sie seine Worte hörte, seiner Stimme lauschte, waren ihre Gefühle wieder in Aufruhr geraten, wie damals als er sie bat, ihn zu heiraten. »Gib mir noch eine Chance«, bettelte er, und sie hatte an das ungeborene Kind gedacht und beschlossen, daß sie ihm noch eine Chance geben müsse.

»Doc hat gesagt, daß du noch ein paar Tage länger Ruhe brauchst«, sagte er aufgeräumt, als er merkte, daß sie seiner Bitte nachgab. »Ich dagegen werde besser schon heute nach Hause gehen. Ich muß Alasdair beruhigen und Stacia...« Er zuckte die Achseln. »Tut mir leid, Prinzessin, aber eine Weile lang muß sie noch bei uns bleiben. Ich kann sie nicht im Stich lassen, sonst gerät sie auf die schiefe Bahn wie ihre Mutter. Ich liebe dich, Prinzessin.« An der Tür wandte er sich noch einmal um. »Ich lasse dich nicht gehen – niemals. Und das weißt du auch, nicht wahr?« Er lächelte bei den Worten, doch sie klangen wie eine Drohung in Julias Ohren.

Drei Tage später kehrte sie nach Hause zurück. Alasdair klammerte sich furchtsam an sie. »Ich habe schon gedacht, ich sehe dich nie wieder.«

»Aber ich habe dir doch versprochen, daß sie wiederkommt«, sagte Rod geduldig.

»Und hier bin ich, Liebling. Ich verlasse dich nie – mein Ehrenwort.« Sie blickte besorgt in sein Gesicht. So unwahrscheinlich es schien, aber sie hatte den Eindruck, als sei das Kind in dieser kurzen Zeit gealtert. Es hatte dunkle Ringe unter den Augen, die kein Kind haben dürfte. Was hatte sie Jamies Sohn angetan? Was war mit ihren Versprechungen geschehen, die sie ihrem jungen Ehemann gemacht hatte? Viele waren nie ausgesprochen, aber feierlich in ihrem Herzen gelobt worden. Nun mußte sie einen Weg finden, ihre Gelöbnisse zu halten.

In den folgenden Tagen war Rod zärtlich besorgt um Julias Wohlergehen. Er bestand darauf, daß sie sich jeden Nachmittag hinlegte. »Du mußt auf dich achtgeben...«

Sie bemerkte etwas kühl, daß dies ihr zweites Kind und sie kein Invalide sei.

»Aber, Prinzessin, es ist *mein* erstes Kind. Ich will, daß ihr euch beide wohl fühlt. Ich brauche euch...«

Sie spürte, daß er ein fast verzweifeltes Bedürfnis hatte, sie zu beruhigen. Er saß oft still neben ihr, las, aber trank nicht. Sie sah ihm zu, wie er mit großer Geduld Alasdair das Schwimmen beibrachte. Er ließ ihr abends alle Zeit, Alasdair vorzulesen oder mit ihm über Prinzessin Cat und Sinclair zu reden, bis er langsam in den Schlaf glitt.

Rod ging mehrere Male ins Studio, erzählte ihr aber nicht, was er dort besprochen oder wen er gesehen hatte. »Ach, diese verflixten Schreiberlinge«, sagte er abwehrend. »Ich kann sie nicht dazu bringen, ein annehmbares Drehbuch zu liefern. Dieses Cowboy-Musical... es wird immer schlechter. Ich habe mich bei Morris beschwert, aber als Antwort gibt er mir nur noch etwas Schlimmeres zu lesen. Er behauptete steif und fest, daß das Musical goldrichtig für mich sei. Und daß sie bald zu drehen anfangen würden. Und ich sage ihm jedes Mal: ›Ohne mich‹.«

»Und wie lange kannst du dich noch weigern?«

»So lange, bis sie mir ein gutes Drehbuch anbieten.«

Zwei Tage später rief Morris Meadows' Büro an und bat Rod zu kommen. Er kehrte rot vor Wut zurück. »Wenn ich nicht das Cowboy-Musical annehme, suspendieren sie mich. Mich! Der ich ihnen Millionen eingespielt habe. Und sie glauben, sie können mich feuern, nur weil der letzte Film ein Reinfall war. Kein Gehalt mehr, bis ich mich einverstanden erkläre, in jedem Film mitzuspielen, den sie mir vorschlagen. Das Schwein hat doch tatsächlich meinen Vertrag vor sich auf dem Schreibtisch liegen gehabt und mir alle Klauseln vorgelesen. Es wird schwierig sein, aus dem Vertrag rauszukommen, Prinzessin. Ich darf keinen Film in eigener Regie machen. Aber ich laß sie nicht so mit mir umspringen. Ich habe einen Haufen Geld. Ich kann warten, bis in alle Ewigkeit, wenn es sein muß.«

»Aber du willst doch arbeiten, Rod. Niemand zieht sich in deinem Alter ins Privatleben zurück.«

»Das sagst du! Aber wenn du so wie ich seit Jugend auf geschuftet hättest, fändest du es vielleicht auch recht angenehm, nicht mehr arbeiten zu müssen. Jedenfalls laß ich mich von diesem Kerl nicht unterkriegen. Entweder findet das Studio ein gutes Drehbuch für mich, oder...«

Sein Agent, Phil Westin, kam und diskutierte mehrere Stunden lang mit ihm. Das Abendbrot wurde serviert, aber die beiden waren noch immer in der Bibliothek, und ihren erregten Stimmen nach zu urteilen, waren sie nicht geneigt, an einem Familienessen teilzunehmen. Julia schickte ihnen belegte Brötchen und Obst und stellte fest, daß José ihnen Eis und zwei neue Flaschen Whisky und Gin brachte. Die Stimmen aus der Bibliothek wurden lauter und wütender. Julia half Jenny, Alasdair ins Bett zu bringen. »Warum schreien sie so, Mami?«

»Sie streiten sich über einen Film, den dein Vater nicht machen will, und er hat recht.«

»Heißt das, wir werden arm sein?« fragte Alasdair. »Wenn er nicht spielt, bekommt er kein Geld...«

Julia war erschrocken, daß er so schnell die Regeln von Hollywood gelernt hatte. »Nein, wir werden nie arm sein, Alasdair. Wir haben Sinclair. Vergiß nie Sinclair. Wir hatten zwar wenig Geld, aber wir waren reich auf eine andere Art, die die Menschen hier nicht verstehen. Du hast doch alles gehabt, was du wolltest, nicht wahr?«

»Ja, und ich hatte Prinzessin Cat. Meinst du, sie fühlt sich manchmal einsam ohne mich? Ich vermisse sie so sehr. Ich glaube, Johnny versucht sie mir auszuspannen. Ich vermisse eine Menge Dinge, Mami... den Wald, die Kerrs... Es ist hübsch hier, der Swimmingpool, die Reit- und Tennisstunden, die Rod mir gibt. Aber... Es ist nicht das gleiche.« Er schlang die Arme um sie. »Ich bin froh, daß du wieder da bist. Rod war lieb zu mir, er hat mir abends vorgelesen und mir im Drugstore ein Eis spendiert, aber ich hatte Angst, das tut er nur, um mir zu verheimlichen, daß du nicht wiederkommst.«

»Ich komme immer wieder zurück, das versprech ich dir.«

Rod ging für zwei Tage in Dr. Fields' Klinik zurück unter dem Vorwand, er hätte ein Magengeschwür und könnte daher nicht filmen. »Wir versuchen, Zeit zu gewinnen«, sagte er zu Julia, »in der Hoffnung, daß etwas Besseres auftaucht.« Aber das Studio verlangte, daß ihre eigenen Ärzte ihn untersuchten, und als Dr. Fields dies ablehnte, stellten sie zeitweise die Zahlungen ein. Er kehrte sofort nach Hause zurück. »Nun gut, ich bin angeblich krank, also nehme ich einen Genesungsurlaub. Wir fahren alle nach Schottland.«

Sie packten und reisten ab, außer Jenny, die beschlossen hatte, sich eine neue Stellung zu suchen, vielleicht weil das, was sie gesehen und gehört hatte, ihr nicht geheuer gewesen war. »Alasdair braucht sie nicht mehr«, sagte Julia, »er ist alt genug, um auf sich selbst aufzupassen.«

»Bist du dir sicher, Prinzessin? Nichts ist einfacher, als einen Ersatz für sie zu finden. Ich möchte nicht, daß du dich überanstrengst, es ist ein sehr lebhaftes Kind.«

Sie schüttelte den Kopf. »Wir werden in Sinclair jemanden finden, der aufpaßt, daß er nicht in den See fällt, mehr ist nicht nötig. Seit Kriegsende gibt es viele junge Mädchen, die Arbeit suchen, und es ist ja nur für einen Sommer.«

»Vielleicht engagieren wir doch eins von diesen hochnäsigen, englischen Kindermädchen. Nach der Geburt des Babys brauchst du jedenfalls Hilfe.«

Alexandra kam nach New York, um sie zu sehen. Julia war allein im Hotel, als sie eintraf. Sie zeigte Julia einen Ausschnitt aus der Filmzeitschrift »Variety«. »Hast du das schon gesehen?«

Julia nahm ihn ihr aus der Hand und las die Schlagzeile auf der ersten Seite:

Rod MacCallum – Schloßherr in Schottland.
Rod MacCallum, den ›Worldwide‹ zeitweise suspendiert hat, zieht sich auf sein schottisches Schloß zurück, um, wie er behauptet, ein Magengeschwür auszukurieren. Laut ›Worldwide‹ ist er jedoch solange aus dem Studio verbannt, bis er sich entschließt, die Filmrolle, zu der er vertraglich verpflichtet ist, anzunehmen. Das Schloß, das im nördlichsten Teil Schottlands liegt, ist seit Hunderten von Jahren mit seiner Familie verbunden. Es diente als Hintergrund für seinen Film »Absprung in die Gefahr«. Das Schloß liegt inmitten eines Sees und ist, wie einer der Studiodirektoren bemerkte, »ein idealer Schmollwinkel«. Seine englische Frau, Julia Seymour, mit der er den mißlungenen Film »Der Verrat« gedreht hat, begleitet ihn. Die MacCallums erfreuen sich eines glücklichen Familienlebens und erwarten ihr erstes gemeinsames Kind.

Der Artikel enthielt noch mehrere grobe Ungenauigkeiten, die angeblich aus dem Pressebüro von »Worldwide« stammten.
»Julia, du hast ihm doch nicht etwa Sinclair verkauft?«
»Natürlich nicht, der ganze Artikel ist eine einzige Lüge. Sinclair gehört Alasdair. Du weißt doch, wie Geschichten verdreht werden. Rod hat viel Geld für Sinclair ausgegeben, ich konnte es nicht verhindern, er hat darauf bestanden. Wir wollen dort die Sommer verbringen, und Reparaturen waren dringend notwendig. Rod weiß, daß ich das Schloß geerbt habe und es Alasdair übergeben werde, sobald er volljährig ist.«
»Was heißt dann, das Schloß sei seit Hunderten von Jahren mit seiner Familie verbunden?«
Julia errötete. »Oh, nichts. Eine Erfindung der Presse. Sie glauben, nur weil er einen schottischen Namen trägt, bestün-

den irgendwelche verwandtschaftlichen Beziehungen zu den Sinclairs.«

»Es hat mir nur einen Schock versetzt zu lesen, daß es *sein* Schloß ist. Aber ich weiß nur zu genau, was die Zeitungen sich alles ausdenken. Stimmt es eigentlich, daß Rod ein Magengeschwür hat?«

»Nein, das war ein Vorwand, um Zeit zu gewinnen.«

Sie war sich darüber klar, daß sie Alexandra Lügen vorsetzte oder zumindest die Wahrheit verschleierte, aber sie brachte es nicht über sich, ihr von der schrecklichen Nacht zu erzählen, wo Rod sie geschlagen und bedroht hatte. Und am allerwenigsten wagte sie, der schlauen Alexandra zu beichten, daß sie im ersten Liebesrausch Rod eine Generalvollmacht gegeben hatte. Ihr war auch bitter bewußt, daß sie ihrer gesamten Familie nichts von der Adoption von Alasdair erzählt hatte, die ihr jetzt als ein Verrat an Jamie vorkam. Nach der schrecklichen Nacht hätte sie all diesen Schwierigkeiten entfliehen können, aber die Hoffnung auf eine bessere Zukunft und eine angeborene Loyalität hatten sie zurückgehalten.

»Stimmt es, daß du ein Baby erwartest?«

»Ja.« Das war der Grund, warum sie die Hoffnung, daß sie ihre Ehe doch noch retten könnte, nicht aufgegeben hatte.

Alexandra zog an ihrer Zigarette und nahm einen Schluck von ihrem Martini: »Ehrlich gesagt, bin ich wahnsinnig neidisch auf dich. Und du strahlst diese innere Zufriedenheit aus, die allen schwangeren Frauen eigen ist. Wann kommt es zur Welt?«

»Im November. Auch deshalb will Rod nach Schottland. Er wollte vermeiden, daß mich die Presse in Hollywood belästigt, und mich vor der Sommerhitze schützen. Er benimmt sich schon jetzt wie ein überbesorgter Vater. Er besteht darauf, daß ich mich richtig ernähre und meine Füße hochlege.«

»Sehr vernünftig. Ein Baby ist eine Kostbarkeit. Und Stacia? Wie nimmt dieses übelgelaunte, kleine Sexbündel die

Neuigkeit auf? Ein weiterer Rivale für sie, abgesehen von Alasdair?«

»Ist dir das auch aufgefallen?«

»Wem wäre es nicht? Wenn Rod dich nicht geheiratet hätte, hätte sie ihn in kürzester Zeit in ihr Bett gezerrt. Ich glaube, sie erträgt nur seine strenge Kontrolle, weil es für sie ein Beweis ist, daß er sich etwas aus ihr macht. Halte ein wachsames Auge auf sie, Julia, und versuch sie möglichst schnell loszuwerden.«

»Wie kann ich das? Sie ist minderjährig. Rod traut ihr nicht zu, daß sie auf sich selbst aufpassen kann.«

Alexandra zuckte die Achseln. »Ich wünschte, du könntest dich von ihr befreien. Aber sie wird nicht warten, bis sie einundzwanzig ist, um zu heiraten. Und dann trägt ihr Ehemann die Verantwortung für sie.«

Julia wechselte das Thema und erkundigte sich nach Elliots Gesundheit.

»Er sieht wieder gesund aus. Die Ärzte sagen, es wäre nur ein kleiner Anfall gewesen. Elliot hat eine kräftige Konstitution, und er könnte noch lange leben, wenn er bloß nicht alles alleine machen wollte.« Sie lächelte. »Er ist so voller Leben und Energie, und ich habe es mir abgewöhnt, mir ständig Sorgen zu machen. Momentan ist er in Baltimore, wo eine Zeitung zum Verkauf steht, sonst wäre er mitgekommen.«

Dann sprach Alexandra über den Triumph ihres Vaters auf dem Broadway. »Er hat glänzende Kritiken bekommen, und ich habe ihn für ein Magazin und eine Radiosendung interviewt. Luisa war sehr, sehr stolz. Komisch, daß ich mal geglaubt habe, sie würde ihn schlecht beeinflussen. Aber ich war damals jünger und dachte, ich wüßte alles.«

Ihr Gespräch wurde von Rod, Alasdair und Stacia unterbrochen, die von einem Einkaufsbummel zurückkehrten.

Sie kamen in London an und wurden von Michael und Luisa abgeholt. Das Wiedersehen zwischen Alasdair und Johnny war rauh, aber herzlich. Johnny hatte seit einem Jahr einen

Hauslehrer statt einer Gouvernante. Er hatte seinen sechsten Geburtstag bereits gefeiert und war sehr herablassend zu Alasdair, der einige Monate jünger war. Michael sah erstaunlich jung aus, er hatte einen Riesenerfolg als Richard III., das Stück stand seit drei Monaten auf dem Spielplan, und Julia und Rod besuchten die letzte Vorstellung. Julia spürte Rods Unbehagen, das sich noch steigerte, als Michael sich viele Male vor dem frenetisch klatschenden Publikum verbeugen mußte. Es dauerte fünfzehn Minuten, bis der letzte Vorhang herunterging. Rod war aufgestanden und applaudierte kräftig, weil er wußte, daß dies von ihm erwartet wurde, denn viele Blicke richteten sich auf ihn, um seine Reaktion zu beobachten.

Sie gingen in Michaels Garderobe, um ihm zu gratulieren und zu warten, bis er sich abgeschminkt hatte, bevor sie gemeinsam im Savoy ein spätes Abendessen einnehmen wollten. Stacia war auch mitgekommen, sie trug ein hochgeschlossenes, rotes Kleid und die Goldkette, die Rod ihr zu Weihnachten geschenkt hatte. Ihr langes, goldblondes Haar war streng aus dem Gesicht gekämmt und im Nacken mit einem roten Band zusammengebunden. Trotz dieser schlichten Aufmachung erregte sie viel Aufmerksamkeit in der Theaterpause und beim Betreten des Savoy. Luisa flüsterte während des Essens Julia ins Ohr: »Die Männer verschlingen sie mit den Blicken. Natürlich gleicht sie ihrer Mutter, aber es geht auch persönlich etwas von ihr aus... wie ein Feuerwerk, das nur darauf wartet, sich zu versprühen. Wie alt ist sie?«

»Nicht ganz siebzehn«, sagte Julia, unglücklich über die Sensation, die Stacia hervorrief. Sie fragte sich, wie lange Rod sie noch unter Kontrolle halten könnte.

Nach dem Abendessen in ihrer Hotelsuite goß Rod sich einen großen Whisky ein. Er hatte an diesem Abend vor dem Theater, während der Pause und beim Abendessen sehr viel mehr getrunken als in letzter Zeit, seit der fatalen Nacht.

»Dein Vater mag ja ein sehr netter Mann sein, aber ich kann ihn nicht ausstehen. Er blickt auf mich herab – sag bloß nicht, daß er's nicht tut. Für ihn bin ich ein Schmierenschauspieler, während er die großen Shakespeare-Rollen spielt, die ich noch nicht mal verstehen kann.« Er goß sich einen weiteren Whisky ein.

»Ihr beide habt verschiedene Aufgaben zu erfüllen, und ihr macht es beide gut.«

»Aber du ziehst es vor, deinem Vater zuzusehen, wenn er einen Krüppel spielt, statt Rod MacCallum zu sehen, wenn er eine von Japanern besetzte Insel stürmt. Ich habe dein Gesicht während der Vorstellung beobachtet. Du warst wie hypnotisiert.«

»Ich habe Vater lange nicht auf der Bühne erlebt, natürlich hat es mich interessiert.«

»Interessiert! Du verehrst ihn.«

»Rod, diese Unterhaltung ist sinnlos.«

»So sinnlos, als wenn man einen Spitzenwein mit Fusel vergleicht. Julia, geh zu Bett, ich bleibe noch etwas auf und sinne über mein Magengeschwür nach.«

»Bitte, Rod.«

»Geh zu Bett.«

Es vergingen Stunden, bis er noch halb angezogen krachend aufs andere Bett fiel. Sie wußte, er war stockbetrunken. Das zerbrechliche Gerüst gegenseitigen Vertrauens, das er in den letzten Wochen errichtet hatte, schien seit ihrer Ankunft in London zusammenzubrechen.

Am nächsten Tag litt er unter einem furchtbaren Kater, was ihm vorher noch nie passiert war. Johnny und Alasdair ritten auf ihren Ponys im Hydepark, Prinzessin Cat und Taffy waren nach London transportiert worden. Prinzessin Cat würde ihnen später in einem Viehwaggon nach Schottland folgen. Es war vereinbart, daß Luisa tagsüber die beiden Jungens beaufsichtigte und Julia am Nachmittag Stacia zum Einkaufen mitnehmen würde. Sie gingen in alle großen Kaufhäuser, aber Stacia war voller Verachtung. »Mein Gott, es gibt *nichts* zu kaufen, und die Leute sehen so schäbig aus. Überwindet dieses Land denn nie seine Kriegsmisere?«

Das einzige, was sie bewunderte, war ein Royal-Worcester-Porzellanservice. »Das ist wirklich schön.« Als sie erfuhr, daß es für den Export reserviert und erst in zwei Jahren lieferbar war, bestellte sie achselzuckend ein Service für zwölf Personen.

Julia protestierte laut. »Rod wird das nie erlauben, es ist viel zu teuer. Und überhaupt, was willst du damit anfangen?«

»Meinst du, ich will nicht irgendwann auch mein eigenes Haus und Gäste zum Essen haben? Ich werde ihn nicht darum bitten, es zu zahlen. In zwei Jahren, wenn es geliefert wird, habe ich längst meinen eigenen Vertrag und mindestens zwei Filme abgedreht. Ich bezahle es selbst.« Dann ging sie in die Glasabteilung und bestellte ein Dutzend Kristallgläser für Rotwein und ein Set Weißweingläser mit hohen, grünen Stielen. Für die Anzahlung schrieb Julia einen Scheck aus.

»Ich kann zahlen«, protestierte Stacia, »meine Mutter hat mir Geld hinterlassen, davon bezahlt Rod all die Dinge, die er mir kauft, und meine Schule und den Sprachunterricht bei Ernie Wilcox. Er gibt keinen roten Heller für mich aus, aber verwaltet das Geld, bis ich einundzwanzig bin. Ich kann es nicht erwarten, bis es endlich soweit ist und ich das Geld aus ihm herausbekomme. Natürlich, wenn ich vorher heiraten würde, könnte er nicht mehr über mein Leben bestimmen.«

»Hast du schon jemand im Sinn?«

Stacia blickte ihr voll ins Gesicht. »Ich kann mir jeden Tag der Woche einen Kerl aufreißen, wenn ich will. Ich bin bloß ein wenig wählerisch, ich brauche nicht jeden zu nehmen, der sich mir zu Füßen wirft.«

»Freut mich zu hören. So, und jetzt, wo du die großen Einkäufe für die Zukunft gemacht hast, gehen wir besser zu Luisa. Sie erwartet uns zum Tee, und Connie und Ken kommen zum Abendessen.«

Sie erreichten Luisas Haus, und weil die Jungens schon vom Reiten zurück waren, wurde der Tee im Speisesaal serviert unter der Aufsicht des Hauslehrers und eines jungen Mädchens, das Luisa zu ihrer Entlastung angestellt hatte.

Während des Tees musterte Stacia wortlos jeden einzelnen Gegenstand im Raum. Zwei Vitrinen, auf deren oberen Regalen ein kostbares, mit grünen und goldenen Rändern und mit Blumen verziertes Eßservice ausgestellt war, schien sie besonders zu interessieren. »So was habe ich heute nicht gesehen«, sagte sie.

Luisa lächelte. »Sie müßten alle Antiquitätenläden Londons abklopfen, um auch nur ein einzelnes Stück davon zu finden: Es ist ein Sèvres-Service, fast zweihundert Jahre alt. Es gehörte der Familie meines ersten Mannes.«

»Könnte ich...?«

Luisa war offensichtlich bemüht, nett zu ihrem schwierigen Gast zu sein. »Wollen Sie es sich aus der Nähe ansehen?« Sie holte aus der Schublade einen Schlüssel hervor. Als sie die Glastür öffnete, stellte sich Stacia auf die Zehenspitzen, und statt ein kleineres Stück herauszunehmen, griff sie nach einer großen Terrine mit einem Deckel von unvergleichlicher Schönheit. Luisa zog erschreckt die Luft ein, als Stacia die Terrine auf den schmalen Vorsprung zwischen dem oberen und unteren Teil der Vitrine stellte. »Ich habe heute Porzellan gekauft. Kann ich mir die Marke ansehen?« Sie ließ Luisa keine Zeit zu antworten, sondern hob mit einer Hand den Deckel hoch und drehte mit der anderen Hand die Terrine um. »O ja, ich sehe, sie muß sehr alt sein, heute könnte man sie nicht mehr bestellen.« Julia beobachtete sie, und ihr schien, daß Stacia die Terrine absichtlich fallen ließ. Sie zerschellte auf dem Parkettboden. Stacia hielt den Deckel in der Hand und sah Luisa wie ein erschrecktes Kind an. »Oh... Verzeihung, ich bin sonst nicht so ungeschickt. Ich nehme an, sie ist sehr wertvoll. Natürlich zahle ich...«

Luisa schritt vorsichtig über die Scherben. »Ich sehe, Sie sind noch ein Kind. Zweihundert Jahre kann man nicht bezahlen. Vergessen wir das Ganze, es war ein unglücklicher Zufall.«

Stacia legte den Deckel auf die Stelle, wo die Terrine gestanden hatte. Luisa hatte bereits die Jungens in ein Gespräch über ihren Reitausflug verwickelt, als ob nichts geschehen sei, aber Julia sah an ihrem maskengleichen Ausdruck, daß sie sich sehr beherrschen mußte, ihren Ärger zu unterdrücken. Stacia ging an ihren Platz zurück und starrte in ihre Teetasse, als sei sie zerknirscht und beschämt. Aber als sie ihren Kopf hob, sah Julia, wie Stacias Lippen sekundenlang zitterten, nicht als wollte sie Tränen zurückhalten, sondern als versuche sie, sich ein Lachen zu verbeißen.

12

Ein Chauffeur hatte sie in Rods Rolls-Royce durch London gefahren, doch als sie sich auf den Weg nach Schottland machten, setzte Rod sich selbst ans Steuer. Sein Gesicht war angespannt von der Anstrengung, sich auf der linken Fahrbahn zu halten. Julia hatte den Eindruck, daß er sich noch immer nicht von dem Applaus erholt hatte, der ihrem Vater zuteil geworden war. Er reagierte barsch, als Alasdair besorgt fragte, ob sich wohl jemand während der Fahrt um Prinzessin Cat kümmern würde. Sir Niall hatte versprochen, am Bahnhof zu sein, um das Pony in Empfang zu nehmen und es nach Sinclair zu bringen.

Es war eine ungemütliche Fahrt. Julia hatte Stacia den Vordersitz überlassen, damit sie Rod anhand der Landkarte die Richtung angeben konnte. Sie verfuhren sich mehrmals, besonders je weiter sie nach Norden kamen. Am zweiten Tag bestand Rod darauf, daß Julia die Landkarte las. Er wurde unnötig wütend, als sie ihn mehrmals bat, an die Seite zu fahren, damit sie besser sehen könnte. Die Straßen wurden schmäler, die Entfernungen zwischen den einzelnen Dörfern und Städten vergrößerten sich. Julia bemerkte, daß die Straßenschilder, die man im Krieg entfernt hatte, um eventuell eindringende feindliche Truppen irrezuführen, noch nicht ersetzt worden waren. Erleichtert stellte sie schließlich fest, daß sie sich auf der direkten Straße nach Inverness befanden. Endlich erreichten sie das vertraute Dorf Langwell. Alasdair schlug vor Aufregung mit den Absätzen gegen den Sitz. »Laß das, Junge! Die Sitze sind aus echtem Leder und sehr teuer«, grollte Rod.

»Ich dachte, teure Sachen halten viel aus«, sagte Stacia. »Aber in diesem Land ist es ja schick, daß die Kleider und Häuser schäbig wirken, es beweist, daß man schon längere Zeit Geld hat. Das Schloß wird vermutlich schmuck und schick aussehen wie Aschenbrödel auf dem Ball. Julias vornehme Freunde werden sich totlachen.«

Sie bogen in die Waldstraße ein, Rod trat auf die Bremse. »Raus mit dir, Stacia. Wir sehen dich im Schloß wieder. Viel Vergnügen auf deinem Spaziergang.«

»Rod«, protestierte Julia. »Das kannst du nicht tun, es sind noch drei Kilometer, und sie ist müde...« Aber er hatte schon hinter Stacia, die ausgestiegen war, die Tür zugeschlagen und gab Gas.

»Tut ihr gut. Soll sie sich die Beine vertreten, vielleicht verbessert sich dadurch ihre Laune.« Julia antwortete nichts, Alasdair verkroch sich ängstlich in eine Ecke des Rücksitzes. Ein ungemütliches Schweigen machte sich breit. Sie fuhren am McBain-Cottage vorbei, dem Rod nur einen flüchtigen Blick gönnte. Aber als der Wald am Ende die Aussicht auf den See freigab, fuhr er im Schrittempo. Das Schloß erhob sich in voller Pracht vor ihnen, vergoldet von der Abendsonne. Julia fühlte Alasdairs Atem im Nacken, als er sich auf den Sitz kniete, um besser sehen zu können. »Es hat sich nicht verändert, es sieht nur... irgendwie... na... stabiler aus.« Die Arbeiten an den Zinnen waren sorgfältig ausgeführt worden, so daß man wieder die Schießscharten sah, und das brüchige Mauerwerk war repariert. Rod fuhr langsam über die Brücke und Zugbrücke, aber Julia fühlte, daß Vorsicht nicht mehr nötig war. Die Brückenbögen waren verstärkt worden. Janet erwartete sie vor der weit geöffneten Doppeltür im Innenhof, neben ihr standen die beiden Kerrs mit ihren drei Kindern, und ein Mädchen, ungefähr achtzehn Jahre alt, versuchte sich hinter Mrs. Kerrs Rücken zu verstecken.

William Kerr eilte hinzu, um Julia die Tür zu öffnen, während Janet auf Rods Seite lief. »Willkommen in Sinclair, Mr.

and Mrs. MacCallum«, sagte sie mit schlichter Herzlichkeit. Julia fühlte einen schmerzlichen Stich, als nur Rory sich ihnen zugesellte, er wedelte mit dem Schwanz, als Julia und Alasdair sich niederknieten, um ihn zu umarmen, aber er schien kaum ihre Stimmen zu hören, und seine Augen blinzelten altersschwach. Duuf und Angus waren während des Winters gestorben.

Rod begrüßte Janet und die anderen mit einem strahlenden Lächeln, seine gute Laune war zurückgekehrt. »Es ist großartig, wieder hier zu sein. Wie geht es Ihnen allen? Mr. Kerr, Mrs. Kerr? Die Kinder sind aber groß geworden. Rachel ist wohl bald mit der Schule fertig? Und wer ist die nette Kleine, die sich versucht zu verstecken?«

»Das, Mr. MacCallum, ist Rosemarie, die älteste Tochter meiner Schwester; Kate ist auch noch da, aber Rosemarie soll erst mal aushelfen und wenn nötig auf Master Alasdair aufpassen. Sie bleibt nur den Sommer über, im September soll sie auf eine Sekretärinnenschule in Inverness gehen«, fügte sie stolz hinzu. Ein hübsches, junges Mädchen mit rötlichem Haar machte einen angedeuteten Knicks. Julia erriet, was in ihr vorging: Sie war hin und her gerissen zwischen dem Respekt, den die ältere Generation den Schloßbesitzern zollte, mochten sie auch noch so verarmt sein, und der Aufregung, einem berühmten Filmstar gegenüber zu stehen.

William Kerr konnte seine Begeisterung nicht länger zurückhalten. »Mr. MacCallum, es ist wunderbar, was sie für Sinclair getan haben. Alles ist jetzt wind- und wetterfest, das Schloß wird ohne weiteres noch einmal fünfhundert Jahre überdauern.« Alle seine früheren Bedenken, daß ein Filmstar das Schloß übernommen hatte, waren verschwunden. »Noch nie habe ich Sinclair in so einem guten Zustand gesehen. Wir haben zu unserem Leidwesen in der Zeitung gelesen, daß es Ihnen gesundheitlich nicht gutgeht, Mr. MacCallum.«

»Ein paar Tage Ruhe, und ich werde mich schnell erholen«, sagte Rod. »Aber sicher haben Sie aus der Zeitung auch erfahren, daß Mrs. MacCallum ein Baby erwartet.«

»Ja, allerdings, Sir, aber heutzutage weiß man nie, ob man den Zeitungen glauben kann. Ich hoffe, Sie fühlen sich wohl, Mrs. MacCallum. Ah, und da ist ja auch Master Alasdair, ein gutes Stück gewachsen seit letztem Jahr. Und wir werden seinen sechsten Geburtstag hier feiern. Ich erinnere mich noch genau an den Tag, als er geboren wurde... im Roten Turmzimmer, wie es sich für einen Sinclair gehört.«

Diese letzte Bemerkung schien Rod wenig zu interessieren, er ging eilig auf die offene Tür zu. Die kleine Eingangshalle, von der die Treppe hinunter zum Waschraum führte, war fast unverändert, nur daß man einen Heizkörper installiert hatte. Die Große Halle erschien Julia jetzt größer als in ihrer Erinnerung. Verdeckte Spotlampen beleuchteten die Porträts der Sinclair-Ahnen. »Ich habe sie nicht restaurieren lassen«, sagte Rod, »weil ich fürchtete, sie würden sonst zu neu aussehen.«

Rod hatte offensichtlich auch der Versuchung widerstanden, Teppiche und Vorhänge im Sinclair-Schottenmuster anfertigen zu lassen, aber die Vorhänge und der dicke Samtteppich, der nicht vollständig den polierten Holzboden bedeckte, waren in einem dunklen Rot, der vorwiegenden Farbe im Muster, gehalten. »Wir könnten ein großes Tanzfest hier geben«, murmelte Julia. Rod legte ihr den Arm um die Schulter, die erste zärtliche Geste dieses Tages. »Gefällt es dir, Prinzessin? Wir werden hier schöne Zeiten verleben.« Die Türen zum Speisesaal standen offen, auch hier hatte sich Rod zurückgehalten. Das einzig Neue waren silberne Wandleuchter und die über dem langen Tisch hängenden Kristalleuchter. Ein warmes Licht fiel auf die alte Holzverkleidung und gab dem Raum einen intimen Charme, der Julia überraschte. Die Teppiche und Vorhänge waren dunkelgrün. Rod hatte vermutlich eingesehen, daß die verschiedenen Schottenmuster im Zimmer der Haushälterin ein Fehlgriff gewesen waren. Er führte sie zur Bibliothek, sie war fast unverändert, nur besser beleuchtet. Die Bücher waren geblieben, aber das Sofa und die Sessel waren mit grün gemustertem Chintz bezogen, ein dunkles Moosgrün, das im MacCallum-Schottenmuster die dominierende Farbe war. Sie wiederholten sich in den schlichten, und wie Julia vermutete, handgewebten Vorhängen. Überall standen Blumen in Kupferbehältern, auf zwei antiken Eichenklapptischen lagen Zeitungen und Magazine. »Ich dachte, daß wir die Bibliothek als unser Wohnzimmer benutzen, der Salon ist auch renoviert, aber dieser Raum hat mehr Atmosphäre... und ich liebe Bücher.«

Wie war es ihm gelungen, fragte sich Julia, aus der Ferne so viel zustande zu bringen? Sie war überzeugt, daß er sich um jede Einzelheit gekümmert hatte. Dann fiel ihr eine Veränderung auf. In der Mitte der drei hohen Fenster war ein imitiertes altes Kirchenfensterglas eingefügt. Rod zog sie näher heran. »Ich hoffe, es ist dir recht, nachdem du mit einem MacCallum verheiratet bist. Ich vermute, du erkennst es nicht wieder. Es ist unser Clanmotto: In ardua petit, und heißt soviel wie ›er hat schwierige Dinge versucht‹. Meine Überheblichkeit, Prinzessin.«

»Rod, Liebling, du hast schwierige Dinge versucht und sie zustande gebracht. Dein Motto paßt gut hierher. Du hast ein wahres Wunder vollbracht.« Sie hatte Angst, mehr zu sagen, ihn daran zu erinnern, daß es nicht sein Haus war.

Sie sahen sich gemeinsam die Schlafzimmer an, auch sie waren zurückhaltend möbliert, und die Bezüge waren aus einfarbigem Chintz; nur das »Staatszimmer« war mit Damast ausgestattet. Janet hatte die Zentralheizung angestellt, und alle Räume waren angenehm warm außer dem Culloden-Zimmer, wo die Architekten aus unerfindlichen Gründen keinen Heizkörper angebracht hatten.

Sie kehrten zurück ins Rote Turmzimmer, das unverändert geblieben war, nur daß die Vorhänge und die Bettdecke so sorgfältig restauriert waren wie die Sinclair-Schlachtfahne in der Eingangshalle. Auch hier standen Blumen, und auf dem alten Tisch lagen die unvermeidlichen Zeitschriften und Magazine. Eine antike Imari-Schale war gefüllt mit getrockneten Rosenblättern, Julia ließ sie durch ihre Finger rinnen und sog den Duft des vergangenen Sommers ein. »Dir ist soviel eingefallen, Rod, du bist ein Künstler.«

Sie merkte, daß sie genau die richtigen Worte gefunden hatte. Sie zog ihn ans Fenster. »Schau, der Landschaftsgärtner hat sein Versprechen eingehalten.« Sie deutete auf die Tausende von verblühten Narzissen, die die Insel umsäumten, auf der das Schloß stand. »Wir sind ein paar Wochen zu spät gekommen, aber wenn sie sich noch vermehren, werden sie jedes Frühjahr eine Sensation in Schottland sein. Vielleicht werden wir nächstes Frühjahr hier sein, um sie zu bewundern.«

Er legte wieder den Arm um sie. »Ich hoffe, im nächsten Frühjahr werden wir beide mit Filmen beschäftigt sein. Aber wir werden sehen. Es freut mich, daß es mir gelungen ist, dir eine Freude zu bereiten, Prinzessin.«

Sie blickte sich noch einmal im Zimmer um, in dem ihr Sohn zur Welt gekommen war. Ihr Blick blieb an dem geschnitzten Sinclair-Wappenschild über dem Kamin hängen. »Ellen«, flüsterte sie, »Lady Ellen ...« Sie glaubte nicht, daß der bleiche Schatten von dem emsigen Treiben verscheucht worden war.

»Was hast du gesagt?« fragte Rod, als sei er eifersüchtig auf jeden ihrer Gedanken, an dem er nicht teilhatte. Er stand an der Tür zum Ankleidezimmer, in dem jetzt ein vom Boden bis zur Decke reichender Mahagonischrank stand, der zu dem alten Holz im Badezimmer paßte, dessen viktorianische Vollkommenheit erhalten geblieben war.

»Nichts ... nur daß es noch besser ist, als ich zu hoffen gewagt habe.«

»Ich bin froh, daß du nicht denkst, ich verstünde mich nur auf Pferde.«

»Du hast ein angeborenes Feingefühl«, sagte sie zärtlich.

»Wir wollen hoffen, daß unser Sohn es erbt.« Sie antwortete nicht, um seine Freude nicht mit dem Hinweis zu trüben, daß, was immer er für Sinclair getan hatte, Alasdair der Erbe war und nicht sein Kind.

Der Tee wurde im Zimmer der Haushälterin serviert, hier war das Sinclair-Schottenmuster entfernt worden. Stacia saß bereits am Tisch und bestrich Janets frisch gebackenes Brötchen dick mit Butter. »Wie war dein Spaziergang?« fragte Rod. »Das bißchen frische Luft hat dir bestimmt gutgetan.«

»Ich habe mir meine Schuhe ruiniert, aber ansonsten war es nicht schlecht«, antwortete sie achselzuckend. »Der Architekt hat prima Arbeit geleistet, und es ist warm, und dieses Zimmer sieht nicht mehr wie eine schottische Boutique aus.«

Rod lachte gut gelaunt. »Schenk mir eine Tasse Tee ein, Stacia. Ich hoffe, du wirst dich diesen Sommer hier nicht wieder so langweilen. Ich habe dir die Bücher, die du im nächsten Schuljahr brauchst, herschicken lassen. Vergiß nicht, nächstes Jahr *mußt* du endlich deine Prüfung machen. Du bist schon ein Jahr hinterher. Du willst doch nicht, daß die Leute denken, Anne Rayners Tochter sei ein Dummköpfchen.«

»Keine Angst, ich mache meine Prüfung schon, und die Leute wissen bereits, daß ich nicht dumm bin. Werde ich in einem Film mitspielen dürfen, wenn ich mit der Schule fertig bin?«

»Wenn dir eine Rolle angeboten wird...«

Sie lächelte provokant und selbstbewußt. »Wenn's davon abhängt, mach ich mir keine Sorgen.« Sie schenkte den beiden Tee ein und bot ihnen höflich Milch und Zucker an. »Nimm ein Stück Kuchen, Alasdair, er schmeckt wirklich gut.«

William Kerr gesellte sich zu ihnen. Er sprach hauptsächlich mit Rod und äußerte sich begeistert über jede Verbesserung.

»Hat man kein Skelett in irgendeinem Schrank gefunden?« warf Stacia ein.

William Kerr machte ein Gesicht, als ob er wünschte, sie hätte die Frage nicht gestellt.

»Sie haben tatsächlich im Keller menschliche Überreste

gefunden. Der Pathologe in Inverness hat gesagt, es seien die Knochen einer jungen Frau. Wir haben ihr ein christliches Begräbnis gegeben, und da wir ihren Namen nicht wußten, haben wir nur Sinclair auf den Grabstein eingemeißelt. Ich habe es Ihnen nicht geschrieben, Mr. MacCallum, um Ihre Frau nicht aufzuregen. Soweit wir wissen, war es keine Sinclair, sonst wäre sie nicht im Keller gefunden worden.«

»Wo liegt Lady Ellen begraben?«

Er runzelte die Stirn. »Ich erinnere mich an keine Lady Ellen in der Familiengeschichte, Mrs. MacCallum, aber ich bin natürlich kein Experte... Am besten fragen Sie den Pfarrer, es gibt so viele Sinclair-Gräber auf dem Friedhof. Er hat alle Unterlagen, soweit sie vorhanden sind.« Julia wünschte, sie hätte den Namen nicht erwähnt, ihre Freude über die Restaurierung des Schlosses hatte einen Dämpfer erhalten. Vielleicht hatten sie Lady Ellen doch aus dem Roten Turmzimmer vertrieben? Konnte es sein, daß es ihre Knochen waren, die man entdeckt hatte?

Sie schüttelte ihr Unbehagen ab und sagte, sie würde gerne noch einmal in die Küche gehen. Sie und Rod hatten sie nur flüchtig besichtigt, und sie wollte sie sich genauer ansehen. »Oh, hier ist jetzt alles tipptopp«, sagte Janet. Sie wies auf die neue rostfreie Doppelspüle und den großen Kühlschrank und öffnete die Tür zur Speisekammer. »Alles, was das Herz begehrt. Das meiste stammt aus Amerika. So einen großen Kühlschrank gibt es bei uns gar nicht, und jede Menge heißes Wasser. Der Tank ist riesig...«

»Wie im Gaswerk«, sagte Kate, sie hatte Julia scheu, aber herzlich begrüßt. Rosemarie hatte Tee an dem langen Küchentisch getrunken und war bei Julias Eintreten aufgesprungen. Sie blickte verlegen auf den neu gekachelten Boden.

»Ich hoffe, Alasdair macht Ihnen nicht zuviel zu schaffen, Rosemarie. Aber er wird die meiste Zeit bei den Kerrs sein, sobald die Schulferien anfangen.«

Janet zeigte Julia die kleinen Zimmer, die vom Küchenkorridor abgingen. Das Badezimmer war neu gekachelt worden, und überall war es angenehm warm. Janet zeigte Julia voller Stolz ihr eigenes Zimmer. »Mr. MacCallum hat es mir überlassen, wie ich es einrichte.«

»Sehr geschmackvoll, Janet, und bequem. Sie haben lange darauf warten müssen.«

Janet machte eine abwehrende Handbewegung. »Sinclair ist mein Zuhause, die Mängel sind mir nie aufgefallen.« Sie öffnete die anderen Türen. »Rosemarie wohnt in dem Zimmer, das Miss Jenny letztes Jahr bewohnte, und Kate ist hier untergebracht, und in dem größten Zimmer haben wir für Master Alasdair ein extra Bett aufgestellt, damit er in der Nähe von Rosemarie ist.« Julia erinnerte sich nicht, das Zimmer je gesehen zu haben. »Es war so eine Art Abstellraum«, sagte Janet. Sogar das Büro war frisch tapeziert und mit einem Teppich ausgelegt worden.

»Mr. MacCallum hat wahre Wunder vollbracht«, sagte Janet abschließend, und Julia sah, daß alle Zweifel und Vorurteile gegen den Amerikaner ausgeräumt waren. Er war jetzt als Schloßherr anerkannt. »Werden Sie bis zur Geburt des Babys hier bleiben, Mrs. MacCallum? Es wäre doch schön, wenn es in Sinclair zur Welt käme.«

Julia murmelte etwas Vages und ging nachdenklich ins Zimmer der Haushälterin zurück. Sogar das Personal schien der Ansicht zu sein, daß Rods Kind das gleiche Anrecht auf Sinclair hatte wie Alasdair.

Am Anfang kam Julia alles ganz normal und heiter vor. Rod und sie besichtigten den neu angepflanzten Schloßgarten. Sie gingen durch das neue schmiedeeiserne Tor in den von Mauern umgebenen Gemüsegarten, den die Kerrs bewirtschafteten und dessen Ertrag sie mit den Schloßbewohnern teilten. »Die Kinder haben verdammt viel zu tun hier«, sagte Rod. »In einem Gemüsegarten zu arbeiten, ist die Hölle.«

»Hast du je in einem Gemüsegarten gearbeitet?«

»Es wäre leichter, mich zu fragen, wo ich nicht gearbeitet habe, Prinzessin. Aber ich war immer ein Opportunist – und ein guter Lügner. Als ich meinen ersten Job annahm – das war zu der Zeit, als mein Vater uns ins Waisenhaus abschieben wollte –, habe ich behauptet, ich sei fünfzehn, dabei war ich knapp zwölf, aber groß für mein Alter...«

»Was für einen Job? Und wo?«

»In Vancouver, in einem kleinen Hotel. Die Besitzer haben mich unverschämt ausgenutzt, geschlafen habe ich im Keller...«

»Und woher hattest du das Geld, nach Vancouver zu fahren?«

»Ich hab's von meinem Vater gestohlen, Prinzessin. Ich fand, wenn er uns in einem Waisenhaus abladen wollte, hatte ich das Recht, mich mit seinem Geld aus der Klemme herauszuwinden. Ich habe so viele Kilometer wie möglich zwischen ihn und mich gelegt... und danach hieß ich MacCallum. Und was den Gemüsegarten betrifft, so habe ich einen Sommer lang in der Nähe von Portland gearbeitet, nachdem ich schwarz nach Amerika eingereist war. Es war so verdammt heiß dort, daß ich die Pflanzen mit meinem Schweiß hätte begießen können. Das war in den zwanziger Jahren, Prinzessin, und es gab eine Menge armer Leute in Amerika... ach, laß uns das alles vergessen, es war keine schöne Zeit. Komm, gehen wir was trinken, bevor wir uns umziehen. Rate mal, wer zum Essen kommt?«

»Am ersten Abend?«

»Nun, wer anderes als unser alter Freund Sir Niall? Meinst du, ich bin so unhöflich, ihm nicht dafür zu danken, daß er Prinzessin Cat hierhergebracht hat?«

Als sie gemeinsam die Treppe hinuntergingen, faßte er plötzlich mit hartem Griff nach ihrem Arm. »Es hat sich gelohnt, Prinzessin – bis auf den letzten Cent. Ich bin nach Hause gekommen.«

Sir Niall trug seinen formellen Kilt und eine Samtjacke. Julia hatte keine Zeit, über Rods seltsame Worte nachzudenken, bevor Sir Niall sie umarmte. »Willkommen zu Hause, ich kann Ihnen nicht sagen, wie sehr ich Sie vermißt habe.«

Dann schüttelte er Rod und anschließend Alasdair die Hand. »Wir werden deinen sechsten Geburtstag mit allem Drum und Dran hier feiern.« Zum Schluß wandte er sich Stacia zu, der man ansah, daß sie nicht erwartete, in diese herzliche Begrüßung eingeschlossen zu werden. Sir Niall lächelte sie an und sagte: »Ist es möglich, daß Sie noch hübscher geworden sind?«

Es wurde Alasdair erlaubt aufzubleiben. Sie aßen im Speisesaal beim milden Licht der Kronleuchter und Kerzen. Als Rod den Wein eingeschenkt hatte, hob Sir Niall sein Glas und trank ihm zu. »Sie haben hier wirklich ein Wunder zustande gebracht.«

Rod nickte und lächelte, er genoß seinen Triumph, der ihm mehr bedeutete als Geld oder Ruhm. Und er dachte, Sinclair gehöre ihm – ihm und seinem Kind.

Als Alasdair zu Bett gegangen war, begleiteten sie Sir Niall in den Hof, um sich zu verabschieden, doch bevor er in seinen Wagen stieg, wandte er sich noch einmal um. »Julia, es tut mir leid, daß Duuf und Angus tot sind. Kerr hat mich bei jedem Besuch des Tierarztes gebeten herüberzukommen. Sie waren beide alt und sehr müde. Duuf hat seinen Bruder nur um wenige Wochen überlebt. Aber Sie haben wenigstens noch den alten Rory... ich erinnere mich noch so gut an die Hunde, als sie jung waren... Jamie liebte sie...« Er winkte ihnen zu und fuhr unerwartet schnell in die dunkle Nacht. Rods Ausdruck verriet Julia, daß er James' Namen in Sinclair nicht mehr gern hörte.

Gleich nach ihrer Ankunft begann ein reges gesellschaftliches Leben, wie es Julia in Sinclair nicht gewohnt war. Alle Leute, die im vergangenen Jahr zu Rods berühmter Party in Inverness gekommen waren, wurden jetzt nach Sinclair eingeladen, um die vollendeten Arbeiten zu bewundern und zu loben. Niemand erwähnte den diskreten Geschmack, den er bei der Renovierung gezeigt hatte, aber Julia spürte, daß er ihm hoch angerechnet wurde.

Zur Langeweile gab es wenig Gelegenheit in diesen Wochen, und Rod gab sich nach außen hin gut gelaunt und gelassen, aber Julia wußte, daß er innerlich vor Ungeduld schäumte, weil »Worldwide« seit seiner Abreise aus Hollywood nichts von sich hören ließ. »Ich habe das Gefühl, ich sei im See versunken«, sagte er eines Morgens zu Julia, während er die Zeitung durchblätterte. Er warf die Briefe auf den Tisch. »Ach, zum Teufel mit dem Ganzen, sie werden schon nachgeben, vielleicht bekomme ich ein besseres Angebot als je zuvor. Es lohnt sich immer, ein wenig Unabhängigkeit zu zeigen, dann wird ihnen klar, daß Hollywood nicht der Nabel der Welt ist. Ich könnte ewig hier bleiben, ohne ihr verdammtes Gehalt. Es gibt wenige Filmschauspieler, die das von sich sagen können.«

Julia bemerkte indessen, daß er oft Phil Westin in Amerika anrief, was wegen der schlechten Verbindung mühsam und frustrierend war.

Sie waren eingeladen, immer zusammen mit Stacia. Für ihre Fahrten benutzten sie stets den Rolls-Royce, weil Rod den Jeep, den er im vergangenen Jahr gekauft hatte, den Kerrs geschenkt hatte. Julia fiel auf, daß Rod, wenn sie eingeladen waren, unnatürlich aufgedreht war. Aber sobald sie wieder in Sinclair waren, versank er in eine düstere Stimmung. Er trank so viel wie in Hollywood, wenn etwas schiefgegangen war. Er ging nur selten in den Wald und ritt nie mehr mit Alasdair aus, und er verbot selbst Julia, im Wald spazierenzugehen. »Ich habe Angst, daß du hinfällst und das Baby verlierst. Es könnte Stunden dauern, bis man dich findet.«

»Dann begleite mich doch, wir könnten bis zum Cottage gehen, das ist nicht weit, und es würde dir guttun.«

»Ich will das verfluchte Cottage nie wiedersehen. Ich ärgere mich jedesmal, wenn ... Wir sollten es abreißen, es dient niemand.«

Julia wußte, es war das letzte Stück seiner Vergangenheit, das er zerstören wollte. »Das kannst du nicht tun, du hast nicht das Recht dazu. Eines Tages wird es vielleicht wieder gebraucht. Es kostet Geld, ein Cottage zu bauen...«

Er unterbrach sie wutentbrannt: »Sag mir nicht, was die Dinge kosten. Weißt du, wieviel ich in dieses Haus gesteckt habe? Nein! Weil du es nicht wissen wolltest. All die Monate in Beverley Hills hast du genau gewußt, was ich hier tat. Aber du hast nicht einmal verlangt, die Pläne zu sehen, und auch nicht nach den Kosten gefragt.«

»Du hast mir alle Fragen abgeschnitten. Du hast gesagt, es wäre deine Angelegenheit und ich solle mich nicht einmischen. Mir ist völlig klar, daß du ein Vermögen ausgegeben hast, aber jedesmal wenn ich versucht habe, mit dir darüber zu sprechen, hast du gesagt, ich solle den Mund halten. Wolltest du womöglich nicht daran erinnert werden, daß du Geld ausgibst für etwas, das dir nicht gehört?«

»Alasdair ist noch ein Kind. Vieles kann geschehen, bis er Sinclair übernimmt. Vielleicht ist er eines Tages sogar froh, das ganze Ding loszuwerden.«

»Aber Sinclair gehört Alasdair nicht, selbst wenn er volljährig ist. Es gehört ihm erst, wenn *ich* es ihm gebe.«

Rod lächelte selbstzufrieden. »Nun, das ist das Ende *dieser* Diskussion. Hast du vergessen, daß du mir eine Vollmacht unterschrieben hast?«

»Du würdest sie doch nie für diesen Zweck mißbrauchen?«

»Du kennst mich schlecht. Ich tue, was ich für richtig halte. Alasdair ist noch nicht Schloßbesitzer.«

»Wenn du mir oder Alasdair Sinclair fortnimmst, dann werde ich...«

»Was tun?« Er stand vom Sofa in der Bibliothek auf und ging zum Getränkeschrank, um sein Glas aufzufüllen. »Schwierige Sache, Prinzessin, schließlich habe ich dich als Miteigentümerin von dem Haus in Beverley Hills und der Ranch eintragen lassen. Eine großzügige Geste von einem liebenden Gatten, und du hast mir dafür die Vollmacht ausgestellt und der Adoption von Alasdair zugestimmt, und damit ist er erbberechtigt.« Er prostete ihr zu. »Laß uns nicht weiter darüber sprechen, sondern lieber über Alasdairs Geburtstag nachdenken. Wir sollten eine tolle Party geben: alle Kinder der Umgebung am Nachmittag und ein großes Dinner am Abend für die Erwachsenen. Ich werde deinen Vater anrufen und ihm sagen, es wäre an der Zeit, daß er sich hier sehen läßt. Vielleicht könnten auch Ken und Connie kommen. Ja, wir werden ein Geburtstagsfest geben, das niemand so schnell vergißt. Viel Zeit haben wir nicht, aber es ist zu schaffen. Ach, habe ich dir gesagt, daß Ernie Wilcox in einigen Tagen kommt, und es könnte sein, daß Margot Parker gerade rechtzeitig zu dem Geburtstagsfest eintrifft... das wird einen netten, kleinen Artikel für sie abgeben. Ich habe ihr versprochen, daß sie die erste ist, die mich hier interviewen kann. Zwei Wochen später kommen die Condé-Nast-Leute – mit Kameras. Ich habe Phil Westin gesagt, er solle die Artikel und Fotos den Forster-Zeitungen anbieten, aber die haben es aus unverständlichen Gründen abgelehnt, obwohl Margot Parker die Forster-Agentin in Hollywood ist. Margot schreibt daher ihre Geschichte für eins der Filmmagazine. Meinst du, daß dein Schwager uns absichtlich die kalte Schulter zeigt? Oder ist es Alexandra? Hab ich dich zu sehr mit Beschlag belegt, Julia? Aber du bist nicht mehr ihre kleine Schwester, du bist meine Frau und erwartest von mir ein Kind. Alexandra wünscht sich ein Kind, nicht wahr? Und der hochnäsige Elliot noch mehr. Was ist los mit ihnen? Schaffen sie's nicht mehr?«

Wut und Hilflosigkeit schnürten Julia die Kehle zusammen. »Du hast... all diese Verabredungen getroffen, ohne... ohne mir nur ein Wort zu sagen? Du weißt, daß Margot Parker eine Giftspritze ist, und du hast sie nach *Sinclair* eingeladen?«

»Margot Parker ist eine der mächtigsten Frauen von Hollywood, wie du sehr wohl weißt. Man *glaubt* ihr, was sie schreibt, selbst die Studiobosse glauben ihr die Hälfte. Sie ist eine ganz ausgekochte Person – und eine gefährliche Feindin.

Es ist besser, sich gut mit ihr zu stellen. Als ich sah, daß die Renovation hier gelungen war, habe ich ihr sogleich ein Telegramm geschickt; sie macht eine Seereise auf unsere Kosten und sollte daher zuckersüß sein, wenn sie ankommt.«

»Ich kann es immer noch nicht glauben, daß du das alles arrangiert hast, ohne mich zu fragen.«

Rod zuckte die Achseln. »Warum nicht? Reklame ist wichtig. Gott, ich würde gern Morris Meadows' Gesicht sehen, wenn er den Artikel liest. Wenn er glaubt, ich hätte mich in eine Hütte verkrochen und warte nur darauf, daß er mich zurückruft, um in seinem Cowboy-Musical zu spielen, dann hat er sich schön geirrt...«

Julia stand auf. »Ich werde nicht zulassen, daß mein Vater in diesen miesen Reklametrick hineingezogen wird. Ich werde ihn warnen. *Er* braucht keine Margot Parker...«

Sie zuckte zusammen, als er nach ihrem Handgelenk griff. »Du richtest dich besser nach meinen Wünschen, Prinzessin. Es wäre sehr dumm von dir, wenn du es nicht tätest. Du willst doch schließlich Alasdair nicht seinen Geburtstag verderben, oder? Wenn du es tust, dann werde ich ihm sagen: Deine Mami will nicht, daß du dich gut amüsierst, und vielleicht... vielleicht hat Prinzessin Cat Sehnsucht nach Taffy, und dann müßten wir sie nach Anscombe schicken.«

»Du Teufel! Und ich glaube sogar, daß du es tätest.«

»Ja, ich täte es bestimmt, verehrte Prinzessin, glaub ja nicht, daß die feinen Manieren deiner exklusiven, kleinen Welt auf einen Rod MacCallum Eindruck machen.«

»Ich trenne mich von dir... ich lasse mich scheiden...«

Das seltsame, weltferne Lächeln, von dem sie jetzt wußte, daß es von den Drogen herrührte, erschien wieder auf seinem Gesicht. »Du wirst dich schwertun, Prinzessin – habe ich dir nicht die Welt zu Füßen gelegt? Was willst du als Scheidungsgrund anführen?«

»Du hast mich bedroht... geschlagen.«

»Hast du dich bei der Polizei beschwert? Hast du mein Haus... hast du mich verlassen?«

»Ich habe Zeugen, Maria, José, Dr. Fields...«
Er lachte laut. »Meinst du wirklich, sie würden für dich aussagen? Du kennst Hollywood nicht. Maria und José würden keinen neuen Job bekommen, und kein Patient würde mehr Sam Fields Klinik betreten, wenn sie fürchten müßten, daß irgend etwas, das dort vorgeht, an die Öffentlichkeit gelangt. Du bist lieb, Prinzessin, aber sehr weltfremd.«
»Ich verlasse dich.«
»Bitte – tu es. Und ich werde vor allen Gerichten hier und in Amerika um die Vormundschaft von unserem Kind *und* Alasdair kämpfen. Ich werde die Vollmacht gebrauchen, um dir alles fortzunehmen, was du glaubst zu besitzen. Ich kann dir sogar dieses Schloß fortnehmen, Alasdairs Erbe, wie du so oft beliebst, mir vorzuhalten. Es wird eine schmutzige, lange Auseinandersetzung werden. Wie würdest du vor der Welt dastehen? Ich bin ein Filmstar und habe versucht, aus dir einen Star zu machen. Ich habe das Geld – und was hast du? Ein verfallenes Schloß und keinen Cent in der Tasche. Ich bin sehr großzügig, Prinzessin. Sieh nur, wie ich Anne Rayners Tochter behandelt habe. Hat ihr je etwas gefehlt? Ich habe mich um sie gekümmert, ihr Unterricht geben lassen...«
»Du nimmst Drogen... das spricht dir das Recht ab, ein Vater zu sein.«
Er zuckte die Achseln. »Ja, gelegentlich, aber ich kann damit aufhören, wann immer ich will. Und niemand kann es mir beweisen. Wenn du eine gesetzliche Genehmigung für einen Test bekommst, werde ich sauber sein. Oh, es wird einen bösen Kampf geben, und du würdest wünschen, du hättest ihn nie begonnen. Gib also Ruhe, Julia. Anfangs war doch alles gut. Du warst glücklich, mich zu heiraten. Du wolltest nicht hier in dem alten Kasten den Rest deines Lebens verbringen. Die Schulden standen dir bis zum Hals. Ich weiß Bescheid. Kerr hat mich die Bücher einsehen lassen, als er begriff, wieviel Geld ich bereit war auszugeben. Er hat zu lange für Frauen gearbeitet, sie haben ihre Rolle im Leben, aber Geschäfte betreiben können sie nicht. Ich bin mit

Kerr übereingekommen, daß ich erst das Schloß repariere und mich dann ums Gut kümmere, neue Maschinen und gutes Ackerland kaufe, wenn welches auf den Markt kommt. Aber all das wird in meinem Namen geschehen. Er weiß, daß ich von dir eine Vollmacht habe, und das schien ihm auch normal und vernünftig.

Überdenke deinen Entschluß, Prinzessin. Es könnte alles so nett und friedlich sein. Wir geben dem Jungen eine tolle Geburtstagsparty, und alle Leute, die wir einladen, werden kommen, auch Margot Parker und alle anderen, die ich hier sehen will. Dies ist *mein* Schloß. Und deinen kleinen Temperamentsausbruch führen wir auf deine Schwangerschaft zurück. Schwangere Frauen tun seltsame Dinge, wie zum Beispiel einen guten Ehemann fortschicken, ohne einen anderen in Reserve zu haben. Dir wird es nie wieder so gutgehen wie jetzt – dir und Alasdair. Vergiß nicht, was du ihm antun würdest, und *unserem* Sohn. Geh jetzt, Julia und komm zur Vernunft.«

Sie bewegte sich auf die Tür zu. »Ich hasse dich. Ich bin jetzt nicht stark genug, mich gegen dich zu wehren, aber wenn das Baby geboren ist, werde ich es tun.«

»Nachdem das Baby geboren ist, wirst du eine glückliche und zufriedene Mutter sein und einsehen, daß alles, was ich für dich tue, zu deinem Besten ist. Du wirst dann verstehen...«

»Ich werde mich von dir trennen, Rod, wie, weiß ich noch nicht, aber irgendwie werde ich dich los... und behalte meine *beiden* Kinder.«

Er warf den Kopf zurück und brach in ein lautes, irres Lachen aus. »Dazu müßtest du mich schon umbringen.«

Sie öffnete die Tür, drehte sich um und schrie: »Ich könnte dich umbringen, um meine Freiheit wiederzuerlangen, für das Recht, meine Kinder zu erziehen, wie ich will. Ja, ich könnte dich töten!«

Als sie auf den Korridor hinausging, stand Stacia dort und hinter ihr Kate mit dem Teetablett, und am Ende des kurzen

Korridors tauchte Alasdair mit Rosemarie auf. Das junge Mädchen und das Kind starrten sich mit weit aufgerissenen Augen an, und Julia sah, daß die Lippen ihres Sohnes zitterten.

»Töten würden Sie ihn, tatsächlich?« sagte Stacia mit einem rätselhaften Lächeln auf den Lippen. »Das hat meine Mutter auch immer gesagt, aber zum Schluß war nicht er, sondern sie tot.«

»Tot!« schrie Alasdair. »Mami, du kannst nicht getötet werden. Nein!«

Rod ging zur Tür und legte die Hand sanft auf Julias Schulter. »Du hast ganz recht, Junge, Mami kann nicht getötet werden. Sie ist nur ein wenig erregt, weil sie sich nicht wohl fühlt. Sobald dein kleiner Bruder geboren ist, geht es ihr wieder besser. Das verspreche ich dir.«

Julia schüttelte seine Hand von ihrer Schulter ab, schob Stacia beiseite und rannte zu Alasdair, nahm ihn bei der Hand und zerrte ihn durch die Halle und den Speisesaal. Rosemarie folgte ihnen. »Oh, Mrs. ... «

Sie erreichten das Zimmer der Haushälterin, Janet hatte die rennenden Schritte vernommen. Sie stand in der Küchentür. »Gehen Sie zu Ihrem Tee in die Küche, Rosemarie, dies ist nichts für Sie ...«

Alasdair hatte mittlerweile zu weinen angefangen. Julia setzte sich und nahm ihn auf den Schoß, wobei sie versuchte, ihre eigenen Tränen zurückzuhalten. Janet stand schweigend neben ihr. Alasdair stieß unter Schluchzern heraus: »Stacia hat gesagt, Mami wird getötet, laß es nicht zu, Janet, nicht wahr, du läßt es nicht zu?«

»Nein, natürlich nicht! Was für ein dummer Ausspruch. Warum sollte deine Mutter... warum sollte sie sterben?«

»Ich weiß es nicht. Aber Stacia hat gesagt, ihre Mutter wurde getötet und Mami auch.«

»Dem Mädchen sollte man den Mund verbieten.« Janet nahm Alasdair aus Julias Armen und setzte ihn auf ihre Knie. »Hör zu, Alasdair, ich habe mich seit deiner Geburt um dich gekümmert und dich nie angelogen. Deine Mutter wird nicht sterben. Stacia ist eine Närrin und redet Unsinn. So, und jetzt denk nicht mehr daran.« Sie zog ihr Taschentuch hervor und wischte ihm die Tränen ab. »Nun geht's schon besser, nicht wahr? Deine Mutter wird bald ganz gesund sein, nachdem das Kleine geboren ist. Frauen fühlen sich manchmal schlecht zu der Zeit, das kannst du noch nicht verstehen. Aber wenn das Baby erst mal da ist...«

»Ich will das Baby nicht!« schrie Alasdair. »Ich will keinen kleinen Bruder. Warum ist nicht alles wie früher... bevor... bevor er da war. Ich werde ihn töten... Mami hat gesagt, sie tötet ihn, aber ich tue es, bevor sie es tut. Ja, ich töte ihn, und alles wird wie früher sein...«

Janet legte ihm sanft die Finger auf die Lippen. »So etwas wollen wir nie wieder sagen, Alasdair. Niemand wird getötet in diesem Haus und niemand wird sterben... Wir alle haben noch viele Jahre vor uns. Natürlich, die alten Leute... aber das ist nun mal so...«

»Mein Onkel war jung, als er im See ertrank. Mein Vater wurde getötet im Krieg, mein Großvater wurde getötet im Wald. Leute werden getötet, bevor sie alt sind.«

»Wer hat dir das alles erzählt, Kind!«

»Rod hat es mir erzählt und Stacia. Sie hat mir auch von ihrer Mutter erzählt.«

Janet drückte das Kind fest an sich. »Es wird nicht wieder passieren.« Über seinen Kopf hinweg sagte sie leise zu Julia: »Wie bösartig! Was haben wir hier, Mistress, ein Vipernnest?«

Während der nächsten Wochen hatte Julia das Gefühl, als liefe ein surrealistischer Film vor ihren ungläubigen Augen ab. Rod hatte vorübergehend eine Sekretärin, eine Miss Grant, angestellt, die jeden Tag aus Inverness kam. Die beiden belegten die Bibliothek mit Beschlag, und einer von ihnen war ständig am Telefon. Alles wurde bis ins kleinste Detail organisiert. Alasdairs sechster Geburtstag wurde zu einer riesigen Schau aufgebauscht, Lebensmittel und Geschenke wurden von New York eingeflogen. Jedes Kind vom Gut erhielt ein Spielzeug und einen Pullover mit passender Mütze. Rod schien Julias passive Haltung als völlig normal anzusehen, als etwas, das er erwartet hatte, nachdem er ihr die Ausweglosigkeit ihrer Situation klargemacht hatte. Auf der Gästeliste für das abendliche Bankett fehlte keine bekannte Familie der Umgebung. Julia schien es, als träfen die Zusagen nur zögernd ein, aber als sich herumsprach, daß Julias Vater mit Luisa und Johnny kämen, sagten alle zu. Alasdairs Geburtstag fiel in die Mitte der Woche, aber Rod hatte die Feier aufs Wochenende verlegt. Die Gutsarbeiter und Pächter würden am Samstagnachmittag mit Essen und Getränken im Zimmer der Haushälterin bewirtet werden. Aus Inverness waren zwei Köche, Kellner und Kellnerinnen aufgeboten worden, die zusätzliche Gläser und Teller mitbringen sollten. Rod hatte einige Ochsen und Schafe schlachten lassen, die bereits im Kühlraum des Schlosses hingen, und sechs Schinken aus London bestellt. Sir Niall hatte zwei Rehrücken beigesteuert, und Janets Speisekammer füllte sich mit Zucker, Mehl, Butter und Eiern. Julia war voller Schuldgefühle. Sie erinnerte sich an die Fleischerläden in London, wo ein Normalverbraucher seine ganze Wochenration für ein Lammkotelett hergeben mußte.

Rod hatte Connie und Ken mit Hilfe von Miss Grant überreden können, mit ihren Kindern nach Sinclair zu kommen, und hatte ihnen Fahrkarten erster Klasse geschickt. Geld schien in diesen hektischen Wochen für Rod keine Rolle zu spielen. »Prinzessin«, sagte er, »ich habe mein Leben noch nie so genossen. Dieses Fest wird alle Hollywood-Partys übertreffen, die ich je gegeben habe. Ein Gastgeber in seinem eigenen Schloß. Das mache mir mal einer nach!«

Julia sagte ihm nicht, daß es nicht sein Schloß war, damit würde sie warten, bis das Fest vorüber war.

Ernie Wilcox war angekommen und genoß jede Minute seines Besuchs. Er nahm an jeder Einzelheit der Vorbereitungen mit offensichtlicher Begeisterung teil. Er half Miss Grant und verbrachte Stunden bei einem Floristen in Edinburgh, um über die Blumenarrangements zu diskutieren. Er seufzte vor Vergnügen beim Anblick des Sinclair-Silbers und des Meißner Porzellans.

Eines Nachmittags begleitete er Julia auf ihrem Waldspaziergang. »Ich kann Ihnen gar nicht sagen, wie stolz ich auf Rod bin. Das Haus in Beverly Hills ist natürlich hübsch ... aber das hier ist einzigartig. Er hat mich ein paarmal um Rat gefragt, aber das meiste hat er selbst entschieden. Er ist ein gescheiter Bursche. O ja, ich weiß... Schulbildung hat er keine. Aber er saugt Wissen auf wie ein Schwamm. Schade, daß ihm das gewisse Etwas zu einem wirklich großen Schauspieler fehlt... wie Ihr Vater einer ist. Ich kann es kaum erwarten, ihn kennenzulernen, Julia.«

Sie waren fast beim McBain-Cottage angelangt, als er dieses sagte. Sie erwähnte mit keinem Wort, was sie über Rods Herkunft wußte, aber fragte sich, ob Rod es nicht bedauerte, ihr in jener ersten Nacht vor dem Kaminfeuer die Wahrheit erzählt zu haben. Ob er wohl seine damaligen Worte jetzt ableugnen würde?

Alasdair bekam seinen ersten formellen Schottenrock mit einer Samtjacke, einem gerüschten Hemd und einem Paar Schnallenschuhen. Rod hatte das Sinclair-Muster, das Julia ausgesucht hatte, abgelehnt. »Er ist mein Adoptivsohn und wird das MacCallum-Muster tragen.«

Sir Niall, der Alasdair zu seinem Schneider mitgenommen hatte, protestierte: »Was immer für legale Schritte Sie unternommen haben, Rod, für uns hier ist Alasdair ein Sinclair. Brüskieren Sie die Leute nicht.«

Rod zuckte die Achseln. »Es ist alles schon zugeschnitten, es ist zu spät, es noch zu ändern.«

Er und Ernie beschäftigten sich mit der Verteilung der Zimmer. »Ist es dir recht, Prinzessin, wenn wir das Rote Turmzimmer für einige Tage Margot Parker überlassen? Es würde sich sensationell in ihrem Artikel ausmachen. Du und ich könnten in das Blaue Staatszimmer ziehen, es hat jetzt ein eigenes Bad. Und dein Vater und Luisa müssen natürlich in der Prinz-Charles-Suite wohnen...«

Rod war äußerst verärgert, als eine steif formulierte Absage von Alasdairs Onkel, dem Earl, Lady Jeans Bruder, eintraf. »Wir sind ihm wohl nicht vornehm genug? Er fürchtet vermutlich, Hollywood würde auf ihn abfärben. Aber genau besehen ist es sogar besser, er kommt nicht, weil wir kein geeignetes Zimmer haben, um den feinen Herren unterzubringen, es sei denn, du und ich wären in die kleinen Zimmer über dem Roten Turmzimmer gezogen, die noch nicht renoviert sind...«

Connie, Ken und ihre zwei Kinder wurden in den zwei Turmzimmern von Callum und Jamie untergebracht, die sonst Stacia bewohnte. Sie hatte ein wenig gemurrt, ihr »kleines Reich«, wie sie es nannte, abzutreten, aber dann doch gutwillig zugestimmt: »Für die beiden tue ich es gerne, ich freue mich, daß sie kommen.« Ihr war das Culloden-Zimmer zugewiesen worden, das zwar sehr pompös war, aber noch keine Zentralheizung hatte. Mit seiner antiken Holzverkleidung war es das wohl eindrucksvollste Schlafzimmer im Schloß, und Rod war wütend, daß die Heizungsingenieure hier versagt hatten.

Julia hatte all diesen Gesprächen wortlos, aber mit wachsendem Unbehagen zugehört. Alasdair und sie standen tief in Rods Schuld, aber sie schwor sich im stillen, daß Sinclair nie wieder als Reklame für Rod benutzt werden dürfte. Er sollte seinen Triumph haben, er hatte es verdient, daß alle Zeitschriften und Magazine ihn als Eigentümer von Schloß Sinclair feierten, aber das mußte seinem Ehrgeiz genügen.

Eines Tages sagte er zu ihr: »Oh, Prinzessin, ich habe ganz vergessen, dir zu erzählen, daß Bill und Rita Fredericks morgen in Southampton landen. Leider müssen sie in Inverness im Caledonian-Hotel absteigen, wir haben nicht genug Platz hier.« Er sah den anwesenden Architekten vorwurfsvoll an. »Sie hätten im Culloden-Zimmer übernachten können, und

Stacia hätten wir im Nordturm untergebracht. Wir müssen diesen Nordturm restaurieren.«

»Mr. MacCallum, ich habe Ihnen mehr als einmal gesagt, lassen Sie die Finger von diesem Nordturm! Er ist gefährlich. Im übrigen gibt es dort nur zwei kleine Zimmer, und auf der ganzen Welt existiert kein Heizkessel, der groß genug ist, um sie auch nur halbwegs warm zu halten.«

Die Gäste trafen allmählich ein. Zuerst Bill und Rita Fredericks, dann Connie mit ihren zwei Kindern, Margaret und Clive. Rod fuhr im Rolls-Royce zum Bahnhof, um jeden persönlich in Empfang zu nehmen, und bevor sie noch recht Luft holen konnten, führte er sie im Schloß herum. Rod war offensichtlich irritiert, daß er die Fredericks nicht im Schloß unterbringen konnte, aber er hatte kürzlich einen Jeep gekauft, den er Bill zur Verfügung stellte.

Connie war verblüfft und tief beeindruckt von dem, was sie sah. »Ich kann es kaum glauben, ich war hier während des Kriegs, wie du weißt«, sagte sie zu Rod. »Es war... nun, so wie jetzt war es jedenfalls nicht. Sie bewohnten nur wenige Zimmer und versuchten, nicht zu erfrieren...«

»Das brauchst du mir nicht zu erzählen, Connie. Wir haben hier schließlich gefilmt... allerdings haben wir eine Menge Geld gezahlt, so daß die Räume halbwegs bewohnbar waren. Aber ich hoffe, dieses Mal hast du es bequemer.«

»Darf ich Sie einmal in London besuchen, Connie?« fragte Stacia. Sie hatte erstaunlicherweise Margaret und Clive zu sich aufs Sofa gezogen und schnitt Kuchenstücke für sie ab.

Connie sah etwas überrascht aus. »Ja... ja, natürlich, wann immer Sie wollen, aber ich habe Ihnen nichts Amüsantes zu bieten.«

»Haben Sie noch immer das kleine Gatter, das auf die Heide führt?«

»Ja, natürlich. Mr. Warren würde nie auch nur einen kleinen Teil des Grundstücks verkaufen. Es würde Mrs. Warren sehr unglücklich machen.«

»Eines Tages wird er es tun«, sagte Rod, »wenn die Steuern steigen und er feststellt, daß er ein Vermögen für das Grundstück bekommt.«

»Nein, er wird nicht verkaufen, solange Mrs. Warren am Leben ist.«

Rita Fredericks fragte teilnehmend: »Macht es Ihnen nichts aus, mit Ihren Schwiegereltern zusammenzuleben? Hätten Sie nicht lieber Ihr eigenes Heim?«

Ein warmes Lächeln erhellte Connies Gesicht, das sie, wie Julia fand, noch schöner und strahlender aussehen ließ. »Mein Gott, nein! Ich habe so ein unverdientes Glück. Meine Schwiegereltern sind reizend, und sie lieben die Kinder.« Ihre Stimme hatte einen kaum hörbaren vorwurfsvollen Unterton. »Wir leben sehr viel bequemer als die meisten Leute, und in einem gemeinsamen Haushalt kommen wir mit den noch immer rationierten Lebensmitteln viel besser aus, und meine Schwester Alexandra schickt uns eine Menge Konserven aus Amerika. Wir leben sehr gut.«

Bill Fredericks, der auf Rods Drängen hin seine Teetasse mit einem Glas Whisky vertauscht hatte, sagte: »Ich habe jetzt eine Menge über Ihr Leben gehört und bin gespannt, Ihren Mann kennenzulernen. Er muß etwas ganz Besonderes sein, daß er sich eine so schöne Frau erobert hat, die zufrieden ist, nur eine Hausfrau zu sein, und die ihm zwei so reizende – und wenn ich das hinzufügen darf –, wohlerzogene Kinder geschenkt hat.«

Connie errötete. »Wir sind nichts Besonderes.«

»Deshalb sind Sie ja so ganz besonders,« warf Stacia ein.

Der große Augenblick für Rod kam, als er nach Inverness fuhr, um Michael, Luisa und Johnny vom Nachtzug aus London abzuholen. Bevor sie die Brücke überquerten, hielt Rod den Rolls-Royce an, damit seine Gäste einen Blick auf das Schloß werfen konnten. Michael sagte: »Fotografien sind immer unzulänglich. Der Anblick ist umwerfend. Julia hat uns das Schloß natürlich beschrieben, aber so großartig habe ich es mir nicht vorgestellt. Sie hat mir berichtet, was du alles repariert hast... ich weiß, es war fast eine Ruine, und sie fand immer, sie könnte Luisa und mir nicht zumuten zu kommen wegen der Unbequemlichkeiten...«

»Ich hoffe, ihr findet es jetzt bequem. Es ist euer erster Besuch, dem hoffentlich noch viele folgen werden.«

»Vielen Dank, Rod.«

Sie stiegen aus dem Wagen, umarmten Julia und begrüßten Janet, die sie seit Julias Hochzeit nicht wiedergesehen hatten. Dann wurden ihnen Ernie Wilcox, die Kerrs mit ihren Kindern, Kate und Rosemarie vorgestellt, nur Stacia hielt sich wie immer im Hintergrund, bis Luisa auf sie zutrat und sie begrüßte. »Wie nett, Sie wiederzusehen!« Der herzliche Tonfall ließ erkennen, daß der Zwischenfall mit der Sèvres-Terrine der Vergangenheit angehörte. Julia war Luisa außerordentlich dankbar für ihre Großzügigkeit. Alasdair hatte Johnny schon zum Stall mitgenommen.

»Kommt herein und lernt schottische Gastfreundlichkeit kennen«, sagte Rod. Er hatte widerstrebend eingewilligt, diese Mahlzeit im Zimmer der Haushälterin einzunehmen. »Wir können nicht so formell sein, Rod«, hatte Julia gesagt, »du weißt doch, wie einfach es in Anscombe zugeht.«

Rod hatte nachgegeben. Die Koffer blieben in der Halle stehen, und sie gingen zum Frühstück. »Ich habe einen Mordshunger«, sagte Michael.

»Und ich freue mich schon auf eine Tasse Kaffee«, fügte Luisa hinzu.

Michael füllte seinen Teller voll. »Köstlich, Janet, was Sie uns da alles vorsetzen. Und was für ein hübsches Zimmer, so nah der Küche, und so viel Platz, in Anscombe ist es manchmal recht eng.« Rod lächelte stolz über dieses Eingeständnis, daß Sinclair Anscombe überlegen war. »Aber ihr solltet sehen, was Luisa aus dem Schloß in Frankreich gemacht hat. Die Rebstöcke sind wieder in einem großartigen Zustand. Wenn ihr im Spätsommer Zeit habt, müßt ihr zur Weinlese kommen. Es ist immer ein großer Spaß, aber das Beste daran ist, daß wir zur Weinprobe auf alle umliegenden

Schlösser eingeladen werden. Doch ihr seid vermutlich dann schon wieder in Hollywood. David hat gesagt, wir seien im Oktober mit ›Richard III.‹ am Broadway. Und du, Julia... wann ist dein Baby fällig? Ich sehe schon, dieses Jahr wird es nicht klappen, aber vielleicht im nächsten...«

Er wandte sich an Ernie Wilcox, der neben ihm saß und an seinen Lippen hing, aber trotzdem ein wenig enttäuscht aussah, als hätte er eine gottgleiche Gestalt erwartet und nicht einen Mann, der über alltägliche Dinge sprach und mit einem Appetit aß, der einem Lastwagenfahrer Ehre gemacht hätte.

»Kommen Sie jeden Sommer hierher, Mr. Wilcox? Hoffentlich sehen wir Sie mit Julia und Rod auf unserem Château. Sie sind in London geboren, wie ich höre. Rod hat uns erzählt, wieviel er Ihnen verdankt...« Er versprühte wie immer mühelos Charme, wobei er jedoch nicht zu essen vergaß. Julia sah ihren Vater prüfend an, er hatte seine schlanke Figur behalten, offensichtlich trieb er regelmäßig Gymnastik. Aber auch Rod sah gut aus, dachte Julia. Er hatte während der letzten Woche fast keinen Whisky getrunken, seine Augen waren klar, und seine Gesten hatten nichts von dieser frenetischen Überdrehtheit, die typisch für ihn war, wenn er Drogen nahm. Vielleicht konnte er tatsächlich, wie er behauptete, ohne Drogen auskommen, wenn er wollte. Er wirkte freundlich und entspannt, und ihr kamen erneut Zweifel, ob ihre Ängste vor der Zukunft, die Bedrohung, die sie in ihren trübsten Augenblicken verspürte, nicht Hirngespinste waren. Er war bester Laune und stolz darauf, was er aus Sinclair gemacht hatte. Sie war sich natürlich bewußt, daß das Fest mehr seines als Alasdairs war, aber sie nahm sich fest vor, nichts zu sagen oder zu tun, was die Stimmung verderben könnte. Ihre Probleme würde sie später lösen.

Die wenigen Tage vor dem Wochenende waren, wie es Julia schien, angefüllt mit organisierter Hektik. Einige junge Verwandte von Janet halfen bei der Hausarbeit mit und übernachteten bei den Kerrs; wie sie dort alle unterkamen, war Julia allerdings ein Rätsel. Alle bemühten sich, die Haushaltssorgen von ihr fernzuhalten. »Ruhen Sie sich aus, Mrs. MacCallum«, befahl ihr Janet streng.

Kirsty Macpherson hatte für Johnny ein Pony und ein Pferd für Stacia herübergeschickt. Das Mädchen nahm sein Versprechen, während der Ausritte auf die beiden Knaben aufzupassen, äußerst ernst, als wollte es die Erinnerung an die Tragödie mit Cat auslöschen. »Die Jungens sind bei Stacia in guten Händen«, beruhigte Rod Luisa. »Sie ist eine vorzügliche Reiterin und läßt ihnen keine Dummheiten durchgehen.« Luisa lächelte nervös, vielleicht dachte sie an den Zwischenfall mit der Sèvres-Terrine.

Julia und Luisa gingen häufig allein durch den Garten. »Ist alles in Ordnung, Liebes?« fragte Luisa. »Rod scheint seine Suspension vom Studio mit Fassung zu tragen. Er wirkt sehr munter und ist offensichtlich stolz auf das, was er aus seinem Schloß gemacht hat.«

»Es ist nicht *sein* Schloß«, sagte Julia so sanft wie möglich. »Ich kann ihm das offensichtlich nicht klarmachen, aber auch nicht verhindern, daß er ein Vermögen in etwas investiert, was ihm nie gehören kann. Eines Tages wird Alasdair Sinclair bekommen. Es ist sein Erbe.«

»Und was ist mit dem ungeborenen Kind?«

»Rods Baby wird alle Vorteile genießen, die ein Kind nur haben kann. Aber er ... oder sie ... Rod ist davon überzeugt, daß es ein Sohn wird ... wird nie ein Sinclair sein. *Das* ist etwas, das das Kind nicht haben kann.«

»Ja, gewiß. Ich weiß, man kann nicht alles haben. Michael liebt mich, aber eine Ginette Maslowa kann ich nie sein.«

Julia wandte sich schnell um und faßte Luisa bei der Schulter. »Aber du weißt, wie glücklich du ihn machst. Du hast ihm alles gegeben, was er braucht, Liebe und Fürsorge und die Möglichkeit, sich seine Rollen auszusuchen.«

»Vielleicht. Für mich jedenfalls ist es eine gute Ehe, friedlich und harmonisch. Manchmal denke ich, daß ich Connie ähnlich bin, die ihre Erfüllung in Mann und Kindern findet.«

»Ja, ihr beide habt Glück in euren Ehen.«

»Connie und ich, wir sind ohne persönlichen Ehrgeiz«, sagte Luisa nachdenklich, »während du und Alexandra... ihr seid beide talentiert, und das nagt an euch. Talent zu haben, ist etwas Wunderbares, aber der Preis ist hoch. Ich sehe es an Michael, zuweilen ist er völlig erschöpft oder unzufrieden mit sich. Und Alexandra macht sich große Sorgen...«

»Sorgen?« Julia sah sie beunruhigt an. »Warum?«

»Wegen Elliots Gesundheit. Er arbeitet noch mehr als früher, er kann nicht delegieren. Sie sagt, gelegentlich ist er am Rand seiner Kräfte, aber gibt es nicht zu. Auf seine Umwelt wirkt er unverändert, nur Alexandra, so wie ich bei Michael, nur wir sehen die andere Seite der Medaille. Wir telefonieren öfters miteinander, und ich spüre die Unruhe. Sie wollte diesen Sommer nach England, nach Sinclair kommen, aber Elliot hat gesagt, er sei zu beschäftigt. Und sie wollte ihn natürlich nicht allein lassen.«

»Nein, das würde sie nie tun.«

Sie kamen zu der Stelle, wo Michael und der Gärtner beschlossen hatten, einige Rosenbüsche, die er von Anscombe mitgebracht hatte, zu pflanzen. »Ich konnte nicht widerstehen, einen kleinen Ginette-Maslowa-Rosengarten hier anzulegen. Ich werde nie vergessen, daß Lady Jean mir eine der ersten Rosen geschickt hat – ein wahres Prachtexemplar. Und ein Ableger davon ist nun hierher zurückgekommen...«

Am nächsten Tag, am Sonnabend, fand die offizielle Feier statt. Margot Parker traf in übelster Laune ein. Sie hatte im Zug kaum geschlafen, sich geärgert, daß sie in Edinburgh umsteigen mußte, und war wütend, weil der sie begleitende Fotograf nicht im Schloß untergebracht war, sondern im Hotel wohnen mußte. »Ich dachte, das sei ein Schloß mit jeder Menge Platz«, begrüßte sie Julia. »Ich habe Windsor gesehen...«

»Es gibt Schlösser und Schlösser«, antwortete Julia lächelnd, »und dieses ist eins von der einfachen Sorte.« Ihr war gleichgültig, was Margot Parker dachte, ihr war alles gleichgültig. Rod hatte das Fest arrangiert, er hatte die Gäste eingeladen, und er trug die Verantwortung für das Ganze. Ihr lag nur daran, daß ihre Familie es gemütlich hatte und daß Alasdair und Johnny ihre merkwürdig streitsüchtige Freundschaft fortsetzten. Ken Warren war mit dem gleichen Zug wie Margot Parker gekommen, die beiden hatten sich aber erst auf dem Bahnhof kennengelernt, als Rod sie miteinander bekannt machte.

»Wer ist dieser Langweiler, der mit uns fuhr? Ich erinnere mich nicht an den Namen...« fragte Margot Parker, als Julia sie ins Rote Turmzimmer führte. »Aber für *den* haben Sie Platz. Werden Sie den Fotografen für das Kinderfest und für das Dinner abholen lassen? Ich brauche viele Fotos.«

»Natürlich. Bill Fredericks und Rita wohnen ebenfalls im Caledonian, wir hatten für sie auch keinen Platz. Bill wird den Fotografen mitnehmen, im übrigen gibt es auch Taxis. Der Mann, den Sie auf dem Bahnhof getroffen haben, ist mit meiner Schwester verheiratet. Er arbeitet im Finanzministerium und trifft sich öfters mit dem Premierminister.«

Margots Laune verbesserte sich. Die Große Halle schien sie beeindruckt zu haben, und jetzt blickte sie abschätzend durch eins der Turmzimmerfenster auf den See. »Ich muß ihn über den Premierminister aushorchen...«

Julia führte sie ins Badezimmer. »Also davon muß ich ein Foto haben!« Sie zog am Porzellangriff der Kette über dem Mahagonisitz und drehte den Wasserhahn des mit *fleur-de-lis* dekorierten Waschbeckens auf. »Es funktioniert sogar!« Julia schob die Paneele zurück, um ihr die Badewanne zu zeigen. »Donnerwetter! Jeder in Hollywood wird sich jetzt ein Mahagoni-Badezimmer einrichten wollen. Was sagten Sie? Viktorianisch? Nein, so was!«

Julia führte sie in die Bibliothek, wo alle beim Morgenkaffee saßen. Michael verbeugte sich vor ihr und küßte ihr die Hand. Luisa trug ein elegantes Chanel-Kostüm, Alasdair und

Johnny sahen in ihren Reithosen etwas ruppig aus und verschlangen gierig ihre Pfannkuchen in begnadeter Unkenntnis der Wichtigkeit des neuen Gastes. Bill und Rita erschienen mit dem Fotografen, der alles andere als verärgert schien, im Caledonian untergebracht zu sein. Ernie Wilcox, der Margot Parker seit Jahren kannte, hielt sich im Hintergrund. Julia machte Margot Parker mit Connie und ihren ernsthaften, aber bildschönen Kindern bekannt. »Das ist meine Schwester Connie, meine Nichte Margaret Ginette und meine Neffe Clive.«

Margot Parker musterte Connie und die Kinder eingehend. »Mein Gott, wo nehmen Sie alle Ihr Aussehen her? Ich habe natürlich Ihre Schwester Alexandra Forster getroffen, ihr Mann ist sozusagen mein Chef, und sie sieht toll aus, aber Sie...« und sie wies mit dem Kopf auf Connie, »Sie schlagen alle. Haben Sie je in einem Film mitgespielt?«

Connie trat einen Schritt näher an Ken heran. »Ich bin Hausfrau. Ich kümmere mich um meinen Mann und meine Kinder.«

»Wie kann man sich so vergeuden«, sagte Margot und wandte sich um, als Janet ihr Kaffee anbot. »Der riecht ja wie echter! Ich habe, seit ich das Schiff verlassen habe, keinen anständigen Kaffee mehr bekommen.« Sie nahm einen Pfannkuchen und sprach kurz mit den Fredericks, die ganz unten auf ihrer Hollywood-Prominentenliste rangierten. Dann ließ sie sich von Ernie Wilcox die wertvollsten Exemplare der Bibliothek zeigen.

»Wir müssen sie katalogisieren lassen«, sagte Rod, als er sie herumführte. »Niemand scheint je ein Inventar des Schlosses gemacht zu haben.«

»Gibt es auch Gespenster? Ein Schloß muß Gespenster haben. Wie alt ist es eigentlich?«

»Einige Teile stammen noch aus dem zwölften Jahrhundert. Aber die Besitzer haben viel eingerissen und wieder aufgebaut. Und was die Gespenster betrifft... einige Leute behaupten, welche gesehen zu haben – ich nicht. Aber ich bin auch kein Sinclair. Alasdair ist der letzte Sinclair.« Er zeigte ihr das MacCallum-Motto. »Ja«, sagte sie, »Sie haben viele schwierige Dinge unternommen, und vieles ist Ihnen gelungen, Rod.« Sie wurde sichtlich besserer Laune. »Sie müssen mir alles zeigen, damit ich dem Fotografen Bescheid sagen kann, was er aufnehmen soll.«

Rod nahm sie auf einen ausgedehnten Rundgang mit, und sie kehrten erst kurz vor dem Mittagessen zurück. Margot sah etwas zerzaust, aber wohlgemut aus. »Ja«, sagte sie anerkennend, »so was haben wir nicht in Hollywood. Hoffentlich regnet es nicht am Nachmittag. Wir brauchen ein paar Außenaufnahmen, und wenn ich Sir Michael dazu überreden kann, sich mit seinem Enkel...«

Die Getränke und die kalten Speisen wurden im Zimmer der Haushälterin serviert. Kellner und Kellnerinnen vom Caledonian stellten in der Zwischenzeit im Speisesaal lange Klapptische mit sechzig Gedecken für das Kinderfest auf. Connie und Ken bliesen unendlich viele Ballons auf, Ernie Wilcox wickelte die Geschenke in Buntpapier ein. Sir Niall kam und wurde Margot Parker vorgestellt, die offensichtlich tief beeindruckt von ihm war. Sie trank mehrere Whiskys und probierte alle Gerichte durch. Sir Niall saß neben ihr auf dem Sofa, füllte ihren Teller mehrmals auf, erklärte ihr die schottischen Spezialitäten und sorgte dafür, daß ihr Weinglas nie leer war, so daß sie zum Schluß alle Anwesenden mit einem vagen Lächeln beglückte. »Wann kommen die Kinder?«

»Um drei Uhr«, sagte Rod. »Und sie werden alle pünktlich sein.«

Margot kam kurz vor drei, umgezogen und frisch frisiert, in den großen Speisesaal. Rod musterte sie besorgt, um zu sehen, in was für einer Stimmung sie war. Sie strahlte jedoch und bewunderte die dekorierten Tische. Alasdair sah reichlich unglücklich aus. Er trug den MacCallum-Kilt mit einem einfachen Hemd und einer Tweedjacke. Sir Niall stand mit Beschützermiene neben ihm. Margot fing zu kichern an. »Er sieht wie ein richtiger kleiner Lord aus. Was trägt er denn unter dem Schottenrock? Das wollte ich schon immer wissen.« Sie ging auf Alasdair zu. Sir Niall zog den Jungen schnell aus ihrer Reichweite. »Möchten Sie vielleicht einen kleinen Whisky, Miss Parker?«

»Ich bin so frei. Sieht er nicht niedlich aus?« Sir Niall drückte ihr eiligst ein Glas in die Hand. Die ersten Gäste kamen durch die Große Halle auf sie zu. Die Eltern verhielten sich reserviert, die Kinder scheu, aber ihre Gesichter leuchteten auf, als sie die vielen Ballons und die mit Kuchen, Süßspeisen und Eisbomben beladenen Tische sahen. »Schnell!« rief Margot dem Fotografen zu. »Knipsen Sie, wenn sie dem Kleinen... wie heißt er noch... zum Geburtstag gratulieren.« Die Kinder blinzelten, als die Blitzlichter aufzuckten, und waren einen Moment lang verstört. Aber dann begrüßten sie Alasdair mit vertrauter Herzlichkeit. Viele von ihnen trugen Schottenröcke, die vermutlich über viele Generationen weitervererbt wurden.

Alasdair stellte die Kinder mit ernster Miene Johnny vor. »Das ist mein Onkel Johnny. Er ist kein Schotte, aber das ist nicht seine Schuld.«

Die Kinder beäugten den »Onkel« neugierig und fingen dann zu kichern an, sogar die älteren, die sich eine solche Blöße nicht hatten geben wollen. Ernie Wilcox stellte das Grammophon an, das schottische Lieder spielte, die allen bekannt waren. Janet stand an der Tür zum Zimmer der Haushälterin und bat die Eltern herein.

»Kommen Sie, hier gibt es Tee und Whisky und was das Herz begehrt...«

Auf dem langen Tisch standen jetzt Silberleuchter und auf der Anrichte silberne Schüsseln mit aufgeschnittenem Schinken, Roastbeef und Hühnerfleisch. Kate servierte den Tee. Eine eindrucksvolle Auswahl von Whiskyflaschen reihte sich auf der Anrichte aneinander.

»Weiß Gott, du läßt dich nicht lumpen«, sagte Margot Parker zu Rod. Der Fotograf folgte ihr auf dem Fuß und machte Aufnahmen am laufenden Band. Als alle Geschenke ausgepackt und die meisten der Köstlichkeiten verzehrt waren, tanzten die Kinder ein paar schottische Rundtänze, anschließend gingen sie in den Stall, um Prinzessin Cat in ihrem roten Zaumzeug mit drei weißen Federn auf dem Kopf zu bewundern. Die Jüngsten durften einmal auf ihr und dem Pony reiten, das Kirsty Johnny geliehen hatte. William Kerr achtete darauf, daß keines der älteren und schwereren Kinder die Ponys bestieg, Stacia stützte die Kleinsten mit der Hand und ermutigte die Schüchternen. Und dann fing es an zu regnen, und das Fest war zu Ende. Ein erschöpfter Alasdair stand neben Julia und Rod, um sich von den Gästen zu verabschieden. Margot Parker bekam ihre Aufnahme von ihm und seinem Großvater, Sir Michael Seymour, als sie gemeinsam Prinzessin Cat mit wohlverdienten Zuckerstücken und Karotten fütterten.

Im Speisesaal wurden die Klapptische weggeräumt, und auf die zwei langen Ausziehtische wurden frische Tischtücher für das abendliche Bankett gelegt.

Die Fredericks fuhren nach Inverness zurück, um sich auszuruhen und umzuziehen, und nahmen den Fotografen mit.

»Verliert ihn bloß nicht in der Bar«, sagte Margot Parker. »Ich habe ihm gesagt, er muß seinen Smoking heute abend tragen.« Sie zog sich ins Rote Turmzimmer zurück.

»Wie erträgt man so eine Person?« sagte Michael, als sie gegangen war. Sie saßen im Salon, Kirsty Macpherson und Sir Niall waren noch geblieben. Kirstys Tochter Betsy schlief auf dem Schoß ihrer Mutter. Kirsty lachte mokant, was Rod ärgerte.

»Man *erträgt* sie nicht, man ist verdammt dankbar, wenn sie sich dazu herabläßt zu kommen. Zum Glück hat es nicht geregnet, als ich sie herumführte. Wenn ihre Frisur naß geworden wäre, hätte sie einen giftigen Artikel geschrieben.«

»Aber hast du das nötig, Rod?« fragte Michael.

»Du hast gut fragen! Ja, ich habe es verdammt nötig, wenn ich in Hollywood überleben will.« Er wandte sich an seinen

Schwager. »Ich bin dir sehr dankbar, Ken. Ich habe beobachtet, wie sie dich über all die großen Tiere in Whitehall ausgefragt hat.«

»Geduld gehört zu meinem Beruf. Sie ist intelligenter, als man denken würde. Sie konzentriert sich auf die richtigen Dinge.«

»Sie verdient ein Vermögen mit dem Quatsch, den sie schreibt.«

Luisa legte ihre Hand auf Michaels Arm. »Ich bin so froh, daß du auf solche Dinge keine Rücksicht nehmen mußt.«

Vom anderen Ende des Zimmers, wo Stacia auf einem breiten Fensterbrett saß, vernahm man ihre Stimme: »Ihr alle seid gefälligst liebenswürdig zu ihr. Sie hat mir gerade erzählt, daß Morris Meadows eine Rolle für mich hat. Ich will nicht, daß sie etwas Negatives über mich sagt.«

Das war also der Grund, dachte Julia, warum sich Stacia so perfekt benommen hatte an diesem Nachmittag. Sie hatte Bescheidenheit und Liebenswürdigkeit zur Schau getragen, damit selbst der scharfe Blick einer Margot Parker nichts auszusetzen fand.

»Keine Filmrolle für dich, bis du nicht die Schule beendet hast«, sagte Rod. »Meinst du, ich will in den Ruf kommen, ein Kind auszubeuten?«

»Viele Kinder gehen zur Schule im Filmstudio. Das Gesetz schreibt es vor.«

»Ja, und sie lernen nichts. Du wirst genug Rollen bekommen, wenn ich dir die Erlaubnis gebe.«

»Das wird wohl nie sein«, erwiderte Stacia. »Aber eines Tages komm ich los von dir. Je eher, desto besser.«

Kirsty Macpherson erhob sich hastig. »Höchste Zeit, daß ich gehe.« Sie wies auf die schlafende Tochter. »Sie muß ins Bett. Es war eine großartige Party, vielen Dank, Julia und Rod. Ich habe gerade genug Zeit, nach Hause zu fahren, mich umzuziehen und mit meinem Gatten zum Bankett zu kommen.«

»Ich folge Ihrem Beispiel, Kirsty«, sagte Sir Niall. »Ein

gelungenes Fest, Rod«, sagte er, als wolle er Stacias Worte abschwächen.

Connie betrat die Bibliothek, als Kirsty und Sir Niall aufbrachen. Ken schenkte seiner Frau einen Whisky ein. »Meinst du, das kann ich mir erlauben?« fragte sie. Sie hatte während des Nachmittags nur Tee getrunken. »Der ganze Abend liegt noch vor uns.«

Kirsty lächelte sie an. »Keine Sorge. Ihr Ken paßt schon auf Sie auf. Sind die Kinder zu Bett gegangen?«

»Und eingeschlafen«, sagte Connie und nahm einen sehr verdünnten Whisky von Ken entgegen. »Janet paßt auf sie auf, falls sie aufwachen und plötzlich unruhig werden.«

Zum allgemeinen Erstaunen beugte Kirsty sich über sie und küßte sie sanft auf die Wange. »Sie sind die Netteste und die Vernünftigste von allen. Und fragen Sie mich nicht, warum.«

Später in der Erinnerung rollte dieser Abend in einzelnen Szenen vor Julias Augen ab. Es begann mit ihrem steifen, goldenen Abendkleid. Sie war bereits angezogen, als Janet in ihr Zimmer kam. »Hier, Mrs. MacCallum, dies müssen Sie zur Feier des Geburtstags Ihres Sohnes tragen. Sie gehörte Lady Jean.« Sie legte eine seidene Schärpe mit dem Sinclair-Muster über Julias linke Schulter und band die beiden Enden auf Julias rechter Hüfte zu einer eleganten Schleife zusammen, dann befestigte sie die Schärpe auf Julias Schulter mit der Brosche des Sinclair-Clans. »So«, sagte sie, »ehren Sie Ihren Sohn. Und nun gehen Sie besser hinunter, ich höre die Wagen über die Brücke fahren.«

Julia ging mit einigem Unbehagen die Treppe hinunter. Rod stand im Türbogen zwischen der Großen Halle und der Eintrittshalle. »Du siehst wunderbar aus.« Aber dann verhärteten sich seine Züge. »Was soll das? Du trägst eine Sinclair-Schärpe!«

»Ich hätte gern darauf verzichtet. Ich bin keine Schottin. Aber Janet ist im letzten Moment gekommen und hat gesagt, ich müsse die Schärpe zu Ehren Jamies... nein, zu Ehren Alasdairs tragen.«

Seine Züge entspannten sich etwas. »Wenn ich das gewußt hätte, Prinzessin, hätte ich dir die Clan-Brosche in Gold mit Diamanten und Rubinen besetzt geschenkt, damit sie zu deinem Kleid paßt.«

»Ich glaube, das entspricht nicht der Tradition. Aber du selbst siehst großartig aus, Rod.« Er trug die formelle Kleidung des MacCallum-Clans – den Kilt, die moosgrüne Samtjacke mit Silberknöpfen, Schuhe mit silbernen Schnallen und das Clan-Abzeichen. Er hatte sich den Namen, den er angenommen hatte, völlig zu eigen gemacht. Sie fragte sich, ob er noch je an den Abend dachte, an dem er ihr erzählt hatte, daß sein Name McBain war.

»Mami, schau... schau mich doch an!« rief Alasdair, der vielleicht ein wenig eifersüchtig auf die Aufmerksamkeit war, die seine Mutter Rod schenkte. Sir Niall führte den Jungen voller Stolz vor. Er trug den Sinclair-Schottenrock, eine Samtjacke, feine Socken mit dem Sinclair-Muster, ein Hemd mit einem Spitzen-Jabot, die Sinclair-Schärpe über die Schulter, die Clan-Brosche und Schuhe mit silbernen Schnallen. Julia war sich bewußt, daß Sir Niall sich jede erdenkliche Mühe gegeben hatte, um Alasdair zu seinem Geburtstag standesgemäß auszustaffieren. Sie küßte zuerst Alasdair, dann Sir Niall. »Nur Sie konnten das zustande bringen. Vielen Dank.«

»Heh, wir machen eine Aufnahme, nur von euch dreien«, ließ sich Margot Parkers Stimme hinter ihnen vernehmen. Rod stellte alle rasch dicht nebeneinander, obwohl die anderen Gäste bereits die Große Halle betraten und er sie hätte begrüßen müssen. Margot nahm keine Rücksicht auf die Ankommenden und bestand darauf, Sir Michael, seinen Enkel und Julia aufzunehmen und dann noch ein weiteres Foto zusammen mit Johnny und Luisa zu machen. Anschließend wandte sich Julia ihren Gästen zu und begrüßte sie etwas verlegen. Kirsty Macpherson erschien in einem majestätischen

Kleid aus steifer, weißer Seide mit der Macpherson-Schärpe. Ihr Mann, Douglas, sah glänzend aus und machte Rod Konkurrenz in seinem Macdonald-Kilt. Als fast alle Gäste versammelt waren, tauchte Stacia auf der obersten Treppenstufe auf. Sie kam betont langsam herunter, eine Hand glitt auf dem Geländer entlang. Sie glich fast aufs Haar ihrer Mutter, als sie sich noch im Halbdunkel des oberen Teils der Treppe befand, doch als sie ins volle Licht der Halle trat, wurde sie mehr sie selbst, obwohl die Ähnlichkeit noch immer verblüffend war. Julia vernahm ein leises Geflüster unter den Gästen, Anne Rayners Gesicht und Gestalt war allen noch frisch im Gedächtnis. Aber dieses Mädchen hatte eine ganz persönliche Ausstrahlung.

»Schnell, machen Sie ein Foto!« rief Margot Parker. »Da kommt unser nächster berühmter Filmstar.«

Julia erinnerte sich später nur vage an den Abend. Alles schien perfekt organisiert. Die Gäste waren fröhlich und ungezwungen, viele gingen sogar auf die Galerie, um sich die Restaurierungen genauer anzusehen. Sie schienen ehrlich beeindruckt, und die bewundernden Kommentare klangen echt. Julia belauschte zwar einige geflüsterte kritische Kommentare über das MacCallum-Motto in der Bibliothek, aber im allgemeinen schien die Meinung vorzuherrschen, daß er sich verdient gemacht hatte um das, was er jetzt als sein Eigen ausgab.

Das Dinner wurde serviert, und man brachte einige Toaste auf den abwesenden Alasdair und auf Rod und Julia aus. Später spielten die Dudelsackpfeifer in der Großen Halle zum Tanz auf. Es war schon spät, als die Gäste mit vielen Dankesworten und der Aufforderung, sie bald zu besuchen, allmählich das Schloß verließen.

»Liebste«, sagte Luisa zu Julia, »bist du nicht entsetzlich müde? Diese Schotten sind ja ungemein energische Leute, allein ihnen beim Tanzen zuzusehen, hat mich total erschöpft.«

Rod kam, nachdem er seine Gäste verabschiedet hatte, in die Bibliothek, in die sich die kleine Gruppe zurückgezogen hatte. Sein Gesicht war vor Stolz gerötet, und eine fast manische Erregtheit ging von ihm aus. »Gelungener Abend, nicht wahr? Macht Spaß, so ein Fest im eigenen Haus geben zu können und nicht ein Hotel mieten zu müssen. Ich habe mehr Jagdeinladungen bekommen, als ich je annehmen kann.« Stacia wirkte wie Rod fast trunken von Erfolg. Sie saß zwar bescheiden in einer Ecke, aber ihr ganzes Gehabe verriet, daß an diesem Tag nicht nur Alasdairs Geburtstag gefeiert worden war, sondern auch ihre Einführung in die Gesellschaft.

»Nichts wird sie jetzt mehr zurückhalten«, sagte Ernie zu Julia. »Rod muß die Zügel etwas schleifen lassen, sonst bricht sie aus.«

Julia antwortete nicht. Sie fühlte sich zerschlagen und müde. Sie küßte ihren Vater und Luisa, dann ging sie zu Connie, die dicht neben Ken saß. Julia wußte, daß der Abend, obwohl er gut verlaufen war, auf Connie exotisch gewirkt haben mußte. »Ich danke euch, daß ihr gekommen seid«, sagte sie. Sie wußte nicht, warum sie den beiden mehr dankte als den anderen. Sie ging in das Zimmer, wo die beiden Jungens schliefen, das Licht vom Korridor fiel auf ihre Gesichter. Die Fotografien von James standen auf der Kommode, das Foto des jungen, lachenden James und das Foto des vom Krieg gezeichneten James. Sie blickte auf Alasdairs Gesicht, es wirkte entspannt und zufrieden, seit er wieder in Sinclair war, so als hätte er Kalifornien als Verbannung empfunden. Er gehörte in dieses rauhe Land, so wie Jamie hierher gehört hatte. Sie preßte die Hände gegen ihren geschwollenen Leib. Sie wünschte sich mit allen Fasern ihres Seins, daß ihr Kind in Sinclair zur Welt käme und hier mit Alasdair aufwachsen würde. Der lächelnde Jamie auf dem Foto gab ihr neuen Mut, forderte sie heraus, ihren Wunsch in die Tat umzusetzen.

13

Nach dem Fest schien Julias Welt zu zerbröckeln, langsam, fast nicht wahrnehmbar. Sie konnte nicht schlafen, die hektischen Tage waren zuviel für sie gewesen. Aber noch etwas anderes – Neid, unterschwellige Bosheit, schlecht verhehlter Groll, den sie bei manchen Besuchern gespürt hatte – ließen sie nicht zur Ruhe kommen. Rod neben ihr schnarchte, der Alkohol und irgendwelche Pillen sorgten für einen bleiernen Schlaf.

Die Morgendämmerung drang durch den Spalt der nicht ganz geschlossenen Vorhänge, als sie das Telefon im unteren Stockwerk schwach klingeln hörte. Sie blickte auf die Uhr, es war kurz nach vier.

Es gab nur zwei Telefone im Schloß, eins in dem kleinen Büro und ein zweites in der Bibliothek und einen Nebenanschluß im Haus der Kerrs. Das Klingeln hielt an, dann hörte sie ein leichtes Klopfen an der Tür. Janet, in einen dicken Morgenrock gehüllt, steckte den Kopf durch den schmalen Türspalt und flüsterte: »Mrs. MacCallum, sind Sie wach? Mrs. Forster ist am Apparat... aus Washington.«

»Alexandra?« Julia rannte die Treppe hinunter. Warum rief Alexandra um diese Zeit an? Selbst wenn sie den ganzen Tag versucht hätte anzurufen, um Alasdair zum Geburtstag zu gratulieren, würde sie es nicht jetzt versuchen, sie war sich über den Zeitunterschied völlig im klaren. Julia lief ins Büro und griff nach dem Hörer. »Alexandra?«

»Julia.« Mehrere Sekunden herrschten Stille, dann: »Ich hoffte, Vater würde das Telefon beantworten. Ich habe Janet gesagt, sie solle den nächst Erreichbaren an den Apparat holen. Ist Connie auch noch bei dir?«

»Ja, alle sind hier.«

Wieder folgte eine längere Pause, Julia fragte besorgt: »Was ist passiert, Alexandra?«

Alexandras energische Stimme klang schwach und brüchig. »Elliot ist heute abend gestorben. Ungefähr um acht... unsere Zeit. Wir hatten gerade mit dem Abendessen angefangen... er ist... einfach im Stuhl zusammengesunken. Er war schon tot, als der Rettungswagen kam. Julia... es schien ihm so gut zu gehen. Er hat sich in letzter Zeit sogar geschont... was er so schonen nennt. Ich hatte schon gehofft, daß die Krise vorbei sei. Ich weiß nicht, was ich tun soll. Ich fühle mich so hilflos...«

Trauer und Mitgefühl zerrissen Julia fast das Herz. »Oh, Liebe, wie schrecklich! Mir fällt gar nichts Tröstliches ein.«

»Schon deine Stimme zu hören, tut mir gut. Meinst du, du könntest Vater oder Connie holen? Das heißt, wenn die Verbindung nicht unterbrochen wird. Ich brauche die Stimmen von zu Hause... verstehst du?«

Auf Julias Bitte hin weckte Janet Sir Michael und Connie. Sie kamen und sprachen ebenfalls mit Alexandra. Aber beiden fiel es genauso schwer wie Julia, etwas Tröstliches zu sagen. »Ich wünschte, ich wäre bei dir«, sagte Michael.

»Später, Vater, später werde ich dich sehr brauchen. Ich brauche dich natürlich schon jetzt, aber du kannst nicht rechtzeitig hier sein, um mir zu helfen... die Beerdigung zu überstehen... und all den Rest.«

»Kind... mein geliebtes Kind...« Tränen rannen über Michaels Wangen. »Luisa und ich kommen so schnell wie möglich.«

»Danke, Vater, ja, bitte kommt. Es ist nicht nur Elliots Tod, den werde ich nie verwinden, sondern was ich in nächster Zukunft alles tun muß. Keiner kann es mir abnehmen. Als Elliot seinen ersten Anfall hatte, hat er ein neues Testament aufgesetzt. Ich habe ihm nicht widersprochen, um ihn nicht aufzuregen, aber ich dachte, später... könnte ich ihn überreden, das Testament abzuändern, aber mir blieb nicht genug Zeit... Elliot und ich konnten das Rad der Zeit nicht aufhalten...«

»Warum beunruhigt dich denn das Testament so sehr?« Michael sah seine zwei Töchter an und wünschte, sie könnten Alexandras Worte mithören. »Er hat mir sein ganzes Vermögen hinterlassen außer einigen Legaten. Seine Firma hat nur wenige Aktien ausgegeben an Mitarbeiter und Freunde, denen er vertraute, die restlichen achtzig Prozent der Aktien gehören ihm. Aber es gibt eine Klausel im Testament, ich darf die stimmberechtigten Aktien nicht verkaufen oder abgeben, es sei denn, die Firma ist in einer verzweifelt schlechten finanziellen Lage. Und das bedeutet, Vater... das bedeutet, daß ich von jetzt an über alles entscheiden muß, ich bin die Alleinverantwortliche für das ganze Forster-Imperium, für die Zeitungen, die Radiostationen und ›Insight‹. Elliot hat sich darauf verlassen, daß ich seine Arbeit in seinem Sinne fortführe. Ich muß jetzt versuchen, ihn zu ersetzen. Ich muß Redakteure anstellen oder entlassen. Ich muß über alles wachen – Tag für Tag. Mir ist plötzlich klargeworden, daß ich die öffentliche Meinung manipulieren kann, daß ich eine Macht habe, wie nur wenige Frauen sie besitzen. Vater, ich habe so eine Angst. Ich fühle mich so einsam. Er ist erst wenige Stunden tot... und schon frage ich ihn um Rat... versuche mir vorzustellen, was er sagen würde...«

»Eine Weile lang werden die Dinge von selbst weiterlaufen, Alexandra. Du mußt nicht gleich die Zügel ergreifen.«

»Doch! Genau das hat er von mir erwartet. So steht es im Testament. Er hat jede Klausel mit mir besprochen, bevor er unterschrieben hat. Ich brauche keinen Rechtsanwalt, der mir das Testament vorliest. Er hat mir eine unmögliche Aufgabe hinterlassen, von der ich nie geglaubt habe, daß ich sie je übernehmen müßte. Ich kann nicht verkaufen, ich kann niemand bevollmächtigen, ich kann nichts fortgeben.

Ich muß versuchen, Elliot zu sein, und ich weiß, daß ich es nicht sein kann...«

»Er hat dir nur so viel Vertrauen entgegengebracht, Alexandra, weil er wußte, daß du es kannst. Du trägst eine schwere Verantwortung, mein Kind, aber denke daran, was für einen Auftrieb du anderen Frauen gibst. Das ist kein Traumjob, der dir zufiel, weil du schön bist oder tanzen oder singen kannst. Dein ganzes Leben hat dich auf diese Herausforderung vorbereitet, und Elliot wußte, daß du den höchsten Ansprüchen gewachsen bist, sonst hätte er dir diese schwere Last nicht aufgebürdet. Du wirst es schaffen, Alexandra, und das wußte er. Aber heute nacht gönne dir Ruhe.«

»Das kann ich leider nicht. Ich muß die Fahnen für seinen Nachruf korrigieren, der in allen Zeitungen erscheinen wird. Vater, ich vermisse ihn so. Ich kann noch immer nicht glauben, daß er für immer fort ist. Ich habe keinen Mann... und keine Kinder, nur einen Haufen von Zeitungen und Radiostationen... und eine Menge Geld.«

»Alexandra, sei dankbar für die Aufgabe, die er dir gestellt hat. Es wäre viel schlimmer, wenn er dir eine Menge Geld hinterlassen hätte, aber keinen Lebenszweck. Du bist nicht dazu geeignet, ein Luxusleben zu führen. Und das Vertrauen, das er in dich gesetzt hat, wird dir die notwendige Stärke geben. Sicher, mein Kind, es ist eine schwere Bürde, aber was ist schon das Leben ohne Arbeit und Ziel? Ich selbst bin durch eine Hölle gegangen nach dem Tod deiner Mutter. Alles erschien mir so sinnlos... ohne die Hilfe von Julia und David wäre ich wahrscheinlich untergegangen. Du mußt dich den Forderungen des Lebens stellen, auch wenn es dir schwerfällt...«

Sie sprachen noch eine Weile lang, dann wurde die Verbindung schwächer. »Sag ihr, sie soll zu dir und Luisa kommen«, bedrängte ihn Connie.

Michael schüttelte den Kopf. »Ich habe ihr alles, was ich kann, gesagt – für den Moment jedenfalls. Vielleicht wollte auch sie aufhören zu sprechen. Man kann in gewissen Situationen nur beschränkt reden. Ich hoffe nur, sie hat gute Freunde, die ihr über die nächsten Tage hinweghelfen.«

Julia seufzte traurig. »Daran zweifle ich. Sie und Elliot waren ganz aufeinander eingestellt. Sie hatten zwar ein reges gesellschaftliches Leben, aber das war Teil ihres Berufs. Ich glaube nicht, daß Alexandra sich bei jemandem ausweinen kann. Natürlich wird halb Washington zur Beerdigung kommen, aber ob jemand da ist, dem sie völlig vertraut und der ihr eine Stütze wäre...«

Janet hatte während des langen Telefongesprächs Tee gemacht, aber mehrmals durch den Türspalt geblickt, so daß sie das Wichtigste mitbekommen hatte. »Die Ärmste«, sagte sie, »es ist bitter, zwei Ehemänner zu verlieren – und sie ist noch so jung. Ich habe im Zimmer der Haushälterin den Kamin angezündet und habe Lady Seymour geweckt und ihr die traurige Nachricht mitgeteilt. Mr. MacCallum habe ich nicht wach bekommen.«

Ken war mit Connie heruntergekommen und stellte bereits Berechnungen an, ob Michael vielleicht, wenn er ein Flugzeug nähme, nicht doch noch rechtzeitig zur Beerdigung, die am Montag stattfinden sollte, in Washington sein könnte. Aber Michael sagte: »Sie kann die Beerdigung nicht verschieben in der vagen Hoffnung, daß wir rechtzeitig in Washington eintreffen. Luisa und ich werden so schnell wie möglich abreisen. Ich habe noch einige Wochen Zeit, bevor ich auf dem Broadway auftrete, und dann kann Luisa bei ihr bleiben, falls Alexandra das will. Elliot hat ihr eine schwere Verantwortung aufgeladen; er muß volles Vertrauen in sie gehabt haben. Aber es ist besser für sie, daß sie arbeiten muß, statt... aber es ist ein immenser Job...«

»Sie wird es schaffen«, sagte Ken ruhig. »Frag mich nicht, woher ich das weiß. Vermutlich entwickelt man in meiner Position einen Instinkt für Menschen, die schwierigen Aufgaben gewachsen sind. In gewisser Weise hat Elliot sie seit dem Tag, als er sie kennenlernte, zu seiner Nachfolgerin herangezogen.« Julia merkte, daß Ken sich wohl bewußt war, daß die Beziehung lange vor Gregs Tod begonnen hatte.

Luisa fing an zu weinen und klammerte sich den Arm von Michael, der neben ihr auf dem Sofa saß. »Das arme Kind... zwei Ehemänner zu verlieren... mir ist es ja auch passiert. Aber ich hatte das Glück, dich zu finden, Michael. Vielleicht heiratet Alexandra noch einmal... wenn der Richtige kommt.«

Connie schüttelte den Kopf. »Das glaube ich nicht. Alexandra wird sich nicht wieder verheiraten, sie würde es als Verrat an Elliot empfinden. Eine Ehe würde sie von der Aufgabe ablenken, die er ihr gestellt hat. Ich bin überzeugt davon, daß sie alles glänzend machen wird... aber ich fürchte, sie wird dabei tief unglücklich sein.« Sie griff unbewußt nach Kens Hand. Julia nickte schweigend.

Der übrige Haushalt erfuhr die Neuigkeit beim Frühstück. Margot Parker war in höchster Aufregung. »Meinen Sie, ich kann sie interviewen? Es ist schließlich der größte Zeitungskonzern von Amerika, und ich bin eine ständige Mitarbeiterin... ich könnte ihr alles von hier erzählen... Vielleicht tröstet sie das.«

»Halt den Mund, Margot«, sagte Rod schroff. Seine Augen waren blutunterlaufen, und Julia entnahm dem Tonfall, daß er sich nicht unter Kontrolle hatte. »Alexandra ist eine sehr unnahbare Dame, ich wette, daß sie sich weder von dir noch von jemand anderem interviewen läßt.«

Margot wurde steif vor Ärger. »Nun gut, sie ist also Mrs. Elliot Forster und regiert das Forster-Imperium. *Und* sie ist jetzt mehr oder weniger meine neue Chefin. Nun, ich wollte ja nur... es war ja nur als freundliche Geste gedacht, wo ich doch all diese Tage mit ihrer Familie zusammen war. Es muß nicht unbedingt ein Interview sein, vielleicht kann ich sie einfach besuchen...«

Rod schüttelte den Kopf. »Margot, du weißt sehr wohl, daß die ganze Welt versuchen wird, sie zu sehen, um ihr einen Kommentar zu entlocken, und wenn es nur ein Satz wäre. Aber so wie ich Alexandra kenne, wird keiner auch nur ein Wort aus ihr herausbekommen. Sie gehört einem kleinen exklusiven Kreis an – dieser Familie, und die reden nur miteinander, die anderen bleiben draußen vor der Tür.«

Margot lief rot an und hob ihre Kaffeetasse, um ihren Ausdruck zu verbergen – eine Mischung aus Wut und Angst, dachte Julia und erkannte plötzlich an Margots Miene die ganze Fülle der Macht, die Alexandra von nun an ausüben würde.

Es war ein wirrer, kummererfüllter Tag. Das Telefon läutete unaufhörlich, nachdem die Neuigkeit im Radio gemeldet worden war. Freunde und Bekannte wollten ihr Beileid ausdrücken. Am Mittag sprachen sie noch einmal mit Alexandra, sie war wach, aber sagte, sie hätte ein paar Stunden geschlafen. Sie klang müde und irgendwie resigniert. »Ich kann es noch immer nicht ganz fassen, aber schon jetzt verlangt man mir Entscheidungen ab. Ich habe den Nachruf genehmigt... welche Frau mußte je den Nachruf ihres Mannes genehmigen? Die Beerdigung findet am Dienstagmorgen statt. Ich habe mich für den Ort in Virginia entschieden, wo seine Eltern und Großeltern begraben sind, das bringt ihn in die Nähe des alten Familiensitzes, den er so gerne zurückgekauft hätte. Wir haben den Ort und die Zeit noch nicht bekanntgegeben, ich hoffe, daß keine Fremden kommen. Ein paar Freunde begleiten mich... Nein, Vater, es ist sinnlos, zu versuchen, rechtzeitig hier einzutreffen; aber ich bin sehr dankbar, wenn du und Luisa bald kommt...« Sie sprach nochmals mit ihren Schwestern und Luisa, dann legte sie abrupt den Hörer auf.

Es war eine schweigende und bedrückte Gruppe, die sich mittags zu Tisch setzte, alle stocherten nur in ihrem Essen herum. Bill und Rita Fredericks waren aus Inverness gekommen, um ihr Beileid auszusprechen, und Rod hatte sie bedrängt, zum Mittagessen zu bleiben. Julia hatte den Eindruck, daß sie der Einladung nur zögernd Folge leisteten. »Laß mich nicht allein, Bill«, sagte Rod, als ob er Trost brauchte, aber dann fiel Julia wieder seine Bemerkung ein. »Sie reden nur miteinander, die anderen bleiben draußen vor der Tür.«

Die beiden Jungens hatten den Vormittag im Freien verbracht, Stacia hatte sie widerwillig auf einen Ausritt mitgenommen. Sie wäre offensichtlich lieber bei den Erwachsenen im Schloß geblieben, obwohl sie, als sie die Neuigkeit erfuhr, nur gesagt hatte: »Das ist bitter...« Alasdair und Johnny verstanden erst vage, was eigentlich geschehen war. Ihnen fiel vor allem auf, daß gestern noch Jubel und Trubel geherrscht hatte und jetzt alle in düsteres Schweigen versunken waren. Sie sprachen instinktiv nur flüsternd miteinander. Da es Sonntag war, hatte Rosemarie frei, sie hatte Julia angeboten zu bleiben, aber Julia hatte es abgelehnt: »Es ist wirklich nicht nötig, Mrs. Kerr hat gesagt, die beiden Jungens könnten jederzeit zu ihr kommen und sogar bei ihr übernachten, wenn sie das wollen. Und Kate kann Janet helfen.«

Bill Fredericks hatte den Fotografen mitgebracht. Er und Margot gingen durch alle Räume, um Aufnahmen zu machen, dann war der Fotograf im Taxi nach Inverness zurückgefahren.

Nach dem Mittagessen erschien Sir Niall, um ihnen einen formellen Beileidsbesuch abzustatten. Rod bat ihn, in die Bibliothek zu kommen, wo ein Kaminfeuer brannte und wo Rod jeden, den er dazu überreden konnte, großzügig mit Getränken versorgte. Er hatte, seit er sehr verspätet zum Frühstück erschienen war, ein Glas nach dem anderen getrunken, was man ihm deutlich ansah. Julia erriet, daß er verärgert war, weil man ihn nicht geweckt hatte.

Margot Parker fühlte sich offensichtlich fehl am Platz und zog sich nach dem Mittagessen gleich auf ihr Zimmer zurück, um zu packen. Sie wollte den Abendzug nach Edinburgh nehmen, um dort in den Schlafwagen nach London umzusteigen. Ken plante, das gleiche zu tun, er mußte am nächsten Morgen wieder in seinem Büro sein. Im Moment saß er am äußersten Ende der Bibliothek und las seinen Kindern aus einem Buch vor, das sie ihm gebracht hatten.

Nach dem Mittagessen fing es zu regnen an, und der Wind peitschte über den See. Margot Parker fröstelte vor Kälte. »Hier möchte ich keinen Winter verbringen. Vermutlich liegt der Schnee meterhoch.«

»Und Monate lang«, sagte Julia kühl. Sie zog ihren Regenmantel an und ging über den Stallhof, um Johnny und Alasdair abzuholen. »Ach, lassen Sie doch die Kinder hier, Mrs. MacCallum«, sagte Mrs. Kerr. »Sie spielen sehr vergnügt mit Dugald. Sie wollen den Tag bestimmt in Ruhe verbringen, und um Kinder muß man sich ständig kümmern. Will Mrs. Warren nicht ihre zwei auch herüberschicken?«

»Sie hat sie schon nach oben zu ihrem Mittagsschlaf gebracht und wird bei ihnen bleiben. Das Schloß ist zu groß, um sie allein zu lassen.«

Julia dankte ihr und ging in die Bibliothek zurück. Sie wünschte, die Jungens wären mit ihr gekommen, dann hätte sie eine Ausrede gehabt, mit ihnen ins Zimmer der Haushälterin zu gehen und der düsteren Atmosphäre zu entfliehen. Das Telefon klingelte, und Rod beantwortete es. Seine Miene verfinsterte sich, als sich herausstellte, daß es einer von den Gästen des Vorabends war, der sein Beileid aussprechen wollte. Rod sah sich gezwungen, den Hörer an sie oder ihren Vater weiterzureichen. Am Schluß des Gesprächs drückte der Anrufer noch in kurzen Worten seinen Dank für die Gastfreundschaft am Abend zuvor aus. Dies hätte eigentlich Rods großer Tag sein sollen, an dem ihm alle gedankt und gratuliert hätten für die gelungene Restaurierung von Sinclair, statt dessen sah er sich völlig in die Ecke gedrängt. Michael und Luisa erhielten so viele persönliche Anrufe aus London, daß Michael die Bibliothek nicht verlassen und sich nicht hinlegen konnte, was Luisa ihm dringend anriet. Stacia hatte sich auf ihr Zimmer zurückgezogen, und Julia hatte den Eindruck, daß Ernie ihr es gerne nachgetan hätte, es aber nicht wagte, weil Rod verlangte, daß er blieb, als Verstärkung sozusagen gegen ihre übermächtige Familie.

Schließlich erhob sich auch Bill Fredericks. »Ich glaube, wir gehen jetzt besser. Tut mir leid, Rod, daß das Fest so traurig endet. Rita und ich fahren morgen nach London. Wir sehen uns wieder in Hollywood.«

»Du kannst nicht abreisen, Bill. Wenn Margot abgefahren ist, haben wir genug Platz für euch beide. Ich habe mich so auf euren Besuch hier gefreut. Bitte bleibt...« Es klang fast flehentlich.

»Ich würde gerne bleiben, Rod, aber ich habe Rita versprochen, ein paar Tage in London zu verbringen. Es ist eine lange Reise zurück nach Hollywood, und... ich fange bald einen neuen Film an.«

Julia wußte, daß Bill ihm das nur ungern mitteilte. Es bedeutete, daß das Hollywood-Studio Bill Fredericks Arbeit gab, aber Rod nicht zurückhaben wollte. Bill war auf die eine oder andere Art immer beschäftigt. Er war nie ein Star gewesen wie Rod, aber für eine gute Nebenrolle war er immer gefragt. Er hatte also ein neues Engagement, während man Rod noch immer die kalte Schulter zeigte.

Rod und Julia gingen mit den beiden in den Vorhof, wo der Jeep stand. Rita küßte Julia auf die Wange. »Wir sehen uns in Hollywood...«

Julia blickte ihnen nach, als sie durch den strömenden Regen davonfuhren, und fühlte sich tief deprimiert. Auch sie wünschte, die beiden wären geblieben, denn bei Bill konnte Rod seinem Herzen Luft machen, was auch ihr zugute gekommen wäre. Sie schauderte bei der Idee, mit Rod allein zurückzubleiben. Und morgen würden auch Luisa, ihr Vater und Johnny Sinclair verlassen und einen Tag später Connie und ihre Kinder. Und dann würde sich eine große Leere über das Schloß senken.

»Schade, daß sie nicht bleiben konnten, übermorgen hätten wir jede Menge Platz gehabt«, sagte Julia.

»Wer will schon hierbleiben, bei uns geht es ja zu wie in

einem verdammten Leichenhaus. Er hat nichts Näheres über seinen neuen Film gesagt, aber Leuten wie Bill kann man immer irgendeine lausige kleine Nebenrolle zuschustern. Bei einem Star wie mir geht das natürlich nicht.«

»Ja, das ist etwas ganz anderes.« Sie schlossen die Tür und gingen in die Große Halle zurück. Jemand – Kate, Janet? – hatte dort das Kaminfeuer angezündet. Sie hörten das Geklapper von Margots hohen Absätzen auf der Treppe.

»Ich bin fertig. Wann fahren wir ab?«

»Gleich nach dem Tee«, sagte Rod. »Ich bringe dich zum Bahnhof, und Ken wird dich in Edinburgh zum Essen einladen, bevor du in deinen Schlafwagen steigst.« Er legte seine Hand auf ihren Arm. »Mach keine so saure Miene, Margot. Ken ist ein netter Kerl. So ein richtiger Engländer. Vielleicht ein bißchen steif, aber das Salz der Erde und all das. Sein Bruder ist im Krieg gefallen.«

»So'n scheußliches Pech«, sagte Margot mit ehrlich gemeintem Mitgefühl. »Nun ja, Rod, es waren nette Tage. Tut mir leid, daß sie so traurig geendet haben. Aber gestern hab ich mich großartig amüsiert. Die Zeitungswelt wird ja gespannt wie ein Fiedelbogen sein, wie Alexandra... ich meine Ihre Schwester... mit der ganzen Sache umgeht. Ein schwieriger Job.« Ihre Stimme nahm plötzlich einen harten Klang an. »Schade, daß ich ihr nicht persönlich mein Beileid aussprechen konnte.«

»Vielleicht später«, sagte Julia hastig. »Im Moment fällt es ihr sogar schwer, mit uns zu reden. In ein paar Wochen werde ich es ihr vorschlagen...«

»Ja, tu das«, sagte Rod schnell. »Die Schwestern stehen sich nämlich sehr nah, Margot.«

»So sagt man allgemein. Bis ich Connie kennenlernte, habe ich nicht begriffen, *wie* nah sie sich stehen. Also, wenn Connie mal eine Filmrolle will... Ich könnte einen langen Artikel über Ihre Familie schreiben, Julia. Es würde großes Aufsehen...«

Die Worte blieben ihr im Hals stecken, als sie plötzlich

ein lautes Rumpeln hörten, als hätte sich ein riesiges Tier in den Tiefen des Schlosses gerührt. Es folgte das Gepolter von herunterfallenden Steinen und brechendem Holz. Eine Sekunde lang standen sie alle drei wie angewurzelt da, dann kam Alasdair in die Halle gestürzt. Sein Haar und seine Kleider waren mit Staub bedeckt, und Tränen liefen auf seinem verschmutzten Gesicht herunter.

»Mami, Mami, schnell, komm! Johnny ist verletzt!« Er griff nach ihrer Hand und führte sie rennend durch die große Halle bis zu der verschlossenen Tür des Nordturms, die aber jetzt offen stand. »Wir sind nur die halbe Treppe hinaufgestiegen«, rief er unter Tränen. »Nur ein paar Steinstufen... und dann haben wir eine Tür aufgemacht... alles war voller Spinngewebe, aber da stand eine alte Kommode. Wir wollten nur sehen, was in ihr war. Johnny lief voran und dann... dann brach der Boden ein, ich sprang zurück, Johnny fiel...«

Sie erreichten den Nordturm. Der jahrhundertealte, plötzlich aufgewirbelte Staub nahm ihnen den Atem. »Ich hab versucht, ihn rauszuziehen, aber mehr von dem Zeug fiel runter...«

Rod öffnete vorsichtig die Tür zum unteren Zimmer. Eine schmale Wendeltreppe führte in die Höhe, die Steinsäule, die den Stufen Halt gab, schwankte wie nach einem Erdstoß. Im unteren Zimmer herrschte ein wildes Durcheinander von zersplitterten Balken und Bohlen, der aufsteigende Staub war fast so undurchdringlich wie eine Rauchwand. Inmitten all diesen Schutts hörten sie Johnnys verzweifeltes Schluchzen. Mit einer schnellen Handbewegung versperrte Rod den anderen den Zugang. »Bewegt euch nicht, bleibt, wo ihr seid! Redet nicht! Zum Teufel, rührt euch nicht! Ihr verdammten Bengel!« Das war an Alasdair gerichtet. Er ließ seine Jacke auf den Boden fallen. »Ruhig, Johnny! Ich komme!«

Julia faßte Alasdair am Arm, Margot trat instinktiv einen Schritt zurück und versuchte ein Husten zu unterdrücken. Rod tastete sich vorsichtig zwischen den Balken voran, hob mit äußerster Behutsamkeit einige hoch, die ihm den Weg versperrten, und versicherte sich bei jedem Schritt, daß er festen Boden unter den Füßen hatte. Julia sah auf Alasdair hinunter, seine Tränen waren versiegt, er wagte vor Aufregung kaum zu atmen. Julias Herz klopfte wie wild, und das Baby in ihrem Unterleib schien sie zu treten.

Rod erreichte Johnny und hob ihn hoch, der Junge schrie auf vor Schmerzen. »Halt dich fest, Johnny«, sagte Rod, »gleich sind wir in Sicherheit.«

Mit achtsamen Schritten ging er den Weg zurück, den er sich durch den Schutt gebahnt hatte. »Macht die Tür zu«, sagte er barsch zu den Wartenden, »und verschwindet von hier.«

Die großen, geschnitzten Doppeltüren waren durch den Luftdruck halb aus den Angeln gehoben worden. Julia versuchte sie zu schließen, aber während sie sich abmühte, fielen weitere Mauerstücke herunter, was eine Kettenreaktion auslöste, denn nun hörten sie von weiter oben das laute Krachen von splitterndem Holz. Alle machten sich eiligst davon.

Rod legte Johnny auf das Sofa in der Bibliothek und betastete erstaunlich zart und geschickt seinen ganzen Körper. Luisa kniete neben dem Sofa, hielt Johnnys Hand und weinte. »Oh, mein Liebling...«

»Hören Sie schon auf, Luisa!« fuhr Rod sie an. Dann fragte er Johnny in einem liebevollen Ton: »Tut es da weh, Johnny? Und hier? Hast eine gewaltige Beule am Kopf, was? Bist du auf deinen Hinterkopf gefallen? Weißt du das noch? Na, ist auch nicht so wichtig jetzt...« Janet kam mit einer Schüssel warmen, gesalzenen Wassers und einem Handtuch herein. Rod betupfte vorsichtig Johnnys Kopfwunde, die noch immer blutete. »Ich kann die Wunde nur oberflächlich reinigen, nur den gröbsten Schmutz entfernen...« Als er fertig war, blickte er in die schreckensbleichen Gesichter der Umstehenden. »Ja, zum Teufel, muß ich denn alles tun? Hat jemand wenigstens einen Krankenwagen bestellt? Das Kind hat ein gebrochenes Bein und vielleicht eine ausgerenkte Schulter. Und weiß der Himmel, was er sich am

Kopf getan hat. Jemand muß seine Schulter einrenken und sein Bein schienen, vorher ist er nicht transportfähig. Ich kann nicht beurteilen, ob es ein einfacher oder komplizierter Bruch ist...«

»Ich habe einen Krankenwagen bestellt«, sagte Sir Niall, »er kommt natürlich aus Inverness, aber sie haben versprochen, so schnell wie möglich hier zu sein.«

»Wenigstens einer, der nicht die Nerven verloren hat«, sagte Rod zu Sir Niall. »Ich nehme an, daß ich dafür schon dankbar sein muß.« Dann wandte er sich wieder an Johnny: »Lausiges Pech, Kleiner, aber bald geht's dir wieder besser, sterben tust du nicht.«

Johnny schluchzte leise. »Mein Kopf tut so weh. Werde ich wieder laufen können?«

Rod lachte laut: »Laufen? Du wirst noch die Olympiade gewinnen! In deinem Alter heilen die Knochen schnell.« Er ging zum Tisch hinüber, wo die Getränke standen, und goß sich einen großen Whisky ein, dann blickte er die Anwesenden an. »Nun, kann vielleicht jemand ein paar Decken holen und das Kind zudecken und ein paar Scheite aufs Feuer legen? Gebt ihm keinen Tee und auch nichts zu essen, falls er eine Narkose braucht.«

Luisa rief klagend aus: »Ist es wirklich so schlimm?«

»Woher soll ich das wissen? Ich bin schließlich kein Arzt. Vermutlich hat er eine Gehirnerschütterung, das Genick hat er sich jedenfalls nicht gebrochen. Hauptsache, er ist nicht tot.«

Janet kam mit Decken, Ernie kniete vor dem Kamin und schichtete viel zu hastig zu viele Scheite auf, so daß dicker Qualm sich ausbreitete. »Hör schon auf, Ernie, du erstickst ja das Feuer.« Rod leerte sein Glas in einem Zug und nahm einige Scheite wieder heraus, die Ernie gerade hineingelegt hatte. »Verdammt noch mal, ich muß hier wirklich alles selbst tun.« Er betätigte den Blasebalg. »So, das ist schon besser. Rückt das Sofa näher ans Feuer heran... vorsichtig! Zum Teufel...!« Connie trat ein mit ihren zwei Kindern, die angezogen waren und ihre Mäntel trugen. »Was soll das? Eine Evakuierung?«

»Ich habe den Lärm gehört und gedacht, das ganze Haus fällt zusammen«, sagte sie anklagend. »Was erwartest du? Daß ich im Zimmer bleibe und den Kopf einziehe?«

William Kerr kam ohne anzuklopfen ins Zimmer. »Es war der Nordturm, nicht wahr? Ich habe ihn mir von außen genau angesehen, da ist alles intakt. Die Maurer haben ihn gut abgesichert. Aber innen ... sind die Balken eingestürzt?«

Rod schenkte sich noch einen Whisky ein und wandte sich an die Umstehenden: »Will einer einen Drink?« Er drückte William Kerr ein volles Glas in die Hand, der es nur zögernd annahm. »Die verfluchten Balken sind nicht von selbst eingestürzt. Die blöden Kinder sind in den Turm gegangen. Ich dachte, die Tür wäre verschlossen.«

»Die Tür zum Nordturm ist, solang ich denken kann, immer abgeschlossen«, sagte William Kerr steif.

»Und der Schlüssel?«

»Hängt im Büro am Schlüsselbrett.«

»Das heißt, dieser kleine Nichtsnutz konnte ihn sich jederzeit holen.« Er wies auf Alasdair, der auf den Schoß seiner Mutter geklettert war und leise vor sich hinschluchzte. »Sieh mich an, du Teufelsbraten, du hast den Schlüssel genommen? Die Tür war nicht unverschlossen?« Er streckte die Hand aus und drehte den Kopf des Kindes mit einem so harten Griff herum, daß es vor Schmerzen aufschrie.

»Mr. MacCallum«, mischte sich William Kerr ein, »es war zum Teil mein Fehler. Master Alasdair hat gesagt, sie gingen zum Tee ins Schloß, ich habe ihnen nachgesehen, wie sie den Stallhof überquerten und die Tür zum Büro aufmachten ... aber ich hätte nie gedacht ...«

»*Master* Alasdair ist sechs Jahre alt. Er weiß *genau,* daß er den Nordturm nicht betreten darf. Ich habe die Bretter nur entfernen lassen, weil ich dachte, jeder hätte so viel Verstand, die Tür in Ruhe zu lassen. Warum hat der vermaledeite Architekt die Tür nicht von innen vernagelt?«

»Die Tür ist alt und wertvoll, er wollte sie nicht beschädigen, und er hatte kaum genug Zeit, die Außenmauern zu reparieren. Niemand wäre auf die Idee gekommen...«

»Ich zahle Leute wie ihn, damit sie Ideen haben, und ich zahle Leute wie Sie, damit sie Schlüssel sicher aufbewahren.«

William Kerr wurde steif vor Ärger und stellte sein unberührtes Whiskyglas auf den Tisch. »Der Schlüssel hing ganz oben am Brett und war mit einem Schild versehen.«

Rod drehte Alasdairs Kopf noch einmal mit einer brutalen Geste herum. »Sieh mich an, du Rotznase! Du bist also auf einen Stuhl gestiegen und hast den Schlüssel genommen. Du konntest lesen, was auf dem Schild stand, nicht wahr? Du wußtest ganz genau, wo du Johnny hinführst. Ein kleines Abenteuer, was? Ich werde dir zeigen, was ein Abenteuer ist...« Mit einer schnellen, ausholenden Bewegung versetzte er Alasdair eine schallende Ohrfeige. Das Kind schrie auf. Julia zog ihn an sich. Sir Niall sprang an ihre Seite und fing den nächsten Schlag auf. »Lassen Sie ab von dem Jungen! Er sitzt schon genug in der Klemme. Sehen Sie denn nicht, daß er einen Schock hat? Was für eine Art Mann sind Sie?«

»Schock?« Rod wandte sich mit einem höhnischen Lachen ab. »Und was ist mit Johnny? Er hätte tot sein können und ich auch.«

»Ich wünschte, du wärst es«, sagte Julia ruhig. »Ein Kind retten und das andere schlagen. Es tut dir wohl gut, deine Wut an jemandem auszulassen? Du selbst stehst unter einem Schock, Rod MacCallum, Held von hundert heroischen Siegen – auf der Leinwand! Hast du jemals nur einen Schuß gehört, der im Ärger abgegeben wurde, oder selbst einen abgefeuert? Natürlich hat Alasdair sich falsch benommen, das weiß er auch. Aber meinst du, er wollte, daß Johnny sich verletzt...«

»Er hat sich aber verletzt, und nein, Madam, ich habe nie einen Schuß gehört, der im Ärger abgegeben wurde, oder einen selbst abgefeuert außer in meiner Kindheit. Ganz im Gegenteil zu deinem heldischen Gatten, der andere Männer aus dem Himmel schoß, aber nie ins Weiß ihrer Augen sah. Das war ein Teil des Problems dieser glanzvollen Flieger-Jungens, sie sind mit dem Schmutz des Krieges nie in Berührung gekommen. Sie überlebten oder starben, eins oder das andere, aber sie machten sich nie schmutzig...«

»Genug!« rief Sir Niall zornbebend, »Ich habe zwei Söhne im Kampf um England verloren. Wagen Sie nicht...«

»Um Himmels willen«, jammerte Margot Parker, »ich will fort von hier. Johnny hat ein gebrochenes Bein, und er und Rod und Alasdair hätten alle umkommen können, und nun redet ihr auch noch über Krieg. Ich habe die Nase voll. Kann mich bitte jemand zum Bahnhof bringen? Mir ist egal, wie lange ich auf den verdammten Zug warten muß. Ich will bloß das Gezänk nicht mehr hören.«

Rod riß sich zusammen. »Ich fahre dich, Margot...«

»O nein, du fährst mich nicht. Du bist betrunken und bis über die Ohren verdrogt...«

»Ich fahre Sie zum Bahnhof«, sagte Sir Niall ruhig. »Sie haben schon gepackt, nicht wahr? Ich hole sogleich Ihre Koffer herunter. Johnny wird es auch guttun, wenn man ihn möglichst in Ruhe läßt, bis der Krankenwagen kommt.« Er verließ schnell das Zimmer, Margot folgte ihm.

»Connie«, sagte Ken, »pack bitte deine Sachen zusammen, ich passe inzwischen auf die Kinder auf. Wir nehmen alle den Nachtzug, die Kinder können notfalls mein Schlafwagenabteil bekommen.«

»Was ist das? Eine Massenflucht?« fragte Rod. »Ihr verlaßt uns alle, nach dem, was Johnny und Alexandra zugestoßen ist?«

»Wir können weder Alexandra noch Johnny durch unser Hierbleiben helfen«, sagte Ken bestimmt. »Je schneller Stille in dieses Haus einkehrt, desto besser für alle. Sir Niall wird Luisa und Sir Michael bestimmt mit den Formalitäten im Krankenhaus helfen.« Er ging zum Sofa und kniete vor Johnny nieder. »Wir fahren nicht fort, Johnny, weil du uns gleichgültig bist, es ist einfach besser, wenn sich das Haus leert. Du hast einen schlimmen Schock bekommen...« Er berührte sanft mit den Fingern die Kopfwunde, wo das Blut langsam gerann. »Es sieht gefährlicher aus, als es ist, die Wunde wird schnell heilen, und bald wirst du wieder gesund sein. Bleib so ruhig liegen, wie du kannst, bis der Krankenwagen kommt. Deine Tante Connie wäre übermorgen sowieso abgefahren, wir sind alle ein wenig durcheinander wegen der traurigen Nachricht, verstehst du doch?«

Johnny versuchte zu nicken, aber sein Gesicht verzog sich sogleich vor Schmerzen. »Ja, ich weiß, das ist der Grund, warum Alasdair und ich in den Nordturm gegangen sind. Ihr alle seid mit Trauermienen herumgesessen. Wir hätten nicht in den Turm gehen dürfen, aber ich habe zu Alasdair gesagt, wenn es ein Schloßgespenst gibt, dann ist es da...« Er fing wieder zu weinen an. Luisa versuchte, ihren Arm um ihn zu legen, aber es schien ihm weh zu tun, denn er stieß einen kleinen Schrei aus. Alasdair zuckte zusammen, als hätte man ihn geschlagen.

Ken trat auf Julia zu. »Ich danke dir für alles, es war ganz wundervoll, bis Alexandras Nachricht eintraf und dann... der arme Johnny.« Er strich ihr mit unerwarteter Zärtlichkeit über die Wange. »Paß auf dich auf, du siehst ein wenig mitgenommen aus. Ruh dich aus.« Er verabschiedete sich höflich von Ernie Wilcox und schüttelte dann Michael die Hand. »Es ist ein schrecklicher Verlust für die ganze Familie. Ich weiß, es klingt einfältig, wenn ich sage, daß ich alles tun würde, um euch zu helfen, aber was kann *ich* schon tun...«

Michael hielt seine Hand fest. »Du kümmerst dich großartig um meine Tochter und Enkelkinder, Ken. Kein Mensch kann sich einen besseren Schwiegersohn wünschen.« Ken beugte sich zu Luisa hinab und küßte sie auf die Wange. »Mach dir nicht zu große Sorgen. Wie Rod sagt, Johnny ist jung, Kinder erholen sich viel schneller als Erwachsene.«

Dann ging er zu Alasdair. »Ich weiß, Abenteuer sind ungemein reizvoll, aber begib dich nicht wieder in Gefahr – schon deiner Mutter zuliebe.«

Alasdair löste sich unerwartet aus Julias Armen und sprang an seinem Onkel hoch, um ihm einen Kuß zu geben. »Ich wünschte, ihr würdet bleiben...« Und Julia erkannte plötzlich, daß er genauso viel Angst hatte, mit Rod allein zu sein, wie sie.

Ken gab Rod förmlich die Hand. »Zum Glück warst du hier. Ohne dein sofortiges Eingreifen hätte es schlimmer ausgehen können.«

Rod hatte sein Glas wieder aufgefüllt. »Ja, ich weiß. Der verdammte kleine Schnüffler hätte sich genauso verletzen können wie Johnny. Es wäre eine gute Lektion für ihn gewesen. Das Kind ist maßlos verwöhnt, meint, es könne tun, was ihm gefällt. Und wenn's schiefgeht, braucht er nur zu Mami rennen... Ich jedenfalls bin nicht so erzogen worden. Aber von nun an werden die Dinge anders werden. Er wird schon lernen zu parieren – darauf kannst du dich verlassen.«

Julia hörte, wie ihre Gäste in Sir Nialls Wagen einstiegen. William Kerr hatte angeboten, ihnen im Jeep mit dem Gepäck zu folgen. Connie kam noch einmal hereingelaufen, um sich von Julia zu verabschieden. »Bekomme ich auch einen Kuß?« fragte Stacia. »Sie sind die Glücklichste von uns allen.«

Connie sah sie überrascht an, aber sagte nichts, sondern legte nur ihre Arme um Stacias Schulter, zog sie fest an sich und küßte sie auf die Wange. »Kommen Sie uns bald in London besuchen.«

»Ja... ja, das täte ich sehr gern...«

Ernie Wilcox hatte sich heimlich davongemacht. Im Zimmer herrschte ein unbehagliches Schweigen, während sie alle auf den Krankenwagen warteten. Rod füllte wieder sein Glas, Michael ging nervös auf und ab, schließlich begab er sich nach oben, um die Mäntel zu holen und Johnnys Pyjama und Toilettensachen einzupacken. Rod stellte sein leeres Glas auf den Tisch.

»Ich hole den Wagen.«
»Wir fahren im Krankenwagen mit«, sagte Michael steif.
»Ihr müßt schließlich zurückkommen.«
»Wir nehmen ein Taxi.«
»Ich werde auch hinterherfahren«, sagte Rod unnötig laut.
»Oder vertraut ihr mir nicht?«
Michael antwortete nicht.
Der Rettungswagen kam, zwei Männer betraten mit einer Trage das Zimmer, untersuchten Johnny schnell und beschlossen, das Bein zu schienen. »Den Rest überlassen wir dem Arzt, Sir.« Sie legten ihn sehr behutsam auf die Trage. Michael warf Luisa ihren Mantel um die Schulter. Julia und Alasdair gingen in den Hof, um sie abfahren zu sehen. Rod folgte dem Krankenwagen in seinem Rolls-Royce. Er fuhr so sicher, als hätte er den ganzen Tag über nichts getrunken.

Julia schloß die Tür, und Alasdair vergrub seinen Kopf in den Falten ihres Kleides. Er weinte leise, während sie ihn fest umschlungen hielt, dann hob er den Kopf. »Ich weiß, ich hätte es nicht tun dürfen, aber Johnny hat sich so gelangweilt bei den Kerrs. Und es regnete in Strömen, und du hast doch gesagt, ich solle ihn unterhalten...«

»Komm mir nicht mit faulen Ausreden, Alasdair. Du weißt, du hast etwas Verbotenes getan. Ihr hättet zu uns in die Bibliothek kommen sollen...« Als sie sah, daß ihm wieder Tränen über die Backen liefen, kniete sie sich schwerfällig hin und umarmte ihn. »Ich weiß, du hast nicht gewollt, daß etwas so Schlimmes passiert. Wir hätten dir deutlicher klarmachen sollen, wie gefährlich der Nordturm ist. Wir haben die Gefahr selbst nicht richtig eingeschätzt, sonst hätten wir ihn weiterhin mit Brettern vernagelt oder das ganze innere Mauerwerk einreißen und entfernen lassen.«

»Wirst du mich auch schlagen?«

»Mein Gott, nein! Du bist genug bestraft worden. Du mußtest zusehen, wie Johnny sich verletzte, und ich weiß, das war schrecklich für dich. Aber tu nie wieder etwas so Dummes und Gefährliches.« Sie zog ihn fest an sich. »Oh,

Liebling, du hättest umkommen können. Ihr beide wart in Lebensgefahr. Verstehst du das?«

»Ja, ich weiß. Ich habe solche Angst bekommen, als alles herunterfiel. Rod hat Johnny gerettet. Ich habe die Schläge verdient...«

Julia wußte nicht, was sie darauf antworten sollte. Janet kam ihr zu Hilfe, sie hatte auch die Abfahrt des Krankenwagens und des Rolls-Royce beobachtet, jetzt sagte sie: »So, nun ist alles vorbei, Master Alasdair. Die Ärzte werden sich um Johnny kümmern, und bald wird er wieder gesund sein. Aber ihr beide habt Lehrgeld zahlen müssen. Doch jetzt hör auf zu weinen. Wasch dir das Gesicht, und dann bekommst du einen Tee.«

Sie führte Alasdair schnell durch die Große Halle und den Speisesaal in das kleine Badezimmer, das sie teilten. »Kate!« rief sie. »Würdest du bitte Mrs. MacCallum eine Tasse Tee und eine Kleinigkeit zu essen bringen? Und ein Setzei für Master Alasdair. Er braucht etwas in den Magen, sonst schläft er die ganze Nacht nicht.«

Julia streckte sich dankbar auf dem Sofa aus und trank den Tee, den Kate ihr brachte. Ernie Wilcox hatte wohl gespürt, daß endlich Ruhe im Haus eingekehrt war, und tauchte wieder auf. Er leistete Julia Gesellschaft, und beide beobachteten Alasdair, den Janet gebadet hatte und der jetzt im Morgenrock mit Appetit sein Setzei auf Toast aß. Rosemarie war mit dem letzten Bus zurückgekommen, ihr Mantel und ihre Schuhe waren vom Regen durchnäßt. Sie hörte schweigend und erschreckt zu, als man ihr erzählte, was vorgefallen war. Janet riet ihr, sich umzuziehen und eine Tasse Tee zu trinken. »Und danach bleibst du bei Alasdair, bis er eingeschlafen ist.«

Julia wies mit der Hand auf die Flaschen, die auf der Anrichte standen. »Nehmen Sie sich, was Sie wollen, Ernie. An Alkohol herrscht kein Mangel in diesem Haus, dafür sorgt Rod schon.« Sie lehnte den Kognak ab, den Ernie ihr bringen wollte. »Man sagt, Alkohol könnte dem Baby schaden.«

»Prinzessin...« Er benutzte zum ersten Mal Rods Kosenamen für sie. »Es war ein furchtbarer Tag für Sie, ein Kognak wird Ihnen guttun. Sie werden danach besser schlafen. Aber ich kann Ihnen auch ein paar Pillen geben, mit denen schlafen Sie durch bis zum Morgen, und dann sieht die Welt schon wieder etwas freundlicher aus.«

»Ernie, Sie wissen, ich nehme keine Pillen und auch nicht das andere Zeug. Aber ich wäre Ihnen dankbar, wenn Sie aufhören würden, Rod mit... was immer es ist, zu versorgen. Es macht gelegentlich einen Teufel aus ihm.«

»Liebe Julia, ich tue, worum Rod mich bittet. Und wer hat behauptet, daß ich ihn mit irgend etwas versorge? Was Rod tut, ist seine Angelegenheit. Es gibt unendlich viele Leute in Hollywood, die ihm alles geben würden, was er will. Sie müssen versuchen, Rod zu verstehen. Er hat mit nichts angefangen, und Sie sehen ja, was er alles erreicht hat! Kritisieren Sie ihn nicht ständig, das Filmgeschäft ist hart, und er steht seinen Mann. Jammert er etwa über seine Suspension? Nein, er macht allen eine lange Nase und gibt ein großartiges Fest...«

Die Tür hatte sich lautlos geöffnet. »Freut mich, daß du ein gutes Wort für mich einlegst, Ernie. Du bist vermutlich der einzige in diesem Haus...« Rod sah Julia an. »Der Junge hat sich das Bein gebrochen – ein komplizierter Bruch, und die Schulter ist ausgerenkt, aber das haben sie schon wieder hingekriegt, und dann hat er eine Gehirnerschütterung. Die Kopfwunde ist nicht tief, aber sie mußten sie nähen. Luisa und dein Vater wollten ihren Liebling nicht allein in Inverness lassen, sie haben es abgelehnt, nach Sinclair zurückzukommen. *Abgelehnt!* Und der verdammte Sir Niall ist natürlich im Krankenhaus aufgetaucht und hat sich ans Telefon gehängt, um einen privaten Krankenwagen aus Edinburgh zu bestellen, der Johnny nach London transportieren soll, sobald es die Ärzte erlauben. Sie werden zwei Tage für die Fahrt brauchen, aber eine Privatschwester und Luisa werden Johnny begleiten. Sir Niall hat deinem Vater sein Auto geliehen, damit er dem Krankenwagen hinterherfahren kann. Beide haben sich strikt geweigert, hierher zurückzukommen. Ich habe gesagt, Johnny könnte sich genausogut bei uns erholen. Aber nein, davon wollte Luisa nichts wissen. Sie will in London Johnnys Bein noch mal röntgen lassen, um zu sehen, ob es richtig geschient ist, und sie will seinen Schädel röntgen lassen, um sich zu vergewissern, daß er nicht blöd wird. Sie trauen niemandem hier, und am allerwenigsten Rod MacCallum. Nichts, was ich anbiete, ist gut genug für den kleinen Johnny. Luisa will nicht, daß er je wieder in mein Haus kommt. Sie hat ihre feinen Manieren fallengelassen und die spanische Aristokratin herausgekehrt und mich wie einen Bauernlümmel behandelt. Ich bin für sie der letzte Dreck. Dein Vater hat geschwiegen, aber ich habe gemerkt, daß er ihr in allem recht gab. Sie wohnen im Caledonian-Hotel. Sogar das Krankenpersonal hat die Nase voll gehabt von Luisas Hysterie und ihr verboten, die Nacht bei Johnny zu verbringen. Wir sollen ihnen das Gepäck nachschicken, wann immer es uns paßt. Für die eine Nacht hätten sie genug dabei, haben sie gesagt. Ich habe mich sogar bereit erklärt, ihnen ihr lausiges Gepäck zu bringen, aber davon wollten sie natürlich nichts hören. ›Nein, danke‹ – höflich, aber kühl, im stillen haben sie mich natürlich zum Teufel gewünscht.«

Er goß sich einen Whisky ein und trank ihn in großen Schlucken.

Stacia erschien. Sie ging um den Tisch herum, bestrich geistesabwesend einen Toast mit Butter und fing an zu essen. »Das war ein großartiger Tag, nicht wahr?« sagte sie in einem Tonfall, als ob sie über das Wetter spräche. »Jeder liebte jeden. Wo sind sie denn alle ... deine vornehmen Gäste, Rod? Margot Parker wird einen Artikel schreiben, der sich gewaschen hat. Zum Beispiel, wie du den Tod von Elliot aufgenommen hast und wie das Dach über Alasdair und Johnny einstürzte und wie unser heldenhafter Rod den Goldjungen aus den Klauen des Todes befreite. Das hätte ein tolles Foto abgegeben, wenn bloß ein Fotograf zur Hand gewesen wäre. Schade, daß sie nicht dabei war, als du Alasdair geschlagen hast. Das hätte dein väterliches Image ein wenig lädiert.«

»Halt den Mund, du Schlampe, oder du kriegst selbst ein paar Ohrfeigen. Und wo ist eigentlich dieser Saubengel?«

»Wenn du Alasdair meinst, so schläft er hoffentlich«, sagte Julia.

»Weck ihn auf! Und bei Gott, ich werde mehr tun, als ihn nur aufwecken. Dem steht noch einiges bevor...« Er ging mit großen Schritten zur Tür. Julia stemmte sich vom Sofa hoch.

»Rod! Laß ihn in Ruhe. Er hat genug gelitten.«

»So, hat er das? Das werden wir gleich sehen...« Er schritt den Korridor entlang zum Zimmer, das die beiden Jungens bewohnt hatten. Julia folgte ihm. Als er die Tür aufriß, sah er Rosemarie neben dem schlafenden Kind sitzen. »Und wo waren Sie?« brüllte er. Das Mädchen zuckte erschreckt zusammen. »Ich habe Sie angestellt, um auf die Kinder aufzupassen.«

»Ich habe ihr erlaubt fortzugehen, Rod. Sonntag ist ihr freier Tag...«

»Zum Teufel mit Sonntag! Sie wurden hier gebraucht!« Rosemarie stand auf und wich vor ihm zurück. Ernie und Stacia waren Julia gefolgt und standen an der Tür. Alasdair war von dem Lärm aufgewacht und kauerte zitternd im Bett. »Mach kein Theater, du Feigling. Du weißt genau, was du getan hast.« Er zog das Kind an seinem Ohrläppchen hoch, Alasdair schrie vor Schmerzen auf. »Du hast die beste Party, die ich je im Leben gegeben habe, total ruiniert. Du hast deinen Großvater und Luisa aus diesem Haus vertrieben. Sie kommen nie wieder her. Und Johnny hätte tot sein können. Jetzt hör mal zu, du mieser, kleiner Kriecher, ich habe dich adoptiert, du bist *mein* Sohn, und wirst dich an *meine* Regeln halten...« Er schlug bei jedem Wort Alasdair ins Gesicht. Rosemarie schrie, und Julia versuchte sich zwischen die beiden zu werfen, aber Rod stieß sie roh beiseite, sie fiel aufs Bett. Er fuhr fort, auf Alasdair einzuschlagen. Als Julia ihr Gleichgewicht wiedergewann, sah sie, daß Alasdair aus der Nase blutete und seine Lippe gespalten war. Sogar Ernie mischte sich jetzt ein. »Rod! Laß das! Willst du das Kind umbringen? Was du tust, ist tätliche Drohung... Rod, um Himmels willen... Julia kann dich vor Gericht bringen...«

»Julia ist meine Frau, und Alasdair ist mein Sohn. Wo steht es geschrieben, daß ein Vater nicht seinem verlogenen, frechen Sprößling Anstand einbleuen kann?« Er wirbelte herum, und Julia dachte, er würde auch Ernie schlagen. »Die Polizei mischt sich in Familienstreite nicht ein. Ein Vater hat das Recht, seinen Sohn zu disziplinieren – besonders wenn dieser Sohn durch seinen Ungehorsam fast jemand getötet hätte.« Julia hatte die Gelegenheit wahrgenommen, Alasdair aufs Bett herunterzuziehen, und legte sich über ihn.

»Du mußt erst mich zusammenschlagen, bevor du an ihn herankommst«, schrie sie.

Rod trat einen Schritt zurück. »Das werde ich nicht tun, denn du trägst mein Kind. Aber glaube ja nicht, daß dies das Ende ist. Strafe muß sein. Und ich schwöre dir, diesen Tag wird dieser Bengel sein Leben lang nicht vergessen.« Seine Stimme klang unnatürlich ruhig, dann ging er zur Tür. Ernie und Stacia wichen zurück. Bevor er das Zimmer verließ, drehte er sich noch einmal um. »Morgen laß ich Prinzessin Cat töten. Verstehst du mich, du kleiner Hundsfott. Morgen kommt der Tierarzt und wird ihr eine Injektion geben. Und danach ist sie tot. Das ist eine Strafe, die du nie vergessen wirst.«

»Das kannst du nicht tun!« schrie Julia.

»Ich kann mit dem, was mir gehört, tun, was ich will. Und du kannst es nicht verhindern. *Ich* habe Prinzessin Cat gekauft.«

»Der Tierarzt wird sich weigern...«

»Es gibt auch noch Gewehre. Und ich werde diesen Bengel zwingen, danebenzustehen und zuzusehen. Und ich verspreche dir, daß er danach meinen Befehlen Folge leisten wird. Denk darüber nach, Alasdair, morgen ist Prinzessin Cat tot. Schlafe gut.«

Alasdair löste sich aus den Armen seiner Mutter und lief auf Rod zu. »Tu es nicht... bitte, tu es nicht. Ich werde dir gehorchen... ich verspreche es dir... Ehrenwort... aber töte nicht Prinzessin Cat. Sie hat doch nichts Böses getan, ich war es doch...«

»Dann sollte ich dich töten, aber ich werde den Teufel tun, für solch eine feige kleine Spitzmaus an den Galgen zu kommen. Hast du mal etwas von Prügelknaben gehört? Es waren Kinder, die anstelle des kleinen Prinzen verprügelt wurden. Nun, Prinzessin Cat wird dein Prügelknabe sein. Das Liebste, was du besitzt, wird sterben. Das wirst du nie vergessen, nicht wahr?«

Alasdair war auf die Knie gefallen und zupfte verzweifelt an Rods Hosenbeinen. »*Bitte,* tu es nicht! Bitte! Schlag mich, soviel du willst, aber laß Prinzessin Cat am Leben.«

Rod hob das Bein, an dem sich Alasdair festhielt, und versetzte ihm einen Fußtritt unters Kinn, so daß der kleine, schmale Körper krachend gegen die Kommode fiel. Rosemarie kreischte laut und kniete sich neben Alasdair. Er war halb bewußtlos. Julia hievte sich vom Bett hoch und stellte sich vor Rod. »Wenn du das tust... wenn du Prinzessin Cat tötest, dann bring ich dich um, das schwöre ich dir. Ich weiß noch nicht wie, aber ich werde einen Weg finden...«

Er lachte ihr laut ins Gesicht. »Seh dich morgen früh, Prinzessin. Ich werde den Tierarzt anrufen und die Stunde der Hinrichtung festsetzen. Der Bengel muß seine Lektion bekommen – je eher, desto besser. Bald wird er einen Bruder haben, und ich will nicht, daß *mein* Sohn von ihm seine hinterlistigen Tricks lernt...«

Julia hielt ihren Sohn in den Armen, bis er vom Weinen erschöpft war. Janet war gekommen und hatte ihm das Gesicht gewaschen. Er hatte eine Schnittwunde über der einen Augenbraue. »So wie Miss Stacia an dem Tag, als Cat starb...

obwohl ich damals fand, sie hatte die Schläge verdient. Aber dies... dies ist ein Verbrechen. Soll ich Dr. MacGregor anrufen? Er sollte sich das ansehen. Einem Kind eine Ohrfeige zu versetzen, das ist manchmal nötig, aber dies hier... das grenzt an Mord.«

Julia schüttelte den Kopf. »Verhalten Sie sich so ruhig wie möglich, Janet. Sagen Sie nichts. Bitten Sie Kate, sie möchte das Abendessen im Zimmer der Haushälterin servieren... falls jemand Hunger hat. Geben Sie den beiden Männern zu trinken. Sollen sie sich besaufen...«

»Aber was ist mit dem Kind? Es darf nicht mit ansehen, wenn... wenn das Pony... Ich schäme mich für Rosemarie; sie hat völlig die Nerven verloren; sie weint hemmungslos und sagt, sie würde morgen früh Sinclair verlassen. Sie hat Angst, sie sei die nächste, die er verprügelt. Und Sie, Mrs. MacCallum... auch Sie dürfen nicht hierbleiben.« Julia hielt ihren Sohn im Arm, dem sie warme Milch und ein Aspirin eingeflößt hatte. Sie musterte sein arg zugerichtetes Gesicht, und ein unbändiger Haß erfüllte sie. Endlich döste er in ihren Armen ein, aber sein Körper zuckte sporadisch, als hätte er schreckliche Träume. »Es wird alles gut werden, Liebling«, flüsterte sie, obwohl sie wußte, daß er sie nicht hören konnte. »Es wird nichts geschehen.«

Janet brachte ihr eine Tasse Tee und ein Aspirin und bestand darauf, daß sie ein Schinkenbrot aß. »Sie müssen etwas zu sich nehmen, Mrs. MacCallum, sie müssen... des Babys wegen, und um genug Kraft zu haben, ihm die Stirn zu bieten. Ich habe mit Mr. Kerr gesprochen, er sagt, kein Gewehr von ihm wird je auf Prinzessin Cat abgefeuert werden. Ich habe bei Sir Niall angerufen, aber er ist noch nicht aus Inverness zurück. Ich habe eine Nachricht hinterlassen, daß wir uns morgen früh wieder melden. Ich wollte nicht, daß er uns anruft, für den Fall, daß Mr. MacCallum am Apparat ist. Sir Niall könnte mit dem Tierarzt sprechen oder sich mit dem Tierschutzverein in Verbindung setzen. Mit vereinten Kräften werden wir das Schreckliche verhüten. Ich zweifle allerdings daran, daß einer von uns Dienstboten morgen noch eine Stellung hat...«

»Sinclair gehört schließlich mir, und keiner wird ohne meine Zustimmung entlassen.«

»Das sagen Sie so, Mrs. MacCallum. Im Moment sitzt er am Tisch und stochert in seinem Essen herum, säuft wie ein Bürstenbinder und verkündet Mr. Wilcox triumphierend, daß er alle Vollmachten hat, um zu tun, was ihm gefällt...«

»Ich werde dafür sorgen, daß er sie nicht gebraucht. Irgendwie...«

Als Alasdair eingeschlafen war, legte sie sich auf Johnnys Bett. Sie hörte Rod und Ernie den Korridor entlang in die Bibliothek gehen. Stacia hatte sich offensichtlich verzogen. Sie schloß einen Moment lang die Augen und dachte nach. Rod und Ernie würden mehrere Kognaks trinken, und dann würde Rod Ernies Pillen nehmen und einschlafen. Laß ihn bis in alle Ewigkeit schlafen... dachte sie.

Sie selbst blieb die ganze Nacht über wach. Beim ersten Schein der Morgendämmerung ging sie leise die Treppe hinauf. Sie wußte nicht, ob Kate nach Margot Parkers Abreise die Betten im Roten Turmzimmer neu bezogen hatte und ob Rod dort schlief. Die soliden Eichentüren ließen keinen Laut durch, so schlich sie ins Badezimmer. Auf der Glasplatte über dem Waschbecken standen Rods Toilettenartikel. Er war also wieder ins Turmzimmer gezogen. Vorsichtig tastete sie sich durch den Ankleideraum und lauschte an der Tür. Sein tiefes Schnarchen beruhigte sie. Es würde Stunden dauern, bis er aufwachte. Er hatte vor dem Schlafengehen seine Hosentaschen geleert, der Inhalt lag wild zerstreut auf der Kommode: Banknoten, Münzen, ein goldenes Dunhill-Feuerzeug, Zigaretten, ein goldenes Taschenmesser und die Schlüssel vom Rolls-Royce. Diese nahm sie an sich.

Sie ging zurück ins Badezimmer. Diesmal blieb sie stehen und sah sich genauer um – und sie fand, was sie suchte. Neben den Toilettenwasser- und After-Shave-Flaschen lagen Pillen verschiedenster Farben, eine leere Injektionsspritze und daneben ein fast volles Päckchen weißen Puders. Sie dachte an den Morgen in Beverly Hills, wo sie Rod unter Mühen ins Leben zurückgeholt hatte. Diesmal würde sie es nicht mehr tun. Aber sein kräftiger Körper war widerstandsfähig, er würde auch diese Ausschweifung überleben und morgen von neuem anfangen. Sie warf einen angewiderten Blick auf die Pillen und die Spritze, dann verschwand sie so geräuschlos, wie sie gekommen war.

Sie ging in die Prinz-Charles-Suite und packte hastig die Toilettensachen von ihrem Vater und Luisas Kosmetikartikel ein. Dann eilte sie nach unten und weckte Alasdair sanft auf. »Zum Waschen und Zähnebürsten haben wir keine Zeit«, sagte sie. »Sei leise, wir fahren fort.«

Er folgte ihr schlaftrunken in den Stallhof, sein Gesicht war dick verschwollen, und dunkle Flecken fingen an sich abzuzeichnen. William Kerr erwartete sie mit Prinzessin Cat, sie trug Zaumzeug und einen Leitzügel, wie Julia angeordnet hatte. »Mrs. MacCallum, soll ich Sie nicht doch lieber begleiten?« Er holte erschreckt tief Luft, als er Alasdairs Gesicht sah. »Ich bin froh, daß Sie von hier wegkommen.«

»Aber ich komme zurück, Mr. Kerr ...«

Er bot ihr an, sie im Jeep zu fahren, aber Julia lehnte ab. »Ich will Sie nicht in die Sache hineinziehen, Mr. Kerr. Was ich tue, ist meine Verantwortung, und ich allein nehme die Schuld auf mich.«

Sie öffnete die Tür des Rolls-Royce, ließ den Motor an und setzte Alasdair neben sich. »Du mußt jetzt Cat am Leitzügel halten, wir können nur so schnell fahren, wie sie traben kann.«

»Wohin fahren wir?«

»Nach Finavon, zu Sir Niall. Dort ist Prinzessin Cat in Sicherheit.«

»Kann ich sie nicht reiten? Wir könnten neben dem Auto traben.«

»Alasdair, bitte tu, was ich dir sage. Wir haben einen weiten Weg vor uns, du kannst von Cat nicht erwarten, daß sie dein Gewicht trägt und die ganze Strecke über trabt. Versuche jetzt, daß ihr Kopf auf gleicher Höhe mit dem Wagenfenster bleibt. Dein Arm wird nach einiger Zeit schmerzen, aber du willst doch, daß Cat von hier fortkommt, nicht wahr? Vielen Dank, Mr. Kerr.«

»Viel Glück, Mrs. MacCallum.«

Alasdair kniete sich auf den Sitz, und Mr. Kerr gab ihm den Zügel. Prinzessin Cat schnüffelte die frische Morgenluft und trabte munter los. Julia fuhr aus dem Stallhof. Sie fragte sich, ob Alasdair der Aufgabe gewachsen war, aber er begriff schnell die Schwierigkeit und hielt Cat mit seiner Reitpeitsche in sicherer Entfernung vom Auto.

Die fünf Meilen nach Finavon kamen ihr ewig lang vor. Zum Glück begegneten sie zu dieser frühen Stunde keinem anderen Fahrzeug. Alasdair lehnte sich weit aus dem Fenster und redete dem Pony unermüdlich gut zu. Julia betete im stillen, daß der Motor nicht heißlaufen würde bei dem niedrigen Tempo. Aber schließlich erreichte sie aufatmend den Stallhof von Finavon. Julia klopfte an die Haustür des Wildhüters. Er und seine Frau waren bereits auf. Julia bat sie, das Pony zu versorgen und Sir Niall Bescheid zu sagen. Fünf Minuten später erschien er. »Julia, um Himmels willen, kommen Sie herein. Alasdair, laß Cat bei Mr. Lindsay.« Er trug einen Morgenrock, sein dichtes Haar war vom Schlaf noch zerzaust. »Guter Gott, was ist denn dir passiert, Kind?« Seine Haushälterin kam ebenfalls im Morgenrock die Treppe heruntergeeilt. »Mrs. Cummings, würden Sie bitte...«

»Ich mache sofort einen Tee, Sir Niall, und etwas zu essen. Guten Morgen, Mrs. MacCallum und Master Alasdair.« Ihre Stimme verriet nicht das geringste Erstaunen über den frühen Besuch oder Alasdairs Gesicht. Julia hegte den wohl berechtigten Verdacht, daß die gestrigen Ereignisse in Sinclair sich bereits herumgesprochen hatten. Mrs. Cummings wandte sich nochmals an sie: »Es tat mir sehr leid, vom Tod Ihres Schwagers zu erfahren. Ein beeindruckender Mann. Sir Niall schätzte ihn sehr.« Julia nickte dankend.

Sir Niall zündete im Eßzimmer den Kamin an, während Julia ihm einen kurzen Bericht gab, allerdings mit vielen Auslassungen Alasdairs wegen, der jetzt neben ihr zu zittern anfing, vielleicht aus Müdigkeit, vielleicht weil ihm plötzlich klar wurde, daß er und Prinzessin Cat mit knapper Not Rods Zorn entkommen waren.

»Alasdair, geh in die Küche, dort ist es wärmer als hier, und du kannst Mrs. Cummings helfen, die Teller und die Bestecke hereinzutragen. Die kühle Morgenluft hat dich doch sicher hungrig gemacht... und sorg dich nicht um Prinzessin Cat. Sie wird in kürzester Zeit auf dem Weg nach Anscombe sein.«

Nachdem Alasdair gegangen war, erzählte Julia ihm mehr Einzelheiten. »Ich zweifle nicht daran, daß er es getan hätte... Ich bin zu Ihnen gekommen, weil ich wußte, Sie könnten jemand herbeirufen... wenn nötig die Polizei... um ihm Einhalt zu gebieten. Rod war total betrunken und hat Drogen genommen, er wird vor Mittag nicht aufwachen...«

»Warum haben Sie mich bloß nicht angerufen? Ich wäre mit einem Pferdetransporter gekommen.«

»Ich hatte Angst. Ich fürchtete, Rod würde mich telefonieren hören. Sie wissen, es gibt nur das eine Telefon im Büro und einen Nebenanschluß in der Bibliothek. Ich durfte nicht riskieren, daß er von meinem Plan erfuhr.«

Er schüttelte bedrückt den Kopf. »Julia, wann werden Sie endlich verstehen, daß ich alles auf dieser Welt für Sie tun würde. Hätten Sie mich um drei Uhr früh angerufen, wäre ich sofort losgefahren. Nun, jedenfalls sind Sie erst mal hier in Sicherheit, und das Pony wird innerhalb einer Stunde mit Lindsay auf dem Weg nach England sein. Ich habe einen Pferdetransporter und den Jeep von Rod, an den wir ihn anhängen können. Das wird Rod ganz besonders ärgern. Gestern, nachdem ich alle zum Bahnhof gebracht hatte, bin ich ins Krankenhaus gefahren und habe den Privatkrankenwagen aus Edinburgh bestellt und gewartet, bis Rod sich davongemacht hatte. Er war übelster Laune, muß ich sagen. Ich habe Ihrem Vater mein Auto geliehen, er wollte sich einen Wagen mieten, aber ich habe ihm klargemacht, daß dies in Inverness und besonders an einem Sonntag ein Ding der Unmöglichkeit ist. Er hat sich erst damit einverstanden erklärt, als ich ihm sagte, daß ich Rods Jeep, den Bill Fredericks im Hotel stehengelassen hat, für die Rückfahrt benutzen werde. Was ich ihm nicht gesagt habe, war, daß die Rückgabe des Jeeps mir eine exzellente Ausrede liefern würde, Sie und Alasdair in Sinclair zu besuchen. Rods Stimmung... nun, sie verhieß mir nichts Gutes...«

Er legte ein paar Scheite aufs Feuer. »Ich muß einen Beifahrer für Lindsay finden. Er war noch nie im Leben südlich der schottischen Grenze, er braucht jemand, der die Landkarte für ihn liest und ihn durch London nach Anscombe lotst.« Er erhob sich aus der Hocke und betätigte den Blasebalg. »Ich weiß! Ich werde Kirsty Macpherson anrufen. Sie kann sogar Betsy mitnehmen, wenn sie will. Und es wird ihr einen Riesenspaß machen, Rod eins auszuwischen.«

Julia fühlte sich tief gedemütigt, daß sie gerade die Hilfe von der Frau annehmen mußte, die auf eine Heirat mit Jamie gehofft und offen zugegeben hatte, daß sie gerne mit Rod ins Bett gegangen wäre. Nur daß Kirsty Macpherson nie die Dummheit begangen hätte, Rod zu heiraten. »Könnten nicht Sie...« fragte Julia zaghaft. »Ich weiß, es ist viel verlangt...«

»Natürlich könnte ich, aber eine innere Stimme sagt mir, daß ich hier dringender benötigt werde. Ich muß dableiben, um... um... eingreifen zu können.« Julia fragte nicht, was er damit meinte. Mrs. Cummings kam mit einem vollen Tablett herein, gefolgt von Alasdair, der einen Teller mit heißem Toast und verlorenen Eiern trug. Sein geschwollenes, blutunterlaufenes Gesicht versetzte Julia erneut einen Schock.

»Iß ordentlich, Alasdair«, sagte Sir Niall mit unüblichem Nachdruck. »Cat wird im Stall gefüttert. Ihr beide müßt wieder zu Kräften kommen.«

»Sie lassen es nicht zu... nicht wahr... ich meine... daß man sie tötet?«

Sir Niall hielt ihm die Hand hin. »Schlag ein, mein Ehrenwort. Cat wird nichts passieren. Ich werde sie – und dich und deine Mutter in Sicherheit bringen. Aber nun iß!« Er selbst trank nur eine Tasse Tee und aß einen Toast. »Und jetzt werde ich Kirsty anrufen und mich anziehen. Und du, Junge, warte hier auf mich. Kümmere dich um deine Mutter, schau zu, daß sie auch etwas ißt.«

Eine Stunde später erschien Kirsty Macpherson. Obwohl sie zweimal durch Heirat den Namen gewechselt hatte, wurde sie von allen in der Umgegend Macpherson genannt. Sie sah munter und aufgekratzt aus. »Douglas findet, ich sei total verrückt, nach Anscombe zu fahren. Aber er gewöhnt sich allmählich an meine Verrücktheiten. Betsy kann es gar nicht erwarten, daß es losgeht. Ich habe nur ein paar Sachen für uns in den Koffer geworfen. Ich habe Betsy Anscombe in glühenden Farben geschildert und ihr versprochen, auf der Rückfahrt zwei Tage in London Station zu machen. Ich bin ja so froh, Julia, daß Sie sich nicht von Rod unterkriegen lassen. Das protzige Fest am Sonnabend ging wirklich zu weit. Und nun auch noch das...« Sie wies auf Alasdair. »Das setzt allem die Krone auf. Es macht mir riesigen Spaß, Cat vor diesem Schwein zu retten...« Sie preßte die Lippen zusammen, als hätte sie noch etwas anderes sagen wollen. Sie trank eine Tasse Tee und drängte Betsy, einen Toast zu essen. »Wir können keine Frühstückspause einlegen. Wir müssen eine möglichst große Strecke hinter uns bringen, bevor der hohe Herr merkt, daß wir ihm entwischt sind.«

»Kann ich nicht mitkommen?« fragte Alasdair.

»Nein, Liebling, deine Mutter hat einen besseren Plan für dich. Mach dir keine Sorgen, du wirst Cat bald wiedersehen. Betsy, zieh deinen Mantel an...«

Lindsay hatte den Pferdetransporter schon an den Jeep gekuppelt und Prinzessin Cat aufgeladen. Während Alasdair dem Pony einen Kuß auf die weichen Nüstern gab, sagte Kirsty mit einem trockenen Lachen: »Hoffentlich meldet Rod den Jeep nicht als gestohlen bei der Polizei. Ich fände es gar nicht komisch, hinter Gittern zu sitzen...« Sie schwang sich auf den Vordersitz. »Hier, Betsy, es gibt noch genügend Platz neben mir. So, Lindsay, sind Sie bereit für die Rettungsaktion? Ich löse Sie alle zwei Stunden am Steuer ab. Gott, was für ein gelungener Ulk, Rod MacCallum hereinzulegen!« Sie winkte ihnen fröhlich zum Abschied zu.

Es war noch früh, als der Hotelportier Julia und Alasdair zum Zimmer von Michael und Luisa führte. »Ich bin's, Vater, Julia.«

Er öffnete sofort die Tür, er war noch in Unterhosen und hatte ein Handtuch um die Schultern geschlungen. Luisa saß aufrecht im Bett, nur mit einem spitzenbesetzten, hauchdünnen Nachthemd bekleidet. Der Portier hatte einen Blick auf Alasdairs Gesicht geworfen und sagte nun mit nachdenklicher Miene: »Der Speisesaal ist noch nicht offen, aber der Küchenchef wird Master Alasdair sicher gerne ein Frühstück machen, das er mit uns einnehmen kann ... wenn Ihnen das recht ist?«

Julia war ihm dankbar, es gab ihr die Gelegenheit, mit ihrem Vater und Luisa allein zu sprechen. »Das ist sehr freundlich von Ihnen.«

»Mit größtem Vergnügen, Mrs. MacCallum. Komm, Alasdair, hast du je in einer Hotelküche gegessen? Das ist doch etwas ganz Neues für dich.«

Als Alasdair mit dem Portier fortgegangen war, sagte Michael: »Um Himmels willen, was ist geschehen? Warum hast du uns nicht angerufen?«

Luisa legte eine Decke um ihre Schultern. »Erzähl!« befahl sie.

Julia faßte sich so kurz wie möglich. Sie hörten schweigend mit grimmiger Miene zu. »Unglaublich!« sagte Luisa. »Der Mann ist verrückt.«

Sie wurden vom Portier unterbrochen, der ihnen Toast und

Tee brachte. »Alasdair muß natürlich mit uns kommen und du auch. Du darfst nicht nach Sinclair zurückfahren. Dieser schreckliche Mann ... er wird dich noch umbringen, wenn er erfährt, was du getan hast.« Ein kleines Lächeln zuckte um ihren Mund. »Allerdings würde ich gern sein Gesicht sehen, wenn er hört, daß Prinzessin Cat mit *seinem* Jeep abtransportiert wurde. Alle Achtung vor dieser Kirsty. Ich erinnere mich noch gut an sie, ein sehr elegantes, hübsches Mädchen mit einem energischen Gesicht. Sie kann bei uns in Anscombe oder in London wohnen, solange es ihr gefällt.«

»Ich muß nach Sinclair zurück. Es gibt dort einige Dinge, die ich regeln muß. Ich habe keine Angst vor ihm, er erinnert mich ständig daran, daß ich mit seinem *Sohn* schwanger bin. Er wird nichts riskieren...«

»Das Ganze gefällt mir nicht«, sagte Michael. »Du steckst ganz tief in der Patsche. Warum hast du ihm bloß die Vollmacht gegeben? Und zugelassen, daß er Alasdair adoptiert?«

»Vater... kannst du mich nicht verstehen? Wir waren jung verheiratet. Er hat mich mit Geschenken überschüttet. Er hat bei den Agenten und dem Studio für mich verhandelt. Er hat auch Stacia adoptiert und sie finanziell sichergestellt. Ich habe es für vernünftig gehalten, Alasdair einen legalen Vater zu geben. Ich habe nie erwartet... mir nicht vorstellen können...« Ihre Stimme brach, und ihr Vater eilte auf sie zu und nahm sie in die Arme.

»Bitte, Liebes, weine nicht. Du hast nur getan, was bei einem normalen Mann normal gewesen wäre. Eine Vollmacht kann man rückgängig machen, und irgendwie werden wir schon erreichen, daß die Adoption nicht deine Rechte als Mutter beschneidet. Wir werden einen guten Anwalt in London nehmen...« Luisa nickte.

Sie hatte einen kleinen Freudenschrei ausgestoßen, als Julia ihr die Tasche mit ihren Kosmetikartikeln überreichte. »Wie lieb von dir. Ich werde jetzt ein Bad nehmen. Der Krankenwagen aus Edinburgh kann nicht vor elf Uhr hier sein

Alasdair fährt am besten zusammen mit Johnny, so kann er ihm auf der Reise Gesellschaft leisten.«

Julia ging ins Krankenhaus und sah zu, wie Johnny in den Krankenwagen getragen wurde, gefolgt von Alasdair, Luisa und der privaten Krankenschwester. Johnny hatte Alasdair überschwenglich begrüßt. »Du hast aber auch ganz schön was abgekommen«, sagte er. Julia hatte Alasdair nicht vorgeschrieben, was er sagen sollte, sie wollte ihn nicht zum Lügen erziehen. Aber Alasdair verschwieg von sich aus den wahren Grund seiner Verletzungen. Ein junger, übermüdeter Notarzt sah sich das verkrustete Blut auf der Schnittwunde über der Augenbraue an, wusch es ab und nähte die Wunde mit zwei Stichen. »Es hätte eigentlich gestern genäht werden sollen, vielleicht bleibt eine Narbe...« Auch er schien anzunehmen, daß sich Alasdair im Turm verletzt hatte.

Julia saß eine Weile gedankenverloren im Rolls-Royce, nachdem der Krankenwagen und ihr Vater in dem geliehenen Auto von Sir Niall davongefahren waren. Ihr Vater hatte sie zum Abschied umarmt und gesagt: »Bleib nicht, Julia! Der Mann ist verrückt auf eine tückische, brutale Art. Niemand, der seine fünf Sinne beisammen hat, hätte sich eine so grausame Strafe für Alasdair ausgedacht. Es ist unnatürlich – selbst für jemand, der trinkt und Drogen nimmt. Mir gefällt es gar nicht, daß du zu ihm zurückfährst. Du sagst zwar, er würde dir nichts antun wegen des Babys – aber ich bin davon nicht so überzeugt. Ich werde dich begleiten und ihn zur Rede stellen.«

»Nein, keinesfalls. Luisa steht immer noch unter Schock, mehr als du glaubst. Du darfst sie nicht allein lassen.«

»Bleib nicht, Julia, ich bitte dich. Setz dich mit ihm auseinander, wenn es sein muß, aber bleibe nicht über Nacht. Ich rufe dich heute abend an, wo immer wir sind...« Er küßte sie noch einmal, in seinen Augen standen Tränen.

Sie wischte sich die eigenen Tränen aus den Augen, aber es waren Tränen der Erleichterung, weil sie wußte, daß Alasdair und Prinzessin Cat jetzt in Sicherheit waren. Dann drehte sie den Zündschlüssel um und fädelte den Rolls-Royce in den schwachen Verkehr ein.

Als sie in den Hof fuhr, stand Ernie mit gepackten Koffern vor der Tür und wartete auf ein Taxi, das er sich aus Inverness bestellt hatte. Stacia stand neben ihm mit einem halb schmollenden, halb verängstigten Ausdruck. »Fahr nicht fort, Ernie«, sagte sie. »Du bist der einzige, der mit ihm in diesem Zustand fertig wird...«

»Ich bin schon länger geblieben als beabsichtigt«, antwortete er. »Alles muß ein Ende haben. Ich sehe dich hoffentlich bald wieder, Stacia. Lies die Bücher, die ich dir aufgeschrieben habe, und mach deine Ballettübungen.«

Ernie atmete offensichtlich auf, als das Taxi vorfuhr. Er gab Julia die Hand und küßte sie flüchtig auf die Wange. Er vermied es, sich nach Alasdair zu erkundigen oder zu fragen, wohin sie mit dem Rolls-Royce gefahren sei.

Sie erwiderte leicht angeekelt den Kuß. Ihr war klar, daß er die Flucht ergriff, um nicht Zeuge der Szene zu sein, die er voraussah. »Gute Reise«, sagte sie mechanisch und winkte ihm kurz nach, als das Taxi anfuhr.

Stacia sprang in den Rolls-Royce, als Julia den Motor wieder anließ, um ihn in den Stallhof zu fahren. »Wo ist Alasdair? Wo ist Prinzessin Cat?«

»Es ist besser, wenn du es nicht weißt.«

Julia zwang sich, ein wenig von dem Mittagessen herunterzuwürgen, das Janet im Zimmer der Haushälterin servierte. Stacia saß schweigend neben ihr und aß nicht viel mehr als sie. Am Ende der Mahlzeit sagte sie: »Ich mache einen Spaziergang. Hier kommt man sich vor wie in einem Leichenhaus...« Julia wußte, daß auch sie sich vor Rods Erscheinen fürchtete. Als sie gegangen war, bat Julia Janet, ihr eine Tasse Tee zu bringen, dann erzählte sie ihr, was sich am Morgen zugetragen hatte. Sie hatte Janet und William Kerr absichtlich nicht in ihre Pläne eingeweiht, damit sie wahrheitsgemäß hätten sagen können, daß sie von nichts wüßten, falls Rod früher heruntergekommen wäre.

Julia ging in die Bibliothek und meldete ein Gespräch mit Alexandra an. Die Telefonistin sagte ihr, die Nummer sei besetzt. »Wollen Sie warten, Madam?«

»Ja, bitte, wenn es möglich ist.«

Kate kam herein und zündete den Kamin an. Julia kauerte sich dicht vors Feuer. Janet berichtete ihr, daß Rod noch schliefe. »Das Beste, was er tun kann«, sagte sie spitz und fügte dann besorgt hinzu: »Ich wünschte, Sie würden nicht hierbleiben, Mrs. MacCallum.«

»Ich werde nicht hierbleiben, Janet, aber bevor ich gehe, habe ich noch einiges zu regeln.«

Schließlich vernahm sie Rods Schritte auf der Treppe, doch er kam nicht in die Bibliothek, sie hörte nur eine Tür krachend ins Schloß fallen. Bald würde er herausfinden, daß Alasdair und Prinzessin Cat fort waren, und dann würde er kommen.

Eine halbe Stunde später kam er. Sein Gesicht war wutverzerrt, aber auch aufgeschwollen, und seine Augen waren blutunterlaufen. Bevor er das Wort an sie richtete, schenkte er sich einen großen Whisky ein. Dann wandte er sich zu ihr um. »Du hältst dich vermutlich für sehr schlau. Du hast beide fortgeschafft. Janet und Kerr behaupten natürlich, sie wüßten von nichts.«

»Das stimmt. Sie sagen die Wahrheit.«

»Die halbe Wahrheit, wenn man das Wahrheit nennen kann. Du versuchst nur, sie zu decken. Ich glaube dir kein Wort. Du bist eine verschlagene, verlogene Intrigantin. Und ich hätte das Tier töten lassen, vor den Augen dieses verzogenen Lümmels.«

»Daran habe ich keine Minute gezweifelt, deshalb sind beide nicht mehr hier.«

»Wo hast du das Pony hingeschickt? Nach Finavon vermutlich. Nun, von dort kann ich es leicht zurückholen. Der Mann hat kein Recht, etwas zu behalten, das *mir* gehört. Ob Alasdair hier ist oder nicht, das Pony wird getötet. Glaub ja nicht, daß ich nicht weiß, was passiert ist. Das Hotelpersonal war äußerst auskunftswillig, als ich anrief, und das Krankenhaus ebenfalls. Master Johnny ist im Krankenwagen abtransportiert worden, und Master Alasdair hat ihn begleitet. Und wir, Julia, du und ich, wir werden jetzt das Pony holen.«

Sie seufzte und wünschte, ihr Kopf würde nicht so schmerzen. »Zu spät, Rod, das Pony ist seit vielen Stunden auf dem Weg nach Süden in Sir Nialls Pferdetransporter, der an *deinen* Jeep angekoppelt ist. Lindsay fährt ihn, begleitet von der reizenden Kirsty Macpherson und ihrer Tochter Betsy...«

Er knallte das jetzt leere Glas auf den Tisch und ging zum Telefon. »Das ist Diebstahl! Ich werde die Polizei benachrichtigen. Sie müssen sie vor der Grenze abfangen...«

»Sei kein Narr, du machst dich nur lächerlich vor der ganzen Welt, alle Zeitungen werden darüber schreiben. So jemand wie Kirsty Macpherson stiehlt kein Fahrzeug. Sie hat keine Angst vor der Polizei oder der Presse. Sie wird einfach erklären, warum sie das Pony in den Süden transportiert hat. Und du wirst als ein brutaler Trunkenbold dastehen, und die Journalisten werden sich eins ins Fäustchen lachen. Laß es sein, Rod, du hast nur das Nachsehen...«

Das Telefon klingelte, Rod stürzte zum Apparat. »Ja«, brüllte er und hörte einen Moment lang zu. »Ja, sie ist hier.« Widerstrebend reichte er ihr den Hörer. »Alexandra ist dran.«

»Willst du ihr noch etwas sagen?« fragte Julia spöttisch. »Du hast seit Elliots Tod noch nicht mit ihr gesprochen...«

»Was zum Teufel soll ich dieser hochnäsigen Pute sagen? Wen schert's, daß ihr köstlicher Elliot tot ist. Sie kann mich mal...«

Er stürmte aus dem Zimmer, die Tür fiel krachend ins Schloß.

»Was war das?« fragte Alexandra.

»Der Wind. Eine Tür fiel zu.«

»Ich dachte, ich hätte Rods Stimme gehört.«

»Das hast du... er wußte nicht, was er dir sagen sollte

Beileidsworte fallen ihm schwer, besonders in deinem Fall. Er war immer... du und Elliot, ihr habt ihn immer ein wenig eingeschüchtert.« Sie wechselte das Thema. »Alexandra, ich habe nichts Besonderes zu sagen, ich wollte nur deine Stimme hören... ich wünschte, ich könnte bei dir sein.«

»Vater klang sehr unglücklich gestern abend, als er mich anrief. Nicht nur wegen Elliots Tod. Er hat mir von Johnnys Unfall erzählt. Wie geht es Alasdair?«

»Alasdair ist mit Johnny nach Anscombe gefahren, er leistet ihm Gesellschaft während der Zeit, wo Johnnys Bein eingegipst ist. Die beiden haben einen fürchterlichen Schreck abbekommen, aber wie du schon weißt, ist der arme Johnny auch verletzt worden. Luisa kann dich nicht besuchen. Sie muß bei Johnny bleiben.«

»Julia...« Alexandras Stimme klang weich, fast flehentlich, »meinst du, du könntest mit Vater herüberkommen? Ich kann Connie nicht bitten, die Kinder allein zu lassen. Aber ich brauche meine Familie... Morgen, die Beerdigung, das ist nur eine Formalität, aber danach die Wochen, die Monate... vor denen graut mir. Entfernte Verwandte von Elliot sind jetzt bei mir, nette Leute, aber ich wäre froh, wenn sie wieder abführen. Ich brauche dich, Vater, Connie... hättest du je gedacht, daß deine abgebrühte Schwester so etwas sagen könnte?«

»Wir kommen bald«, versprach Julia hastig, obwohl sie nicht wußte, ob sie ihr Versprechen einhalten könnte. Sie hatte nicht die geringste Ahnung, was die nächsten Tage bringen würden, sie wußte nicht, ob es ratsam war, Alasdair in Anscombe zu lassen, es könnte so aussehen, als ob sie Mann *und* Kind im Stich ließe, andererseits scheute sie sich, ihn nach Amerika mitzunehmen, weil er Rod dort noch mehr ausgeliefert wäre. Aber all dies wagte sie Alexandra im Moment nicht zu sagen.

»Bring Rod mit«, sagte Alexandra, »er wird sich bei deinem Zustand nicht zu lange von dir trennen wollen.«

»Wir werden sehen«, sagte Julia zögernd, »vielleicht bleibt

er lieber hier, bis das Studio ihn zurückholt und ihm ein vernünftiges Drehbuch anbietet. Und was mache ich mit Stacia?«

»Richtig, Stacia«, Alexandras Stimme klang kühl. »Nun, laß dir etwas einfallen. Ihr seid mir alle willkommen, das Haus ist groß genug und sehr leer...« Sie sprachen noch einige Minuten miteinander. Julia hörte, daß Alexandra weinte, dann kam ein leises Klicken, und die Verbindung war unterbrochen.

Auch über Julias Wangen liefen Tränen, doch sie wischte sie energisch fort. Sie wollte keine Schwäche zeigen.

Rod kam zurück. »Nun, hast du dich ausgeweint bei deiner Alexandra?« Er schenkte sich einen noch größeren Whisky ein als zuvor. »Aber solltest du noch ein paar Tränen übrig haben, so ist jetzt die Zeit, sie zu vergießen. Ich habe Kerr und Janet gefeuert, diese Bande von Nichtstuern. Ich mache einen großen Kehraus und hole mir tüchtige Leute heran. Ich kann diese alten Faktoten nicht ausstehen, die sich einbilden, sie seien etwas Besseres als ich, und meinen, sie hätten irgendwelche Besitzerrechte hier. Sie sind nur Dienstboten...«

»Du hast nicht das Recht, sie zu entlassen. Sinclair gehört *mir*. Ihre Gehälter werden von den Gutserträgen gezahlt.«

»Ach, ist das so? Ich werde dir zeigen, wem Sinclair gehört. Komm mit, und ich werde dich lehren, was es heißt, über fremder Leute Besitz zu disponieren.«

Sie wehrte sich, aber er zog sie gewaltsam hoch und zerrte sie im Laufschritt in den Stallhof. Janet kam aus der Küchentür gelaufen. »Mrs. MacCallum...« William Kerr stand vor seinem Cottage, sein Gesicht trug den verzweifelten Ausdruck eines Mannes, dem man alles genommen hatte und der in eine ungewisse Zukunft blickte. Rod stieß Julia in den Rolls-Royce. »Wohin fahren wir?« fragte Julia.

»Nicht weit... gar nicht weit.«

Er fuhr so schnell, daß die Zugbrücke knarrte und die Wildvögel hochstoben, dann raste er durch die Waldstraße

Julia dachte zuerst, sie führen nach Finavon, aber er hielt vor dem McBains-Cottage. »Raus mit dir!« befahl Rod. Sie gehorchte ihm und stellte sich auf den Weg neben dem Auto. Sie sah, wie er die Benzinkanister, die er in Sinclair aus dem Traktorenschuppen geholt hatte, aus dem Kofferraum des Rolls-Royce nahm. »Nein!« schrie sie, aber preßte gleich die Lippen zusammen. Sie wußte, Worte würden ihn nicht von seinem Tun abhalten. Er stieß die unverschlossene Cottagetür auf und ging hinein. Sie sank auf den Beifahrersitz. Er war nur wenige Minuten im Cottage. Sie hörte, wie er die Möbel in die Mitte des ersten Zimmers schob, den letzten Rest Benzin goß er über den hölzernen Türrahmen. Er ging ins Zimmer zurück, und sie stieß einen verzweifelten Klagelaut aus, als ihr klar wurde, daß er ein Streichholz an die alten, trockenen Möbel hielt. Er ging vorsichtig rückwärts hinaus. Sekunden später erhellten züngelnde Flammen das kleine Fenster, und dann fingen die Dachbalken zu brennen an. Das Feuer griff auf das zweite Zimmer über.

»So, und das ist das Ende von dem«, sagte Rod. »Du hast das Cottage geliebt, nicht wahr? Du und der kleine Bengel, obwohl du mir nie gesagt hast, warum. Und nun existiert es nicht mehr. Die McBains sind für immer ausgelöscht, für ewig...«

Sie sagte nichts, sondern vergrub nur ihr Gesicht in den Händen, aber Rods nach Benzin riechende Hand fuhr ihr in die Haare und riß ihren Kopf hoch. »Schau hin, du Schlampe, schau hin! Das ist ein Opferfeuer! Prinzessin Cat hätte eigentlich das Opfertier sein sollen. Aber auch das bricht dir das Herz, nicht wahr?«

William Kerr und Janet waren ihnen in Kerrs Jeep gefolgt und starrten schweigend auf das Zerstörungswerk. Ihre Blicke verrieten Angst vor der unbändigen Wut, die von dem rachesüchtigen Mann ausging. Schließlich gingen sie zu Julia, die auf dem Sitz des Rolls-Royce zusammengesunken war.

»Ist Ihnen nicht gut, Mrs. MacCallum?« Julia machte eine abwehrende Bewegung.

»Wir haben den Rauch gesehen... wir dachten, es sei ein Unfall geschehen... aber ich sehe, es ist kein Unfall«, sagte William Kerr. »Es ist sinnlos, die Feuerwehr zu alarmieren, hier ist nichts mehr zu retten.«

»Sie haben ganz recht«, sagte Rod. »Nichts bleibt übrig. Und nichts hier war wert, gerettet zu werden. Und nun verschwinden Sie beide, das Ganze geht Sie einen Dreck an, und vergessen Sie nicht, Sie sind entlassen. Sie haben nur einen Monat Kündigungsfrist...«

»Das wird sich zeigen«, erwiderte William Kerr. »Mrs. MacCallum hat auch noch etwas zu sagen.«

»Mrs. MacCallum hat *nichts* zu sagen«, schrie Rod. »Scheren Sie sich zum Teufel!« Sie gingen widerstrebend, Janet blickte mehrmals besorgt zurück. Das Feuer verlosch langsam. »Großartiger Schlußakt, nicht wahr?« sagte Rod. »Ich vermute, mein Vater hätte gerne genau das Gleiche getan an dem Tag, an dem er hier herausgeworfen wurde. Das hätte den Sinclairs zu denken gegeben – sie hätten uns so leicht nicht vergessen.«

Julia zuckte die Achseln. »Jetzt hast du dein Gedächtnismal, und es ist ein Werk der Zerstörung, wie nicht anders von dir zu erwarten.«

Ihre Antwort entfachte wieder seinen Zorn. »Halt den Mund, dumme Gans, ich habe Sinclair *meinen* Stempel aufgedrückt. Und ich habe noch einiges vor.«

Er wendete den Rolls-Royce und wäre fast im Straßengraben gelandet, dann raste er zum Schloß zurück.

Julia ging schwerfällig hinauf ins Blaue Staatszimmer, legte sich aufs Bett und ließ die Tränen fließen, die sie in Gegenwart von Rod zurückgehalten hatte. Dann schlief sie kurz ein. Als sie aufwachte, sammelte sie alle ihre Kräfte für das Gespräch, das sie mit Rod führen mußte. Sie badete, schminkte und parfümierte sich und zog das rote Kaschmirkleid an, das er ihr in New York gekauft hatte, dann streifte sie sich die beiden Ringe mit den Edelsteinen über die Finger. Sie war sich nicht sicher, ob sie nicht einen Fehler machte, vielleicht wäre es besser gewesen, das Haar schlicht zurückzukämmen und eine weiße Bluse mit einem Sinclair-Schottenrock anzuziehen.

Als sie in die Bibliothek kam, sprach Rod am Telefon, in der Hand hielt er ein großes Glas Whisky. »... natürlich, Sir Michael. Sie schläft im Moment. Freut mich zu hören, daß Johnny und Alasdair wohlauf sind. Ja, ich werde es ihr ausrichten... Sie wird Sie zurückrufen, wenn sie herunterkommt...« Er blickte sie an und legte den Hörer auf.

Er lächelte, das einstudierte, herzerweichende Lächeln eines Filmstars. »Trink etwas, Prinzessin, das wird dich aufheitern. Den beiden kleinen Monstern geht es gut. Sie haben jetzt viel Zeit, über ihre Dummheit nachzudenken. Es war natürlich mein Fehler – oder der des Architekten, die Tür nicht mit Brettern zu vernageln. Johnnys Kopf tut nicht mehr so weh – er wird also nicht sterben. Alasdair tut sich gewaltig leid, aber ist froh, daß er nicht mehr abbekommen hat. Sie werden allmählich alle zur Vernunft kommen.«

Sie nahm den Whisky, den er ihr reichte, um ihn nicht zu verärgern. Er zündete sich eine Zigarette an und lehnte sich mit dem entspannten Ausdruck eines Mannes, der keine Sorgen hat, in den Stuhl zurück. Sie erkannte, daß diese unnatürliche Ruhe von kürzlich eingenommenen Drogen stammte. »Sie sind in einem Hotel in Newcastle, ich habe die Nummer aufgeschrieben, wenn du sie anrufen willst.«

»Später«, sagte sie. Sie wußte, er wollte nicht, daß sie mit ihrem Vater und Alasdair telefonierte, und da ihr daran lag, ihn bei guter Laune zu halten, schob sie das Gespräch auf. Sie nippte langsam an ihrem Whisky. Er stand auf und füllte wieder sein Glas.

Kate erschien. »Entschuldigen Sie, Mrs. MacCallum, Janet fragt, ob sie das Abendessen im Speisesaal oder im Zimmer der Haushälterin servieren soll?«

Rod antwortete ihr: »Im Zimmer der Haushälterin, Kate, aber nur etwas ganz Einfaches.«

»Ja, Sir.«

Er lächelte sie freundlich an. Es war fast unmöglich zu glauben, daß dies derselbe Mann war, der vor wenigen Stunden das von ihr und Alasdair so geliebte Cottage zerstört hatte.

»Das Essen ist serviert, Mr. MacCallum«, verkündete Kate. Rod füllte wieder sein Glas, bevor er Julia förmlich durch die Große Halle und den Speisesaal ins Zimmer der Haushälterin geleitete, wo Stacia auf sie wartete. »Hallo«, sagte er, »ich habe dich den ganzen Tag über nicht gesehen. Hast du dir deine Schulbücher vorgenommen?«

»Ja, und ich bin am See spazierengegangen.«

Er prostete ihr zu. »Hol dir auch einen kleinen Whisky, Stacia, du bist jetzt ein erwachsenes Mädchen...«

»Es wird Zeit, daß du das einsiehst«, sagte Stacia mit einem gezwungenen Lächeln.

Rod läutete die kleine Tischglocke ungeduldig, und Kate erschien innerhalb von Sekunden mit der Suppe. Er beobachtete sie scharf. »Hinterher gibt es Roastbeef, nicht wahr?«

»Ja, Sir, mit...«

»Ich will nicht das ganze Menü hören, ich wollte nur wissen, ob ich nicht etwa den teuren Rotwein für irgendeinen faden Fisch geöffnet habe.« Er wies auf die Anrichte. »Was hältst du davon, Prinzessin? Château Lafitte. Eine Rarität heutzutage. Selbst unsere verwöhnte Luisa würde Augen machen.«

»Du bringst wahre Wunder zustande, Rod«, murmelte Julia. »Darf man fragen, wo du ihn her hast?«

»Ja... und davon gibt es noch eine Menge. Ich fange an, einen richtigen Weinkeller anzulegen. Schluß mit Sir Nialls milden Gaben. Woher ich ihn habe? Ich habe ihn gekauft. Nur für Geld kann man sich Dinge kaufen, die andere Leut nicht haben. Für Geld kann man sich Beziehungen kaufen Geld...«

»Wir wissen, daß du genug Geld hast«, sagte Stacia, »aber deine Suppe wird kalt.«

»Mit solchen Bemerkungen machst du dich nicht sehr beliebt, Stacia«, sagte er tadelnd, aber immer noch gut gelaunt. Janet und Kate kamen herein, um das aufgeschnittene Roastbeef zu servieren. Janet machte ein grimmiges Gesicht, als glaube sie noch nicht ganz an ihre Kündigung. Rod schenkte den Wein ein und nahm einen Schluck, dann füllte er Julias und Stacias Gläser. »Kate, bringen Sie noch eine zweite Flasche, bitte...«

Zum Nachtisch bekamen sie einen köstlichen Aprikosenkuchen. Woher hatte Janet Aprikosen bekommen? fragte sich Julia.

»Aprikosen!« rief Stacia aus. »Das ist ja fast wie in Kalifornien. Janet ist wirklich eine erstklassige Köchin, wenn man ihr die richtigen Zutaten verschafft.« Sie schob Rod ihr Glas hin. »Kann ich noch einen Schluck Wein haben? Er schmeckt wirklich gut.«

Er lächelte sie mit seinem Filmstarlächeln an. »Das will ich meinen. Aber es freut mich, daß es dir auffällt. Trachte immer nach Qualität, Stacia, und wenn du sie dir nicht leisten kannst, laß es ganz sein.«

»Ich lerne ja allerhand heute abend, aber es ist auch ein guter Moment dafür. Alles ist so nett und ruhig und ohne die ganze Meute. Ich hatte richtige Angst vor dieser Margot Parker. Die vielen schrecklichen Dinge, die sie über meine Mutter geschrieben hat... Ich weiß nicht, wie sie den Mut hatte, mir oder auch dir, Rod, in die Augen zu sehen.«

»Das macht ihr keine Mühe. Aber von nun an muß sie Süßholz raspeln. Über Nacht ist Julias Schwester ihre Chefin geworden. Wie findest du das?«

»Irre komisch. Ich wette, sie hat noch nie für eine Frau gearbeitet...«

Rod prostete ihr zu. »Wenn du nicht schmollst oder frech bist, kann man sich ganz gut mit dir unterhalten. Schade, daß der alte Ernie auf und davon ist. Vermutlich hat die Turmgeschichte ihm Angst eingejagt.«

»Ich glaube, *wir* haben ihm Angst eingejagt«, sagte Julia. »Ein Todesfall und ein Unfall und Margot Parker – das war wohl etwas zuviel für ihn.« Ihre Augen füllten sich mit Tränen, als sie an Alasdair dachte und an Alexandra, die in wenigen Stunden ihren Mann begraben würde, ohne ihre Familie um sich zu haben.

»He, Prinzessin, keine Tränen!« Er füllte wieder ihr Glas und danach das seine. Er hatte bereits die zweite Flasche entkorkt. »Alles geht nach Wunsch. Nach der Geburt des Babys wirst du das auch so sehen. Noch ein paar Veränderungen hier und da... aber ich habe es doch bislang ganz gut gemacht, nicht wahr?«

Sie nickte und nippte an dem Wein, den sie nicht wollte. War das wirklich der Mann, der ein Teil von Alasdairs Erbschaft und ihre liebste Erinnerung niedergebrannt hatte? fragte sie sich verwirrt.

Bevor der Kaffee serviert wurde, hatten Stacia und Rod die zweite Flasche geleert.

»Bringen Sie den alten Whisky, Kate. Es ist an der Zeit, daß Stacia sich an das Getränk des Landes gewöhnt.«

Julias Glieder schmerzten vor Erschöpfung, und die Augen fielen ihr nach der schlaflosen Nacht vor Müdigkeit fast zu. Sie wußte, Rod würde erwarten, daß sie wieder ins Rote Turmzimmer zog, aber der Gedanke, mit ihm in einem Bett zu liegen, ließ sie erschauern.

»Rod, ich habe einiges mit dir allein zu besprechen.« Sie sah Stacia vielsagend an.

»Ach was, Stacia soll bleiben. Sie ist plötzlich erwachsen geworden. Wir können sie nicht immer ausschließen.« Er griff nach dem Whisky und stellte stirnrunzelnd fest, daß Julia ihren nicht ausgetrunken hatte. Er goß sich und Stacia nach. »Also, rück schon mit der Sprache heraus, Prinzessin, es bleibt alles in der Familie.«

Sie holte tief Luft. Einmal mußte es ja gesagt werden. Sie

hatte ihrem Vater versprochen, nicht länger als notwendig zu bleiben. Aber sie mußte erst mal alles, was Rod getan hatte, rückgängig machen. Sie mußte dafür sorgen, daß Janet und William Kerr ihre Stellungen behielten und daß Sinclair gut verwaltet würde.

Sie fand es schwer, einen Anfang zu finden. Sie hatte Angst. Das einzig Beruhigende war, daß Sir Niall in Finavon geblieben und somit in Reichweite war. Aber was sollte ihr eigentlich passieren? »Rod, wir müssen über die Vollmacht sprechen, die ich dir gegeben habe. Würdest du sie mir bitte zurückgeben. Ich bin nicht untüchtig. Ich habe damals nicht ganz überblickt, was ich tat.« Sie hielt inne, als sie sein vor Zorn verzerrtes Gesicht sah.

Aber seine Stimme war ruhig. »Ja, meine Liebe, fahr fort. Ich bin gespannt zu hören, was du noch zu sagen hast. Du bist also nicht untüchtig – nur dumm. Wie die meisten Frauen. Hast du vergessen, was ich alles für dich getan habe? Ich habe ein Vermögen für dein altes Schloß ausgegeben. Ich habe dir Dinge gegeben, die für dich unerreichbar waren, du kannst dich glücklich schätzen, daß ich dich geheiratet habe. Ich verstehe mich auf Geschäfte. Sieh dir Stacia an, ich habe ihr Geld mündelsicher angelegt. Ich habe nie von Anne Rayner auch nur einen Cent genommen. Das weiß jeder in Hollywood. Und habe ich dich je um Geld gebeten?«

»Nein, Rod...« Sie preßte die Hände an ihre Schläfen und versuchte ihre Argumente zu formulieren, ohne zu aggressiv zu klingen. »Es geht um Sinclair. Du weißt, ich kann es nicht aus der Hand geben, es gehört Alasdair, sobald er volljährig ist. Und ich lasse es nicht zu, daß du Janet und William Kerr entläßt, du kannst nicht alles an dich reißen...«

Seine Stimme war noch immer ruhig. »Aber du hast mir erlaubt, Geld in diesen verfallenen Kasten zu stecken. Du hast nicht nein gesagt, als ich dir die Hälfte von meinem kalifornischen Besitz überschrieb, den ich sehr liebe.«

»Hast du auch das, was du heute zerstört hast, geliebt? Das Cottage...«

»Zur Hölle mit dem Cottage, dort gehört es hin – in die Hölle. Erwartest du etwa, daß ich den Ort liebe, wo ich...«
Er griff nach der Tischglocke und läutete stark. Kate erschien sofort. »Bringen Sie eine weitere Flasche von dem alten Whisky.« Er wartete schweigend, bis Kate die Flasche aus dem Keller geholt hatte. Sie kam in Begleitung von Janet zurück, die Rod einschenkte, aber zögernd vor Stacia stehenblieb.

»Schenken Sie ihr schon ein, Stacia scheint mir die einzige in diesem Haus zu sein, die auf meiner Seite steht.« Er trank Stacia zu, ohne Julia zu beachten. »Auf dein Wohl, Stacia! Wir werden zusammen ein tolles Ding drehen. Stell dir vor, dein erster Film als Partnerin von Rod MacCallum. Wie gefällt dir die Idee?«

»Nicht schlecht«, sagte sie lächelnd.

»Rod...« mischte Julia sich ein. »Ich wollte mit dir etwas besprechen.«

»Na, schieß schon los. Nicht vor den Dienstboten, was? Zier dich nicht! Sie sollen ruhig alles mit anhören, dann wissen sie wenigstens, wo sie stehen. Du hast hier nichts mehr zu sagen und kein Recht, Leute zu behalten, die mir nicht passen. Morgen *kaufe* ich Sinclair, ich werde deine Vollmacht dazu benutzen, die du mit deiner zarten Hand unterschrieben hast. Ich *kaufe* das Schloß und das Land...«

»Das wirst du nicht tun! Ich werde es verhindern. Ich weiß, daß ich es kann...«

»Nichts kannst du! Ich habe eine Kopie der Vollmacht, das Original liegt gut verschlossen im Safe meines Anwalts. Ich werde dir einen anständigen Preis zahlen. Niemand soll mir nachsagen, daß ich dich betrogen habe. Ich werde deine Vollmacht benutzen, um den Besitz deines Goldjungen an mich zu verkaufen. Nun, was sagst du dazu, Madam?«

»Du machst dich lächerlich. Wir leben nicht im Mittelalter, du kannst eine Frau nicht dazu zwingen, etwas zu tun, das sie nicht will. Ich kann die Vollmacht widerrufen, und ich werde es morgen tun.«

Er lachte verächtlich. »Versuche es! Widerrufe die Vollmacht. Dann werde ich dich für die ganze Summe verklagen, die ich hier investiert habe – als dein Bevollmächtigter! Verstehst du? Ich habe nur deine Anweisungen befolgt. Oh, es wird ein langer Prozeß werden, aber ich werde um das Schloß und um die Vormundschaft für Alasdair bis zum letzten Atemzug kämpfen. Du hast keinen Penny, Julia, außer den Einnahmen aus der Landwirtschaft, und das ist verdammt wenig. Du wirst ziemlich schäbig dastehen, wenn ich beschreibe, wie du mich verleitet hast, mein Geld in Sinclair zu investieren, und mich dann plötzlich, nachdem alles repariert ist, hinauswirfst. Und vergiß nicht die Hälfte von meinem kalifornischen Besitz. Ich habe dir viel mehr gegeben als du mir. Ich gehe bis zu den höchsten Gerichten, und du wirst gezwungen sein, das Schloß und das Land zu verkaufen, um die Anwälte zu zahlen. Deine Lage ist aussichtslos, Julia.«

Julia saß schweigend da, dann nahm sie einen Schluck Whisky, obwohl ihr Kopf dröhnte. »Ich müßte den Kaufvertrag unterschreiben, und dazu kannst du mich nicht zwingen.«

»Du irrst, ich habe deine Vollmacht, ich kann für dich unterschreiben. Aber du wirst es freiwillig tun, wenn dir die Anwaltsrechnungen ins Haus schneien und du nicht mehr ein noch aus weißt.«

Sie versuchte sich aufzurichten und eine bequemere Stellung zu finden; sie litt seit Beginn dieser Schwangerschaft unter starken Rückenschmerzen, aber nun wurden sie fast unerträglich. Sie hatte das Gefühl, als versetze ihr jemand Dolchstiche. »Warum«, sagte sie, »warum willst du Sinclair besitzen? Warum liegt dir so viel daran? Du willst hier nicht wohnen. Dein Leben spielt sich in Hollywood ab. Ich zahle dir das Geld allmählich zurück. Ich glaube, Alexandra würde mir helfen.« Und dann, in einem letzten verzweifelten Versuch, die Situation zu retten, sagte sie: »Ich könnte vielleicht sogar das Geld von der mir überschriebenen

Hälfte des kalifornischen Besitzes benutzen, um dich auszuzahlen.«

Er sah sie durchdringend an, dann wandte er sich brüsk ab und blickte Stacia, Janet und Kate an. »Ich wünschte, Kerr wäre hier, dann könnte er es auch hören. Ich will dieses Schloß haben, und ich will Alasdair haben. Und wenn ich, um das zu erreichen, deinen Namen durch den Schmutz ziehen muß, dann werde ich es tun. Ich kenne eine Menge Männer in Hollywood, die für eine kleine Summe beschwören würden, daß sie mit dir ins Bett gegangen sind.«

»Niemals!« sagte Janet laut. »Keiner würde so eine Lüge glauben. Eine Dame wie Mrs. Sinclair...«

Rod schlug mit der Faust auf den Tisch, schob seinen Stuhl zurück und ging um den Tisch auf Janet zu. Sie blieb ungerührt stehen, obwohl sein Gesicht vor Zorn rot angelaufen war.

»Bis ich mich scheiden lasse, ist ihr Name Mrs. MacCallum. Danach kann sie sich nennen, wie sie will.« Er nahm ihr die Whiskyflasche aus der Hand und schenkte sich großzügig ein. »Selbst wenn es ein falscher Name ist. In Wirklichkeit heiße ich McBain.«

»McBain?« flüsterte Janet ungläubig. »McBain! Das Cottage...«

»Ja, das Cottage. Ich habe meine lausige Kindheit verbrannt. Ich habe die Erinnerung an diesen arroganten Schweinehund verbrannt, der meinen Vater hinausgeschmissen und ihm auch noch großzügig die Überfahrt nach Kanada gezahlt hat, nur um ihn nicht mehr sehen zu müssen.

Nun, mein Vater hat sich gerächt. Einen Tag, nachdem Adam Sinclair verschwand, sollten wir abfahren – und taten es auch. Sie haben tagelang nach Adam Sinclairs Leiche gesucht, und als sie sie fanden, sah es nach einem blöden Jagdunfall aus. Seine Leiche wurde in einem Abgrund entdeckt unter Blättern und Zweigen verborgen. Adam Sinclair! Ja Vater hat ihn gehaßt. In der Nacht, als meine Mutter starb betrank er sich und erzählte mir, daß er an dem Unfallta

Adam Sinclair in den Wald gefolgt sei. Er hatte kein Gewehr bei sich. Er bat Adam Sinclair, ihn zu behalten, aber der feine Herr lehnte es ab. Sagte ihm, er solle dankbar sein, daß er ihn nicht bei der Polizei angezeigt habe. Mein Vater versetzte Sinclair einen Schlag, ob das Gewehr dadurch losging, oder ob mein Vater es abgefeuert hat, werden wir nie wissen. Mein Vater war ein Lügner, und die Geschichte klang gut, daß er den Mann getötet hat, der ihn aus Schottland vertrieben hatte. Auf jeden Fall hat er mir das an jenem Abend erzählt.«

»Ich glaube kein Wort«, flüsterte Janet. »Es kann nicht sein...«

Rod ging mit der Whiskyflasche und dem Glas zu seinem Stuhl zurück. Julia bemerkte, daß er zum ersten Mal schwankte. Er füllte wieder sein Glas. »Ich weiß selbst nicht, ob ich es glaube... aber der Rachedurst war echt, ob die Geschichte nun stimmt oder nicht.«

»Hast du dir damals schon, als du noch ein Kind warst, vorgenommen, hierher zurückzukehren?« fragte Stacia mit weitgeöffneten, neugierigen Augen.

Er lachte. »Kinder kennen solchen Ehrgeiz nicht. Ich habe mich durchgeschlagen und nie mehr an Sinclair gedacht. Aber als ich anfing, das große Geld zu verdienen, kam mir Sinclair wieder in den Sinn. Ich erinnerte mich, wie ich an der Küchentür gestanden war und um Gelegenheitsjobs gebettelt hatte, für die ich ein paar Pennies bekam. Und die ganze Wut über diese Erniedrigung kam wieder in mir hoch. Und langsam stieg der Wunsch in mir auf, die Sinclairs zu vertreiben und selbst in dem Schloß zu wohnen. Ich wollte das Schloß besitzen. Nach dem Krieg stellte ich Erkundigungen an. Lady Jean war tot, und die einzig Überlebenden waren eine junge Witwe und ein Kind. Ich wartete, bis ich einen überzeugenden Grund fand, hierherzukommen... bis ich ein Drehbuch gefunden hatte, das in Schottland spielte. Ich wußte nicht, ob ich den Anblick des Schlosses hassen würde, wäre es so gewesen, hätte ich meinen Plan aufgegeben.«

»Hast du... hast du mich nur des Schlosses wegen geheiratet?« fragte Julia. Es war ihr unangenehm, diese Dinge vor all den Leuten zu erörtern, aber sie fürchtete, Rod würde nie mehr so offen reden. Ab morgen würde er vielleicht nicht mehr mit ihr sprechen.

Er zuckte die Achseln. »Nicht nur. Du bist eine schöne Frau, Julia, und ich brauchte eine Ehefrau für meine Art Leben. Und du hattest die Voraussetzungen, ein Star zu werden, *und* du warst die Besitzerin von Sinclair. Eine unwiderstehliche Kombination. Es hätte gut ausgehen können. Aber du hast nicht nach Hollywood gepaßt, und deiner Familie war ich nicht fein genug. Und so ist die Sache halt geplatzt. Vermutlich ist an diesen alten Märchen was Wahres dran: Nur ein Prinz bekommt die Prinzessin im Turm. Aber diesmal behält der Stallbursche den Turm, und die Prinzessin muß gehen – meinetwegen in die Hölle. Aber nicht mit meinem Kind!«

»Du wirst nichts bekommen«, sagte Julia und stand zitternd auf. »Weder das Schloß noch das Kind. Dafür werde ich sorgen. Vielleicht komme ich in die Hölle, und dort treffe ich dich dann, Rod McBain. Ich treffe dich in der Hölle!«

Ihre Rückenschmerzen waren unerträglich, sie konnte nur mit Mühe aufrecht aus dem Zimmer gehen.

Julia lag anschließend eine lange Zeit angezogen und wach auf dem Bett im Blauen Zimmer. Draußen ging ein leichter Nieselregen, ihr war kalt, und sie hatte Angst, mehr um das Baby als um sich selbst. Ihre Schlüpfer waren leicht mit Blut befleckt, ihr Rücken tat weh. Als Janet mit einer Tasse Tee hereinkam, erwähnte sie ihre Ängste nicht. Sie wollte nicht, daß Janet Dr. MacGregor holte, denn dann könnte auch Rod kommen. Sie wollte, daß Rod in der Bibliothek blieb und sich bis zur Bewußtlosigkeit betrank. Janet fragte: »Wie geht es Ihnen, Mrs. Sinclair? Soll ich Ihnen nicht beim Ausziehen helfen?« Julia schüttelte nur schweigend den Kopf und gab ihr die leere Tasse zurück. »Ich hoffe, Sie können ein wenig schlafen«, sagte Janet und schloß leise die Tür.

Julia hörte nach langer Zeit die leichten Schritte von Stacia, die an ihrer Tür vorbei zum Turmzimmer ging, und sehr viel später die schweren Schritte von Rod. Sie hielt den Atem an aus Angst, er würde hereinkommen, aber er lief direkt ins Rote Turmzimmer.

Sie wartete noch zwei Stunden, die Rückenschmerzen ließen etwas nach, sie zog ihr Kaschmirkleid aus und schlüpfte in einen Pullover und einen Wollrock. Sie nahm ihre Schuhe in die Hand, schlich die Galerie entlang und ins Badezimmer des Roten Turmzimmers. Rod hatte offensichtlich wahllos in seine Amphetamine gegriffen, denn eine Menge Pillen lagen auf dem Boden zerstreut. Auf dem Mahagoni-Waschstand sah sie die Reste des tödlichen weißen Pulvers. Rod mußte sehr betrunken gewesen sein, daß er mit seinem kostbaren Vorrat so achtlos umgegangen war.

Im Ankleidezimmer holte sie ihren wärmsten Mantel aus dem Schrank und suchte nach Handschuhen und ihrer Handtasche. Als sie alles beisammenhatte, öffnete sie vorsichtig die Tür zum Schlafzimmer. Der Inhalt von Rods Hosentaschen sollte eigentlich wie üblich auf der Kommode liegen. Doch er lag nicht da. Rod hatte seine Kleider auf den Boden fallen lassen. Sie kniete sich nieder und begann, die Schlüssel des Rolls-Royce zu suchen. Ihre Rückenschmerzen hatten wieder zugenommen und waren jetzt auch noch von Magenkrämpfen begleitet. Endlich fand sie die Autoschlüssel. Im stillen verfluchte sie ihren Plan; es wäre so viel einfacher gewesen, William Kerr zu bitten, sie zu Sir Niall zu fahren. Aber sie hatte ihn nicht in die Angelegenheit hineinziehen wollen, sie wollte die Trennung allein, ohne Hilfe vollziehen.

Sie erhob sich schwerfällig mit den Autoschlüsseln in der Hand, ein scharfer Schmerz im Unterleib hätte sie fast wieder zu Boden geworfen. Sie hielt sich am Kaminsims fest, kein Feuer brannte, vielleicht hatte Janet es absichtlich heute nicht angezündet, um ihren Ärger zu bekunden. Plötzlich schien ihr das ganze Zimmer seltsam fremd. Kein Laut war zu hören außer dem leisen Tröpfeln des Regens in die Regenrinne. Sie hörte noch nicht einmal Rod atmen, geschweige denn schnarchen, was er sonst immer nach seinen Trink- und Drogenorgien tat. War er doch nicht zu Bett gegangen? Sie tastete sich zum Bett vor und befühlte seinen Körper, die Decken waren halb zurückgeworfen. Ihre Finger glitten zu seinem Handgelenk, sie vermeinte ein Flattern zu spüren, aber nur ganz schwach. Sie hielt ihr Ohr an seinen Mund, aber hörte ihn nicht atmen, doch ihr Herz klopfte so laut, daß es vielleicht jedes andere Geräusch übertönte. Sie richtete sich auf und knipste die Nachttischlampe an. Sie hatte jetzt keine Angst mehr, daß er sie verletzen oder am Fortgehen hindern könnte.

»Rod?« Sie schüttelte ihn, seine schlappen Schultern fühlten sich leblos an. Dann entdeckte sie auf dem Nachttisch die Injektionsspritze. Sie nahm sie in die Hand und hielt sie gegen das Licht. Sie war leer. Trotz seiner Trunkenheit und dem verschütteten Heroin hatte er es noch geschafft, sich einen Schuß zu geben. Wie stark war die Lösung wohl gewesen? Der flatternde Puls und das kaum wahrnehmbare Atmen schienen eine klare Antwort zu geben.

Sie ging zur Tür, noch immer mit der Spritze in der Hand. Ein erneuter heftiger Schmerz überwältigte sie. Ihre Kräfte verließen sie. Sie fiel auf die Knie und dann mit dem Gesicht auf den Boden. Das Glas der Spritze zersplitterte in ihrer Hand. Sie fühlte, wie das Blut ihr aus der Hand und aus dem Unterleib schoß. »Hilfe!« flüsterte sie. Und dann lauter: »Hilfe!«

Die einzige Antwort kam von dem stöhnenden, seufzenden Geist, der so oft ihr Gefährte in diesem Raum gewesen war – die Gefährtin, die im Kindbett gestorben war. »Lady Ellen... hilf mir!«

Dunkelheit umfing sie.

In den folgenden Stunden erlangte sie einige Male kurz das Bewußtsein wieder und versuchte, zur Tür zu kriechen. Sie rief um Hilfe, obwohl sie wußte, daß niemand sie hören konnte. Einmal gelang es ihr, an die Tür zu hämmern, abe ihre Bewegungen waren kraftlos. Und dann plötzlich hörte sie wieder das gespenstische Seufzen und sah deutlicher als je zuvor die graue, schmale Gestalt mit der vorgestreckten Hand, die ihr ein Zeichen zu geben schien. Und plötzlich war sie überzeugt davon, daß sie alle – Rod, das Baby und sie – in diesem Zimmer sterben würden. Dann sank sie in eine tiefe Finsternis.

Janets Stimme ertönte: »Um Gottes willen, Mrs. Sinclair! Sprechen Sie bitte! Was ist geschehen?«

Julia brachte nur ein Wort heraus: »Ellen...«

Janet riß die Decken vom Bett, um sie zuzudecken. »Ich bin gleich zurück, Mrs. Sinclair. Ich muß bloß den Notdienst anrufen.«

Julia bemerkte, daß Tageslicht durchs Fenster fiel. Es war Morgen geworden, und sie lebte noch. Sie nahm auch verschwommen wahr, daß sie ins Krankenhaus gebracht wurde, und hörte vage viele Stimmen – bekannte und unbekannte. Dann versank sie wieder in tiefe Bewußtlosigkeit, als die Narkose zu wirken anfing. Später wachte sie auf und erfuhr, daß sie im Roten Turmzimmer eine Fehlgeburt erlitten hatte und man ihr die kläglichen Überreste hatte herausholen müssen. Die Stunden – oder waren es Tage? – verflossen konturlos ineinander, während sie von Bewußtsein in Bewußtlosigkeit glitt. Aber jedes Mal, wenn sie erwachte, saßen entweder Janet oder Sir Niall an ihrem Krankenbett in Inverness. Manchmal vermeinte sie im Hintergrund die Gegenwart einer anderen Person zu spüren, die ihr unbekannt war. Zuweilen wurde sie vom Fieber geschüttelt, und keine Decken oder Wärmflaschen halfen ihr.

Und dann eines Morgens erwachte sie – sie wußte, es war Morgen wegen des unverkennbaren Dämmerlichts – und fror und zitterte nicht mehr. Ihre Augen glitten über die hellgrünen Wände und blieben auf Sir Niall haften, der auf einem Stuhl neben ihrem Bett saß und schlief. Und wieder fühlte sie die Gegenwart eines Fremden. Sie wandte den Kopf zur Seite, und ihr Blick fiel auf einen Mann, der nicht schlief, den sie nicht kannte, und der auch nicht einen weißen Arztkittel trug.

»Sie fühlen sich besser heute morgen, Mrs. MacCallum, nicht wahr?« fragte der Fremde.

Seine Stimme weckte Sir Niall auf. Er erhob sich und beugte sich liebevoll über sie, gleichzeitig klingelte er nach der Krankenschwester und legte ihr die Hand auf die Stirn. »Das Schlimmste ist überstanden, meine Liebe, aber wir haben uns Sorgen gemacht. Sie haben eine schwere Infektion gehabt, wir dachten schon, wir würden Sie verlieren...«

»Ich habe das Baby verloren, nicht wahr?«

»Es tut mir leid, Julia, ja, Sie haben es verloren.«

»Und Rod?«

Er senkte den Kopf. »Rod ist tot. Nicht Ihr Fehler. Wir alle wissen, daß Sie versucht haben, ihn zu retten.«

»Alasdair?«

»Ihm geht es gut. Er ist bei Luisa und Johnny. Ihr Vater ist nach Inverness gekommen, doch es ging Ihnen so schlecht, daß Sie ihn nicht wiedererkannten.«

»Aber Rod!«

Er legte ihr Schweigen gebietend den Finger auf den Mund. »Es ist nicht nötig, jetzt über Rod zu sprechen, Julia. Der Herr dort in der Ecke kommt von der Staatsanwaltschaft. Seit Sie eingeliefert wurden, hat immer ein Beamter hier Wache gehalten. Sagen Sie im Moment nichts über Rods Tod. Damit gehen wir später um... wenn Sie sich besser fühlen. Ich gebe Ihnen nur den Ratschlag des Anwalts weiter, den wir für Sie engagiert haben...«

»Anwalt...« Julia brauchte eine ganze Weile, um das Wort mit allen Konsequenzen in sich aufzunehmen. Hatte die Staatsanwaltschaft einen Mann in ihr Zimmer gesetzt, weil sie gehofft hatten, daß sie im Delirium etwas für sie Belastendes sagen würde? Und würden sie jetzt, nachdem sie wieder bei vollem Bewußtsein und von Sir Niall gewarnt war, den Mann fortschicken? »Wie lange liege ich schon im Krankenhaus?«

»Etwas über zwei Wochen... man mußte... nun, die Ärzte werden Ihnen das besser erklären.«

Sie fühlte, wie sich eine eisige Kälte in ihrem Inneren ausbreitete. Man hatte sie also zweimal operiert. Sie erinnerte sich jetzt an die grellen Lichter des Operationssaals vor der Narkose. Sie hatten mehr als die Überreste des armen, bedauernswerten Kindes entfernt. Das Blut erstarrte in ihren Adern.

Die Stationsschwester und eine Krankenschwester traten an ihr Bett. »Ich muß die Herren jetzt bitten, uns allein zu lassen«, sagte die Stationsschwester energisch. »Wir müssen uns um die Patientin kümmern...« Die Krankenschwester legte ihr die Manschette des Blutdruckmessers um den Arm und steckte ihr ein Thermometer in den Mund. »Es stand auf Messers Schneide, Mrs. MacCallum«, sagte die Stationsschwester, als sie das Thermometer ablas. »Eine Weile lang hatten wir Angst, Sie würden nicht durchkommen. Gegen eine so schlimme Infektion wie die Ihre ist schwer anzukämpfen. Aber Sie sind kräftig, und das gab uns Hoffnung. Sie haben sehr treue Freunde. Und Ihr Vater ist hier. Sie haben so viele Blumen bekommen, daß wir sie über die ganze Station verteilt haben. Und nun werden wir Ihren Verband wechseln und Sie waschen, der Arzt wird bald hier sein...« Freundliche, aber unpersönliche Worte, die sich auf ihren körperlichen, nicht auf ihren seelischen Zustand bezogen.

Später am Morgen kam der Chirurg, ein umgänglicher und angenehmer Mann. »Es tut mir leid, Mrs. MacCallum, aber Sie hatten eine gefährliche Infektion, und daher mußten wir zweimal operieren. Sie können keine Kinder mehr bekommen.« Er tätschelte ihre Hand. »Aber ich weiß, Sie haben einen jungen, hübschen Sohn und werden dafür sorgen, daß er ein verantwortungsvoller Gutsherr wird.«

Sie starrte ihn blicklos an.

Dr. MacGregor kam etwas später. »Ach, meine Liebe, das

ist alles sehr traurig, aber zumindest sind Sie am Leben geblieben. Diese Stunden, während denen Sie hilflos am Boden lagen, haben das Ganze verschlimmert. Versuchen Sie, so viel wie möglich zu schlafen. Sie haben viel Blut verloren und müssen wieder zu Kräften kommen.«

Ihr Vater erschien mit einem großen Rosenstrauß, er kniete neben ihrem Bett, hielt ihre Hand und schaute ihr liebevoll in die Augen. »Ein großer Verlust, Liebling, aber das Wichtigste ist, daß du lebst.« Bevor er ging, zog er das kleine graue Kaninchen hervor, den Glücksbringer ihrer Mutter. »Ich fand ihn in deinem Zimmer in Sinclair...«

Sie bemerkte, daß nach dem Morgen, als sie ihr volles Bewußtsein wiedererlangt hatte, der Beamte der Staatsanwaltschaft nicht mehr im Zimmer saß. Als sie sich langsam erholte, zwang sie sich, Sir Niall gezielte Fragen zu stellen. Man hatte an Rod eine Obduktion vorgenommen, wie sie erwartet hatte. Er war an einer hohen Überdosis von Amphetaminen und Heroin gestorben. »Wird eine gerichtliche Untersuchung stattfinden?«

»Wir haben keine gerichtlichen Untersuchungen in Schottland. Die Staatsanwaltschaft zieht ihre eigenen Erkundigungen ein. Regen Sie sich nicht auf, meine Liebe...«

Sie fing an herumzugehen und fühlte sich so schwach, wie sie es nie für möglich gehalten hätte. »Ich würde gerne Alasdair sehen...«

»Noch nicht«, sagte ihr Vater. »Es würde ihn zu sehr aufregen, dich im Krankenhaus zu besuchen, abgesehen davon sind Kinder hier nicht zugelassen.«

Sie hatte keinen Appetit, aber aß, weil jeder sie dazu drängte. Ihre Freunde brachten ihr Bücher und Modejournale, aber keine Zeitungen, wie sie bemerkte. Langsam kam sie wieder etwas zu Kräften und rief Alasdair mehrmals in Anscombe an. Er klang munter: »Prinzessin Cat ist ganz glücklich, wieder mit Taffy zusammenzusein. Ich soll im September mit Johnny eingeschult werden. Wann kommst du, Mami?«

»Es dauert noch eine Weile, Liebling, bis ich mich besser fühle.«

»Es tut mir leid, daß das Baby tot ist, Mami.« Julia vermutete, daß Luisa ihm diesen Satz eingetrichtert hatte. Dann stotterte er verlegen: »Es tut mir auch leid, daß... daß Rod tot ist. Ich weiß... wir hätten nicht in den Nordturm gehen sollen. Ist... ist er deshalb gestorben? Er hat Johnny das Leben gerettet...«

»Das eine hat mit dem anderen nichts zu tun, denk nicht mehr daran. Ich sehe dich bald...«

»Gleich, wenn du aus dem Krankenhaus herauskommst?«

Sie zögerte. Sie wollte ihm nichts versprechen, was sie nicht einhalten konnte. »Ich muß mich noch etwas ausruhen. Es ist eine lange, beschwerliche Reise.«

»Aber sie haben für Johnny einen Krankenwagen bestellt, und er hat sich prima gefühlt.«

Sie hatte inzwischen erfahren, daß Rod in seinem Wutanfall Alasdair zwei Rippen gebrochen hatte, und sie dachte wieder, wie mutig er sich benommen hatte, als er sich weit aus dem Wagenfenster gelehnt hatte, um Prinzessin Cat am Leitzügel zu führen. Er hatte nicht ein einziges Mal geklagt, obwohl die Schmerzen fast unerträglich gewesen sein mußten. »Ich komme, sobald ich kann. Tu alles, was Luisa dir sagt...«

»Warum bleibt Großvater bei dir?«

Sie legte den Hörer auf, unfähig, noch weitere Fragen zu beantworten, und ging zurück in ihr Zimmer, erschöpft und verzweifelt.

Am selben Abend betraten Sir Niall, ihr Vater und der Rechtsanwalt, den sie engagiert hatten, gleichzeitig das Zimmer, was gegen die Vorschriften war. Auch der junge Arzt und die Stationsschwester kamen. Ihr Vater ergriff ihre Hand: »Sag nichts, Liebling, kein Wort.«

Dann, als sie alle versammelt waren, betrat ein ihr unbekannter Mann das jetzt volle Zimmer. »Detektivinspektor Logan«, stellte er sich vor. »Mrs. MacCallum, im Auftrag der Staatsanwaltschaft erhebe ich Anklage gegen Sie wegen vorsätzlichen Mordes an Ihrem Ehemann Roderick MacCallum. Sie haben das Recht, die Aussage zu verweigern. Sobald die Ärzte es zulassen, werden Sie dem Polizeichef in Inverness vorgeführt und unter Ausschluß der Öffentlichkeit verhört werden. Haben Sie etwas zu sagen?«

Sie schüttelte den Kopf. Logan blickte in die Runde, als wollte er die Anwesenden daran erinnern, daß Julia MacCallum, obwohl noch im Krankenbett, von nun an eine Gefangene sei. Als er ging, sah sie, daß ein Polizist Posten vor ihrer Tür auf dem Korridor bezogen hatte. Sie sank tiefer in ihre Kissen zurück. Die Stationsschwester prüfte ihren Blutdruck, der Arzt blickte auf die Meßuhr, nickte und sagte: »Wir lassen Sie jetzt allein, aber bitte, bleiben Sie nicht zu lange. Mrs. MacCallum braucht Ruhe. Es tut mir leid, Ihnen sagen zu müssen, daß von nun an die Besuche sehr beschränkt sind.« Er wies auf die Tür. »Der Polizist hat seine Anweisungen. Jeder von Ihnen muß von jetzt an eine Besuchererlaubnis einholen.«

Als der Arzt und die Schwester gegangen waren, sah Julia die Anwesenden völlig verwirrt an. »Was ist geschehen? Niemand... von der Staatsanwaltschaft hat mir... eine Frage gestellt. Wie können sie Anklage gegen mich erheben, ohne zu wissen, was in jener Nacht passiert ist?«

Der Anwalt, Andrew Frazer, antwortete: »In Schottland, Mrs. MacCallum, zieht die Staatsanwaltschaft ihre eigenen Erkundigungen ein. Der Verdächtige wird nicht verhört. Sie haben alle, die mit der Sache zu tun hatten, ausgiebig befragt – nicht nur über die Nacht, in der Ihr Mann starb, sondern auch über die vorausgegangenen Wochen. Sie glauben, daß sie jetzt genug Beweise haben, um Anklage zu erheben.«

Sie schloß die Augen. »Ich kann es nicht fassen«, flüsterte sie. »Ich habe Rod nicht getötet. Er hat sich selbst umgebracht. Kann denn niemand all die Hinweise sehen?«

»Sie sahen, was sie sahen, Mrs. MacCallum, und sind zu der Überzeugung gekommen, daß Sie, nachdem Ihr Mann den ganzen Tag über stark getrunken und Drogen genommen hatte, ihm zusätzlich noch eine Heroininjektion gegeben haben, wohl wissend, daß dies ihn töten würde. Die Spritze wurde in Ihrer Hand gefunden. Ihre Fingerabdrücke und seine sind klar erkennbar. Sie hatten ein Motiv und die Gelegenheit... Versuchen Sie, sich nicht zu sehr aufzuregen. Es ist die Pflicht des Staatsanwalts, diese Erkundigungen einzuholen. Ich zweifle nicht daran, daß man Sie schließlich freispricht ... aber Ihre Unschuld ist schwer zu beweisen.«

»Oder meine Schuld«, sagte Julia leise. »Wenn ich nicht die Fehlgeburt gehabt hätte, wäre es wahrscheinlicher gewesen, daß ich es getan hätte. Aber dann hätte ich meine Fingerabdrücke auf der Spritze entfernt und die von Rod aufgedrückt.« Wilde Gedanken schossen ihr durch den Kopf, sie sah plötzlich all die Möglichkeiten vor sich, die sie bislang verdrängt hatte. Sie rief verzweifelt: »Ich schwöre bei Gott, ich habe es nicht getan. Ich habe es nicht getan!«

»Das werden wir beweisen, Mrs. MacCallum. Ich lasse Sie jetzt allein mit Ihrem Vater und Sir Niall. Als man mich über die Ereignisse informierte, habe ich den berühmtesten Strafverteidiger beigezogen.«

»Wann?« flüsterte sie. »Wie lange muß ich warten?«

»In Schottland muß ein Prozeß hundertzehn Tage nach der Anklageerhebung abgeschlossen sein. Sie werden nicht ewig auf die Gerichtsverhandlung warten müssen.«

Prozeß... Gerichtsverhandlung... die Worte hallten in ihren Ohren wider und machten sie taub für den tröstlichen Zuspruch von ihrem Vater und Sir Niall. Sie spürte den sanften Druck ihrer Hände, vernahm vage ihre besänftigenden Stimmen, aber in ihrem Innern hämmerten erbarmungslos die Worte: Prozeß... Gerichtsverhandlung... Mord.

Eine Woche später erklärten die Ärzte widerstrebend, daß sie aus dem Krankenhaus entlassen werden könnte. »Es ist besser so, Mrs. MacCallum«, sagte der Chirurg. »Sie werden so gut behandelt werden, wie die Umstände es erlauben. Wir finden wirklich keine Ausrede mehr, Sie hier zu behalten. Ich

habe schriftliche Anweisungen für Medikamente und Ihre
Diät gegeben... hoffentlich ist die Gefängnisküche diesen
Anforderungen gewachsen.«

Der Rock des schlichten grauen Kostüms, das Janet gebracht hatte, drehte sich lose um Julias Taille. Sie blickte
in den Spiegel, ihr Gesicht war von der Krankheit gezeichnet, aber hatte sich auch sonst irgendwie verändert. Sie hatte
einen Alptraum durchlebt, aber ihr stand noch weit Schlimmeres bevor. Sie hatte Janet gebeten, ihr den Ehering zu
bringen, den Jamie ihr geschenkt hatte.

Der erste Schock erwartete sie vor der Tür, als der Polizist ihr Handschellen anlegte. Sie sah den sie begleitenden
Rechtsanwalt Frazer verwirrt an. »Es tut mir leid, Mrs. Mac-
Callum, aber das Gesetz schreibt es vor.«

Sie wurde, flankiert von zwei Polizisten, die kurze Strecke
zum Schloß Inverness gefahren, wo sich die Gerichtssäle und
das Büro des Polizeikommissars befanden. Andrew Frazer,
ihr Vater und Sir Niall folgten in einem anderen Wagen. Sie
wollte die Augen schließen, als sie die Gruppe von Neugierigen entdeckte, sah dann aber, daß Kameras auf sie gerichtet
waren. Eine innere Stimme befahl ihr, den Kopf hochzuhalten und sich gerade aufzurichten, als sie aus dem Auto
stieg. Sie war Julia Seymour, Tochter von Ginette Maslowa
und Michael Seymour. Sie war die Frau von James Sinclair
gewesen. Sie würde ihnen keine Schande machen.

Andrew Frazer begleitete sie ins Büro des Kommissars.
Drei Männer warteten dort bereits auf sie: ein Stenograph,
der das Verhör mitschreiben würde, der Polizeikommissar,
der hinter seinem Schreibtisch saß, und der Staatsanwalt.
Noch einmal wurde gegen sie formelle Anklage wegen vorsätzlichen Mordes an ihrem Ehemann erhoben.

Dann führte man sie ins Porterfield-Gefängnis ab, ein
graues Gebäude, das von hohen Mauern umgeben war und
ganz in der Nähe des Schlosses lag. Sie mußte ihre Kleider
abgeben und die Sträflingskleidung anziehen.

Am schwersten trennte sie sich von dem grauen Kaninchen ihrer Mutter, das in ihrer Handtasche gelegen hatte. Die Wärterin war nicht unfreundlich, nur sachlich. Sie hatte zweifellos ähnliche Situationen oft miterlebt, allerdings hatte wohl noch keine Gefangene ein so weltweites Interesse erregt.

»Der Arzt wird bald kommen, um Sie zu untersuchen, Mrs. MacCallum. Man hat Ihnen Ruhe und eine spezielle Diät verordnet, er wird dies bestimmt bestätigen.«

Sie hatte eine Einzelzelle, primitiv und kahl. Die Wärterin brachte ihr eine extra Decke. »Die Nächte werden kühl...« War dies ein Hinweis auf die Länge der Zeit, die sie hier verbringen müßte? Als sie allein war, ging sie unruhig auf und ab und versuchte, sich an ihre Gefängniskleidung, an die Enge, die seltsamen Geräusche, das Rasseln der Schlüssel, an das Zuschlagen der schweren Türen zu gewöhnen.

Schließlich ging sie zu dem hochgelegenen, vergitterten Fenster, wenigstens konnte sie den Himmel sehen. Sie erkannte die Kuppel des Hauptgerichtssaals wieder, wo man ihr laut Andrew Frazer den Prozeß machen würde. Einhundert und zehn Tage, das war die juristisch begrenzte Zeitspanne zwischen Verhaftung und Gerichtsverfahren.

Es war das Jahr 1949, die Strafe für Mord war Tod am Galgen.

14

Der erste Schnee war auf die grünen Hügel gefallen an dem Tag, an dem Julia zum letzten Mal vom Porterfield-Gefängnis in den Gerichtssaal von Schloß Inverness geführt wurde. Die Gerichtsverhandlung hatte nur eine Woche gedauert. Sie dachte an Sinclair, als sie neben der Polizeibeamtin in einem kleinen Zimmer saß und auf das Urteil des Gerichts wartete. Ob es wohl auch in Sinclair geschneit hatte? Vielleicht würde sie Sinclair nie wiedersehen...

Hier in Inverness gab es keine gesonderte Anklagebank, sie hatte während der Gerichtsverhandlung jeweils ohne Handschellen auf einer Holzbank gesessen, rechts und links flankiert von je einem Polizisten. Direkt ihr gegenüber thronte der Richter, Lord Sutherland, und hinter ihr saßen ihre zwei Verteidiger. Einer von ihnen, der Kronanwalt Robert Innes, war der beste Strafverteidiger Schottlands; Sir Niall und ihr Anwalt hatten ihn für sie engagiert. Die Krone wurde durch den Staatsanwalt vertreten, der seinerseits seinen Rechtsbeistand hatte, dem der Kronanwalt Charles Shaw vorstand, der ebenso berühmt wie Robert Innes war.

Sie hatte während der ganzen Gerichtsverhandlung dasselbe graue Kostüm mit einer täglich frischen, weißen Bluse getragen, und Jamies goldener Ehering steckte an ihrem Finger. Sollte jemand Hollywood-Glitzer oder theatralische Auftritte erwartet haben, war er enttäuscht worden. Sie fragte sich, was für ein Schauspiel sie den Journalisten aus aller Welt, die den Gerichtssaal füllten, geboten hatte. Sie wußte, sie war noch dünner geworden und machte einen abgehärmten Eindruck mit ihrem streng zurückgekämmten, zum Knoten aufgesteckten Haar. Man hatte ihr erlaubt, sich im Gefängnis etwas zu schminken, bevor sie vor Gericht erschien. Und sie hatte alle Tricks, die sie im Theater gelernt hatte, angewandt, um das Beste aus sich zu machen. Eine Wärterin war dabeigewesen, weil eine Gefangene möglicherweise einen Spiegel als Selbstmord- oder Angriffswaffe benützen könnte. Sie war sich im Zweifel, ob sie nicht vielleicht doch mit ihrer Garderobe einen Fehler gemacht hatte – hatte sie womöglich die Rolle der schwachen, leichtgläubigen Frau, die von ihrem Mann mißbraucht worden war, übertrieben? Vielleicht wäre ein Anflug von Drama wirksamer gewesen?

Aber nichts hätte das Drama des Prozesses übertreffen können. Sobald sich alle versammelt hatten, sie ohne Handschellen, bewacht von zwei Polizisten, und die fünfzehn Geschworenen, wie es in Schottland üblich war, war der Träger des Amtsstabs in einem schwarzen Anzug mit einem weißen Hemd erschienen, bei dessen Eintritt sie sich alle erhoben hatten. Ihm war der Richter, Lord Sutherland, in seinem mit Hermelin besetzten, purpurnen Talar gefolgt. Er hatte sich vor den Geschworenen und anschließend vor der Rechtsanwaltschaft verbeugt. Der Amtsstab wurde hinter ihm an die Wand gehängt. Und die Gerichtsverhandlung nahm ihren Fortgang.

Julia hatte öfters zu den Geschworenen hinübergeblickt und versucht, in ihren Gesichtern zu lesen. Ihr Anwalt hatte von seinem Ablehnungsrecht Gebrauch gemacht, um diejenigen, die er für voreingenommen hielt, zu eliminieren – sie waren alle aus den höheren Berufsständen gekommen, und zum ersten Mal war sie nicht mit ihm einverstanden gewesen. Ihrer Ansicht nach hätten sie die Szenen, hervorgerufen durch Trunkenheit und Drogen, durch Eifersucht und verletzten Stolz, die Rods Tod vorausgegangen waren, noch am ehesten verstanden. Nunmehr setzten sich die Geschworenen aus vier Frauen und elf Männern aus den verschiedensten Gesellschaftsschichten zusammen und hörten sich die Zeugenaussagen an. Ihre Gesichter verrieten nichts.

An diesem letzten Morgen hatte der Richter das Ende seiner Zusammenfassung vorgetragen, es hatte eine Stunde gedauert, und sie mußte zugeben, daß er äußerst fair gewesen war. Dann hatte er die Geschworenen angewiesen, sich zur Beratung zurückzuziehen.

Und nun wartete sie. »Es wird nicht lange dauern«, sagte die Polizistin zu ihr, als sie wieder in dem kleinen Zimmer saßen. »Die Geschworenen sind eingeschlossen, bis sie zu einem Beschluß kommen. Das heißt, sie können weder in einem Hotel noch anderswo übernachten. Meistens entscheiden sie sich sehr schnell.«

In ihrem Fall entschieden sie sich nicht schnell. Sie ging unruhig in dem kleinen Zimmer auf und ab, die Polizistin beobachtete sie wachsam, als könnte sie plötzlich zur Tür springen, um einen Fluchtversuch zu unternehmen. Sie war unfähig, die belegten Brote zu essen, die ihr gebracht wurden, ihre Hand zitterte, als sie die Teetasse zum Mund führte. Sie ließ die Wochen vor dem Prozeß noch einmal an sich vorbeiziehen, die Stunden der Angst, der Hoffnung und der Verzweiflung, während denen selbst ihre Familie keine Hilfe mehr gewesen war.

Alexandra war gekommen. »Ich sage dir lieber gleich die Wahrheit, damit du keinen zu großen Schrecken bekommst. Die halbe Weltpresse schickt ihre Vertreter, und die Kameras werden jeden Tag allgegenwärtig sein, wenn du vom Gefängnis in den Gerichtssaal geführt wirst. Keine noch so kleine Nuance wird ihnen entgehen, weder von dir noch von den Zeugen. Und was sie nicht sehen, erfinden sie. Deshalb habe ich mich entschlossen, die Berichte für die Forster-Zeitungen selbst zu schreiben. Ich mußte Margot Parker entlassen, denn sie bestand darauf, daß nur sie, sie allein, berechtigt sei, über den Prozeß zu schreiben, weil sie dich und Rod gekannt habe, in Sinclair gewesen sei und über Hollywood Bescheid wisse. Nur sie könnte dir Gerechtigkeit widerfahren lassen. Gerechtigkeit! Ich sehe noch heute dieses sensationslüsterne Miststück vor mir stehen. Vermutlich wird ihre Entlassung die Forster-Zeitungen einen Teil ihrer Leserschaft kosten, denn sie ist zweifellos die meistgelesene Hollywood-Journalistin. Aber mir war völlig klar, daß es eine einzige Schmierkampagne würde, und das wollte ich vermeiden. Alasdair und du, ihr müßt auf einen langen Besuch zu mir nach Washington kommen, wenn alles vorbei ist. Bitte, mache dir keine Sorgen, die Presse... und die Geschworenen können nicht umhin, dich so zu sehen, wie du wirklich bist, nämlich eine unschuldige, vertrauensselige und reichlich naive Frau. Liebste Julia...«

Die Familie hatte sie, so oft es gestattet war, im Gefängnis besucht. Von Sir Niall und Janet hatte sie es erwartet, aber nicht von ihrem Vater. Doch er hatte von seinem Plan, im Oktober als Richard III. am Broadway aufzutreten, abgesehen und sich in Sinclair einquartiert, wo auch Stacia wohnte. Er hatte sie besucht, wann immer er die Erlaubnis bekommen hatte, und Julia hatte seinem Vorschlag zugestimmt, daß Johnny und Alasdair bei Luisa in Anscombe bleiben sollten, bis alles vorüber war. »Glaub mir, Liebes, er ist in Anscombe am besten aufgehoben. Alasdair und Johnny sind sehr vergnügt miteinander... aber sie sind nicht dumm. Sie merken natürlich, daß wir ihre Bewegungsfreiheit etwas beschnitten haben. Wir haben ihnen nur erzählt, daß du sehr krank gewesen seist, aber daß es dir schon besser ginge und du so bald wie möglich nach Anscombe kämest. Ich habe einen Hauslehrer eingestellt, der weiß, daß er nicht nur die Jungens unterrichten soll, sondern vor allen Dingen aufpassen muß, daß kein Reporter mit Johnny und Alasdair spricht. Aber das Ganze ist natürlich ein täglicher Kampf, hinter jeder Hecke lauert ein Reporter, und wir müssen ständig auf der Hut sein, daß die Jungens nicht in die Küche kommen, wenn die Nachrichten im Radio verlesen werden. Wir mußten vorgeben, daß Johnny mehr Schonung braucht, als tatsächlich notwendig ist. Sein Bein ist geheilt, aber wir lassen sie nur im Hof reiten...«

Der Staatsanwalt hatte seine Anklage erhoben: Sie lautete auf vorsätzlichen Mord. Sein Rechtsbeistand, Charles Shaw, hatte in seinem Plädoyer die Geschworenen belehrt, daß Julia in der fraglichen Nacht in Rods Zimmer gegangen sei, zugegebenermaßen verängstigt durch die Drohung ihres Ehemannes, Alasdair sein Erbe und ihr das ungeborene Kind fortzunehmen. »Die Angeklagte kannte seine Angewohnheiten«, fuhr er fort, »und wußte, daß er schwer betrunken war: Sie konnte daher sicher sein, daß er fest, ja fast wie bewußtlos schlief. Und in diesem hilflosen Zustand hat sie ihm dann die tödliche Dosis Heroin verabreicht.« Auf welche Weise sie beabsichtigt hatte, ihre Spuren zu verwischen, war nicht näher diskutiert worden. Der Ankläger hatte nur kurz darauf hingewiesen, daß, wenn sie die Spritze abgewischt hätte, es möglich gewesen wäre, die Fingerabdrücke ihres Mannes so oft auf die Spritze aufzudrücken, bis sie sich überschnitten hätten, so daß es selbst dem erfahrensten Gerichtsmediziner schwergefallen wäre zu sagen, wie viele Male und in welcher Stellung er die Spritze gehalten hatte. »Warum hatte sie ihre Fingerabdrücke nicht entfernt? Vermutlich weil sie mit ihrem Zusammenbruch und der Unfähigkeit, die Spuren ihrer Tat zu verwischen, nicht gerechnet hat. Selbst ihre Handschuhe, die säuberlich im Ankleidezimmer bereitlagen, beweisen ihre böse Absicht. Welche Frau in einem so verzweifelten Zustand würde an Handschuhe denken? Aber sie haben dagelegen, und dafür kann es nur einen Grund geben«, erklärte der Ankläger, »nämlich, um sie überzuziehen, bevor sie Rod MacCallums Fingerabdrücke auf die Spritze drückte.«

Ihr Verteidiger, Robert Innes, sagte dagegen: »Es ist doch höchst unwahrscheinlich, daß eine Frau, die sich unter Schmerzen windet, an einen Schrank geht, sich Handschuhe herausholt, sie ordentlich auf den Toilettentisch legt, sich die Spritze nimmt, sie abwischt – mit was übrigens? Die Handschuhe wollte sie ja laut Anklage erst benutzen, um Rods Fingerabdrücke mehrfach aufzudrücken – und dann sich die

Handschuhe anzieht und zu ihrem Mann geht, um dessen Fingerabdrücke mehrfach auf die Spritze zu drücken. Vermutlich war jeder von den hier anwesenden Geschworenen schon einmal in der Lage, starke Schmerzen zu empfinden, und kann daher nachvollziehen, daß solche kühle, komplizierte Handlungsweise unter den gegebenen Umständen unmöglich ist.« Dann hatte er aus dem Obduktionsbefund zitiert: »Rod MacCallums Arm war mit Einstichen völlig übersät, von denen einige aus der Zeit kurz vor seinem Tode stammten. Es ist gut möglich, daß er sich in seinem verwirrten Zustand eine stärkere Dosis als normal präparierte und erst nach einigen mißlungenen Versuchen seine Vene fand. In Anbetracht der Amphetamin- und Alkoholmengen, die in seinem Körper gefunden wurden, hat es keiner Nachhilfe von Julia MacCallum gebraucht, um seinen Tod herbeizuführen. Sein Tod ist durch seine Drogensucht hervorgerufen worden. Gewiß, Julia MacCallum hat die Spritze wie ein argloses Kind in die Hand genommen, um sie zu inspizieren. Aber dann hat die Fehlgeburt sie plötzlich wie ein Hammerschlag getroffen und sie daran gehindert, jemanden herbeizurufen, der das Kind und ihren Mann eventuell hätte retten können.

Sie wußte, daß es nutzlos war, zu versuchen, ihren Mann umzustimmen – selbst wenn er fähig gewesen wäre, ihr zuzuhören. Sie ist in das Rote Turmzimmer gegangen, um sich, wie schon einmal zuvor, die Schlüssel des Rolls-Royce zu holen. Zweifellos eine unbedachte, aber nichtsdestoweniger harmlose Handlung.«

Die Anklage hatte besonders die Tatsache hervorgehoben, daß Julia in Sinclair geblieben sei. »Nur eine Frau, die sich fest vorgenommen hat, den Mann zu vernichten, der sie vernichten wollte, konnte es nach der Zerstörung des McBain-Cottage über sich bringen, auf dem Schloß zu bleiben. Jede andere Frau hätte die Flucht ergriffen. Sie hatte viele Nachbarn, die sie aufgenommen hätten. Mr. Kerr und Janet standen auf ihrer Seite, und sie besaß die Freundschaft eines Mannes, der sich mehrere Male für sie eingesetzt und ihr seine Treue bewiesen hat. Ich spreche von Sir Niall Henderson, einem Mann, der sich mit unseren Gesetzen auskennt und sie gut beraten hätte, obwohl er am gleichen Morgen die Expedition von Mrs. Kirsty Macdonald in einem von MacCallum entwendeten Jeep arrangiert hat, um ein wertvolles Pony, das ebenfalls Rod MacCallum gehörte, fortzuschaffen. Warum hat sich Julia MacCallum nicht an ihn gewandt, statt ins Schlafzimmer ihres Mannes zu gehen unter dem offensichtlich fadenscheinigen Vorwand, die Autoschlüssel zu holen? Nur ein sehr schwerwiegender Grund kann sie veranlaßt haben, dies zu tun. Und der Grund kann nur der eine gewesen sein: Sie wollte das selbstzerstörerische Werk, das ihr Mann begonnen hatte, zu Ende führen. Sie ist mit der Absicht, einen Mord zu begehen, ins Zimmer gegangen – einen Mord, der wie ein Selbstmord aussehen sollte.

Denn mit diesem Tod waren alle ihre Probleme gelöst. Sie hätte nicht nur Sinclair für ihren Sohn gerettet, sondern auch Rod MacCallums Kind den kalifornischen Besitz erhalten, den er ihr kurz nach der Heirat im Fall seines Ablebens vermacht hatte. Die Tatsache, daß sie ihm eine Generalvollmacht ausgestellt hat, ist nichts im Vergleich mit dem, was er ihr gegeben hat. Er hatte bereits ihren Sohn adoptiert und ihm die gleiche Sorge und Vorteile zugestanden wie seiner Adoptivtochter Stacia Rayner.

Als Rod MacCallum in Anne Rayners Leben auftauchte, war sie fast bankrott. Er hat nie einen Cent ihres Geldes angerührt, aber sie vor korrupten Ratgebern beschützt und ihre Finanzen in Ordnung gebracht, und er hat die Interessen seiner Adoptivtochter gewahrt. Das Gleiche hat er für Julia MacCallum und ihren Sohn getan. Julia MacCallum hingegen hat kein Testament verfaßt, das ihm im Falle *ihres* Todes Sinclair zusprach. Das Schloß und das Land sollten an ihren Sohn Alasdair gehen. Der Tod von Rod MacCallum war kein ungewollter Selbstmord, sondern vorsätzlicher Mord. Wenn Julia MacCallums Plan gelungen wäre, wenn sie nicht einen unerwarteten Zusammenbruch erlitten hätte, wäre sie jetzt eine reiche Witwe. Eine Frau, die sich diskret eines Ehemanns entledigt, der drohte, ihr das Liebste zu nehmen, was sie besaß – nämlich ihr Schloß und ihren Sohn.«

Sie erinnerte sich jetzt, als sie in dem kleinen Zimmer auf und ab ging, an jedes Wort dieser Rede. Der Ankläger hatte äußerst geschickt sein Spiel mit den Gefühlen der Geschworenen getrieben. Er hatte dargelegt, daß sie unter einem starken Druck gestanden hatte und ihre Lage hoffnungslos war. Er leugnete auch nicht ab, daß ihr Mann Alasdair in einem schrecklichen Wutanfall für seinen Ungehorsam grausam geschlagen hatte. »Aber keine Drohung, keine noch so schlimme Mißhandlung rechtfertigen in unserer Gesellschaft einen Mord. Diese Frau, von Verzweiflung getrieben, beschloß, ihren Mann umzubringen – und es ist ihr gelungen. Und dies ist unverzeihlich. Solch eine Tat muß bestraft werden.«

Ihr Anwalt, Andrew Frazer, hatte vergeblich eidesstattliche Aussagen aus Kalifornien von Maria, José und Dr. Fields angefordert, um zu beweisen, daß Julia ihrem Mann nach einer Überdosis von Drogen das Leben gerettet hatte. Aber die eidesstattlichen Aussagen waren verweigert worden. Dr. Fields hatte erklärt, daß Rod MacCallum in seiner Klinik für Gastritis behandelt worden sei. Maria und José hatten die Aussage des Arztes bestätigt. Julia erinnerte sich voller Bitterkeit, daß Rod ihr genau das vorausgesagt hatte. Maria und José würden nie mehr Arbeit in Hollywood finden, wenn sie die Geheimnisse ihres Brotgebers preisgäben; die Klinik lebte von den Patienten, die vermeiden wollten, daß ihre medizinischen oder emotionalen Probleme an die Öffentlichkeit gelangten. Und dafür waren sie bereit, einen hohen Preis zu zahlen.

Sogar in den wenigen Momenten, wo Julia Hoffnung geschöpft hatte, und es waren, weiß Gott, wenige gewesen, hatte sie gewußt, daß ihre Gründe, warum sie ins Rote Turmzimmer gegangen war, erbärmlich fadenscheinig klangen verglichen mit den überzeugenden Argumenten des Anklägers, der alle Vorteile aufgezählt hatte, die ein gelungener Mord ihr eingebracht hätte. Unzählige Male während dieser langen Nächte in der Gefängniszelle hatte sie ihren impulsiven Entschluß bereut, Sinclair heimlich nachts zu verlassen. Wenn sie geblieben wäre, hätte das Baby vielleicht überlebt, und keiner hätte sie mit Rods Tod in Verbindung bringen können.

Die Geschworenen stammten wie üblich aus allen Bevölkerungsschichten, und Julia war sich deutlicher als je bewußt, daß sie für diese Leute eine Außenseiterin war, egal wie sehr sie ihren Mann geliebt und wie hartnäckig sie um den schottischen Besitz ihres Sohnes gekämpft hatte. Als es der Presse zu Ohren kam, daß Rod MacCallum als Rod McBain auf dem Sinclair-Gut zur Welt gekommen war, gewann er jedermanns Sympathie. Die alte Geschichte von McBains Entlassung wurde wieder aufgewärmt und ausgeschmückt. Viele der älteren Leute erinnerten sich noch gut daran. Aber weder Janet noch Kate wiederholten Rods phantastische Behauptung, die er am letzten Abend aufgestellt hatte, daß sein Vater Adam Sinclair ermordet hätte. Doch als der Staatsanwalt Stacia vernahm, hatte sie jedes Wort, das während des letzten Abendbrots gesprochen worden war, wiederholt. Woraufhin Janet und Kate noch einmal als Zeugen geladen worden waren. Sie hatten widerstrebend zugegeben, daß Rod den angeblichen Mord erwähnt hatte, aber ausdrücklich betont, daß er selbst im Zweifel gewesen sei, ob sein schwer betrunkener Vater die Wahrheit gesagt oder nur phantasiert hatte.

Alle drei Frauen hatten unter Eid aussagen müssen, Janet und Kate hatten nur zögernd geantwortet, Stacia dagegen höchst bereitwillig.

Als Stacia in den Zeugenstand getreten war, hatte sie die gesamte Presse entzückt. Sie hatte eine schlichte, weiße Bluse und einen marineblauen Rock getragen, aber selbst diese mädchenhafte Aufmachung konnte ihre sinnliche Ausstrahlung nicht verbergen. Sie hatte den Ausdruck eines verletzbaren Kindes angenommen, das in etwas hineingeraten war, das es nicht ganz verstand. Sie war das Ebenbild ihrer Mutter, aber wirkte gleichzeitig reifer, ein Mädchen, das von seinem Adoptivvater beschützt und mißhandelt worden war. »Aber ich verstehe jetzt«, fügte sie ihrer Aussage zaghaft hinzu, »daß er mich nur so hart angefaßt hat, damit ich nicht wie Mutter auf die schiefe Bahn gerate.«

Als der Advokat sie zum Schluß fragte: »Erinnern Sie sich noch an die letzten Worte, die Julia MacCallum zu ihrem Mann sagte?« zögerte sie eine Weile, um die Aufmerksamkeit aller Anwesenden noch verstärkt auf sich zu ziehen, bevor sie leise sagte: »Ich treffe dich in der Hölle wieder.«

Nach dieser Aussage war ein so großer Tumult im Saal entstanden, daß der Staatsanwalt drohte, den Gerichtssaal räumen zu lassen, wenn nicht sofort Stille einträte. Stacia hatte den Zeugenstand mit der selbstgefälligen Miene einer Schauspielerin verlassen, die weiß, daß ihr Bild in allen Zeitungen der Welt erscheinen wird.

Janet und Kate waren wieder vernommen worden, um Stacias Worte zu bestätigen. Julia hatte die Angst auf ihren Gesichtern gesehen, als sie gezwungen waren zuzugeben, daß auch sie die Worte gehört hatten. Rosemarie war in Tränen ausgebrochen, als sie beschreiben mußte, wie Rod MacCallum Alasdair geschlagen und ihm gedroht hatte, Prinzessin Cat zu töten. Aber es war wiederum Stacia gewesen, die von den Ereignissen am Nachmittag in der Bibliothek berichtete, als sie, Rosemarie, Alasdair und Kate den Tee hereingetragen hatten und teilweise Zeugen der Szene zwischen Rod und Julia geworden waren. »Würden Sie bitte wiederholen, was Sie gehört haben«, forderte der Advokat Stacia auf.

»Die genauen Worte weiß ich nicht mehr ... es ist so lange her. Sie hatten Streit ... wir alle haben es gehört ... Mrs. MacCallum sagte so etwas wie: ›Egal wie, ich werde dich los ... und ich behalte meine beiden Kinder.‹ Woraufhin mein Adoptivvater lachte und sagte: ›Dann mußt du mich schon töten.‹ Und sie sagte: ›Ich könnte töten. Ich könnte um meiner Freiheit willen töten und um das Recht zu haben, mit meinen Kindern zu tun, was ich will.‹ Ich glaube, sie hat noch hinzugefügt: ›Ja, ich könnte sogar *dich* töten.‹«

Rosemarie und Kate waren gezwungen gewesen, Stacias Aussage zu bestätigen. Beide hatten nicht gewagt, Julia anzusehen, als sie den Zeugenstand verließen. Rosemarie war wieder in Tränen ausgebrochen, als hätte man sie des Verrats beschuldigt.

Julias Verteidiger hatte eine wegwerfende Handbewegung gemacht. »Es ist durchaus möglich, daß so ein Wortwechsel stattgefunden hat, obwohl Miss Rayners Aussage mir voreingenommen und unsachlich erscheint. Jeder von uns weiß, was für wilde Verwünschungen, sogar Drohungen bei einem Ehestreit ausgestoßen werden. Aber werden sie je in die Tat umgesetzt? Natürlich nicht! Falls Julia MacCallum solche Worte gesagt hat, heißt das noch lange nicht, daß sie ihre Drohungen wahr gemacht hat. Sie stand unter einem unerträglichen Druck, wurde von ihrem Mann, von dem sie schwanger war, bedroht und mißhandelt und hat sich mit Worten gewehrt. Welche Frau hätte dies alles schweigend, ohne Protest hingenommen? Sie kämpfte schließlich um ihren Besitz und um das Recht ihrer Kinder. Es ist nur natürlich für eine Frau und Mutter, sich für ihre Kinder einzusetzen, aber das bedeutet noch lange nicht, daß sie für ihre Kinder tötet.«

Alle diese Sätze waren in Julias Kopf herumgewirbelt während der Prozeßtage. Aus irgendeinem Grund war sie, als sie im Gerichtssaal in die Gesichter ihrer Lieben geblickt hatte, von Connies Anwesenheit am tiefsten gerührt gewesen. Ihr gütiges, schönes, argloses Gesicht hatte die Wirkung jedes Wortes, das gesagt wurde, widergespiegelt, und ihre Augen hatten sich vor Schreck über das Gehörte zuweilen verschleiert. Julia spürte einen seltsamen Stolz, daß Ken Urlaub genommen hatte, um hier in Inverness zusammen mit der ganzen Familie diese schweren Tage durchzustehen. Er hatte sich nicht von der schrecklichen Sache distanziert, sondern war kurz vor dem Prozeß mit Connie gekommen und hatte sie im Gefängnis besucht. Allerdings war ihm dabei der unglückliche Satz entschlüpft: »Mach dir keine Sorgen um Alasdair, er hat immer ein Zuhause bei uns und kann mit Margaret und Clive aufwachsen.« Dann merkte er, was er angerichtet hatte, aber seine Stimme war ruhig geblieben: »Wir alle wissen natürlich, daß es nie dazu kommt. Sie werden dir glauben.«

Würden sie ihr glauben? Jedenfalls nicht gleich. Das stand bereits fest, denn sie diskutierten schon seit Stunden. Ein Klopfen an der Tür ließ Julia hochfahren. Die Polizistin öffnete und wechselte einige Worte mit den zwei Polizisten, die Wache hielten. Die Polizistin sagte zu Julia: »Es ist soweit. Die Geschworenen kommen zurück.« Eine Sekunde lang schwankte Julia und mußte sich wieder setzen. »Kommen Sie, meine Liebe...« War es eine Äußerung des Mitleids? »Hier ist Ihre Jacke. Sie müssen stehen, wenn der Richter erscheint...«

Ihr wurden für den kurzen Gang wieder Handschellen angelegt. Im Gerichtssaal warf sie einen Blick auf ihre Familie. Sogar ihr beherrschter Vater konnte seine Aufregung nicht ganz verbergen, die anderen Gesichter ihrer Angehörigen verrieten Angst, Hoffnung, Zweifel – die Spannungen der letzten Tage waren ihnen allen deutlich anzumerken. Die Handschellen wurden ihr abgenommen, die fünfzehn Geschworenen nahmen bedächtig, als wollten sie jeden Augenblick des Dramas auskosten, wieder ihre Plätze ein. Furcht erfaßte sie, als keiner von ihnen sie direkt ansah. Sie hatte gehört, daß die Geschworenen dem Angeklagten nie ins Gesicht blickten, wenn sie ihn schuldig sprachen.

Sie erhoben sich alle, als erst der Träger des Amtsstabs und dann der Richter in seinem Talar Einzug hielten. Er verbeugte sich wie immer vor den Geschworenen und der Rechtsanwaltschaft, dann setzte er sich, und tiefe Stille trat ein. Julia war kaum fähig zu atmen. Zusammen mit dem Richter und dem Träger des Amtsstabs war noch ein anderer

Mann erschienen, den sie nie vorher gesehen hatte. Er war ein Pfarrer der Kirche von Schottland, leicht zu erkennen an seinem schwarzen Gewand und weißen Kragen. Sie konnte erraten, worin seine Aufgabe bestehen würde, falls man sie verurteilte.

Der Richter fragte die Geschworenen: »Wer ist Ihr Sprecher?«

»Ich bin es«, meldete sich der Vorsitzende, der von den Geschworenen ernannt worden war.

»Schwören die fünfzehn Geschworenen bei Gott dem Allmächtigen, daß sie nach bestem Wissen und Gewissen die Wahrheit sagen und keine Wahrheit verbergen werden?«

»Wir schwören.«

»Sind Sie zu einem Beschluß gekommen?«

»Ja.«

»Wie lautet Ihr Urteil? Ist es ein einstimmiger oder ein Mehrheitsbeschluß?«

Der Vorsitzende zögerte. Julia krampfte sich der Magen zusammen, ihre Knie wurden weich. Der Vorsitzende wandte sich mit einer entschuldigenden Geste an den Richter. »Mylord, ich weiß nicht, wie ich das Verdikt formulieren soll. Es ist das erste Mal...«

Der Richter machte eine ungeduldige Handbewegung, die Antwort entsprach nicht dem Usus des Gerichts.

»Was ist Ihr Problem? Wenn Sie sich über die Auslegung der Beweise oder über eine Rechtsfrage nicht im klaren sind, hätten Sie sich an den Gerichtsbeamten wenden sollen.«

»Es dreht sich um die Zahl, Mylord, der Beschluß ist nicht einstimmig gefaßt...« Er blickte auf den Zettel in seiner Hand. »Die Geschworenen haben wie folgt entschieden. Fünf – schuldig; vier – unschuldig; sechs – Mangel an Beweisen.«

Der Richter sah den Vorsitzenden zornig an. Die Aufteilung durfte im Gerichtssaal nicht erwähnt werden, sondern mußte Geheimnis der Geschworenen bleiben.

»Das Verdikt lautet also auf Freispruch aus Mangel an

Beweisen«, sagte er betont laut, um seinen Ärger zu verbergen.

Freispruch aus Mangel an Beweisen! Sie würde diesen Raum weder als schuldige noch als unschuldige Frau verlassen, sondern als eine Frau, die eines Mordes angeklagt war, den man ihr nicht hatte nachweisen können.

Julia konnte dem Tumult, der jetzt ausbrach, nicht entnehmen, ob das Urteil allgemeinen Beifall fand oder nicht.

Der Gerichtsbeamte trug das Verdikt in ein großes, prächtig gebundenes Buch ein. Nachdem er fertig war, las er es laut vor: »Die Mehrheit der Geschworenen hat sich für Freispruch aus Mangel an Beweisen ausgesprochen.«

Der Richter wandte sich an Julia: »Julia Swetlana Seymour – oder Sinclair – oder MacCallum, aufgrund des Urteils der Geschworenen sind Sie mit sofortiger Wirkung aus der Haft entlassen.« Dann verbeugte er sich vor den Geschworenen und der Rechtsanwaltschaft und verließ mit dem Träger des Amtsstabs und dem Pfarrer gemessenen Schritts den Saal.

Sie war frei! Sie fühlte die Hände, die Arme und Küsse ihrer Familie und murmelte einige Dankesworte, als sie benommen an ihren zwei Verteidigern vorbei zum Ausgang ging.

Als sie ins Freie trat, blickte sie zum Himmel auf, dann versuchte sie, sich der lauten Fragen und der Blitzlichter der Kameras zu erwehren. Sie wünschte, man ließe sie in Ruhe, vergönnte ihr einen Moment, ihre Freiheit zu genießen. Sie spürte die Hand ihres Vaters, der sie zum Auto führte, an dessen Steuer Sir Niall saß.

»Wir haben einige deiner Sachen gepackt und mit unserem Gepäck in den Kofferraum verstaut. Morgen werden wir in London sein, und übermorgen siehst du Alasdair wieder.«

»Nein!« sagte Julia scharf. »Alasdair muß zu mir kommen. Ich bleibe in Sinclair.«

»Liebling«, sagte ihr Vater, »wir dachten, du wolltest diesen ganzen Alptraum für immer vergessen.«

»Nein! Ich muß nach Sinclair zurückkehren. Ich kann

nicht vor dem Urteil davonlaufen. Ich muß damit leben. Sinclair ist Alasdairs Zuhause ...« Sie wußte, daß sie sich freiwillig in die Verbannung begab. Sie war die berüchtigtste Frau ganz Schottlands. Viele Menschen würden nicht an ihre Unschuld glauben. Das mußte sie auf sich nehmen. Das Urteil würde ihr bis ans Ende ihres Lebens anhängen. Aber sie mußte hier in Schottland leben, wo sie immer eine Fremde bleiben würde. Fortzugehen wäre ein Eingeständnis ihrer Schuld. Die einzige Möglichkeit, Alasdair zu helfen, dem Grauen der Anklage, des Prozesses und dem zwiespältigen Urteil die Stirn zu bieten, war, ihn aufzuziehen in seiner Heimat, ihn die Verantwortung für sein Erbe zu lehren. Alasdair würde kein Fremder in Schottland sein.

Der Wagen fuhr den Hügel hinunter, es wurde allmählich dunkel. Ihr Vater hielt ihren Arm die ganze Zeit über fest. Er sprach nur noch einmal: »Bist du dir sicher, Liebling, ganz sicher? Es wäre so viel einfacher für dich – und Alasdair, wenn du das alles hinter dir lassen würdest.«

»Vater, bitte versteh mich. Mein Seelenheil... kann ich nur hier finden ... und Alasdair auch. Ich bin nicht schuldig, und ich muß jedem in die Augen sehen können, der sagt, ich sei es. Alasdair darf nicht in dem Bewußtsein aufwachsen, daß er sich verstecken muß. Er wird stolz aufwachsen, wie es dem Sohn eines Helden gebührt. Es ist gleichgültig, was die Leute über seine Mutter denken, vielleicht gelingt es mir, mit der Zeit zu beweisen, wer ich wirklich bin. Aber das kann ich nicht, wenn ich fortlaufe. Begreifst du das?«

»Nicht ganz. Du treibst Stolz und Ehre auf die Spitze, aber ich bewundere deinen Mut. Du bist James ebenbürtig...«

Den Rest des Wegs legten sie schweigend zurück. Sir Niall hatte ihrem Gespräch kommentarlos zugehört, er war viel zu klug, sich einzumischen. Aber Julia spürte, daß er sie verstand und sie bei der harten Aufgabe, die sie sich gestellt hatte, unterstützen würde.

Als sie in die Waldstraße einbogen, hatte der Himmel einen seltsam hellen Schein. Sir Niall fuhr ein wenig schneller, und dann erreichten sie den Waldrand, und das Schloß lag vor ihnen.

Niemals zuvor hatte Julia es in so einer strahlenden Pracht gesehen, das ganze Schloß war erleuchtet. Sie fragte sich, wie es möglich war. Janet, die Kerrs, Kate und Rosemarie waren alle im Gerichtssaal gewesen, um das Urteil mit anzuhören. Einer von ihnen mußte telefoniert haben. Aber nur Rachel Kerr und ihre zwei Brüder waren zu Hause. Nur sie konnte es gewesen sein, die durch das ganze Schloß gelaufen war, um in jedem Zimmer das Licht anzudrehen. Sogar die von Rod installierten Scheinwerfer brannten und badeten die alten Mauern in einem sanften Licht.

Julia hielt den Atem an, und seit Monaten zum ersten Mal spürte sie, wie Tränen über ihre Wangen liefen. Es war wie ein schimmernder Hoffnungsstrahl, der ihr eine bessere Zukunft versprach. Und es war ein Signal von denen, die sie gut kannten und gewußt hatten, daß sie zurückkommen würde. Ein Licht in der Finsternis...

Sir Niall fuhr langsam über die Brücke in den Hof. Eine schmale Gestalt stand in der offenen Eingangstür und hob sich gegen das Licht der Halle ab. Rachel Kerr lief nicht herbei, um die Autotüren zu öffnen, wie Janet und William Kerr es getan hätten. Aber sie hob ihre Hände mit einer liebevollen Geste und dann die Arme, als Julia auf sie zutrat.

»Willkommen zu Hause, Mrs. Sinclair.«

ALMUDENA GRANDES – KARTOGRAPHIN DES LEBENS, DER LIEBE, DER WEIBLICHKEIT

544 Seiten, Leinen mit Leseband und Schutzumschlag

Drei Jahre lang haben Fran, Marisa, Rosa und Ana in der Abteilung für Nachschlagewerke eines Verlagskonzerns an einem mehrbändigen «Atlas der Humangeographie» gearbeitet. Der Zufall hat diese sehr unterschiedlichen Frauen zusammengeführt. Doch eines ist ihnen gemeinsam: Jede von ihnen steht an einem Wendepunkt ihres Lebens, jede von ihnen muß Zweifel, Wünsche und Konflikte klären, um ihren Platz in der eigenen Geographie zu finden.

f&w